I0597047

HISTOIRES TRAGIQVES,

Extraites des œuures Italiennes du Bandel, &
mises en langue Françoise,

Par François de Belle-Forest,
Comingeois.

TOME CINQVIEME.

ROVEN,
Chez Pierre l'Oyselet, tenant sa
boutique au bout de la ruë du Bec.

1604.

SOMMAIRE DE L'HI-
stoire septante septiéme.

E n'est pas d'auiourd'huy seulement
que les hommes tant plus sont illustres *&* plus se ressentent des iniures, receües de quelque part qu'elles
prennent leur commencement, veu
que de tout temps il n'y a eu homme
ayant si peu de moyen qu'on sçauroit dire, qui ne
se sois mis en deuoir de venger le tort, qu'il se pensoit auoir receu d'vn autre, comme bien souuët nous
l'auons desia monstré és discours de ces histoires.
Mais vn autre suiet est sous l'argument de vengeance presenté à nos yeux, à sçauoir la grande iustice d'vn Roy, qui offencé en ce que les grands ac-
content, comme la raison veut qu'on le mesure, à
crime de lez.e maiesté, *&* non pardonnable, ne ant-
moins ayant espluche les matieres ainsi qu'il faut,
& mis à part les plaintes de tous les flateurs de
court, *&* les doleances de ceux qui ne riuent que
du malheur des autres, il soulagea l'inocent accusé, *&* reietta l'accusateur, guidé *&* de vengeance
& d'auarice. Mais afin que le lecteur ne se fasche
de suiet si mal plaisant, *&* ne trouue mauuais que
nos discours sont choisis auec trop de seuerité, ie luy

A ii

promets que parmy tes maſſacres, nous y mélerons
l'amour, afin que la douceur fiellee de l'vn puiſſe
donner gouſt à l'amertumé de l'autre, & que les
troubles & que l'amour ſoyent touſiours le ſommai-
re propoſé de nos hiſtoires, d'autant que c'eſt de ces
deux accidens que la miſere de ce ſiecle ſemble
deſpendre de ces deux choſes ſi miſerables. Le mot
d'amour eſt aſſez entendu de ſoy comme d'vn mal
que chacun gouſte, & prend plaiſir d'en ſentir les
aprehenſions: mais quant à celuy de trouble ie le
prens fort diuerſemét de la façon commune du vulgaire, entant que ie l'interprete pour l'enuie de ceux
qui ont les maniemés des affaires, veu que c'eſt par
le ver rongeant, & enuieux de leurs folli s fant a-
ſies, que tous les troubles & diſſentions, qui alterent
& corrompent l'eſtat public, prennent ſource, &
s'inſinuent au cœur, & penſee des hommes de tous
eſtats. Car cetuy cy ſe voyant auancé ne penſe qu'à
maintenir la gloire de ſon auancement, & l'autre
qu'on aura deſapointé ou qui pretendra de venir
en credit, ne fera que ſonger les moyens de ruiner
ſon competiteur, & ſans auoir égard à ce qu'il en-
treprend, ne trouuera eſtrange de mettre diſſen-
tion en vn corps, lequel auparauant aura veſcu
en grande vnion & concorde treſagreable. Si
noſtre temps ne pouuoit témoigner de cecy, ie ne
ſerois plus pareſſeux que de couſtume pour rechercher les exemples diuerſifiez en l'antiquité qui
ſont preuue de cette corruption: mais puis que les
tableaux n'en ſont que trop viuemēt effigiez,
& que les couleurs trop maniees engendrent n.

sçay quelle alteration en nos cerueaux : pour leur odeur trop dangereuse, ie suis content d'aller courir vers l'antiquité, non tant pour traiter suiet si mal plaisant, que pour donner le goust diuers des succez passez à nostre noblesse, laquelle (peut estre) n'a le loisir de fueilleter les liures des Anciens pour y rassasier son apetit & de la boutique desquels, & d'autres que de nostre nation, i'ay tiré l'histoire qui s'ensuit.

De la mort du Côte de Barcelone, & comme son fils don Gioffroy la vengea. Des amours d'iceluy auec la fille du Comte de Flandres, & autres succez diuers de l'histoire.

HISTOIRE LXXVII.

Charles le grand chasse les Mores des Espagnes.

VOus qui lisez l'histoire de France, n'ignorez point que le grand Roy fils de Pepin fut celuy qui faisant la guerre aux Mores, lesquels s'estoyent saisis d'vne partie, voire presque de toutes les Espagnes en chassant les reliques des Goths, les mist aussi hors du pays Nauarrois, & des terres des anciens Celtiberes, restituât aux Gothalaus (que corrompuement nous apellons Cathalaus) leurs heritages & possessions, & remettant en leur terres ceux de la Prouince Tar-

raconoife fous le nõ de laquelle font com-
prifes les Prouinces d'Aragon, Valence, Nauarre, & vne partie de l'ancienne Caftille, &
le pays de Gallice, portant ce nom de la cité de Tarragone chef, & la Metrapolitaine
de toutes ces Prouinces. Or s'eftans les Mores retirez en Andaloufie (pays iadis gaigné
fur les Romains par les Vvandales) ne furent fi toft auertis de la mort du Roy &
Empereur Charlemaigne, que foudain ils ne
remuaffent ménage, & s'armans, ne s'apre-
ftaffent de reconquerir les terres fertiles de
Aragon, & Catheloigne, que les Frãçois leur
auoyent oftees, eftimans que Louys le debonnaire fucceffeur du grand Charles degé-
neraft de la vertu de fon pere, & ne fut affez
puiffant, & heureux pour deffendre fes con-
queftes: Et y allerent auec telle gaillardife
qu'en peu de temps, & nul leur faifans refiftance, ils fe firent feigneurs de toute la fuf-
dite Prouince cõprife fous le nom de Tara-
conoife. Le Roy Debonnaire auerty que fut
de cefte courfe, & du degaft fait par les infideles, ayant compaffion des pauures Chreftiens afligez & chaflez de leurs pays, &
qui auoyent efté contrains de s'enfuir à
garant dans les monts Pyrenees, paffa en Efpagne, & fit fi bien qu'il vainquit les Mores, & remit les Chreftiens en leurs biens,
retirant tribut de ceux qui auoyent refufé
de venir à la guerre contre l'infidelle,

de sorte qu'encore à present ce peuple est
subiet à ces imposts, & les pays chacun à son
seigneur en souuenance de leur infidelité,
& qui pour marque sont encore appellez
Remensans. Mais vous pourrez demander
à quel propos est-ce que ie ramentoy icy
la guerre des Mores? Non sans grande raison, & dautant qu'elle sert grandement à
nostre histoire en laquelle nous parlons
du Comte de Barcelonne, & le premier qui
porta iamais ce tiltre sous l'aueu, authorité,
& hommage du Roy de France. Car ayant
le Roy debonnaire reconquises ces susdites
terres sur les Sarrasins, il fit les departe-
mens, des estats & seigneuries y mettant
des gouuerneurs sous le nom de Comtes,
Vicontes, Nobles & Vauasseurs. Et parmy
ces Comtez fut comprise la cité, & finages
de Barcelonne chef du pays Cathalan, &
vne des plus belles, riches, & gentilles villes d'Espagne, assise sur la mer Mediterra-
née de laquelle il voulut estre nommé seigneur, & ordonna que fut le chef sur les autres Côtez & seigneuries. Et dautant que la
presence de ce bon Prince estoit requise ailleurs, il laissa pour son lieutenant vn seigneur
fort remarqué de noblesse, & des plus ancie-
nes maisons de tout le pays, vaillant homme, & qui pour tel s'estoit fait cognoistre
en diuers lieux, & notamment en cette guerre contre les Mahometistes : auquel il don-

*Institu-
tion des
Comtez
d'Espa-
gne par
les Rois
de Fran-
ce.
Voy Luc.
Marin
Sicil. l. 2.
de l'hist.
d'Arra-
gon.*

na surintendance sur les autres gouuerneurs
se reposant sur sa sagesse & bonne conduite, en ce qui concernoit le maniement
de l'estat & affaires de la prouince. Or vous
sçauez que si iamais chose fut enuiee, & si
la vertu trouua onc aucun ennemy, c'est és
grandes charges que se fait tel essay, & les
hommes excellens sont les premiers qui en
sentet les attaintes: aussi dom Geoffroy d'Arrie (car ainsi se nommoit ce seigneur Espagnol Comte de Barcelonne) quelque loyauté qu'il fit reluire en ses actions de quelque deuoir, iustice ou equité qu'il vsast à
l'endroit de ses subiets, si trouua l'enuie que
mordre sur luy, & l'ambition d'autruy que
reprendre sur l'integrité de sa vie. Et comme vous n'ignorez point qu'il n'y a cour si
sainte, ny palais Royal si bien policé que
tousiours ce monstre pallissant & infait de
enuie, ny seme son venin & infection, & que
les Rois les plus entiers, sages, iustes, saints,
& debonnaires ont eu tousiours ce malheur à la queüe que d'estre circonuenus
par les ruses ambitieuses de ceux, qui sous
tiltre de vertu bastissent la trahison de leurs
calomnies: il y auoit à la cour de ce bon
& debonnaire Monarque Gaulois, vn seigneur nommé Salomon, lequel aspiroit fort
au gouuernement & Comté de Barcelonne.
Cetuy-cy faisant du bon valet, estoit ordinairement à l'oreille du Roy, luy donnant

des instructions & auertissemens pleins
de fraude & calomnie, par lesquels Geofroy
estoit chargé d'vser de concussions & exa-
ctions insupportables sur les subiets du
Roy, & que si sa maiesté n'y pouruoyoit, il
seroit en danger de faire vne autrefois le
voyage en Espagne auec armee, dautant
que les Espagnols ne pouuans supporter
la tyrannie du Comte, complotoyent désia
de se rendre plustost à la mercy des Barbares, que viure en cette perplexité & estre
ainsi escorchez par les officiers de sa maiesté. Louys qui ne se desfioit point du haran-
gueur, & qui d'autre part ne pouuoit penser que le seigneur d'Arrie s'oubliast de
tant en son ofice, ne sçauoit que dire sur cette accusation, voyant l'accusé homme signalé & renommé de grande droiture, & celuy qui l'accusoit estre tel que personne n'a-
uoit que luy reprocher. N'aiouster aucunement foy au diré de Salomon luy sembloit chose preiudiciable, veu que s'il estoit
vray, & que le peuple se rendit aux Mores,
ainsi que cetuy disoit, il n'auroit le moyen
d'y entendre, veu que tout branloit par deçà,
& que desia les Normands rauageoyent les
pays voisins de la mer, les Danois n'en faisoyent pas moins, & ses propres enfans qui
bastissoyent des desseins contre sa maiesté.
A cette cause non persuadé qu'il fut des seu-
les raisons du courtisan, mais bien receuant

quelque impreſſion de defiance, il enuoya
des gentilshommes en Eſpagne, & des com-
miſſaires de ſa maieſté à Narbonne, auec
charges de donner aſſignation au Comte
Cathalan de venir rendre raiſon de ſon
gouuernement, & ſe purger des crimes ſur
luy impoſez. Iuſques icy les affaires alloyent
fort bien, & le Roy eſtoit loyalement ſeruy
par les deputez, entant que les gentilshommes furent en Catheloigne, & ſommerent le
Côte de côparoiſtre deuant les gens du Roy
mais la ſuite môſtra & que les meſſagers &
les cômiſſaires eſtoyét tous frapez à vn coin
& que Salomon eſtoit celuy à qui on obeiſ-
ſoit, & non au Roy qui eſtoit extremement
amy d'equité & de iuſtice. Geofroy qui ne
euſt iamais penſé que ceux qui venoyét pour
adminiſtrer iuſtice, oſaſſent iamais attenter
choſe qui peut tacher la renommee du
Roy, dés qu'euſt veu les patentes ne faillit
de ſe mettre en deuoir pour y obeyr, & dreſſant ſon equipage prit la route de Lan-
guedoc & s'en vit à Narbonne, conduiſant
en ſa compagnie vn ſien fils encor fort petit enfant, pour s'il luy failloit aller en
court en faire preſent au Roy, & le prier de
le nourrir pour en tirer vn iour quelque
agreable ſeruice. Comme le Comte eſt auec
les deputez, & qu'on communiquoit ſur les
affaires du pays, ainſi qu'ordinairement il
y a quelqu'vn qui ioüe touſiours le fol

pour les grans, & qui aussi en porte la penitence : il y eut vn Gentil'homme de la maison du Roy qui s'attacqua de paroles au
Comte, & y alla si indiscretemét, que le bon
seigneur se sentant piqué & interessé en son
honneur, donna vne desmentie au courtisan indiscret & volage, lequel voulant faire
du vaillant, & méprisant la patience du
Comte, ne daignant mettre la main aux armes pour se tenir sur ses gardes & venger
son iniure, empoigna sa partie à la barbe,
lequel irrité de ceste ignominie, & oubliant
tout respect, quoy que ce fut deuant ceux qui
representoyent la personne du Prince , il
meit la main à l'espee, & tout sur l'heure fit
mourir celuy qui l'auoit iniurié en deux
sortes, & le frapaut, dist : Va poltron & flateur, si tous tes semblables estoyent payez
de mõnoye pareille, les Rois ne feroyent iâ
des fautes qu'ils commettent sans mal y
penser : & les gens de bien ne seroyent in-
quietez en leurs offices, Les commis se sentans offencez de ces mots , & soupçonnans
que Geofroy les tint pour calõniateurs, ou
pour ceux qui luy auoyent dressé ceste partie luy dirent. Quelle hardiesse est cette cy,
Monsieur le Côte, que vous qui estes chef
de iustice & officier du Roy, teniez si peu de
compte de nous qui representons le bras &
glaiue de droiture, qu'au grand mespris de
celuy que vous seruez, & lequel nous a en-

Meurtre
fait par
le Côte.

uoyez pour ouyr la raiſon de voſtre vie
vous ayez eſté ſi inſolent que d'occir vn
gentilhôme ſigualé, & de la maiſon de voſtre Prince. Et quoy? s'il vous auoit offencé eſtoit ce à vous d'vſer de main miſe, &
ſans autre conſideration le punir de ſa faute, ſans autrement attendre que nous à qui
la cognoiſſance en eſtoit deuë, ouyſſions
les raiſons de vous, pour là deſſus vous faire iuſtice? Non, non ſeigneur d'Arrie, ce
ſeul fait nous donne aſſez a cognoiſtre quel
vous eſtes, & de quels deportemens vous
vſez ſur les pauures ſubiets de l'Empereur
noſtre ſeigneur & le voſtre. Car les iuges ne
vous ſont rien ſi les lieutenans du Roy ſont
mépriſez par voſtre arrogance, ſi la nobleſſe
eſt ſi peu par vous reſpectee, & que la main
& que la parole marchent en vous tout
enſemble, il n'y a aucun qui doute qu'a-
uec moindre diſiculté, & à moins d'egard
vous rançonnez, tourmentez & geinez les
petits qui n'oſent en rien vous contrédire.
Mais nous eſperons en Dieu de vous faire
tel droit, & que le crime ſera vengé, & vous
puny de voſtre forfaiture ſeruant d'exemple aux fols qui vous reſſemblent, & à ces
teſtes legeres que la grandeur fait oublier,
& qui ne ſe reſſentent de leur premiere condition. Le Conte oyant ce langage cognut
bien qu'on n'auoit guere grand deſir de luy
bien faire, & que s'il ſouffroit que ceux-cy

le iugeassent, son cas se porteroit fort mal, leur respondit tout sur l'heure parlant en ceste sorte. Ie voy bien, mes bons seigneurs, que vous aigrissez les matieres plus crimi-nellement que de raison, & que si Geoffroy eut esté occis par ce fol & indiscret calom-niateur qui gist mort, estendu en vostre presence, ce n'eust esté que passe-temps pour vous qui auez coniuré contre moy, & ne demandez que ma ruine : mais dés à present ie proteste de ne respondre point deuant vous, ny de vous recognoistre pour autres que comme hommes partiaux, & iu-ges trop iniustes pour ma querelle. Ce sera deuát la maiesté de l'Empereur que i'espere d'aller debattre mon droit, & luy remon-strer vostre iniustice : prest a soustenir à tout homme qui voudra dire que ie sois au-tre qu'homme de bien & bon seruiteur de sa maiesté, ce que i'ay dit à celuy que voyez là trespassé, & luy vser de pareille courtoi-sie pour la deffence de mon honeur & repu-tation. Nous sçauós bien (dit l'vn des depu-tez) que les Espagnols sont grands faiseurs de brauades, & qu'il y a plus de parade que de fait, en vos façons de faire. Et iaçoit que par la prouision de nostre charge nous puis-sions passer outre en cet affaire, si est-ce que vous ayant mauuaise opinion de nous, vous serez conduit à sa maiesté, pour là estre salarié selon vos vertus & merites.

Ainsi dom Geofroy fut mené vers le Roy,
pour estre iugé selon la loy, & ouy en ses iu-
stifications, tant pour cause du meurtre sus-
dit, que des autres cas qu'on luy mettoit sus
pour l'égard de son gouuernement. Ceux
qui ne demandoyent que sa ruine ne trouuoyent gueres bon qu'on le conduit en
cour, asseurez que sa vertu estant cognue &
leur calomnie découuerte ils n'en pourroyent sentir qu'vne grande infamie & deshonneur, & auec ce encourir la male grace
de l'Empereur, & pour ceste cause cômence-
rent à dresser vn'autre partie, & praticquer
la mort du bon Côte : ce qui leur fut le plus
aisé du môde, en tant que ceux auec lesquels
il venoit le hayoyent à mort, tant pour le
meurtre de leur compagnon, que craignant
qu'il ne se plaignit au Roy de leurs faits &
deportemês moins que raisonnables, & qui
en pridrent la charge sans trop se faire solli-
citer ny prier, & l'executerent aussi bien que
promettre. D'autant que s'approchant déià
fort de la cour les Gentilshômes qui estoyêt
à la suite des deputez, pour s'enquerir du
Conte, vn soir commencerent a se quereller
ensemble, soit que ce fust à bon escient, ou
que tout à propos la querelle fut bastie
pour la faire finir sur celuy pour l'amour
de qui elle estoit dressee, veu que les vns disoyent du bien du Côte, les autres tenoyent
le party contraire : & s'y acharnerent si bien,

allant le difcord fi auant que des paroles
poignantes on vint a mettre la main aux
armes, & ioüer fort furieufement des cou-
teaux. Le pauure feigneur Cathalan voyant
qu'à fon occafion la meflee auoit pris commencement voulut eftre de la partie, côme
il eftoit homme de haut cœur, & fort vaillant de fa perfonne, & tafchant de les appaifer, il allumoit le feu dauantage, fi bien que
le combat s'échaufant, & luy fe mettant en-
tredeux pour y faire le hola, la guerre prit
fin par fa mort, & l'effufion de fon fang fut
celle qui appaifa la haine & debat des parties, ioyeufes d'auoir fi bien ioué le miftere
fans parler, que fans encourir blafme ils
auoyent fi gentiment trouffé celuy qui ne
nuifoit que trop à leur compagnie. Voila vn
des principaux actes de cefte tragedie, laquelle ne finit encor, veu que fi le Conte
fut facrifié aux ombres du Cheualier qu'il
auoit occis, fi eft-ce que le defir de ceux qui
le tuerent ne s'eftendoit fur cefte vengeance, ains venoit pouffé des fubornations de
celuy que nous auons dit afpirer au gouuernement de Cathaloigne, & qui ne pouuoit
viure en honneur fi le Comte eftoit ouy au
Côfeil royal, & chambre Imperiale. Voyez
quelles font les engeáces de l'enuie, & quelles filles elle produit, & fi de la fouilleure
d'vne ambition execrable il en peut fortir
fruit qui ne foit toufiours nuifible : la ca-

lomnie proceda de ce desir d'auoir le bien
d'autruy, & elle ne pouuant auoir le dessus,
la trahison sort en campagne accompagnee
de diuers complots & machinatiõs, & qui à
la fin sous la robe de quelque iustice vint
auec la force violente executer ce que la
calõnie simplemẽt dresseé n'auoit peu mettre en effet: de ceste peste dangereuse. Lu-
cian en a fait vn opuscule bien gentil, & de
fort bon esprit, amenant & effigeant vn tableau iadis paint & dressé par Apelle, & par
lequel il exprime au vray, & auec ses propres couleurs, la calõnie laquelle en fin paye
son maistre de pareille monnoye, qu'il aura
coigné pour celuy qu'il veut enueloper és
reths & filez de son enuie & médisance.
Les deputez monstrerent vn grand semblant de tristesse voyans le Comte mort,
tant pour se voir pres de la cour, que pour
ouyr les plaintes du fils de ce seigneur massacré, qui accusoit la desloyauté des ministres de sa maiesté, & iuroit de s'en venger
si Dieu luy octroyoit de viure aage d'homme parfait : & le consolant luy dirent que
le Roy estoit iuste & bon iusticier, & qu'au
reste c'estoit vn hazard que la mort de son
pere, aduenant ordinairement de telles
querelles entre les hommes de sa qualité,
& que prenant patience s'asseurast que le
Roy n'oublieroit de l'appointer pour l'a-
mour du Comte son pere. L'enfant s'appaisa,

paisa, pour lors voyant que le plaindre n'y
profiteroit, & que les ennemis du deffunct
estoient ceux mesmes qui estoient pres la
personne du Prince, & qui auoient le plus
d'authorité en cour, & plus grande puissance. Le Roy aduerty que fut de ce meurtre
fut fort marry, tant pour auoir perdu vn
vaillant & sage guerrier, & vn homme qui
estant espoigné sçauoit comme il falloit
manier ceux de sa nation que d'autant que
le forfait auoit esté commis sous la sauue
garde de sa maiesté, & par ceux mesme qui
auoyent esté ordonnez guides du seigneur
ainsi occis. Et desquels (s'ils ne se fussent ab-
sentez sur la chaude collere du Roy) on eust
fait & donné vn exemple de grand memoire à tous autres qui voudroient entreprendre de semblables tragedies & meschance-
tez. Mais quoy? ils estoyent supportez, &
auoyent assez vers qui se retirer, puis que
les fils du Debonnaire estoient separez du
pere, & conspiroient sa deposition, comme
depuis ils l'effectuerent : & le Roy qui n'o-
soit faire tout ce qu'il eust bien souhaitté,
ne sçachant bonnement en qui se fier, &
ayant affaire de tout le monde. Ce fut icy
que Salomon, duquel a esté parlé cy deuant,
descouurist son masque, & se monstra solli-
citeur de la mort du deffunct, veu qu'en lieu
de demander l'estat & succession des estats
du Comte occis pour le fils d'iceluy, il re-

Tom.5.   B

quiſt le Roy de les luy octroyer, luy remon-
ſtrant que ce n'eſtoit aux eſtrangers que ſa
maieſté ſe deuoit fier de telles pieces, & que
deſia il auoit veu l'inſolence du deffunct, qui
en preſence des deputez auoit oſé occir vn
gentilhomme honorable de ſa maiſon : Adiouſtant que Dieu luy auoit fait belle grace
d'eſtre mort en vne querelle que luy-meſ-
me auoit dreſſee, ainſi qu'il auoit eſprit remuant & chatoüilleux, & que s'il fuſt venu
en court on luy euſt mis tant de chiens à la
queuë, qu'on euſt fait voir à chacun les
meſchancetez de celuy à qui le Roy auoit
tant fait d'honneur & auãtage. Or iaçoit que
le Roy ne print pas grand plaiſir en ce langage, ſi eſt-ce qu'ayant bonne opinion de

celuy qui parloit, comme de celuy qu'il eſtimoit veritable, & homme qui ne deſiroit
que l'honneur & profit de ſa maieſté, il luy
accorda le gouuernement Cathalan, & luy
en feit depeſcher ſes lettres, leſquelles ayant
Salomon print congé de ſa maieſté, & s'en
alla en Eſpagne, où il vſa de ſi bons offices
& deportemens que chacun ſe loüoit de
ſa iuſtice, laquelle pour vray eſtoit loüable, ſi auec l'intereſt d'autruy & charge de
ſa conſcience il ne fut paruenu à ce gouuernement, où nous le laiſſerons iuſques à tant
qu'vn autre l'en oſte, auec toute telle ruyne
que Geofroy en auoit eſté demis y laiſſant la vie pour gage. Cependant le Roy de-

bonnaire donna le petit-fils du Comte Cathalan, lequel portoit aussi le nom du pere,
à Adaquier forestier de la grand Charbon-
niere, & gouuerneur du pays Flamant afin
qu'il le nourrist, & esleuast ainsi qu'appar-
tenoit à seigneur de tel calibre, & luy recommanda fort affectueusement comme l'enfant de celuy que tousiours il auoit cogneu
pour homme loyal, sage, vaillant, & de grãd
conduite. Le seigneur Flamant print volontiers ceste charge, tant pour faire plaisir au
Roy, lequel il voyoit affectionné à la matiere, que pour auoir esté grand amy & compagnõ d'armes en plusieurs endroits du Comte de Barcelonne : & l'emmenant en Flãdres
le nourrist auec tel soin & diligence que si
c'eust esté son propre enfant, l'instruisant
en tout exercice loüable, luy proposant l'a-
mour de Dieu & son seruice, sur toutes
choses deuant les yeux, & la loyalle affection
qu'il deuoit à son Roy, qui se monstroit si
soigneux de luy, & qui auoit desir de le faire grand, luy en aage que seroit, & s'il se
monstroit digne de la grace & faueur d'vn
si grand Roy que l'Empereur d'Occident.
N'oublioit aussi de luy rafreschir souuent
la memoire des vertus de son pere, afin
qu'il les imitast, & que se paignant des couleurs si loüables de sa preud'hommie, ne
faillist par mesme moyen en temps & lieu
d'en prendre vengeance, veu qu'il estoit

assez & plus que bien asseuré qui estoit celuy qui l'auoit fait ainsi massacrer. Ce seigneur Espagnol croissant , notoit bien les
paroles de son gouuerneur, & les grauoit
assez fermement en son ame, comme depuis
en la maturité de son aage on le peut remarquer & cognoistre:mais plus viues, fortes, & enracinées furent les impressions d'a-
mour en son cœur, lors qu'appriuoisé par
la continuelle frequentation & familiarité
qu'il prenoit auec la fille du Forestier, il en
deuint si extremement amoureux qu'il n'en
pouuoit souffrir la vehemence, comme
aussi la fille estoit saisie de mal pareil, sans
que l'vn ni l'autre en osassent faire semblant
quelconque,tant ils estoient encor apprentis
au mestier, duquel bien tost apres l'amour
les feit bons & hardis maistres ouuriers. Le
Cathalan qui estoit finet , comme estant
fils d'vn des plus accorts seigneurs de son
temps & Espagnol de nation,quoy qu'il cogneut les affections correspondantes à sa
passion de la damoiselle, si dissimuloit il fort
sagement son amitié, tenant ce feu enclos
en son ame, & lequel le brusloit auec plus
d'effort, comme il auoit moins de moyens
de faire sortir ses flammes & fumee, craignant de faire chose qui peut offencer ce
bon Prince en la maison duquel il se voyoit
esleué si amoureusement. Mais que faut il
tant aller à l'entour du bois puis que la proye

est dedans le Cathalan auoit beau que faindre & dissimuler, puis qu'il ne taschoit point
de quitter ce qui estoit enclos en son ame,
& effacer les impressions du cœur, lesquelles estoient celles qui combattoient en luy
contre la raison, & qui à la fin le forçant
luy firent mettre en euidence, ce que tant
il vouloit tenir secret pour n'offencer ceux
ausquels il se pensoit, & de vray il estoit redeuable. Car comme vn iour luy se trouuant à propos seul auec la damoiselle fille
du Forestier, ils fussent tombez sur des
propos d'amour, & que la fille qui vouloit
tenter le cœur du gentilhomme Espagnol,
eust fait ouuerture des impossibilitez que
vne chose qu'on ne voit, & qu'elle n'estimoit auoir esté, eust telle force que de rauir
la liberté des amans, & causer des accidens
qu'elle oyoit reciter ordinairement à ceux
qui auoyent experimenté ceste rage naturelle. Geoffroy voyant le chemin si bien
battu pour courir & faire le voyage qu'il
pretendoit, tira vn bien grand souspir du
plus profond de son estomach, & parla à la
Princesse de Flandres en ceste sorte : A ce
que ie voy, Madame, vous n'auez guere
gousté encor des viandes qu'appreste l'a-
mour, ni humé la douce amertume de son
breuuage, mais ie suis asseuré que si vous
auiez sauouré ce qu'il sçait donner d'ap-
petissant, vous n'auriez garde de dire que

ceste passion depende de la seule opinion
des amans, ainsi que vous dites, ni de l'alteration des ames qui ne sçauent encore iuger sur ce qu'elles ont à eslire ou euiter. Et
quoy, seigneur d'Arrie, respond la damoiselle, en la grande ieunesse que ie vous voy,
& qui pense ne me surpassez guere d'aage,
sçauez vous que c'est que de l'amour? Où
auez vous fait telle experience de l'effort
ou foiblesse de son feu, trait, ou haleine, que
vous en parliez aussi resoluement comme
si vous estiez quelque grand Palladin de la
table ronde, ou le secretaire du plus passion-
né d'entre les Cheualiers amoureux de la
grand Bretaigne? Si vous y estes si sçauant
que vous faignez, monstrez nous de grace
ce qui est de bon & necessaire en chose à
qui vous attribuez tant de pouuoir, afin que
nous ne faillions par ignorance en resistant
à vn si grand bien offert par la nature: & ensemble faires que nous cognoissions l'obiet auquel se rapportent vos pensemens, &
qui est le but de vos desseins, & celle deesse
à laquelle vous addressez vos plus secrettes
affections & loyaux seruices. Ha, Madame,
respond l'Espagnol, où le suiet est trop excellent au pris de celuy qui ose y donner
attainte au desir & pensement, il vaut mieux
qu'vn seul endure, que si tout vn corps en
souffre la vehemence. Ie vous prie, dit la fille, de parler plus clairement, car ie sçay que

vous autres Espagnols estes fort sententieux
& auez des mots à double entente, & ie suis
simple, & sans ruse quelconque, qui ne peux
apprehender que ce qui est declaré sans
couuerture aucune, me suffisant de cognoistre & discerner l'vne couleur de l'autre, &
iuger le bien d'entre les choses peruerses &
vicieuses. Il n'y a pire fol que le sage con-
trefaisant ce qu'il n'est point, ni rien plus
contraire à l'amour que la dissimulation.
Vous m'auez demandé (repliqua le gentilhomme) si i'auoy gousté les amorces d'a-
mour, & si ie sçay que c'est que sa vehemence: ah gentille Princesse ! il faudroit estre beste ou du tout insensible de viure parmi les
beautez sans apprehender rien, & sans sauourer le desir qu'engendre en l'homme la
figure seulement imaginee en nostre esprit
de quelque chose belle : & ainsi ie confesse
que ie sçay & sens aussi viuement les poin-
tures d'amour, que iamais feit pauure gentil-homme de la terre : mais mon mal-heur
est si grand que i'ay assis mon pensement en
tel lieu, duquel ie ne pense ni espere iamais
tirer rien qui soit pour me donner allegeance. Et quoy ? dit-elle, estes vous deuenu
amoureux de vostre figure propre, ainsi
que i'ay ouy dire que feit quelquesfois vn
iouuenceau de vostre aage? Ou si vous auez
prins quelque esprit en fantasie de ceux, les
corps desquels on dit auoir esté parfait en

beauté durant qu'ils viuoyent en ce monde? Madame (dit l'Espagnol) il fait bon se mocquer de ce dequoy l'on ne tient aucun compte, & de cercher des moyens de se rire de ceux, la passion desquels ne nous touche guere, ni esmeut nos cœurs pour en auoir compassion. I'aime, ie le confesse, non mon image propre, ni aucune chose celeste, mais vne dame que ie respecte plus que moy-mesme, & honore à l'esgal des esprits bien-heureux: & pleust à Dieu qu'elle print aussi grand plaisir en mon seruice, comme ie souhaite de luy aggreer, afin de luy faire voir si ie suis aussi veritable & constant en l'effait, comme facile & leger en la promesse. Mais, repliqua la damoiselle, faites moy ce bien de me dire qui est celle si heureuse à qui vous voüez si fidellement vos deuotions, vous promettant foy de gentil femme, & de le tenir secret, & de vous y secourir de toute ma puissance. Le Cathalan qui à la parole & changement de couleur de la fille s'estoit apperçeu de l'alteration qui l'auoit surprinse, luy dit: Puis qu'il vous plaist de me fauoriser de tant que de prendre ceste mienne cause en main, ie vous supplie me faire raison de la fille du seigneur Adaquier forestier de Flandres, car c'est elle qui tormente ainsi le pauure desherité de Barcelonne, & qui brusle le cœur de Geoffroy, lequel ayant si long temps celé son mal, il y a pensé perdre

la vie pour ne pouuoir souffrir la vehemence d'vne passion si desmesuree. Et si la rigueur de ma fortune me poursuit aussi bien
en ceci comme elle a commencé de trauail-
ler les plus tendres de mes ans, & que ie sois
indigne qu'vne si grande Dame que celle
que i'honore, me caresse & fauorise, qu'à
tout le moins il me soit permis de nourrir
mô pensemét en ceste passiô,& que ne trouuez estrange que le fils d'vn grand seigneur
soit l'esclaue d'vne Princesse autât vertueuse que la terre en porte. La Damoiselle oyât
le langage accompagné d'vne infinité de
souspirs du Gentil-homme, le prenant par
la main, & auec vn gracieux sousris luy respondit en ceste sorte. Seigneur de Arrie,
n'estimez pas la fille du Gouuerneur de Flâ-
dres si mal apprise, que de refuser qu'vn
Gentil-homme si accompli luy soit ami,
mais auec les respects que vous deuez porter & à moy & à ceux à qui i'appartiens:
car ie serois bien marrie qu'vne autre eust
cest aduantage de vous commander, me
pensant estre seule qui merite à qui ceste proye soit consacree: Et faut que ie vous
confesse que la seule honte deuë aux filles
de mon estat, m'a empeschee de vous faire plus clairement cognoistre mon affection, laquelle est si bonne & saintement
fondee,que vous y accordant, & mes parens
n'y faisans point de resistance ie souhai-

teray de iamais n'eſpouſer autre mary que
le fils du ſeigneur de Barcelonne. Aux paroles de ceſte fille reſpondit le Cathalan ce
que Properce eſcrit en quelque lieu à ſa Cin-
thie, diſant:

Prop.li.
2.Ele.25

Le ſoldat enuieilly, & mettant ius ſes armes
S'en va pour repoſer, eſloigné des alarmes:
Et le bœuf endurcy, & dés long temps caſſé
N'eſt plus mis ſous le ioug comme le temps paſſé.
  La nau giſt ſur le bord de la mer eſcumeuſe
Si toſt qu'elle eſt pourrie & moite, & perilleuſe:
Et l'eſcu bon guerrier d'vn gendarme puiſſant
Pour l'honorer oiſif en vn temple pendant.
  Mais il n'y a langueur, temps, aage, ny vieilleſſe,
Angoiſſe, ni grandeur, ni ioye, ni deſtreſſe,
Qui puiſſent me diſtraire, ou de nuict ou de iour
  De ceſte fantaſie & bien fondé amour:
Soit que ie viue autant que Neſtor le Roy ſage,
Ou qu'vn Thiton i'eſgale & ie ſeconde en aage.

  Et l'aſſeura que le plus grand deſir qu'il
euſt en ce môde, c'eſtoit de l'eſpouſer, comme ne penſant pouuoir trouuer parti qui
luy fut tant à gré, & qu'il eſtimaſt ſi honorable, veu les parens deſquels elle eſtoit ſortie,
& l'obligation qu'il ſe ſentoit auoir au ſeigneur Foreſtier qui l'auoit eſleué ſi amiablement. Ces petits ieux & approches d'a-
mour ſe continuerent quelque temps auec
ces propos amoureux ſans que l'on paſſaſt

outre, ni essayast de faire rien qui peut estre
honnestement accusé entre les gens de leur
calibre : mais les caresses si continues eueil-
lans les esprits, & allumans le feu qui couuoit encor' sous la vehemence du desir, le
ieune seigneur qui estimoit ces mignotises,
baisers, & embrassemens follastres n'estre
que ieu des petits enfans, commença à vouloir taster quelque cas de plus sauoureux, &
gouster à bon escient ce que nature semble
proposer de plaisir est l'affection correspon-
dante de deux ames esgalles en amitié. Et
par ainsi se trouuant auec sa dame vn iour
que personne ne les empeschoit; comme il
leur aduenoit souuent, apres quelques propos legers, & ayant contruué les harangues
de son seruice & loyalle affection, il se print
à la baiser & caresser, de telle sorte que le
feu s'enflammant il voulut venir aux plus
secrets attouchemens, & au point deffendu
à toute femme vertueuse si ce n'est en mariage : dequoy la fille faisant la courroucee
le tança assez aigremét: mais luy qui voyoit
que ceste colere n'estoit trop vehemente la
chargeoit de plus pres, & s'efforçoit de par-
fournir sa carriere. Ce qui fut cause que la
fille mi-vaincue, & qui toutesfois se vouloit
couurir de quelque legere & gétille resistáce,
luy dist: & quoy mon grand amy, est-ce ainsi qu'en vostre païs on respecte les dames de
mon calibre, & les maisons des seigneurs

qui reſſemblent le Gouuerneur de Flandres?
Eſt-ce ainſi que vous meſurez les amitiez,
que l'honneſte affection ne vous ſuffiſe
point, n'y l'aſſeurance de ma parole, ni
l'eſpoir de l'accord de mes parens, ſi encor
auec mon malheur vous ne pourſuiuiez le
meſcontentement des miens, & peut-eſtre,
& voſtre ruine & la mienne tout enſemble?
Elle voulant pourſuiure ſes remonſtrances,
Geoffroy vaincu d'vne alteration non accouſtumee, oubliant tout reſpect & reuerence qu'il ſouloit porter à la Princeſſe, & voyât
l'opportunité luy offrir le temps comme à
ſouhait, & qui plus eſt cognoiſſant que ſa
partie ne ſeroit trop retiue ni farouche, vous
l'empoigna, & luy apprit des ſouſpirs plus
agreables que ceux qu'il faiſoit à la Caſtil-
lane en la pourſuiuant, quelque reſiſtance
qu'elle ſçeut faire. Le ieu fini, comme il
voulut recommencer, elle ſe monſtra plus
terrible qu'au premier aſſaut, l'accuſant
d'indiſcretion & ingratitude, qui ayant re-
ſceu ſi bon traitement du Foreſtier, il luy
en rendoit ſi maigre & mal ſortable recom-
penſe que de luy honnir ſa fille, & des-hono-
rer & ſa maiſon & ſa race. Mais il l'appaiſa
& amadoüa ſi gentiment, luy iurant & promettant la foy de mariage, que non ſeulement alors, mais toutes les fois qu'ils ſe
trouuoyent à propos ils en dreſſoyent les
articles à la ſueur de leur viſage, & aux deſ-

pens des licts de camp de la chambre de la
fille, continuans si bien & longuement leur
besongne que la Princesse deuint grosse, non
sans l'estonnemét & d'elle & de son espoux,
qui cogneut lors la faute qu'il auoit commise, & le danger auquel il estoit tombé : la
chose venant à la cognoissance du seigneur
de Flandres.

Pour faire court, comme le ventre en-
floit à ceste ieune Damoiselle, il fallut que
la mere en fut aduertie, laquelle l'ayant re-
prinse aigrement, s'appaisa sur la foy promise entre les parties, d'autant qu'encore en ce
temps-là on ne rompoit legerement les promesses de mariage que l'on fait à present, tenans pour asseuré que c'est le consentement
des parties, & puis la conjonction qui
font le vray mariage; & que ceux là sont
vrayement vnis qui se sont entredonnez la
foy de s'espouser ainsi que firent ces deux
amans. Enfin la dame le fit entendre à son
mari, lequel ne s'en offença tant que sa femme eust estimé, ains luy dit que le ieune seigneur n'auoit fait que son deuoir, & que luy
& elle estoyét plus reprehensibles que Geoffroy ni leur fille, entant qu'ils souffroyent
deux tels feux si voisins l'vn de l'autre, lesquels ne pouuoyent estre guere longuement ensemble sans faire preuue de leur effort & veheméce. Au reste puis que la pierre estoit iettee, qu'il falloit si bien faire que

le coup ne fust pas vain, ains faire iurer au
Cathalan deuant tous ce qu'il auoit promis
en particulier à sa fille : à quoy il fut pourueu aussi diligemment, comme accortemét
l'Espagnol auoit ioüé son personnage : lequel fiança sa mieux aimee, auec vn extréme sien plaisir & aise de la fille & contentement des parens d'icelle. Et voilà quant à
ce qui est traitté d'amours, & pourtant il reste de poursuiure le dernier acte tragique
du discours, & remettre ce ieune seigneur en
ses terres, afin de ne le laisser en Flandre se
croupir parmy les femmes, d'autant qu'il a
esté tel en sa vie, que le pays Cathalan se
ressent encor' & de ses vaillances, & de sa
preud'hommie, vertu, & saincteté de vie.
Adaquier asseuré que fut du mariage de sa
fille, & voyant comme son gendre le respe-
ctoit & honoroit en toutes choses, le print
en singuliere amitié, & eust bien souhaité
de le voir auancé en court, pour à la fin paruenir au degré auquel auoit esté le Comte
Geoffroy de Barcelonne, & pour ceste cause l'ayant vn iour tiré à part, s'enquist de ce
qu'il auoit deliberé de faire, & comme il
pretendoit se gouuerner pour l'aduenir afin
de seruir son Roy, & se rendre le fils d'vn si
excellent hóme qu'estoit Geoffroy le Comte de Catheloigne. Le ieune seigneur qui se
sentit toucher où le plus il luy demangeoit,
luy va soudain respondre : Monsieur, il y a

long temps que n'euſt eſté crainte de vous
offencer ie vous euſſe ſupplié de me donner les moyens de paſſer en mon pays, tant
pour voir mes parens & ſubiets, que pour
mettre fin à vn mien important affaire, &
ſans l'execution duquel ie ne peux iamais
me reputer digne ni de voſtre alliance, ni
du nom d'eſtre ſorty du Comte Geoffroy de
Barcelonne, mais puis qu'il vous plaiſt que
ie ſois celuy qui eſpouſant voſtre fille ſois
auſſi imitant, & de vos vertus & de celles du
feu Comte mon ſeigneur & pere, ie vous
ſupplie auſſi me ſecourir en ce mien affaire
qui ay deliberé de paſſer en Eſpaigne preparer le logis pour ma chere compagne,
mais quel paiſible : & ſans que perſonne
nous empeſche noſtre repos, faiſant mourir celuy, ou y laiſſer moy-meſme la vie, qui
a cauſé la mort de mon pere & mon banniſſement, lequel i'eſtime neantmoins bien
fortuné pour m'auoir acheminé à l'alliance
d'vn ſi excellent homme que le ſeigneur de
Flandres. Mon fils, reſpond Adaquier, ce
n'eſt pas tout que de deliberer ſur vn affaire, mais faut regarder ſi à l'execution il n'y
a des empeſchemens qui vous ſoyent nuiſi-
bles, ſi penſant tromper autruy, vous ſerez
en danger de tomber au piege dreſſé pour
le ſurprendre, d'autant que ceux qui ont
offencé autruy ſont ſi ialoux de la vie, & diligence à garder leur corps, qu'il n'y à per-

sonne qui ne les rende prompts à soupçonner auec vn signe ou quelque parolle inconsiderement prononcee. Ie souhaite autant ou plus que vous la ruine de celuy qui occist mon grand amy le Comte vostre pere, ie hay plus que la mort celuy qui le fit massacrer, ie voudroy que vous en eussiez desia prins la vengeance : mais quoy mon fils & bon amy ? s'il sçait que vous y alliez, il luy sera plus facile de vous faire traiter, tout ainsi qu'il fit tailler en pieces le Comte Cathalan, vous estant moindrement accompagné, & moy ne pouuant vous donner forces suffisantes pour luy tenir teste, qu'il n'eut de moyen de trahir vostre pere, d'autant que cestuy-cy estoit en la compagnie des officiers du Roy, & vous auec vn simple train : & vostre ennemy fort & puissant auec la puissance mesme de son Prince. Ie suis donc d'aduis que vous y alliez en habit incogneu & dissimulé, vous retirant à Barcelonne chez quelqu'vn des meilleurs amis de vostre maison, & que là dressans vos menees vous mettrez fin à vostre dessein, lequel effectué laissez moy faire du reste, car ie me fais fort d'appaiser le Roy plus raisonnablement, & mieux à propos que iamais le traistre Salomon ne dressa de calomnie qui causa la mort de vostre pere.

Voyage de Geof- Ainsi le complot fut prins que dom Geoffroy iroit (comme il fit) en Espagne en habit
dissimulé

diffimulé, & fans faire bruit de fon allee ny
arriuee:tellement que party de Flandres accouftré côme vn pelerin allant à S. Iaques,
il trauerfa toute la France, & en fin arriua à
Barcelonne,ou de nuict & fort fecretement
fe retira au logis de la Comteffe fa mere,
qui le recueillift auec les careffes que pouuez penfer que font les dames, lefquelles
ont efté long temps fans voir leur chere
portee:bien eft vray que d'vne chofe eftoit
elle en doute que fon fils ne fût venu querir
fon malheur, veu que le iour mefme qu'il
arriua Salomon eftoit auffi entré en Barcelonne,combien qu'ordinairement il fe tint
en l'ifle de Sardaigne. Par ainfi la bonne dame ayant effemblé fes plus loyaux amis &
parens, tant fiés que du feu Comte pour leur
faire part de fa ioye à caufe du retour de fon
fils,leur propofa auffi le peril preparé & pour
luy & pour eux fi Salomon en auoit le moindre auertiffement du monde. Mais le icune
feigneur d'Arrie qui auoit vn autre deffein
que les craintes & foupçons de fa mere, propofa à fes parens toute fa fortune & mariage,& l'occafion qui l'auoit acheminé en cet
equipage en Efpagne,& proteftoit de plutoft
mourir que fouffrir qu'vn traiftre fe prome-
naft par le pays de fa naiffance, auec l'ame
foüillee du meurtre de fon pere, duquel il le
laueroit auec fô propre fang. Ses parés voyás
le haut & genereux cœur du icune feigneur

Marginal note:
froyen
Espai-
gne.

Iouèrent son entreprise, & le prierēt d'y continuer, luy promettans au reste toute faueur & assistāce lors qu'ils verroyent que la chose le requerroit: le priant toutefois de se gouuerner si sagement, qu'entreprenant vn fait si dangereux il s'asseurast d'en cheuir & en sortir à son honneur, & sans en hazarder plusieurs s'il estoit & fol & hastif tout ensemble. Que sert de tant discourir? vn iour ou deux apres cecy, le gouuerneur se pourmenant par ville à peu de compagnie fut rencontré par Geoffroy en vn lieu destourné, lequel alloit tousiours armé, comme se tenant prest à poursuyure son dessein, le voir & l'assaillir ce fut tout vn, & l'eust plutost massacré que ses gens n'eurent presque mis la main à l'espee. On crie trahison, au meur-

Salomon occis par Geoffroy à Barcelonne.

tre, & autres choses, mais comme les parens de Geoffroy fussent les premiers qui suruindrent, voyans Salomon mort, & leur parent assailly des autres se ruent sur eux, & en font belle depesche, & cependant vn d'eux voyant que le peuple s'assembloit au cry, & au maniement & bruit des armes, leur fit entendre que celuy qui auoit commis ce meurtre estoit le seul heritier du Comte Geoffroy, que l'homicide auoit fait occir il y auoit ia long temps en France, & que pour venger son pere & leur gouuerneur, il estoit venu expres de Flandres à Barcelonne. Qu'estant naturel du pays, fils de leur sei-

gneur, & de la race ancienne des nobles &
illuſtres ſeigneurs du pays de Tarracon-
nois, il les prioit de le prendre en leur protection, & ſauuegarde, contre l'inſolence des
confederez de celuy, qui pour vſurper la ſeigneurie Cathalane, auoit calomnié le deffunt, & en fin fait tãt que la vie luy fuſt oſtee.
Le peuple qui auoit grauee la ſouuenancé
du tort fait au Comte Geoffroy, non ſeule-
mét auoüa le fait du ieune ſeigneur, ains luy
promiſt aide, faueur, & confort enuers tous
& contre tous, & afin que dés l'heure meſme
il s'en tint aſſeuré, tous luy iurerent fidelité
& obeiſſance, le proclamant leur prince &
ſeigneur, & ſe faiſans forts de le maintenir
en la ſeigneurie, Ainſi fut recompencé le
calomniateur de ſa méchanceté, & vn ſu-
borneur de traiſtres & meurtriers occis pour
ſa trahiſon & deſloyauté : ainſi fut payee
l'ambition de celuy qui pour s'agrandir ne
ſe ſoucioit de vendre ſon ame, & prodiguer
vilainement ſon honneur : & ſon hipocri-
ſie découuerte aprés ſa mort, fut cauſe que
le Roy ne ſe ſoucia d'en pourſuyure la
vengeance, eſtant auerty par le gouuerneur Flament, & de celuy qui l'auoit occis, & des cauſes qui l'auoyent induit à
faire ce maſſacre, comme iuſte vengeur
de la mort iniuſtement perpetree ſur vn
homme & plus vertueux, & plus loyal ſeruiteur de ſa maieſté que iamais Salomon

C ii

ne ſe monſtra en choſe qu’il eut fait à ſon
ſeruice. Ains pluſtoſt le bon Roy, qui
pour ſa bonté & vertu a porté le tiltre de
Debonnaire, pardonnant à celuy qu’on
eſtimoit qu’il deuſt condamner, le confir-
ma au gouuernement des Eſpagnes, & luy
donna à vie le Comté de Barcelonne : duquel depuis il luy fit entiere & pure ceſ-
ſion, & tranſport, tant pour voir que ſa maieſté n’y auoit autre droit que ceux qui dônent
ſecours à vn Prince, & par ce moyen le re-
mettent en ſes terres, que pource que il n’a-
uoit le moyen de ſecourir la prouince Tar-
raconnoiſe, aſſaillie pour lors par les Mores.
& leſquels en furent chaſſez par ce Geoffroy
ſurnommé le Velu, & premier Comte de
Barcelonne, l’hiſtoire duquel i’ay mis en
auant, tant pour voir comme les calomnia-
teurs ſont punis ordinairement par la iuſtice diuine, que pour monſtrer le toutpuiſſant
eſtre le vray ſuport des véues, & orphelins,
ainſi qu’il s’eſt fait cognoiſtre, deffendant la
cauſe de ce pauure pupille. Et mourut (ainſi
que porte l’hiſtoire d’Aragon & des Comtes
de Barcelonne) ce Comte dit le Velu, l’an de
grace neuf cens quatre vingts & douze, apres
auoir donné preuue de ſa vertu, & ſageſſe
en guerre, & témoignage aſſez ſuffiſant de
ſa pieté, & deuotion és choſes de noſtre
religion. Sur l’exemple duquel, ſi ceux qui
ne font que commencer à venir, & qui

Geoffroy
fait Com
te ſouue-
rain de
Barcelo-
ne.

(par maniere de dire) sont les premiers gentilshommes de leur sang, vouloyent façõner
leur vie, ie ne sçay si la Chrestienté souffri-
roit tant, & si les Rois seroyent ainsi inquie-
tez par leurs subiets propres. Mais laissans
ces discours, il est téps de voir si nous trou-
uerons encore quelque bonne viande qui
puisse seruir pour aiguiser les apetits de nostre ieunesse de France.

Sommaire de l'Histoire 78.

IE diray auec vn des anciens Poetes en vne de ses
Elegies:

Nulle haine a vigueur, ny aigreur, ny furie
Que celle qui sur-croist d'vne amoureuse
enuie.

D'autant que si iamais il y a eu occasion qui aye
incité és hommes de quelque qualité qu'ils fussent à
s'armer & aigrir auec fureur contre leurs semblables
c'à esté l'iniure receüe en ce que nature semble
auoir mis en lumiere pour le plaisir & côtetement
de l'hôme. Car quicõque regardera de pres, il verra
que quelque imperfection qu'aucuns ayent voulu
naturaliser en la femme, si ne peuuent-ils cacher
ny effacer celle vertu latente & pleine de naiueté
qui les éguillonne à souhaiter ce suiet qu'ils mesprisent: & la rareté duquel ils confessent en le desirant, veu que (si nous croyons ce que disent les

Philosophes) nos appetits sont guidez au desir des choses qui leur paroissent bonnes. Et faut bien dire que la bonté de ce suiet soit grande, puis que la perte faite d'iceluy fait égarer les plus sages, & cause les guerres si sanglantes que encore la memoire d'icelles vit au cœur des hommes de nostre aage, & les estincelles en couuent dans l'esprit de la posterité. Ie laisse à part les exemples tant chantez de la Grecque rauie par le Phrigien effeminé, & la Romaine violee par l'effort du Prince Royal, afin que tousiours vn mesme chemin ne semble dressé pour nos voyages, mais qu'on voye de pres pourquoy vn grand Prince de ce Royaume fut occis par les menees d'vn sien parent dans la grand cité de Paris, il peut auoir enuiron quelques cent ans, & lors on cognoistra qu'vne Duchesse solicitee moins que chastement par ce ieune Prince, assez adonné aux embrassemens d'autre que de son espouse, fut cause que traitreusement depuis on le massacra de nuict au milieu d'vne rue. Les guerres qui ont duré si long temps entre les maisons de France,

Charles 8. laissant la fille de Flandres, prit Anne de Bretagne.

& d'Austruche n'ont eu source d'ailleurs que, & de l'amour mesprisé, & de l'vsurpation de la couche à autruy promise: voire celle poursuite mesme causa (quelque autre occasiõ qu'on y surseme) vne guerre ciuile en ce pays, qui ne s'estaignit qu'auec l'effusion de sang d'vn nombre infiny d'hommes, estans les bombardes, tabours, trompettes & autres instrumens effroyables ceux qui sonnerent les gaillardes de ce passage. Que si vn mariage vsurpé, si vne simple sollicitation cause tant de miseres, & allume

la torche deuorante d'vne guerre calamiteuse, que
fera vn rapt & violence? que feront les efforts laf-
cifs & tyranniques d'vn qui ne trouue rien trop
chaud, & qui fans respect de personne donne attainte par tout, & ne voit femme belle qu'il n'en vueille
abufer? Il faut que ie die ce mot en paffant, qu'encore que les chofes fe paffent fans que les hommes à
qui l'iniure eft faite s'en puiffent venger, fi eft ce
que Dieu eftant iufte, iamais le forfait ne s'efcoule
qu'il n'aporte le chaftiment fur celuy qui l'a commis, ou la malheurté plus qu'effroyable fur fa race.
Et d'autant que ie voy qu'en ce temps plein de troubles, noftre France eftant tourmentee de guerres ciuiles, chacun fe deborde licentieufement & lafche
la bride à fes déreglees affections, & nul fait confcience de refpecter l'honnefteté des embraffemens:
ains le rauir, forcer, & violer femble eftre la gloire
de ceux qui portent les armes, i'ay recueilly vne hiftoire non trop nouuelle, ny auffi puifee de la plus
longue antiquité des fiecles paffez, qui mõftre comme Dieu fe venge, où les hommes n'ont le moyen de
pourfuyure ceux qui les offencent en l'honneur, &
s'attaquent au fexe, que pour l'honnefteté les nations barbares mefmes ont iadis deffendu de l'infó-
lence & brutale paillardife des tyrãs & rauiffeurs
& punift les peres qui fouffrent les vices enormes
de leurs enfans ou qui par leur incontinence leur a-
prennent le chemin de mal viure, & eftre iniurieux
à ceux à qui ils doyuent fecours & iuftice.

C iiii

De l'insolente vie & paillardise desbordee
de Iean fils de Suarcher Roy des Goths,
& comme il fut occis & massacré du
peuple à cause de ses méchancetez.

HISTOIRE LXXVIII.

NUiron l'an de grace mille cent cinquante, & seant à Rome Eugene troisiéme, & en France regnant Louys le ieune, iceluy qui ayant fait le voyage de la terre sainte, repudia Eleonor fille & heritiere de Guillaume Comte de Poitiers, auint ce qu'à present ie veux vous discourir & deduire. Comme le pays de Suece & Gothie fut affligé par les tyrannies, & des Rois, & des chefs qu'ils auoyent pour Gouuerneurs des Prouinces, & qu'il semblast qu'on ne fit que se iouër & passer le temps és massacres & meurtres faits sur les Princes & Rois souuerains, comme ces pays, & insulaires, & Septentrionaux ont de tout temps esté adonnez à vne estrange barbarie, & accoustumez a tuer leurs seigneurs : auint qu'estant mis à mort le Roy Magnus (il faut le nommer ainsi, quoy qu'à regret ie latinise en parlant François) les Goths esleurent pour leur Roy vn Prince de maison fort ancienne &

Illustre, nommé Suarcher par le commun
consentement de tous les estats: d'autãt qu'il
n'estoit point loisible (ainsi qu'ailleurs i'ay
discouru) entre les Goths, qu'aucun se portast pour Roy encor' qu'il fust du sang royal,
si premierement la Noblesse & le peuple ne
l'y appelloyent & l'elisoyent d'vn commun
accord & volonté, s'est ains reserué le droit
de l'election, a fin de faire cognoistre aux
Rois que la seigneurie estoit du commun,
& non de la fantasie d'vn particulier. Les
Goths ayans choisi ce Roy, & luy se monstrant assez bon & paisible, fut encor' appellé
par les Sueces, & ainsi il vnist les deux pays,
& remit ces peuples sous l'alliance ancienne
& subiection d'vne seule courõne: quoy qu'il
se tint le plus souuent auec les Ostrogoths
lesquels il aimoit & cherissoit, sçachant
qu'ils l'aimoyent vniquement, & luy portoyent vne fort grand reuerence. Les raisons de ceste amitié du peuple estoyent la
douceur & courtoisie du Roy, la iustice qu'il
rendoit à chacun, la recognoissance des seruices de ses subiets, & d'autant qu'il les tenoit en paix & repos, & ne les fouloit point
de subsides : car ce sont les plus agreables
chemins qui acheminent vn peuple à obeissance, que les susdits offices, & qui contien-
nent la Noblesse en deuoir, & forcent chacun a faire ioug sous la main du Prince,
plutost que toutes les forces, garnisons, ny

oy ſçauroit aſſembler pour
tenir les ſiens en bride. Ce Roy au cõmencement de ſon regne fut ſans eſtre inquieté
d'aucun trouble; luy ne faiſant guerre à pas
vn de ſes voiſins, & nul ſe mouuant pour
rõpre le repos de ſes terres, mais en fin faſché de ſon aiſe, comme l'eſprit de l'homme
eſt conuoiteux de nouueauté, commença
choſe qui depuis luy tourna à preiudice. En

ce temps là regnoit en Dannemarch Nicolas homme vaillant, ſage, & bon Prince, la
femme duquel nommee Marguerite, & fille
d'Ingon deffunt Roy de Suece, eſtant morte
il ſe diſpoſa de voler à ſecõdes nopces pour
auoir ſucceſſeur de ſon corps, qui tint le
ſceptre Danois apres luy. Or y auoit-il vne
Dame, & Princeſſe de grand maiſon, & re-
marquable grandeur en Noruege, nommee Vluilde, eſtimee vne des plus belles
pucelles de l'vniuers, le renom de laquelle
ayant chatouillé ſes oreilles, & l'attrait de
ceſte beauté imaginee luy enflammant 'e
cœur, il ſe delibera de la pourſuyure, & l'é-
pouſer, & d'autant qu'il ſçauoit que choſe ſi
rare n'eſtoit ſans eſtre d'ailleurs conuoitee
il dépeſcha vn Gentilhomme vers la fille,
pour luy faire entendre ſa volonté, & la
prier de ne refuſer l'alliance d'vn ſi grand
Roy, ny l'honneur de commander à tant
de peuple, ny à vne nation ſi braue que s'e-
ſtimẽt les Danois. Ceſte ambaſſade ne deſ-

pleur nullemét à Vluilde, qui sçauoit la vaillance, vertu, generosité, & bonnes parties de
ce Prince ains ayát fait entendre la nouuelle aux siens, on fit toute telle responce au
messager royal qu'il desiroit, & l'asseura
on du mariage : si bien, qu'il ne restoit rien
plus sinon que le Roy enuoyast des gens &
train honneste pour emmener sa future espouse. Durant ces menees le Roy Danois
se veit enuelopé en yne infinité de troubles, & grandes guerres, qui luy firent differer l'executiõ tant par luy desiree de ce mariage, tellement que ce pendant qu'il estoit
ententif a duider ces querelles, voicy vn autre qui luy bastit vn fondemét de plus grã le
discorde, & le picqua auec plus de violence
que tous ceux qui iusqu'alors luy auoyent
donné des attaintes. Car Suarches Roy des
Goths & Sueces éueillé d'vn appetit sensuel se voyant veuf, & oyant parler d'vne
beauté si admirable, quoy qu'il sçeust que le
Danois eut promesse de ceste fille, & que la
foy du mariage fut iuree entre-eux, il depes-
cha des plus braues & mieux parlans de sa
maison, auec des presens de pris inestimable, & les enuoya à Vluilde, afin que si l'eloquence ne la pouuoit-flechir, que les presens
& ioyaux à tout le moins ébranlassent sa
fantasie. Qu² seruent les paroles? Les fables
tiennent que la femme d'Amphiare vendit son mary pour vn carquan, & que la fil-

le d'Acrife fe laiffa vaincre par vne rofee d'or : auffi la Princeffe de Noruege voyant tant de richeffes, oyant le langage fardé & poly des ambaffadeurs du Goth, entendant les promeffes de fa grandeur, & la differen-ce qu'il y auoit de l'vn Roy à l'autre, ou-bliant la foy donnee, ne fe fonciant de l'ad-uis des fiens, ny de fa reputation, elle fuyuit les feigneurs Goths, & fut faite l'époufe de Suarcher, qui eut d'elle vn fils nommé Charles, lequel fucceda à la couronne. Le Roy de Dannemarch n'eftoit ià fans fe re-fentir de cet iniure, ny fans enuoyer vers le Goth pour r'auoir fa femme, mais & fon courroux eftoit vain, fon defir fans profit, & fes menaces qui n'auoyent ef-fort, effet, ny efficace : d'autant qu'affailly de toutes parts, il luy eftoit impoffible de fe preualoir d'vn fi puiffant ennemy, & falloit que forcé il auallaft cefte pillule tant ame-re, & mal fauoureufe luy peut-elle fembler. Nicolas mort, luy fuccederent quatre Rois de fuite, à fçauoir Henry 3. Harad 7 Hen-ry 4. & Suenon 3. les trois premiers tous affaillis de fi grands affaires, que iamais pas vn d'eux ne peut fe venger de l'iniure faite à la maifon de Dannemarch, par le Prince des Goths. Or regnant Suenon fur les Dan-nois la guerre en fin s'émeut entre les Dan-nois & les Sueces & Goths, de laquelle l'oc-cafion fut comme vn renouuellement du

fait de Suarcher. Car le Roy Goth ayant
vn fils de son premier mariage, nommé
Iean, & lequel il laissoit viure auec plus de
licence que les peres ne doyuent octroyer
à ceste folle & effrenee ieunesse, aussi fut il
cause de son malheur, & ruine. D'autant
que ce Prince conduit de son plaisir, &
n'ayant loy qui luy commandast autre que
les desirs de sa fantasie, corrompu par la licence que luy donnoit son pere, & eguil-
lonné par les façons de vie, & exemple de
lubricité de celuy qui l'auoit engendré, plus
poussé des déraisons de la sensualité, que
que de celle modestie qui doit accompagner & la vie & les gestes des Princes, &
grands seigneurs, se delibera de surmonter
l'incontinence de son pere, & pour vn rapt
qu'il auoit fait, cetuy en desseigna deux, &
les mist en effet aussi tost qu'il en eut fait
le complot. Il y a vne Prouince en Scandinauie, qui est assise entre les Vestrogots, &
Schoninges, nommee Hallandie, qui estoit
pour lors subiette au Roy Dannois, quelque
voisinage qu'elle eust aux terres de Sueces:
en icelle estoit Gouuerneur vn seigneur
Dannois homme de marque & fort respecté
de son Prince, lequel auoit auec luy sa femme, & vne sienne sœur vefue, deux Dames
estimees les plus belles, vertueuses & chastes qu'on sçeust en tous les pays voisines de
la terre Gothique. Ce Prince mal comple-

ctionné, ialoux de la vertu de ces dames , se
deliberа de leur oster ceste reputation (s'il
est ainsi que la force faite à la femme de
bien,doyue diminuer son honneur)& ayant
fait amas d'vne troupe choisie de ieunesse,
qui ne demandoit que complaire aux folles aprehensions de ce seigneur,prist la route de Hallandie, qu'il assaillist (sans qu'aucun se doutast de telle surprise) & prenant
le palais du Gouuerneur le saccagea, & en-
leua par force ces deux Dames,& la fleur de
beauté & de chasteté & continence. Regardez l'acte indigne d'vn grand Prince &
abominable en la vie d'vn Chrestien. Le fils
d'vn Roy qui deuoit punir les rauisseurs
deuient voleur de la femme d'autruy : celuy auquel est enioint de tenir le peuple
en paix,& ne rompre le repos de personne
inquiete ses voisins, & auec sa lascheté, cause la ruine de son peuple. Ce bouc plein de
saleté , non content de ce rapt. ny des embrassemens de la vefue , qu'on estimoit,
qu'à l'imitation de son peril voulust prendre pour femme , se souïlla encor en abu-
sant de l'épouse du gouuerneur, changeant
toutes les nuits de pasture sans se hontoyer

d'auoir ainsi polué la maison royale auec
vn si detestable adultere,ny abusé de la chasteté de deux dames renommees en vertu &
purité de vie. C'est alois que le peuple s'é-
meut, que tout le pays crie, que chacun de-

teſte l'ennemy commun de chaſteté, c'eſt là
que tous craignent que ce bouc ne s'atta-
quaſt à leurs femmes eſtant ſaoul des baiſers des dames rauies, on n'oit que maledictions foudroyees ſur ſa teſte, que plaintes
de toutes pars, & libelles épandus qui le
menaçoyent de mort s'il ne reſtituoit celles
qu'il auoit volees. Le pere quoy que trop ſo-
tement amy de cet enfant craignant que le
peuple ne ſe mutinaſt, & ſe ruant ſur ſon fils
ne le miſt & enuelopaſt en ceſte miſere, s'a-
dreſſant à ce rauiſſeur, luy vſa de ce langage. Mõ fils, ie n'euſſe iamais penſé que vous
oubliant la douceur naturelle d'vn qui eſt
de voſtre calibre, deuſſiez me donner ceſte
peine, qu'il faille, que faſché de la clameur
du peuple indigné contre vous, ie ſois contraint de vous tancer & reprendre de vos
deportemens, pour eſtre tyranniques, &
peu ſortables à vn fils de Roy, & prince de
grande excellence. Et bien que ie n'euſſe
trouué de gueres bonne digeſtion voſtre
voyage en Hallandie, ſi diſſimuloy-ie pourtant ce que i'en penſois comme celuy qui
eſtimois que le ſeul amour vous euſt guidé
& que la ſœur de Charles gouuerneur fut
celle qui eut rauy voſtre liberté, & que d'elle vous en vouluſſiez faire voſtre loyale eſpouſe. Mais puis qu'vne trop grande ſaleté
vous conduit, que c'eſt là paillardiſe pleine de brutalité qui gouuerne voſtre ame, &

que fans egard ny de la reputation voftre, ny
du refpect que tout Gentilhomme doit à
l'honneur & deffence des Dames, ne trouuez eftrãge fi ie fuis aigry contre vous, & fi
ie vous cõmande que fans faire delay quelconque vous reftituez celles defquelles laf-
chement vous auez abufé : car ie ne veux
que le peuple foit le iuge de vos folies, ny
l'executeur de fa rigoureufe, & effrenee fen-
tence, vous voyez comme il eft irrité, &
n'ignorez point de quel bois il fe chauffe,
& combien il eft gracieux eftant courroucé : par ainfi penfez de m'obeir, & de vous
purger en m'obeiffant de cefte faute, à
quoy fi vous faillez, ie vous feray fentir
que ie fuis voftre pere. Le Prince entendit
bien par ce langage que le Roy eftoit fort
émeu, & qu'il ne falloit pas fe ioüer a gaigner auffi bien fa male grace, comme déia
il eftoit tombé en l'indignation du peuple,
afin que delaiffé des deux, il ne fe veit là
proye de fes aduerfaires. A cefte caufe il li-
centia fes deux amies ennemies, lefquelles
il aimoit autãt cõme mortellement il eftoit
hay d'elles : & l'vne defquelles luy dit auant
que partir : Sçache Prince que fi tu te fuffes
contẽté de l'embraffement de l'vne de nous,
& l'euffes prife à femme legitime, qu'on
euft peu bien oublier le tort que tu as fait à
d'auffi grands feigneurs que ton pere : mais
puis que paillard fut ton defir, & lafciue ta
penfee,

penfee, & execrable ton fait, & que forcé
tu nous donnes congé de nous retirer, &
non de bonne volonté, qui prenois plaifir
de defplaire à celles qui meritent mieux,
que d'eftre mifes & employees en fi fale feruice, ne fera iamais que nous ne pourfuy-
uions ta ruine, & la vengeance du tort reçeu
par le plus mefchant de tous les hommes: te
iurant que fi ie ne puis trouuer homme qui
vueille prendre ma querelle pour te faire
mourir, que ie ne laifferay moyen aucun que
ie ne cherche pour te deffaire, ou ie fineray
miferablement à la pourfuitte. Et voyla le
remerciement que nous te rendons de tes
vilaines, & impudiques careffes, & courtoi-
fies. Le prince Goth fe fouf-riant luy dit:
Madame, ie me fais fort, qu'eflognee que
vous ferez de ma compagnie, & reprenant le
fard de voftre hipocrie chafteté, vous ne ferez fans me fouhaitter fouuent en voftre
chambre pour iouyr des gracieufetez que ie
vous ay faites : lefquelles vous n'auez pas
trouué de fi mauuais gouft, ne fi defplaifan-
tes que vous dites, entant que iamais ie ne
vous en ouys plaindre. Quoy qu'il en foit,
il n'y a rien qui me force à vous donner congé que mon propre plaifir, qui defgoufté de
vos fottifes, & graces fans faueur, ay cerché
le moyen de me deffaire de vous, pour choifir proye qui me foit plus agreable. Au fur-
plus puis que ie n'ay plus affaire de ioufter

Tom.5.　　　　　　　D

auec vous de nuit, ie suis ioyeux que soyez si
gentilles que de vouloir me donner le passe-
temps des armes, qui est la chose que ie desire le plus en ce monde: toutesfois vous prie-
ray-ie de m'ennoyer des hommes plus gaillards au combat, que vous n'estes, ni belles,
ni gracieuses, ou qu'entrans en bataille, ils ne
se reclament les seruiteurs d'autre que de
vous, veu qu'ainsi faisans ie m'en tiens desia
la victoire pour toute asseuree. Ceste responce cuida faire sortir du sens les pauures dames, oyans auec quelle moquerie, ce paillard
les poursuiuoit, & le compte qu'il faisoit de
leur vertueuse resistance, les accusant d'impudicité telle que iamais seulement elles
n'auoient pourpensee: mais comme sages
qu'elles estoient ne luy repliquerent rien autre cas, sinon qu'elles s'attendoient de luy
payer si bien leur escot, qu'auant que l'an fi-
nist, il se ressentiroit du vol fait en la maison
du gouuerneur de Hallandie. De quoy il ne
feit que rire, & leur dire qu'elles se tinssent
prestes, & qu'en brief temps il les iroit voir
pour payer les arrerages, & afin de voir s'il y
auroit aucun Danois si hardy qui osast luy
quereller ce qu'il auoit conquis, ni luy empescher la iouyssance de chose sienne, faite
par bonne guerre. Retirees que furent ces
dames, & Suenon Roy Danois aduerty de
l'iniure faite à gentils-femmes de telle marque, & illustre maison, le soutenant du vol

& rapt de Suarcher sur la femme promise
à Nicolas roy son predecesseur, delibera de
se venger, & d'assembler toutes ses forces
pour passer en Gothie & Suece, & la mettre
tout à feu & sang, & ruiner la maison de celuy d'où procedoient toutes ces iniures. En
ce temps estoit en court, & à la suitte du
Roy Danois pour nom de la saincteté du Pape Eugene troisiéme Nicolas Anglois qui
depuis fut Pape & nommé Adrian quatries-
me, lequel oyant les deliberations de Suenon, loüa bien l'entreprise pour le seul esgard du forfait, estant chose fort detestable
que deux femmes si bien apparentees, & renommees d'vne si grande vertu eussent esté
violees par vn Prince, & par celuy, le pere
duquel deuoit plustost se purger de son crime propre, que souffrir que son fils empi-
rast la playe non encore guerie, ni consoli-
dee. Mais (disoit il) auant que penser d'ém-
porter la victoire, le sage homme de guerre
doit considerer ce qu'il faut faire auant que
y paruenir. La difficulté des passages sert de
grand empeschement : les perils ordinaires
de ceux qui rasent les sillons tempestueux
de la mer Gothique sont à craindre, &
faut plustost combatre auec les escueils dangereux, & rochers espouuentables & auec
les bancs effroyables cachez sous les flots
de l'Ocean, que entrer en plaine campagne pour venir aux mains auec l'ennemy.

A. Euge.
3 succe-
da.
Anast.
4. Et
apres luy
fut A-
drian. 4.
En l'an
1155.

D ij

Lequel (Sire) posons le cas que vous surmõtez, qu'aurez vous gaigné que du trauail, & soucy perpetuel pour voftre esprit, eftant impossible de tenir ce peuple fous voftre obeiffance, eu esgard à celle haine naturelle que les Sueons, & Goths portent à la nation Danoise? Et laquelle mauuaise affection, il faut pluftoft effacer, & rompre auec graciuseté qu'en faifant la guerre à vos voifins. L'araigne tramant & ourdiffant fa toille, à tout le moins attrape elle toufiours quelque mouche dans fes filets: mais fi vous allez en Suece, & fi les Danois paffent contre les Goths, ie ne voy rien qui les attende qu'vn danger affeuré d'y perdre leur vie. C'eft folie d'embraffer par defir les threfors de Gothie quelque grande quantité de metaux qu'on y trouue, puis que les Goths & Sueons monftrent plus de fer que d'autre richeffe à ceux qui les vont affaillir, & que cachans l'or & argent fous terre ils enfoüiffent, & encloent leurs glaiues dans les corps & entrailles de ceux qui leur font la guerre. Ayez donc (Sire) pitié de voftre peuple, & moderez vn peu voftre colere, attendant que la raifon vous remonftre qu'il eft bien aifé de faire la guerre, & la commencer, mais fort difficile de la pourfuiure, & la fin de laquelle paye bien fouuent fort mal celuy qui en eft la caufe. Ie feroy pluftoft d'aduis qu'on demandaft raifon à Suarcher fur cefte iniure qu'on vous

a faite, & iuſtice au peuple Goth du tort
fait à ces dames: le Roy Goth eſt bon Prince & aſſez entier, le peuple qui deteſte les
voyes de fait laſciues, & ſelon la reſponſe
qu'ils vous feront, vous prendrez aduis, &
aurez plus iuſte occaſion de commencer la
guerre que maintenant s'ils refuſent de
condeſcendre à ce qui eſt raiſonnable. Le
Roy Danois quoy que portaſt reuerence au
legat de la ſainteté, qui taſchoit d'induire
Suenon à pluſtoſt contribuer à la guerre contre les Turcs, qu'à dreſſer ſon armee
contre les Goths, ſi eſt-ce qu'il ne voulut
rien entendre de ceſte admonition, comme
celuy qui penſoit deſia tenir la Gothie &
Suece en main, & accabler Suarcher à ſa
fantaſie: & qui eſtoit ſi peu aduiſé en ſes deſſeins, que ſans meſurer ni les temps ni les
occurrences, il ſe lançoit pluſtoſt és abiſ-
mes d'vne guerre perilleuſe, qu'embraſſer
le repos d'vne paix agreable & profitable
à ſon peuple, & à luy glorieuſe, & honorable, car c'eſt ainſi que parle de ce Roy, Sa-
xon lequel a eſcrit l'hiſtoire Danoiſe. Suarcher touché du ver de conſcience, oyant
l'appareil que faiſoit Suenon pour luy courir ſus, & qu'il s'obſtinoit eſtrangement à
la pourſuite de ceſte entrepriſe, ne voulant
eſtre cauſe ni de la ruine, ni du meſcontentement des ſiens, enuoya vers le Danois
pour luy remonſtrer combien la guerre

estoit perilleuse, & sans profit ni à celuy qui
la commence, ni à celuy à qui elle est de-
noncee, que le mal'heur d'icelle est si grand,
que sous la rigueur d'iceluy sont enuelopez
egalement & celuy qui offence, & celuy qui
est innocent de toute coulpe : Qu'il appelloit Dieu à tesmoin, & les hommes pour
ouyr ses raisons, qu'il ne vouloit guerre ni
inimitié à homme du monde, & que quand
Suenon voudroit entendre à la paix, il ne
refuseroit d'y entendre, & l'accepter auec
toute condition honneste, & non preiudiciable à sa grandeur, ni des-auantageuse à
ses suiets. Le Danois voyant que le Goth
s'humilioit de telle sorte, poussé par ceux
qui ne l'aimoient guere, & le conseil desquels il embrassoit, & lesquels ne cer-
choient que sa ruine, ne voulut entendre à
composition quelconque. Ceux ci conspi-
rans contre leur prince, auoient intelligence
auec le Goth, & cependāt ne cessoient d'em-
flamber leur Roy à la guerre, asseurez qu'il
n'estoit assez fort de soustenir l'effort de
Suarcher, auquel ils manderent qu'il s'apre-
stast, & que Suenon faisoit vn grand appareil pour luy courir sus, & se saisir de ses terres: qu'il feroit bien de le deuancer, & passer
en Dannemarch, comme chose à luy fort facile, d'autant que les forces Danoises ne s'as-
sembloient pas si aisement que les compagnies des Goths & Sueces. Or faisoient ils

Ces trai-
stres Dá-
nois s'ap-
pelloient
Camit &
Valde-
mar.

rour cecy eſperans de remuer meſnage tandis que Suenon ſeroit empeſché contre le
Goth, & ſe faire ſeigneurs de la terre Danoiſe. Suarcher oyant auec quelle obſtination Suenon pourſuyuoit ceſte guerre &
qu'il n'y auoit moyen aucun de l'apaiſer,
commença auſſi à ſe mettre en deuoir de defendre, voire de ne permettre point que l'ennemy le vint trouuer en ſes terres : ſa conſideration eſtoit fort bonne, s'il euſt eſté auſſi
ſage à choiſir le chef de l'armée comme preuoyant à ne donner l'auantage à ſon aduer- *Faute de*
ſaire, de ne le venir point aſſaillir ſur ſon fu- *Suarcher*
mier. Or le peuple Suenon, & Goth, oyant *au choix*
qu'il falloit auoir la guerre bien qu'il ne s'en *du gene-*
ſouciaſt point, pour hayr à mort les Danois, *ral.*
ſi eſt-ce que craignant l'ire de Dieu pour
l'iniuſtice de la cauſe de leur Roy ſuppor-
tant le crime de ſon fils, il hayoit plus que
mortellement l'enfant aiſné du Roy auquel
la charge eſtoit donnee d'aſſembler, & conduire l'armee, & lequel l'ayant conduite de
toutes parts, & preſt à partir, il harangua
auec ceſte petite remonſtrance.

Harangue du Prince Goth aux eſtats
& ſoldats de ſon pays.

SI i'auois affaire auec quelque peuple
eſtranger en la preſente neceſſité, qui
ne touche pas ſeulement l'honneur du

D iiij

Roy, Monsieur mon pere, ains consiste en
la ruyne & malheur de toute nostre Pro-
vince, il faudroit de longs discours, pour
luy faire sentir & entendre la iustice de ma
cause, & la raison qui me pourroit mou-
voir à luy demander secours, & subuention.
Mais puis que ce sont les Sueces, & les
Goths à qui ie m'addresse, & que ce sont
les Danois à qui nous auons affaire, nos
anciens & mortels ennemis, & lesquels
de toute memoire se sont efforcez de nous
rauir, & nos terres & nos libertez, chacun
de vous peut assez aisément cognoistre &
sçauoir ce qui nous fait besoin, & pourquoy nous sommes icy assemblez auec
l'appareil de ceste gendarmerie. Vous voyez
seigneurs Goths & Sueces, qui nous sommes, & par qui assaillis, & n'ignorez point
ce que vous deuez aux Roys, comme aussi
il vous est manifesté, en quoy vos Princes
vous sont redeuables. Il ne suffit pas de fournir des hommes pour la guerre, si par mesme
moyen on ne monstre dequoy les pouuoir
nourrir & appointer : & pense qu'il n'y a
aucun d'entre vous qui ne soit plus qu'aduerty que les vrays nerfs de la guerre, c'est
l'argent, lequel le Roy ne peut fournir, que
par le benefice de ses subiets, luy estant comme le dispensateur, & eux ceux qui en font
largesse. Par ainsi, me semble que le patri-
moine du Roy n'est suffisant pour le soustien

de ceſte armee, & ſon reuenu annuel n'eſtát
aſſez grand pour appointer vne telle trouppe, il ne ſeroit que bien fait de hauſſer les
impoſts, & tailler encore le peuple auec vn
emprunt: non pour le tirer en conſequence,
ains pour ſeulement s'en ſeruir en ceſte neceſſité ſi vrgente & preſſee. Aduiſez ce que
vous auez à dire, & s'il y a rien de bõ en vous
afin que ſelon voſtre reſponce ie ſçache dire au Roy ceux qui luy ſont fideles, & luy
ſpecifier les ennemis de tout le pays & Royaume des Goths, & qu'à l'aduenir on marque les loyaux & puniſſe les infideles. Ces
derniers mots meſurez auec la vie paſſee du
Prince, & reſſentans ne ſçay quoy de farouche, qui n'auoit apparence quelconque de
priere ſelon qu'on auoit de couſtume d'attirer doucement les eſtats, irrita tellemét chacun, que par la conſideration du murmure,
vn d'entre eux, qui n'aymoit guere le fils
du Roy s'eſleuant parmi la troupe demanda
d'eſtre eſcouté, ce que luy eſtant accordé, il
reſpõdit à l'enfant Royal, vſant de ce langage. Monſieur il vous deuroit ſuffire d'auoir
precipité le Roy, & tout le Royaume, en ces
angoiſſes par vos laſciues & impudiques
façons de faire, ſans venir à preſent nous
rompre la teſte auec vos harangues, veu que
c'eſt vous ſans autre, qui auez fait l'ouuerture de ceſte guerre, & eſtes l'auteur de
ceſte calamité, nous ſçauons bien qui, &

quels sont les Danois, & en quoy ils nous
sont ennemis, & les moyens qu'ils ont de
nous offencer, mais en cest affaire, il faut
confesser que l'auantage est à eux, & la raison accompagne leur cause, entant que c'est
vous qui auez rompu les tréues, & violé la
saincteté de la paix que nous auions si saintement iuree. C'est vous qui pillant le pays
d'autruy, & rauissant les Dames honorables, auez irrité le Ciel contre nous, & incité
les hômes à nous poursuiure, estant le commun ennemy des Dannois, & des humbles
subiets du Roy vostre pere. Par ainsi c'est
folie à vous de demander subuention, vous
deuant suffire qu'on vous presente les personnes pour vous accompagner, & s'il faut
parler plus franchement, ie suis d'aduis que
puis que c'est vous qui a fait la faute, que
ce soit vous aussi céluy qui portez les frais
de la guerre, ou qui seul soit accablé sous le
malheur d'vn combat, afin que vous faciez
essay, lequel est le plus facile, & mieux seant
ou de rauir, & violer plus que mescháment
les Dames de bonne maison, ou d'exercer
ces bras accoustumez à embrasser impudiquement les femmes à combattre, & s'attaquer aux hommes des plus vaillans & robustes. Ceste liberté si grande de parole, quoy
qu'elle touchast viuement au cœur du Prince Goth, & qu'il sentist le ver de sa cõscien-
ce le poindre, & luy representer ses fautes

paſſees, ſi eſt-ce qu'il ſe deſpita ſi eſtrange-
mét, ſe voyât requis, & picqué ſi lourdement
en la face de toute l'aſſemblee, que comme
il eſtoit impatient & haut à la main, il mit
la main à l'eſpee, & ſe mit en deuoir de
frapper celuy qui l'auoit ainſi pinſé ſans rire : mais le malheureux, ne voyoit pas que
c'eſtoit Dieu qui le pourſuyuoit, & vouloit
que ce peuple qui ſouffroit pour ſa paillar-
diſe fut le iuge, & l'executeur vengeât le tort   *Le Prin-*
fait, & aux eſtrangers, & à la reputation de   *ce Goth*
ceux de ſon pays, pour l'amour deſquels, il   *occis par*
deuoit chaſtier ſes appetis, & deſi eglemens   *le peuple*
de ſes conuoitiſes. Par ainſi tout le monde
luy court ſus, chacun taſche de le ferir, comme vne peſte & ruine publique, & quelque
effort qu'il fit de ſe purger, & d'adoucir le
peuple, ſi fut-il piteuſement & cruellement
taillé en pieces, par ceſte beſte indomptable
du peuple, & laquelle n'a raiſon que celle
qui eſt guidee de ſa furie. Et ce fut le ſalaire
de ſa lubricité, & iuſte payement deu à
ceux qui eſtans chefs d'vn peuple en lieu
de luy monſtrer bon exemple, ce ſont eux
qui preparent la voye à la meſchanceté, en
lieu de reprendre & chaſtier ceux qui ſe
deſuoyent de la vertu, entant que ce n'eſt
pas à celuy qui fait la loy, de ſe diſpenſer de
la vie que la loy ordonne de ſuyure, encore
qu'il ſoit exempt de la ſubiection de la peine
par icelle eſtablie. Et ne faut douter que

ce n'ait esté vn iugemét de Dieu fort grand
que d'auoir espouuenté le pere par la ruyne du fils, veu que c'estoit luy qui luy auoit
monstré la voye pour ne faire conscience
de rauir la femme d'autruy, & qui auoit
souffert qu'vn triple forfait accreut l'ire de
Dieu sur la maison Royalle. Et tout ainsi
que ce ieune Prince fut occis par la furie du
peuple, aussi se list-il és histoires des Goths,
la mort du Roy Goth nommé Ero, ou
Siuard, executee par les femmes de Noruege, à cause que ce cruel tyran estoit si vilainement adonné au vice de paillardise,
qu'il ne laissoit Dame de bonne part, qui
fust recommandee de quelque beauté sur
laquelle il ne donnast quelque attainte,
& n'y exerçast son impudicité, & sa tyrannie. Qui fut cause que les Dames tant celles qui auoyent experimenté sa violence,
que les autres qui doutoyent de tomber en
pareille perplexité, firent complot de l'accabler: s'assemblent & s'arment, l'assaillent
& le vainquent, & le font mourir aussi cruellement, comme meschamment il auoit
violé infinité de chastes couches de mariage, & abusé de la pudicité des filles qui
pensoyent dedier les despoüilles de leur virginité à ceux desquels elles s'attendoyent
estre les espouses.

Suarcher aduerti que fut de la rebellion
de ses subiets contre son fils, & violence

Ero Roy
Goth oc-
cis par
les Da-
mes qu'il
auoit
violees,
l'Eues-
que l'V-
psalie li.
17. chap.
4. de l'hi-
stoire des
Goths.

faite sur la personne du Prince, ne faut
s'esbahir s'il se trouua estonné, voyant la
perte de celuy qu'il esperoit luy deuoir suc-
ceder au Royaume, & chatouillé de sa conscience qui le remordoit, comme se souuenant de l'auoir nourry, & esleué auec plus
de licence que d'honnesteté, tellement
qu'il n'estoit pas en moindre crainte de
son salut, qu'espris de douleur, priué de
ce que presque il aimoit le plus en ce monde, & par ainsi il cherchoit tous les moyens
qu'il pouuoit de ne se fier point entre les
mains de la multitude, laquelle enfuriee de
ce forfait commis, & se deffiant du Roy, ne
feroit que cercher les moyens pour le trouf-
ser & enuelopper en pareille misere. Il sçauoit bien que la noblesse l'aimoit, & suppor-
toit, mais ayant le peuple les armes en main,
il n'y faisoit pas bon, & de luy oster il estoit
hors de propos, tant pour ne l'aigrir d'auantage, que se voyant assailly par les Danois.
A ceste cause pour gaigner le cœur du
peuple, & s'asseurer des conspirations seditieuses, qui à tout propos s'esleuent parmy
vne confuse multitude, il ne se trouua point
à la guerre, ains se tenant par les forteresses
despecha patentes, & commission donnant
authorité, & charge aux paysans de se deffendre de l'ennemy, & de choisir tels chefs
qu'il leur plairoit pour les conduire, si ceux
qu'il auoit establis ne leur estoyent agrea-

bles. Regardez combien vn peuple est in-
constant en ses actions. Ceux qui n'agueres
estoient en deliberation d'occir leur Roy, &
se preparoyent de le poursuyure, se voyans
chefs des affaires, & la liberté de commander en main, non seulement oublient le mal
talent conceu contre leur Prince, ains re-
mettans la puissance aux chefs & gouuerneurs enuoyez de la part du Roy, se mettent
en campagne, & allans au deuant du Roy
de Dannemarch, luy mirent telle frayeur au
cœur que sans coup ferir il se retira perdant la plus belle, & gaillarde fleur de son
armee en passant la riuiere Nicee, laquelle
passe par le milieu de la Prouince de Femi-
die. Et quoy que le Danois fut vaincu, &
s'enfuit ignominieusement espouuenté de
cest appareil, & force de rustiques, si se van-
toit il du contraire & accusoit Suarcher de
couardise pour n'oser sortir en campaigne,
& qui ne faisoit que copuler, & se tenir
par les lieux escartez, & plus solitaires de
son Royaume. Et en ceste maniere ce Roy
trop volontaire experimenta ce que le Legat Apostolique luy auoit predit de ce voyage auquel il ne gaigna que honte & ignominie, comme celuy qui ayât fait vne grande leuee de bouclier, n'auoit osé attendre
vne trouppe de paysans pour se glorifier de
la victoire qu'il s'estoit promise, ne se res-
iouyr en la conqueste du Royaume des

Goths. Mais afin que l'hiſtoire ne ſoit cloſe ſans voir quelle fut la fin du Roy Suarcher, celuy qui par l'exemple de ſa trop folle & gaillarde ieuneſſe, auoit cauſé la deſ-
bauche & corruption de ſon fils, & que
nous cognoiſſons & admirons Dieu en ſes
faits merueilleux, & en la ſuitte treſiuſte de
ſes iugemens, qui ne laiſſe rien paſſer ſans
le guider ſous les loix de ſa prouidence,
ni oublie les forfaits ſans punition, ou la
penitence n'en efface la griéueté : nous verrons ce Roy paruenu à grande vieilleſſe,
honoré de ſon peuple, aymé & ſeruy de la
nobleſſe en fin mourir par la violence du
glaiue. Le peuple ayant reſpecté ce Roy, &
admiré ſa vertu, & debonnaireté, ſe trouua
vn domeſtique, & celuy qu'il eſtimoit ſon
plus loyal, qui puniſt Suarcher en ce monde, afin que le corps ayant ſouffert, l'ame
ne fut punie eternellement. Or y auoit-il vn
ſeigneur Goth, qui aſpiroit à la principauté,
ainſi qu'il monſtra apres la mort de ce bon
Roy, ſe reuoltant contre le ſucceſſeur de la
couróne, lequel n'oſant dreſſer les cornes du
viuant, de ce braue vieillard faſché de ſa
longue vie, ſuborna vn valet de chambre du
Roy, & celuy qui couchoit ordinairement
en ſa garde robbe, tellement que le malheureux ſouilla ſes mains au ſang de ſon ſeigneur, & comme vn Iudas trahit celuy qui
l'auoit auancé & nourry. Aucuns tiennét que
Suarcher ne fut point occis en ſon lit, ains

la nuit de Noël allant au diuin seruice celebré à my-nuict en souuenance de la naiss-
sance au monde du Saúueur des humains,
& entre le palais & l'Eglise loing de son logis fut assailly par le palefrenier qui le
massacra cruellement. Mais quoy qu'il en
soit, Suarcher fut occis par les menees d'vn
traistre, afin qu'il sentist que quoy que Dieu
tarde de punir les forfaits, si est-ce qu'à la
fin, & ayant assez attendu il s'esueille, & fait
voir à l'homme combien il est puissant, &
en quelle abomination il a les vices des
hommes, & sur tout de ceux qui par leur
exemple sont cause de la ruine, & transgres-
sion de la multitude.

Sommaire de l'Histoire 79.

C'Est assez, que l'opinion serue aux hommes iniustes de raison, & leur fantasie de loy & iustice : ainsi a dit quelqu'vn que c'est tout vn au
guerrier de vaincre soit par vaillãce ou par tromperie, d'autant qu'il leur semble que ceux qui sont
conscientieux en leurs conquestes, ne font iamais de

gueres grands efforts, & ne se reuestent de la gloire, laquelle accompagne ordinairement les grands
conquereurs. Et c'est pourquoy Cesar dispensoit de
tout droit ceux qui souhaittoyent de regner. Pom-
pee accabloit autant l'amy que l'ennemy, Crasse
pilloit

pilloit le sacré & le profane: & les Perses iadis
s'acharnoyent sur tout le monde, comme depuis A-
lexandre ne trouuoit fin à sa conuoitise, iusques à
tant que la mort luy eust rauy, & les desirs de
tout piller aues sa vie. C'est pourquoy on a recueilly tant de ruses, cautelles & surprises de guerre, pour circonuenir celuy qui nous est aduersaire,
si bien qu'il semble que ruser & tromper, ce soit
la gloire d'vn bon chef, & la vaillance d'vn
accort Capitaine. Et comment eust iamais le
Romain surmonté tant de braues nations, s'il luy
eust failu tousiours se faire voir le fer aux mains
par les escadrons armiez, de tous ses aduersaires?
Qui aida à Camille à recouurer sa cité perdue sur
les Gaulois, sinon la ruse & tromperie, quand sous
tiltre de bonne foy, & en lieu de payer a rançon
capitulee auec l'ennemy, il l'accabla, & chassa eu-
fidellement de sa ville? La loyauté ne pouuoit rien
pour le Romain, côtre la brauade Gauloise, la vaillance du Latin estoit trop foible pour s'attaquer à
ceux, qui desia l'auoyent rompu & saccagé sa
ville, & occis les plus gaillards de ses citoyens.
Bellissaire, quelque grand chef qu'il ait esté,
si n'eust il point prise la cité de Naples, l'ayant
assiegee, sans vser plus de la force de ses soldats,
que de la subtilité de ses ruses. Et en somme celuy est estimé le plus sage, qui en tel fait sçait le
mieux tromper son compagnon, veu qu'Homere
hausse iusqu'au ciel vn Vlysse, & l'estime beaucoup
plus auec sa prudence cauteleuse qu'vn Aiax, ny
Achille, quoy que ce fussent deux foudres tempe-

Tom.5.   E

steux de la guerre Troyenne, comme celuy qui auec
ses subtilitez, emporta le los d'auoir esté cause du
sac, & ruine de Troye. A quoy sert tant de propos?
Stilicon en pensant ruser le Goth & le ruiner, se
vit rusé luy-mesme & l'Empire Romain esbran-
le, comme en auient ordinairement à la plus part de
ceux qui taschent de s'agrandir par tromperie, quoy
que elle reussisse suyuant la fantasie du trompeur.
Et dauant que iusques icy nous auons alleguez diuers exemples sur la varieté des occurrences humaines, nous amenerons encore celuy-cy sur la mes-
chanceté de ceux qui sous tiltre, & pretexte de religion, ruinent les choses saintes, & se gnans la
sainteté, accablent & la foy, & les lieux, & les
personnes à Dieu dediees & consacrees.

Ruse auec laquelle le Roy des Normands
Haddingue prist la cité de Luny en Italie & comme il se trompa la prenant
dautant qu'il se pensoit auoir pris
Rome.

HISTOIRE LXXIX.

Vi est l'homme tant ignorant de
l'histoire, qui n'aye gousté quelquesfois, & le nom & les courses des Normands, i'entens de
celle nation Septentrionale la vertu de la-

quelle fut iadis la violence, & la gloire où
elle appuyoit ſon honneur, les vols ſur terre, & l'art de Pirate, & eſcumeurs ſur mer?
qui eſt celuy qui ayant tant ſoit peu ſauou-
ré les eſcrits des annaliſtes François, qui ne
ſçache que iamais la Gaule ne ſentit de pi-
res aſſauts que ceux que cette troupe furieuſe, ſortie de Scandinauie, luy donna apres
que les Goths furent preſ-qu'aneantis, &
que les forces Lombardes perirent en Italie?
Ceux qui s'amuſent de plus pres, & regar-
dent qui, quel, & combien grand, chatouilleux, & remuant fut ce peuple Normand,
verront auſſi que le partage d'entre les enfans royaux de cette nation eſtoit tel, que
les vns poſſedoyent les ſeigneuries de la terre, & les autres s'adonnoyent à eſcumer les
flots eſcumeux de l'Ocean: dautât que comme dit eſt, ils auoyent opinion que l'art
piratique eſtoit le iuſte, & equitable droit
de la guerre, & que ceux qui s'enrichiſſoyent
par ce moyen eſtoyent les plus honorez, &
eſtimez parmy tout l'enceint de la mer de
Noruege & le ſein Cimbrique. Et dautant
que touſiours n'y auoit point des voyageurs
ou marchands qui allaſſent ſur mer, & ſur
leſquels ils peuſſent pratiquer leur façon de
gaigner reputation, ils cômencent à courir les ports leurs voiſins, & là deualiſer &
piller les nauires, qui eſtoit cauſe que par
pluſieurs ſiecles ils eurent guerre auec leurs

Quel
partage
des ſei-
gneurs
entre les
Scan-
diens.

E ij

voisius. Ce fut de là que procederent les dif-
cordes d'entre les Danois & Vvandales, le
siege desquels fut iadis dés presque l'isle
des Cimbres iusqu'au pays Prusian, & les
terres desquels estans courues, pillees & ra-
uagees par les Normans furent cause qu'ils
prindent complot d'aller conquerir de nouuelles terres. Et àfin qu'on voye combien ce
peuple pillard estendoit ses mains rauissan-
tes. Les Russiens & Moscouites ne s'osoyent
tenir le long de la marine, de peur que la
fureur Normande ne les enuelopast, & enco-
frast & eux & leurs richesses. Et cecy du
costé d'Orient, là où vers le Septentrion ils
affligeoyent l'Angleterre (iadis grád Bretaigne) & ne cessoyent d'y donner presque tous
les ans quelque attainte. Le peu de resistance
des autres nations, le rauage fait en Saxe, &
pays Frizon, leur donnant plus de cœur &
hardiesse, ils oserent en fin entreprendre de
voyager en Gaule, & y courir les terres voisines de la mer, y pillans tout sans aucun respect. Mais en quel temps auint cet orage &
estrange tempeste? lors que Dieu vouloit visiter la France, & la punir tant pour le peché des Ecclesiastiques, que le vice du peuple & du Prince. Car Louys le Debonnaire
regnant en France on sçait par l'histoire en
quelle deprauation estoit venu le siecle,
qu'il fallust qu'vn Roy saint, courtois, equitable, vaillant, & amy de la pieté, & refor-

Où se te-
noyent ia-
dis les
Vvan-
dales.

mation sentist, & la calomnie & l'iniustice,
& l'impieté des siens, du Clergé, & de son
propre sang: veu que par l'ordonnance d'aucuns Prelats, & solicitation des seditieux in-
stiguez de l'ambition des enfans Royaux,
ce bon Roy & grand Empereur fut degradé
de sa dignité, & reclus dãs vn monastere. En
celle saison donc, & Louys Debõnaire estant
mort, Lothaire vn de ses tenant l'Empire, &
vn de ceux qui auoyent auparauant tourmenté son pere, Dieu qui ne vouloit laisser
vn si grand forfait impuny, & qui deliberoit de purger le sang illustre de Charles le
grand d'vne tache si vilaine, & chastier les
enfans de ce monde, permist premierement
celle grande guerre, en laquelle fut ruine la
plus belle noblesse de France, & aneantie la
force de l'Empire Gaulois, a fin que les voleurs estrangers eussent plus beau loisir de
saccager & ravager la France, ainsi que depuis ils firent. Dautant que tandis que les
Princes de ce Royaume s'amusoyent à leurs
querelles & que d'eux mesmes ils se ruinoyẽt
voicy Roric Roy Normand qui commença se fascher de mener guerre aux Saxons,
& encore de savourer la rudesse & inferti-
lité du pays voisin de l'Ocean, comme celuy
qui ayant fait course en Gaule, & alliché de
la douceur du pays, ne tendoit que à pescher en eau trouble, & s'emparer de quelque coin Gaulois, tandis que les Rois &

enfans du Debonnaire debatoyent de leurs
finages : de sorte que ce Barbare voulant
auoir part au gasteau, & ne deliberant de
laisser s'écouler vne occasion si belle pour
s'agrandir & se saisir de la terre tant desiree, ayant fait vn grand amas de gendarme-
Haran- rie prest à monter sur mer, il appella les ca-
gue de pitaines & principaux de l'armee, ausquels il
Roric parla en cette maniere. Dequoy sert qu'vne
aux siens si belle troupe soit en armes, & s'apreste
a couurir la mer de vaisseaux, si tousiours
courans, rauageans, & saccageans les Prouinces nous proposons, ou de recharger
nostre pays de nouuelle fascherie y rame-
nans le peuple duquel le faut alleger, ou re-
tournons icy pour y habiter, & viure miserables sur la mesme misere de ceux que
nous auons assuiettis : Que nous seruent nos
brauades & conquestes, si tout soudain nous
laissons les terres gaignees & conquises à
ceux que nous vainquons pour leur donner
moyen de se fortifier, & nous empescher
vne autrefois, & la descente & les voyes de
les conquerir ? Ne sçauez vous pas que la
gloire du Prince & general d'armee ne consiste pas seulement à vaincre, ains plustost
à sçauoir vser sagement de sa victoire : &
que sa puissance gist non à seulement conquerir vn pays, ains à garder, conseruer, &
deffendre contre toutes les terres que la fortune & sa vaillace luy auront mises en main.

Vous voyez comme noftre terre eft peuplee, & ne pouuant nourrir vne fi grande
multitude d'hommes que celle qu'elle produit,& fçauez que ce pays où nous fommes
eft trop fterile pour y cercher l'aife tant par
nous recerché, & pour le gain duquel nous
auons tant efpandu de fang à la recherche-
Souuenez vous (gentils guerriers & hardis
capitaines) que la terre Gauloife eft vn pays
de benediction,&qu'icelle gaignant & con-
queftant, il ne nous faut plus auoir crainte
d'auoir difette de chofe quelconque : vous
y auez efté, vous auez gouflé quel il y fait,
& n'ignorez fi la chofe eft faufle ou veritable. Et quand autre occafion ne vous y inci-
tera,encor' me femble-il que ce feul defir de
nuire aux Chreftiens, ennemis communs de
nos Dieux & ceremonies, doit eftre fuffifant
à vous émouuoir pour leur courir fus,& ruiner leur religion,preftres, temples, & cere-
monies.N'eft-ce pas vous qui auez batus &
talonnez à voftre aife tous les peuples prefque de la grande Bretagne? N'eft-ce pas vous
qui auez vaincu les Ecoffois fortis o'Hirlande qui penfoyent vous brauer & tenir tefte & vous deffendre la décente de l'Ifle An-
gloife? Ne font-ce pas les Normans qui ont
couru,pillé,gafté,rauagé,& bruflé le pays de
Flandre,quoy que le Roy de France fe foit
mis en denoir de vous empefcher la deffaite?Vous n'ignorez poirt quelles &combien

Villes ſacca-
gez ia-
dis par
les Nor-
mands.

grandes intelligences nous aurons par tous
les pays & villes des Gaulois, & penſe qu'il en
y a icy qui ſe ſouuiennent encor' comme la
cité de Bordeaux nous fut liurée par les Iuifs
s'entendans auec noſtre armee: & ſçauez que
Perigueux fut par nous bruſlee : auez auſſi
ſouuenance que Nantes, le Mans, & Tours
ont eſté de nos conqueſtes. Et quelle vilennie eſt cette-cy que les Normás qui gaignét
tout, & deuant leſquels perſonne n'oſe com-
paroiſtre, ſoyent ſi bas de cœur, & ayans ſi
peu de conſideration que pouuás eſtre à leur
aiſe, & iouïr d'vn pays fertil, gras, beau, plaiſant, & riche, vont cependant connillir par
les vagues eſtendues de l'Orean, ſe mettans
au hazard de mourir ſans faire preuue de
leur vaillance, par les flots, ſeruans de nourriture aux poiſſons, & ſans aucune memoire
de leur excellence? Qui témoignera de noſtre vertu ſi la ſeule mer, les haures incognus
& les Prouinces deſerts ſont les lieux où nous
plantons nos enſeignes vainquereſſes, & où
nous faiſons parade de noſtre gaillardiſe?
Souuienne vous quelles ont eſté les conqueſtes des vaillans Rois Regner, & Got-
froy, leſquels ont couru preſque toute l'Europe, fait trembler l'Occident & Septentrion & retardé le cours des victoires des
puiſſans & redoutables Rois de France.
Penſez que ſi le Normand eſtoit quelque
cas de rien, & que ſa force ne fut & ſuſpecte

& épouuantable aux François & Allemans,
que le grand Empereur Charlemagne n'eut
pas recerché l'alliance noſtre pour ſe preualoir des Saxons qui ſe reuoltoyent à chacun bout de champ, & taſchoyent de s'e-
manciper de ſon obeiſſance. Ie vous dedui-
ray encor' plus au long auec quelle hardieſſe nos maieurs coururent ces annees paſſees
par la Gaule la plus voiſine des lieux où ſe
tiennent leurs Rois, & comme à leur barbe
ils ont pillé la ville de Paris, exigé grand
argent ſur les habitans d'icelle ſans que pas
vn de leurs Princes oſaſt leur reſiſter, ou
ſe mit en campagne pour empeſcher leurs
deſſeins. Et qui penſez-vous qui s'opoſe à
preſent à vos forces, veu que la Nobleſſe
Françoiſe eſt toute embroüillee en ligues,
diuiſions & partialitez, & que la guerre en
a englouty la plus belle & floriſſante partie
en la bataille donnee entre les Rois freres?
C'eſt à preſent que la ſaiſon s'offre à nous
de nous venger des torts & iniures receües
en France, & nous reſſentir des maſſacres
faits de tant de milliers des noſtres qui ont
engraiſſé les terres Gauloiſes: & puis que ce
ſont les corps des Normands qui ont ſeruy
d'amendement aux champs de nos aduerſaires, c'eſt auſſi raiſon que nous alliõs iouyr
du profit qui en reſſort, & en retirer la ren-
te qui à iuſte tiltre nous y eſt deuë. Allons
(mes bõs amis & vaillans capitaines) allons,

Ce fut la
bataille
donnee
pres Au-
xerre
l'an de
grace
843.

il n'est deformais temps de s'arrester sur
l'eau, la terre ferme nous veut pour seigneurs, & la Gaule faut que cede au Normand & pour demeure & pour heritage.
Quant à moy, ie me voüe à la fortune de
nos ancestres,& consacre de maintenant ma
vie aux Dieux,& mon sang pour la grādeur
de ceux de ma natiõ,& ne me soucie qu'est-
ce que ie doy deuenir, pourueu que moy
mourāt ie vous laisse à vostre aise,& vos suiets hors de peine d'estre tousiours vagues
comme bannis & par mer & par terre. Et
les paroles du chef, & la necessité & misere
du temps, & la souuenance des pertes faites en Gaule éguillonnerent en diuerses
manieres ce peuple Normand, tellement
qu'ils se resolurent de rentrer en France
auec plus d'effort que iamais, & auec vn desir plein de vengeance, deliberez de tout
passer au fil de l'espee, & ne laisser rien qui
ne sentist le venin de leur furie & colere.
Rorique Roy se deportāt de ce voyage pour
ceste fois,& à tout le moins ne passant guere auant hors le pays & limites de Frise et
Holande : il y eut vn des chefs de l'armee
Prince du sang, vaillāt, hardi,& farouche, ne
respirant que sang, & ne souhaittant que les
alarmes,& ne prenāt plaisir qu'à ouyr parler
des cõbats:cetuy s'apelloit Haddingue, qui
éguillonné par les remõstrances de son parent Roric, se delibera de passer en nostre

Gaule:& en ayant consulté auec ses capitaines,&entendu le bon vouloir de chacun a le
suyure & luy faire seruice : ne faillist a se
mettre sur mer, & conduisant vne autre armee par terre,entra és terres du Roy de Frã-
ce auec vne furie toute differéte aux cruautez de ses predecesseurs. Les pilleries des autres n'étoyent que roulee au pris de la farouche maniere de son proceder, les Eglises
n'estoyent autrement respectees que les faisant passer par le feu,ayant rauagé les saints
vases, & profanez les sacrez ornemens d'i-
celles: C'estoit horreur & pitié tout ensemble de voir les rauissemés, violemés, & forces faites sur les filles & femmes des pauures
Chrestiens ; & soudain le massacre hideux
& infini des hômes de tous estats & aages,
sans qu'encor ils s'abstinssent de se monstrer furieux à l'endroit des femmes : Aussi
ce cruel tyran ne prenoit plaisir ny au butin
ny à la proye, ou aux rapts, si le sang n'e-
stoit épandu parmy l'aise des rauisseurs &
brigands. Ce seroit trop longuement s'a-
muser a qui voudroit éplucher par le menu les monasteres ruinez par ce diable in-
corporé, combien de moines il fit passer
sous le trenchant de son espee, & quel fut
le nombre des saintes vierges dediees à
Dieu,& violees qui seruirent pour rassasier,
& la paillardise & la cruauté de ces Barbares abominables côduits par le tyran Had-

dingue. Ce furieux animal ayant ainsi rauagé la France, & chargé qu'il fut de despoüilles, enyuré du sang humain, & rassasié de meurtres, luy semblant aduis que ce
n'estoit rien que d'auoir fourragé la Gaule,
& n'y daignant, ou bien n'osant s'y arrester, à cause qu'elle auoit seruy de tombeau
& cemitiere à tous ceux qui de sa nation y
auoyent fait entree, mist en sa fantasie de
passer en Italie. D'autant que i'ay pris cecy des Annalistes Lombards, & que ie m'asseure qu'ils en ont parlé partie par affection, comme fauorisans aux courses Nor-
mandes, partie l'ayans receu de leurs predecesseurs, ie suis content de passer ce ieu sans
long discours, ny reuoquer l'histoire en
doute, iaçoit qu'auant la guerre de la terre
sainte contre les infideles, il ne se trouue
point que les Normans ayent mis le pied
en Italie: mais, côme i'ay dit, ie suis content
de donner cecy aux historiens septentrion-
naux, pour ne sembler trop flateur chatoüilleux a receuoir leur dire. Haddingue
donc enrichy des despoüilles de France,
conceuoit de plus grandes choses en son
esprit, & se faisoit à croire de pouuoir se
faire seigneur d'Italie, qu'il estimoit sans
aucunes forces, ou à tout le moins se per-
suadoit d'en venir aussi bien à bout qu'a-
uoyent fait iadis ny les Lombards, ny les
Goths ses voisins. Mais il ne voyoit pas que

il n'y auoit ny des Narſez luy liurans le païs
ny des Stilicons luy trahiſſans l'armee Im-
periale, & que ſans intelligéce il eſtoit bien
dificile d'aſſubiettir ce pays de delà les Al-
pes:& quoy qu'il eut rauagé la France,ſi eſt-
ce que s'ils'y fuſt arreſté il y euſt autant gai-
gné que ſes predeceſſeurs,leſquels y auoyent
touſiours eſté treſbien étrillez quelque ſac
qu'ils euſſent fait des prouinces Gauloiſes:
auſſi bien qu'à preſent on y frotte bien les
voleurs de delà le Rhin, qui ſans aueu du
Roy oſent paſſer les limites de leur Germanie. Haddingue,& non à tort, eſtimoit l'I-
talie digne pour la conqueſte de laquelle il
ſe trauaillaſt, & pour le gain de qui il ſe
hazàrdaſt à tout peril & faſcherie : & que
ſon nom ſeroit loüé à iamais, s'il pouuoit
prendre Rome,qui iadis fut le chef de preſque tout l'empire du monde. Ie ne ſçay quel
chemin il prit pour paſſer au pays des anciens Latins, veu que l'hiſtoire des ſepten-
trionnaux ne dit mot de ce paſſage, i'entens quant aux lieux qui luy ſeruirent d'a-
dreſſe & ouuerture:& n'y a pas vn qui declare ſi Haddingue tournoya point route
les Eſpagnes trauerſant le deſtroit de Gi-
braltar,& courant la mer mediterranee, s'il
vint en la mer Tyrrhene, & de là fut porté
ſur la coſte de Genes,veu que la ville où il
s'acharna & monſtra ſes ieux eſt en celle
partie d'Italie : Ou bien s'il print ſa route

par terre , & parmy les Gaules iusques à
Marseille,& de là vint surgir au pays ià alle-
gué. Mais quoy qu'il en soit tous s'arrestent
là,& tiénét que les courses du Barbare quoy
que cruelles, ne furent ny de gráde duree ny
de grand estendue, & telles qui ne passerent
point la riuiere de Genes. Dieu le voulant
ainsi, & ayant pitié de ce pauure pays qui
auoit si long temps souffert les assauts de
tant de Barbares dés le temps que les Goths,
& Vvandales & Lombards l'assaillirent iusques au Roy Charles le grand. Sur ce desir
de Haddingue qu'il auoit d'enueloper la
cité de Rome en ses courses, il aborda à ce
port tant chanté par Strabon qui est en la
riuiere du Leuant, nommé port de Lune, &
où iadis fust bastie celle grande cité de Luny, de laquelle encor à present le pays s'appelle Lunigian, tant commode pour les na-
uigans qu'on estimoit qu'au monde n'y
auoit aucun haure qui peut le seconder, tant
à cause qu'il estoit capable d'vn insiny nombre de nauires les tenant à l'abry du vent,
que pour estre plaisant & ayant vne belle
perspectiue, & découurant du haut des co-
staux qui l'auoisinent,les haures de l'Isle de
Sardaigne. Voyant le Normand vn si beau
port, le paysage tant agreable,& découurant
le superbe plant de la ville, il pensa soudain
que ce fust Rome,tant par luy conuoitee, &
estéé de la memoire anciéne de celle me-

re de l'Vniuers, se propensa de l'auoir par
ruse, veu que la forcer il luy sembloit impossible. Or auant que passer outre, il faut
noter que les historiens qui traitét les choses d'Italie, quoy qu'ayent cognu le lustre
& grandeur de Luny, si ignorent-ils le
temps de sa ruine, lequel sans nul doute est
long trait apres la mort de nostre seigneur,
voire & apres les Empereurs qui ont iadis
tenu leur siege en Italie. Aucuns d'entre ces
escriuains n'ayant gousté l'histoire estran-
gere, ou peut estre ne tenans aucun compte
d'icelle ont aimé mieux embrasser les fables que suyure le vray fil des discours des
choses aduenües : & ont rapporté la ruine
de Luny, à ne sçay quel seigneur d'icelle
qu'ils ne nomment point, & moins limi-
tent le temps de telle demolition, disans
que pour auoir rauy l'épouse d'vn Empereur, le nom duquel est aussi suprimé, ledit Empereur ayant fait mourir & l'vn &
l'autre des amans, fit mettre en pieces tous
les habitans du lieu, saccager, bruler, & du
tout demolir la ville. De cecy Leandre Bo-
lonois recite les vers de Faccie des Vberts,
disant ainsi.

A Luny i'ay esté cité laquelle accuse
Celuy qui luy causa par son lascif desir
Sa ruine & degast: & qui en vint perir
Auant que de son Roy de la femme il abuse.

Faccie
en son
Ditte-
mon'e
l.5.c.6.1

Mais puis qu'il est cler & manifeste que ceste ville a esté, comme les ruines en font assez de preuue, & que du temps de Lucan & Martial elle estoit en pieds & florissoit, qui estoit tenans l'Empire Romain Neron & Domitian, & que rien n'appert d'ailleurs de sa deffaite & renuersement, qui empeschera le diligent lecteur de croire plutost vne certitude de temps que les comptes dressez à la volee? Veu que ie m'asseure que celuy qui a décrit l'histoire Normande ne nous a pas mis en auant les courses de Haddingue iusques à la riuiere de Leuant, ny la demolition de Luny, qu'il ne l'eust receu des memoires du thresor des Princes de sa nation : & la verisimilitude y est si euidente qu'il seroit follement fait d'y contredire. Et afin que le seul Annaliste estranger ne semble nous faire nostre leçon, oyons ce que Sigibert qui a écrit l'histoire de France en dit. Les Normands, dit-il, en l'an de nostre Seigneur 857. montans sur le Rosne, & brulans & saccageans les villes, citez, monasteres & Eglises, viendrent sur mer entre l'Espagne & l'Afrique. Vous voyez qu'il confesse les Normands estre entrez par la mer Mediterranee, & pensans estre au terroir Romain, qu'ils souhaittoyent de piller, ils mirent pied à terre pres de Luny, deceus de la beauté de ceste ancienne ville. Et ce fut

tout

tout le voyage que pour lors ceste furieuse
nation feit en Italie, contente de s'achar-
ner sur la coste Geneuoise, & de ruiner celle
miserable cité qu'on mettoit entre les douze plus anciennes que iadis les Toscans
ayent basty en Italie, & de laquelle l'histoire qui s'ensuit a esté dressee. Voyant donc
le Prince Normand ceste cité maritime, &
se défiant de la prendre par force, enuoya
des ambassadeurs vers le seigneur de la place, lesquels arriuez deuant l'Euesque & *gue du*
Comte Lunigian parlerent en ceste sorte: *Normãd*
S'il est ainsi (seigneurs) que les Chrestiens *aux Lu-*
soient si courtois & charitables que l'on dit, *nigiens.*
& que ie pense, & que vous soyez ceux qui
receuez les estrangers ayans recours à vous
auec toute gracieuseté & courtoisie, ce ne
sera aussi que n'ayez esgard à nous qui ve-
nons poussez de la fortune de la mer pour
estre soulagez en nostre angoisse. L'extreme paunreté de nostre pays nous a contrains de fuyr la misere de la faim, & la loy
forcez de quitter nostre terre, comme in-
suffisante de nourrir si grande multitude
d'hommes en laquelle elle abonde, pour
vaguer çà & là iusques à tant que ayons
trouué quelqu'vn qui se compassionnant de
nostre misere, vueille ou nous receuoir
pour hostes, ou nous dresser le chemin pour
prendre la route de nostre retraite. Et afin
(seigneurs) que ie ne vous tienne longue-

Haran-

Tom. 5.   F

ment en suspens, nous sommes Danois chassez de nostre pays, qui ayans environné &
circuit la plus part du monde par mer, portez par la tempeste aux riuages François
comme nous y demandissions descente &
viures pour nostre argent, on nous y a res-
pondu les armes au poing, & auons esté
contrains d'aller errans & vagabons ainsi
que voyez. Nous ne sçauons point en quelle
terre est-ce que nous auons prins port, &
ignorons quelle est la region, & quels-les
hômes où nous sommes, & à qui nous auons
affaire : Nostre intention n'est point mauuaise, ni nos desseins preiudiciables, & ne
demandons que d'estre logez pour nous rafreschir quelque temps, ayans (mercy aux
Dieux) de l'or & de l'argent pour payer ce
que nous prendrons pour nos viures, & pour
satisfaire ceux qui nous feront la grace de
nous loger. Ayez pitié de ceste pauure troupe esgaree, & souffrez que nous respirions
& reprenions haleine en vostre port : per-
mettez (seigneurs) que nostre prince chargé
d'ans & cassé de vieillesse, & attenué de maladie, & du trauail de la mer, mette pied en
vostre terre, lequel desire auant mourir receuoir la foy & saint baptesme des Chrestiens.
Obeïssez à la loy de vostre Dieu, & aux admonitions qu'a eu ce Prince estant en France qu'il mourroit au premier port où il
aborderoit sortant des Gaules, & que s'il

estoit sage qu'auant sortir de ce monde il se
feit baptiser pour iouyr de plus grand aise en
l'autre vie. Ne vueillez causer la perte de
l'ame d'vn homme, & tel qu'est nostre chef,
s'il est ainsi que les desirs Chrestiens soient
tels qu'on dit, & qu'ils ne souhaittent que
d'attirer tout le monde à la cognoissance
de leur religion. L'ambassadeur cauteleux
vouloit haranguer d'auantage, quand le
saint Euesque ioyeux au possible, que ce fut
en son Eglise que les estrangers & vn peuple tant barbare vinssent prester le serment
à la foy de l'Euangile, & ne se doutant en
sorte aucune des trahisons du Normand,
luy interrompist son propos, auec ce mot
de responce. Ce n'est à ceux de nostre religion de clorre l'huis à personne qui viue
voulant entrer en la bergerie de nostre
Dieu, & n'auions point accoustumé de refuser le baptesme à ceux là qui de bon cœur
le demandent: Ce sommes nous qui meus
d'vn bon zele & desireux du salut de nostre prochain, conuions chacun à se chrestienner, & taschons de gaigner ceux qui
se moustrent retifs de venir à la cognoissance de la verité. Voicy le seigneur de la
cité, qui ne vous refuse point son port, &
moy qui suis l'Euesque, qui suis prest à vous
ouurir les portes de l'Eglise, s'il est ainsi
que vostre souhait, se rapporte à celle loüable deuotion que vous proposez de rece-

F iij

uoir le saint baptesme. Allez (seigneurs Danois) allez, & menez vostre prince quand il vous plaira, la terre vous est octroyee pour y loger, viures vous seront departis, le trafic accordé auec les nostres, les temples ouuerts pour y faire vos deuotions, & le Prince prompt à vous caresser, le peuple ioyeux à vous receuoir d'aussi bon cœur, comme affectueusement il desire que toutes vos troupes embrassent le Christianisme. Voyez vn peu l'impieté de ce tyran, lequel ayant assez de moyen de forcer le pays où il auoit prins terre sans vser de telle trahison, neantmoins pour se moquer des choses saintes, & moustrer le peu de soin qu'il auoit de son salut, il voulut que le baptesme supposé luy facilitast le chemin dans Luny, & que la foy promise fut la couuerture de l'infidelité couuee dans son ame. C'est auec pareille deuotion qu'entra iadis au temple de Ierusalem l'ambitieux & glout de richesses Crasse Romain, & que de nostre temps plusieurs ont visité les Eglises, pour cognoistre & le thresor & le reuenu d'icelles pour puis apres y iouër leurs ieux, & y rassasier & leur cruauté & damnable conuoitise. La nouuelle espandue que le Prince Danois souhaittoit se chrestienner, on pare l'Eglise, les ioyaux ne sont oubliez, & les plus beaux & plus riches pour orner le saint autel, les fonts sainctes & baptisma-

les font dreffees auec grand appareil & magnificence , tous les citoyens s'appreftent
pour receuoir & careffer celuy qui aigui-
foit le fer pour leur couper la gorge, & n'y
auoit aucun qui ne defiraft de voir cefte ceremonie qu'vn eftranger , & iceluy grand
Prince vint là faire la reuerence à noftre
Seigneur Iefus Chrift, & faire hommage au
faint Euangile. Quoy plus? Haddingue auffi defloyal que le lafcif Troyen, qu'on dit
auoir occis Achille dans le temple d'Apol-
lon, fous le pretexte du mariage de fa fœur
Polixene , oyant comme fes meffagers
auoient negotié en la cité, auec quel œil, &
le feigneur, l'Euefque , & le Senat caref-
foient fa deliberation , & comme ils s'ap-
preftoient pour luy faire bonne chere : Entendu qu'il euft auffi la magnificence des
citoyens, leurs richeffes & ce qu'ils auoient
veu de precieux tant au palais que dans les
Eglifes: il fe print à dire en fouf-riant à fes
capitaines. Voila de fottes beftes que ces
Chreftiens, que de penfer que de fi lointain
pays auant ie fois venu pour croire en vn
Dieu que i'ay refufé de receuoir, & en ma
terre & en celle de France : où fi i'euffe voulu le faire, c'eft fans doute que le Roy des
François m'euft fait quelque grand auantage. Mais à ce que ie voy, tout ainfi qu'ils
font aifez à conduire & gouuerner, & que
le cœur fe change à tous propos, ils efti-

Paris fous cou-leur de deuotion occift A-chille.

Impieté
du Nor-
mand.

ment que les Normands soient legers & in-
constans, & tels qu'on puisse mener par le
museau, tout ainsi que l'ours de quelque ba-
steleur. Bien, bié, puis qu'ils le treuuent bon,
& qu'ils me donnent telles barres sur eux, ie
suis content de faindre le Chrestien, & faire
profession de leur foy, & ne me soucie qu'vn
peu d'eau m'arrouse la teste, puis qu'à si bon
marché & auec vn si gentil masque nous
pouuons iouyr d'vne telle piece que ceste
grande & superbe cité. Or faut-il (mes amis)
estre discret, sage & accort en ceste premiere entree, afin qu'ils ne se doutent de la suitte,
& ne soupçonnent rien de nos deliberations, il est besoin de les caresser, se monstrer humbles, affables, & condescendans à
leur vouloir, d'autant que par ce moyen
(plustost qu'autrement) ie me fais fort de
vous enrichir de leurs despoüilles : au reste
laissez moy faire, & vous verrez si ie suis
aussi beau executeur, comme ie sçay vous
promettre : & si ie ne sçauray pas vous re-
compenser des pertes faites en France,
ayans à faire auec vn peuple moins vaillant & nourry aux armes, que ceux qui
nous ont chassez de leurs terres, & lequel

*Peuples
qui ont
iadis
subiugué
l'Italie.*

semble accoustumé à porter le faix des commandemens des nations estranges qui abordent en sa terre. Aussi ne sommes en rien
moindres que les Lombards, Goths ni Van-
dales, qui ont iadis eu grand puissance &

ſeigneurie en ce pays, & qui pouuons auſſi
bien qu'eux nous preualoir des forces de
ceux qui ſe vantoient le temps paſſé, de tout
tenir ſous leur puiſſance. Par ainſi gouuer-
nons nous ſagement en ceci, & payons les
auec noſtre fainte ſainéteté des iniures que
les Romains ont fait d'autres fois aux peuples eſtrangers. Ainſi Haddingue faignant
vne grande deuotion eſt conduit ſous les
aiſſelles, appuyé d'vn baſton, comme s'il
n'euſt peu cheminer, & que deſia il tiraſt à
la fin, veſtu fort richement, & paré d'or &
pierrerie, comme s'il euſt voulu honorer le
lieu où indignement il s'alloit preſenter,
ayant deuant luy vne fort belle trouppe de la
nobleſſe de ſon pays pour luy tenir compagnie, & à l'entour eſtoit ſa garde, & à ſa
ſuitte la pluſpart des Capitaines de ſon armee, ce qui ne fut veu ſans grand merueille de tous les citoyens. Le malheureux Prince venu que fut à l'Egliſe faignoit auec
telle hypocriſie ſa cautelle, & ſe monſtroit ſi
affeétionné à noſtre religion, que le plus
fin n'y euſt ſçeu aſſeoir autre iugement ſinon
qu'il eſtoit conduit de l'eſprit de Dieu, &
touché d'vn grand zele enuers le ſainét bapteſme. Il feit entendre par ſon truchement au ſainét Eueſque le deſir qui l'eſguil-
lonnoit à faire cognoiſtre aux Chreſtiens,
le bon vouloir qu'il leur portoit, & que ſi
Dieu luy donnoit longue vie (ce que tou-

tesfois il n'esperoit ayant reçeu par vision
aduis contraire) il leur feroit fentir & voir
que Haddingue auoit plus d'effort que ne
monftroit fa contenance. Et à dire le vray
le meschant n'y faillit point, ains executa ce
qu'il auoit de bonne volonté fur les miferables fidelles. On entre en l'Eglife, il eft cathe-
chifé à l'entree d'icelle, fuyuant la loüable
couftume des anciens obferuee par les Catholiques, & de là conduit au fainct baptize-
re, où auant que receuoir le fainct lauement, mais bien la ruine de fon ame, eu efgard à fon meschant cœur, le bon Euefque
qui faifoit l'office luy declara les faincts mi-
fteres de noftre religion, l'efficace de ce
fainct Sacrement qu'il alloit receuoir, & l'innocence qui le fuyuoit, ayant obtenu par
iceluy l'abfoluë & parfaite remiffion de fes
pechez: & que fi Dieu l'appelloit apres cela,
il fe pouuoit tenir pour tout affeuré d'aller
iouyr de la gloire celefte. Luy recommanda
la caufe de l'Eglife, l'honneur de Dieu, le falut des fiens, la deffence de la verité, & que
fur tout il eut toufiours deuant *les* yeux celle
lumiere Euangelique, fignifiee par les cier-
ges allumez durant qu'il feroit purgé par
l'eau de regeneration. Mift en auant que
tout ainfi que Dieu l'auoit fait naiftre grand
Prince, & commandant à vne fi belle trouppe de gendarmerie, que non feulement de-
uoit-il eftre foigneux de fon bien & felicité,

ains encor praticquer ſes ſubiets, & gaigner ſes Capitaines à faire ioug à ce grand
Roy, qui pour nous deliurer de mort, expo-
ſa ſa vie à la cruauté de ſes plus mortels ennemis. Amena ſur cecy les exemples des
Rois de France receuans le Chriſtianiſme,
des Goths & Lombards ſes voiſins, qui ſe
chreſtiennans auoyent attiré par l'exemple
de leur bonne vie, leurs peuples & ſubiets à
faire le ſemblable. Ne faillit à luy propoſer
que les Goths & Lombards, ains qu'embraſſer l'Euangile eſtoyent touſiours vagabons,
pouſſez, chaſſez, & bannis des terres qu'ils
conqueroyent : mais dés auſſi toſt qu'ils ſe
furent humiliez ſous l'hommage de Ieſus
Chriſt, toute choſe leur eſtoit facilitee, &
n'entreprenoyent rien qu'ils ne miſſent heureuſement à effet. Que s'ils auoyent eſté iet-
tez hors de l'Italie, ce n'eſtoit aux vns que
pour auoir embraſſé la folle perſuaſion des
heretiques, & aux autres pour s'eſtre voulu
attaquer au ſaint primat de l'Egliſe vniuerſelle, auquel tous les Chreſtiens doyuent
honneur & reuerence telle qu'il le prioit de
luy porter tout le long de ſa vie. Le Payen
maudit oyant ce beau diſcours du Prelat
venerable, quoy qu'il feignit d'y prendre vn
ſingulier plaiſir, ſi eſt-ce que chacun mot
luy ſembloit donner vne viue attainte de
quelque eſtoc dans le cœur : par ainſi il fit
dire au miniſtre de Dieu, qu'il le ſupplioit

bien fort de le baptizer toſt, à cauſe qu'il ſe
trouuoit fort mal, & craignoit de mourir
auant que iouïr de ce lauement celeſte. L'E-
ueſque qui voyoit vne face plaine de maieſté en ceſt homme, la teſte chenue, la barbe
blanche, le front ridé, la teſte croſlante, & la
voix mal aſſeurée, auec vn viſage palliſſant:
voyant auſſi comme chacun eſtoit en office, & que tous ſe contriſtoyent de la foiblef-
ſe de leur Prince, adiouſtant foy à leur diſſi-
mulation, baptiſa celuy qui euſt le corps laué, ſans que ſon cœur ſentiſt aucune purga-
tion de ſa maudite ſouilleure d'idolatrie &
infidelité. Baptizé qu'il fut, le Comte du lieu
luy feit grand chere, & traita ceux de ſa
ſuite, mais le malheureux barbare ſe faiſant
porter par ville, reuiſitoit diligemment
tous lieux, & remarquoit les richeſſes d'i-
celle, puis faiſant ſemblant de n'en pouuoir
plus, ſe fait raporter à ſes nauires, non ſans
eſtre ſuiuy de pluſieurs citoyens qui ſe mon-
ſtroyent fort dolents de ſa maladie, & luy
ſouhaitoyent tout bon heur, béniſſoyent
celuy qui les maudiſſoit, & deſiroyent la
vie du tyran qui les accabla en la ruyne entiere de leur ville. Or Haddingue ne fut pas
ſi toſt en ſes naux, qu'appellant ſes gens, &
aſſemblant le conſeil, il ne leur propoſaſt
les deſſeins de ſa fantaſie, diſant ainſi. Vous
voyez (mes amis) auec quelle ruſe ie vous
ay preparé le chemin pour iouïr des thre-

fors de ce peuple, & comme il est charmé
par la feinte de mon baptefme. Or ne reste
il rien que de battre le fer tandis qu'il est
chaud, & leur donner la caffade pendant
qu'ils fe fient en nous, d'autant que ce peuple Italien est cauteleux à merueille, & qui
fur peu d'occafion baftit de grädes deffian-
ces : ioint qu'ayant esté rufé plufieurs fois
il ne fe peut faire que fi lóg temps nous dif-
ferons l'execution de nos deffeins il fe dou-
teront de la fourbe, & fe renforçäs nous rendront les moyens impoffibles de les affuiet-
tir, lefquels la fortune & noftre grande diligence nous facilitent. Or tout estant appuyé fur la fageffe d'vne grande haftiueté,
& nous ayant commencé le ieu auec le mafque de leur religion Chreftienne, ie me fuis
aduifé d'y mettre fin auec vne pareille fein-
tife, & que tout ainfi que feintement i'ay
esté baptifé en cefte ville, i'y fois auffi porté comme mort : & tandis qu'ils s'amuferont
auec vous à mes funerailles, ce fera à moy
& à vous de dreffer les tombeaux pour
cefte canaille qui nous penfe tenir comme
fubiets à leurs Empereurs, Roys, & Euefques. L'appareil de mes obfeques faut que
foit digne du nom de Lombard, & qu'vn
Roy conduifant vne gräde armee foit conduit au tombeau par les bandes qui luy ô-
beyffent, il faudra leur mettre en auant la
couftume de noftre pays, & ce qu'ils doy-

uent de charité à celuy qui eſt mort en la ſocieté de leur Egliſe, & mais que nous ſoyõs
dedans laiſſez moy ioüer mon perſonnage,
& ſuiuez la trace de voſtre chef qui n'a ſoucy aucun que de vous moyenner quelque
aiſe pour paſſer le reſte de vos iours ſans
craindre pauureté ni miſere quelconque. Et
d'autant que ie ſçay que les Eccleſiaſtiques
ſont debonnaires, ie veux auſſi que vous
les apaſtez de l'opinion de ma courtoiſie
& liberalité, leur faiſant entendre que i'ay
laiſſé par teſtament pluſieurs grandes richeſſes, & que ſur tout i'ay ordonné que mes
armes les plus riches, & le plus beau de mes
cheuaux ſoit offert pour preſent au temple:
car ce ſera le moyen qu'armé ie ſeray porté
par les armez, & qu'au milieu de mes ſoldats
l'enſeigne au vent i'entreray victorieux, &
comme triomphant dans la ville que i'ay
conquiſe en feignant pour vous, & laquelle
pour moy vous ruinerez de fonds en cõble.

Haddin-
gue faint
ſa mort. Lendemain matin le bruit eſt eſpandu par
tout le Camp, que le Prince eſtoit mort, ſi
bié qu'auſſi toſt le renom vint porter la nouuelle en la ville de ce depart ſi ſoudain de ce
monde: les ſoldats qui auoyent le mot, ſe
tourmenterent, crient, pleurent, & ſe tempe-
ſtent, pour la perte d'vn ſi excellent Capitaine: & en la ville on y eſt fort marry, bien que
tous eſtimaſſent ceſte mort tresheureuſe,
puis que Dieu auoit prins Haddingue tout

aussi tost qu'il luy auoit octroyé la remissiõ
de ses pechez, par la sainte effusion du sacré
lauement de Baptesme. Les choses estans en
ce poinct, voici venir les principaux de l'armee vestus de dueil qui suppliẽt l'Euesque,
& le Compte de faire tant d'honneur au
deffunt, que de luy donner lieu de sepulture
en quelque coin du saint temple, mettent
en ieu les donations par luy faites en testant
aux Eglises, & le grand desir qu'il auoit (s'il
eust vescu) d'auancer la religion Chrestienne : les saintes paroles qu'il auoit dit en mourant, & comme il les prioit d'auoir son ame
pour recommandee. C'est encore en cecy
que se monstra la sainte facilité & modestie
des Chrestiés, qui sans auoir autre cognoissance des Normands, au seul rapport d'vne
troupe, tesmoignant la constance & la mort
fidele d'vn infidele, receurent en leur ville
le feu qui la brusla, & le fer qui mit fin à la
vie des citoyens d'icelle. Telle fut la trahison des Grecs surprenans Troye par la sup-
posee deuotion du cauteleux Vlisse, & telle
la sainte du cheual plein de gendarmes, sauf
qu'au present Gregeois le soldat estoit caché, & au connoy du Normãd l'armee marchoit ordonnément en bataille. Les seigneurs Lunigians accordent facilement le
droit de sepulture au Roy saint mort, & s'ap-
prestent les Chrestiens à faire autant d'honneur au corps, qu'ils auoyent fait au Payen

venant au ſaint Bapteſine, dreﬀans des obſe-
ques luminaires, & autres choſes ſeruans à
l'appareil ſomptueux de leurs propres funerailles. Quãd ce vint le léndemain, on voit
les trouppes armees deſcendre en terre auec
vn merueilleux ſilence, & les enſeignes
ployees, les picquiers trainans leur bois, le
ſoldat portant la frayeur de mort painte en
ſon viſage, les pages veſtus de dueil ſem-
bloient pleurer la miſere voiſine de la cité
qui les receuoit, les cheuaux qui marchoiét
deuãt le liſt & cercueil du Prince, donnoient
par leurs ieſtes & henniſſement pluſtoſt
le ſigne de l'aſſaut, que la monſtre d'auoir
perdu leur maiſtre. Et en ſomme, quoy
que le peuple s'offençaſt d'vne ſi eſtrange
pompe, & ne trouuaſt point bon que ſi grand
trouppe & ſi bien armee fut receuë en la cité, ſi eſt-ce que le deuoir de pieté & le ſeruice que les ſubiets doyuent à leur Prince,
ioint que les Danois mirent en ieu la couſtume de leur pays, adouciſt ceſte fureur,
& contenta aucunement l'eſprit de ceux qui
auoyent des aduis neceſſaires, mais trop
lents & refroidis pour le ſalut de leur ville.
Ainſi on va à l'Egliſe tout portant la contenance de la mort, & chacun citoyen faiſant tout deuoir de ſoruir quelque cas pour
honorer le corps, l'eſprit duquel ils eſti-
moyét auoir prins place aux cieux, auec les
ames bienheureuſes. Le pauure Eueſque y

affiftoit auec fon clergé, veftu des faints ornemens pour celebrer le diuin office fuiuant
la bonne & loüable couftume & ordónáce
de l'Eglife. Et au milieu du cœur que fut
mis le cercueil tout reluyfant d'or & riches
pierreries, les Ecclefiaftiques voulans commencer le chant pitoyable des vigiles, & recommandation de l'ame qu'on penfoit eftre
fortie du corps du Normãd: Voici ceux qui
auoient porté la biere qui defcouurent le
cercueil duquel fortit foudain Haddingue
tout armé, & ayant l'efpee nuë au poing, non
plus tremblant de vieilleffe, & fe foufté-
nant d'vn bafton & des efpaules de fes do-
meftiques, mais gaillard & difpos, & qui
donnoit par l'alteration de fon vifage l'indice de ce qu'il vouloit faire : auffi dés qu'il
fe fut leué dans la couche & lict funeral, il
donne le figne aux fiens, & comméce le premier à fe ruer fur le clergé, maffacrát le faint
Euefque deuant l'autel facré où il deuoit celebrer la Meffe. Ce fut lors que le dueil dref- *Sac, &*
fé pour luy fut conuerty en l'angoiffe des *ruine de*
citoyens miferables, lefquels fe voyoyent *la ville*
maffacrez piteufement fans que les barba- *de Luny*
res refpectaffent ni aage ni fexe quelcon- *par les*
que. Les Lunigians demandoyent le rachat *Normãs.*
de leur ville & de leur falut au pris de toutes leurs richeffes, mais le Normand plus
cruel que Tygre aucun que l'Hicarnie
murnffe, ou Lyon nourry de proye qui ail-

le courant par les deserts de Libye, ne veut
ouïr ni les plaintes des Dames, les cris pitoyables des enfans, ni les raisons de la vieillesse, ains passe tout au fil de l'espee: sans que
les gaillards & plus braues d'entre les bourgeois eussent aucun moyen de se deffendre
estans prins au despourueu, ni de se sauuer,
s'estant l'ennemy saisi des portes de la ville.
A la fin lassez de tant de massacres, mettans
gardes aux portes, ils se ruent sur les Eglises
pillans ornemens & ioyaux en icelles, puis
viennent és maisons des citoyens, où tout
estant saccagé, ils troussent hommes & femmes, filles & enfans pour les conduire en captiuité, & tout de ce poinct ils mettent le feu
en la ville la ruinans du tout, & abatás maisons, Palais, Eglises, & murailles. Ainsi la
feinte de saincteté du detestable Payé trompant la courtoisie Chrestienne fut cause que
la cité chef de Lunigia fut ruinee, de la deffaite de laquelle i'ay descrit l'histoire, tant
pour faire voir à chacun combien il se faut
gouuerner sagement à l'endroit de l'estranger puis que le desir des richesses conduit
l'homme à abuser de ce qui est saint pour
rassasier sa conuoitise: qu'aussi pour monstrer à ceux qui escriuent l'histoire Italienne, qu'il ne faut pas auoir honte de lire les
escrits des estrágers, quoy qu'ils les reputent
grossiers & barbares, veu que souuent ils es-
pluchent plus veritablement les matieres,
que

que ceux qu'on louë plus pour leur beau dire, que pour verité qui soit painte és discours
de leurs histoires. Aussi vous ay-ie dit dés le
commencement qu'il apert bien que Luny
a esté, & que sa grandeur a égalé les plus belles citez du pays Italien, & voit-on les traces
de sa ruine, mais nul des enfans & nourris-
sons du terroir Ausonien, a sçeu dire au vray
qui causa ce degast, ny décrire le téps de cette ruine faite par Hadingue. Lequel de retour
qui fut en France (ainsi que le traite Albert
Krants) se mit à suyure le Roy Charles le
Chauue, qui luy donna le pays Chartrain, &
iurant la foy & hommage au Roy, fit à bon
escient profession du Christianisme, ayant
recognu sa faute, & abaissé son caquet, sçachant que celle ville ruinee, par luy en Italie
n'estoit pas Rome, ny des plus remarquees
du pays de delà les Alpes. Et vesquist ce Capitaine de là en auant paisible obeissant aux
François, & les suyuant en guerre, iouyssant
de ce que le Roy luy auoit liberalemét donné iusqu'à ce que ce Raoul premier Duc
Normand, & sous lequel le pays Neustrien
perdit son nom, aborda en Gaule : & receuant la foy, fut inuesty de tout l'ancien terroir & finages de Neustrie.

Sommaire de l'Histoire 80.

CE seroit faillir, ce me semble, si l'honneste amour donnant fin à l'acco tissement des sages desirs des hommes, nos discours ne prenoyent aussi leur but & en terme iceluy, qui semble causer l'vnion de tout ce qui a estre en ce monde, & la suite des heurs, & accroissemens desirez le plus en la nature, laquelle est si aimee de ce qu'on nomme amour, que ceux qui s'éloignent des affections que reciproquement les esprits se portent sont apellez les ennemis de tout ce qui est de bon en la nature. Or ne veux ie point entrer en la dispute de la difference consideree en l'amour, ny du lieu d'où elle est causee & moins m'arrester en l'excez de l'affection qui procede de cet amour en quelque sorte qu'on le vienne mesurer, veu que soit que le seul instinct le guide ou que la raison plus pure luy serue de gouuernante si est il (estant vne fois enraciné) si opiniastre à faire paroistre ses effets que rien ne luy est grand, fort ny impossible, pourueu que cela se raporte à la perfection de son estre originaire, qui ne peut estre que sortant de la plus pure partie de l'ame intellectuelle, & raisonnable. Et dautant que i'ay en main vne histoire concernant la force de cette passion naturelle en nous, & qui la monstre telle que les grandeurs voulans prendre égalité auec chose plus basse & à la-

quelle ne pouuant paruenir y obstant la vertu
& l'honneur ont apparié ce qui est humble au
plus haut degré de commandement, mesurant le
merite de la chose aimee, auec le desir, & iceluy par
la raison. Tout cecy dis-ie à cause du suiet pris en
ce discours, qui est qu'vn grand Roy meu & rauy
de la vertu, gaillardise, beauté & excellence d'vn-
ne damoiselle inesgale à luy en sang, & en grandeur, la poursuyuit non follement, asseuré qu'il y
perdroit son temps, veu la sagesse & chasteté de la
fille, mais auec l'égard qu'on doit à celles desquelles on cerche l'alliance legitime. Et dautant que les
incidents y sont diuers, & que l'amour, & le dédain & la vertu, & la iustice y ont place fort a-
uantageuse, & que les dons de l'esprit y sont viuement paints en l'esprit d'vne dame, nous laisserons
icy le discours pour le traiter plus à plain en l'histoire qui s'ensuit, laquelle ie propose pour le plaisir & contentement des dames, qui pourront s'en
attaquer contre ceux qui parlent au des-auantage
de leur sexe.

Amours de Regner Roy de Noruege, &
comme il espousa Landgerthe, & puis
la repudia: & des faits louables d'icelle
princesse.

HISTOIRE LXXX.

Les bons esprits pourquoy plus a-moureux que les grossiers.

'EST chose plus qu'asseuree qu'vn esprit genereux ayant l'ame gen-tille, & l'entendement plein d'v-ne gaillarde delicatesse, est celuy qui le plustost est saisi des aprehensions a-moureuses, que celuy qui est éloigné de cet-te mignardise, qui subtilise la mesme perfe-ction de l'ame: veu que l'amour pur & par-faitement naturel estant vertu, & la vertu tousiours s'arrestant és suiets les meilleurs & cœurs plus saintement nourris, & ces gen-tils esprits ayant ne sçay quoy de plus diuin que le vulgaire, & grossiere populace, c'est sans doute aucun que les hommes tát plus ils sont remarquez de grandeur, gentillesse, bon esprit, & sang illustre, traitent aussi mieux les choses de l'amour, & l'effectuent auec plus de iugement que ceux à qui de faillent ces accomplissemés de l'ame Et pour mieux esplucher cecy, est-ce vn rustique, & paysan celuy qui iuge de la rarité des vertus, de la singularité des dons de l'esprit, de ce qu'on aime, & qui sçait compartir les offices & deuoirs de celuy qui s'affectionne? L'effet nous fait sentir du contraire, car les poetes qui sôt les plus subtils peintres des affectiós humaines qu'on sçache, & qui tracent la veri-té sous le crayon des choses fabuleuses, ne

ſçauroyent mieux nous faire voir le tableau
de telle impreſſion, que par le iugement tant
chanté, fait & donné par le Troyen ſur la
beauté de trois deeſſes. Car la brutalité du
paſteur ayant eſtaint ce rayon de grandeur
porté du ſang de ſes parens parmy la vilité &
penſemens groſſiers de la troupe champe-
ſtre, ignorant les forces de l'eſprit, la beauté
de l'ame, la gentilleſſe de l'entendement, &
la gaillardiſe meſme du corps ſe reiglant par
la raiſon interieure, donna le pris à ne ſçay
quoy de beau qui paroiſſoit en l'exterieur
d'vne dame laſciue. Voyez la philoſophie
poëtique iuſqu'où elle s'eſtend, & ſi le ſot
berger Paris ne degenere de ſes parens, qui
careſſoyent plus la vertu qui vit & dure à iamais, que ce qui ſe perd & fletriſt auec la
ſuite de l'aage. Et ſi le ſuſdit iuge prononça
l'arreſt en faueur du plus iniuſte, & s'affectionna au ſeul chatouillemét du deſir plein
de folie : auſſi en fut-il recompenſé ſelon ſon
merite, & ſentit à la fin que les deſſeins d'vn
Hector tout maſle & reſſentant ce qui eſt
propre en la vertu de l'homme, eſtoyét plus
à choiſir que la promeſſe legere d'vne choſe
nuiſible, quoy que plaiſante au ſouhait, & al-
lichant la partie ſenſuelle de l'homme. A dire auſſi la verité, tant des femmes illuſtres
qui ont honoré & les ſiecles paſſez, & noſtre
aage par l'effet & memoire de leurs vertus
loüables, ſi elles n'euſſent eu autre cas pour

*La beau-
té corpo-
relle n'eſt
grande cas
en la fem-
me.*

les recommander que la beauté du corps,
c'est sans faillir que long temps leur nom
seroit enseuely au plus obscur tombeau, que
iamais le temps dressa aux choses oubliees.
Mais quoy? ç'à esté la vertu, generosité, grádeur de courage, & hautes entreprises qui
les ont immortalisees, & égallé leur nom
à la gloire des hommes les plus signalez,
& illustres. Ce que voulant mettre en parade contre la langue venimeuse de ceux qui
s'attaquent sans cesse à l'honneur de ce sexe tant honorable, n'iray point recercher,
ny les vaillances de Semiramis en estant la
memoire trop esloignee, ny les forces incroyables des Amazones, ayant cette histoire ne sçay quoy qui fait douter de ses occurrences: voire n'ameneray Zenobie Royne Asiatique, & l'espouuentement quelquefois de l'Empire Romain, iaçoit qu'elle
soit loüable sur la mesme sagesse des plus
gaillards Capitaines, comme celle qui par
son adresse, subtilité, & bonne conduite se
porta vn long temps pour vn des Monarques du monde. Et ne veux de peur de faire
trop rougir les hommes, lisans que si grand
nombre de femmes ayent manié les armes
auec telle felicité, mettre en ieu Cinane fille du Roy Macedonien Philipe, laquelle
tint teste aux ingrats successeurs d'Alexandre son frere poursuyuans la ruine du sang
de celuy qui les auoit auancez, s'y portant

fi vaillamment, qu'apres plufieurs bata-
les en fin elle aima mieux mourir que voir
l'illuftre maifon de ces anceftres ruinee, &
elle n'y pouuant dónner empefchement. Et
tairay la brauade de Valafche ieune damoifelle du pays Boemien, laquelle armant
les dames de fon pays contre leurs maris,
fit lóng temps heureufement la guerre
contre les hommes iufques à tant que tra-
hie elle fe vit enueloppee de fes ennemis
defquels (ains que mourir) elle en occift vn
grand nombre. Ie ne veux (dis-ie) difcourir tant d'exemples, content d'vne hiftoire
memorable & recueillie de l'antiquité, &
d'entre les dames d'vn peuple que iadis on
a eftimé for barbare, en laquelle ie penfe
que les honneftes Damoifelles auront dequoy prendre gouft fur la vertu, & non en la
fierté trop obftinee des aucunes : & les gentils-hommes les moyens de voir & comme
il faut choifir la vertu en aimant, & la gentilleffe des dames, leur bon cœur & loyale
affection enuers ceux à qui elles font dediees. Du temps donc que regnoit en France
& fur l'Empire le Debonnaire fils de Charles le Grand, il y eut vn Roy de Suece nómé
Fro, homme cruel, tyran & à tous infuportable, cetuy non content du fien, s'obftina
fur la requefte des terres de fes voifins, &
fur tout s'acharna fur le Roy de Noruege,
aux pays duquel entrant fans defier, il fit fi

G iiii

grand rauage, qu'ayant pillé, faccagé, & prefque tout ruiné, en fin il vainquit, & occift le Prince auec toute fa famille. Et ne fuffit point à ce loup cruel d'auoir tant épandu de fang pour le raffafiemét de fa conuoitife, fi du tout il ne fouilloit fon nom auec toute efpece de cruauté, & vilennie, entant qu'il ne laiffa dame de la maifon & eftat royal, ny autres qu'il peuft auoir en main, defquelles il n'abufaft auffi vilainement, comme méchamment il auoit rauy l'heritage d'autruy. Celles qui n'eftoyent encores tombees entre les mains & griffes de ce bouc abominable, n'attendans que l'heure qu'on les enuelopaft dás les rethsde ce gouffre de paillardife, drefferent fi bien leur cas, que peu à peu elles s'affemblerent en vn coin defert du royaume pour confulter de leurs affaires, & des moyens qu'il leur falloit tenir pour la deffence de leur pudicité. Or auoyent elles defia entendu comme la nobleffe du pays, qui s'eftoit retiree en Dannemarch follicitoit le Roy Regner de paffer auec fes forces pour venger l'iniure faite aux fiens (car fa mere eftoit fortie de Noruege) & que le Danois fe laiffoit gaigner, efguillonné à la guerre, tant pour eftre encor fort ieune, bouillant & defireux d'acquerir gloire par le fait des armes, que poingt du defir de vengeance pour fe voir intereffé en fon honneur par les tyrannies du Suece

Regner Roy de Dannemarch.

& qu'aussi il pretendoit droit au royaume
de Noruege. Ces côsideratiôs donnât cœur
aux Dames leur faisoyent esperer quelque
cas de bon, mais doutans que ce ne fut encore matiere ny viande assez preste, cet espoir
s'éuanouyssoit tout aussi tost en leur fâtasie,
& ne sçauoyent en quoy se resoudre: iusqu'à
tant qu'vne de leur troupe, & presque des
plus ieunes, belle & gentille vierge, & telle
qui auoit proposé de iamais ne se soumettre sous la loy qui donne puissance à l'homme sur la femme, voyant l'estonnement de
ses compagnes & la raison qu'elles auoyent
d'auoir frayeur, leur commença a parler
en ceste sorte. Faut il, mes dames de Noruege, que le sang illustre paroisse seulement
en la force, & dexterité que sottement nous
estimons estre propre en l'homme, sans
que nous qui auons, & cœur, & esprit, &
corps & membres semblables à ceux que
nous voulons attendre pour les vengeurs, &
defenseurs de nostre chasteté, & continêce?
Et si le malheur veut que nos peres, freres,
& marys ne puissent obtenir secours pour
recouurer leurs terres, & chasser le tyran
de leurs seigneuries, sera-il donc dit que
nous seruions aux déreiglez appetits d'vn
paillard, & que Fro abusera de ce qui reste
de Dames qui n'ont encore gousté la furieuse boucherie de ses embrassemens abominables? Ià ne viue tant Landgerthe, que

sans se mettre en autre deuoir elle attende
le plaisir du tyran, & se laisse sans y resister,
conduire à la boucherie de sa deliberee
pudicité. Et quoy (mes dames) les lyonnes
& tigresses acerent leurs ongles, & aigui-
sent leurs dents pour sauuer leurs faons, &
petits, & conseruer leur vie de la main des
chasseurs : les plus petits oisillons vsent du
bec & de l'aile pour venger le tort que leur
font ceux qui rauissent leurs poussins, & nous
qui surmontons les vns en raison, les autres
en force, & tous en sagesse, & conseil pour
entreprendre, souffrirons qu'vn estranger,
non plus fort guere que les forces de nostre pays se iouë, se moque & abuse des gentils-femmes, & matrones plus honorables
de ceste terre? Non, non ce ne sera pas Land-
gérthe (tel estoit le nom de ceste fille) qui
endurera de telles indignitez, & qui serui-
ra sans effusion de sang, au plaisir du malheureux Prince de Suece. Et que sommes
nous rien moins en courage, & generosité
d'esprit, qu'Aluilde, qui iadis a si longuemét
combatu sur mer, & qui a estonné les plus
hardis combatans de son siecle? Auõs-nous
faute de ce qu'elle auoit? Nous voicy saines,
ieunes, gaillardes, fortes et assez riches
pour recouurer ce qui nous est necessaire
pour nous equiper & armer. Et si Aluilde meuë d'vn dépit a prosperé en ses faits
& eu la fortune à gré en ses poursuites, que

esperez-vous du ciel autre cas qu'vn bon
succez, ayans la raison de voftre cofté, & la
iuftice qui fouftient voftre caufe? S'il ne
nous alloit que de la feule mort, & que la fin
de cefte vie fut celle qui appaifaft la cruauté du tyran, fans qu'il paffaft outre, volontiers ie m'offrirois & facrifierois à fa rage
& felonnie. S'il ne vouloit que nos richeffes, ie confeillerois qu'on luy liuraft tout, &
que plutoft qu'y rien attéter nous allaffions
mendier noftre pain par tous pays étranges
de la terre. Mais quoy? il fe plaift en noftre
vie, pour nous déplaire en nous forçant, &
nous laiffe iouyr de nos richeffes, afin de
ne perdre fa proye, d'autát qu'il eft plus foigneux de la vengeance qu'il prend fur nous
en nous violant, que fi maffacraut nos corps
il fe faifoit feigneur de nos ioyaux, terres,
& feigneuries. Que refte-il donc pour noftre deliurance? Attendrôs nous point ceux
qui font en Dannemarch, allez au fecours?
Non, non, il faut que les Dames s'arment,
qu'elles fe mettent aux champs, & fe prefen-
tent en campagne pour combatre vaillamment contre celuy, qui les tafche de terraf-
fer auec vilennie. C'eft à nous a luy môftrer
que les effeminez font plus mols & moins
vaillans que nous, que les dames chaftes, &
vertueufes font d'autre effort, que les foldats
auilis en leur paillardife, & plus hardies que
le tyran, la confcience des forfaits duquel

le tourmente, & bourrelle à tout moment de
téps. Allons(vaillantes Princesses,& dames
illustres)allons oster la mignardise de nos
parures, attiffets, & folastres accoustremés:
changeons nos fuseaux, éguilles & mestiers
en lances,épees,& harnois:& voyons si, Fro
est aussi furieux en guerre que lascif en son
palais, vengeans nos parentes des torts re-
ceuz,ou mourons glorieusement à la poursuite d'vne si sainte, iuste & recommandable vengeance. La courageuse remonstran-
ce de ceste fille hardie anima tellement le
reste des Dames que toutes d'vn consentement font ligue, iurent alliance & s'entre-
promettent foy, loyauté,secours, & assistance, elisent les chefs de leur gaillarde entreprise, de laquelle Landgerthe, ayant fait la
premiere ouuerture , eust aussi l'honneur
d'estre generale,& commandant sur toutes
les troupes. On fait amas de femmes, & filles , & des plus nobles, & d'illustre maison
de tout le pays, non sans que Fro ne s'éba-
hist à quoy est-ce que tendoit ceste assemblee:& estimant qu'elles voulussent s'enfuir
vers leurs parens qui estoyent en Dannemarch,leur enuoya quelques gens pour leur
enioindre à peine de la vie de se retirer chacune en sa maison,pour y iouyr de son bié &
du benefice de liberté, qu'il leur octroyoit
à cause de leurs beautez & gentillesses.Mais
Landgerthe, oyant ce cõmandemét en ren-

uoya les heraux du tyran chargez de coups
& paroles iniurieuses, leur disant qu'elle
ne les faisoit point mourir, non pour respect qu'elle eust à leur seigneur, ains afin
seulement qu'ils luy fissent entendre en
quelle deuotion ils les auoyent trouuees
de l'aller chercher quelque part qu'il seroit pour luy faire rendre compte de ses
cruautez & tyrannies. Fro entendant ces
nouuelles, ne fit du commencement que
s'en moquer, & se rioit de ceste entreprise
donesque, & armee de Damoyselles, disant qu'elles faisoyent bien de se presenter
d'elles mesmes, puis qu'il ne les pouuoit recercher à son aisé, & que si elles se mettoyét
en campagne, ce butin suffiroit pour la
soulde de son armee, & pour le plaisir, & salaire de ses soldats qu'il pretendoit estrener
du mariage de celles qui viendroyent pour
le combatre : Mais l'apetit de rire luy passa
bien tost, & se conuertist en furie, aduerty
qu'elles estoyent aux champs, faisans le
plus grand & estrange massacre de ses gens
qu'on sçauroit estimer, sans qu'elles eussent
côpassion quelconque d'homme viuant qui
osast se reclamer de suyure son seruice.
C'est icy qu'il iure & maugree, qu'il les menace de mille sortes de tourmens, & supli-
ces, & qu'il se mit à bon escient en armes:
asseuré que ceste rage feminine ne s'estoit
pas ainsi débordee pour s'appaiser de peu.

Fro se met en armes contre les dames.

de chose : & commença a se deffier, & se tenir sur ses gardes, comme ne tenant sa vie pour assez asseuree parmy les troupes armees de ses soldats. Ausquels il promet le mariage des plus belles & riches auec leurs biens, terres & richesses se monstrans hardis & vaillans contre ceste troupe indiscrette, & transportee de femmes : l'armee desquelles de iour à autre alloit en croissant soit de nombre, ou de viures, & munitions qu'on y portoit de toutes parts. Et quoy que ceste mauuaise affection des Noruegiés luy donnast des facheries en son esprit, & qu'il se tourmentast de la faueur que ses propres subiets faisoyent à ceste armee damcresque, encor se faisoit-il fort d'en venir au dessus, & y alloit de cul & de teste pour leur amortir ce feu de colere tout aussi soudain qu'elles en auoyent allumé les premieres flammes. Neantmoins estant déià en compagnie, & dressant son equipage pour prendre la route du lieu, où estoyent les dames, voicy vn courrier qui l'auertit de la descente du Roy Danois en Noruege auec vne fort belle & puissante armee. Quelque estonnemét qui le saisist pour se voir comme enclos de deux puissances ennemies, & sçachant la haine que luy portoyent ceux qu'il auoit vaincus, & assubiettis : si est-ce que voyant que le fuir luy estoit preiudiciable à l'honneur & encor presque impossible

Descente de Regner en Noruege.

à cauſe des deſtroits qu'il luy falloit paſſer
pour aller en Suece, & que les ports & paſſages eſtoyent ſaiſis de l'ennemy, ſe delibera
de courir ſus premieremēt aux hōmes, deſquels dépeſché, le cōbat ſeroit plus aiſé a deſ-
meſler auec les femmes. Et pource il vſa de
ces deux mots de harangue à ſon armee.

Si vous n'eſtiez ces vaillans Goths &
Sueſſiens, qui ont batus & domptez ceſte
canaille de Noruegiens, & qui auez cōquis
leur terre, ſi ce n'eſtoit voſtre vaillance, qui
a ſouuent couru & pillé le pays Danois, ſi
voſtre force inuincible n'eſtoit cognue à
tout le monde, ie vous prierois maintenant
de vous ſouuenir de vos anceſtres, & des
gracieuſes conqueſtes de vos prédeceſſeurs:
ie vous mettrois deuant les yeux tant de
Rois, peuples & nations miſes ſous le ioug
par la grandeur des faits de vos anceſtres.
Mais puis que voſtre vertu propre mōſtre
aſſez d'elle meſme que vous eſtiez les dignes ſucceſſeurs de ſi vaillans peres, & que
vos faits ne doyuent rien à la gloire de vos
maieurs, allons gentils & puiſſans guerriers, allons & faiſons ſentir à Regner que
ce n'eſt à luy ny de regner en ce pays, ny de
s'attaquer par fait d'armes à la nation la
plus bragarde, & furieuſe de l'Europe. Allons rechaſſer ceux qui ont tant de fois fuy
deuant vous, & chaſtié la rebellion des
Noruegiens, qui fauſſans la foy promiſe,

& iuree ont appellé noſtre ennemy à ſecours, pour me quereller ce qui eſt voſtre
par droit de conqueſte.

Cependant que Fro s'acheminoit vers
les Danois, voicy la ſage Landgerthe, qui
le deuança auec telle haſtiueté & diligence
qu'autant qu'il en ſceuſt rien de la departie,
il ouyt la nouuelle que les deux camps ennemis eſtoyent ioints, & qu'ils venoyent
en grande diligence pour luy donner la bataille. Iaçoit que cecy luy donnaſt vn grand
ſurſaut au cœur, & qu'il ſe craigniſt, que la
fortune ne luy tournaſt le dos, qui iuſqu'a-
lors l'auoit fauoriſé en toutes ſes entrepriſes, ſi eſt-ce qu'eſtant homme de haut cœur,
vaillant, & né aux armes, il ne monſtra
aucun ſemblant de defiance & frayeur,
ains ſollicita ſes gens à ſe monſtrer tels
que touſiours il les auoit cognus, & que
pour la venue des femmes, ne falloit d'e-
ſtimer plus grand le renfort de l'ennemy,
mais plutoſt deuoyent eſperer qu'elles y
eſtoyent conduites par la fortune pour leur
ſeruir de proye & leur donner meilleur
courage d'en priuer ceux qui leur en vou-
loyét empeſcher la iouyſſance. D'autrepart
Regner, eſtant à la veuë de l'ennemy, allant
par les rancs encourageant ſes gens, & leur
propoſant ſon droit & l'inuaſion faite par
le Suece, les prioit de venger le tort fait à
tant de honorables maiſons honnies par

Haran-
gue du
Roy Da-
nois à
ſes gens.

co

ce tyran, & souftenir la caufe de la pudicité
des dames pour laquelle iadis leurs anceftres auoient tant entrepris de hauts faits
d'armes, & efpandu de fang en diuers endroits de la terre. Leur mettoit deuant les
yeux le courage, & animofité des damoifelles qui eftoient en ordre fous les enfeignes
de la vaillante Landgerthe, & imitaffent par
leur force, ce que ces fimples femmelettes
entreprenoient pour fe deliurer de la violence d'vn tyran. Qu'ils s'affeuraffent, que
outre le gain, & butin qu'ils feroient en
gaignant & trouffant le bagage du Suece,
qu'encore il vferoit de telle & fi grande
courtoifie aux bien-faifans qu'à iamais ils
auroyent occafion de fe loüer de fa magnificence. Aux Noruegiens, il remon-
ftroit comme pour l'amour d'eux il fe hazardoit au combat contre celuy qui ayant
le deffus ne l'efpargneroit non plus que le
refte de fa race, qu'ils fe monftraffent vaillans, & fe vengeaffent à cefte fois des tyrannies du Suece, puis que la fortune leur
mettoit en main auecques leur fi grand
auantage. Landgerthe qui voyoit comme
chacun animoit les fiens au combat, voyant
vne ne fçay quelle gaillardife painte en la
face de fes guerrieres, en lieu de les animer
d'auantage leur dit: C'eft à nous (mes dames) à qui la gloire de cefte bataille eft ré-
feruee, & qui deuons emporter l'honneur de

Landger-
the à fes
dames.

Tom.5.　　　　　　　　　　H

la victoire: à nous, & non à autres est deuë
la vengeance de nos amies & parentes. Les
hommes combatront, s'ils veulent pour
leurs querelles, & s'attaqueront à qui bon
leur semblera, mais les cheualeureuses dames de Noruege ne poursuyuront d'autres
que l'escadron du tyran, & mourront toutes
en la peine ou elles le priuerõt à ce iour-ci
de sa vie miserable. Faites voleter vos cheueux espars sur les armes, afin qu'on nous
puisse voir surmonter la proüesse des hommes, & que nous ayons le moyen de nous
reünir, & rassembler s'il suruenoit quelque
desordre, & allons au bon plaisir de la fortune, ou mourir glorieusement, ou vaincre
auec vn cœur digne de nous le plus infame
Prince du monde. Regardez ie vous prie
quelle force a le desdain de se voir offensé
en vn esprit gentil & genereux, & que vaut
le sang illustre se resentant d'vn tort reçeu:
ces femmes & filles tendres, delicates, & mignardement esleuees & nourries, non accoustumees au trauail des armes, poussees
d'vn seul desir de venger les rapts faits en
leur parentes violees, vont furieusement en
guerre, veulent estre recogneuës par l'ornement qui embellist le plus leur face, & s'ex-
posent à tout hazard parmy la trouppe gaillarde des hommes. Le Roy Regner ayant
donné le signe de l'assaut se prend garde aux
açons de faire de ces dames, & voit Land-

gerthe faiſant acte de bon ſoldat, & de ſage *Vaillan-*
conducteur, fendant la preſſe, & entrant en *ce de*
deſpit de tous, auec les trouppes cheueluës *Land-*
dans l'eſcadron du tyran de Suece. Il s'eſton- *gerthe*
ne de ceſte ſi grande hardieſſe, & apres l'e- *& admiree*
ſtonnement, il ſentit ie ne ſçay quel atten- *par le*
driſſement de cœur qui luy rauiſt ſa pen- *Roy Da-*
ſee & ſes yeux, pour les occuper en la con- *nois.*
templation de ceſte chaſte pucelle: il ſou-
ſpire la ſuyuant, & ne ſçait encore qui eſt *Regner*
cauſe de ceſte alteration, & la voyant faire *deuient*
merueilles au combat, ne voyoir tirer coup *amou-*
contre elle qu'il ne luy ſemblaſt le receuoir *reux de*
par le milieu de ſon cœur : il ſe ſouhaitte *Land-*
pres d'elle pour l'oſter du peril, & puis prend *gerthe.*
plaiſir, la voyant ſi bien faite, & tellement
s'amuſa en ceſte contemplation qu'il veit
bien toſt apres ceſt eſcadron de dames
entrer auec vne telle rage, & tempeſte parmy le corps de la bataille où eſtoit le Roy
de Suece, que dans vn bien petit eſpace de
temps, elles l'eſbranlerèt de telle ſorte
que les vainqueurs, & les vaincus confeſ-
ferent que ceſte victoire eſtoit plus à at- *Deffaite*
tribuer à la ſage conduite de Landgerthe *des Sue-*
& vaillance tranſportee des dames, qu'à *ces & *
la longue haleine & effort des cheualiers *mort de*
ni ſoldats, fut de Dannemarch, ou Nor- *leur*
uege. D'autant que iamais elles ne ceſſe- *Roy, par*
rent de pourſuyure leur poincte que Fro *les da-*
ne fuſt par elles taillé en pieces, comme *mes.*

H iij

le corrompeur de la ieuneſſe, & violateur de
la chaſteté de celles qu'il deuoit garantir,
ſauuer, & deffendre. Ainſi ce Roy paya l'v-
ſure à vn coup de deux forfaits commis, &
fut puny par iugement celeſte, & d'auoir en-
uahy le bien & heritage d'autruy, & ſoüillé
l'honneur de tant de dames honneſtes. La
victoire gaignee par le Danois il confeſſa
franchement, qu'il la tenoit par la vaillance
des dames, & ſur tout de la ſage & hardie
conduite de celle qui commandoit ſur la
trouppe dameresque : & diſſimulant pour
lors le feu caché en ſon cœur, & qui couuoit
au plus profond de ſes entrailles : il s'enquiert, comme rauy d'eſtonnemént, ainſi
que les autres de la dexterité de ceſte guerriere, qui elle eſtoit & de quelle maiſon, &
en quel pays elle auoit prins origine. On
l'aduertit qu'elle eſtoit fille à marier, chaſte
au poſſible, vertueuſe s'il y en auoit en Noruege, de ſang noble, & fort illuſtre, & des
plus ſages damoiſelles de la terre. La vertu &
force en guerre de Landgerthe ayans gaigné
le cœur de ce ieune Roy, feirent encore plus
grand ouuerture à l'amour qui y plantoit
ſon ſiege, lors qu'il ouyt dire que celle qu'il
reueroit en ſon ame, eſtoit gentil femme, &
de haut lieu : mais d'autant que pluſtoſt il en
euſt voulu faire s'amie que ſon eſpouſe, il
s'en voyoit eſloigné, aduerty de la pudicité
de ceſte fille, laquelle il n'euſt voulu conui-

ster, luy estant si redeuable, & n'eust osé le
faire la voyant si bien aimee & tant hardie à
dresser des entreprises. Et iaçoit que (comme ailleurs nous auons dit) les rauissemens
fussent comme communs en ce pays, Scau-
dieu, si n'osoit-il s'attaquer à celle qui sçauoit si bien se venger, & ayant veu comme
chacun l'auoit suyuie, pour la punition du
tyran violeur des dames. A ceste cause comme il auoit l'esprit gentil & bon, il se delibera de ioindre & apparier de grace ce qui
estoit inesgal en elle pour estre vny à la
grandeur d'vn Roy, & la satisfaire de son
deuoir par le mariage contracté auec elle.
Et d'autant qu'on luy auoit rapporté que
elle estoit deliberee de garder sa virginité
à iamais, & proposoit de ne point souffrir
qu'homme quelconque luy fut accouplé
en sorte aucune, il tascha la gaigner, & voir
s'il pourroit rompre ce dessein pour iouyr
de celle qu'il aimoit plus que soy-mesme, &
laquelle il estimoit des plus accomplies de
l'vniuers, & à qui il se pensoit le plus redeuable qu'à creature de la terre. Si ceste opinion de la vertu de Landgerthe eust tousiours demeuré painte en l'ame de ce Prince, & qu'il l'eust respectee aussi bien apres
la iouyssance, comme deuant, elle n'eust
point eu occasion de se plaindre de luy, &
il ne seroit accusé d'ingratitude & infidelité. Mais quoy? il n'y a rien si precieux, ra-

H iij

re, ne de grand conſequence, que ſi l'homme en a iouy à ſon gré & ſuffiſance, qu'il
ne le tienne à meſpris , & ne deſire raſ-
faſier ſa fantaſie ſur choſe plus vile & de
moindre valeur & conſequence. Regner
donc quelque grand Roy qu'il ſe veit eſtre
& quelle & combien grande que fut ſa puiſſance , ſi eſtoit-il l'eſclaue d'amour , n'o-
ſant dire ſon penſer , amy (outre ſa couſtume) de la ſolitude, plein de paſſions, entouré de craintes , troublé en ſon eſprit , marti-
riſé au ſens , bien peu ſouſtenu d'eſperance
que fort froide , & ne faiſant que ſouſpirer,
de ſorte que tous s'eſtonnoient de ſi eſtranges façons de faire, & d'vn ſi ſoudain changement : & neantmoins n'y auoit aucun ſi
hardy qui oſaſt s'enquerir de luy , ſur les cauſes de ſa triſteſſe ou ſolitude. Ayant à la fin
aſſez reſué ſur ce qu'il auoit à faire, & conſideré qu'il luy eſtoit impoſſible de reſiſter
à puiſſance qui ſembloit forcer la meſme
nature, & que de iouyr de Landgerthe hors
mariage n'y auoit aucun moyen , print reſolution de la prier & ſe la ioindre pour
eſpouſe ſi elle y vouloit entendre. Et par
ainſi mandant la fille auec ſes parens luy
feit entendre ſon vouloir , luy parlant en
ceſte maniere. Ie ſçay bien (gentille damoiſelle) que vous n'eſtes ſans vous eſtonner
pour quelle occaſion eſt-ce que ie vous ay
mandé, comme ainſi ſoit que l'obligation

qui me rend voſtre debteur commã doit bien
que raiſonnablement ie feiſſe meſme le meſ-
ſage:mais pour ne vous tenir en ſuſpens,l'eſperance que i'ay que (ſi vous voulez) vous
ne bougerez plus de court, m'a fait faire ce
mandement , & le pouuoir que i'ay ſur les
voſtres, ſemons de leur enioindre de vous
tenir compagnie. Ie ſçay qui vous eſtes, &
quels ſont vos parens & maiſon, mais plus
encore ſuis-ie aſſeuré de vos valeurs & merites pour les loüables parties & ſingulieres
vertus qui reluiſent en vous: & vous n'ignorez point qui ie ſuis, quelle eſt ma puiſſance, & les moyens que i'ay de me reſſentir,
& des plaiſirs & des iniures de quiconque
ſoit celuy de qui ie les reçoyue. Ie confeſſe que s'il y a rien qui extrauague en l'a-
mour, ou qui ſurpaſſe les forces de l'homme, que le tout a pris fondément en mon
ame pour m'enflammer au deſir de vous
vouloir bien, mais ie ſuis incertain ſi vous
ſerez ſi courtoiſe que de trouuer bonne &
agreable ceſte affection, y oſtant ce enquoy
vous ſemblez ſurpaſſer le reſte des dames.
Toutesfois ſi vous meſurez la grandeur d'vn
Roy, & iceluy voſtre ſouuerain auec le luſtre de voſtre perfection, vous verrez que
ces deux raretez appariées ſeront vne vnion
la plus excellente qu'homme ſçauroit imaginer. En ſomme, tout mon ſouhait, preten-
te, & affection giſt en ce, que ſi vous le trou-

pez bon , & que ie vous semble le digne
espoux de Landgerthe , ie voudroy vous
auoir à femme , & vous faire Royne de
Dannemarch & Noruege. Vous y penserez,
c'est à vous à conclurre le tout , & à qui ie
m'en rapporte, & de ceste mienne sumission
ie fais tesmoins vos parens que i'ay fait
appeller pour ouyr mon dire, & vostre responce. Landgerthe qui estoit autant bien
apprise, courtoise, & modeste, comme elle
auoit le cœur haut & seueres les pensees,
voyant qui estoit celuy qui la requeroit, &
combié il s'abaissoit en la demandant pour
espouse, luy respondit en ceste sorte : Sire,
iaçoit que ma deliberation ait esté dés mon
enfance, & continuee en ceste fleur de mon
aage de ne iamais m'assuiettir sous la loy
de mariage , & que la liberté me semblast
plus sortable pour la condition de mon
esprit, que celle obeyssance que la femme
doit à son espoux : non que ie l'aye voüé ni
iuré en sorte quelconque : toutesfois ayant
esgard à ce que ie dois à mon Prince, &
voyant combien i'encourroy de blasme, &
meriterois punition si ie refusoy celuy qui
est souuerain sur moy & sur les miens: ie
vous supplie penser que vostre pensee estant
si droite que la monstrez, & respectant chose
de si peu de merite que ie suis , ie suis aussi
la damoiselle de ce monde la plus preste à
vous faire treshumble seruice : remerciant

le grand Dieu, que puis que ie dois seruir à
la fantasie d'vn homme (quoy que contre
mon premier dessein) que ce soit plus le sage & vaillant Prince qui long temps ait re-
gné en ces côtrees. Toutesfois, Sire, ne trouuez estrange ie vous supplie, si ie vous parle
plus hardiment peut estre que ie ne dois,
qui est qu'à mon aduis vous deussiez penser
deux & trois fois à cecy auant que vous y
mettre, estant les affections humaines si legeres en ce qui est de telles impressiôs, qu'elles s'eff cent bien souuent aussi tost en l'a-
me qu'elles y ont esté engrauees. Non que
ie vueille accuser vn si grand Roy de legereté, ni soupçonner sa foy, comme infidele,
mais afin que vous ayant prins garde de plus
pres à mes complexions, & vous estant enquis deüement de ma vie, vous iugiez de
mon merite & qu'à l'aduenir mesurant ce
que vous auez de plus auec ma petitesse &
insuffisance, vous ne vous dedissiez de vostre parole ou reiettiez ce dequoy à present
vous faites si grand compte. Ce que m'aduenant vous sçauez, Sire, que l'honneur qu'à
present il vous plaist de me faire, n'est rien
au pris de l'infamie qui lors redonderoit, &
sur vous & sur moy, & sur ceux à qui i'appartiens, & ce seroit vne estrange recompence de celle amitié que ie vous porte dés
à present pour vostre si liberal offre, & vous
porteray toute ma vie, comme la plus obeïs-

sante de vos humbles seruantes. Elle parloit
auec vn telle grauité & contenance seuere,
que le Roy esbahy de sa sagesse, & plus de la
maiesté de sa parolle & liberté de son dire,
luy iura sur l'heure toute telle loyauté que
doit l'espoux fidele à sa meilleure partie,
dequoy il se pariura, ainsi qu'entendrez continuant de lire ce qui s'ensuit. La fille pour
celle fois ne fut point espousee par ce ieune
Roy qui ne hannissoit à autre auoine qu'à
iouïr de ceste gaillarde beauté, là où elle au contraire se retira en sa maison, esperant que l'ardeur de ce feu Royal s'estain-
droit auec le temps, & elle estant absente:

mais Regner qui ne pouuoit oublier celle
qui l'auoit si bien secouru, & laquelle il portoit peinte en son ame, la suiuit en sa maison, & feit tant par ses iournees qu'il l'espousa au grand plaisir des parens, mais indicible regret d'elle qui se doutoit qu'ayant
mis son cœur en ce Prince elle s'en verroit
depossedee: neantmoins comme sage qu'elle fut : elle dissimula ce qu'elle en pensoit:
& se sousmist au plaisir du Roy, & au ioug
que tant elle auoit detesté, & fuy de mariage. Les ioyes n'estant durables, tant s'en faut
perpetuelles és occurrences mondaines,
voicy Regner ieune & folastre, rassasié, ou
plustost saoul des caresses de ceste pauure
damoiselle, qui pour tout doüaire luy auoit
apporté vne grãde beauté, & la vertu la plus

rare de son pays, & conuoitant quelque cas
de plus grand, se retira en Dannemarch,
laissant son espouse en Noruege, non pour
l'appeller puis apres, ains pour du tout s'en
deffaire. En Dannemarch qu'il est, oyãt parler de la fille du Roy de Suece il la souhait-
ta, accusant son indiscretion d'auoir de tant
amily la grãdeur du nom Royal, que d'espouser vne simple damoiselle : & enuoyant ambassade solennelle en Suece, il obtint sans
guere grande difficulté celle qu'il auoit de-
mandee. Voyez iusques où ce Roy auoit aimé la vertu, & comme à la fin la masque de
l'amour feint se descouure: il auoit iuré fidelité à sa mieux aimee Lãdgerthe, l'aduertis-
sant de ce qui pouuoit aduenir, ne couchant
rien en ieu que les grandes vertus & perfections de sa dame : mais quoy ? ceste vertu
estoit liee à l'idee du plaisir, & par ainsi aussi peu durable que l'aise a de continue en ce
qui est de la chair. Aussi dés qu'il eust la responce selon son souhait du Prince Sueon,
il ne faillit d'aduertir Landgerthe de son
mariage second & illegitime, & la prier de
prendre en patience ce diuorse. La pauure
dame oyant ceste sentence (quoy que par
elle ià long temps auoit, deuinee) fut pour
mourir de tristesse, se voyant mespriser sans
que iamais elle eust offencé celuy qui la refusoit: à la fin considerant que le Roy auoit
quelque raison, non de la repudier, ains

de chercher alliance qui fut suffisante pour
le secourir en ses affaires, veu qu'il auoit vn
ennemy qui luy querelloit la couronne de
Dannemarch, & incitoit l'Empereur à luy
dóner secours sous pretexte de se chrestienner, pourueu qu'on luy mist en mains ce
Royaume, elle s'appaisa aucunement, toutesfois respondit elle à ceux qui luy firent
vn si mal plaisant message. Le Roy (mes
amis) ne deuoit point abuser Landgerthe,
puis qu'il ne pouuoit se passer de chercher
plus puissante alliance pour le support de sa
maison : & faut que i'accuse sa legereté, qui
l'ay aduerty dés le commencement de ce
qui pouuoit aduenir, & dequoy (à mon regret) ie n'en vóy que trop d'experience : si
i'estoy aussi vindicatiue pour le tort que ie
souffre, comme luy iniuste en mon endroit,
ie luy donneroy, peut estre, plus d'affaire &
de fascherie, que celle qu'il doit espouser, de
plaisir, secours, & deffence. Il sçait les moyés
que i'ay de luy nuire, puis qu'il a senty mon
effort en le fauorisant : & doit penser que
Landgerthe ne fut iamais tant offencee par
le tyran de Suece, que par luy, qui sous le flateux nom de mariage a abusé de la pudicité
de celle qui faisant conscience de mespriser
la couche d'vn Roy, n'a point veu comme
les hommes tant plus sont grands, & de tant
se pensent-ils estre le plus dispensez de la loy
qui assuiettist les autres. Vn cas me fait luy

pardonner aucunement sa faute, & accuser
mon indiscretion, c'est que luy aueuglé d'a-
mour, & moy poussee de la seule reuerence
du nom Royal auons failly de mesme sorte,
mais non esgallement punissables, moy
ayant plus de tort que luy qui estant libre, &
sans nulle passion me suis sousmise à la volonté de celuy qui n'eust osé vser de force en
mon endroit: là où il estoit l'esclaue de sa
pensee, & transporté du desir, qui fait folla-
strer les plus sages de la terre. Qu'il iouïsse
donc à son aise des embrassemés de sa nouuelle Dame, qu'il la caresse à son plaisir,
mais ie le prie pour la fidelle amitié que ie
luy porte, & porteray à iamais estant celle
que ie luy suis de n'estre desormais si leger
& volage en changement de proye, afin
qu'vne des moins accortes ne luy face porter la penitence du tort fait à toutes les autres: l'asseurerez au reste qu'encor' qu'il blesse à mort le cœur de Landgerthe luy preferant vn autre de moindre merite, & oubliant
la redeuance qui le rend mon obligé, si est-
ce que ce mien cœur portera perpetuelle-
mét grauee en soy l'image du Roy Regner,
& n'effacera pour chose qui puisse aduenir
celle sainte & loüable affection que la foy
promise à iadis imprimee en mon ame. Allez & luy rapportez l'offre de mon seruice,
& les desirs que i'ay de luy complaire en lieu
de me venger, & mettez deuant ses yeux

non mon deſeſpoir, mais bien ma patience,
qui ſuis ioyeuſe de me voir hors de la ſubiection d'vn mary, mais marrie au poſſible
de perdre celuy que i'aimoy plus que moy-
meſme, & ſans lequel mes iours ſeront deſormais pleins de triſteſſe. Rapportez luy
que Landgerthe veut demeurer en vie, non
pour ſe venger de la deſloyauté de Regner,
ains afin que par l'effuſion de ſon propre
ſang elle luy face encore vn coup cognoiſtre qu'elle luy eſt plus amie, que luy ſoigneux de la conſeruation de ſon eſtat,& que
ce ſont les dames qui me reſſemblent, qui
ont le cœur plus genereux & plein de vertu
que les hommes qui ont touſiours la gentilleſſe au bec, mais la vilennie peinte en leurs
œuures. Au reſte ie prie Dieu de donner autant d'aiſe à mon infidele mary, comme il
laiſſe par ſa deſloyauté de dueil & triſteſſe
en l'ame de ſa fidele eſpouſe:& que celle qui
vſurpe ma place, puis que la faute ne vient
point d'elle, puiſſe iouïr longuement en
paix du lict que i'auoy merité par ma vertu,
& que le Roy m'oſte ne ſçay par quel deſaſtre, & inimitié contre moy de la fortune.
Quelle plus grande conſtance ſçauriez vous
ſouhaiter au cœur du plus ſage Philoſophe
que iamais la Grece ou Aſie ayent produit
que ce cœur inuincible de ceſte dame Nor-
uegienne? Quel plus grand deſpit peut-on
faire à vne femme de bien que de la reiect-

ter, & quitter comme si c'estoit vne impudique & meschante ? ou quelle plus grande
occasion luy peut-on donner de trahir son
mary qu'vn soupçon sans cause, & vn diuorce & refus où la raison & iustice sont du tout
esloignees ? Les Poëtes nous peignent par
leurs vers les transports desesperez d'vne
Medee delaissee de Iason, & les effroyables
cruautez par elle exercees pour se venger
de telle iniure : Pour le refus & delaisse-
ment fait par Marc Antoine de la sœur
d'Auguste, attiré par les fols amourachemens de la brune Cleopatre, & l'Europe,
Afrique & l'Asie furent baignees inhumai- *Guerres*
nement du sang humain, le frere taschant *ciuiles à*
de venger l'iniure faite à sa sœur & à toute *Rome*
sa famille. Et ie vous prie quelle playe fit *pour vn*
iadis en France le repude d'Eleonor Com- *diuorce.*
tesse de Poitiers & Duchesse de Guienne, *Eleonor*
par le moyen de laquelle les Anglois se fi- *repudiee*
rent si puissans en Gaule ? & toutesfois *cause la*
vous voyez Landgerthe si humble, sage, *guerre*
discrette, & amie de repos, qu'ayant le *entre les*
moyen de se venger d'vn tort iniustement *Anglois*
fait, tant s'en faut qu'elle le poursuiue, qu'el- *et Fran-*
le s'enaigrisse, crie, ou tempeste, que plu- *çois.*
stost prenant patience, elle offre seruice à
celuy qui la mesprise, presente tout deuoir
à son ingrat espoux, & luy promet secours, quoy que desia l'ayant secouru elle
en eust esté desloyaument recompensee.

Où estes vous ialoux de l'honneur des dames, qui les peignez auec vne ialousie enragee au front, & leur grauez vne vengeance immortelle en l'ame? voyez ceste-ci qui
vous monstre vn cœur vrayement Chrestien, quoy qu'encor' elle ne fut baptisee, &
vous apprend que les Dames ont ne sçay
quoy de Heroïc que l'hõme ne peut comprendre ni sauourer que par longuë & sage
experience. Landgerthe n'est pas seule en
cest exemple, il en y a eu en nostre France
& de bien grands qui ont imité sa constance, & debonnaireté, & desquelles ie discour-
roy si les histoires Frãçoises ne vous estoiét
és mains dans lesquelles vous pouuez prendre le passe-temps de ceste lecture. Ce n'est
pas tout que Landgerthe ne créue de ialousie ne se tempeste du refus, & ne cerche les
moyens d'en faire la vengeãce: elle fait plus
& surmonte toute opinion & dessein, don-
nãt aide à celuy qui l'auoit si honteusement
delaissee: & entendez comment. Regner
Prince fort adonné aux armes se voyant en
paix en sa maison, & de nul de ses voisins
sollicité par guerre afin de ne laisser auilir
ses subiets adonnez à la guerre, & accoustumez aux courses tant par mer que par terre,
il les tascha d'empescher à suyure leur fortune, & passa és Isles de Hirlande, & la grande Bretagne & Escosse: Les Iutiens & aucuns de la terre Scandienne qui luy portoient

royent mauuaise affection prenans occasion
de l'absence du Roy auec ses forces, creent &
élisent pour Roy vn Prince de sang Royal
nommé Harald, lequel s'adressant à l'Empereur Loys le Debonnaire qui pour lors se
iournoit à Maience, ayant receu le saint Baptesme auec ceux de sa suite, fut sacré & couronné Roy de Dannemarch par authorité
imperiale, faisant hommage à l'Empereur
de son Royaume. Harald fauorisé des siens
aimé, & appellé de la plus part du peuple,
qui embrassoit le Christianisme duquel Regner n'estoit guere amoureux, & renforcé
d'vne bonne troupe d'Allemans que l'Empereur luy fournissoit pour s'emparer de
la possession de ses terres, vint en Dannemarch pour en chasser Regner & ceux qui
suyuoyent sa ligue. Regner laissant les desirs d'assaillir autruy, rebroussé chemin &
s'en vient en Dannemarch où il trouua vn
estrange remuement de mesnage: il encourage les siens à le secourir, apelle les Sueces
à sa faueur, & depesche lettres en Noruege; & nommement à celle de qui il deuoit plustost attendre guerre que deffence.
Qu'eust icy fait vn cœur felon? comment
s'y fut gouuerné vn esprit qui ne repose iamais qu'en mal faisant? Mais plustost comme se fut porté celuy qui ayant esté offencé, eut veu vn si beau chemin se dresser
pour se venger à vn coup de tous les outra-

Grande
courtoisie de
Landgerthe.

ges que iamais on luy euſt ſçeu faire? C'eſt
ſans doute qu'il n'y euſt eu lieu ſi fort de
ſerment qui n'eut eſté rompu pour ſe preualoir du tort receu, & s'en reſſentir en temps
& ſaiſon ſi à propos que cette guerre contre
le Danois. Et toutefois Landgerthe oyant
en quelles angoiſſes eſtoit ſon amy aduerſaire, conſiderant que ſa ruine ne luy tour-
neroit à proffit aucun, & ſe voyant auoir de
luy deux belles filles & vn fils excellent
nōmé Fridleue, qui depuis fut Roy de Noruege, dreſſa vne armee de ſix vingts nauires
qu'il arma gaillardement, & auec cet equipage elle ſe delibera de paſſer au ſecours
de ſon mary, auquel elle enuoya la nouuelle de ſon apareil auec ce petit mot. Que ce
ſecond deuoir luy ſeroit auſſi heureux pour
recouurer ſes terres, comme le premier à
le venger de celuy qui l'auoit touché en
ſon honneur: & que toutesfois elle ne s'attendoit point d'en eſtre mieux recompenſee. Qu'il tint hardiment teſte à l'ennemy
auquel elle ſe deliberoit de donner vne attainte ſi verte qu'il ne ſeroit de ſa vie ſans
ſe ſouuenir de la gaillardiſe de Landgerthe.
Les rebelles auertis du ſecours Norue-
gien taſchent par tout moyen d'attirer Regner au combat auant la venue de Landgerthe, qu'ils ſçauoyent eſtre fort ſage &
experimentee en l'art militaire. Le Roy
d'autre part cognoiſſant leur ruſe delayoit

Fridleue
fils de
Landger
the fut
Roy de
Norue-
ge.

la iournee, & s'éloignoit d'eux aprochant
le lieu où il fçauoit que sa bonne amie deuoit descêdre, afin de ioindre les deux puissances ensemble, & auec icelles combatre
l'ennemy. Lequel voyant à quoy tendoit
Regner, le pourfuit viuement, & auec telle
diligence qu'il le contraignist de venir aux
mains, sur le mesme poinct que Landgerthe prit terre. Le combat fut fort furieux &
sanglant, y tombant infinis milliers tant
d'vn costé que d'autre, estans les chefs animez, l'vn pour deffendre sa couronne, &
l'autre pour vsurper vn estat au quel il pretendoit auoir iuste raison de le quereller,
& tous les deux se soignans de leur vie, fçachans bien que le vainqueur ne pardonne-
roit point à celuy qui seroit surmonté en
cette bataille. Et quoy que les Danois qui
suyuoyent Regner fissent tout le denoir
que bon guerrier fçache faire, & qu'ils sou-
stinssent l'effort impetueux des assaillans, si
est ce qu'ils tournerent le dos, & commençoyent desia se mettre en desordre. Ce que
voyant Landgerthe qui approchoit leur
camp, & s'estoit arrestee pour iuger des
mieux combattans, donna dedans, & fit
r'entrer les siens, à sçauoir les soldats de son
mary en bataille, disant : A eux mes amis, à
eux : ils sont à nous, comme indignes de viure, puis que laschement ils ont leué la main
contre leur prince. Allons, voicy Landger-

the qui vous aporte la victoire auſſi bien
contre Harald, que contre Fro en Noruege. Ce que diſant elle ſe rua auec telle furie ſur les rebelles qu'elle les tint ſur cul, &
les deſtourna de la pourſuite des vaincus.
On combat encor plus opiniaſtrement que
iamais, les vns pour reparer la faute faite en fuyant, & les autres pour ne perdre l'a-
uantage de la victoire qu'ils s'eſtoyent veüe
en main, creuans de dépit que ce fut vne
femme qui les priuaſt d'vne ſi plaiſante occaſion que de ruyner du tout leur aduerſaire. Neantmoins quelque obſtination que
les gens de Harald monſtraſſent au combat
ſi eſt-ce que & la multitude les opreſſant, &
eſtans las & pourſuyuis par les Noruegiens
encor tous frais, & conduits par vne femme de haut cœur, & furieuſe autant en guerre que gracieuſe & modeſte en ſon palais,
ils furent contraints de ſe mettre en fuite,
non ſans grand perte des plus braues de toute leur armee. Ainſi furent les vaincus deli-
urez de la main du vainqueur, & celuy qui
auoit la victoire falluſt que cedaſt à la fortune de celle qui eſtant heureuſe en guerre
& par cet heur ayant acquis vn grand mariage, eſtoit infortunee au repos qui luy
auoit rauy ſon aiſe. Regner ſe deſplaiſoit
du tort fait à ſa premiere femme, accuſoit
ſa faute, deteſtoit la legereté, & la ſuplioit
d'en prendre telle vengeance que bon luy

sembleroit. Mais elle qui auoit le cœur
haut, & qui craignoit que le Roy vaincu
de cette obligation ne commist vne seconde faute en laissant la fille du Roy Suecien,
de laquelle il auoit aussi de beaux enfans, se
retira en Noruege pour gouuerner le pays
que le Roy auoit donné pour l'amour d'elle à son fils Fridleue. Le reste du discours
estant poursuyuy par les Annalistes de Dannemarch, Suece & Noruege, ie mettray fin
à la presente histoire que i'ay deduite plus
pour monstrer si la valeur, conseil, bonne
conduite & sagesse manquent point és dames de Belieuõ, que pour me soucier ny des
Amours de Regner ny de ses conquestes,
afin que les dames qui excellent en ce temps
continuent en la poursuite de leur perfection par l'exemple diuersifié de celles qui
iadis se sont monstrees admirables en leurs
faits, & imitables pour leurs vertus & loüables coustumes. Voila, amy Lecteur, ce que
ie vouloy adiouster aux precedentes histoires, & que ie n'ay point tiré de Bandel,
ains recueilly dans les vieilles histoires
des peuples d'où ces exemples sont tirez
pour le contentement de ceux qui aiment
la vertu, & cherissent les choses loüables.
Doresenauant qui voudra s'amuser sur le
Bandel, & soy ioüer sur ce qui reste, ie l'en
dispence & quite le dé, veu que ie pense en
auoir tiré le meilleur, & qu'aussi ie m'at-

I iii

tens de recueillir des histoires pour nostre
instruction, qui ressentiront plus l'homme
que celles où il faut s'amuser aux folatries
que chatouillent plus qu'elles n'edifient la
ieunesse, laquelle n'a ià besoin d'alleche-
ment pour estre plus poussee à suyure la
chair, qu'à se gouuerner par les saintes impressions de vertu qui doyuent estre comme
naturalisees en nostre ame.

Sommaire de l'Histoire 81.

Vn se feint estre Baudouin, Comte de Flandres, &
Empereur de Constantinople, lequel Comte de
Flandres estoit mort dixhuit ans auparauant en
Leuãt. Ce faux Baudouin suscita de grãs brouil-
lis en Haynault : mais, en fin, la Comtesse de
Flandres fille du defunt, le fit pendre publique-
ment, comme imposteur qu'il estoit.

HISTOIRE LXXXI.

AV temps que regnoit en France
le Roy Loys huitiéme, pere de
Loys IX. lequel estant mort au
siege de Tunes, pour l'exaltation
& defense de la foy chrestienne, fut pour la
sainteté de sa vie, mis au nombre des
Saints, & canonisé par l'Eglise. Du temps

donc de Loys huitiéme, & lors que la Comteſſe Ieanne poſſedoit le pays de Flandres
& Hainault, qui luy eſtoyent eſcheus par
le decez de ſon pere, s'éleua vn quidam,
de telle audace & temerité, qu'il oſa bien
ſe preſenter en Hainaut, d'où eſtoit natif
Baudouin, & là affermer qu'il eſtoit le vray
Baudouin, qui pluſieurs ans auparauant e-
ſtoit mort en Leuant. Autrefois luy auoit-on
dit, qu'il reſſembloit grandement à Baudouin.
Et encor qu'en Hainaut ne ſe trouuaſt perſonne qui le recognuſt, neátmoins ceux qui
ſe dédaignoyent d'eſtre gouuernez par la
Côteſſe Ieanne, le recueillirent pour le vray
Baudouin, le ſuyuant comme leur vray &
naturel ſeigneur. Se voyant cet impoſteur
auoit eſté receu des Haynuyers, eſpera que
le meſme luy auiendroit en Fládres Eſtant
donc accompagné de quelques vns, il ſe
met en chemin, monſtrant vne grande grauité en ſes actions, & parlant auec telle maieſté, qu'il ſembloit conuenir à vn Empereur de Conſtantinople. Comme la Comteſſe Ieanne entend cecy, ne voulant que
il entraſt plus auant, de peur de cauſer
quelque mutination au pays, elle enuoye le
Preſident de ſon conſeil eſtroit auec aucuns de ſes Conſeillers, pour le rencontrer.
Ce Preſident eſtát arriué au lieu où eſtoit le
faux Baudouin, commença à l'interroguer
de cette façon en la preſence de tous ceux

qui s'y trouuerent : Si tu es le vray Empereur de Conſtantinople, & pere de la princeſſe Ieanne, noſtre Comteſſe & Dame,
quelle raiſon t'a émeu de laiſſer la charge de ce glorieux & digne Empire, qui par
tant d'excellens ſeigneurs, qui là ſe trouuerent, te fut commis? Maintenãt que cet Empire à plus beſoin que iamais de ton conſeil
prudence, & valeur, comme as-tu eu le courage, comme as tu peu ſouffrir que ces Barons, leſquels t'éleurent entre tant & de ſi
grans ſeigneurs, & te colloquerent ſi amoureuſement & honorablement au ſiege Imperial, ayent eſté par toy laiſſez en proye à
la gueule des chiens Payens, aux barbares
ſi contraires & ſi fiers ennemis des François? ie croy fermement, que ſi tu eſtois le
vray Baudouin, tu ne te fuſſes tãt oublié, que
de te tenir ſi longuement caché des tiens, &
euſſes eu plus grand ſoin de ton Empire de
Leuant. Tu euſſes beaucoup mieux fait de
n'vſurper point le nom de Baudouin, auec
ces tiẽnes impoſtures mal baſties, eſtant ià
tout clair & manifeſte à l'vn & à l'autre empire, qu'il y a enuirõ 20. ans, que noſtre Prince mourut, cõme auſſi nous tous l'auõs pleuré pour mort. Ie voudroy encor ſçauoir de
toy, à quelle occaſion (toy ayãt la charge des
affaires de Leuãt, apres les auoir ſi mal gou-
uernees, que par ta faute elles ſont tombees
en ruine) tu as feint eſtre mort : quel guer-

don, quelle loüange attendois-tu de ceste
si sotte feinte? Et si tu as voulu qu'vn chacun, tant Grec que Latin, que de toute autre
nation t'ait creu mort, par quelles raisons
veux-tu maintenant que nous croyons que
tu sois vif, ayant esté l'espace d'enuiron
vingt ans hors de la cognoissance de tout
le monde? Auec quel voile de tenebres as-tu
si long temps tenu cachee la maiesté de ton
visage, qui de tous estoit cognu, veu que là
par deux dizaines d'ans personne ne t'a veu
& ne sçait point que tu ayes esté en aucune place? Que veut dire que tu n'es retourné à ta maison, & sorty hors du sepulchre,
pendant que le Roy Philippes Auguste viuoit, & durant la vie de plusieurs Barons
François & gentils-hômes Flamés, qui t'eussent peu conuaincre pour faussaire? Quelle
nouuelle forme as-tu prise, trompant ainsi
tant de personnes auec vn masque emprunté? Dy-moy, te semble-il raisonnable, qu'e-
stant couru si grâd laps de temps depuis que
nous auons pleuré pour mort le vray Bau-
doüin, maintenant, & Madame la Comtesse
Ieanne fille legitime & heritiere des grans
domaines du defunt, & nous tous deuions
croire si legerement que tu sois le vray Bau-
doüin? Ne sçait-on pas qu'autresfois se sont
trouuez personnes du tout mecaniques, qui
ont bien eu ceste hardiesse de se feindre
estre issus de sang royal? On a assez veu

de telles impostures & simulees feintes, &
s'en lit assez tous les iours dans les bons autheurs de l'vne & l'autre langue. Parquoy il
n'est pas bon d'estre trop facile a croire, iusques à ce que lon soit certainement éclarcy
de ce dequoy ont peu douter. Tu peux bien
auoir ouy les dommages, les desolations,
les pillages, & les ruines que le pays de
Hainaut & la Flandre ont souffert en tãtde
lieux, par guerres cruelles & sãguinaires qui
les ont tourmenté, depuis que le vray Baudouyn partit d'icy, & nauigea en Leuant.
Mais toy, quel allegement, quel secours,
quel refraichissement nous as tu apporté
en nos si grandes & griéues afflictions, trauaux & destourbiers? Tu veux donc que le
pays de Hainaut & de Flandres, lequel tu
n'as voulu en aucune maniere recognoistre
pour tõ pays, pour tes vassaux, pour tes amis,
en leurs vrgens affaires & tribulations, te re-
cognoissent maintenant pour leur citadin,
pour leur Comte, & pour leur naturel seigneur. Que respõs-tu aux raisons que ie t'ay
mises en auant? Alors l'imposteur (sans estre
aucunement émeu ny changé de visage, non
point comme vn criminel deuant vn iuge,
ains comme vn vray & naturel seigneur,
reprenant & accusant ses subiets) luy respondit ainsi audacieusement. Ceste mienne disgrace est veritablement plus grande
que ie ne me persuadoy: mais comme pour-

roit-elle estre plus gran²e? Ah, miserable
que ie suis, le plus malheureux de tous les
malheureux, en ma propre maison, au pays
de ma naissance, en mon ancien & paternel
heritage, ie trouue mes vassaux beaucoup
plus cruels, que ie n'ay fait les ennemis en
terre estrange. A la iournee d'Andrinopoli,
combatant vaillamment pour l'honneur de
ma patrie, & de ces citadins, qui maintenant
font semblant de ne me pas cognoistre, se
monstrans ainsi côtraires & ingrats en mon
endroit, comme que les issues des batailles
sont douteuses, apres que i'eu fait deuoir de
prudent Capitaine, & acte de bon soldat,
mes compagnons commencerent a tourner
honteusement le dos, & a prendre la fuite.
Cela fit qu'apres que ie me vy enuelopé des
ennemis, & abandonné de tous les miens,
& voyant qu'en vain ie m'efforçois, ou de
restaurer la bataille, ou de me ietter vif hors
des bataillons des ennemis, estant ià blessé
en plusieurs endroits, ie fus contraint me
rendre prisonnier. Il m'auint si bien en celle
miserable calamité, que la maiesté de mon
visage, & le tiltre de Comte Flandres me
sauuerent, & me firent respecter de telle façon par ceux qui me prindrent, que ie ne receu ny iniure ny deshonneur aucun: au contraire, hors mis la liberté, ie fus bien traité
d'eux l'espace de dixhuit ans. Ie voulu plusieurs fois payer ma rançon, mais ils n'y

voulurent onc entendre, & moins me voulu-
rent-ils permettre de reſcrire par deçà. A la
longue, voyant qu'on n'auoit point ſi ſoi-
gneuſe garde ſur moy comme au commencement, ie deliberay de m'enfuir. Ayant
donc vn iour trouué l'occaſion, ie m'eſcam-
pe enuirõ la minuict: mais le malheur voulut que quelques barbares, qui ne me cognoiſſoyent, me prindtent derechef priſonnier. Ie ne fus point d'aduis de leur découurir qui i'eſtois. Ils me conduirent en Aſie,
& me vendirent là pour eſclaue à certains
Suriens, auec leſquels ie demeuray l'eſpace
de deux ans, labourant les champs, piochant
la terre, coupant du bois, puiſant de l'eau, &
faiſant autres ſeruices champeſtres le mieux
qu'il m'eſtoit poſſible, de façon que ie fai-
ſois tout le labeur de la grange auec ces
mains, auec leſquelles tant de fois i'auois
honorablement combatu, vaincu les ennemis, & gouuerné tant de peuples auec le ſceptre Imperial. Finalement noſtre ſeigneur
Dieu ayant compaſſion de mõ long & ennuyeux ſeruage, voyant paſſer des marcháds
Allemans pres d'vne foreſt où ie coupoy du
bois (car alors il y auoit tréues entre les Latins & ceux de Leuant) ie me recommanday
à eux. Ces marchands ayans compaſſion de
ma miſere, ne m'eſtimans toutesfois autre
qu'vn pauure Flamen, me racheterent pour
bien petit prix, & ſi me donnerent encores

de l'argent pour m'en pouuoir plus cōmo-
demét retourner à la maiſon. Mais moy miſerable, combien m'eſtoit-il plus expedient
de finir ma vie en celle captiuité, que d'eſtre
reuenu en mā maiſon, pour y ouyr mes ſubiets, meſmes en ma preſence, m'appeller impoſteur, & dire que ie ne ſuis le vray Baudouyn? Cecy n'euſſe ie iamais creu: toutesfois ie me ſens icy blaſmé, & dire d'iniures
plus grandes que iamais ne m'oſerent dire
les Grecs, contre leſquels pluſieurs fois i'ay
porté les victorieuſes armes. Les peuples
de la braue Thrace qui marcherent à mon
Empire, les cruels Scythes, qui tiennent plus
du beſtial que de l'humain, ny les Barbares,
de Surie, auſquels eſtant vendu pour eſclaue, i'ay ſi long-temps ſerui ne furent iamais
ſi débordez de leur langue contre moy,
comme i'experiméte maintenant mes propres ſubiets : leſquels toutesfois, s'il y auoit
en eux raiſon, humanité, reuerence, ou tant
ſoit peu de ciuilité, deuroyent prendre les
armes en ma faueur, contre tout le monde,
pour me defendre & maintenir en mō eſtat,
& aux terres de ma naiſſance, ſi l'eſtranger
ſe mettoit en deuoir de m'iniurier: mais i'eſpere que Dieu vous ouurira les yeux. Ie ne
veux pas, pour me reinſtaller en mon eſtat,
prendre les armes à l'eſtourdie. Maintenant dites-moy, qui vid iamais les affaires
de Flandres plus florir, qui les vid iamais de

plus grande estime, réputation, credit & reuerence, tant à l'endroit de nos voisins que de toute autre nation, qu'elles estoyent lors que ie la gouuernois en personne? Iamais la gloire du nom Flament ne fut si haut eleuee ny si illustre qu'elle estoit lors que ie maniois le pays, ah! pays vrayemét ingrat à son prince, ah! ingrats & desloyaux vassaux, est-ce icy le gracieux accueil, l'honorable & amiable entree, que vous faites à vostre Prince? me receuez-vous en ceste façon? suis-ie donc si desastré, ay-ie le destin si contraire, qu'il faille, apres tant de perilleux voyages, tant de dommages, tant d'infortunes & trauaux, apres auoir surmonté tant de dificultez, que ie soye ainsi outragé par mes propres subiets? ce ne sont pas icy les antiques vertus, les loüables coustumes, les benignes manieres de faire, ny l'anciéne façon de caresser les siens que ie laissay icy lors que i'en party. Les hómes se sont changez & ont forligné de l'integrité & modestie de leurs saints ayeuls. Ce n'est dõc point merueilles, si ie trouue la Flandre ainsi afligee, & mal, voire tresmal gouuernee, puis que ie ne retrouue plus icy des hommes, mais bien des bestes méchantes, cruelles, & inhumaines. Cet imposteur s'échauffoit en son parler, & s'aprestoit de debagouler vne batelee d'iniures, & émouuoir quelque tumulte, quand le President auec aigres

paroles & menaces luy impofa filence, luy
difant, Ces feigneurs Côfeillers & moy ra-
porterons tout ce que tu as dit à madame la
Comteffe Ieanne, noftre dame & maiftreffe , fans l'aduis de laquelle nous & ne fçaurions rien determiner : cependant nous te
commandons, fur peine de la vie, que tu
ayes a te retirer quelque part en Hainaut,
fans attenter aucune chofe de nouueau, iufques à ce qu'il nous aparoiffe clairement fi
tu es le vray Baudouin ou non. Et à vous autres qui le fuyuez, ie vous commáde fur ladite peine & confifcation de vos biens, que
vous ayez a vous retirer incontinent en vos
maifons, & ne pratiquer plus auec cetuy, que
nous ne cognoiffons encores, ny luy prefter
faueur en aucune maniere que ce foit. A ce
cómandement plufieurs fe partirent, qui çà,
qui là, & ne demeura auec luy que quelque
peu de vilageois, qui euffent bien voulu
voir le pays en trouble pour dérober & faire leur main. Le Prefident auec les Confeil-
lers s'en alla parler à la Comteffe, & luy
dit tout ce qui s'eftoit paffe. La Comteffe
fçauoit certainement que fon pere eftoit
mort, & (pour auoir goufté combien eftoit
doux d'eftre dame & auoir le gouuernemét
de tant de peuples) n'euft pas voulu durant
fa vie quiter vne fi belle feigneurie. D'autre part plufieurs gentilshommes Flamens,
qui n'a moyent point eftre gouuernez par

vne femme, alloyent femant par le peuple,
que cetuy eſtoit le vray Baudouyn, leur
Prince naturel, de façon que déià ces peuples (qui de leur naturel ſont enclins à rebellion) commençoyent a s'émouuoir. Ce
conſiderant la Comteſſe, fit ſubit vne depeſche au Roy Loys huitiéme, par laquelle
elle luy fit entendre le tout. Le Roy, qui ſçauoit aſſeurémét que Baudouyn eſtoit mort,
enuoya incontinent adiourner par vn he-
raut le faux Baudouyn, à ce qu'il euſt incontinent a ſe rendre en ſa Cour par deuant luy
ſur griéues peines : & à ces fins luy enuoya
ſauf conduit pour venir & pour s'en retourner. L'impoſteur, ayant eu cet adiour-
nement, ſe met en chemin, & meine auec luy
aſſez honorable compagnie de Flamens &
d'Annuyers. Eſtant arriué, il ſe preſente au
Roy, & comme à ſon ſeigneur luy fait la
reuerence. Le Roy luy parla en ceſte façon,
Tu ne te dois pas eſmerueiller ſi nous ne
te recueillons comme Comte de Flandres,
& ſeigneur de Hainaut, pource que nous
ne ſçauons pas encor auec quel accueil nous
te deuons receuoir, ny auec quel nom
nous te deuons appeller, qui ſoit conuenable & à nous & à toy : Baudouyn Comte de
Flandres & de Haynaut, & Empereur de
Conſtantinoble, fut mon oncle, & l'vn des
plus nobles & vertueux Cheualier qui fut
point de ſon temps, tant au fait de la guerre

re qu'en la courtoisie, & autres excellentes
parties qui reluisoyent en luy. Pour estre
son neueu, estant certioré de sa mort, ie le
pleuray amerement. Ce me seroit vn fort
grand contentement s'il estoit possible que
ce mien oncle, pere de madame Ieanne ma
cousine, s'en retournast en sa maison s'il
n'est mort : & s'il est mort, comme nous en
sommes tous asseurez, qu'il resuscitast miraculeusement : maintenant il faut que toy,
qui nous veux faire croire que tu es le vray
Baudouin, auec claires & euidentes raisons
nous destrompes, & nous faces voir, comme il n'est point mort, & si c'est toy qui es
le vray Baudouin, iadis Empereur de Constantinoble. Il ne nous sçauroit aduenir
nouuelle plus agreable, plus ioyeuse, ni de
plus grand contentement, que de cognoistre
qu'en vain nous auons pleuré la mort de nostre oncle Baudouin, lequel veritablement
nous aimions & honorions comme pere.
Mais escoute, & respons aux interrogats
que nous te ferons : nos demandes & tes
responces pourront tesmoigner pour toy,
pour icelles examinées, ietter sentence sur
affaires de si grand importance, & desabu-
ser le monde, qui ne sçait que penser de ton
affaire : or sus, respon moy, Qui fut celuy
qui t'inuestit du fief de la Flandre ? Auec-
quelle condition receus tu le fief de si noble prouince ? En quel lieu le receus-tu ? en

Tom.5.   K

quel temps ? qui t'en porta les lettres? qui furent les tesmoins ? Qui te fit, Cheualier de
l'ordre, & te chaussa les esperons ? Qui fut
celle que tu pris à femme ? Qui est-ce qui
conduisit ce tien mariage ? Où se firent les
nopces ? Quelle solennité ? Quelle feste?
Quels tournois ? Le vray Baudouin mon
oncle sçauroit moult bien rendre raison de
tout ceci. Que penses-tu ? Quels estranges
changemens apperçeuons-nous en toy ? Le
pauure diable, lequel, comme le corbeau
s'estoit voulu vestir des belles plumes du
Paon, plaignant & souspirant, demeuroit la
teste baissee, sans pouuoir donner response à pas vne des demandes que le Roy luy
auoit faites. Le Roy derechef luy enioint
de luy respondre, luy demandant, comme il se pouuoit faire, que si tost il eust
oublié ces particularitez. Puis se tournant
deuers l'assemblee, Voyez, dit-il, comme
le trompeur est plustost attaint que n'est
pas le boiteux, d'autant que les tromperies
ont les pieds fort courts : Ce malheureux
non seulement vacile & change de couleur,
mais encor demeure sans pouuoir dire vn
seul mot. Ie te promets, imposteur que tu
es, que si ie ne t'eusse asseuré par mon sauf
conduit, ie te feroy donner le chastiment
que ta temeraire presomption & tes mensonges meritent. La Comtesse ayant eu aduis
de ce qui s'estoit passé deuant le Roy, com-

me le miserable fut arriué en Haynault, elle
le fit prendre par la iustice, auec aucuns de
ses fauteurs & luy fit faire son procés. Et
apres qu'il eut confessé qu'il n'estoit pas
Baudouin, elle le fit pendre & esträgler honteusement auec bon nombre de ces adherans. Puis attrappant dextrement ceux qui
auoient suiuy & fauorisé le faux Boudouin,
auiourd'huy l'vn, demain l'autre, fit si bien,
qu'en peu de temps elle s'osta de deuant les
yeux tous ceux qui luy auoient esté contraires. Telle fut la fin de l'imposteur & de ses
complices.

Sommaire de l'Histoire 82.

Cruauté d'Amide, contre Muleassem, roy de Tu-
nis son pere, lequel il priua & de la veuë &
du royaume.

HISTOIRE LXXXII.

Pres que l'Empereur Charles
cinquiéme eut fait l'entreprise
de la Goulette, en Afrique,
pour asseurer les frontieres de
la Sicile, Sardaigne, Corsegue,
du pays qui est maritime du
royaume de Naples, des Geneuois, & des
Espagnes, & qu'il eut chassé du royaume de

Tunis, le tyran Ariadeno, furnommé Barberouffe, il retint pour luy le fort de la Goulette,& y mit garnifon de foldats Efpagnols,
auec lefquels i'auoy fi longuement fait le
meftier des armes, que i'eftoy tenu de la
plufpart pour Efpagnol naturel. Quant au
royaume de Tunis, il le reftitua, fous certaines paches, à Muleaffem, que Barberouffe
en auoit chaffé par grand fraude: ce Muleaffem eftoit de l'ancienne famille des Chor-
rees, qui eftoit yffuë de Homar, coufin du
defloyal faux prophete Mahomet, & auoit
duré cefte race plus de neuf cens cinquante
ans, fans iamais eftre entrerompue. Eftant
Muleaffem reinftallé en fon paternel &
ancien royaume, & voyant combien, à la
faueur du grand feigneur Soliman, les forces de Barberouffe eftoient puiffantes, &
notamment en Afrique, ayans les adherans
dudit Barberouffe grandement muni &
fortifié Conftance, cité Mediterranee, qui
anciennement eftoit nommee, Cirthe, lieu
de la naiffance de Maffiniffe, & d'autre
part, le long de la marine occupee, & renduë inexpugnable la petite Leptis, que
les Africains nomment auiourd'huy, Ma-
hemonde, & nous l'appellons, Afrique, &
tenans encor Adrumete, que le vulgaire
appelle, Mahamette: voyant, di-ie, toutes
ces chofes le Roy Muleaffem, fe delibera
de nauiger en Italie, pour y trouuer l'im-

pereur Charles, lequel y estoit pour lors, aux
fins de pouuoir impetrer de luy vn bon secours contre les Turcs : mais pour laisser le
royaume de Tunes pourueu contre l'ennemi, pour les occurrences qui eussent peu
suruenir, il ordonna pour gouuerneur general, auec authorité fort ample, vn nommé Mahumet, qui pour lors exerçoit le premier magistrat de la cité appellee Manifet:
à la Roche il mit pour vn chastelain vn
Corse renié, lequel d'esclaue il auoit fait
franc : ce Corse, pour estre de nature fort
ioyeuse & plaisante, estoit communément
appellé, Fares, qui en ceste langue signifie,
ioyeux. Au camp il ordonna vn de ses fils,
nommé Amide, hardi, ieune homme, afin
qu'il tinst asseuree la campagne, & empes-
chast les courses des Turcs & des Numides.
Pour faire presens à l'Empereur, il portoit
de riches & precieux tappis, & diuerses
garnitures de lict, qui estoyent elaborees
fort excellemment à la moresque : il portoit aussi certaines perles de grand prix, &
faisoit mener deux grands cheuaux Numides, qui monstroyent estre de bonne race. Arriué en Sicile, & voulant nauiger à
Genes, il fut contraint, par l'impetuosité
des vens contraires, de laisser Genes à
main gauche, & se retirer à Caiette, & de
là à Naples. Alors estoit vice-roy à Naples, le seigneur don Pierre de Tolade, le-

quel reçeut le roy Afriquain fort courtoiſement, & le logea, auec grand pompe au
chaſteau Capuan, qui à ces fins eſtoit magnifiquement appreſté. Là il fut abondam-
ment & ſomptueuſement pourueu de tout
ce qu'il conuient au viure d'vn puiſſant roy.
Les Napolitains demeurerent grandement eſbahis, de l'exceſſiue deſpence que
le roy faiſoit en ſes viandes, & principalement, de ce qu'il s'y conſumoit ſi grande
quantité de precieux & chers onguents odo-
riferans, eſtant choſe toute aueree, que pour
appreſter & farcir vn paon & deux faiſans,
ſon cuiſinier conſumoit touſiours d'ordinaire, en odeurs, la valeur de cens ducats
d'or, car tel eſtoit le vouloir du roy. Il faiſoit auſſi porter auec ſoy grand quantité de
ces onguents de bonne odeur, ſi que non
ſeulement par la ſale où il mangeoit, mais
par tout le chaſteau de Capüe & de tous
coſtez on ſentoit ces onguents, & halenoit
on ceſte treſſoëfue odeur, & ſembloit que
l'air d'alentour fuſt odorifere. L'Empereur
eſtoit lors en conference auec Paul tiers
ſouuerain Pontife à Buſſet, chaſteau des
Marquis Pallauicins. Muleaſſem ne voulant plus s'abandonner à l'inſtabilité de la
mer, & ne ſe tenant trop aſſeuré de ſon ennemy Barberouſſe, qui eſtoit aux champs
auec vne puiſſante armee, ſe delibera d'aller par terre trouuer l'Empereur, l'Empe-

feur estant empesché auec le Pape, pour
affaires de grande importance, ne voulut
qu'il se partist de Naples : car il dessignoit
de faire guerre aux Sicambriens, qui sont
les Gueldrois & Cleuois. Alors on cognut
que Muleassem n'estoit point tant venu
d'Afrique en Italie, pour auoir secours de
Charles le quint, que pour escheuer vn desastre, qu'il voyoit luy estre proche. Ce roy
African estoit grand Philosophe Auer-
roïste, & bien entendu en l'Astrologie
iudicaire : par le calcul qu'il en auoit fait,
il cognoissoit que les pernicieux aspects
des estoilles le menaçoient de la perte de
son royaume, & de la fin de sa vie : surtout
il craignoit Barberousse, en se faisant accroire, que celle puissante armee qu'il entendoit se preparer à Constantinoble, se
mist sus, pour luy courir contre : mais il
ne peut eschever la mauuaise influence,
ainsi que nous dirons : Comme il estoit à
Naples, il eut aduis par certains messagers,
comme Amide son fils l'auoir malheureu-
sement trahi, & s'estoit fait Roy de Tunes, apres auoir massacré ses amis & lieutenans, pris la Rocque, & violé ses femmes
& concubines, lesquelles il auoit laissees à
Tunis. Ayant ouy ceste non attenduë &
cruelle nouuelle, merueilleusement troublé
en courage, il se delibera de ne point perdre

temps , mais bien promptement paſſer en
Afrique , eſperant pouuoir recouurer ſon
royaume perdu , & desfaire Amide , auant
qu'il peuſt eſtre confermé en ſon nouuel
eſtat: parquoy , auec la plus grand diligence
& promptitude qu'il luy fut poſſible, il commença à aſſembler gens, & à deſpendre largement: & lors , de la part du vice Roy, fut
publié vn pardon , pour tous ceux qui
eſtoient condamnez à mort, pour les bannis
& autres ſemblables mal faicteurs, moyennant qu'ils vouluſſent aller à la ſolde de Muleaſſem, & le ſuyure à la reconqueſte de ſon
royaume d'Afrique : à ces fins il aſſembla
vne mediocre armee. De ces ſoldats fut capitaine Iean Baptiſte Lofredi , gentilhomme Napolitain, grandement deſireux d'acquerir renom au fait des armes , outre le
profit qu'il en eſperoit tirer. Lofredi s'accorda auec le Roy Afriquain, de le ſeruir
trois mois, & de prendre la conduite de ſes
ſoldats, qui eſtoyent quelque peu plus de
deux mil , entre leſquels furent aucuns
gentilshommes de la cité de Naples , qui
de compagnie nauigerent en Afrique,
& ſans encombrier arriuerent à la Goulette. Or pource qu'on pourroit deſirer
d'entendre par quelle occaſion & par
quels inſtigateurs Amide fut induit chaſſer ſon pere hors de ſon Royaume , nous
le deduirons le plus briefuement qu'il

nous fera poſſible.Laiſſant donc l'appetit de
dominer à part, ie vous dy qu'auec le malheureux Amide eſtoyent aucuns des principaux de la Cour, leſquels le cognoiſſoyent
d'vn eſprit aiſé à manier, & prõpt à ſe tourner de quelque part que l'on euſt voulu. Entre ceux cy eſtoit Mahomet,fils de ce Bohamar, qui fut Manifet, regnant le predeceſ-
ſeur de Muleaſſem. Ce Bohamar auoit pris
à femme Radamane , pucelle de beauté
nõpareille, fille d'Abderomene , chaſte-
lain de la Rocque de la cité.Muliaſſem s'enamoura ſi eſtrangement de ceſte Radamane,que ſi toſt qu'il fut Roy , il fit premierement chaſtrer ſon mary,& puis le fit mourir
miſerablement.Mahomet,pour raiſon de la
mort de ſon pere, haïſſoit le Roy d'vne haine plus que vatinienne, laquelle il couua
longuement en ſon eſtomach,attendât l'occaſion de la mettre à execution à l'entiere
ruïne de Muleaſſem.Il y auoit encor vn autre Mahomet,ſurnommé Adulze,more,na-
tif de Granade,qui eſtoit excellent ouurier
pour l'eſcopeterie: ceſtuy vouloit auſſi grãd
mal à Muleaſſem , pource que le Roy l'appelloit touſiours treſmeſchant eſclaue, voire plus meſchant que tout autre. Ces deux,
penſans que le temps eſtoit venu de chaſſer hors le Roy , que tant ils haiſſoyent,
firent vne coniuration auec quelques autres,
& commencerent à ſemer des faux bruits,&

entre autres que Muleassem estoit mort à
Naples, mais qu'auant que mourir, il auoit
renoncé la loy de Mahomet, & s'estoit
fait Chrestien : auec ceste feinte, les coniurez exhorterent Amide, à s'inuestir du Royaume, & à ne perdre temps, de peur que son
frere, auec la faueur des Espagnols, ne se
fist Roy. Ce sien frere estoit en ostage à la
Goullette, sous la puissance de François
Fouarre, Lieutenant de l'Empereur, & Capitaine de la Goullette, & s'appelloit Mahomet, aagé de dixhuit à dixneuf ans : pource
que ce Mahomet ressembloit fort à son
ayeul, non seulement de corps, mais aussi
d'esprit & manieres de faire, le peuple de
Thunis l'aimoit singulierement. Amide e-
stant ainsi esguillonné par ses amis, abádon-
ne le lieu que son pere luy auoit assigné, &
s'en vient droit à Tunis. Le peuple qui n'a-
uoit rien ouy du bruit qu'on auoit semé, en
voyant ces changemens, estoit en grád doute, & plusieurs s'esmeruelloyent, qu'ainsi à
la legere il cust laissé son logis. Le Manifet
oyant ce tumulte, luy courut subitement à
l'encontre, & le reprit fort aigrement de ceste sienne audace, & de ce qu'il auoit esté si
trompé de commettre vne telle faute sans
l'ordonnáce de son pere : & luy suadét de retourner en son logis, auec la faueur du peuple qui y accourut, il le mit hors de la cité.
Amide, voyár que son dessein ne luy succe-

doit comme il eut voulu, ne retourna autrement à son logis, ains se rendit au lieu où est
le territoire de Mars, qui est depuis le port
d'Vtique, iusques à Carthage la ruinee. En
cest endroit sont iardins royaux fort beaux,
auec edifices magnifiques. Le Manifet ou
gouuerneur ayant sorti Amide hors de Tunis, monte sur vne legere barquette, & en
toute diligence s'en va par l'estag à la Goulette, & parle auec Touarre, Capitaine du
lieu, pour sçauoir s'il auoit rien appris de
nouueau du Roy Muleassem. Apres que
Touarre luy eut declaré qu'il n'auoit rien
de tout appris, le Manifet luy fit entendre la
temeraire audace d'Amide, puis parla auec
Mahomet fils du Roy, qui estoit en hosta-
ge ainsi que nous auons dit. Là estoit encor Abdalage, frere dudit Manifet, & vn fils
de Fares Corse, Chastelain de la Rocque,
qui tous deux estoient en ostage. De là auec
la mesme promptitude le Manifet s'en retourne à Tunis. Il se trouua quelques ma-
lins citoyens, soupçonneux, comme natu-
rellemét sont tous les Africains, lesquels entrerent en doute, que le Manifet, auec la faueur de Touarre, n'eust ourdi quelque menee pour establir à Tunis Mahomet, fils de
Muleassem en la place de son pere. Ces citoyens donc qui ne se contentoient du gou-
uetnement du Roy, enuoyerent messages
à Amide, qui dans les iardins de Mars sou-

piroit, & deploroit sa mauuaise & contraire
fortune, & l'exhorterent de ne perdre courage, mais bien de vouloir retourner à Tunis.
Amide ayant eu cest aduis, fut grandement
reconforté, & reprit cœur, & si entra en bonne esperance, pour les bons augures qu'il
auoit eus, ausquels les Africains adiouste-
rent grand foy. Il se delibere donc auec l'aide & esguillōnemēt de Bohamar, Adulze, &
autres leurs adherans, d'essayer de nouueau
la fortune, laquelle iamais ne demeure ferme en vn estre, esperant que si au commencement elle luy auoit esté contraire, maintenant elle luy pourroit estre fauorable. Et
sans dilayer sa deliberation, il s'en retourne
à Tunis. Ayant trouué la porte de la cité ouuerte, s'en va tout droit au logis du Manifet,
où ne le trouuant, il tailla cruellement en
pieces tous ses parens & amis. De là, ayant
en main le cimeterre sanglāt, il s'achemine
vers la Rocque : en laquelle voulant entrer,
Fares le chastelain ayant tiré la barriere au
deuant de l'entree, s'efforçoit courageusement de l'empescher qu'il n'entrast : mais vn
esclaue d'Ethiopie, qui accōpagnoit Amide, donna d'vne espee à Fares dās les flancs,
& le perçant d'outre en outre, le ietta à terre,
plus mort que vif : qui fit qu'Amide, esperō-
nant le cheual, passa sur le corps de Fares, &
entra dedans, où ayant trouué Mahomet, le
Manifet, il commanda qu'il fut esgorgé,

comme vn brebis. Et en ceste façõ en moins
d'vne bonne heure, il s'inuestit de tout l'e-
stat. Tost apres il exerça sa bestiale cruauté
sur ses petits freres, auec telle insolence &
malheurté, qu'au sortir de là tout rempli de
sang, sans vergongne & sans aucun respect,
il alla adulterer quelques vnes des concubines de son pere: cela fait, il fit semer le bruit,
que son pere Muleassem auoit renoncé la
religion de Mahomet, & s'estoit fait Chrestien, & que peu apres il estoit mort. Muleassem aduerty de tout ce qui s'estoit passé,
ainsi que nous auons dit, estoit ià venu à la
Goulette, en esperance de recouurer son
Royaume: François Touuarre, qui estoit
homme de grand cerueau, & bien entendu,
apres auoir diligemment discouru tout ce
qui eut peu suruenir, cõseilloit au Roy, auec
euidentes raisons, qu'il n'allast point à Tunis, auec ce ramas de gens qu'il auoit amené
d'Italie, sans premierement s'estre mieux
enquis par le menu, en quel estat estoit la
cité, quels estoyent les courages des citadins
& du peuple: car il ne s'asseuroit aucunemét de la foy Africaine, & craignoit les embusches des Arabes, pource que c'est vne nation qui aisément d'heure à autre se change,
& qui suit celuy qui plus luy promet & plus
luy donne. Puis plus ouuertement, auec plus
de vehemence & paroles plus pregnantes il
aduertist & admõnesta Iean Baptiste Lofre-

di, qu'il ne se iettast point à bride aualleé à
vne telle entreprise: qu'il se souuint de l'o-
dre que le Viceroy de Naples luy auoit laissé
par escrit, qu'il ne s'arrestast point à la pre-
cipitation du Roy, lequel, pour le desir des-
mesuré qu'il auoit de recouurer son Royaume: ne feroit aucune difficulté de se hazarder à tout peril : mais bien qu'il attendist le
secours d'vne bonne & forte troupe d'Arabes, comme le Roy auoit promis. Comme
l'on s'arrestoit sur ces deliberations , certains seigneurs Africains, sortis de Tunis,
vindrent trouuer le Roy , feignans luy estre
bons amis, & auec vne barbare ceremonie,
qui leur est peculiere & coustumiere ioi-
gnans à leurs gosiers leurs cimeterres nuds,
luy firent serment de fidelité, & l'exhorterent de marcher auāt courageusement, l'as-
seurans que comme Amides verroit son pere armé, incontinent vaincu de la vergongne, & de la crainte, il abandōneroit la Rocque & la cité, & tout confus prendroit la fuite. Muleassem adiousta foy à ces fausses persuasions, & sans vser d'aucune dilatiō) quoy
que Touarre le voulust retenir, & qu'en
vain il s'efforçast de l'admonnester qu'il
eust à se garder des fraudes & embusches
Tuniques) fit desployer ses bānieres & estan-
dars , & se mit à la route de Tunis. Lofredi le suiuoit allegrement , & d'vn courage
hardi. Si ce Capitaine eust autant eu de pru-

dence comme il auoit de hardiesse, sans
doute les affaires du Roy eussent pris autre
chemin: toutesfois, ne manquerent experts
capitaines en l'art de la guerre, comme fut
Nicolas Tomasin, & Iaques Macedonio,
Patrice Napolitain, qui mirét en auát ce qui
leur sembloit estre expedient. Ceux-cy s'ef-
forçoyent de persuader à Lofredi, auec euidentes raisons, qu'il n'eust à se ietter si legerement aux champs sans premierement
auoir veu & descouuert la situation des
lieux, ou bien fait descouurir à soldats à
ce experts, & qu'il n'adioustast foy au dire des trompeurs Africains, ains se continst
vn peu, & tinst le Roy suspens, qui n'auoit
garde de combattre sans luy, & par ce
moyen attendist le secours des Numides qui
estoyent prochains de là, & que ledit Roy
auoit promis. Lofredi se retournant deuers
eux, leur respondit autant superbement que
sottemét: Vous, qui estes saisis d'vne honteuse peur, cessez, cessez desormais de mettre
en auát ces vostres raisons de peu de valeur,
voire plustost chasons d'enfans, & ne vueillez par le moyen d'icelles amoindrir la
hardiesse des vaillans hommes: car ie vous
asseure que ie suis aussi estoigné de vouloir
rompre & empescher l'esperee victoire que
nous tenons en la main, comme ie seroy
quasi prest à prendre chastiment de vous,
qui vous moustrez plus prompts à espou-

uéter auec fauffes peurs les foldats, que non
pas accourageufement mener les mains.
Tomafin luy refpondit haut & clair: Capitaine Lofredi, certainement la fortune ne
tardera gueres à fe venger de ta temerité, &
fi ie ne me trompe, en bref elle nous fera
voir, qui fera celuy de nous qui aura plus
efté amateur de vertu. Quãt à moy, ie mettray peine de fatisfaire au degré que ie tien
par l'honorable fin de ma vie: mais toy, ad-
uife fi tu es pour fatisfaire à ton deuoir, & à
la dignité de colonnel, qui fi arrogamment
& mal confeillé mefprifes, repouffes, & def-
daignes les fages remonftrãces & aduis de
tes cõpagnõs. Cela dit, il fe retourne deuers
les foldats, & leur dit, auec ioyeux vifage:
Mes freres, enfans & compagnons, c'eft ce
iourd'huy, qui au plaifir de Dieu, nous fera
victorieux. Muleaffé marchoit deuãt auec
vne trouppe de fes amis, à enfeignes def-
ployees. Les Italiẽs le fuiuoiẽt, & ià eftoient
paruenus aux cifternes, qui eftoit le lieu où
peu d'ãnees auparauant nous combatifmes
contre Barberouffe, & le vainquifmes. Nous
eftions ià à trois mil pres de Tunis, quãd ar-
riuerẽt aucuns Efpagnols à cheual, que To-
uarie auoit mãdé pour aduertir le Roy, cõme les defcoureurs lui auoient dõné aduis,
que l'embufche des ennemis eftoit parmy
les oliuiers, & que là y auoit grãd nõbre de
Numides en aguet. Le Roy & Lofredi facilement

ment mefpriferent l'aduis que leur auoit
mandé Touarte : car ils couroyent à bride
auallee à leur manifefte ruine, & chemi-
noyent autant hardiment que inaduifémét,
vers le lieu qui eft au deffus de l'Arfenal &
du port. Comme Muleaffem fut recognu de
ceux qui eftoyent fur les murs de la cité, vne
troupe d'Affricains bien en conche, auec
care ennemie & grand hurlement fort de la
cité, & vint brauement efcarmoucher les
gens du Roy, qui les fouftindrent coura-
geufemét. Muleaffem, qui eftoit vaillant de
fa perfonne, auec fa lance en abatoit autant
qu'il en rencôtroit, combatant affez incon-
fiderément. Il receut vn coup au vifage, qui
eftonna grandement fes foldats, de façon
qu'ils commencerent a tourner les épaules
à l'ennemy. En ce poinct faillirent des oliuiers les Numides, qui y eftoyent en em ufc-
cade, & en vn inftant enuironnerent les Lofrediens, auec hurlemens & cris efpouuan-
tables, felon leur couftume. Les Lofrediens
tirerent quelques menues pieces d'artillerie
côtre les ennemis : mais la multitude des Affricains, qui combatoyent contre eux, eftoit
fi grande, qu'ils n'eurent iamais loifir de recharger. Se voyás ainfi les malconduits Lofrediens enuironnez de toutes pars par l'ennemy, fe laifferent tellement faifir le cœur
de frayeur, & de crainte, que la plufpart
ayans ietté leurs armes par terre, fuyás hon-

teufement, fe fourrerent dans le marets. Là
ayans attaint quelques vnes des naffelles
qui s'y trouuerent, & fe trouuans aucuns
d'entr'eux encor faifis de leurs arquebufes,
ils faifoyent tenir loin le plus qu'ils pouuoyent les Affricains, & par ce moyen fe-
couroyent les noftres, qui fe iettoyent dans
l'eau pour fe fauuer. Lofredi fe trouuant enuironné des Numides, eftant monté fur vn
cheual Turc, qui nageoit comme vn poiffon, comme vn homme perdu & eftonné, fe
fourra dans le marets, duquel eftant l'eau
fort peu profonde, pleine de boüe & de li-
mon, & ne pouuant fon cheual fe mettre à
nage, il voulut derechef tourner en terre,
peut eftre afin qu'ayant repris cœur, il mou-
ruft plus honneftement & felon fon degré,
en combattant: mais fe trauaillant en vain,
il fut frapé par les Barbares, & tiré hors du
cheual, mourut dans l'eau. Tomafin, Macedonio, Groadillo, & Laurens Mōtfort, ieunes hommes, hardis, & trefnobles, combat-
toyent vaillamment: ceux cy, depuis qu'ils
virent qu'il n'y auoit plus ordre de remettre
fus la bataille, apres auoir exhorté leurs cō-
pagnons de fe porter vailláment, afin qu'ils
ne mouruffent point fans eftre vengez, tous
enfemble en vne troupe, comme Lyons
déchainez, fe fourrerent au milieu des ennemis, & en occirent vne grand quantité.
Enfin tous couuerts de playes, ayans perdu

leur sang, cheurent honorablement au milieu d'vne grande multitude d'ennemis occis par leurs mains. Auec Lofredi mourut
aussi Charles Foco, Grec de nation, & de
sang fort illustre. François Sergent, Antoine Bouche pleine, & Luce Brute nagerent
à sauueté iusques à la Goulette. Le demeurant fut tué par les Barbares, outre ceux
qui demeurerent suffoquez dans le marets.
Le desastré Muleassem, auec quelque peu
des siens s'enfuyoit, tout couuert & emplastré de son sang, de celuy de l'ennemy, & de
la poudre. Et n'y eut aucun autre indice qui
le fist plutost remarquer par les ennemis,
que la tressouéue & grande exhalation des
precieux onguens qu'il portoit sur luy. Il
fut pris & presenté au victorieux Amide,
lequel n'eut rien plus à cœur que de le faire
priuer de veuë, luy faisant auec vne brulan-
té brochie de fer gaster les prunelles des
yeux. Le déloyal Amide vsa de ceste mesme
cruauté à l'endroit de Naasar & Abdala ses
freres puisnez, qui auoyent suyui leur pere.
Puis il écriuit à François Touarre, qu'il a-
uoit quelque peu de prisonniers Chrestiés,
lesquels il luy restitueroit. Il luy écriuoit
aussi comme il auoit laissé la vie à son pere Muleassem, combié qu'il meritast beaucoup plus grief chastiment. Et comme autresfois ledit Muleassem auoit priué de
veüe plusieurs de ses freres, le mesme aussi il

luy auoit fait faire, afin qu'il fuſt exemple
au monde, que les malefices des cruels &
des ſanguinaires, ne demeurent point im-
punis : ſe glorifiant le malheureux & deſloyal fils d'auoir vſé de clemece à l'endroit
de ſon pere, pource qu'il luy auoit laiſſé la
vie. Il écriuoit encor qu'il eſtoit content de
confermer l'amitié que Touarre auoit auec
Muleaſſem, ſous certaines conditions, ce
qu'il faiſoit, pource qu'il eſtimoit ceſte a-
mitié luy deuoir eſtre moult à propos & à
grand profit parmi les troubles de ſon nouueau royaume. Touarre accepta tout ce que
il veid pouuoir preſentement ſeruir à ſon
profit : parquoy Amide luy preſenta certaine quantité de deniers, pour la ſolde des Eſpagnols, qui eſtoyent à la garde de la Goulette. Il luy reſtitua auſſi certains priſoniers,
entre leſquels eſtoyét quelques Chreſtiens,
qui ordinairement vôt à la guerre à cheual,
leſquels il auoit fait mettre en priſon, parce
qu'ils auoyent ſuyui Muleaſſem : ces priſon-
niers s'apelloyent Rebattins. Ie croy qu'il
ne ſera point hors de propos que ie vous die,
qui ſont ces Rabattins, ſelon que i'en apris
par le recit de pluſieurs, lors que i'eſtois en
Affrique. Vous deuez donc ſçauoir, que ces
Rebattins ſont le demeurãt des vieux Chreſtiens, qui demeurerent en Affrique, aux anciens voyages que les noſtres firent par delà : pource que c'eſtoyent vaillans hommes

& loyaux, les Rois de Tunes & tout le peuple les eurent toufiours en grande eftime &
honneur. Ceux cy vécurét toufiours Chre-
ftiennement & eurent leur demeurance tirant de la porte de Tunes vers le Midy, non
gueres loin de la cité en vn chafteau appellé Rebatto, qui depuis leur a baillé le
nom de Rebattins. Ils fe font multipliez en
bon nombre iufques à noftre temps. Ils ont
Eglifes & Preftres, & font l'office diuin à la
Romaine. En la terre de Rebatto n'habite
aucun Affricain, mais feulement ces Chreftiens. Les Rois de Tunis ont toufiours eu
cette couftume, comme auffi en vfoit Muleaffem, d'auoir vne bonne efquadre de ces
Rebattins pour la garde de leurs corps fiant
plutoft leurs perfonnes aux Chreftiens, que
nô pas aux autres de ce pays là pour ce leur
auoyent ils affigné ce lieu, auec poffeffions
& grande immunité, d'autant qu'ils font le
meftier de la guerre à cheual, on les appelle
cheualiers Rabbatins. Mais reuenons à parler d'Amide, lequel reftitua à Touarre toutes les enfeignes Lofrediennes, auec le corps
dudit Lofredi, mais fans tefte, pource qu'elle luy auoit efté tranchee par les foldats Affricains. Il donna puis pour oftage vn fien
petit fils, qui eftoit aagé de neuf ans, lequel
s'apelloit Scite, à telle condition que fi les
tréues, qui eftoyent entre-eux, ne fe chan-
geoyent en vne paix, fon fils luy feroit ren-

du sain & sauue. Ce mot Scite, en langue
Punique, signifie fortuné. Amide fit aussi
conduire à la Goulette toute l'artillerie que
les Lofrediens auoyent perdu. Encor que
Touarre ne l'estimast pas grand cas, si e-
stoit-il content que les Africains ne s'en
peussent seruir vn temps aduenir. Combien
que ceste tréue ne semblast point dure, mais
au contraire, qu'on la deust estimer necessaire pour plusieurs raisons, neantmoins
Touarre ne la iugeoit point estre bien séan-
te à la dignité Imperiale, luy semblant chose hors de raison & du tout indigne, qu'A-
mide iouyst du regne, lequel il auoit volé
contre le decret Imperial, auec déloyauté
trescruelle, & méchanceté indicible, com-
mettant vne si enorme cruauté en la personne de son propre pere. Pour ces causes
Touarre cómença a tenir nouueaux moyés
pour essayer s'il pourroit introduire quelqu'vn du sang royal à Tunis, qui y regnast
du vouloir & authorité de l'Empereur: sçachant bien que l'Empereur estoit grandement courroucé, & à bon droit, pour l'occasion de ce qui s'estoit passé. Entre les Numides estoit vn frere de Muleassem, qui se
nómoit Abdemalec, lequel s'estoit tousiours
tenu auec Ahemisc, roitelet de Numidie,
duquel il auoit esté benignement receu depuis qu'il s'enfuit de Biscarei, cité Mediter-
rance, lors que les Turcs s'en saisirent. To-

uarre manda appeller cetui-cy pour le faire
Roy, lequel ne voulut point manquer à
foy-mefme ny à l'occafion qui fe prefen-
toit, mefmement eftant incité à ce par le
Numide Ahemifc,& par plufieurs Aftrolo-
gues, qui luy predifoyét que fans aucũ doute il feroit Roy, & mourroit Roy de mort
naturelle dans la royale Rocque de Tunis.
Aduint, pendant que cefte trame fe faifoit,
qu'Amide,apres auoir appaifé les troubles
de la cité, s'eftoit parti de Tunis, & s'en é-
toit allé vers Biferte, pour là receuoir le reuenu d'vn lac fort copieux en poiffons. Touarre lors,pour ne point manquer de fa foy
promife, renuoya le petit Scite à Tunis, lequel renuoyé, Abdemalec arriua de nuiĉt à
la Goullette, où il fut gracienfement receu
par Touarre. Ayans aduifé enfemble ce qui
eftoit de faire, de peur que quelque efpie ne
les preuinft, & annonçaft à ceux de Tunes
fa venue, apres auoir laiffé vn peu repofer
leurs cheuaux, il s'en partit auec fa bande
de Numides qu'il auoit amenez,& s'en alla
tout droit vers Tunis,où il entra par la porte Barbafueca, & de là tira droit à la Roc-
que:il n'y eut perfonne à la Rocque qui luy
fit refiftance, penfans ceux qui la gardoyét,
que ce fut Amide, qui s'en retournaft de
Biferte. Abdemalec s'eftoit expres couuert
le vifage auec vn voile de lin, felon la couftume des Affricains, qui le font pour

L iiij

conseruer leur taint, à cause de l'extreme
ardeur du Soleil,& de l'ennuyeuse poudre.
Estant entré dedans le chasteau il se découure. Comme ceux qui y estoyent pour le
garder s'apperceurent de la tromperie, ils
mirent la main aux armes, mais les soldats
qui accompagnoyent Abdemalec leur coururent sus auec grand furie,& en occirent la
pluspart,entre lesquels fut Nansey Alla, Si-
cilien de nation, & Chrestien renié, lors
Capitaine de la Rocque, lequel se mettant
en defence, fut des premiers tuez, si que les
autres estonnez, n'eurent plus courage de
tenir bon contre ceux qui estoyent entrez.
Et ainsi s'empara Abdemalec de la forteresse. Comme ceste nouuelle fut espandue
par Tunis, les citadins coururent vers la
Rocque,& comme subiets saluerent le roy
Abdemalec, lequel incontinent fit mettre
sous seure garde Scite le petit fils d'Amide:
puis s'accorda auec Touarre, en la mesme
forme que premierement s'estoit accordé
Muleassem,& luy paya six mil ducats, pour
partie de la solde des soldats de la Goulette:
depuis il n'arresta gueres qu'il ne tombast
malade, & confermant les predictions des
Astrologues & Mathematiciens: le trente-
sixiéme iour de son regne il mourut, & fut
enseueli auec pompe royale. Touarre prati-
qua auec les principaux du royaume, qu'ils
creassent pour roy Mahomet, fils du deffunt

Abdemalec, lequel eſtoit agé ſeulement de douze ans, mais d'vn gentil naturel, ce qui fut fait: & incontinent furent éleus quelques vns des principaux, pour gouuerner le Roy en ſon bas aage, & qui maniaſſent les affaires de l'eſtat. Ceux cy furent Abdalage Manifet, frere de Mahomet Manifet, qu'Amide fit cruellement mettre à mort, & Meſuar Abdelchirin, qui ſignifie ſerf liberal. Outre ceux cy furent aioints Serreſſe, grand docteur en la loy de Mahomet, natif de la noble cité de Bugee, où ont accouſtumé d'eſtre les publiques eſcoles des Arabes. Bugee eſt ce que les anciens apelloyent Vzicate. Pour quatriéme fut mis Iean Perel Tarentin, Cheualier Rebatin. Ces quatre eſtoyent obeys de tous, mais Abdelchirin, ſans propos, ſe voulant monſtrer bien entendu, mit en auant, qu'il n'eſtoit point expedient pour le royaume de Tunis, qu'il fut gouuerné par vn enfant: mais bien eſtoit de beſoin qu'il euſt vn Roy de meur age, qui ne peuſt eſtre abuſé d'aucun, mais qui ſeul maniaſt les affaires de ſon Royaume. Cette ſienne opinion eſtant diuulguee, & cerchant deſia s'il ſe trouueroit quelcun du ſang royal, qui fuſt idoine, deſplut à ſes compagnons, qui prenoyent bien à gré d'auoir l'adminiſtration du Royaume entre leurs mains, & mal volontiers l'auroyent laſchee: ſi bien que pleins de courage felon à l'encontre

de luy, delibererent de ne le laisser plus vi-
ure:tellement que le miserable Abdelchirin
sans s'en donner garde, fut par eux cruellement massacré, luy imposans cette calomnie, qu'il auoit voulu trahir la cité : ce que
voulans rendre vraysemblable, non contens
ny rassasiez de sa mort, ils tuerent auec luy
grand partie de ses parens & amis. Estant
mort Abdelchirin & les siens, les autres trois
constituerent entre eux vn triomuirat, voire
plutost vne ouuerte & cruelle tyrannie : cependant Amide se voyant exclus de Tunis,
s'en alla à Lepti (que nous apellons Afrique
& les Africains l'apellent Mahemedie) & de
là nauigea l'isle Menice, qui auiourd'huy se
nomme Gierbi. Iean Perel, homme, tout
Chrestien qu'il estoit, fort adonné à ses plaisirs, s'empara du serrail des concubines d'A-
mide, & en peu de temps se mesla charnellement auec toutes icelles. Ceux de Tunis se
lamentoyent publiquement, de ce qu'Abdelchirin, hôme de bien & pere du pays, auoit
esté ainsi laschemêt trahy & mis à mort par
ses compagnons, & ne pouuoyent souffrir
que la cité fust gouuernee par personnages si pernicieux, qui se laschoyent entierement la bride à toute auarice, volupté &
cruauté. Ils voyoyent que s'ils vouloyent
attendre que leur icune Roy paruinst en
aage, pour gouuerner luy seul son Royaume, le gouuernement des trois tyrans de-

uiendroit de iour en iour plus cruel & beaucoup plus infuportable. Durant ces querelles Amide alloit fondant les cœurs de plufieurs peuples, cerchoit d'auoir fecours de
tous, pratiquoit nouuelles amitiez & con-
federations. Lors auffi l'infortuné Muleaffem, miferable pour fon aueuglement, prifon, & calamité, obtint du Roy fon neueu,
& fils de fon frere, qu'il peuft fortir de prifon, & de la Rocque, & s'en aller au temple d'Amer Bonari, qui de ces peuples fut
autrefois reputé tres faint homme. Les A-
fricains ont ce temple, en la cité de Tunis,
en fort grande reputation : & y auoit autrefois vne affeurance inuiolable, comme en
vn lieu faint & diuine franchife. De là à
peu de iours, eftât arriué à la Goulette Bernardin Mandozze capitaine d'vne armee
Efpagnole, Touarre, auec le congé du ieune Roy, confiduifit Muleaffem à l'eftang,
& de là fur vne nauire le mena à la Goulette, à fin qu'il fuft prefent aux confeils & deliberations qu'on tenoit pour prendre les
armes contre Amide. Ce pauure Muleaffem peu auparauant auoit efchapé la mort,
que quelques vns du pays luy vouloyêt donner, & s'eftoit fauué à la faueur d'vne bonne
vieille, qui par côpaffion l'auoit caché fous
plufieurs liaces d'aulx. Il ne l'efchappa pas
moins belle, quand fi à poinct il fut conduit
à la Goulette, dautât qu'Amide fon fils tref-

cruel & abominable, auoit deliberé de se tuer dans le temple mesme d'Amot. Pour cause du pauure gouuernement des trois gouuerneurs, ceux de Tunis apellerent Amide, qui y vint si proprement, qu'à peine le ieune Roy eut le moyen de fuir. Ayant pris la cité & la Rocque, il attrapa Iean Perel, lequel il bourrela auec trescruels & inusnez tourmens: puis luy ayant fait couper ses parties honteuses, le fit bruler tout vif. Perel mourut constamment: car comme, auant que d'estre bourrelé, on luy promist la vie, en cas qu'il voulust renier la foy Chrestiéne il aima plus cher mourir que de renõcer Iesus-Christ. Amide fit apres mourir tous les officiers du Roy qui s'estoit eschapé, & quarante cheualiers Rebattins. Outre ce qu'il estoit fort cruel de son naturel il estoit si estrangement voluptueux, qu'il adultera sa propre sœur, voire exerçoit sás aucune vergongne son abominable luxure sur tous sexe & sur tout aage, pouruen que la volonté luy en prist. Mais ayant traité son pere de la façon que vous auez ouy, quel acte en peut-on dire plus méchant?

---

son. Depuis, par la faueur du Pape, de l'Empe-
reur & du Duc de Bourgongne, il est remis en
son estat. Son fils, apres auoir quelque temps de-
meuré prisonnier, fut conduit par les Gantois de-
uant Tournay, qui le firent honteusemēt mourir.

HISTOIRE LXXXIII.

L me semble si estrange, d'ouir qu'vn fils ait haussé la main cō-tre son pere, que ie croiroy vo-lontiers, que les meres de ces meschans garnemens doyuēt a-uoir trompé leurs maris, n'estant vray sem-blable que les enfans, quelques meschans & malheureux qu'ils soyent, ayent le courage d'offenser celuy qui leur a donné vie: toute-fois, il y a eu tant de ces malheureux exem-ples par le passé, que nous sommes contrains de passer condamnation. Selim en l'an 1512 fit empoisonner son pere Baiazet, pour se faire luy mesme Empereur de Constantino-ble, ne pouuant attendre la mort naturelle de celuy qui ià estoit fort vieux. Lōg temps auparauant, Fresco d'Este, pour se faire sei-gneur de Ferrare, auec ses propres mains estrangla son pere Azzon, qui en estoit Marquis. Ie ne me peux imaginer comme vne telle cruauté si barbare & si bestia-le, puisse entrer au cœur d'vn enfant. Si les Barbares & infideles nations, qui ne co-

gnoissent point Iesus-Christ, tiennent sans
aucun contredit, pour vn acte du tout detestable, cet enorme vice de battre, ie ne dy pas
tuer leurs parens, de combien plus grand
blasme, voire eternelle infamie, sont dignes
ceux d'entre les Chrestiés, que nous voyons
encourir vne si malheureuse faute? Maintenant, me souuenant d'vn horrible & tres-
cruel méfait, qui auint en Gueldres, n'a
pas long temps, m'asseurant que le recit ne
vous en desplairoit, ie l'ay reduit par escrit, ainsi que vous verrez cy apres. Gueldres est situee entre le Rhin & Meuze. Enuiron l'an de salut mil quatre cens septante,
plus ou moins, estoit Duc en ce pays là vn
seigneur nommé Arnoul, fort chargé d'ans
mais qui auoit esté braue cheualier vaillant
homme de sa personne, & bien exercé aux
armes, dót il auoit aquis vne grãde renommee. Il eut pour femme vne sœur du Duc
de Cleues, de laquelle il eut vn fils nommé
Adolph, qu'il maria auec la sœur du Duc
de Bourbon, & furent celebrees les nopces
auec tresgrand pompe. Cet Adolph pratiquoit fort familierement auec Charles, Duc
de Bourgongne, qui fut grand ennemy du
Duc de Lorraine, & des Suisses. Il auoit de
tres méchantes manieres de faire, cruel outre mesure, & desireux de regner. Il voyoit
son pere fort caduc, & qui auoit ià vn pied
dans la fosse, neantmoins il luy sembloit

qu'il demeuroit trop tard sur terre. Estant
donc enyuré d'vn débordé apetit de se faire
seigneur, ne voulant plus attendre la naturelle mort de son pere, il corrompt vne partie des seruiteurs de sonditpere, & ayant a-
presté tout son fait, vn soir que le pauure
vieillard s'estoit retiré en sa chambre, pour
s'aller reposer, ne se doutant de son fils (mais
qui eust peu douter de son fils?) l'inique &
méchant Adolphe, accompagné de ses sta-
fiers, armez, aussi malheureux & cruels que
luy, entra en la chambre de son pere, saisi
le miserable vieillard, tout deshabillé & des-
chaussé qu'il estoit, & l'enuoya, & fit conduire iniquement, quasi tout nud, sans sou-
liers & à pied, quoy que ce fust au mois de
Ianuier, enuiron cinq grandes lieües, qui en
valent plus de vingt de celles d'Italie, dans
vn sien chasteau, où il l'emprisonna au fond
d'vne grosse tour, en laquelle n'y auoit aucune clarté, & là le tint par l'espace de six
moys, en grand malaise. Le Duc de Cleues,
en faueur d'Arnoul, son beau frere, prit les
armes contre son neueu, non sans endommager le pays, & s'efforça de le faire deliurer: mais il n'en peut venir à bout. Charles Duc de Bourgongne se mit aussi en peine
d'accorder le fils auec le pere, mais il n'y a-
uança rien. Le Pape Sixte, quatriéme, ayant
ouy vne méchanceté si detestable, enuoya vn
legat à l'Empereur Federic, pere de Maxi-

milian, & l'enhorta de mettre la main à vn
cas ſi enorme : parquoy Federic, & Charles de Bourgongne, moyennant l'authorité
du Pape, firent tant, qu'Arnoul fut tiré de
priſon. Mais ne voulant Adolph donner à
ſon pere ny terre ny reuenu, le pauure vieillard intẽta procez en la Cour de l'Empereur
contre ſon déloyal fils. Outre le procez ciuil
(quoy qu'il fuſt rompu & peſant, à cauſe de
ſa grande vieilleſſe, & qu'il fuſt moult affligé, pour l'orde priſon qu'il auoit ſoufferte:
neantmoins, eſtant d'vne bonne temperatu-
re, & d'vne viue vieilleſſe, aidé de la gene-
roſité de ſon courage) il s'offrit de combattre ſon fils, en cãp clos. Le Duc Charles vouloit que le tiltre de Duc demeuraſt au pere, auec le Chaſteau de Graue, qui eſt prochain de Brabant, & vaut de reuenu trois
mil florins du Rhin, & qu'Adolph luy en
donnaſt encor autre trois mil de prouiſion,
luy demeurant tout le reſte du Duché. Le
traiſtre fils, oyant cela, yure de deſpit, & peut
eſtre encor de vin, dit: Auant que de faire cet
accord auec Arnoul (ne le daignãt nommer
pere) i'euſſe pluſtoſt deſiré, lors que ie le te-
noy en mon pouuoir, luy auoir tranché la
teſte, & l'ayant ietté dans vn puits, m'y precipiter apres. Le duc Charles, eſtant émeu
de iuſte courroux, pour cette infame répon-
ſe, fit empriſonner Adolph dans Namur, &
reintegra le vieil Arnoul en ſon Duché de
Guel-

Gueldres. Estant prisonnier le mal heureux
Adolph, & se voyant le Duc Arnoul pres de
sa fin, pour recognoissance du bien fait qu'il
auoit receu, il fit testament, & institua le
Duc Charles son heritier legitime, ayant
premierement priué iuridiquement son fils
de sa succession. Ainsi le Duc de Bourgongne adioignit aux grandes terres & seigneuries qu'il possedoit, le Duché de Gueldres,
& en iouyt paisiblement iusques à ce qu'en
bataille rangee il fut occis par le Duc René
de Lorraine & les Suysses. Alors les Gantois
tirerent de prison Adolph, & le conduirent
deuant Tournay, principale ville de Tour-
nesis, & là l'occirent honteusement, ainsi
qu'il le meritoit, le permettant ainsi le Seigneur Dieu, pour vengeance du meschant
traittement & iniure qu'il auoit fait à son
pere.

Sommaire de l'Histoire. 84.

*Long, fortuné & secret amour, de deux amans, qui
s'estans promis la foy coniugale, vescurent longuement ensemble en grand ioye, puis moururent miserablement tous deux, pour estre leurs
amours descouuertes par la malice de la Duchesse de Bourgongne.*

Tom. 5.   M

HISTOIRE LXXXIIII.

OUr satisfaire à ce que ie promy, au valeureux seigneur Pierre, tref-excellente Princesse, ie reciteray vne histoire pitoyable, aduenuë au tref-noble pays de Bourgongne, du temps de nos ayeulx. De là pourront apprendre hommes & femmes, à ne soumettre le col au dangereux ioug d'amour si librement, qu'ils en demeurent enchainez, de façon qu'ils ne puissent apres rompre ni desſlier l'entrelacé lacqs du fils de Venus. Ie di donc, qu'en Bourgongne, lors qu'elle estoit vnie & gouuernee par vn seul Prince, il se trouua vn Duc fort genereux, lequel apres le decez de sa premiere femme, se maria auec vne Dame d'excellente beauté, laquelle il aimoit grandement, combien qu'elle ne fuſt pas des plus vertueuses : mais elle trouuoit moyen de conurir fort finement la peruersité de son naturel. Ce Duc cheriſſoit fort en sa Cour vn gentilhomme moult vertueux, & qui estoit doüé de toutes les bonnes parties qui sont requises à vn courtiſan : aussi pour ses bonnes complexions, & pour son courtois & tref-gentil naturel, il estoit aimé & honoré des grands & des petits. Le duc, qui l'auoit esleué & nourri dés l'enfance, l'aymoit grandement, & le

cognoiſſant de noble maiſon , mais peu riche des biens de fortune , il luy fit beaucoup
de bien , & luy donna quelques chaſteaux.
Il ſe fioit en luy de tous ſes affaires , comme
en ſoymeſme , & ſi toſt qu'il ſe preſentoit
quelque cas d'importance , il prenoit ſon
conſeil , lequel il trouuoit touſiours bon. La
Ducheſſe ne ſe contentant des embraſſemens de ſon mari , & deſirant de rencontrer
quelqu'vn , qui quelquesfois luy ſecoüaſt
mieux ſon peliſſon , ſans auoir eſgard au degré qu'elle tenoit , ni à l'amour & bon en-
tretenement qu'elle receuoit de ſon mari ,
ayant pluſieurs fois ietté ſa veuë ſur ce vertueux gentilhomme , qui s'appelloit Charles , & l'ayant merueilleuſement à gré , tant
pour ſa beauté , que pour ſes autres bonnes
& loüables parties , contre tout deuoir ſans
conſiderer l'honneur de ſoy & de ſon mari ,
qui eſtoit ſi grand ſeigneur , s'enamoura
eſtrangement de Charles, ne ſe pouuant ſou-
ler de tenir ſa veuë ſur luy , toutes les fois
qu'il luy venoit encontre , qui eſtoit cent
fois le iour , pource que iamais il n'eſloi-
gnoit le Duc, lequel il ſeruoit d'vn cœur parfait, & l'honoroit comme vn Dieu terreſtre.
Elle n'oſoit pas luy parler d'amour:& pource s'efforçoit-elle de luy faire entendre l'ardente flamme qui la tormentoit miſerable-
mét, auec ſes œillades & ſouſpirs amoureux:

M. ij

mais le tout estoit en vain , d'autant que
Charles auoit son cœur autre part, & ne prenoit garde à chose qu'elle sceust faire : ce
que voyant l'enflammee Dame, vaincuë de
son appetit voluptueux, ne se pouuant plus
contenir, ni attendre d'estre priee, se delibera d'estre elle mesme la propre messagere
de ses amoureuses & cuisantes passions. Et
se faisant accroire qu'elle ne pourroit si bien
exprimer son amoureux feu auec lettres,
comme elle feroit bien de bouche, accom-
pagnant ses paroles auec vingt-cinq lar-
mettes, & autre tant d'ardents souspirs, vn
iour que le Duc s'estoit serré en sa chambre, auec l'Ambassadeur du Roy de France, & quelques vns de ses conseillers, pour
traitter ensemble de quelques affaires secrets, trouuant sa commodité, elle appella à soy Charles, & faignant auoir à conferer auec luy chose d'importance, elle entra sur vne gallerie, où se pourmenans, elle
luy commença à dire : Ie suis fort esmer-
ueillee de vostre affaire, veu qu'estant en
la fleur de vostre ieunesse, & reputé le plus
beau & vertueux courtisan de ceste nostre
cour , on ne peut encor apperceuoir que
vous aymiez aucune de tant de belles Dames & gaillardes damoiselles, qui y fre-
quentent. Vous pouuez voir qu'en cour
il n'y a aucun gentilhomme , qui ne s'en-
tretienne auec quelqu'vne de ces dames,

& ne face, ainſi que nous l'appellons, quelque alliance, prenant l'vne pour couſine,
ceſte-ci pour ſœur, celle-ià pour alliee, l'autre pour compagne, ou pour ſa grande
amie : & tous ordinairement ſe rendent ſeruiteurs des dames : mais vous, vous ne pra-
tiquez auec aucune. Ie ſçauroy volontiers
d'où vous vient ceſte maniere de faire ſi
ſauuage. Charles alors luy reſpondit, auec
toute reuerence, en ceſte façon : Madame,
ſi ie me penſoy eſtre digne, qu'aucune de ces
dames s'abbaiſſaſt de tant, que de loger en
moy ſes penſees, peut eſtre prendroy ie la
hardieſſe de luy preſenter mon ſeruice : mais
doutant qu'apres auoir eſté refuſé, on ne ſe
mocquaſt de moy, ce qui aiſément pourroit aduenir, ie n'oſe m'embarquer en aucune entrepriſe amoureuſe. Ceſte ſage reſponſe ne deſpleut point à la ducheſſe, au
contraire elle ſentit croiſtre le feruent
amour qu'elle luy portoit : parquoy, auec
voix tremblante, luy dit, Ie vous aſſeure,
Charles, qu'il n'y a grand Dame en ceſte
Cour ni en tous ces pays, qui ne s'eſtimaſt
bienheureuſe, ſi vous luy daigniez eſtre ami,
& luy faire la cour, ainſi qu'il ſe pratique ordinairement. Pendant que la Ducheſſe parloit, qui diſoit bien ce qu'elle vouloit dire,
Charles tenoit la veuë contre terre, ne l'o-
ſant regarder en face : puis acheué qu'elle eut
de dire, il prit congé d'elle, & s'en alla ail-

M iij

leurs, ce qui despleut grandement à la Duchesse, qui eust bien voulu l'entretenir plus
longuement : & combien que Charles eust
diuerses fantasies qui luy passoient par le
cerueau, neantmoins il ne monstra iamais
aucun semblant ni en faits ni en paroles, par
lequel on eust peu penser qu'il eust cogneu
quelle estoit l'intention & vouloir de la
Duchesse, se gouuernant ne plus ne moins
comme auparauant : chose qui ennuyoit
extremément ladite dame, & estoit occasion d'vne vie fort triste à celle qui vouloit autre chose que paroles : & encor qu'elle desiraft d'estre priee & repriee, tant pour
raison de sa beauté, qu'à cause de son degré: neantmoins voyant la morgue que tenoit Charles, qui faisoit semblant de ne
s'apperceuoir en aucune maniere des flammes qui la consumoient miserablement, ne
pouuant plus supporter si grand peine,
ayant mis au loin toute crainte & vergongne, conclud à part soy, qu'elle mesme
descouuriroit son amour à Charles, & le
supplieroit humblement qu'il daignast
auoir compassion de son feu : parquoy, le
trouuant vn iour tout seul, luy dit tout bellement : Charles, i'ay à conferer auec vous
d'affaires de grande importance : Charles
luy respondit, auec la reuerence qu'il luy deuoit, Madame, ie suis prest de vous obeyr,
de tout ce qui sera en ma puissance: lors s'en

alla la Duchesse à vne feneſtre, d'où eſtoient
aſſez eſloignez les gentilshommes & damoiſelles qui eſtoyent dans la ſale, & ſur
icelle voulut qu'il s'appuyaſt auec elle. Si
commença à ſuiure ſes premieres erres, ſe
reprenant de ce qu'encor il n'auoit choiſi
aucune Dame pour ſa ſouueraine maiſtreſſe, s'offrant en tout euenement, luy preſter
en ce fait aide & faueur. A ces mots luy reſpondit Charles: Madame, ie vous ay ià dit,
& derechef ie le vous dy , que la grande
crainte que i'ay d'eſtre refuſé, ne me permet
entrer en ce dangereux labyrinthe d'amour:
me cognoiſſant de tel courage , que ſi apres
auoir preſenté mon ſeruice, i'eſtoy refuſé,
& eſconduit , iamais ie ne pourroy auoir
ioye en ce monde, & ma vie ſeroit beaucoup pire que la mort. La Ducheſſe lors,
prenant couleur au viſage, comme fait la
roſe matiniere au leuer du Soleil, penſant
le vaincre & conquerir, luy dit auec voix
tremblante: Charles vous vous abuſez grandement & vous trompez outre meſure : car
ie ſçay que ſi vous voulez eſtre vray & loyal
amant, la plus belle Dame de ceſte compagnie ſe reputera bien heureuſe ſi vous vous
diſpoſez de l'aymer, & vous donnant ſon
amour, vous fera maiſtre & ſeigneur de ſa
perſonne. A cela reſpond Charles, qu'il ne ſe
pouuoit perſuader qu'en celle honorable
compagnie ſe trouuaſt dame ſi aueuglee &

M iiij

ſi mal fortunée, que de l'eſtimer digne d'e-
ſtre reçeu d'elle à ſeruiteur. La Ducheſſe
voyant qu'il ne l'afferroit comme elle vouloit, ou pluſtoſt ne la vouloit afferrer (car
elle le ſçauoit eſtre prudent & accort) ſe delibera, comme on dit, de s'oſter le maſque
du viſage, & commencer à parler plus clairement, & luy declarer en quel tourment elle viuoit, pour ſon amour. Que dy-ie, viuoit? mais bien mouroit cent fois le iour:
ſuiuant ſa reſolution, elle luy parla en ceſte
maniere: Charles, ſi ton bon-heur & ta propice conſtellation, te vouloient tant fauori-
ſer & leuer haut, que ce fuſt moy qui t'ay-
maſſe de parfait & loyal cœur, que ferois tu?
Charles oyant ce propos, s'agenoüilla, &
quaſi hors de ſoy luy reſpondit ainſi: Madame, quand il plaiſoit à Dieu me faire ceſte
indigne grace, que d'auoir celle de monſeigneur le Duc, & la voſtre, ie me tiendroy
pour le plus heureux homme du monde,
pource que c'eſt l'entiere récompenſe que ie
cerche & atten de mon aſſidu, loyal & fidele ſeruice; comme celuy qui beaucoup plus
que tout autre ſuis obligé à expoſer ma vie
à quelque euident peril que ce ſoit, pour le
ſeruice de vous deux: & tien pour tout aſſeuré, que l'amour que vous portez à mondit
ſeigneur, ſoit accompagné de telle grandeur
& chaſteté, que non ſeulement moy, qui ne
ſuis qu'vn petit ver de terre, mais bien le

plus grand Prince & signalé personnage qui
soit, ne deuroit penser de le maculer, ni luy
faire la moindre nuisance du mõde:& quant
à ce qui me touche, le Duc mondit seigneur
& maistre, m'a dés mon enfance toufiours
nourri, & fait tel que ie suis & feray, tandis
que l'ame me residera au corps, parquoy il
ne sçauroit auoir femme fille, sœur, ou mere, que i'osasse regarder auec autre œil, pen-
sée, ou intention, sinon auec celle qui conuient à vn tresloyal & tres-fidelle seruiteur.
Oyant cela la Duchesse, ne le laissa passer
plus outre, se voyant manifestement par luy
esconduite : & pource qu'il ne peut aduenir
à vne femme de quelque condition qu'elle
soit, chose de plus grand desdain & despit,
que de ne se voir estre aimee de celuy qu'elle aime, elle en vn clin d'œil, changeant son
feruent amour en vne fiere & tref-cruelle
haine, toute pleine de rage, & colere, auec
voix menaçante, le visage troublé luy fit entendre ce qui s'ensuit : Ie croy, ô homme de
neant, que tu te persuades que ie soye affol-
lee de tõ amour, mais tu es assez loin de ton
compte, si peut estre, tu penses à semblable
folie, meschant & glorieux paillard : mais
qui te parle de semblable cas ? Tu te penses,
peut estre, estre aymé de tout le monde,
pour ta beauté, & que les mousches qui vo-
lent par l'air, soyent amourachees de toy :
que s'il t'aduenoit iamais d'estre si presom-

ptueux, & defbordé, que de me requerir d'a-
mour, ie te monftreroy auec ton trefgrand
dommage, que ie n'aime ny ne fuis pour aimer iamais autre que le Duc mon feigneur
& mary. Et le propos que ie t'ay tenu en
babillant, ie ne l'ay tenu à autre intention,
que pour paffer le temps: fçauoir, quel eftoit
ton fens, & me mocquer de toy, comme i'ay
de couftume de faire des autres fols amoureux. Ie l'ay creu ainfi refpond Charles, &
le croy: car ie fçay combien vous autres
Dames prenez plaifir à donner la baye à
nous autres pauures hommes. En ce poinct
la Ducheffe, ne le voulant plus efcouter,
s'en alla en la chambre, & s'enferma feule
dans vn fien cabinet fecret, où eftant remplie d'vn courage felon, & d'extréme douleur, elle penfoit à fe véger de Charles. D'vn
cofté l'amour qu'elle luy auoit porté, luy
eftoit vne trefamere & griéue peine, d'autre
part, elle ne fe pouuoit appaifer, de ce que
s'eftant abbaiffee à luy parler de la façon
qu'elle luy auoit parlé, il luy auoit fait la ref-
ponfe que vous auez ouy. Pour ces raifons
elle fe mettoit en telle rage, que comme forcenee, elle ne fçauoit que deuenir: il luy
venoit volôté de fe tuer, pour s'ofter de tant
d'ennuis: d'autre cofté, elle trouuoit bon, de
viure, pour pouuoir prendre vne infigne
vengeance de Charles, qu'elle reputoit pour
fon tref-cruel ennemy, la miferable Du-

chesse pleuroit desmesurément: & ne mettant fin à ses tragiques fantasies, tombant
de l'vne à l'autre, aueuglee d'vn appetit des-
ordonné, apres auoir longuement fantasré,
& fait deux fontaines de tresameres larmes,
elle s'essuya les yeux, & feignoit se porter
mal, afin d'auoir occasion de n'aller souper
auec le Duc, auquel ordinairement Charles
seruoit d'eschanson: le Duc, qui aimoit
moult tendrement sa femme, comme il ouyt
qu'elle n'estoit pas bié de sa personne, il l'alla visiter, & luy demáda, comme elle se portoit: elle luy dit, Monseigneur, ie croy que
ie suis enceinte, & que la grossesse m'a fait
distiler quelque peu de catharre du cerueau
qui me donne quelque ennui, mais cela se
passera sans l'aide du medecin: car nous autres Dames, remedions mieux de nous mesmes à ces petites infirmitez, que ne font les
medecins, auec leurs medecines. Et ainsi ne
voulant estre visitee par le medecin, elle demeura trois iours melácolique, outre mesure. Le Duc s'imagina en soy-mesme, qu'autre chose que grossesse tenoit la Duchesse
au lict: parquoy, pour mieux sonder son
cœur, il s'en alla celle nuict coucher auec
elle, & luy fit plus de mignardises & de caresses que iamais il n'auoit fait: & voyant
que sans cesse elle iettoit souspirs enflam-
mez hors de sa poitrine, il se cóferma encor
plus en l'opinion qu'il auoit conceue: par-

quoy la prenant entre ses bras , & par plusieurs fois la baisant fort doucement, il luy
dit: Chere amie, vous sçauez assez, combien
ie vous aime, & que ma vie pend au mesme
filet que la vostre, d'autant que vous mourant, il me seroit impossible de viure: donc,
si ma vie vous est aucunement chere, comme elle le vous doit estre , il faut que vous
me descouuriez entierement l'occasion de
ces vostres si ardents souspirs : car il ne me
peut entrer en l'entendemét, qu'ils prouien-
nent de ce que vous vous sentez grosse : sus
donc, mon ame, mon petit cœur, declarez
moy que c'est qui vous tourmente. La Duchesse, alors voyant son mari si bien disposé
enuers elle pensa que le temps estoit venu
de pouuoir semer son venin contre l'innocent Charles, qu'elle hayssoit tant : baisant
donc son mary amoureusement, laschant la
bonde aux larmes , accompagnees d'infinis
sanglots, & desnoüant sa langue , elle commença à parler en ceste façon: Hà mon seigneur, le mal qui me tourmente, c'est que ie
vous voy si indignement trompé par celuy
qui vous est si grandement obligé , & qui
pour vostre seruice deuroit expoier sa vie
à tout peril, neantmoins c'est celuy qui cerche de vous leuer l'honneur, & mettre vne
vilaine tache au lustre de vostre tresclaire
renommee. A ces paroles, le Duc espris d'vn
extreme desir, d'entendre clairement le tout,

pria sa femme fort affectueusement, qu'elle
luy vouluft manifester la verité du fait, clairement & sans respect aucun: elle, apres s'e-
stre fait prier & reprier, luy respondit ainsi:
Mon cher seigneur & mary, ie ne m'esmer-
ueille plus, si les seigneurs reçoiuent nuisance par les estrangers, puis que ie voy que vos
propres subiets & vassaux vous osent faire
des tours qui vous importent beaucoup plus
que de perdre tous les biens terriens: attendu que l'honneur vaut cent fois d'auantage,
& est plus à estimer que toute richesse ny
tout Royaume: Charles, vostre fauori, que
vous aimez tant, que vous auez nourri de
vostre main, & traité non en serniteur, mais
bien en prochain parent, a eu la hardiesse
de me requerir de mon honneur, & me sup-
plier tresaffectueusement, que ie luy voulusse estre amie: en cecy il a móstré, que comme vn larron, il vouloit desrober & soüiller
mon honneur, auquel, sans doute, consiste
le vostre & celuy de toute vostre maison.
I'ay fait response de mesme à sa presom-
ptueuse & temeraire requeste: assauoir, qu'a-
yant logé entierement mon cœur en vous,
pour vous garder la foy coniugale, entiere
& nette, il aduisast à n'estre plus si hardi de
me tenir tels propos: mais i'ay pris tant d'ennui de ceste sienne maudite hardiesse, que
peu s'en a fallu, que ie n'en soy morte, & n'ay
œil à la teste qui le puisse voir: cela a esté

l'occaſion de me faire mettre au lit: pource, monſeigneur ie vous ſupplie humblement, & de tout mon cœur, que vous ne vueillez en aucune maniere tenir en voſtre maiſon vn ſi meſchant & dangereux perſonnage, lequel, peut-eſtre, craignant que ie ne vous reuele ſon mesfait, pourroit, voyât ſon poinct, braſſer quelque grâde & mortelle meſchanceté contre voſtre perſonne : que s'il n'a point craint de me vouloir entacher d'vne ſi vilaine note, & vous faire Cheualier de Cornuaille, moins craindra il de machiner contre voſtre vie : vous eſtes ſage, & ſçauez mieux que moy, ſi cela eſt vn affaire qui importe, donnez-y tel ordre que l'enormité du fait le requiert. Cela dit, la malheureuſe femme ſe teut, & pleurant amerement, ſe laiſſa aller entre les bras de ſon mary : luy, qui d'vn coſté aimoit ſa femme tendrement, & ſi ainſi reſtoit, ſe ſentoit griéuemét offencé par Charles, lequel il auoit touſiours tenu pour bon & loyal ſeruiteur, l'ayant experimenté tres-fidele en pluſieurs affaires, ne ſçauoit que ſe reſoudre, ſe trouuant entre l'enclume & le marteau combattu eſtrangement par diuerſes penſees : d'autre coſté, il luy euſt eſté bien difficile de croire, que Charles euſt commis vne telle faute : & toutesfois il oyoit comme ſa femme l'accuſoit conſtamment, & ne ſe pouuoit imaginer à quelle fin elle euſt ourdi vne tel-

le fable, tellement qu'il sentoit vne extreme douleur : & encor que le courroux & le
despit l'espoinçonnaßent à prédre vne horrible vengeance de Charles, neantmoins
comme prudent qu'il estoit, il n'y voulut
point aller à l'estourdie, mais delibera voir
comme Charles se gouuerneroit, & prendre, cóme l'on dit, le liéure auec vne charet-
te à bœufs. Estant dóc retiré en sa chambre,
il enuoye dire à Charles par vn sien valet
de chambre, qu'il ne fust plus si hardi, de se
trouuer deuant luy, mais qu'il se retirast
en sa maison, iusques à ce qu'il eust autre
mandement. Le Duc considéroit, que si
Charles se sentoit coulpable, il cognoi-
stroit par tel cómandement, que la duchesse
l'auroit acculé ; partant incontinent sortiroit hors du pays, & se retireroit en lieu de
seurté : au contraire, il s'asseuroit, qu'estant
innocent, il n'entendroit à autre chose qu'à
cercher l'occasion du mal-contentement de
son seigneur, & se iustifier. Charles, à cest
inesperé & fascheux commandement, se
trouua outre mesure estonné, ennuyé, &
beaucoup plus angoißé qu'on ne sçauroit
dire : sçachant que contre son seigneur il n'a-
uoit cómis chose, en quelque façon qu'on la
sçeust prendre, qui meritast l'escorne qu'il
receuoit : neantmoins se trouuant innocent,
& ne pouuant imaginer l'occasion qui auroit meu le Duc à luy defendre sa cour,

il trouua vn courtiſan, ſien amy, auquel il
narra ſon deſaſtre, & luy pria, que trouuant
l'occaſion, il vouluſt donner vne ſienne lettre au Duc : par ceſte lettre il ſupplioit ſon
ſeigneur, qu'il ne vouluſt croire qu'onc il
l'euſt offencé en fait ni en parole, quelque
faux rapport qu'on luy euſt ſçeu faire : mais
qu'il luy peut ſuſpendre ſon iugement diffi-
nitif, iuſques à ce qu'il euſt clairement entendu la verité du fait: car tant s'en faut qu'il
euſt fait faute, que meſmes il ne l'auoit onc
penſé. L'ami de Charles s'acquitta fidelement de ſon deuoir, & dōna la lettre au Duc:
le Duc leut entierement ce que luy eſcri-
uoit Charles, & penſa aſſeurément, qu'il n'e-
ſtoit point coulpable, veu qu'il ſe vouloit
iuſtifier, ains creut que la Ducheſſe fuſt en
colere encontre Charles, pour quelque deſpit de femme, combien qu'il n'en peuſt
coniecturer la vraye ſource : apres il dōna
ordre que Charles luy vinſt ſecrettement
parler. L'innocent Charles ne faillit de ſe
preſenter incontinent à ſon ſeigneur: Comme le Duc le vid, pour ſonder mieux ſon
cœur, il luy dit en colere, le viſage troublé,
auec voix menaçante & pleine d'indignation, Charles, Charles, la nourriture que i'ay
fait de toy, dés le berceau, & les biens que ie
t'ay faits, ne meritoiēt pas que tu te miſſes en
deuoir de me vouloir deshonorer, cerchant
de corrompre ma femme, & rendre par ce
moyen,

moyen, moy & les miens infames:si i'euſſe fait ce que tu meritois, tu ne ſerois pas
maintenant en vie : mais tu aurois receu le
guerdon que ta méchanceté a deſſerui:il eſt
bien vray, que ie ſuis en grande doute, ſi le
fait paſſe comme on le m'a donné a entendre. Charles ne s'eſtonna aucunement de
ces paroles,mais auec vn courage aſſeuré,il
remercia le Duc, de ce qu'il ne s'eſtoit laiſſé ſurmonter à la colere, s'offrant à toute
eſpece de preuue,voire de ſouſtenir, les armes en main,que celuy qui entreprenoit de
l'accuſer, quel qu'il fuſt, mentoit : pource
que là où il ne ſe trouuoit indices, dignes
de foy,il faloit venir à la preuue des armes.
Alors dit le Duc, l'accuſateur ne porte autres armes que ſa claire honneſteté,car c'eſt
ma femme, qui me demande vengeance de
toy, d'autant que tu as bien eu la hardieſſe
de la requerir d'amour. Charles oyant la
grand malice de la Ducheſſe, ne ſe voulut
aucunement plaindre d'elle enuers le Duc,
ny manifeſter le fait comme il s'eſtoit paſ-
ſé:mais il delibera de s'y porter autrement:
car auec vne voix aſſeurée, ſans s'eſtonner
aucunement,auec la reuereéce deüe,reſpon-
dit au Duc,en ceſte façon : Treſ-excellent
ſeigneur, Madame peut dire ce qu'il luy
plaiſt,mais ie ſçay qu'elle ſe trompe grandement,& i'ay mon innocéce pour vn treſcer-
tain apuy:côſiderez,monſeigneur,ſi iamais.

Tom.5.   N

vous auez veu aucun deportement en moy, qui me puiſſe condamner, ou s'il y a perſonne qui m'aye iamais veu parler priuément auec elle, ny frequenter la chambre, ſi vous ne m'y auez enuoyé : le feu d'amour ne ſe peut tenir couuert, & faut neceſſairement qu'il ſe découure en quelque part : il aueugle tellement ceux qui en ſont épris, que bien ſouuent il les contraint a faire des plus grandes & exhorbitantes fautes du monde, qui ſont cognus & des grands & des petits : partant, Monſeigneur, ie vous ſupply, auec toute humilité, qu'il vous plaiſe de croire de moy deux choſes, deſquelles vous trouuerez touſiours eſtre treſveritables: premierement, ayez ceſte ferme opinion, que ie vous ſuis ſi loyal & fidele ſeruiteur, & tellement deliberé de vous ſeruir en toute ſincerité, que quand Madame ſeroit la plus belle creature du monde, Amour auec toutes ſes forces, ne me ſçauroit faire eloigner du deuoir & de l'obeiſſance que ie vous doy. En ſecond lieu, tenez cecy pour vray, que quand elle ne ſeroit point voſtre femme, elle ſe preſente telle à mes yeux, que ie ne pourrois condeſcendre, en aucune façon, a l'aimer, d'autât que nos naturels ne s'accordent aucunement: i'en cognoy bien d'autres, deſquelles plus facilement ie m'acoſterois, pource que leur naturel & le mien ſont conformes. Le Duc, qui

mal aiſément euſt creu que Charles ſe fuſt
meſconté en vn tel affaire, luy dit:Charles,
ie veux adiouſter foy à ce que tu dis : partant, va, & fais tes affaires comme auþara-
uant, me ſeruant comme tu as accouſtumé,
t'aſſeurant que ſi ie cognoy que le fait aille
tout ainſi comme tu me l'aſſeures , ie t'en
aimerai de plus en plus:mais auſſi,ſi ie trouue le contraire, ſaches que ta vie eſt entre
mes mains. Charles alors, le plus humblement qu'il peut,remercia le Duc, & luy dit,
qu'il ſe ſoumettroit touſiours à ſon iugement,lors & quand il ſeroit trouué coulpa-
blé. La mauuaiſe Ducheſſe,voyant Charles
faire ſon deuoir comme auparauaut,& eſtre
retourné en la grace du Duc , forcenoit de
rage & de colere,ne le pouuant endurer, &
luy ſembloit que ſon mary ne tinſt conte
d'elle : parquoy, vaincue de l'extreme courroux qui la rongeoit, & ne luy laiſſoit vne
ſeule heure de repos,vne nuiɛt qu'elle eſtoit
couchee auec le Duc, eſtans entrez ſur le
propos de Charles,elle luy dit, Vrayement,
monſeigneur, il vous ſeroit bien employé,
que fuſſiez empoiſonné, veu que vous vous
fiez plus à voſtre mortel ennemi,que nõ pas
de qui vous aime, vous ſçauez ce que ie
vous ay dit de ce traiſtre de Charles Le Duc
luy reſpõdit en ceſte façon.Ma chere amie,
ne prenez aucun ſouci de ce fait, ie vous
aſſeure, que ſi ie m'apperçoy que Charles

aye failli, il en sera griéuement chastié : il
m'a affermé, auec les plus grans sermens qui
se puissent faire, qu'il est innocét : Or n'ayât
suffisante preuue, ny aucun qui tesmoigne
contre luy, que pourroy-ie faire? il peut
bien estre que quelquesfois, en gaussant, il
aura dit quelque mot, lequel vous, comme
ialouse de vostre honneur & bonne renommee, l'auez interpreté tout au rebours de ce
qu'il entendoit : mais n'ayez peur que ie ne
l'attrape bien, s'il a failli : il ne pourra sortir de ma Cour que ie ne le sache : car ie luy
ay mis tant d'espies à la queüe, qu'il ne sçauroit faire vn pas, que ie n'en sois aduerti.
La malheureuse Duchesse, qui ne pensoit à
autre chose qu'à la ruine de Charles estoit
si pleine de rage & de rancueur, que pour
pouuoir arracher les deux yeux de la teste à
Charles, elle eust volõtiers permis d'en perdre vn des siens : partant respondit elle à son
mary, en ceste maniere : En bõne foy, monseigneur, vostre trop grand bonté rend
beaucoup plus mauuaise la méchanceté de
ce galand, puis qu'à luy seul vous adioustez
tant de foy : mais, pour Dieu, quelle plus
grande preuue voudriez-vous voir en vn
homme, tel qu'il est, que de considerer la
vie que continuellement il a menee & meine encores, veu que iamais on n'a peu voir
en luy aucun acte, par lequel on peust iuger qu'il fust amoureux en ceste Cour, d'au-

éune dame ou damoiselle? ie me fay accroire, & vous le deuez croire, Monseigneur,
que sans la haute entreprise, que sottement
il s'estoit fichee en la teste, de pouuoir deuenir mon seruiteur, il ne se seroit peu contenir, qu'icy ou ailleurs il n'eust fait l'amour
& qu'on ne se fut apperceu de sa passion:
s'est-il iamais veu qu'en si bonne compagnie, celuy qui aime menast vie tant solitaire? Charles la meine telle, par ce que cognoissant auoir logé son cœur en haut lieu,
il se va repaissant de ceste vaine esperance,
& se fait à croire, que comme il n'aime autre que moy, aussi le recognoistray-ie pour
fidele & loyal amant : mais s'il a l'entendement de le cognoistre, il est assez loin de
son conte: maintenant, Monseigneur, puis
que vous vous fiez tant en luy, & que vous
vous asseurez, qu'il ne vous voudroit celer
aucun secret de son cœur, coniurez le é-
troitement, qu'il aye a vous dire, s'il aime,
& le nom de sa maistresse: que s'il aime aucune dame, ie suis contente que vous ad-
ioustiez foy à ses paroles, & s'il n'en aime,
vous pouuez croire que ie vous ay dit la verité. Le Duc trouua les raisons de sa femme
assez peremptoires: parquoy se trouuant vn
iour à la chasse, apres auoir apellé Charles, ils s'eloignerent de la troupe, en lieu
où ils ne fussent apperçeus d'aucun : là dit
le Duc à Charles, Charles, ma femme per-

seuere tousiours en son opinion, & me met
en auant assez de bonnes & apparentes raisons, qui ne m'incitent pas peu a croire ce
qu'elle m'a dit ces iours passez : partant
maintenant ie te prie, comme mon amy,
& te commande treseʃtroittement, comme
à mon subiet & vassal que tu me die, ʃi t
fais l'amour en ma cour, ou ailleurs, & qui
est la Dame que tu aimes. Charles, qui ne
deliberoit iamais manifester celle qu'il aimoit, ce neātmoins estant requis & astraint
par son seigneur, pour le deliurer de fausse ialousie, & pour s'oster de dessus les espaules l'ennuy & calomnie que la malicieuse Duchesse luy mettoit sus, respondit
ainsi au Duc, Monseigneur, vous me faites
faire chose qui me causera la mort, ie vous
iure que veritablemēt i'aime vne dame, laquelle n'a auiourd'huy sa pareille en gentillesse, en picté, ni en loüables manieres de
faire, quant à sa beauté & bonne grace, ie
croy fermement qu'en toute la France il ne
s'en trouuera aucune, qui se puisse egaler à
elle, ie vous dy dauantage, qu'il s'en faut
beaucoup, que madame la Duchesse ne soit
ʃi belle qu'elle, ie vous supplie treshumblement, & vous requiers ceste singuliere grace, que iamais vous ne me vueillez côtrain-
dre à la vous nommer : pource que tel fut
nostre accord iuré auec tres-estroits sermens deuāt les glorieuses images de nostre

Seigneur Iesus Chrift & de la Vierge Marie fa mere, reine du ciel, que iamais nous
ne pourrions manifefter à aucun ceſte noſtre infeparable côdition, que ce ne fuſt du
confentement de l'vne & de l'autre partie.
Le Duc demeura, quant à luy, affez fatisfait, & promit à Charles, de iamais ne le
preſſer de nommer fa dame. Et de là en a-
uant luy fit meilleur vifage qu'il n'aûoit fait
au parauant. La maudite Ducheffe, voyant
que fes trames & malices n'auançoyent
rien, vira & tourna tant, & la nuict tempe-
ſta tellement les oreilles du Duc, qu'elle luy
mit en teſte de fçauoir le nom de la maiſtreſſe de fon ennemy, difant que Charles
mettoit en auant tout ce feint langage, pour
couurir fa méchanceté, & que tant qu'il de-
meureroit fans la vouloir nômer, il ne deuoit adiouſter foy à fes bourdes. Le Duc,
forcé par le continuel & ennuyeux aiguillon de la ferpentine langue de fa maudite
femme, de là à peu de temps fe promenant
en vn iardin, appella à foy Charles, & luy
dit, Ie fuis tellemét moleſté de ma femme,
qu'elle ne me peut laiſſer en repos : me difant, que tu m'abufes par ton parler, puis
que tu ne me veux declarer le nom de t'a-
mie, parquoy fi tu veux que ie forte entierement hors de peine, & d'inquietude, il faut
que tu me dies fon nom, Charles, à ces paroles tout hors de foy, pleurant amerement,

respondit ainſi au Duc: Monſeigneur, ſi
nous eſtions en lieu où perſonne ne nous
peuſt voir, ie me ietteroy à vos pieds, &
vous ſuplieroy treshumblement, comme ie
fay encor maintenant, & de tout mõ cœur,
que vous ne me vueilliez forcer a manifeſter le nom de madame, & commettre vne
ſi grand faute côtre celle que i'aime & adore, y a ià plus de ſept ans, l'ayant touſiours,
ſelon nos ſolennelles paches, tenue cachee
à vn chacun, i'aimerois beaucoup mieux
mourir, que de luy faire ceſte iniure, cognoiſſant aſſeurement, que par là ie vien-
droy a perdre en vne heure tout le bien que
ie me ſuis acquis en tant d'annees. Le Duc
voyant que Charles fuyoit la lice, entra en
vne extreme ialouſie, ſe doutant fort, que ce
que ſa femme luy auoit dit ne fuſt vray: parquoy, auec la face troublee, & toute pleine de
colere, il luy dit, Charles, aduiſe de choiſir
l'vne des deux conditions que ie te preſen-
teray maintenant, ou nomme moy celle
que tu aimes, ou t'en va hors de mon pays,
banny perpetuellement de mes terres. Et
ſi tu es trouué dans mes confins, apres huit
iours paſſez (qui eſt le terme que ie te donne pour mettre ordre à tes affaires) ie te
feray mourir & démembrer cruellement.
Si iamais grand creue-cœur, ſi iamais griéue peine perça le cœur d'vn loyal aimant,
ce fut cet aigu couſteau, lequel trauerſa

l'ame du pauure & mal fortuné Charles: car
il sçauoit bien, que decelant le nom de sa
chere amie, & qu'il vint à notice, il se pouuoit tenir asseuré de la perdre: d'autre part, il
voyoit que s'il s'en taisoit, il demeuroit banny du pays, & du lieu où elle faisoit sa demeurance, sans esperance de iamais plus la
reuoir: estant donc plongé entre ces deux
extremitez, il fut pour éuanouyr, se trouuant
surpris d'vne grosse sueur, froide comme
glace. Le Duc l'auisant, & luy voyant le visage tellement changé, qu'il ressembloit plustost à vne statue de marbre, que non pas à
vne personne viuante, entra en fantasie que
Charles n'aimoit autre dame que la Duchesse: parquoy il luy dit assez rigoureuse-
ment, & en colere : Charles, Charles, si tu
eusses autre amie que ma femme, tu ne de-
meurerois pas tât à la nommer: mais ie pense que ta malheurté te tourmente. Charles
picqué par ces paroles, voire percé iusques
au vif, aymant beaucoup plus le Duc, que
soy mesme, se determina de luy declarer ses
amours, se confiant entierement en la vertu
& bon naturel dudit sieur Duc, & se tenant
asseuré, que iamais il ne le découuriroit: s'e-
stant resolu d'ainsi le faire, il luy dit, Môsei-
gneur, ce que ie me cognoy vous estre infinimét obligé, pour les benefices que ie vous
doy, & l'amour que ie vous porte, ont plus
de pouuoir sur moy, que n'a pas la crainte

de la mort, puis que ie vous voy (quoy qu'à tort & sans cause) saisi du pestifere mal de ialousie. Pour donc vous oster tout soupçon, & vous faire aparoir de mon innocence, ie fay chose, que pour tous les tourmens qu'on m'eust sçeu donner, ie n'eusse iamais fait : vous supliant monseigneur, que pour l'honneur de Dieu, vous me vueilliez promettre, & iurer en foy de loyal Prince, & fidele Chrestien, que le secret, que maintenant ie vous découuriray, vous ne le reuelerez iamais à ame viuante, en quelque maniere que ce soit, mais le tiendrez caché en vostre cœur. Le Duc iura alors auec tous les sermens dont il se peut auiser, appellant Dieu, & toute la Cour celeste à tesmoins, que iamais il ne manifesteroit à personne, ny par parole, ny par escrit, ny par signes, ny par quelque autre maniere que ce fust, ce que Charles luy diroit : & ainsi le luy promit-il, faisant ses sermens sur la croix de la garde de son espee. Charles ayant eu cette promesse qui luy auoit esté donnee par vn si vertueux Prince qu'il cognoissoit estre le Duc, commença à luy raconter l'histoire de ses amours, qui iusques alors auoyent esté tres secretes, & tres heureuses : Tres-excellent seigneur, dit-il, il y a sept ans passez, que voyant le gentil naturel & incroyable beauté de madame du Verzier, vostre niepce charnelle, peu apres

son véuage, ie me my en peine d'essayer si
ie pourroy acquerir sa bonne grace : & cognoissant ma petitesse, eu égard à sa grandeur, ie cherchay de luy estre tres-humble
seruiteur, me contentant qu'elle me daignast
accepter pour tel, & me permist de l'aimer:
ce que non seulement par sa grande courtoisie i'obtins, mais, pour comble de mon
heur, elle me daigna receuoir à mary. Ainsi, graces à Dieu, nos affaires se sont maniez
iusques icy auec aussi grand contentement
d'elle & de moy, que lon sçauroit imaginer,
& si secrettement, qu'hormis Dieu il n'y a
creature viuante qui s'en soit iamais aper-
ceu : si ce n'est vous, monseigneur, à qui
maintenant ie le manifeste, & entre les
mains de qui, en ce faisant, ie mets ma
vie & ma mort, à cause des conuentions iu-
rees entre elle & moy, ainsi qu'autrefois ie
vous ay dit: ie vous suplie de rechef, autant
humblement qu'il m'est possible, que vous
vueilliez tenir le tout secret, & n'auoir point
en moindre estime vostre niepce : pource qu'en secondes nopces elle s'est abais-
see plus bas que son degré ne meritoit.
Vous sçauez, que selon la coustume de ce
pays vne Dame encor qu'en son premier
mariage elle ait esté Reine, conuolant en
secondes nopces, elle se peut marier si bas-
sement qu'il luy plaira, sans encourir
blasme, pourueu que ce soit à vn gentil

homme : partant ie vous supplie, monséi-
gneur, que vous la vueillez tenir en ce degré
de niepce que l'auez tousiours tenuë, & moy
pour celuy voſtre feruiteur, que ie vous suis
& feray eternellement. Ce mariage pleut au
Duc, pour l'amour qu'il portoit à Charles,
& cognoiſſant la merueilleuſe beauté de ſa
niepce, il voyoit bien que celle de ſa femme ne s'y pouuoit aucunement eſgaler:
mais il trouuoit fort eſtrange, que ſi grand
affaire ſe fuſt conduit à fin ſi deſiree, ſans
l'aide ou moyen de quelque tiers : parquoy il pria Charles, qu'il luy vouluſt manifeſter comme ſeul il auoit peu parache-
uer vne ſi magnifique entrepriſe. Charles,
pour luy ſatisfaire, luy reſpondit : Depuis
qu'il fut côclu entre madame, & moy, ſans le
ſçeu d'aucun, que nous nous côioindriôs enſemble par le lien de mariage, elle m'ordonna que la nuict ſuyuante, à certaine heure,
ie m'en allaſſe ſeul à ſon beau iardin, & que
i'y entraſſe par la porte qu'elle me nomma.
Vn petit huis de ſa chambre regarde ſur
ce iardin : elle, comme ſes damoiſelles
furent retirees, ouurit tout bellement cet
huis, & mit dehors vn petit chien, lequel entré au iardin, commença à iaper:
moy, qui eſtoy muſſé parmy certains ar-
briſſeaux, oyant cet abayement, qui eſtoit
le mot du guet, m'en allay tout bellement
vers la chambre, où celle premiere fois ſuy-

uant ſa volonté, ie l'eſpouſay pour femme
auec les conuentions & ſermens ià dits : à
ſçauoir, de ne iamais manifeſter cetuy noſtre mariage, ſans ſon conſentement : cela
fait, nous nous couchaſmes dans le lict, & là
uec grand plaiſir conſommaſmes le ſaint
mariage, & auiſaſmes comme nous nous
deuions gouuerner à l'auenir : & ainſi ie n'ay
iamais failly de luy obeyr, ſi ce n'a eſté quelquesfois mais bien peu ſouuent, que pour
obeir à vos commandemens, ie n'auoy le
moyen de l'aller voir : le matin, ie me par-
tois touſiours vne heure deuant l'aube du
iour. Le Duc, qui eſtoit vn des plus curieux perſonnage du monde, & qui en ſa
ieuneſſe auoit fait pluſieurs entrepriſes a-
moureuſes, luy ſemblant cette cy vne des
plus eſtranges que iamais il euſt ouy raconter, & ne pouuant croire qu'il peuſt eſtre
ainſi qu'il l'oyoit, pria fort affectueuſement
Charles, que la premiere fois qu'il iroit au
iardin, il le vouluſt mener auec luy, non
pas comme ſon ſeigneur, ou comme Duc,
mais comme ſon compagnon, ce que Charles luy promit, adiouſtant que ce meſme
ſoir il y deuoit aller : dequoy le Duc monſtra eſtre grandement ioyeux, parquoy fit
apreſter ſecretement deux cheuaux au logis
de Charles, puis l'heure venue, ils monterent tous deux à cheual, & d'Argil, où le Duc
faiſoit pour lors ſa demeure, s'en allerent.

vers le iardin : comme ils y furent arriuez,
qui fut en peu d'heure, ils attacherent leurs
cheuaux hors de la cloſture dudit iardin, en
lieu ſeur, puis par le lieu deſigné entrerent
dedans : eſtans dedans, Charles fit que le
Duc ſe planta derriere vn gros vieil Cheſne
pour mieux pouuoir ſpeculer & voir le tout
& cognoiſtre clairement qu'il ne luy auoit
rien menty : ils n'arreſterent gueres, que
le petit & fidele chien commença à abbayer. Charles alors ayant laiſſé ſon ſeigneur, s'en alla ſeul vers la tour, au lieu
où eſtoit la chambre de ſa dame : laquelle
ne faillit de luy venir encontre, & l'embraſſer, & apres l'auoir ſalué, elle luy dit, qu'il
luy ſembloit qu'il y auoit cent ans qu'elle
ne l'auoit veu : de là, les bras pendus au col
l'vn de l'autre, ils s'en allerent à la tour,
& eſtans entrez dans leur chambre, apres
auoir fermé l'huis, entendirent à contenter
leurs amours. L'air eſtoit aſſez nebuleux,
mais l'argentine Lune eſpandoit ſes rayons
& en pluſieurs lieux perçoit les nues, qui
rendoit celle nuict aucunement claire : cela fit que le Duc cognut moult bien ſa niepce, vit leurs careſſes, meſmes entendit
les parolles qu'elle dit : dequoy il demeura grandement ſatisfait, & reputa Charles
pour l'vn des plus auentureux, & fortunez gentilhomme de Bourgongne. Charles ayant demeuré bonne piece auec ſa

dame, ſe delibera de partir, pour ne laiſſer
le Duc ſi longuement aux eſcoutes : & pour
prendre congé de s'amie, il luy dit, qu'il falloit qu'il ſe trouuaſt long temps auant iour
en la chambre du Duc qui le luy auoit ainſi
enchargé. Elle vouloit ſelon ſa couſtume,
l'accompagner iuſques à la ſortie du iardin,
mais il ne le voulut ſouffrir, la faiſant
demeurer en la tour. Arriué où eſtoit le Duc
ils s'en ſortirent, monterent à cheual, & s'en
retournerent au chaſteau d'Argil : En che-
uauchant, le Duc promit de nouueau à
Charles, qu'il tiendroit ſecrettes ſes heureuſes amours : & comme auparauant il
l'aimoit grandement, maintenant qu'il le
vid eſtre ſien prochain parent, il l'en aima beaucoup dauantage, ſi que en Cour
il n'y en auoit point qui fuſt plus en la
grace du Duc, que Charles. La mauuaiſe
& endiablee Ducheſſe, voyant cela, deſeſ-
peroit, & forcenoit d'ire & de fureur, ſe
faiſant accroire qu'elle ne pouuoit viure,
s'elle ne faiſoit mourir Charles : dont elle
murmuroit ſouuent, quand elle eſtoit auec
ſon mary. Le Duc, qui en fin auoit clairement cognu ſa malice, luy commanda expreſſément qu'elle ne fuſt iamais ſi hardie
de luy en tenir aucun propos par aucune
maniere que ce fuſt : dautant qu'il s'eſtoit
entieremét eſclarcy de l'innocéce de Charles, & auoit clairemét cognu, voire touché

auec le doigt, que son amoureuse estoit sans
comparaison plus belle qu'elle, & plus digne
d'estre aimee. Ce dernier propos fut là ha-
che, fut la coignee, qui fit vne tres-profon-
de playe au cœur de la malicieuse Duchesse, voire la fit si dangereuse, qu'elle en deuint beaucoup plus malade, que si elle eust
eu fiéure continue : le Duc l'alla visiter,
pour entendre quelle estoit sa maladie : les
medecins affermerent, qu'ils ne trouuoyent
aucun signe de maladie en elle : bien y
trouuoyent ils vn certain mécontente-
ment, causé de ce qu'elle n'auoit peu mettre à execution quelque sien proiet. Le Duc,
qui sçauoit où gisoit le liéure, la reconfor-
ta assez: mais il n'y auoit ny consolation ny
remede qui luy valust, si elle ne sçauoit le
nom de l'amie de Charles : pource auec
toute importunité elle pressoit le Duc de
luy manifester qui estoit cette Dame si excellente : le Duc, pour luy clorre la bouche, se courrouçant fort aigrement, luy dit:
ma femme, laissez cette curiosité, & ne m'en
parlez iamais: car ie vous asseure, que si par
cy apres vous m'en sonnez mot, nous nous
separerons, & ie n'entreray plus en vostre
chambre, ny vous ne mettrez plus le pied
en la mienne: cela dit, il s'en partit, la laissant fort malcontente, pource qu'elle se
voyoit éconduite de ce qu'elle desiroit le
plus sçauoir. De là à peu de iours, s'augmen-
ta

tant en elle de plus en plus le desir de sçauoir
ce qu'elle souhaittoit, son mal creut grandement, auec plusieurs & diuers symptomes,
angoisses, sueurs froides, & esuanouisse-
mens. Le Duc, qui desiroit sur tout auoir lignee, pensant qu'elle fut enceinte, craignant
qu'elle ne se desfaisast & perdist son fruict,
s'en alla la nuict coucher auec elle, & pour
la consoler, la caressa fort mignardement:
nonobstant la defense qu'il luy auoit fait,
elle vint de rechef à le sonder, pour sçauoir
le nom de l'amie de Charles. Dames & Damoiselles, vous me pardonnerez, si ie di la
verité: mais c'est bien vn grand cas, que nous
voyons ordinairement, que quand vne femme se met en teste de vouloir sçauoir quelque chose de son mari, en fin elle trouue tant
de moyens, & vse de tant de persuasions,
qu'en despit de son mari, elle obtient ce
qu'elle desire: de façon, que par viue force il
est contraint de luy complaire, quoy que
contre son gré. La Duchesse donc, apres
plusieurs autres propos, voyant que le Duc
ne luy vouloit declarer la maistresse de
Charles, toute baignee en pleurs, confits en
mil & mill ardants souspirs, parla en ceste
façon: Helas! monseigneur, quelle esperance peux-ie auoir, que vous voulussiez vous
employer pour moy en quelque chose de
grand difficulté, quand vous me refusez
vne chose si legere & si aisee? vous tenez

plus de compte d'vn voſtre meſchant ſeruiteur, que non pas de moy:ie me perſuadoy,
ainſi que la raiſon le veut, que vous & moy
ne fuſſions qu'vn, mais ie me treuue grandement deceuë, puis que vous ne me voulez
gratifier d'vn ſi petit plaiſir dont ie vous ay
requis ſi affectueuſement. Vous m'auez pluſieurs fois dit beaucoup de ſecrets de grande
importance, & vous ſçauez que iamais ie
n'en ay decelé pas vn d'iceux. Si bien vous
auez iuré de ne le iamais reueler, ie vous aſſeure que me le diſant, vous n'enfraignez aucunement voſtre ſerment, d'autant que vous
le dites à vous-meſmes, eſtans, vous & moy
vne meſme choſe, & deux en vne chair. Ie
croy qu'eſtant groſſe de vous (elle mentoit:
car il n'en eſtoit rien) vous eſtes content que
moy, & le fruict que ie porte en mon ventre,
mourions ; puis que ie me voy defaillr, à
veuë d'œil, par la grande melancolie dont ie
ſuis ſaiſie, pour le peu d'amour que ie voy
que me portez. Le Duc, qui croyoit veritablement qu'elle fuſt enceinte, de crainte de
la perdre, enſemble le fruict qu'elle diſoit
auoir dans les flancs, ſe delibera de la contenter , & luy dire tout ce qu'elle deſiroit
d'entendre: mais premierement auec la face
refronſee & parole rude, il luy vſa de ce lan-
gange: Vous eſtes la femme la plus obſtinee
qui ſe puiſſe trouuer en tout le monde, vous
auez veu le refus que ie vous ay fait iuſques

ici, de vous dire vn ſecret. Et en meſpris de
moy, & contre mon entiere volonté vous le
voulez ſçauoir, à quelque but qu'il en vienne: mais ie fay vœu à Dieu, & en ſon nom
ie vous iure par le bapteſme que i'ay reçeu,
& en foy de vray prince, que ſi iamais vous
reuelez aucune choſe à perſonne quelle
qu'elle ſoit, de ce que ie vous diray preſentement, ni par parole, ni par eſcrit, ni par ſignes, ſans aucune miſericorde ie vous coup-
peray la gorge, & ſouuenez vous en bien:
car, par le Dieu viuant (ſi cela aduient) vous
ne mourrez iamais d'autres mains que des
miennes. La Ducheſſe (aueuglee du deſbor-
dé appetit qu'elle auoit, de ſçauoir ce ſecret)
s'accorde aux conditions que le Duc luy ſpe-
cifioit. Elle ſçeut dõc de ſon mari toute l'hiſtoire de Charles Vaudray & de madame du
Verzier. La maiſon des Vaudrays, en Bourgongne, eſt fort ancienne, de grãd nobleſſe,
& qui tient pluſieurs chaſteaux: mais Adrian
Vaudray, pere de Charles, marpailla quaſi
tout ſon bien, hormis vn petit chaſteau, lequel, pour tout heritage, il laiſſa à ſon fils
Charles. Donc pour reuenir à noſtre hiſtoire, quand la malheureuſe Ducheſſe eut ouy
tout le diſcours, elle feignit que l'affaire luy
aggreoit fort: mais pour crainte du Duc elle
cachoit ſa griefue paſſion de ialouſie & deſdain, dont toutefois ſon cœur boüillonnoit.
Peu de iours apres aduint que le Duc fit

proclamer vne feſte ſolennelle, à laquelle il
conuia tous les gentils-hommes & damoiſelles de la contrée, voulant tenir Cour ouuerte huict iours durant. A celle feſte pluſieurs dames & damoiſelles ſe rendirent, &
entre autres Madame du Verzier. Vn iour
que le bal eſtoit, comme pluſieurs Dames
eſtoient aſſiſes à l'entour de madame la Ducheſſe, elle plaine de mal-talent, & malin
courage contre Charles, voyant la merueilleuſe & incomparable beauté de la dame du
Verzier, commença à parler de l'amour
auec celles qui l'accompagnoient. Comme
chacune mettoit en auant ce qui luy en ſembloit, la ſeule dame du Verzier les eſcoutoit,
ce que voyant la Ducheſſe, auec vn courage
plein d'extreme ialouſie, luy demanda: Et
vous, belle niepce, eſt-il poſſible que ceſte
voſtre ſi grande beauté ſoit ſans ami, ou ſeruiteur? Lors la dame du Verzier, auec vne
grace gentile, luy reſpondit fort reuerem-
ment, Madame la Ducheſſe, ceſte mienne
beauté, quelle qu'elle ſoit, ne m'a peu encor
acquerir vne telle poſſeſſiõ, que d'vn ami, ou
d'vn ſeruiteur. La Ducheſſe, pleine d'enuie &
ialouſie enragee, branlant la teſte, luy replica
deſpitement: Belle niepce, belle niepce, ie
veux que vous ſçachiez qu'il n'y a amour au
monde ſi ſecret, qui ne ſe deſcouure & vienne enfin en lumiere, ni petit chien ſi bien appris, & fait à la main, duquel l'abbayement

ordinaire ne s'entende quelquefois. Ie vous
laisse à penser, tres-courtois seigneurs, &
gracieuses Damoiselles, quelle fut la douleur, quelle fut l'extreme angoisse, qui perça
le cœur de la desfortunee dame du Verzier,
voyant descouuert ce que si longuement elle
auoit tenu secret. Suiuant quelques propos
qu'autresfois Charles luy auoit tenu de la
Duchesse, elle creut que vrayment il estoit
amoureux d'elle, & qu'il luy auoit manifesté les descouuertes de son petit chien. Ce
qui la tourmentoit le plus, c'estoit le tres-
froid & tres-mordant venin de la pestifere
ialousie, qui luy rongeoit le cœur. Et combien que de l'angoisse elle se sentist quasi
defaillir, neantmoins sa vertu fut si grande
& si constante, & sçeut si bien reprimer la
passion de son cœur, qu'en cachant sa grie-
ue douleur, comme souriant, elle respondit à la Duchesse, qu'elle ne se cognoissoit
pas fort bien au langage des bestes. Il n'y
eut pas vne des dames, qui estoient là pre-
sentes, qui entendist à quelle fin le iappe-
ment du chien auoit esté mis en ieu. La
dame du Verzier demeura là quelque
temps: puis se leua, & passa en la chambre
du Duc, & de là en celle où elle estoit logee,
dolente outre mesure, & pleine d'vn extreme
creue-cœur. Le duc se promenoit, qui vit
entrer sa niepce en sa chambre, & pesa qu'elle y allast pour quelque sien affaire. Quand

la miserable dame fut en sa chambre, sans
fermer l'huis, pensant estre seule, elle se laissa tomber du lict, comme priuee de ses forces naturelles. Vne damoiselle, qui s'estoit
mise à la ruelle du lict pour dormir, oyant le
bruit qu'auoit fait la desconfortee dame en
tombant, haussant vn peu la courtine, recognut la dame, mais elle demeura coye, n'o-
sant rien dire. La pauure dame, ayant lasché
le frein à ses ameres larmes, s'efforçoit auec
voix debile d'exprimer sa griefue douleur,
parlant en ceste maniere: Ha, moy miserable
quelles paroles ay ie ouy dire. Helas! elles
me sont pour sentence diffinitiue de ma
mort. I'ay clairement entendu par icelles la
fin de ma vie iadis si heureuse, & maintenant la plus malheureuse qui soit. O le plus
aimé qui fut iamais, est ce ci la recompense,
est-ce ci le guerdon de mon honneste, chaste
& vertueux amour! Ha, mon cœur! comme
fis tu si dommageable & mal-consideré
choix, de prendre pour le plus loyal, celuy
qui est le plus desloyal & infidele? pour le
plus vray & ouuert, celuy qui est le plus
trompeur, & double? pour le plus secret, celuy qui est le plus langard, & vanteur? Las, de
moy! est il possible que la chose cachee aux
yeux de tout le monde, ait esté reuelee à la
Duchesse? Ha, mon fidele petit chien, tant
bien appris, & seul tesmoin de mon tres-
chaste amour, ce n'a pas esté toy qui l'as peu

blié. Qui eſt donc celuy qui l'a manifeſté
qui eſt celuy qui pour ſe glorifier l'a deſcou-
uert? ç'a eſté vn qui a la voix beaucoup plus
groſſe que toy, & le cœur le plus ingrat, que
beſte qui ſoit au monde, ç'a eſté celuy, qui
contre ſon ſerment, contre la promeſſe iuree, contre la foy donnee, & contre la nobleſſe de ſon ſang, à manifeſté noſtre iadis
fortunee vie, laquelle nous auons demenee
longuement enſemble, heureuſément, &
ſans offenſer perſonne. O mon ami, de qui
le ſeul amour eſtoit empraint dedans mon
cœur, & auec lequel ma vie s'eſt conſeruee,
maintenant il faut que vous publiant mon
tref-cruel & mortel ennemy, voſtre honneur
s'aneantiſſe auec eternelle infamie, & que le
luſtre de voſtre nom ſoit comme la poudre
chaſſee du vent : & quand à moy, il faut que
me defaillant la vie, mon corps qui ne peut
plus ſubſiſter, s'en retourne en terre, & que
l'ame aille où il plaira au Seigneur Dieu, ou
qu'eſtant heureuſe elle iouyſſe à iamais des
biens celeſtes, ou bien que damnee, elle
demeure perpetuellement dans les venge-
reſſes flammes du feu infernal. Mais di
moy, deſloyal, di-moy, le plus ingrat & infidele de tous les humains, la beauté, & la
bonne grace de la Ducheſſe, ſont elles ſi excellentes, qu'elles t'ayent transformé, ainſi
que Circe, auec ſes enchantemens transfor-
moit les hommes en diuerſes beſtes, ar-

O iiij

bres, & pierre t'a elle fait de vertueux deuenir boutique de tous vices? de bon, mauuais,
d'homme, beste fauuage? ô faux ami! encores que tu m'ayes fauffé la promeffe (deuant
les facrees images promife) & la foy iuree,
neantmoins ie te veux tenir ce que ie t'ay
promis, qui eft de ne vouloir plus viur
apres que tu aurois manifefté nos amours:
mais pource que fans ta prefence ie ne pourroy ni ne fçauroy viure, ie me donneroy
volontiers la mort auec mes propres mains,
pour acheuer de te contenter, fi ce n'eftoit la
crainte que i'ay de me damner eternellement. Mon extréme douleur me fait defaillir, peu à peu, & ie m'affeure qu'en bref elle
rompra le fil de mon angoiffeufe vie. A cefte douleur, qui me rendra au port defiré, ie
ne veux pourchaffer aucun remede, ni par
la raifon, ni par l'aide des Medecins. La
mort feule fera celle qui donnera fin à tout.
Ie choifiray bien pluftoft de me faire mourir, que de demeurer en vie fans ami, & fans
contentement. Hà, trompeufe fortune, en-
uieufe du bien d'autruy, comme tu as rendu
mauuais guerdon à mes merites! Hà Ducheffe! quel plaifir auez vous peu prendre, à
me dire tout ce qu'il vous a pleu, voire en fi
bonne & honnefte compagnie, en vous
mocquant de moy, fans que iamais ie vous
en aye donné l'occafion ? maintenant vous
iouyffez de celuy, qui feulement apparte-

soit à moy, & non à autre: maintenant riez
vous de celle, qui se faisoit accroire qu'elle
estoit exempte de toute mocquerie, pource
que ses affaires estoyent secrets, & qu'elle aimoit vertueusement. Las! ce mot, d'abbayer,
m'a tellement espouuātee, & si extremément
blessé le cœur, qu'il m'a fait rougir la face,
& pallir de ialousie. Hà, mon triste cœur!
ie sens clairement que tu ne peux plus demeurer en vie, c'est donc presentement
qu'il te conuient mourir: l'amour mal cognu te brusle, la ialousie & le tort reçeu te
glace & te fait partir, l'iniure & la douleur
extreme que tu souffres, ne permettent aucun lieu à consolation qu'on te puisse dōner
estant comme ie suis, la plus desolee gentil-
femme qui nasquit iamais sur terre. Las, ma
poure & malheureuse ame! pour auoir trop
aymé, voire adoré la creature, i'ay oublié
mon Createur: il te faut, auec vraye contrition de tes pechez, retourner à l'immense
misericorde de ton Sauueur, lequel as quasi
renoncé pour folle amour: ne desespere
point, mon ame: mais confie toy asseuré-
ment, que si tu recours à luy, auec penitence
de tes fautes passees, sans aucune doute tu
le trouueras meilleur & plus amoureux pere, que tu n'as peu trouuer bon & loyal ami
& mari, celuy pour lequel si souuent tu as offensé sa maiesté diuine. Hà, mon Dieu, mon
Createur! qui es le vray & parfait amour,

qui m'as fait ceste grace, que ie n'ay maculé
d'aucun vice l'amour que i'ay porté à mon
mary, si ce n'a esté en trop aymant celuy que
ie ne deuoy point, & tenant nostre mariage
caché, contre les loix des saints Canons, ie
supplie bien humblement ta sainte misericorde, & ce tien ineffable amour, qui te fit
enuoyer ton Fils vnique prendre chair humaine, & souffrir dure & ignominieuse mort
pour la saluation du genre humain, ie te
prie & requier, mon Seigneur, que par ta
sainte grace, tu daignes receuoir l'ame de
celle, qui dolente & repentante de t'auoir
offensé, & a failly à obseruer tes commandemens, se recognoistre estre coulpable: ie te
supplie de rechef, Seigneur par le merite de
ton Fils, qu'il te plaise inspirer mon peu aimant, infidele & ingrat mary, à recognoistre la faute qu'il a commise contre moy.
Voulant la miserable dame continuer ses
pleurs, elle s'esuanoüit, & se changea son visage de telle façon, qu'elle ressembloit vne
image de fin alebastre. Comme elle faisoit
ces dolens & pitoyables regrets, se cõplai-
gnãt de son Charles, Charles entra en la sale,
où ne voyãt sa maistresse, il entra en la chãbre où le Duc se promenoit, qui l'ayant veu,
se douta incontinent qu'il cerchoit ses a-
mours: parquoy s'approchant de luy, luy dit
tout bellement, elle est en sa chãbre, & m'est
aduis qu'elle n'est pas à son aise. Charles,

auec le congé du Duc, entra en la chambre,
à l'inſtant que la poure dame, ayant acheué
ſes lamétations, eſtoit demeuree eſuanouye
& comme morte, pour la mortelle angoiſſe
qui luy auoit ſaiſi le cœur. Charles la trouuant en celle façon, plus morte que viue,
dolent outre meſure, la prit le plus doucement qu'il peut entre ſes bras, & pleurant
amerement, luy dit : Ah, madame! quel
eſtrange accident eſt ceſtui-cy? me voulez-
vous ſi ſubitement abandonner? La miſerable Dame, entendant la voix de ſon mari, qu'elle cognoiſſoit trop bien, prit quelque
peu de vigueur, puis ouurant ſes yeux lan-
guiſſans, les dreſſa piteuſement contre la face de ſondit mari, comme ſe voulant plain-
d e de luy, de ce qu'il auoit decelé leurs
a mours: mais ne pouuant former parole,
apres auoir ietté vn grand ſouſpir, elle rendit l'ame à ſon Createur, entre les bras de
ſon amy & mary. Adonc la damoiſelle, qui
ſommeilloit à la ruelle, ſortit hors de la
courtine: Charles luy demáda, quelle auoit
eſté la maladie de la dame du Verzier, elle
ne luy en ſçeut donner autre raiſon, ſinon
qu'elle luy racompta les grás, lamétables, &
pitoyables regrets qu'elle auoit faits. Le deſaſtré Charles cogneut alors manifeſte-
ment, que le Duc auoit reuelé à la ducheſſe
le ſecret de ſes amours: là deſſus le ſaiſit vne
ſi grande douleur, & fut ſon cœur ſurpris

d'vne ſi mortelle angoiſſe, que ie ne ſçay
comme il peut demeurer en vie. Il embraſſa de rechef le corps mort de ſa treſchere
dame, & auec grande abondance des ameres
larmes, qui luy tomboyent des yeux luy la-
ua par pluſieurs fois ſon paſſe viſage, diſant
inceſſamment: Ah, traiſtre que i'ay eſté,
deſloyal, meſchant, pariure, & digne de tout
ſupplice, voire le plus mal heureux qui viue
auiourd'huy ſur terre, pourquoy eſt-ce que
la peine de mon peché n'eſt tombé ſur moy,
& non ſur ceſte innocente dame, qui meritoit bien de viure plus longuement? Ah! Seigneur Dieu, pourquoy as-tu permis que ceſte-ci portaſt la peine du peché d'autruy?
Que ne me foudroya le ciel auec ſes foudres
eſpouuantables, à l'heure que ie fus ſi maudit & abominable, que d'ouurir ma bouche,
pour deſouurir vos vertueuſes amours, qui
veritablement eſtoyent dignes d'vne fin
plus heureuſe? pourquoy ne s'ouurit lors la
terre, pour m'engloutir, auant que ie rom-
piſſe la foy iurée? ie deuoy, ie deuoy alors
eſtre noyé, & abyſmé au centre de la terre.
Ah, ma meſchante & ſerpentine langue, tu
meritois bien eſtre condamnee à tenir place
dans le profond abiſme de l'enfer, auec celle
du mauuais riche, ſans iamais auoir aucun
refraiſchiſſement. Ah! mon cœur meſchant,
& par trop craintif de la mort ou de perpetuel banniſſement, pourquoy ne deuiens-tu

le manger ordinaire d'vne aigle affamee,
comme celuy de Promethee, ou que tu n'es
rongé d'vn mordant & affamé vaultour,
comme le foye de Titius? Ah, ma maiſtreſſe! le plus grand malheur qui iamais aduint
ſous le ciel, m'eſt aduenu, & m'a fait choir
d'vne indicible felicité, en vne extreme &
perpetuelle miſere. I'ay peine de vous gagner, & ie vous ay miſerablement perdue:
i'ay eſperé de vous voir longuement en vie,
& de mener long temps enſemble noſtre vie
accouſtumee, auec honneſte plaiſir & parfait contentement, maintenant ie vous tien
morte entre mes bras deſeſperé de plus viure, mal ſatisfait de mon cœur, & de ma langue trop langarde. Ah! langue que ſi long
temps t'es teuë, & as eſté ſecrette, fidele &
loyale, comme, en fin es-tu deuenuë babil-
larde, double, inconſtante, deſloyale, & perfide? mais ie ne me doy plaindre d'autre que
de moy, c'eſt moy qui me doy nommer perfide, ingrat, deſloyal, traiſtre, meſchant, & le
plus infidele qui ſe puiſſe trouuer : ie me
plaindroy volontiers du Duc, ſur la promeſſe duquel ie me confioy, eſperant, par ce
moyen, de viure auec plus grand ſeureté, &
iouyr plus paiſiblement de mes amours:
mais! malheureux, ie deuoy bien penſer,
qu'il n'y auoit perſonne qui deuſt mieux
garder vn ſecret de telle importance, que
moy. Le Duc a eu beaucoup plus raiſon de

dire ſon ſecret à ſa femme, que ie n'ay pas
eu de luy reueler celuy de m'amie. Ie ne me
doy donc lamenter que de moy-meſme, qui
ay commis la plus grande & plus abominable meſchanceté que l'on ſçauroit imaginer : ie deuoy plutoſt endurer, non pas vne
banniſſement, mais mille tormens & mille
morts, auāt que d'ouurir la bouche, pour dire ce qui m'eſtoit defendu de publier : aumoins ma treſaimee dame ſeroit demeuree
en vie, & ie fuſſe mort en homme de bien,
ayant conſtamment gardé les paches qui
eſtoyent entre nous. Elle auroit clairement
cognu combien ie l'auroy parfaitement aimee : mais ayant forfait contre ſon vueil, ie
me trouue vif, & elle, pour auoir parfaitement aimé, eſt morte, la douleur inſuppor-
table luy ayant ſerré le cœur. Las, ma maiſtreſſe vnique! cecy vous eſt aduenu, pour ce
que voſtre cœur pur & net, n'a ſçeu comme
ſouffrir le vice de voſtre peu loyal ami. Cela vous a fait pluſtoſt choiſir la mort que la
vie. Helas! pourquoy-ay-ie eſté ſi leger de
cerueau, & ſi ignorāt? Ah! cœur ingrat pourquoy ne te fendis-tu lors que i'ouuri la bouche, pour reueler le ſecret qui deuoit eſtre
celé? Le petit chien merite de m'eſtre prefe-
ré, car il a plus fidelement aimé ſa maiſtreſſe, que non pas moy. Ah, mon cher petit
chien l'indicible ioye que ton doux abbayer
m'apportoit, m'eſt conuertie (miſerable

que ie ſuis)en mortelle & treſ-amere triſſeſ-
ſe,depuis que par ma langue autre que nous
deux a entendu ce que ta voix ſignifioit,
Que mon eſpouſe chere, & ſans pair , ſache
quelque part qu'elle ſoit maintenant,qu'encor que la Ducheſſe ſe ſoit mis pluſieurs fois
en deuoir de me gaigner , ſi eſt-ce que ſon
amour ne celuy d'aucune autre dame, ne
m'a fait fauſſer la promeſſe iuree : mais vn
certain ie ne ſçay quoy,m'a eſblouy l'entendement, me faiſant accroire, qu'en deſcou-
urant noſtre affaire au Duc, i'aſſeuroy perpetuellement le ſecret de nos amours : toutesfois, pour auoir eſté ignorant, ie n'en ſuis
pas moins coulpable,car ceſte lourde ignorance ne m'excuſe en aucune façon:ie deuoy
touſiours penſer , qu'vn tel ſecret ne ſe deuoit iamais reueler, & cela a eſté la ſeule
occaſion que ie la voy ici morte deuāt mes
yeux. La mort me ſera moins cruelle qu'à
vous, ma maiſtreſſe,car par trop loyaument
aimer,vous auez mis fin à voſtre vie tresin-
nocente : mais à moy quelle ſera l'occaſion
de ma mort? ie vous ay eſté traiſtre & infi-
dele.Et quels vices peut on trouuer,en creature humaine, plus horribles & plus abominables,que ces deux ici? pourray ie ſouffrir la lumiere & le regard des hommes,
auec ceſte mienne deshonoree vie?ne ſeray-
ie monſtré au doigt, d'vn chacun ? ne di-
ront les grans & petis, Voila Charles Vau-

dray, le deshonneur de ceste illustre race,
qui par le passé a produit au pays de Bourgongne tant d'honorez Barons, & fameux
cheualiers? mais ie ne me soucieroy du bla-
son du peuple, si ie n'auoy esté l'occasion de
vostre mort trop hastiue, moy qui deuoy
tuer quiconque vous eust esté ennemy: las!
ie vous ay tuee. Helas! ma souueraine maistresse, si quelqu'vn, pour quelque occasion
que ce fust, se fust de tant auantagé, que de
mettre la main à l'espee, pour vous offencer
en ma presence, ne fusse-ie promptement
couru, l'arme en main, pour vous defendre?
& exposer ma vie à mille dangers, pour sauuer la vostre? certainemēt ie l'eusse fait sans
aucune crainte: & si veritablement ie l'eusse
fait, pourquoy n'est-il iuste & raisonnable,
& selon tout deuoir, qu'on prenne condigne
vengeance d'vn malheureux homicide, &
assassin desloyal, plus qu'autre qui viue, lequel a esté ministre de vostre mort? Il vous
a, ma bienaimee compagne, il vous a coup-
pé le fil de vostre vie, auec autre coup que
d'espee ou d'espieu: partant il est du tout requis, que ce public & meschant homicide
meure par la main d'vn meschāt bourreau.
Se peut-il trouuer au monde vn plus infame
bourreau que moy? ô aueugle amour! ie t'ay
grandement offensé, me mescontant ainsi
lourdement en ton ample regne amoureux:
parquoy, l'equité ne veut point, que tu m'ai-

des

des a m'oster hors de ce monde, comme tu
as fait à celle qui a gardé fidellement tes
loix, il n'est pas decent que ie finisse mes
iours auec vne si belle mort, ie suis digne,
qu'auec mes propres mains ie chasse ma
méchante ame hors de ce corps : cela dit, il
posa le corps de sa dame sur le lict, & prenant son poignard qu'il auoit à son costé, il
s'en donna vn coup mortel dans la poitrine,
puis reprit entre ses bras le corps mort de
sa bien aimee. La damoiselle, qui auoit veu
ceci, comme hors de son sens, se mit a crier,
à l'aide, à l'aide. Le Duc, ayant ouy ce cry,
accourut à la chambre, & là trouuant ce
couple amoureux en la maniere qu'auez
entendu, s'efforça de leuer Charles, mais ce
fut en vain. Charles se sentant secoüer, & cognoissant le Duc à la voix, haussa quelque
peu la teste vers luy, & luy dit, auec paroles
entrerompues & languissantes. Vous voyez,
monseigneur, à quelle fin vostre langue &
la mienne ont conduit & ma chere compagne & moy, Dieu le vous pardoint, &
me pardonnez aussi mes pechez, car ie recognois que c'est moy qui ay fait la faute:
le Duc taschant toûsiours de releuer Charles, le veit à l'instant tomber à bouchon sur
sa dame, où il demeura roide mort, ayant
puis entendu de la Damoiselle le succez de
tout, pleurant amerement, il se mit à genoux
deuant les corps des mal fortunez amans,

Tom.5.   P

& baiſant pluſieurs fois leurs faces, leur demandoit pardon:cela fait, il tira le ſanglant
poignard hors de la poitrine de Charles, &
tout furieux s'en alla à la ſalle,où la ducheſſe danſoit ioyeuſement,pource qu'elle penſoit s'eſtre vengee contre Charles, & contre la dame du Verzier:le Duc s'aprochant
d'elle furieuſement, luy dit, Mauuaiſe, &
méchante femme, vous ſouuient-il point,
que vous prites le ſecret que ie vous dy ſur
voſtre vie? diſant cela,il la tua à coups de
poignard. La compagnie, qui eſtoit en la
ſale, a ſe réiouyr demeura grandement
marrie, & cuidoyent que le Duc fuſt deuenu fol, mais luy, ayant fait ſigne qu'on luy
donnaſt audience, il leur conta la piteuſe
hiſtoire des deux amans:puis ayant fait enterrer en vne egliſe la Ducheſſe(qui ſe trouua n'eſtre point enceinte) il fit faire aux
deux miſerables amans vne riche & ſuperbe
ſepulture de marbre,fort bien & artiſtement
grauee, laquelle il fit poſer en vne abaye,
qu'il auoit fondee bien peu de téps au para-
uant:là dedans furent mis les deux amans,
& vn epitaphe contenant l'hiſtoire de leurs
amours,auec leur piteuſe fin.Charles auoit
vn frere, nommé Raoul, auquel le Duc
donna deux chaſteaux, à luy & aux ſiens:
aſſauoir, Berſalin, & Corlaou. Quelque
temps apres il entreprit vn voyage outre-
mer, pour la defenſe de la terre ſainte, du-

quel il apporta honneur & profit. Retourné
qu'il fut en Bourgongne, il resigna à vn sien
frere charnel, son Duché, & se reduisit en
l'abbaye, où estoyent enseuelis les deux
mal-fortunez amans, pour faire penitence,
& là acheua le reste de ses iours au seruice
de Dieu, viuant sainctement & austerement.
Vous auez ouy la fin de ma piteuse histoire, par le discours de laquelle on peut apprendre, que d'vne faute qu'on fait, en nais-
sent plusieurs autres.

Sommaire de l'Histoire 85.

Romilde, Duchesse du Friol, s'enamourache de
Cancan, Roy de Bauieres, qu'il luy auoit occis
son mary Elle s'accorde de luy liurer la cité, s'il
la veut prendre à femme. La fin où la conduisit
sa débordée luxure.

HISTOIRE LXXXV.

Velque temps apres la mort de
l'Empereur Phocas, Cancan,
Roy de Bauieres, entra à l'im-
prouiste, & auec vne trespuis-
sante armee, dans les terres du Friol, d'où
estoit Duc Gesolphe le Lombard. Friol,
Cité tres-noble, est vn mot tronqué, &

corrompu, pris du Latin, *Forum Iulij*, Geſolphe ſentant la venue du Roy de Bauieres,
aſſembla tant de Lombards qu'il peut, &
courageuſement auec ſes gens s'en alla rencontrer Cancan. Il y eut vne cruelle & dangereuſe bataille, auec treſgrande effuſion de
ſang, & y mourut beaucoup de gens, d'vne
part & d'autre. Les Lombards eurent du pire, & fut tué leur Duc Geſolphe, en ce ſanglant fait d'armes. Encor que Cancan euſt
acheté cherement la victoire, pour y auoir
perdu vne grande quātité de ſes gens com-
mēça neantmoins à faire degaſt ſur les terres de Friol, ruinant & brulant tous les lieux
qu'il pouuoit occuper & vſant de ſa brutale
cruauté à l'endroit de tout aage & de tout
ſexe. La Ducheſſe Romilde ſe retira auec
Rodoald & Germoald, enfans du feu Duc
Geſolfe & d'elle, dans la cité de Friol, qui
eſtoit inexpugnable, attendant là le ſecours
des Lombards, qui amaſſoyēt gens par toute l'Italie pour faire vne groſſe armee. Cancan auec la pluſpart de ſes gens, s'en alla aſ-
ſieger celle cité, plus garni de courage, que
d'eſperance de s'en pouuoir faire ſeigneur.
Outre ſa ſituation, qui eſtoit fort auātageu-
ſe, elle eſtoit merueilleuſement bien forti-
fiee, gardee par des braues hommes, & bien
entendus au fait de la guerre, & abondam-
ment fournie de toute munition neceſſaire
ſoit de viures, ſoit de guerre. Cela mettoit

Cancan en grand émoy, & hors d'eſperance
de la pouuoir conquerir iamais, ce qui luy
bailloit le plus a penſer, c'eſtoit qu'il receuoit pluſieurs aduis comme tous les Lombards eſtoyét en armes, pour les venir trouuer : parquoy il eſtoit pour rebrouſſer chemin vers ſes pays. Mais ce que ne peut faire
la force, le deſordonné & lubrique appetit
d'vne ſeconde Scylle, fille de Niſus, le fit. Ce
fut la méchante & cruelle Romilde, qui ouurit les portes d'vne cité inexpugnable, à vn
treſcruel ennemy. Vn iour que Cancan che-
uauchoit, conſiderant les murs de la cité,
la Ducheſſe le remarque, & le voyant ieune, beau, en la fleur de ſon aage, les cheueux
creſpus & la barbe blonde, en vn inſtant s'a-
mouracha ſi à bon eſcient de luy, qu'elle
n'eut plus autre penſement, que de le pouuoir tenir entre ſes bras, luy ſemblant vne
heure mille & millé ans, iuſques à ce qu'elle euſt ſes deſirs accomplis : parquoy ayant
oublié que ſon mary auoit eſté tué par le
Barbare, ayant mis ſous ſes pieds, l'amour,
que nature l'éguillonnoit a porter à ſes propres enfans, elle depeſche vn ſien fidele valet de chambre à Cancan, pour luy offrir, de
ſa part, qu'elle le mettroit dans celle forte
cité, moyennát qu'il luy vouluſt promettre
la foy, qu'il la prendroit à femme. Le Barbare, qui ne cerchoit lors en ce monde autre
choſe, que de s'emparer de celle place, luy

mit & iura auec grans-sernrens, qu'il la prendroit à femme. La mauuaise femme ne tira pas au long l'affaire: car la prochaine nuict elle mit l'ennemy dans la ville. Les fils du defunt Gesolphe, sentans que l'ennemy auoit occupé la cité, trouuerent moyen de fuir & de se sauuer. Cancan, s'estant emparé de la place, pour tenir aucunement sa promesse, coucha vne nuict auec Romilde, comme auec son épouse. Romilde ne se pouuoit saouler des embrassemens du Roy, & se tenoit tresheureuse d'auoir rencontré vn tel mary: mais luy cognoissant son insatiable luxure, s'estant leué le matin, appella douze des plus robustes soldats qu'il eust, & leur commanda que tout ce iour & la nuict suyuante ils ne cessassent d'embrasser la Duchesse, sans luy permettre de se reposer aucunement. Cela fait, à la façon des Turcs, il la fit vergongneusement empaler, a fin que faisant vne fin si miserable, elle seruist d'exemple pour mostrer aux femmes, qu'elles ne doyuent iamais, posposer la raison à leur luxure, ny le profit & l'hōneur, à leur plaisir charnel. En fin il saccagea la place, & alla en pillage toute la richesse, qu'autresfois les Herules, & les Gots, & apres eux les Lombards auoyēt assemblé des dépoüilles & saccagemens de l'Italie, par l'espace de plus de cent cinquante ans, & l'auoyent là mis, comme en vn lieu tres-as-

ſeuré. Apres il chaſſa tout le peuple, brula
la cité, & la ruina & deſtruiſit de telle façon, qu'auiourd'huy on ne peut bonnement remarquer le lieu où elle eſtoit baſtie, d'autant que les autheurs en eſcriuent
diuerſement. Le deshonneſte appetit de
Romilde conduiſit à ſi miſerable fin vne
ſi noble & fameuſe cité: mais elle n'en porta pas le peché en terre, ainſi que vous auez
ouy.

Sommaire de l'Hiſtoire 86.

*Alphonſe, dixiéme Roy d'Eſpagne, repudie ſa
femme, pource qu'il n'en pouuoit auoir lignee,
& en fiance vne autre: mais deuant ſes ſecon-
des nopces, ſa premiere femme ſe trouue enceinte, qui fait qu'il la reprend, & marie la ſeconde à vn ſien frere.*

HISTOIRE LXXXVI.

Es diuorces faits iniquement par
les grans ſeigneurs, ſont pour la
pluſpart, occaſion de treſgrands
maux. Et ſe trouuent beaucoup
de ces Princes, qui ont peu de reſpeƈt aux
loix humaines, & beaucoup moins encores
aux diuines: & ne leur en chaut, moyennant

qu'ils puiſſent accomplir leurs deshonne-
ſtes, illicites, débordez & voluptueux appetits. Ie ne dy pas que les grans ne ſoyét quelquefois conſeillez, & à bonne occaſion, de
faire diuorce, mais la pluſpart en abuſent,
ſans ſe vouloir remettre au droit chemin,
lors qu'ils voyent la faute qu'ils ont fait, ce
que ne fit pas celuy dont orrez maintenant
l'hiſtoire. Ferdinand quatriéme Roy d'Eſpagne, laiſſa ſon fils & ſucceſſeur Alphonſe,
dixiéme de ce nom: cet Alphons print pour
femme Violante, fille de Iaques Roy d'Ar-
ragon, qui fut celuy qui oſta aux Sarrazins
les iſles Baleares, aſſauoir Maiorque & Mi-
norque. Violante eſtoit tresbelle de bonne
grace, & diuinement bien apriſe. Alphons
l'aimoit entieremét, & ſe tenoit merueilleuſement content d'elle, mais ayant demeuré
quelque téps enſemble, & voyant qu'il n'en
auoit point d'enfans (qui eſtoit la choſe laquelle il deſiroit le plus) encores qu'il l'ai-
maſt bien, & luy fachaſt fort de la laiſſer,
neantmoins il ſe delibera de la repudier cōme ſterile. Et luy laiſſât faire ſon procez par
la iuſtice, il luy bailla le libelle de diuorce,
puis par le moyen de ſes ābaſſadeurs, il traita auec le Roy de Dānemarc, & prit à fem-
ve ſa fille Chriſtierne. Cette ci eſtoit auſſi
démeſurément belle : elle fut conduite auec
fort grand pompe, par vn bon nombre de
ſeigneurs & Barons Eſpagnols, iuſques à

Seuille, ſe trouuant laſſe & rompue, pour la
longueur du chemin, elle demeura là quelque temps auec ſa compagnie, pour ſe repoſer & rafreſchir, mais, voicy que, contre
toute eſperance cependant que Chriſtierne
ſeiournoit à Seuille, & que le Roy l'attendoit
en grande deuotion, Violante, ſa premiere
femme, ſe trouua eſtre enceinte. De cette
nouuelle le Roy Alphons fut en meſme
temps & ioyeux & faché. Il eſtoit ioyeux de
ce que Violante eſtoit enceinte, pource qu'il
l'aimoit fort, mais il eſtoit fort angoiſſé &
plein d'ennuy & de faſcherie, de ce qu'il ne
ſçauoit comme il ſe deuoit gouuerner à l'endroit de cette ſeconde. Il eſtoit merueilleuſement melancolique, ſe trouuât ainſi combatu de diuers diſcours, & ne voyât le moyen
de s'en pouuoir reſoudre. Alphonſe auoit
vn frere apellé Philipe, lequel eſtoit Abbé
de Valdoli, & eſleu Eueſque de Seuille, ce
Philipe voyant le cuiſant ennuy, qui rongeoit le cœur de ſon frere le Roy Alphons,
& en ſçachant au vray l'occaſion, d'autre
part n'ayant pas trop de volonté de porter le
roquet, & la mittre ſur la teſte, il s'offrit
de prendre Chriſtierne à femme, d'autant qu'il n'auoit encores eſté promeu
en aucun des ſacrez ordres : parquoy, a-
uec le conſentement du Roy de Dace, il
print Chriſtierne pour ſa legitime eſpouſe, ayant premierement quitté tous ſes

benefices ecclesiastiques. Les nopces se firẽt
auec fort grande solẽnité, & donna le Roy
Alphons à l'espouse vne cité, auec plusieurs
chasteaux, outre le doüaire que son pere luy
auoit donné. Apres il donna à Philipes la
seigneurie de quelques citez, & le fit le
premier, le plus riche & le plus grand Ba-
ron de son royaume, puis il reprit sa chere
épouse Violante, de laquelle il eut plusieurs
fils & filles. Le premier fils que Violante
enfanta, fut nommé Sanxe quatriéme, qui
fut inique à l'endroit de son pere, cruel &
tref-ingrat, ainsi que vous entendrez cy a-
pres, vous ayant premierement raconté
quelque chose de la vie de nostre Alphons.
Alphons, dixiéme, fut homme de grand
estude, & fort renommé aux sciences ma-
thematiques, & principalement en l'Astrologie, dont par excellence il estoit communement nommé d'vn chacun, l'Astrologue. Il composa en cette science vn fort
bel œuure, touchant le mouuement des
cieux & des estoilles, lequel on nomme encor pour le iourd'huy, les Canons, ou
bien les Tables d'Alphonse. Il écriuit aussi vne chronique, depuis le commencement du monde, iusques à son temps, que
les Espagnols apellent l'Histoire generale. Il composa encor sept liures, de la
maniere de bien viure, pour son peuple, à
celle fin que chacun peust aprendre à se gou-

uerner ciuilement & religieusement en ce
monde. Il deliura le royaume de Murcie
de la patte des Sarrasins, & y planta plusieurs colonies de Chrestiens. Nostre Alphons fut esleu Roy des Romains, & Empereur par les Electeurs de l'Empire, afin
de s'oposer à Richard, Roy d'Angleterre:
lequel, à force d'argent, auoit corrompu
quelques vns des Electeurs, & se mettoit en
deuoir de se faire Empereur, par force. Alphons, entendant la diuision qui estoit entre les princes d'Alemagne, demeura longuement en suspens depuis qu'on l'eut fait
certain de son election, mais entendant que
Richard estoit mort, il laissa le Royaume
à Sanxe, son fils, & se transporta en Allemagne. Trouuant là les affaires en trouble)
d'autant que Raoul, Comte de Habspurch
par les menees de l'Euesque de Maience,
& faueur de plusieurs seigneurs Alemans, a-
uoit esté esleu Roy des Romains) fuyuant
le conseil de plusieurs, il delibera de s'en
retourner en Espagne, pour ne mettre point
en l'Alemagne ce deßus deßous, & estre
cause d'espandre tant de sang humain. Ce
bon Roy, qui auoit trouué les estrangers
amis & fauorables en son endroit, & qui
l'auoyent tant honnoré, que de l'eslire Empereur, trouua Sanxe son fil tellement aduersaire & ennemy, que iamais il ne luy voulut restituer so royaume, à quelque côdition

que ce fuſt : dequoy eſtant marry & dolent
outre meſure, cognoiſſät l'extreme deloyau-
té & ingratitude de ſon propre fils, il veſcut
à Seuille, comme vn homme priué: mais ne
pouuant receuoir aucune conſolation, il entra en vne ſi grande melancolie, qu'en brief
il fut ſaiſi d'vne griéue maladie, dont il
mourut.

Sommaire de l'Histoire 87.

Eccelin, premier du nom, rauit vne ieune fille, pro-
miſe à vn ſien neueu, dont s'en enſuyuit des gräs
eſclandres, la mort d'vn grand nombre d'hom-
mes, & la ruine de pluſieurs chaſteaux.

HISTOIRE LXXXVII.

I'AY veu autresfois les Annales
de la tres-noble cité de Padouë
en la maiſon de l'illuſtre Seigneur, M. Antoine Cap de Va-
que, Senateur de Padouë. On
lit en icelles Annales, qu'en la Marche Treuigienne que l'Empereur Othon troiſiéme
donna à Alberic de Saxe, ſien ſoldat, parmy
les ſeigneurs de Romano Caſtello, il y en
eut trois nommez Eccelins, décendus de cet
Alberic. Le premier d'iceux, pource qu'il

auoit vn peu la langue graſſe, fut apellé Eccelin le Begue. Cetuy cy eut vn fils nommé
auſſi Eccelin, mais ſurnommé le Moine. Il
auint que Gerard Camp ſaint Pierre, tres-
noble ieune homme, & le premier de la ieuneſſe Padoüane, pratiquoit de prendre à
femme vne tres-noble & tres-riche fille, qui
auoit vn fort ample doüaire. Ce Gerard
eſtoit fils d'vne ſœur germaine d'Eccelin le
Begue, qui fut cauſe qu'il luy communiqua
le traité qu'il pretendoit faire, puis conclud
ſon affaire auec les parens de la fille, laquelle s'apelloit Cecille Bayonne, le Begue, qui n'aimoit pas ſon neueu comme il
deuoit, rauit incontinent par tromperie &
violence cette Cecille, & la maria à ſon
fils Eccelin, ſurnommé le Moine. La frian-
diſe du riche dot l'induiſit à ce faire:
car il eſtoit du tout auare. Gerard, ayant
receu vn ſi inhumain & deſloyal tort, entra en vne extreme colere, & conuertit
la reuerence & l'amour qu'il portoit à ſes
& oncle & couſin, en vne treſ-mortelle &
treſ-cruelle haine, ne penſant iour & nuict
autre choſe, ſinon comme il pourroit prendre vne inſigne vengeance d'vne ſi grande
iniure, & ſe faiſant à croire qu'il ne pourroit viure aucunement, ny endurer la
veuë & lumiere des hommes, s'il ne faiſoit
quelque grand eſcorne à ſes ennemis. Eſtant
donc enyuré d'extreme courroux, & com-

mençant de goufter la douceur qu'il efpe-
roit fentir en fe vengeant, il s'abandonna
miferablement pour proye à l'apetit de vengeance, apres auoir foulée aux pieds, &
ietté derriere les efpaules la raifon : de façon qu'il n'y auoit chofe au monde fi
méchante quelle fuft, qui ne luy femblaft
honnefte pourueu qu'elle luy feruift à fe
venger. Il en auient ainfi à tous ceux qui
fe laiffent gouuerner par le courroux, c'eft
qu'ilsne peuuent moderer leurs propres paf-
fions, eftans contraints de fuyure leurs mal-
reiglez apetits. Apres que les nopces fûrent
faites entre Eccelin le Moine & Cecille,
Gerard (qui ne ceffoit d'efpier l'occafion de
fe venger) fut auerty par vne efpie, comme
l'efpoufe s'en deuoit aller aux bains d'A-
pone : parquoy ayant mis en campagne vne
compagnie de ieunes hommes choifis,
vaillans & bien armez, il alla rencontrer
ceux qui accompagnoyent Cecille aux
bains, & les affaillit fort courageufement,
& roidement, & rauit la Dame d'entre
leurs mains. Comme il l'eut en fon pouuoir, quoy qu'elle luy criaft mercy, & demandaft aide & fecours, il la força au milieu
du chemin public, & en prit fon plaifir
charnel, non ià par apetit de luxure, mais
en defpit des Eccellins, pere & fils, les oncle & coufin. Cet acte fi abominable irrita
& émeut tellement les Eccelins, le Begue &

Moine, contre la cité de Padoüe(voyans
que les Padoüans ne s'estoyent mis en aucun deuoir de chastier l'insolence de Gerard) qu'ils prindrent les armes, & commencerent à guerroyer entre eux : qui fut
le commencement d'vne guerre trescruelle, & de la destruction de presque toute la
prouince de la Marche Treuigienne. Outre
le dommage de plusieurs tres-nobles citez, il
y eut plus de cent que vilages, que chasteaux
qui apres auoir longuement demeuré affligez & tourmentez, en fin se trouuerent de-
struits & ruinez, iusques aux fondemens.
Cecille, combien qu'en son cœur elle ne
eust point rompu la foy coniugale, neantmoins pource qu'elle auoit esté violee,
son mary la repudia, & la rendit à ses parens, puis espousa Aldeide, de la noble famille des Mangons en Toscane, qui pour
lors estoit fort illustre & puissante. De cette conionction (ie ne sçay si ie le doy appeller mariage, ou adultere, attendu que Ce-
cile viuoit encor, qui estoit la vraye femme) vint au monde le superbe & malheureux Eccelin, troisiéme, qui fut la ruyne de
plusieurs citez, & principalemét de Padoüe.
Estant à Veronne, ayant ouy que Padoüé
s'estoit reuoltee, il fit, d'vne cruauté innsi-
tee, tailler en piece douze mil Padoüás, qu'il
auoit auec soy pour ostages. Veritablemét ce
fut vn abominable tyran, qui surpassa beau-

coup en cruauté Phalaris, Mezence, l'vn &
l'autre Denis, Gaze, Neron, & tous les autres plus cruels tyrans, qui iamais furent.
Pour cauſe de l'iniure que ſon pere auoit
receu de Gerard, il eut touſiours en haine
les Padoüans.

Sommaire de l'Histoire 88.

Caſſan, Roy de la Tartarie, voyant vn miracle ma-
nifeſt, ſe conuertit à la foy Chreſtienne auec tous
ſes ſuiets.

HISTOIRE LXXXVIII.

Omme i'ay autrefois ouy prêcher
à vn Iacobin, en leur venerable
lieu de la Roſe, on ne doit pas
trouuer eſtrange, ſi aujourd'huy,
nous ne voyons tant de miracles, comme
il s'en faiſoit du temps des Apoſtres & de
la primitiue egliſe. La raiſon eſt, pource
qu'alors il falloit attirer par miracles les
infideles, pour les conuertir à la foy Chreſtienne, & faire voir à toutes nations qui
viuent ſous le ciel, qu'on ne peut faire miracles auec le nom des dieux que les Payens a-
dorent, mais ſeulement auec le nom &
vertu du Pere, & du Fils, & du ſaint Eſprit.
Main-

Maintenant que la foy est fondée & establie
auec le precieux sang du Sauueur du monde, le benoist Iesus Christ, par tesmoigna-
ge de tant de martyrs & tant de saincts personnages, les miracles ne sont plus neссaires,
combien neantmoins qu'encor souuent il
s'en face: ainsi preschoit ce beau pere. Sans
m'eslongner de la matiere des miracles, ie
vous en veux compter vn merueilleux, qui
fut occasion de conuertir à la foy Chrestienne l'Empereur des Tartares, & ses
suiets. Pour donc vous faire mon compte,
ie vous di, qu'apres la mort d'Argon, Can
Empereur de Tartarie, Cassan son fils luy
succeda en l'Empire, & fut moult aymé, &
obey de ses suiets. Se voyant Empereur, au
grand contentement de son peuple, & oyant
faire grand cas d'vne fille du Roy d'Armenie, qui en ce temps estoit tenuë pour la plus
belle que l'on eust sçeu voir, sans la cognoistre que par ouyr dire, il fut si fort espris de
ses beautez, qu'il se delibera de l'auoir à
femme. Ayant fait ceste deliberation, il s'en
conseilla auec ses Barons, qui le trouuerent
bon. Il enuoya donc au Roy d'Armenie vne
magnifique Ambassade, pour luy demander sa fille à femme. Le Roy ayant ouy les
Ambassadeurs, fut fort fasché, cognoissant
sa fille (qui se nommoit Catherine) estre
bonne & deuote Chrestienne, & le Tartare
estre payen & Mahmet. D'autre costé, con-

siderant les grandes & affectueuses prieres
que le Tartare luy faisoit, il craignoit que
s'il ne luy accordoit sa demande, il ne se
despitast, & enuoyast vne armee pour endommager & destruire l'Armenie. Mais
premier que de se resoudre quelle response
il feroit, il communica le tout à sa fille, ensemble le danger qu'ils pourroient encourir, si on ne contentoit le Payen. Catherine,
ayant demeuré quelque temps à part soy
toute pensiue, respondit ainsi à son pere:
Mon treshonoré seigneur & pere, auant que
de causer le moindre desplaisir à vous ou
à vostre Royaume, ie choisiray plustost la
mort, ou bien iamais n'auoir esté nee : parquoy ie consentiray de prendre pour mari
ce Tartare, moyennant qu'il m'accorde vne
seule condition, qui sera, que ie puisse, &
ceux qui m'accompagneront, viure en la
loy Chrestienne, & faire exercice d'icelle:
en toute autre chose, ie luy seray femme, &
seruante obeyssante. Le pere print grand
plaisir en la sage response de sa fille, & conclud qu'elle mesme rendroit response aux
Ambassadeurs, & les feroit certains de sa resolution. Comme lesdits Ambassadeurs furent introduits deuant la royale pucelle,
apres luy auoir fait la reuerence qu'ils luy
deuoyent, ils demeurerent tellement estonnez & esbahis, voyans son incroyable &
merueilleuse beauté, qu'ils faisoient accroire

qu'ils n'eſtoient point deuant vne creature
mortelle, mais bien deuant vn ange du ciel.
Apres ils luy firent entendre ce que l'Empereur de Tartarie demandoit, comme deſia
elle en auoit eſté aduertie par ſon pere. Lors
la royalle damoiſelle leur declara ſa volonté fort gayement & en beau langage. Les
Ambaſſadeurs l'ayans ouy, luy dirent, qu'ils
feroyent le tout entendre à l'Empereur, &
en diligence, s'aſſeurans que ſa maieſté luy
accorderoit entierement tout ce qu'elle demandoit: parquoy ils eſcriuirent tous vna-
nimement à leur ſeigneur les conditions
que la pucelle leur auoit propoſees, & l'aduertirent bien au long de l'indicible, voire
ſupreme beauté d'icelle, de ſa gentilleſſe,
beau maintien, & courtoiſie. L'Empereur
de Tartarie, ayant leu la lettre, ſe ſentit de-
meſurément accroiſtre le deſir d'auoir pour
eſpouſe vne tant loüable, & belle fille. Il fit
dõc faire de fort amples lettres, ſouſcrites de
ſa main propre, & ſeellees du ſeel de l'Empire, par leſquelles il octroyoit & approuuoit
entierement tout ce que ſa future eſpouſe
auoit demandé. Il fit auſſi deſpeſcher autres lettres, qu'il addreſſa à l'vn de ſes Ambaſſadeurs, par leſquelles il luy bailloit authorité d'eſpouſer la princeſſe en ſon nom,
& comme ſon Lieutenant. Ainſi furent celebrees les eſpouſailles en grand ſolenni-
té, & fut conduite l'eſpouſee en Tartarie

fort honorablement & bien accompagnee,
outre les seigneurs que son pere luy donna
pour l'accompagner, elle mena auec soy
quelques prestres Armeniens, & quelque
nombre de gentilshommes & damoiselles,
qu'elle vouloit tenir pres de soy. Comme
elle fut arriuee au lieu où estoit l'Empereur,
elle fut recueillie de luy fort amoureusement, & honoree ainsi que legitime imperatrice, comme de celuy qui s'en trouuoit
merueilleusement satisfait & content. Elle
se gouuerna auec vne si grande humanité &
gentillesse qu'en peu de temps elle gaigna
le cœur de tous ces peuples, & fut aimee &
reueree de tous en general. Grands & petits
loüoyent l'aduis de leur seigneur, qui s'e-
stoit sceu pourchasser vne femme si accomplie. Elle ne demeura guere auec son mari,
qu'elle ne se sentist enceinte, au grand contentement de tous leurs subiets, qui en monstrerent vne extreme allegresse. Maintenant
(comme il plaist au Seigneur Dieu, qui fait
tirer le bien du mal) son terme venu, elle
enfanta vn fils, si laid & si contrefait, qu'il
ressembloit plustost à vn monstre, qu'à vne
creature humaine, dont tous les Chrestiens
qu'elle auoit amenez auec soy demeurerent
fort estonnez, & elle dolente outremesure.
On faisoit infinis discours par toute la
Cour, & y auoit vn grand & euident murmure, chacun blasmoit vn si monstrueux

enfantement. L'Empereur, quoy qu'il ay-
maſt ardemment ſa femme, neantmoins
eſtant entré en vne profonde ialouſie, &
croyant qu'elle euſt commis adultere, il
changea ſon amour en vne haine implacable: parquoy, ſuiuant l'aduis de ſon conſeil,
il condamna & mere & fils à eſtre bruſlez,
dont tout le peuple eſtoit grandement faſché: car ils l'auoient en opinion de femme
de bien & vertueuſe. Voyant la triſte & de-
ſolee Imperatrice, que pas vne de ſes excuſes n'auoit lieu, elle ſe diſpoſa d'endurer patiemment le feu, & de receuoir la mort en
gré. Apres elle fit requerir ſon mari, qu'il permit qu'elle ſe peuſt confeſſer, & que la nouuelle creature fuſt baptiſee, ce que le Tartare
luy permit facilement. Ayant donc fait venir
ſon preſtre, elle ſe côfeſſa, & prinſt le precieux
corps de noſtre Sauueur, auec fort grande
deuotion. Apres, voulant qu'on baptiſaſt la
nouuelle creature en vne egliſe qu'elle auoit
fait baſtir, l'Empereur (qui ne vouloit entrer
en l'egliſe, & qui eſtoit content de voir les
ceremonies du bapteſme) voulut que ce fuſt
en la place qu'elle fuſt baptiſee. Comme la
pauure creature euſt reçeu le bapteſme, ſubit, en la preſence de l'Empereur, des Barons, & de tout le peuple, de laide & contre-
faite qu'elle eſtoit, elle fut miraculeuſement
transformée en vn treſbel enfant, & le
mieux formé qui fuſt point en tout l'Em-

pire, ayant beaucoup des traits de son pere.
Le peuple commença à crier que l'Imperatrix estoit iniustement condemnee. Cassant,
ses Barons, & tous ceux qui estoient là presens, & auoient veu vn miracle si euident, se
conuertirent tous à la foy Chrestienne, &
reçeurent le baptesme. Cassan auec grand
plaisir, remit l'Imperatrix en son premier
estat, & adoüa le petit pour son fils. C'est
ce Cassan, qui au temps de Boniface huitiéme, auec l'aide du Roy d'Armenie, son
beau pere, & du Roy de Hongrie, alla auec
grosse armee contre Melesain, Soldan d'E-
gypte, dont il le chassa auec grand meurtre
des Sarrasins, puis deliura Ierusalem des
mains des infideles, & visita fort deuotement le sainct sepulchre. Il enuoya vne fort
honorable Ambassade au Pape, & au roy
de France, à ce qu'ils enuoyassent des gens
en Surie, pour garder les pays qu'il auoit
conquis, d'autant qu'il n'y pouuoi longuement demeurer, ayant la guerre en son pays
de Tartarie. Mais le Pape Boniface mettoit
toute son entente à chasser par tous moyens
les Colonnois & les Gibelins hors du monde: & Philipes le Bel, Roy de France, ayant
esté excommunié par ledit Boniface, faisoit tout deuoir de le priuer de la Papau-
té. Boniface mourut, & luy succeda Benoist onzieme, mais il vescu si peu de
temps Pape, qu'il ne peut faire l'entre-

prinſe de la terre ſaincte, comme il auoit
deliberé. Apres que Caſſan fut retourné en
Tartarie, les Sarraſins recouurerent toutes
les places qu'ils auoyent perdu, à la honte
eternelle du nom Chreſtien.

Sommaire de l'Hiſtoire 89.

Guillaume, Duc d'Aquitaine, apres auoir eſté
perſecuteur du ſiege Apoſtolic, ſe repent en fin
de ſes pechez, abandonne ſa Duché, & s'en va
incognu parmi le Monde, pelerinant & fai-
ſant penitence, puis meurt ſainct homme.

HISTOIRE LXXXIX.

LE treſ-ample royaume de France, duquel iouyt auiourd'huy
paiſiblement le Roy treſ chreſtien, a eu beaucoup de grands
princes & ſeigneurs, leſquels l'E-
gliſe Catholique a canoniſez, pour leur
ſaincteté de vie. Encores que ie vous peuſſe
faire le recit de pluſieurs, ie me contenteray
maintenant de vous parler d'vn, qui fut Duc
d'Aquitaine, lequel pays nous appellons
auiourd'huy Guienne. Ie l'ay choiſi entre
tant d'autres, pource que ſa vie fut fort di-
uerſe. Il fut par vn temps fort deſreiglé, &
vehement perſecuteur de l'Egliſe catholi-

que. En apres, eſtant eſclairé de la diuine lumiere du S. Eſprit, il changea tellement en
bien ſa mauuaiſe vie paſſee, qu'apres auoir
fait dure penitence, & abandonné ſon ancien & paternel domaine d'Aquitaine, il fut
apres ſa mort, à bon droit, colloqué au nombre des ſaints du Royaume celeſte. Ceſt
exemple pourra grandement ſeruir aux pe-
cheuos. Ils verront par iceluy, qu'il ne faut
point que l'homme ſe deſeſpere: car toutefois & quantes qu'il ſe retournera au droit
chemin, qu'il fera penitence & cerchera ſon
ſalut, noſtre Sauueur treſbenin & treſ-doux
luy tendra touſiours les bras ouuerts ſur la
croix, pour le recuoir. Pour venir à noſtre
hiſtoire, Guillaume, cinquiéme de ce nom,
Duc d'Aquitaine & Comte de Poictiers, eut
vn frere, nommé Hugues Aymon, qui pour
faire le voyage d'outre mer, & ſe croiſer
auec pluſieurs Barons François, fut contraint de vendre ſa comté de Toulouſe à
Raimond, afin d'auoir meilleur moyen de
ſe mettre en equippage, & s'y maintenir plus
long temps. Certainement en ceci le ven-
deur merita beaucoup plus grand'gloire
que ne fit pas l'achetteur. Les heritiers de ce
Raymond poſſederent longuement ceſte
Comté. Pendant que les croiſez en leuant
s'employoyent à la guerre ſainéte, contre
les Turcs, le Pape Innocent, deuxiéme, fut
prins priſonnier, auec quelque nombre de

Cardinaux, par Guillaume, Duc de Cala-
bre qui caufa que les Romains, par violence, firent Pape vn de la trefnoble famille des
Perleons, qui auoit grande authorité à Rome, & le nommerent Anaclet. Pour ces caufes la chreftienté fe diuifa : Quelques païs
obeiffoient à Innocent, comme au vray vicaire de Dieu: les autres fuiuoient l'Antipa-
pe Anaclet. Guillaume Duc d'Aquitaine,
duquel parle noftre hiftoire, tint pour le
fchifmatique, Anaclet & chaffa violente-
ment hors de leurs Euefchez, Guillaume,
Euefque de Poitiers, & Euftorge, Euefque
de Limoges, par ce que fans flefchir ils tenoyent pour le vray Pape Innocent, & pref-
choiét qu'Anaclet n'eftoit pas le vray vicaire de Chrift, & qu'on ne luy deuoit obeïr en
aucune façó. Le Duc Guillaume mefprifoit
les vrais & faints admonneftemens de ces
deux bons & catholiques Euefques, & par le
moyen d'vn Legat fchifmatique, qu'Anaclet
luy auoit enuoyé, il forgea de nouueaux E-
uefques, & les intronifa en la place de ceux
qui auoient efté vilainement chaffez. En ce
temps viuoit S. Bernard, Abbé de Clere-
uaux, homme de refpect, tant pour fa fainteté de vie, que pour fa doctrine. Ceftuy alla
parler au Duc Guillaume, & s'efforça, auec
viues raifons, de le reduire à l'vnion de l'E-
glife catholique. Le Duc eftoit lors à Poitiers. Saint Bernard, apres auoir celebré la

Meſſe, s'en alla au deuāt de luy, ayāt en main
le precieux corps de noſtre Sauueur Ieſus
Chriſt, qu'il auoit conſacré: là il dit au Duc,
tout ce que le ſaint Eſprit luy ſuggera: & luy
declara la grand erreur où il eſtoit plongé, mais voyant qu'il ſe peinoit en vain,
& que le Duc obſtiné, ne vouloit ouurir les
yeux, mais recognoiſtre l'erreur où il eſtoit
enueloppé: voyant dy-ie cela le bon ſaint
Bernard, s'en partit, & laiſſa le Duc excommunié de l'authorité du Pape. Ce meſme iour le Doyen de Poitiers fit deſmo-
lir l'autel ſur lequel ſaint Bernard auoit celebré. Le Duc fit vn edict que ſur griéues
peines, tous ſes ſubiets euſſent à obeyr à
Anaclet. L'Archepreſtre qui le publioit en
l'Egliſe, comme il eut acheué de le lire, au
meſme inſtant tomba mort par terre. Sem-
blablement monſieur le Doyen, qui auoit
ruiné l'autel, tomba malade ce meſme iour,
& eſtant deuenu enragé comme vn chien, ſe
coupa luy meſme la gorge auec vn couſteau, & ainſi mourût. Celuy qu'on auoit
fait Eueſque de Limoges, tomba de ſa mule
à bas, & ſe rompit tellement l'os du col, qu'il
mourut ſubitement en ſa deſloyauté. Le
cerueau luy ſortit hors de la teſte du coup
qu'il auoit donné. Le nouueau Eueſque
de Poitiers, voyant ces euidents teſmoi-
gnages de l'ire du Seigneur Dieu, recon-
gnut ſon peché, & renonça à l'Eueſché

que contre droit il auoit accepté, cerchant
l'abſolution du vray Pape. Le Duc Guillaume, oyant ces eſtranges & eſpouuatables
accidens, ouurit les yeux de ſon entendement, & ayant bien ruminé ce que luy auoit
dit & remonſtré ſaint Bernard, il ſentit vn
grand remors de la iuſte ſyndereſe qui luy
rongeoit le cœur, & luy remettoit deuant
les yeux l'inique perſecution, dont contre tout droit il auoit perſecuté l'Egliſe:
parquoy ayant diligemment conſideré ſa
mauuaiſe vie paſſee, eſtant couché au cœur
d'vne vraye contrition, il deteſtoit ſans ceſſe, hayſſoit, & auoit en extreme horreur ſes
enormes pechez, ſe confeſſoit eſtre grandement coulpable deuant Dieu, & luy demandoit deuotement pardon, deliberant
de changer de vie, & de faire penitence. Et
ſans donner aucun delay à la ſainte inſpira-
tion, il alla trouuer S. Bernard, & ſe confeſſa entieremét auec luy, luy demandant auec
pleurs & larmes, miſericorde & abſolution.
S. Bernard l'abſoult, par l'authorité du Pape,
ioyeux outre meſure de la conuerſion
d'vn ſi grand Duc. Le Duc deſiroit grandement de laiſſer le monde, & ſe rendre moine en la religion de Ciſteaux, mais il craignoit que la viſitation de ſes parents & amis
ne l'empeſchaſt de mener la ſainte vie qu'il
entendoit mener, pour amende de ſes fautes paſſees. Ayant communiqué ſecrette-

ment son dessein auec S. Bernard, il fut con-
seillé de se retirer en lieu où il ne fust cogneu de personne, ce qu'il delibera de faire:
mais pour laisser les affaires de son domaine en meilleur ordre, il fit son testament, so-
lennel & authentique, par main de notaire.
Il n'auoit que deux filles, Leonor & Fleurdelys: il faisoit Leonor, sa fille aisnee, heritiere vniuerselle du Duché d'Aquitaine &
de la Comté de Poitiers, & requeroit, par
son testament, le Roy de France, Loys sixiéme, surnommé le Gros, qu'il voulust bailler
ladite Leonor pour femme à son fils Loys.
(Ce Loys, septiéme du nom, fut Roy apres
son pere, & fut surnommé par aucuns le Debonnaire: mais le plus souuent il est appellé
Loys le Ieune.) Le Duc Guillaume pria encor le Roy, qu'il voulust marier la fille
Fleurdelys à quelque honorable seigneur.
Il auoit laissé à ceste Fleurdelys, pour appa-
nage, toutes les places, chasteaux & terres
qu'il possedoit en la Bourgongne & en la
Picardie. Il tint secret ce sien testament, &
ne voulut qu'il fust publié iusques apres sa
mort. Tost apres ayant donné ordre à ce
qu'il desiroit, l'an de nostre salut mil cent
trente sept, il publia qu'il vouloit aller en pe-
lerinage à saint Iaques en Gallice, accomplir vn veu qu'il auoit fait. Sur le sainct temps
de Caresme il se mit en chemin, auec enuiron vingtcinq de ses gentilhommes. Parue-

ſus au venerable temple de l'Apoſtre, apres
auoir auec grande deuotion, viſité les ſaintes reliques, il fit vne grãde, aumoſne à ceux
du lieu, & ſe mit à faire ſa neuuaine ainſi que
tous les pelerins qui vont là ont de couſtume de faire par neuf iours entiers. Comme
la neuuaine ſe faiſoit, le Duc appela vn iour
en ſecret en ſa chambre, ſon ſecretaire, ſon
maiſtre d'hoſtel, & vn valet de chambre, &
(les larmes aux yeux) leur commença doucement à dire : Mes enfans, ie m'aſſeure que
vous ſçauez fort bien comme noſtre benit
Seigneur Ieſus Chriſt a preparé paradis
pour les bons qui gardent ſes commandemens, & font penitéce des pechez qu'ils ont
commis: & a ordonné l'enfer pour les mauuais pecheurs, qui ne ſe veulent conuertir,
mais demeurent obſtinez, perſeuerans de
mal en pis. Tandis que nous ſommes en ce
monde, nous pouuons, moyennant la grace
de noſtre Seigneur, amender nos fautes, &
viure ſaintement, perſeuerans de bien en
mieux, afin de gaigner paradis. Vous voyez
comme ceux qui meſpriſent de viure en
Chreſtien ſe rendent odieux à Dieu & aux
hommes pour leurs meſchancetez, & comme ils ſont monſtrez au doigt d'vn chacun
comme infames. Et que penſez vous qu'on
die de moy ? Croyez vous pourtant ſi ie
fais bien, qu'on me pardonne pluſtoſt, &
que grands & petits laiſſent de me tenir

pour rebelle à Dieu? Maintenant, mes enfans ie considere les dangereux accidents
qui aduiennent chaque iour en ceste cadu-
que & fragile vie humaine, & les empesche-
ments qui se presentent à tous ceux qui veulent suiure la religion Chrestienne, de
quelque estat & condition qu'ils soyent.
Ie sçay par moy-mesme, comme le tout en
va: & cognoy & confesse librement, qu'il y
a ià fort long temps que ie n'ay pas vescu
en Chrestien, mais en tres-meschant & malheureux homme: i'ay cheminé par la voye
spacieuse, par le grand chemin des pechez,
i'en ay commis beaucoup, & de tres-enor-
mes, & ay longuement perseueré en iceux:
que si n'estoit la misericorde de nostre Seigneur Dieu, en laquelle ie mets toute mon
esperance, ie tien pour tout certain, qu'auiourd'huy ie seroy damné en corps & en
ame. Entre mes autres tresgriefs & publiques pechez, vous sçauez comme i'ay e-
strangement persecuté le Pape Innocent,
nostre sainte Pere, vray vicaire de Iesus
Christ, en terre, mon iniuste persecution se
monstra trop euidemment à l'endroit des
Euesques de Poitiers, & de Limoges, quand
ie les chassay de leurs Eueschez, pource
qu'ils me disoyét la verité. Et ayant creé autres Euesques, sans l'authorité Apostolique, i'ay esté cause, par ma fausse opinion,
que beaucoup de prestres ont esté ordonnez

par des ſchiſmatiques. Maintenant, puis
que noſtre Sauueur, par ſa miſericorde &
bonté infinie, m'a fait la grace que i'ay recognu mon grief peché, où i'ay ſi longuement crouppy, l'offenſant inceſſamment, ie
me ſuis côſeillé auec ſages & ſaintes perſonnes, qui ont eſté d'aduis, que cependant que
i'ay le temps, ie face la plus auſtere & griéue
penitence que ie pourray, afin que le Seigneur Dieu me pardonne. Apres donc auoir
fait pluſieurs & diuers diſcours & conſideré le tout diligemment, ie me ſuis reſolu,
qu'il n'y auoit meilleure voye ny plus profitable, pour la ſaluation de mon ame, &
pour me reconcilier auec la miſericorde
diuine, que d'abandonner mes filles, leur
laiſſant mes eſtats & ſeigneuries, & me reduire en quelque lieu ſolitaire & deſert, où
perſonne ne me cognoiſſe, & finir ma vie
en quelque grotte, iuſques à ce qu'il plaiſe à
Dieu m'appeller à ſoy, par ſa miſericorde.
Et encor que ie trouue le moyen d'executer mon deſſein, ſans que mes parents &
amis en ſachent rien (car ie ne voudroy
pour tout l'or du monde qu'ils m'empeſchaſ-
ſent de ce faire) neantmoins, pour mon plus
grand contentement, ie me ſuis aduiſé
d'vn moyen, par lequel i'eſpere, à l'ayde de
vous, attaindre à ce que ie deſire: ie vous
diray, quel il eſt: ie feray ſemblant d'eſtre
griéuement malade, & ne mentiray point

car mon ame ne ſçauroit eſtre plus malade
qu'elle eſt: puis ie feindray d'empirer d'heure à autre, voire que ie ſeray hors d'eſpoir
d'en iamais releuer: vne nuict vous ferez
courir le bruit que ie ſuis mort, & afin que
la choſe reuſſiſſe mieux, ie diray auiour-
d'huy deuant tous les miens, que me ſentant
à bon eſciét approcher de ma fin, i'ay commis à vous trois la charge de tous mes affaires, de mon corps & de ma ſepulture, vous
appreſterez vne biere, pleine de quelque
choſe peſante à l'eſgal de mő corps, de moy,
ie m'en iray ſecrettement veſtu de mes habits de pelerin, en tel lieu où vous trois me
viédrez trouuer ſans en dire rič aux autres:
apres toutesfois auoir fait més funerailles
ſans aucune pompe, mais auec groſſes aumoſnes aux pauures, de là ie prendray congé de vous, & m'en iray en lieu où ie puiſſe
ſeruir Dieu ſans eſtre cogneu de perſonne.
Quand les trois fideles ſeruiteurs ouïrent
que leur ſeigneur auoit fait vne telle delibe-
ratiő, il ne leur fut poſſible de retenir les larmes, eſtans leurs cœurs vaincus de l'extreme amour qu'ils portoient à leur maiſtre:
ils demeurerent longue eſpace que les
ſanglots & ſouſpirs leur empeſchoyent le
parler: en fin le ſecretaire Aloet, s'eſtant
roïdis le mieux qu'il peut, parla en la ſorte
Ha mon ſeigneur, qu'eſt-ce que vous voulez
de dire? vous voulez mettre noſtre vie en vni-
uerſel

treſgrand danger : car il eſt impoſſible que
d'icy à quelques iours voſtre fait ne ſe dece-
le, & qu'il ne vienne aux oreilles du Roy de
France, qui nous en pourra griéuemét chaſtier : outre ce, monſéigneur, ie vous prie,
de conſiderer quelques raiſons que ie ſuis
obligé a vous ramenteuoir, vous eſtant ſeruiteur tres-fidelle : premierement, auiſez
que vous eſtes deſia fort meur, & que voſtre naturel delicat, ayant attaint la vieilleſſe, & eſtant fort debilité, tant de la courſe de
voſtre aage, que de pluſieurs autres ennuis,
a beaucoup perdu de ſa vigueur naÿue : tellement qu'il ne pourra plus maintenant, ny
ſuporter les meſaiſes qu'il conuient ſouffrir le plus ſouuent par les deſerts & lieux
inhabitez. Ie ne ſçay auſſi comme vous ferez quand il vous faudra dormir ſur la dure,
ne manger que racines d'herbes, & boire de
l'eau au lieu de vin : vin certainement qui
eſt vne liqueur treſagreable, & le vray ſou-
ſtenement de noſtre vie, quand il eſt pris
moderément. Monſeigneur, le vin regenere
les eſprits vitaux, il réiouyt le cœur, & re-
ſtaure merueilleuſement bien toutes les fa-
cultez & operations corporelles. Encor que
vous ſoyez ſobre en voſtre boire, neantmoins ie vous ay veu ſouuent contriſter,
pource que nous ne trouuions point de
bons vins, & vous ay veu ſouhaiter les genereux & delicats, qui croiſſent en voſtre

Tom.j.   R

Duché. Vous sçauez bien quelle est vostre
maniere de viure, vous voulez de meilleures viandes qui se puissent trouuer, vous
voulez abondance de confitures, abondance d'espiceries odorantes & precieuses:
vous ne retrouuerez pas cela parmy les deserts : vous n'aimez point a demeurer seul,
vous voulez tousiours auoir compagnie a-
legre, pour vous tenir ioyeux, & ne pouuez
viure sans la melodie de la musique, melodie qui rauit les esprits humains:aussi auez
vous en vostre Court d'aussi excellens musiciens qu'il y en ait point en France. En
lieu de ceste douce melodie, vous serez cô-
traint d'ouyr hurler les loups, & d'auoir les
oreilles batues des estranges & épouuanta-
bles cris des bestes sauuages. Ie laisse mille,& mille autres incommoditez qu'il vous
conuiendra endurer:d'autre costé, monseigneur, ie voudroy que vous considerassiez,
qu'estant de la condition que vous estes,
vous aurez beaucoup meilleur moyen en
vostre maison, de faire meilleurs œuures,
plus saints,& plus agreables à Dieu,que non
pas en vous allant perdre en vn hermitage.
En ces lieux solitaires vous ne pourrez aider à personne, sinon qu'à vous, au lieu
que demeurant en vostre Duché, par le
moyen de vos biens temporels, que nostre
Seigneur vous a donnez largement & a-
bondamment, vous pourrez nourrir beau-

coup de pauures, gouuerner en paix vos
ſubiets, defendre les véues & les orphelins,
marier beaucoup de pauures filles, qui
n'ont point de moyen, reparer les lieux
ſaints, fonder nouueaux monaſteres pour
religieux & religieuſes, & faire beaucoup
d'autres œuures de charité, que vous ſçauez
mieux que moy. Ie vous ay bien voulu dire
cecy, auec toute reuerence, monſeigneur,
pour m'acquiter en partie du fidele & humble ſeruice en quoy ie vous ſuis obligé. Cela
dit, il ſe teut, & ſes deux autres compagnons
monſtrerent qu'ils eſtoyent de meſme aduis que luy. Le Duc ayant ouy ſon ſecretaire, & veu que les deux autres eſtoyent de
meſme opinion, leur reſpondit en ceſte façon ; Mes chers enfans, par le conſeil que
vous me venez de dôner, ie cognoy clairement que l'amour que vous me portez n'eſt
point accompagné de vraye charité, mais
eſt du tout charnel, car vous auez beaucoup
plus d'egard à la ſanté de mon corps, qu'au
ſalut de mon ame, lequel, ſans comparaiſon, ſe doit beaucoup plutoſt pourchaſſer,
& auoir en plus grand eſtime ; vous dites
que ie ſuis vieil, ie le confeſſe, mais pource que ie ſuis vieil, ie veux matter ceſte
mienne ennuyeuſe vieilleſſe, à cauſe des
folies que i'ay commiſes en ma ieuneſſe, &
amender, autant qu'il me ſera poſſible, ma
déreiglee vie paſſee : afin que le Seigneur

Dieu prenne en gré ma bonne volonté, &
vſe en mon endroit de ſa miſericorde infinie. Si par le paſſé i'ay eu tous mes aiſes &
toutes les cōmoditez que i'ay ſçeu deſirer,
la raiſon veut, que par endurer meſaiſes autant que i'en pourray ſouffrir, ie taſche a ſatisfaire au peché des ſuperflus & mols delices, parmy leſquels i'ay inutilement verſé,
en offençant Dieu & les hommes. Sçachez
que quand la compagnie des hommes me
defaudra, quand ie n'orray plus les ſons &
chants de la muſique, alors m'aprocheray-
ie plus du Seigneur Dieu, qui, par ſa ſainte
grace, me pourra faire ſentir l'harmonie
des ſaints Anges: ie m'en aſſeure, & y aſſieds
entierement mon eſperance. Quant à ce
que vous dites, que ſi ie vien a me retirer
en lieu où ie ne ſoy cognu, ie ne pourray
faire bien qu'à moy meſme, au lieu que demeurant en mon Duché, ie pourray aider à
pluſieurs, & faire des bonnes œuures beaucoup plus, & plus loüables: ie vous reſpons,
que ie ne ſuis plus ſi diſpoſt, que ie puiſſe
beaucoup aider le public. I'ay laiſſé bonne
prouiſion à mes filles: i'ay fait de beaux le-
gats & de grandes aumoſnes à pluſieurs E-
gliſes & hoſpitaux, ainſi que vous pourrez
voir par mon teſtament: partant, que pas vn
de vous ne me die choſe qui ſoit pour diuertir ma ſainte deliberation. Quant à vous
trois, voſtre prouiſion eſt en mes coffres, en

tant de fachets, fignez de ma main, & cache-
tez de mon petit cachet accouftumé. Ayant
ouy cela, pas vn des trois feruiteurs n'ofa
plus dire mot, mais s'offrirent de faire entierement tout ce qu'il leur ordonneroit.
Le bon Duc feignit donc d'eftre griéuement malade, & ne voulant aucun fecours
du medecin, il fe confeffa auec grande deuotion, & receut le faint Sacrement, en la
prefence de tous les fiens, aufquels puis a-
pres il dit, auec vne voix fort debile, qu'il
fe fentoit eftre arriué à la fin de fa vie, &
qu'il auoit pleinement informé Albert fon
fecretaire, fon maiftre d'hoftel, & fon valet de chambre, de tout ce qu'il entendoit
eftre fait, apres fon trefpas : partant il ne
vouloit qu'autre que ces trois là s'en empef-
chaft. Sur la minuit, le Duc partit occulte-
ment, en habit de pelerin. Et pource qu'Albert auoit dit qu'il le vouloit accōpagner,
il ordonna qu'apres qu'on auroit fait fes
feintes funerailles, fon maiftre d'hoftel & le
valet de chambre, s'en iroyent droit trouuer le Roy de France. Le Duc parti, les trois
deffufdits preparerent la biere, & enuelo-
perent dans vn linceul quelque chofe à la
femblance d'vn homme mort : puis fur la
minuit publierent que le Duc eftoit mort.
Le maiftre d'hoftel auoit bīē cloüé la biere, & bouché les fentes auec de la poix. Le
matin, comme la nouuelle fut femee que le

Duc eſtoit mort, tout le monde courut
pour le voir : mais ils trouuerent la biere
couuerte d'vn riche drap : & virent que le
maiſtre d'hoſtel faiſoit veſtir de noir tous
les domeſtiques. Les funerailles ſe firent telles qu'il conuenoit à vn ſi grand prince. La
chaſſe fut enterree deſſous le grand autel, en
l'egliſe ſaint Iacques : cela fait, le maiſtre
d'hoſtel, auec le valet de chambre, ramenerent en Gaſcongne ceux qui auoyent ſuyui
le Duc, & s'en allerent à grands iournees
trouuer le Roy Loys, & luy portans la nouuelle côme le Duc Guillaume eſtoit mort
en Galice, & luy preſenterent ſon teſtament. Le Roy ſe contriſta de la mort du
Duc : mais il fut ioyeux quand il leut côme
c'eſt que le Duc deſiroit que ſes filles fuſſent
mariees. Le ſecretaire Albert prit congé de
ſes compagnons, & leur dit, que puis que le
Duc, ſon ſeigneur, eſtoit mort, il ſe vouloit
rendre religieux, puis alla trouuer ſon maiſtre, ainſi qu'il luy auoit promis : & s'eſtant
habillé en hermite ſe mit auſſi a faire penitence. Le Duc, en lieu de haire, s'eſtoit veſtu vn corps de cuiraſſe ſur la chair nue, &
ſous ſon capuchon auoit pris vne coiffe de
fer pour plus aſprement matter ſa chair. Il
ſeroit par trop long, qui voudroit diſcourir
par le menu tous les pelerinages que le Duc
fit, accompagné d'Albert, cheminant touſiours à pied, & ſouffrant, fort patiemmêt, vo-

nombre infiny de mesaifes. Il alla à Rome,
& trouua façon de baifer les pieds au fouuerain Pontife Innocét, auquel il auoit fi longuement efté rebelle : il fe manifefta à luy,
& luy demanda pardon, auec grande humilité & abondáce de pleurs. Le Pape le caref-
fa fort amiablement, & le beniffant infinité
de fois, l'exhorta de perfeuerer en fa fainte
deliberation. Eftant parti de Rome il s'en
alla vifiter le S. Sepulchre de Ierufalem: là il
vifita tous les lieux de deuotion qui font en
la terre fainte, & edifia affez pres de Ierufalem vn monaftere de religieux, où il demeura enuiron l'efpace de neuf ans, menant
toufiours vne vie fort auftere. Albert auffi
menoit toute telle vie que faifoit fon maiftre. Apres cela, le Duc s'en retourna en Italie, & enuiron l'an 1150. fit faire vn hermitage en la Tofcane, au territoire de Pife, en vn
lieu fort fauuage & defert. Là s'affembleret
plufieurs hermites, viuans fort faintement.
En fin, le Duc eut reuelation, comme la fin
de fa vie approchoit : parquoy, ayant fait
deliberation de foy preparer, appella à foy
Albert, & luy dit amiablement ce qui s'enfuit : Mon cher fils, & compagnon, il a
pleu au Seigneur Iefus Chrift de me reueler, que l'heure de ma mort approche, &
qu'il veut mettre fin à mes trauaux, & me
donner repos eternel par fa cleméce & bonté infinie, parquoy ie te prie d'aller au pro-

chain chasteau, & m'amener vn prestre, à
qui ie me confesse, & de qui ie reçoyue les
saints Sacremens de l'Eglise. Le bon Albert
oyant ceste nouuelle, pleura tendrement,
& respondit à son seigneur. Hà, monseigneur, faut-il donc que ie demeure seul en
ce lieu solitaire? que pourray-ie plus faire?
qui est-ce qui me pourra donner quelque
consolation? Mon fils, mon amy, replica le
Duc, ne crains point, ne te lamente point,
car auant que ie meure, le Seigneur Dieu
enuoyera ici vn personnage de qui tu rece-
uras beaucoup plus grande consolation &
soulas que tu n'as receu de moy. (Alors le
Duc ny Albert n'estoyent plus en l'hermitage qu'il auoit fait faire au territoire de Pise
mais s'estoyent reduits en vn desert de l'E-
uesché de Grosseto.) Albert donc alla trouuer vn prestre, & le cõduisit vers l'hermitage, où ils trouuerent le seigneur Duc, estendu sur la terre nue, les mains iointes deuant
l'estomach, & les yeux eleuez & dressez
vers le ciel. En ce mesme instant voicy arri-
uer vn nommé maistre Renaud, docteur en
medecine, qui en ce pays là estoit fort renõ-
mé & de grand estime. Il auoit abandonné
tout ce qu'il possedoit, & s'en venoit en cet
hermitage, pour demeurer auec les deux
hermites, & faire penitence de ses pechez.
(C'estoit luy dõt le Duc auoit predit à Albert
vn peu auparauant.) Trouuant le Duc sur le

poinct de paffer à la vraye vie, il luy découurit fon intention. Le Duc luy dit qu'il eftoit
le tres-bien venu, & que le Seigneur Dieu
l'auoit là mandé, àfin qu'il vécuft en cet
hermitage auec Albert, fon tres-cher compagnon. Ie ne puis (difoit le faint Duc) demeurer longuement auec vous, dautant que
l'heure de la fin de mes iours eft arriuee : il
me faut aller rendre conte de mes operations deuant le iuge eternel, partant ie vous
prie, qu'apres que vous aurez demeuré
quelque temps en ce lieu, auec mon bon
amy Albert, vous ailliez tous deux vifiter
ce peu d'hermitages que i'ay fondez en
Tofcane, moyennant la grace de Dieu :
vous y trouuerez certains bons hermites :
vous ne ferez faute de les conforter, & les
exhorterez de perfeuerer de bien en mieux
fans fe refroidir en aucune maniere de faint
propos qu'ils ont de feruir au Seigneur
Dieu : apres vous retournerez icy, & mettrez toute peine & diligence d'y affembler
des autres hermites, & augmenter le lieu de
iour en iour, & le nombre des feruiteurs de
Dieu. Apres auoir encor ordonné quelques
autres chofes, le faint Duc fe confeffa auec
tres-grande deuotion, & prit tous les faints
facremens de l'Eglife, puis le lendemain
rendit l'ame à fon Createur. Toute la contree accourut miraculeufemét aux funerailles du faint homme, & fe firent fes obfeques

ſoit ſolennellement. L'Egliſe apres, ayant
cognu les miracles qu'il auoit faits, le ca-
noniſa. Albert auſſi vécut fort ſaintemens,
& merita ſemblablement à la fin de monter au ciel. Le teſtament du Duc Guillaume fut executé: car Loys le ieune, fils de
Loys ſixiéme, ſurnommé le Gros, prit pour
femme Leonor, premiere fille du Duc, vray
eſt que par apres il la repudia. Il ſeroit trop
long d'en faire le diſcours. Il n'y eut iamais
en France vn plus heureux mariage que cetuy-cy : & au contraire, iamais né fut vn
diuorce plus dommageable. Car Leonor
ſe remaria au Roy d'Angleterre, qui fut
occaſion des guerres tres-cruelles qui affli-
gerent la France, durant beaucoup d'annees.

Sommaire de l'Hiſtoire 90.

*Gonnelle fait vne belle peur au Marquis de Fer-
rare, pour le deliurer de la fiévre quarte. Le
Marquis voulut auoir ſa reuanche, qui fut la
cauſe de la mort de Gonnelle.*

HISTOIRE XC.

Nicolo, Marquis de Ferrare, eſtoit
malade, d'vne fiévre quarte fort en-

nuyeuſe, qui le tourmentoit eſtrangement
non ſeulement le iour de ſon accez, mais
auſſi les autres, auſquels toutesfois on n'a
point accouſtumé de ſe mal porter : Cette
fiéure le tenoit tant abatu & melancolique, qu'il ne ſe pouuoit aucunement ref-
iouyr : il auoit perdu totalement l'appetit, & ne ſçauoyent les medecins que luy
ordonner où il peuſt prendre gouſt, veu
qu'il ne trouuoit ſaueur en choſe qui fuſt.
Cela rendoit toute la cour melancolique,
car chacun eſtoit à malaiſe, voyant que
leur ſeigneur eſtoit malade, & ne prenoit
plaiſir à rien : entre les autres, Gonnelle ſe
faſchoit le plus de tous, comme celuy qui
aimoit extremement ſon maiſtre : il eſtoit
en vne grande peine, de ce qu'il voyoit,
que quelques ieux & quelque plaiſanterie
qu'il ſçeuſt faire, il ne pouuoit venir à bout
de faire reſiouyr le Marquis. Les medecins
pour alleger le mal de leur ſeigneur, firent
faire pluſieurs ieux : voyans que pour tout
cela ils n'auançoyent de rien, ils conclu-
rent, qu'il luy falloit changer d'air:parquoy
ils le conduiſirent, hors de Ferrare, en vn
ſien palais, fort ſpacieux & delectable,qui
s'apelle, Beau-regard, & eſt baſty ſur la
riue du Pau. Le Marquis auoit de couſtume
de ſe promener ſouuẽt le lõg du fleuue,pour
faire exercice & ſe reſiouyr, & luy ſembloit
que la veuë de l'eau le cõfortaſt aucunemẽt.

Gonnelle auoit quelquesfois ouy dire, (&
peut estre en auoit veu faire l'essay) qu'vne
extreme peur, faite à l'impourueu, estoit vn
souuerain remede, à qui estoit malade, &
notamment pour chasser la fiéure quarte.
Luy qui n'auoit rien en ce monde plus cher
que la santé du Marquis, & qui pour cet
effet, ne cessoit le long du iour, de cercher
plusieurs remedes, delibera, à part soy, d'essayer, si vne peur le pourroit guarir: parquoy
ayant remarqué, que le Marquis, chacun
iour qu'il prenoit l'air, prenoit grand
plaisir de se promener le long de la riue du
Pau, à l'endroit où estoit vn petit bois de
saules & de peupliers, & là s'arrestoit sur le
bord du riuage, pour contempler le cours
du fleuue, qui n'estoit en ce lieu là ny trop
courant ny trop profond, & n'estoit le bord
plus haut de cinq ou six ampans : ayant,
dy-ie, remarqué cela, il se delibera de ietter par là le Marquis, dans l'eau, & par
vne peur si inopinee, luy faire sortir la fiéure hors du corps, sçachant qu'il n'y auoit
aucun danger de la vie, mais seulement des
habits qui se bagneroyent. Voyant doncques qu'il y auoit vn moulin vis à vis, il parla
au musnier, & luy fit entendre, que le Marquis vouloit ietter vn sien valet de chambre dans le Pau, pour luy faire peur: mais à
fin qu'il ne fust en danger, il falloit que ledit
musnier, comme il auroit découuert le Mar-

quis ſur la riue, s'aprochaſt, dans vn petit
batteau, auec vn ſeruiteur, & en faiſant ſemblant de peſcher ſecouruſt le pauūre valet
de chābre. Aprés auoir ainſi inſtruit le muſnier, il luy enchargea expreſſément, que
d'autant qu'il craignoit dedeſplaire à ſon ſeigneur, il ſe gardaſt bien de découurir le my-
ſtere à perſonne du monde. Ayant ainſi
donné ordre à tout ſon fait, Gonnelle ne
demeura pas longuement, qu'il ne miſt le
feu en ſa mine. Il auint, qu'vne matinee,
le Marquis ſe promenoit dedãs ce petit bois:
ors'eſtoit ià le muſnier aproché du lieu, ſuyuant l'inſtruction qui luy auoit eſté donnee, & lors Gonnelle donna vne grande
ſecouſſe audit Marquis, qui s'eſtoit arreſté
ſur la riue, tellement qu'il tomba dans le
Pau:ayant fait le coup, il s'enfuit, & va trouuer vn ſien ſeruiteur, & deux bons cheuaux,
qu'il faiſoit tenir preſts pour cet affaire, &
de piquer:il s'é va à Padoüe, vers le ſeigneur
de Carrare, beau pere du Marquis. Le muſnier accourut, & retira dedans ſon petit ba-
teau le Marquis, qui auoit eu beaucoup
plus de peur & d'épouuantement que de
dommage : car, au contraire, il en guarit,
& perdit du tout ſa fiéure quarte. Il n'y a-
uoit perſonne qui creuſt, que Gonnelle
euſt fait cela pour noyer le Marquis, quoy
que l'acte ſemblaſt trop exorbitant. Le Marquis, qui aimoit Gönelle, ne ſçauoit que pen-

ſer, & ne ſe pouuoit bonnement reſoudre
ſur ce qui s'eſtoit paſſé, notamment, pource qu'il eſtoit auerty, que Gonnelle s'eſtoit
mis en la puiſſance du ſeigneur de Carrare,
ſon beau pere : neantmoins eſtant de retour
à Ferrare, il remit à ſon côſeil l'affaire, pour
en iuger : les conſeillers iugerent, que le
cas eſtoit temeraire, & procedoit de mauuaiſe volonté : partant, par leur ſentence
ils condamnerent Gonnelle, comme criminel de leze maieſté, à auoir la teſte tranchee, lors & quand il pourroit eſtre apre-
hendé, & ce pendant, ſeroit perpetuellement
banny de toutes les terres & ſeigneuries du
Marquis. Le Marquis, qui aimoit Gonnelle cordialemét, portoit à malaiſe ſon abſence : il ſe trouuoit deliuré de ſa fiéure quarte,
& là quelques vns l'aſſeuroyent que Gonnelle ne l'auoit pouſſé dans le Pau, à autre intention, que pour le guarir : ce qui entierement eſtoit confermé par la depoſition
du muſnier : toutefois, pour voir ce que feroit Gonnelle, il laiſſa publier le banniſſement à ſon de trompe. Gonnelle, ayant
eu cet auertiſſement, delibera de s'en retourner à Ferrare, & pour ce faire, il ache-
ta vn tombereau, lequel il fit emplir de terre, & prit atteſtation authentique, comme
cette terre eſtoit du territoire du ſeigneur de
Padoüe : cela fait, il monte deſſus, & fait
que ſon ſeruiteur, auec ſes deux cheuaux, le

onduisit sur la place de Ferrare: là arriué,
enuoya son seruiteur par deuers le Mar-
uis, à fin d'auoir vn sauf conduit, pour luy
ller parler, & luy faire cognoistre, que ce
qu'il auoit fait, auoit esté pour son profit. Le
Marquis, qui vouloit prendre son passe-
temps de Gonnelle, & luy faire aussi, par
ce moyen, vne belle peur, luy enuoya le
Preuost, pour le prendre: Gonnelle se defendoit, monstrant son attestation, par laquelle il aparoissoit, qu'il estoit sur la terre de
Padouë: ce neantmoins, pour chose qu'il
peust dire, il ne profitoit rien: Il fut pris, &
mené en vne obscure prison, & luy fit on sçauoir, qu'il eust à se confesser, pource que le
Marquis luy vouloit faire oster la teste: & de
fait, on luy enuoya vn prestre, pour le consoler & ouyr sa confession. Le bon-hom-
meau de Gonnelle, voyant que c'estoit à
bon escient, & que iamais il n'auoit peu
obtenir de pouuoir parler au Marquis, fit
de necessité vertu, & se disposa, le mieux que
il peut, à prendre la mort en gré, pour penitence de ses pechez. Le Marquis auoit ordonné fort secretement, que quand Gonnelle auroit esté amené par la iustice, on luy
bandast les yeux, & qu'apres qu'il auroit mis
le col sur le tronc, le bourreau, au lieu de luy
couper la teste, luy verseroit vn seau d'eau sur
le col. Grád quátité du peuple de Ferrare e-
stoit sur la place: grás, petits plaignoyét insi-

niment la mort de Gonnelle. Là le pauure
homme, pleurant amerement les yeux ban-
dez, à genoux, demandoit pardon à Dieu,
de ses fautes, monstrant vne fort grande
contrition. Il demãda aussi pardon au Marquis, & luy dit, que c'estoit pour le guarir,
qu'il l'auoit poussé dans le Pau : puis il requit le peuple, de prier Dieu pour son ame.
Finalement, il mit le col sur le tronc, alors
l'executeur de la haute iustice luy versa le
seau d'eau sur la teste. Le peuple, qui pensoit que le seau fust la masse, se prit à crier,
Misericorde : la peur que le pauure & des-
fortuné Gonnelle eut en cet instant, fust si
extreme, qu'il rendit l'ame à son createur.
Quand lon vid ce miserable accident, toute Ferrare l'honora de ses pleurs. Le Marquis
ordonna, que ses obseques fussent magnifiques, & que tout le Clergé de Ferrare ac-
cõpagnast le corps en terre. Il fut si dolent &
marry, de ce qui estoit suruenu outre son esperance, qu'il fut vn lõg temps sans pouuoir
receuoir aucune consolation.

Sommaire de l'Histoire 91.

Proüesse merueilleuse d'vne icune fille, pour def-
fendre son pays, contre les Turcs, & comme elle
en fut magnifiquement guerdonnée par la sei-
gneurie de Venise.

HIST.

HISTOIRE XCI.

'Armee Turquesque, ayant en vain assailly Lepanto, dressa l'artillerie contre les murs de Coccino, où elle fit vne rude batterie, & fit tant qu'a grands coups de canon elle ietta par terre l'vne des portes, qui donna courage aux Turcs de se mettre en deuoir d'entrer dedans. Les soldats Venitiéns, & les hommes & femmes du pays, faisoiènt grande resistance, mais il n'y en auoit pas vn qui se portast plus vaillamment, ne qui combatist de plus grand cœur contre les Turcs, que faisoit vn compagnon du pays, appellé Demetrius. Cestuy ci s'estoit mis deuant tous les autres à l'entree de la porte, où il faisoit deuoir de vray Palladin. Il ne cessoit de exhorter ses concitoyens à la defense de la patrie. Ayant tué bon nombre de Turcs, qui faisoyent quasi vn bastion à l'entour de luy ; en fin par le grand nombre de fleches que les Turcs tiroyent, il eut le corps percé en mille parts, qui le rendit tant vuide de sang, que luy aussi cheut mort au milieu des ennemis tuez par ses mains. Non loin de là estoit vne sienne fille, nommee Marulle, aagee d'vn dixhuict à dixneuf ans, disposte de sa personne, & plus grande que son aage ne monstroit, elle

estoit belle, forte & courageuse : comme
elle vid que son cher pere estoit tombé
mort à terre, sans dilayer ni sans employer
le temps à pleurer ni à braire, comme est la
coustume des femmes, elle empoigne l'espee & la rondelle de son pere, puis apres
auoir exhorté ses patriotes de la suiure
courageusement, elle se fourra parmi les
Turcs, comme fait vne lyonne furieuse &
affamee, quand en Afrique elle se iette sur
vn troupeau de veaux : & là frappant à dex-
tre & à senestre, elle vengea son pere par
la mort de ces chiens. Et non contente de
ce, suyuie de ses Coccinois, elle donna
vne si dure & forte cargue à l'ennemi, qu'a-
pres l'auoir mis en desordre, il fut contraint
de gagner la mer, & abandonner l'Isle.
Ceux qui ne furent habiles à monter sur les
galeres, furent tous mis au fil de l'espee, de
façon que le siege se leua de Coccino, & de
toute l'Isle de Lemnos. Morsbec, chef des
Turcs en ceste entreprinse, homme experimenté en diuerses factions, & estimé moult
vaillant & de grand cœur, estant à Constantinoble, & racontant le fait comme il s'estoit passé, disoit, que quand il vid Marulle
se fourrer parmi les Turcs, il luy sembla
que toute force & courage luy deffaillissent,
si que vaincu de la peur, il fut contraint
de fuyr, chose qui ne luy estoit iamais aduenuë, en quelque danger & hazard de bataille

qu'il ſe fuſt trouué. Comme lon ſçeut les
nouuelles, que l'Iſle auoit eſté deliurée du
ſiege, Antoine Loredan, qui alors eſtoit general pour les Venitiens ſur la mer, eſtant
informé de la force & valeur de la pucelle
Marulle, ſe la fit venir deuant ſoy honorablement accompagnée. Comme il la vid, il
commença à l'arraiſonner, & cogneut facilement qu'il y auoit en elle vn eſprit genereux & viril, voire plus grand que ſon ſexe
ne permettoit. Si luy donna, en preſence de
ſes ſoldats, & des Coccinois, les vrayes
loüanges qu'elle auoit merité, combattant
ſi vaillamment: puis luy fit quelques riches
preſens, tant d'argent que d'habits, afin qu'elle ſe peuſt honneſtement marier. A l'exemple du General, les patrons des galeres, &
autres officiers, luy donnerent tous quelque
argent, ou autre preſent. Apres, le General
luy dit, ma fille, afin que tu cognoiſſes, que
noſtre illuſtre ſeigneurie de Venize ayme
& honore la vertu, en quelque ſexe qu'elle
ſe treuue, & qu'elle recognoit merueilleuſement bien les ſeruices que lon luy fait,
ayes bon courage, & tien toy aſſeurée, que
nos treſiuſtes Senateurs recognoiſtront,
& guerdonneront largement ta vertu, ſi
toſt qu'ils en ſeront aduertis: & ie ne fau-
dray de leur eſcrire incontinent ta proüeſſe,
& ce que tu as fait pour ſauuer ceſte Iſle:
cependant, ſi tu treuues bon d'eſlire pour

mari vn de ces vaillans hommes qui auec
toy ont defendu leur patrie, ou bien quelque
autre qui te viendra à gré, ie t'aideray à le
faire auoir, & te promets que nos seigneurs
te constitueront doüaire du thresor public.
La pucelle remercia le General, & luy respondit en ceste façon, qu'il falloit en vn
homme cercher la qualité de la vie, & les
mœurs, & la bonté, & non pas s'arrester à
la force corporelle: pource que la force du
corps est de peu de valeur, si elle n'est accompagnee d'vn esprit bon, vertueux, & noble. Ceste response rendit beaucoup plus illustre la bonté & la proüesse de ceste vaillante pucelle, qui meritoit d'estre esgalee aux
plus illustres Dames qui ayent iamais esté,
tant Grecques que Latines. Le General remit le tout au bon vouloir de l'illustre seigneurie, qui estant plainement informee du
tout, donna à Maruelle des deniers du public, & la maria honorablement, luy donnant plusieurs rares priuileges & exem-
ptions des charges publiques, qu'on a accoustumé d'imposer sur les suiets, pour la conseruation de l'estat.

Sommaire de l'Histoire 92.

Du prince Gerald premier de la maison de Sauoye,
lequel tua la femme de l'Empereur Othon qu'il
trouua en adultere, & ce qui en aduint.

HISTOIRE XCII.

N lit és Chroniques de la tres-
noble maison des Princes de
Saxe, qu'Othon, troisiéme
du nom, qui succeda à ses peres & ayeul en l'Empire d'Oc-
cident, eut vn frere appellé Hugues, auquel
il donna le Duché de Saxe. Hugues prit
femme, de laquelle en peu de temps il eut
trois fils, Federic, Vlrich, & Berald, lesquels perdirent leur pere, estans encor en
bas aage, & demeurerent sous la charge &
administration de l'Empereur leur oncle:
l'Empereur non seulement les fit nourrir cu-
rieusement, mais aussi print grand soin à les
faire instruire aux lettres, maniément des armes, & tous autres honnestes exercices, qui
conuiennent à nobles & genereux Princes: Il
crea l'aisné, nommé Federic, Duc de Saxe.
Et d'autant qu'il n'auoit aucuns enfans
de sa femme, il tint & traita ces trois siens
nepueux, comme s'ils fussent ses propres enfans. Ces ieunes Princes apprenoient aussi
tost ce qu'on leur mõstroit, & alloient tousiours de bien en mieux, au grand contentement de leur oncle. Mais Berald passoit ses
freres en toutes choses, & deuenoit merueilleusement bien conditionné, prenoit
plaisir en diuerses sciences, & se munis-

soit de toutes les belles & honorables parties que l'on sçauroit requerir en vn vray &
parfait Prince: qui faisoit que l'Empereur
l'aimoit parfaitement, & le tenoit cher outre mesure: de façon qu'il commença à luy
mettre en main les principaux affaires de
l'Empire, & ne s'expedioit rien sans le sage
conseil du Prince Berald. Ce prince faisoit
preuue de iour en iour de la promptitude
& viuacité de son heureux esprit, auec vne
si grande modestie & dexterité à ordonner
& effectuer les affaires, que tous les Princes
& vassaux de l'Empire l'aimoyent, le reue-
royent & craignoyent, le cognoissans si iuste, que tout l'or du monde ne l'eust sçeu esmouuoir à faire vn mauuais & sinistre office. L'Empereur Othon auoit pris pour
femme Marie, fille du Comte René d'Arra-
gon, grand seigneur en Espagne. Ceste Dame fut fort impudique, & desiroit beaucoup
plus les hommes, qu'elle n'estoit desiree
d'eux. Elle se laissoit aller sous plusieurs,
sans auoir esgard au degré qu'elle tenoit,
ni à celuy à qui elle faisoit vne si vilaine iniure. Et pource que, comme l'on dit, le
mary est ordinairement celuy qui sçait le
dernier les paillardises de sa femme, l'Empereur n'en sçauoit rien, bien en auoit-il
quelque soupçon. Autre chose ne se bruyoit
par la cour, mais personne n'en osoit sonner mot à l'Empereur: toutefois il y en

eut vn ou deux qui aduertirent le Prince
Berald de la deshonneste vie de l'Imperatrix. Le Prince demeura tout estonné, &
autant plein de mal-talent que lon eust sceu
penser, neantmoins, comme sage & prudent qu'il estoit, il dissimuloit l'ire & le desdain qu'il auoit conceu dedans son estomach, se deliberant d'y proceder meurement. Il commença donc à auoir à bon escient l'œil sur les actions & deportemens de
l'Imperatrix : mais il s'apperçeut aussi tost
que le maistre d'hostel de l'Empereur estoit
son paillard : partant il se delibera d'attendre qu'il se presentast quelque bonne occasion, pour pouuoir prendre de l'vn & de
l'autre telle vengeance que leur meschance-
té requeroit. Il aduint que l'Empereur se
partit du lieu de sa demeure ordinaire, pour
visiter aucunes villes Imperiales, assises sur
la riuiere du Rhin. S'estant esloigné d'vne
iournee, il luy vint en memoire qu'il auoit
oublié, sous le cheuet de son lict, certaines
sainctes reliques, enchassees en or, lesquelles
il auoit de coustume de porter au col : parquoy, ayāt appellé le Prince Berald, ne voulant qu'autre maniast les reliques que luy,
il luy dit, Mon nepueu, i'ay oublié mes reliques au cheuet de mon lict, ie voudroy que
tu me les allasses viste querir. Le Prince
oyant la volonté de son oncle, ne faillit
d'y obeyr. Si se mit en chemin, accom-

pagné de quelques vns des siens. En allant
il s'imagina que pour estre l'Empereur ab-
sent, il pourroit, peut estre trouuer l'Imperatrix auec son galand. Comme il fut arriué au lieu, il s'en va droit à la chambre de
l'Empereur, où il y auoit deux licts, en
l'vn desquels l'Imperatrix reposoit ordinairement. Comme le Prince vouloit heurter,
il trouue l'huis ouuert, que l'Imperatrix
ou sa Dame de chambre auoit laissé à fermer par mesgarde. Entré dedans il s'approche du lict, où par le moyen d'vn flambeau qui luisoit il voit les deux amans, qui
se tenoyent embrassez, & qui dormoyent
profondement, lassez qu'ils estoyent, du
trauail amoureux: parquoy, plein de mal-talent, & entré en colere extréme, pour la
manifeste & vilaine iniure qu'il voyoit
estre faite à l'Empereur son oncle, duquel
il auoit receu & recçuoit tous les iours tant
de biens & honneurs, esmeu, dy-ie d'vn iuste courroux, il met la main à l'espee, &
perce de part en part les deux miserables
paillards, qui moururent incontinent, ainsi
embrassez qu'ils estoyent. Cela fait, il print
les sainctes reliques, qui estoyent au cheuet de l'autre lict, & s'en retourna vers
l'Empereur. Il luy bailla les reliques, &
puis luy compta de poinct en poinct ce
qui estoit succedé aux adulteres. L'Empereur, oyant vne nouuelle si estrange &

vergongneuse, fut si estonné, qu'il demeura long temps, sans pouuoir dire vne seule
parole. La nouuelle de la mort des deux a-
dulteres s'espandit par toute la cour, & en fut
le Prince Berald loüé d'vn chacun. Plusieurs
Barons, Princes & cheualiers domestiques
de l'Empereur, vindrent trouuer sa Maiesté,
& luy firent entendre que le forfait que sa
deshonneste femme auoit commis, meritoit beaucoup plus griéue & ignominieuse
punition qu'elle n'auoit souffert. L'Empereur estoit lors à Cologne, grandement ennuyé, tant pour le deshonneur & honte que
sa folle femme luy faisoit receuoir, que
pource que le meurtre auoit esté perpetré
par son cher neueu. Et luy sembloit qu'il la
deuoit plustost accuser d'adultere, afin de la
faire punir publiquement par voye de iustice : toutesfois il ne s'en fit autre chose. Incontinent que le Comte René, pere de l'Imperatrix en ouyt les nouuelles, il pensa mourir de douleur, ne se pouuant faire accroire
que sa fille fust telle, qu'elle se fust voulu a-
bádonner à autre homme qu'à l'Empereur,
parquoy vaincu de l'amour paternelle, il
s'imagina que le Prince Berald auoit conceu haine mortelle contre l'Imperatrix, de
crainte (peut-estre) qu'elle ne luy procurast
la male grace de l'Empereur, & qu'il l'auoit
tuee pource qu'il se mesfioit de pouuoir
ausrer l'adultere qu'il supposoit. Ainsi le

Comte René, aueuglé de sa propre passion, tenant pour vray ce qu'il s'estoit imaginé,& iustifiant sa fille, sans ouïr partie aduerse, appella à soy quatre siens fils, braues hommes de leurs personnes,& bien entendus au fait des armes,& leur commanda expressément,que tous quatre s'en allassent à la cour de l'Empereur,& là en pleine audience demandassent iustice à sa Maiesté, du meurtre perpetré,par le Prince Berald, en la personne de leur sœur. Les quatre freres se partirent deliberez d'obeïr à leur pere d'aussi grand cœur,comme il le leur auoit commandé en grand colere. L'aisné se nommoit,Thierry, le second, Henry,le troisiéme, Conrad,& le plus ieune,Loys. Ces quatre Barons arriuez à la Cour, proposerent à l'Empereur leur plainte, menaçans iniurieusement le Prince Berald, comme homicide de l'Imperatrix. L'Empereur se troubla grandemét,luy semblant que la mort de sa femme ne se pouuoit ramenteuoir, sans sa grande honte & vitupere: parquoy,apres plusieurs propos,il leur fit response ,qu'il n'y auoit homme qui eust plus d'interest & de fascherie de tel inconuenient que luy, mais qu'il conuenoit auoir patience : car de tant plus seroyent les choses esuentees,de tant seroyent elles plus trouuees mauuaises , pour l'enorme & impudique vie de leur sœur sa femme , & que pour iustification de son neueu , suffisoit

que l'adultere Cheualier euſt eſté trouué, &
mis à mort, eſtant en vn meſme lict auec
elle:partant n'eſtoit de beſoin de cercher autre preuue. Lors les quatre freres, pleins d'i-
re & de colere hochans les teſtes, ne pouuans
ni ſçachans moderer l'indignation qui les
preſſoit & contraignoit de ſortir hors des
gons, reſpondirent en colere, que puis
qu'ils voyoyent que l'Empereur n'en vouloit faire iuſtice, ils ſe mettroyent en tout
deuoir pour en prendre deuë vengeance,
ne leur ſemblant raiſonnable que le Prince
Berald euſt ſi bon marché de leur ſang. Le
Comte René, entendant que l'Empereur
n'en vouloit faire autre choſe, ſe perſua-
dant que ſa femme auoit eſté meurtrie à
tort, delibera de s'en venger par la voye des
armes. Ayát donc aſſemblé bon nombre de
caualerie & d'infanterie, il enuoya ſes quatre fils faire degaſt au pays de Saxe. Le Prince Berald en eſtant aduerty, ſupplia l'Empereur qu'il daignaſt ſecourir ſon pays, ce
qu'Otton fit incontinent, creant ledit Prince
Berald Capitaine general de l'Empire, auec
commandement expres à tous les ſubiets &
vaſſaux de l'Empire, qu'ils euſſent à luy o-
beyr comme à ſa propre perſonne. En ceſt
inſtant les ennemis auoyent fait vn grand
dommage, gaſtans le païs le plus qu'ils pouuoyent par feu, fer & ſang. Berald eſtant
garni d'argent & de ſoldats, s'en alla à la

defense de son pays , & passa le Rhin , auec
son armee, à enseignes desployees, deliberé
de combattre l'ennemy, quelque part qu'il
se peut trouuer. En cheminant il fut aduerti, par vn espie, comme les ennemis estoient
logez à deux lieuës loin de luy , fort mal en
ordre. Les ennemis ne croyoient pas que le
Prince Berald se peust si tost mettre en equipage, & moins sçauoyent-ils qu'il fust si prés
d'eux. Pource s'estoyent-ils logez auec fort
peu d'ordre,& sans aucune crainte.Le Prince donc fut à leurs espaules, auant qu'il s'en
apperçeussent, & commença vaillamment
à les combattre de façon que n'ayans le loisir de s'armer & mettre en ordonnance , ils
furent pour la pluspart tuez,ou mis en rout-
te. Les deux plus ieunes freres, Conrad &
Loys aimans mieux mourir, les armes en
main,que de prendre honteusement la fuite,
apres auoir fait tout deuoir, pour r'assembler leurs gens,finirent là leurs iours honorablement. Le Comte René , entendant la
desfaite des siens, & la mort de ses deux enfans,plein de colere & de douleur insuppor-
table , estoit pis que forcené, & ne sçauoit à
quoy se resoudre: en fin s'estant rasseuré, il
recommença la guerre contre les Saxons,
plus cruelle que iamais, par le moyen de la
grande ayde & secours que luy donnerent
ses parents & amis. Allans ainsi les choses
de mal en pis, quelques princes & seigneurs

s'entre mirent pour moyenner vne paix,
l'Empereur s'y employa à bon escient, mais
il ne peut rien auancer, pource que le Comté René & ses adherans ne vouloient aucunement que le Prince Berald fust compris
en leur traitté. En fin, apres plusieurs pour-
parlez, la paix se conclud, à la condition que
le Prince Berald n'y estoit aucunemēt com-
prins, mais demeuroit banni de toute l'Alemagne, pour dix ans, & durant ce temps ne
pouuoit porter les armes & enseignes de
Saxe. Ainsi finit la guerre, & demeurerent
en bonne paix. L'Empereur estoit merueilleusement desplaisant du depart du Prince
Berald, mais il voyoit qu'il estoit forcé de
passer par là pour appaiser les troubles de
l'Alemagne. Apres plusieurs autres propos
qu'il tint à son neueu, il luy dit : Mon cher
neueu, ie veux que d'oresnauant vous portiez pour armoires, d'or à vne aigle de sable
membree de guelles. Ces armes vous serui-
ront d'enseigne & d'ornement pour vous &
pour les vostres. Berald accepta tres-volon-
tiers le don de l'Empereur, & apres l'auoir
remercié, s'en partit, bien accompagné de
ses vassaux, & de bon nombre de soldats du
pays, qui se ioignirent à luy, sçachans combien il estoit expert au mestier de la guerre.
Estant ainsi accompagné, il paruint auec sa
troupe en Bourgongne, qui pour lors estoit
vn Royaume, & en estoit Roy Bozō, qui re-

cueillit & embrassa fort volontiers, & auec
bon visage le Prince Berald, esperant de recouurer, par son moyen, quelques siens chasteaux, dont s'estoient emparez certains gar-
nements, de mauuaise & meschante vie, qui
à la faueur d'iceux, pilloyent tout le pays
d'entour, & ne laissoyent passer ni viures ni
marchads, qu'ils ne destroussassent, & bien
souuent leur couppoyent la gorge. Apres
que le Roy eut conté le tout au Prince Berald, il le pria de luy aider à chastier ces
brigans, ce que Berald luy promist de faire,
& de fait il s'y porta si valeureusement, qu'en
peu de temps ces garnemens furent tous
mis au fil de l'espee, & les chasteaux recou-
urez. Mais, si ie me vouloy estendre à ra-
compter tous les faits d'armes de Berald, le
recit en seroit par trop long; il sufira de dire,
que Berald & ses successeurs, conquirent la
Sauoye, le Comté de Mayenne, le Marqui-
sat de Suze, Turin, le Piedmont, & plusieurs
autres terres, & furent premierement appellez Comtes de Sauoye. Par apres, ce Comté fut par l'Empereur, erigé en Duché. Ils
firent plusieurs belles entreprinses en Leuant, contre les infideles, en faueur des Rois
de Ierusalem, & beaucoup d'autres choses,
dignes d'eternelle memoire, qui se peuuent
voir par les histoires.

Sommaire de l'Histoire 93.

La femme d'vn gentilhomme se donne du bon temps amoureusement, auec le compagnõ de son mari, embegaine si bien sõ dit mary, qu'il ne peut croire les vrays raports qu'on luy fait de sa femme.

HISTOIRE XCIII.

Viuant la matiere, de laquelle nous auons ià beaucoup parlé, ie vous peux asseurer, que nous n'auons iuré la guerre ny contre les hommes ny contre les femmes, pource que, qui y voudra prendre garde par le menu, nous sommes tous maschurez d'vne mesme poix. Il y a des hommes sages., & des femmes aussi : & si ie dy, qu'il y a beaucoup d'hommes sans esprit & iugement, qui m'arguera de mensonge ? Ce seroit vne manifeste folie, de nier, qu'il ne se trouue assez de femmes, qui ont peu de sens. L'infinité des fautes qui se commettent iournellement par l'vn & l'autre sexe, nous contraignent de le confesser: mais, à dire la verité, il y a beaucoup de raisons, qui nous contraignent à confesser, que les hommes sont plus coulpables, & meritent beaucoup plus grief chastiment de leurs fautes, que ne font les fautes, de celles qu'elles

cõmettent. Et qui ne me voudra croire, qu'il
demande l'aduis de madame Iules, & de sa
fille, Madame Magdaleine Sanseuerine,
femme de monsieur le General Petrero.
Mais pour n'entrer en si lõgue dispute, nous
parlerons des maris, qui se laissent tirer à
leurs femmes, par le nez, comme ianins. Ie
diray donc, qu'en vne bonne ville de nostre
pays de Gascongne, y auoit vn ieune gentilhomme, aagé de vingt-sept ans, ou enuiron,
richement aisé des biens de ce mõde, lequel
pour sa grand liberalité estoit bien veu d'vn
chacun, & aimé du peuple, & outre ce qu'il
estoit aimé, il estoit aussi fort craint par les
paysans, parce qu'il estoit braue soldat: &
vaillant de sa personne, & ne failloit pas
qu'aucun s'auãçast de luy oster vn chapeau,
car en quelque façon que ce fust, il s'en ven-
geoit. Cestuy-ci s'en amoura de la femme
d'vn gentil homme sien voisin, & compagnõ, qui se plaisoit si fort à la chasse, que le
plus souuent il estoit à cheual, ores auec les
chiens, tantost auec le faucon. Nostre gẽtil-
homme estant desmesurément amoureux
de la femme de ce sien voisin, pratiquant familierement & à toutes heures en leur maison, eut par plusieurs fois bon moyẽ de manifester son amour à la dame, ce qu'il fit &
si dextrement, qu'en bref il acquit son a-
mour, & dés lors commencerent à se iouer
amoureusement ensemble, au grandissime
plaisir

plaisir des deux parties. Mais faisans leur
cas assez indiscretement, la mere du mary
eut quelque soupçon de l'affaire, & commença diligemment a prendre garde sur
eux, de façon qu'elle s'apperçeut, que les
deux amans iouyssoyent de leurs amours,
& le fit voir à vn autre sien fils, en apres:
tous deux en aduertirent le mary, luy reci-
tans, de poinct en poinct, le tort que sa femme luy faisoit, & que le paillard, c'estoit son
compagnon, mais le bon homme, à qui sa
rusee femme auoit fait manger force safran,
auoit fait si bon estomach, qu'il ne pouuoit
croire aucun mal de sa femme; & ne luy
pouuoit entrer en la fantasie, que son compagnon luy eust iamais voulu faire vn tel
tort: parquoy il dit à sa mere & à son frere,
qu'ils se trompoyent, & qu'il ne pouuoit
croire si grand'folie, encor que, par maniere de dire, il l'eust veuë auec ses propres
yeux, & qu'il cognoissoit assez, que sa femme n'estoit de ce rang là. Ainsi les amans
perseuererent, à bon écient, a prendre leurs
plaisirs. Aduint, vn iour, que le mary voulant aller à la chasse apres disner, demanda
à son compagnō, s'il vouloit aller auec luy,
il luy respōd, en s'excusant, qu'il auoit quelque chose a faire, & qu'il n'y pouuoit aller,
Alors nostre chasseur s'en va dehors, auec
ses chiens, pour chasser au liéure; & son
compagnon se fourre en la chambre de s'a-

mie pour chaſſer le diable en enfer:mais,le
chaſſant ainſi gayement,voicy la belle mere de la dame, auec ſon autre fils, qui a-
uoyent fait la ſentinelle, & veu entrer le
paillard dans la chambre, qui commencerent a heurter à l'huis, & a appeller la damoiſelle par ſon nom. Le gentilhomme ſe
retire derriere les courtines du lict,& la damoiſelle ouure la porte. Alors la belle-me-
re,d'vne voix fiere,Et où eſt,mauuaiſe femme, l'homme qui n'y a pas long temps, eſt
entré icy?La damoiſelle reſpõd,qu'elle n'en
ſçauoit rien. Mais la ſubtile vieille, ne le
voyant par la chambre, l'alla trouuer tapi
derriere la courtine.Mais ni le frere du mari ny leur mere,n'eurent le courage de leuer
noiſe,ſeulemẽt luy dit la mere,que l'amitié
qu'il monſtroit porter à ſon fils,ne meritoit
point qu'il luy fiſt le tort qu'il faiſoit en la
perſonne de ſa femme, & que tels ieux n'e-
ſtoyent receuables entre amis.Le gentilhõ-
me, ſe voyant découuert, ſort de ſa taniere,
& faiſant peu de cas des paroles de la vieille,
meſme feignant de ne la pas entendre, ſort
hors de la maiſon,auec vn front auſſi aſſeuré, que ſi l'affaire ne luy eut point touché.
Quand le mary fut de retour de la chaſſe, à
peine fut-il décendu de cheual que,& mere
& frere luy furent aux eſpaules, & en preſence de la femme, luy firent le diſcours de
ce qui s'eſtoit paſſé.Mais la femme ſans s'é-

moûuoir aucunement, auec vn front asseuré, nioit le tout : & se tenant par les costez,
auec vn asseuré visage, disoit qu'on luy
mettoit ce blasme sus, pource qu'on luy
vouloit mal. Le mary, qui aimoit sa femme
outre mesure, & ne pouuoit croire, que son
amy vsast mal en son endroit, commanda à
sa mere & à son frere, que plus on ne luy
tint propos de cet affaire, & dit qu'il vouloit que son amy, & de nuict & de iour,
peust aller & venir en sa maison, & demeurer en sa chambre auec sa femme, d'autant
qu'il le cognoissoit bien, & qu'il sçauoit
qu'il se pouuoit seulement fier d'eux. Cela
dit, il enuoya à sondit amy vne couple des
liéures qu'il auoit pris. Le lédemain matin,
estans ensemble, il luy raconte tout ce qui
luyauoit esté dit par sa mere & par son frere,
mais que certainement il n'en croyoit rien
de tout. L'ami luy respõd, qu'il le remercioit
infinimét & de bon cœur, l'asseurant, qu'il se
pouuoit fier de luy comme de son propre
frere : toutesfois, puis que sa mere & son frere auoyent si sinistre opinion de luy, il verroit par cy apres, de ne plus frequenter leur
maison. Alors messire (ie ne sçay comme le
nommer) entre en colere, & dit, qu'il vouloit qu'il y frequentast tout ainsi comme au
parauant. Ne vous semble-il, seigneurs &
Dames, que la femme l'auoit gentilment
coiffé, & ie l'estoit tres-galantement rendu

T ii

sien:mais puis qu'il le vouloitainsi, ce n'e-
stoit pas de merueille, si les amans se sçauoyent donner du bon temps.

Sommaire de l'Histoire 94.

Subite ruse d'vn écolier, estant auec son amoureuse,
pour se cacher, lors que le mary vouloit entrer
en sa chambre.

HISTOIRE XCIIII.

Aris, ainsi que chacun sçait, est
vne fort grande & peuplee cité, en
laquelle lon tient pour certain,
qu'ordinairement il s'y trouue
enuiron trente mil écoliers, tant de petits
enfans, qui aprennent la Grammaire, que
des Artiens, que de ceux qui estudient en
Theologie. Vous sçauez comme ces écoliers se gouuernent auec les Dames : afin
que quand par long espace ils se seront a-
lembiquez le cerueau sur leurs liures , ils
puissent apres distiler leurs humeurs auec
les dames. Il n'y a pas long temps, qu'vn
ieune homme Italien alla estudier à Paris,
& print vne chambre à loüage, en la maison d'vn imprimeur, qui auoit pour femme
vne Parisienne, aagee de vingt trois ans ou

enuiron, belle à merueilles, laquelle euſt
touſiours voulu rire, & donner la iambette
à vn autre, & le receuoir auſſi. Le mary ordinairement diſnoit à l'imprimerie, qui
faiſoit que l'écolier diſnoit auec la Dame.
De là s'engendra vne grand familiarité qui
peu à peu ſe conuertit en amour. L'écolier
ſe ſentant quaſi pris de l'amour de ſa dame,
& la voyant ſi belle, delibera de tenter fortune, & voir ſi ſon deſſein luy reuſſiroit. Et
pource qu'il auoit grand' commodité de
parler auec elle ſans truchement, il ſceut ſi
bien donner à entendre ſon fait, & contrefaire le paſſionné, que la dame, laquelle n'e-
ſtoit de pierre ny de bronze, commença à
luy preſter l'oreille, & à deuiſer auec luy
plus que volontiers : luy ſemblant l'écolier
gentil & diſcret : faiſant toutesfois vn peu
la réſcherie. Elle prend conſeil de ſa chambriere (laquelle leur appreſtoit à manger,
car autre ne demeuroit en la maiſon.) Deſi-
rans donc les deux amans de venir aux approches, & iouyr de l'amour l'vn de l'autre,
ils ne demeurent gueres à accomplir leurs
deſirs amoureux. L'écolier demeuroit en
la chambre au deſſus de celle où l'imprimeur & ſa femme couchoyent. L'imprimeur ſe leuoit tous les matins à l'aube du
iour, & s'en alloit à l'imprimerie, & laiſſoit ſa femme ſeule dans le lict. Afin que
la bonne Dame, demeurant ainſi ſeule,

n'euſt peur des eſprits, l'écolier auoit accouſtumé de luy venir tenir compagnie, &
la bien couurir, de peur qu'elle n'euſt froid.
Comme le mary ſortoit de la maiſon, ſa
femme, auec le baſton qui eſtoit au cheuet
du lict, frapoit deux ou trois coups contre
le plancher. L'écolier oyant le mot du guet,
ſe leuoit, deſcendoit en bas, & ſe couchoit
auec elle, & luy preſſoit fort bien ſa beſon-
gne, afin qu'elle n'euſt enuie à ſon mary,
qui, peut eſtre, alors preſſoit celle de l'imprimerie. Ainſi demeuroyent bonne piece a
ſe ioüer enſemble, pource que le mary ne
reuenoit à la maiſon, qu'à l'heure du diſner. Vint le iour dedié à S. Iean porte Lati-
ne, qui eſt la feſte des imprimeurs. Ce iour
le mary s'eſtant leué, ſelon la couſtume, &
ſorti dehors, la femme ne faut point de dôner le mot du guet à l'écolier, qui incontinent décend à bas, ſe couche, & ſe met a lui-
ter amoureuſement auec elle. Mais le mari,
qui auoit oublié ſa bourſe ſous le cheuet du
lit, s'en eſtoit allé à l'imprimerie, où eſtoyẽt
ſes autres compagnons, qui parloyent de
faire vn bon repas enſemble. S'apperceuant
qu'il n'auoit pas ſa bourſe, il dit à ſes com-
pagnõs, Las! i'ay laiſſé ma bourſe à la maiſon, il me la faut aller querir, ie ſeray incontinent de retour. Il ſort, & s'en va à ſon logis, là où trouuát la porte fermee (car l'écolier ne l'auoit laiſſee ouuerte) cõmence lors

à hurter. La dame, qui auoit son amy entre
ses bras, qu'elle embrassoit fort estroite-
ment, crie, feignant de l'endormie, Qui est
là? holà. Le mary respond, Ouure, ouure,
ie suis ton mary. Alors la dame dit tout bas,
à l'écolier, Helas, que ferons-nous, que
mon mary veut entrer? Il n'y auoit aucun
lieu en la chambre, où l'écolier se peust cacher : & tardant d'ouurir la porte, le mary
crioit incessamment, qu'elle ouurist. Elle
affermoit, qu'il auoit la clef, & qu'il pouuoit
bien luy-mesme ouurir, combien qu'elle
sçeust bien, que la clef estoit en la chambre.
Ie n'ay pas la clef, dit le mary, ouure si tu
veux, & ne me fais plus icy muser. L'écolier,
aidé de subit aduis, dit à la dame, M'amie,
mets moy dans ce cofre qui est icy deuant.
Et ainsi il y entra, auec ses habits, & s'y est é-
dit accoustrant le couuercle, de façon qu'il
peust auoir air. Le mary crioit de plus fort,
qu'elle ouurist. Elle disoit, qu'il eust vn peu
de patiéce, qu'elle eust pris sa chemise blanche. L'ayant prise, sans autrement se vestir,
mettant vne main deuant la fontaine de
Merlin, s'en va ouurir l'huis. Le Soleil é-
toit ià leué, & par les verrieres éclairoit
toute la chambre. Le bon mary voyant sa
femme nue, qui estoit blanche cóme neige,
auoit la chair fort delicate, & teinte d'vn
naif vermeil, se sentit mouuoir la conscience, & commença à baiser sa femme, & à

l'embrasser pour chasser le diable en enfer,
qui s'estoit fierement éueillé. Mais la bonne
dame, qui auoit esté assez bien repeüe de son
amy, le poussoit auec les mains, luy disant,
O qu'il fait bon voir, qu'auiourd'huy, qui
est vostre feste, vous ne vous puissiez contenir. Ie sçay bien que vous n'auez pas encor
ouy Messe. Somme qu'elle sçeust tant dire &
tant faire, que le bon Iean s'en alla. Comme
il fut party, l'escolier sort du coffre, & entrez
dans le lict, il fit à la dame ce que le mary
luy vouloit faire. Depuis la dame commanda à sa chambriere que quand son mary sor-
roit dehors, elle ne faillist d'aller fermer la
porte de la maison. Le soir venu estans à
souper le mary, la femme & l'escolier, le mary conta à l'escolier ce qui s'estoit passé le
matin entre luy & sa femme, dequoy riant
le ieune hôme luy dit, vous me deuiez bien
apeller, auec vn foüet ie l'eusse bien chastiee
& l'eusse contrainte de vous complaire. Depuis les amans rirent souuent entre eux de
ce stratageme, & continuerent longuement
de iouyr de leurs amours.

Sommaire de l'Histoire 95.

Gonnelle donne vne baye à son seigneur, le Mar-
quis Nicolo d'Este, seigneur de Ferrare.

Onnelle fut Florentin de na-
tió, fils d'vn maiſtre Bernard,
qui ſe meſloit de faire des gãs
des bourſes, des courroyes, &
autres ſemblables choſes de
cuir, & en tenoit boutique. Ce
maiſtre Bernard pour eſtre de vie loüable
eſtoit ſouuent eſleu pour recteur des confre-
res de ſaincte Marie la nouuelle. N'ayant autre fils que Gonnelle, il l'ennoyoit à l'eſco-
le, pour aprendre: & l'inſtruiſoit aux bonnes
mœurs. L'enfant eſtoit de bon eſprit & aigu
& aprenoit fort bien la Grammaire, mais il
eſtoit du tout adonné à donner des bayes à
cetuy-cy, & à l'autre: de façon que pour ſes
plaiſanteries il eſtoit aimé d'vn chacun.
N'ayant volonté de demeurer à Florence,
& moins encor d'exercer l'art de maiſtre
Bernard : agé d'enuiron vingt ans, ſans dire
adieu à ſon pere, s'en part, & s'en và à Bou-
longne, où il ne demeura gueres, qu'ayant
ouy la renommee du Marquis Nicolo, il
ſe delibera de faire en ſorte qu'il peuſt eſtre
de ſa maiſon. Et ſuyuant cette reſolution ſe
rendit à Ferrare, où il ſçeut ſi bien manier
ſon fait, qu'il fuſt en l'eſtat de valet de
chambre du Marquis, auec bons gages.
Il ne demeura gueres en cour, qu'il n'ac-
quiſt l'amour d'vn chacun, pour cauſe des

plaiſanteries & ioyeuſetez qu'il faiſoit : de
façon que le Marquis commença à l'aimer
non vulgairement, & le tenir fort cher. Et
pratiquant auec luy fort familierement, l'affection qu'il portoit à Gonnelle s'augmen-
ta, de telle façon , qu'il luy ſembloit que
ſans luy il n'euſt peu viure. Gonnelle eſtoit
auiſé , fin, & riche en paroles, fuſt pour
mettre en auant quelque choſe, ou bien
pour dire ſon auis de ce qui auoit eſté
propoſé. Et ce qu'il propoſoit, il le confermoit touſiours auec quelque raiſon ap-
parente. Il eſtoit eloquent, & auoit le
langage Tuſcan, de façon qu'il perſuadoit
tout ce qu'il vouloit. Mon pere grand a
eſté familier dudit Gonnelle, lors qu'il eſtoit
encor courtiſan. Ie luy ay pluſieurs fois
ouy dire , que les plaiſanteries & boufon-
neries que faiſoit Gonnelle, ne procedoyent
point de folie ny de faute de cerueau, mais
bien de la viuacité, promptitude, & ſubli-
mité de ſon eſprit : car tout ce qu'il faiſoit, il
le faiſoit apres y auoir penſé : & comme il
deſſeignoit de faire quelque gentilleſſe, il
conſideroit le naturel de ceux à qui il vouloit bailler la baye, & le plaiſir qu'en pourroit receuoir ſon ſeigneur le Marquis. De
pluſieurs qu'il fit, & en diuers temps, ie vous
en veux dire vne qu'il fit au Marquis meſme. Gonnelle eſtoit fort penſif de ſon naturel : tellement que quand il ſe trouuoit ſeul, il

réuoit toufiours, imaginant quelque plai-
fanterie, laquelle il traçoit trois ou quatre
fois auant que de s'en feruir. Ayant deffei-
gné d'en donner vne au feigneur Marquis,
il fe mit vn iour à la feneftre du palais, qui
refpond fur la place vers l'eglife epifcopale:
il auoit vn petit coufteau en fa main, auec
la pointe de ce couftelet, hauffant fouuent
fes yeux au ciel, il faifoit certains chifres &
caracteres fur la muraille. Là deffus arriue
le Marquis. Gonnelle feignant ne s'apercé-
uoir de fa venue, entendoit toufiours à faire
fes caracteres, à hauffer les yeux au ciel, à
faire auec les mains mille bagatelles, & à
faire autres geftes, par lefquels lon euft penfé qu'il euft efté plongé bien profondement
en penfees de grande importance. Quand
le Marquis eut demeuré bonne pofe à a-
uifer ces bigearreries, il dit à Gonnelle: A
quoy eft-ce que tu réues tant? Comme Gonnelle ouyt le Marquis, feignant ne s'eftre
premierement aperçeu de luy, Et que trente
diables, dit-il, allez-vous à cette heure lan-
ternant par icy? & monftrant d'eftre moult
faché, il aioufte, Ie payeroy bonne chofe,
& que maintenant vous ne m'euffiez point
débauché : car infinis minutes de cours du
ciel, fur vne chofe que ie calculois, me font
efcoulez, & me faudra bien employer du
temps auant que ie paruienne où i'eftoy. Allez, au nom de Dieu, & ne me rõpez point la

teste : c'est vn grand cas que ie ne puisse a-
uoir deux heures le iour : pourquoy? Où est
Gonnelle, Apelle moy Gonnelle, fay qu'il
vienne tost. Puis quand ie suis venu, ie trouue qu'on ne me veut rien. Alors le Marquis, Voyez le beau trait. Cette-cy est vne
des faffe es que tu sçais faire. Quels tintoüins
as-tu en la teste? qu'est-ce que tu fantasies?
qu'astrolognes tu? Ce seroit bien le bon, si
tu me voulois faire accroire, que tu t'entens en Astrologie. Maintenant n'entrera
pas ta besche en mon terroir. Or sus, dit
Gonnelle, ie me trouueray encor vn petit
lieu où vous ne me viendrez destourber :
que si vous sçauiez ce que ie faisoy, vous ne
m'eussiez rompu mon dessein. Alors creut
le plus grand desir du monde au Marquis,
d'espier & entédre ce que ce pouuoit estre, &
commença instamment à le prier, qu'il luy
voulust declarer ce qu'il faisoit. Gonnelle,
apres s'estre laissé prier & reprier assez, dit,
ie faisoy maintenant vne figure Astrolo-
gique, qui estoit quasi acheuee, mais vostre suruenue m'a gasté tout mon affaire :
& Dieu sçait quãd ie me trouuay mieux disposé pour faire ces calculs astronomiques.
Oh, oh, dit le Marquis, ie disoy bien, que
c'estoit icy de tes philosophies, & de tes
bayes de nulle valeur. Dy-moy, où as tu
apris l'astrologie? Certainement tu réues,
fol que tu es. Ie le dis, l'ay dit, & le diray

touſiours, reſpond Gonnelle, que ie demeu-
reray auec vous cent ans, & encor ne ſçaurez
vous la miliéme partie de mes vertus. Paſſez, paſſez, & ne m'empeſchez point: vous
feriez bien mieux d'apprendre cette belle
& delectable ſcience qui vous pourroit
encor ſeruir aſſez, & qui s'apprend aiſément. Ie m'obligeroy à vous l'enſeigner
en bien peu de temps. Le Marquis ſe part
ſans autre propos. Depuis Gonnelle côti-
nue chaque iour à faire charactères & ſignes, maintenant auec la plume ſur du
papier, maintenant auec le couteau côtre
le mur : & taſchoit de ſe mettre en
lieu, où le Marquis le peuſt voir. Le Marquis voyant cela, ſe delibera de vouloir
voir l'iſſue de cette comedie. Gonnelle ſçauoit le nô des Planettes, & cognoiſſoit pluſieurs eſtoiles. Vn iour parlant en la preſence du Marquis, au medecin dudit ſeigneur,
il dit certaines choſes qui apartenoyent à
l'aſtrologie iudiciaire, où il les auoit ap-
priſes, ie n'en ſçay rien. Ce medecin, qui
n'eſtoit pas des plus ſçauans hommes du
monde, iugea que Gonnelle eſtoit vn parfait Aſtrologue, & luy dit, Gonnelle, Gonnelle, tu monſtres d'eſtre plaiſant, mais ie
t'ay pour vn ſçauant Aſtrologue: puis ſe retournant vers le Marquis, luy dit: Seigneur,
cetuy-cy à le diable au dos, il eſt autre que
nous ne l'eſtimons. Monſeigneur, il à main-

tenant touché certains points, qui font de
profonde doctrine en l'aftrologie iudicaire.
Pour les paroles de monfieur le medecin
qui deuoit eftre coufin germain de maiftre Simon de Ville, le Marquis commença à aioufter foy aux fables de Gonnelle,
dequoy s'aperçeuant Gonnelle, ourdit vne
trame, pour mieux l'apafter, & faire que
en luy donnant plaifir, le medecin demeu-
raft trompé & rendu Cheualier baigné,
comme fut maiftre Simon. Oyez dõc comment: d'ordinaire, à Ferrare, aupres de la lo-
ge qui eft fous le grand palais, fe voyent plufieurs afnes chargez d'écuelles, dieres, ou
les éguieres, & autres femblables vaif-
feaux de terre cuite, qui fe vendent là pour
l'vfage du peuple. Gonnelle accorde auec
l'vn de ces tupiniers, & luy encharge qu'vn
tel iour auec vne charge de tupins, il s'en
viaft par celle rue eftroite, qui conduit
en la place, vers la boutique des bulettes.
Et pource que l'afne, qui par plufieurs
fois auoit de faire ce chemin, s'en iroit
tout droit au lieu où il fe fouloit décharger
il luy enioint qu'il le chaffe par la place
vers la face de la grande eglife : & comme
il fera contre le portail du temple, qu'il
face du furieux & du bigearre, qu'il rompe
fes tupins, & qu'il affomme fon afne. Cela fait, qu'il s'en aille incontinent, fans iamais manifefter à perfonne qui c'eft qui l'a

induit à faire ſon enragement, ſur peine
d'encourir la male grace du ſeigneur Marquis. Gonnelle eſtoit cognu à Ferrare des
grands & des petits, & chacun ſçauoit combien il eſtoit en la grace du Marquis : parquoy le tupinier, ſe voyant bien payé, & à
bon prix, & de ſon aſne & de ſes tupins, executa entierement, & au temps prefix tout ce
qui luy auoit eſté enchargé par Gonnelle.
Gonnelle, ayant donné ordre à ſon tupinier
s'en vint le iour deuant à ſa feneſtre accouſtumee, auec ſes inſtrumens. Toſt apres ſur-
uint le Marquis qui s'accoſte de luy. Gonnelle faiſoit de l'eſtonné, ſur ce qu'il faiſoit
ſemblant de comprendre par les ſignes &
charaćteres qu'il auoit fait: parquoy ſe tournant vers le Marquis, il luy parla en cette
façon, feignant à vn coup eſtre ſurprins de
douleur, d'admiration & de triſteſſe: Monſeigneur, prenez garde aux paroles que ie
vous diray maintenãt, & ne les laiſſez tomber à terre : car bien toſt vous verrez l'effet
s'en enſuyuir, ſi mon art ne me trompe à cette fois. Ie voy que demain ſur cette voſtre
place il y aura vne grande meſlee entre deux
perſonnes, dont s'enſuyura la mort de l'vne
par pluſieurs coups, auec grande effuſion
de ſang. Ie n'ay peu encor cõprendre l'heure
ny l'arreſter, mais ie ſçay aſſeurement
que cela auiendra demain. Oyant le Marquis que Gonnelle affermoit ainſi ſon dire,

& qu'il defignoit le iour que la meflée fe deuoit faire, il luy refpondit, d'icy à demain
il n'y a pas grand temps, nous verrons ces
tiens miracles, & fçaurons fi tu babilles fans
fçauoir ce que tu dis, ou bien fi tu en parles
comme, entendu. Et fi ce que tu as pro-
phetifé n'aduient, ie te veux faire publier
par toutes mes terres pour le plus grand
dôneur de bourdes qui viue, & te faire confeffer publiquemét que tu es vn grand ignorant, & perfonne de nul fçauoir. Lors dit
Gonnelle, Et fi monfeigneur, vous trouuez que i'aye dit vray, la raifon voudra que
ie foye guerdonné. Le Marquis refpond, fi
tu m'as dit la verité, ie te feray couronner
Aftrologue laureat, auec de fort beaux priuileges. Vint le lendemain, auquel fuyuant
l'ordre donné, le tupinier côparut: qui apres
auoir rompu fes tupins, & donnétant de ba-
ftonnades qu'il voulut à fon afne, auec vn
couteau trenchant luy coupa miferablemét
la gorge, & l'ayant laiffé mort, s'en alla à fes
affaires. Le bruit fe leua par la place, & chacun courut au fpectacle, voyant cet yurongne & infenfé (car tel l'eftimoyent-ils) ba-
ftonner fon afne de telle façon. Et n'y eut
celuy qui s'ofaft approcher, ny mefme
crier, de peur d'eftre payé de la mefme
monnoye que le poure afne. Le fait fut incontinét raporté au Marquis, lequel fe tournant vers Gonnelle, qui eftoit auec luy, luy
dit,

dit, Par ma foy, tu as esté à ce coup vn maigre astrologue. Car au lieu que tu predisois
vne grand meslee, & la mort d'vne personne, la chose s'est côuertie en la mort de messire bauder. Gonnelle, faisant de l'esbahi,
respond, Monseigneur, le moindre poinct
qu'on faut en calculant est cause de ces faux
iugemés: mais ie veux me remettre à calculer de nouueau, pour voir où consiste la faute. Encor que la chose ne reüssit ainsi qu'a-
uoit predit Gonnelle, neantmoins le Marquis l'estima deuoir estre vn sçauant personnage, & delibera d'essayer s'il pourroit
apprendre cest art de prophetie, & en tint
propos à Gonnelle, lequel voyant son dessein aller de bien en mieux, luy respondit,
Monseigneur, ie me fay fort, en moins de
quinze iours, vous donner tel commencement, qu'apres, de vous mesmes, auec quelques receptes que ie vous donneray, vous
sçaurez deuiner: Mais il faut que durant
ces quinze iours, ie couche en vostre chambre, & auec moy vostre medecin, qui vous
dit tant de bien de moy. Le Marquis le
trouua bon & fut ainsi fait. Lors Gonnelle faisoit leuer la nuict le Marquis & le medecin, leur monstroit, maintenant l'estoil-
le de Iupiter, maintenant celle de Venus
& des autres planettes, auec le chariot &
autres signes du ciel. Le Marquis apprit en
peu de iours à les cognoistre tous. Le mede-

cin crachoit assez, & luy sembloit que Gonnelle fust vn grand Astrologue. Gonnelle
s'estoit fait faire à vn apothicaire cinq pilules pour lascher le ventre, qui toutesfois
n'estoyent aucunement corrosiues. Voyant
le temps propre pour donner le feu à son artillerie, il les prit toutes cinq auant que s'aller coucher. Ces pilules enuiron la minuict,
commencerent à vouloir faire operation.
Gonnelle sentant que le medecin dormoit
la pance contremont, & la bouche ouuerte,
se leue fort coyement, tournant son derriere
sur la face du medecin, apres vn grand tonnerre luy deschargea la tempeste sur le visage, dont-il en entra plus de sept drach-
mes dans la bouche. Le pauure medecin,
tout emplastré de ceste vilennie, se resueil-
la, & voulant crier, fut contraint d'en aual-
ler quelques onces, de façon qu'en barbot-
tant il esueilla le Marquis, lequel sentant si
grand puanteur, & le mescontentement du
medecin, leur dit, Que diables faites vous?
Qui a chié? Lors Gonnelle, qui estoit ià
sorti du lict, luy respond, Marquis, voyez
comme ie me suis bien acquité, de mon deuoir, & vous ay rendu Astrologue, veu
qu'à la minuict, à l'improuist, sans lumiere, sans calculer, du premier coup, vous
auez deuiné la verité : car le medecin est
tout conuert de merde. Puis ayant appellé
quelques seruiteurs, fit mettre dehors le

medecin & les linceuls. Lors luy dit le Marquis, Gonnelle, Gonnelle, ceste-ci a bien esté vne des tiennes; mais elle put trop. Puis se remit à dormir.

Sommaire de l'Histoire 96.

Ce que fit vne belle, noble & riche damoiselle apres le decez de son mari (pource qu'elle n'auoit le don de continence) & ne se voulant neantmoins remarier: & l'inuention dont elle vsa, pour pourueir à son affaire.

HISTOIRE XCVI.

A Milan, il y eut vne damoiselle tres-riche, fort ieune, & doüee d'vne singulière beauté, Ceste icy, estant demeuree vefue, en l'aage de vingt-deux ans, se resolut de iamais ne prendre mari. Elle auoit vn petit fils, au berceau, qui n'auoit encores vn an, lequel elle auoit eu de son feu mari. Son dit mari, par son testament, laissa ce sien petit fils son heritier vniuersel, & bailla à sa femme cinq mil ducats, pour accroist de son dot, la laissant pendát qu'elle viuroit, dame & maistresse de tous ses biens, sans qu'elle fust tenuë d'en rendre aucun compte: seulement luy defendoit d'aliener aucun immeuble, fust par vente ou hypotheque.

Ceſte veſue, apres le decez de ſon mari,
s'entendoit à eſleuer ſon petit fils. Elle demeuroit en vn fort beau palais, auſſi-bien
fourni, de draps de ſoye, tappis d'Alexan-
drie, riches & diuerſes garnitures de lict,
qu'autre qui fuſt dans Milan. Elle auoit vne
magnifique coche, auec quatre braues cour-
ſiers. Encor qu'elle n'euſt ſi grande famille,
ni tant de ſeruiteurs, que elle en auoit du
temps que ſon mari viuoit, ſi en auoit elle
aſſez bon nombre. Entre autres, elle auoit
vn ſecrettaire, aſſez vieux, qui auoit eſté
auec ſon beaupere & auec ſon mari, vn facteur pour les biens des champs, & vn maiſtre d'hoſtel, attrempé, auec deux eſtaffiers,
& quelques pages : elle auoit auſſi quelques
femmes, auec ſon nourricier & ſa nourrice:
Tous les ſoirs, elle vouloit, qu'à vne certaine heure, chacun ſe retiraſt en ſa chambre : & apres que ſon palais eſtoit fermé,
elle ſe faiſoit apporter les clefs en ſa chambre où elle couchoit, & là demeuroyent
toute la nuict. Et ainſi viuoit paiſiblement,
auec vne grande honneſteté. Et ne pratiquoit pas beaucoup auec ſes parens, & encores moins auec ceux qui ne luy eſtoyent
rien, ains elle menoit vne vie ſolitaire, auec
vne ferme deliberation, de iamais n'entrer
ſous le ioug marital. Elle eſtoit noble, elle
auoit grand dot, & grand accroiſt. Elle
auoit eſté mariee fort richement, & auoit

n ſes coffres pluſieurs milliers de ducats,
ttendu ſes grands reuenus , & le peu de
leſpenſe que elle faiſoit. Ces choſes faiſoyent qu'vne bonne trouppe de gentils-
hommes ſe mirent apres à luy faire l'a-
mour : les vns pour iouyr de ſa beauté &
bonne grace , les autres pour l'auoir à femme : mais ils trauailloyent en vain , car elle
ſe loüoit d'auoir eu pour mary le plus gentil
& le plus courtois qu'on euſt ſçeu choiſir,
lequel l'auoit aimee vniquement , ainſi qu'il
n'auoit rendu bon teſmoignage à ſa mort :
partant ne vouloit tenter la fortune : crai-
nant de rencontrer quelque mary faſcheux , ialoux , ſoupçonneux , qui luy tinſt
mauuaiſe compagnie , ou qui fuſt du nom-
re de ceux qui ſont la fable du peuple , & la
ribulation de la maiſon. Auec ceſte deliberation elle ne ſe ſoucioit aucunement de
ceſtui-cy & ceſtui-là , qui ordinairement
uy faiſoyent la cour , cerchans de l'auoir à
femme : tellement que perſonne ne s'apper-
ceuoit que elle fiſt meilleur viſage à l'vn
qu'à l'autre. Elle demeura ainſi enuiron
deux ans , ſans qu'il luy vinſt iamais volonté d'aimer , ne de ſe ſouſmettre au ioug
marital : au contraire , il ſembloit qu'elle
meſpriſaſt tout le monde. Mais amour,
eſpité de la rigueur de ceſte damoiſelle,
ſe delibera de triompher d'elle , & ſe mettre
en deuoir de luy faire rompre ſon chaſte

V iij

vœu. La feste de l'Annonciation de noftre
Dame, ainfi que i'ay entendu, fe fait auec indulgence pleniere alternatiuement, vn an au
grand hofpital, l'autre an au Dome. L'an
qu'elle fe celebroit à l'hofpital, noftre damoifelle y vid vn gentil-homme, qui deui-
foit quafi vis à vis d'elle. La bonne dame
eftoit allee au pardon, pour receuoir pleniere remiffion, & elle fe fentit, par fa fiere cõ-
ftellation, prife de tresferuent amour. Elle
tourna fes yeux, pour regarder ce ieune gentil-homme, qui veritablement eftoit fort
beau, tres-vertueux & riche, & fi eftoit doüé
de bonnes mœurs. Il fembloit proprement à
la damoifelle, que iamais elle n'en auoit veu
vn plus gentil, ne plus gracieux, & ne pouuoit ofter fa veuë de deffus luy, mais le gentilhomme, qui ne penfoit pas à elle, ne s'en
donnoit point de garde. Elle defiroit qu'il fe
fuft tourné deuers elle, fe faifant accroire,
qu'elle euft reçeu vn merueilleux plaifir de
fa veuë. Or en ce poinct l'apothicaire, qui
feruoit la damoifelle, tant de confitures que
de chofes medicinales, s'approcha du gentilhomme, & commença a deuifer auec luy:
comme ils demeuroyent longuement à parler enfemble, la damoifelle fit figne à fon
nourricier, qui l'auoit accompagnee, qu'il
luy vinft parler, ce qu'il fit, auec toute reuerence. Lors elle luy demanda, tout bas, s'il
cognoiffoit le gentilhomme, à qui l'apothi-

caire parloit: apres qu'il luy eut reſpondu,
que non, elle luy enchargea, qu'il euſt à ſçauoir dextrement ſon nom & ſur nom. Peu
apres le gentil homme ſe partit, & le ſuiuit
le pere nourricier, tout bellement. En le ſuiuant il rencontre vn porte-faix, de qui il
eſtoit aſſez familier, pource que telles gens
cognoiſſent quaſi tout le monde, à cauſe
qu'il pratiquent toutes les maiſons de la cité,
il luy demanda, qui eſtoit celuy qui paſſoit
là deuant auec trois ſeruiteurs, & s'il le cognoiſſoit point. Comment, reſpond le gai-
gne-denier, ie ſuis aſſez ſouuét en ſa maiſon,
& luy fay toutes les ſemaines mille ſeruices:
il ſe nomme ainſi & ainſi, & eſt logé en vne
telle ruë. Lors luy dit le ruſé vieillard (à celle
fin qu'il n'euſt ſoupçon de rien: Voy ſi ie me
trompoy, ie le prenoy pour vn autre, à qui il
reſſemble fort. Cela dit, il s'en va, & eſtant à
la maiſon, raconte le tout à la damoiſelle.
Elle ſe ſouuient que pluſieurs fois elle l'auoit
ouy renommer à feu ſon mari, pour noble,
riche, & courtois gentilhomme : parquoy
elle commença à ſe mettre ſouuent aux
feueſtres, pour voir s'il paſſoit point par
celle ruë. Elle eut en cela la fortune aſſez
fauorable. Le gentilhomme auoit vn procez
par deuant le Poteſtat, où il alloit ſouuent.
Il ne pouuoit aller au palais dudit Poteſtat
par le droit chemin, qu'il ne paſſaſt par
deuant la maiſon de la vefue, parquoy le

voyant assez souuent aller & venir par celle ruë, elle s'apperçeut, que s'il n'estoit
auec l'aduocat & procureur, qui manioyent
son procez, il n'alloit iamais accompagné: mesmes se promenant par la cité, à
cheual, il estoit tousiours seul. Quand elle
s'alloit promener en coche, selon la coustume des gentilsfemmes, elle le rencontroit tousiours seul : car il ne menoit auec
luy d'ordinaire, sinon vn page, ou bien
deux ou trois seruiteurs, quoy qu'il eust
bon nombre de gens en sa maison. Quand
ce gentil-homme la rencontroit, fust elle
à pied, ou bien dans sa coche, il luy faisoit tousiours la reuerence, auec vn honneste contournement de teste, le bonnet
à la main, comme c'est vne loüable coustume entre les gentils-hommes, de reuerer &
honorer les damoiselles. Elle, au semblable, non seulement à luy rendoit le salut,
auec vn honneste baisser de teste, mais aussi
à tous ceux qui la saluoyent, s'humiliant
plus ou moins selon leurs degrez : mais elle
se gouuernoit de telle façon, que lon ne
pouuoit apperceuoir qu'elle portast plus
d'affection à l'vn qu'à l'autre. Elle n'aymoit
pas petitement le gentil homme, mais
(comme sage & prudente) elle ne descou-
uroit aucunement son amour. La modestie & la beauté qu'elle voyoit estre au gentil-homme, tant en son aller qu'en ses

autres gestes, luy plaisoient extremement,
mais beaucoup plus luy plaisoit ce qu'elle voyoit qu'il ne pratiquoit quasi auec
personne. Bruslant & languissant de telle façon, desirant outre mesure estre aimee de
luy, & ne luy osant descouurir son feruent
amour, ni par lettres ny par messages, &
moins encor l'en faire certain par œillades
& autres gestes, elle demeura quelques iours
aymant, bruslant, & cachant son amour, sans
se sçauoir resoudre du moyé qu'elle deuroit
tenir : car elle craignoit grandement de
s'embourber, pour en apres se voir moquee.
En fin, aidee par l'amour, elle trouua inuention nouuelle , pour iouyr de son gentilhomme, sans qu'il la cogneut, ne qu'il la vit,
chose, peut-estre qui iamais ne fut prati-
quee. Mais oyez l'inuention & la ruze dont
elle vsa. Premierement, elle se descouurit à
ses pere & mere nourriciers : & leur dit, suiuant quelques raisons qu'elle leur allega,
qu'elle n'estoit aucunement deliberee de iamais se marier. Elle se voyoit ieune, nourrie delicatement, fieremét combatue, voire
vaincue par les esguillós de la chair, à quoy
toutesfois elle auoit longuement resisté. Elle ne vouloit plus viure de telle façon ; mais
pretendoit de pouruoir à ses affaires : partant elle deliberoit de se trouuer vn ami
ieune & bien né, qui de nuit luy tinst compagnie, & ce le plus secrettement qu'il se-

roit poſſible, à celle fin que ſon honneur n'en
fut aucunement foulé. Cela dit, elle inſtruiſit ſon nourricier, de ce qu'elle vouloit qu'il
fit auec toute diligence, partant, ayant arreſté en ſoymeſme, que le gentilhomme, dont
nous auons parlé, eſtoit celuy qu'elle deſiroit affectueuſement auoir pour amy, elle
le declara à ſondit nourricier. C'eſtoit és
iours, deſbauchez de Careſm'entrant, eſ-
quels il eſt permis à vn chacun, de ſoy maſ-
quer. Il y auoit deſia enuiron vn an, que la
Damoiſelle auoit eſté touchee de l'amour
du gentil-homme, lorſqu'elle le vit à l'hoſ-
pital : iamais n'auoit ceſſé de penſer & re-
penſer ſur ceſt amour, & ſi ne s'eſtoit peu reſoudre. Aduint vn iour, apres auoir amplement inſtruit ſon nourricier, elle voulut
qu'il ſe maſquaſt, & allaſt parler au gentilhomme, ce que le diligent vieillard ſe mit
en deuoir de faire : ſi print vne beſte, en bas,
& alla & tourna tant par la cité, d'vn coſté
& d'autre, qu'il rencontra le gentilhomme,
lequel ſe promenoit ſeulet par la cité, ſus vn
genet d'Eſpagne. Il s'approche de luy, & luy
dit, Monſieur, ſi vous le trouuez bon, ie vous
diroy volontiers vn mot. Le ieune homme
luy dit, qu'il l'eſcouteroit volontiers, & le
pria de luy dire qui il eſtoit. Ie ne vous peux
dire mon nom, dit le vieillard, mais eſcou-
tez ce que ie vous diray : En ceſte ville y a
vne tresnoble & tres-belle damoiſelle, bien

pouructë des biens de ce monde. Elle se
trouue aussi ardemment esprise de vostre a-
mour, que iamais femme le fut d'homme
du monde. Elle vous tient pour l'vn des plus
gentils, bien nez, & prudents ieunes hommes de la cité. Et si elle ne vous auoit en telle estime, pour tout l'or du monde elle ne
voudroit vostre accointance : mais d'autant
que plusieurs ieunes hommes, ayans la ceruelle hors de la teste, & peu de sel en leur ca-
boche, si tost qu'ils ont vn bon œil ou quelque ris de leurs amoureuses, ils le sement incontinent par les Eglises & par les places
publiques : elle desire d'experimenter si vous
estes constant, secret & loyal. Elle est contente que vous vous trouuiez de nuit auec
elle, mais de telle façon, que vous ne la puissiez ne voir ne cognoistre : partant si vous
le trouuez bon, la nuict prochaine, vous
trouuerez au coin d'vne telle rue, & là ie
vous iray parler, masqué comme ie suis
maintenant : & s'il vous vient à gré, vous
pourrez estre armé de telles armes que vous
voudrez. Quand ie seray vers vous, ie vous
mettray vn capuchon sur la teste, afin que
vous ne puissiez voir où ie vous conduiray.
Bien vous asseure-ie, que vous ne deuez
point craindre aucune tromperie : car ie
vous mettray pres de vostre costé la plus
belle & gentille damoiselle de Lombardie.
Vous y penserez. Cela dit, le vieillard

s'en part, & s'en retourne à la maison, par
chemins esgarez. Le gentilhomme demeura tout confus, auec mille discours à la teste.
Il ne se pouuoit resoudre de ce qu'il deuoit
faire en tel cas.   Il disoit à part soy, Que
sçay-ie si quelque ennemi m'appreste du venin sous ceste amorce, me voulant faire,
conduire à la boucherie, comme vn simple
mouton? toutesfois, ie n'ay point d'ennemis,
que ie sçache, aussi n'ay-ie iamais offensé
personne, ni petit ni grand. Ie ne me peux
penser qui pourroit estre celuy qui seroit al-
teré de mon sang. Celuy qui m'a parlé, m'a
dit, que si ie veux, ie peux aller armé, mais
encor que ie soy bié armé, dequoy me pourra-il seruir? si ie suis encapuchonné, comment pourray ie voir celuy qui me voudra
offenser? Qui ouyt iamais vne telle histoire, qu'vne dame ayme ardemment vn homme, & qu'elle ne vueille point qu'il la voye?
Qui sçait, si en pensant embrasser vne tendre & delicate damoiselle, ie me retrouue-
ray entre les bras d'vne orde & sale putain,
qui, prodigue de son corps, se sera indiffe-
remment abandonnee à tous les faquins &
truás de la cité? Encor pourra-il estre, qu'elle sera pleine du mal de Naples, & qu'elle
me donnera sa liuree, pour me tenir estropié
toute ma vie, & me faire changer ma forme
humaine? Auec tels & semblables pensemens, le ieune homme alloit discourant en

foy-mefme ce qui luy pourroit aduenir, &
ne fit que fantafier iufques à la nuit, fans fe
pouuoir refoudre. Il fouppa fur les huit heures, mais il mangea peu, penfans toufiours à
ce qu'il deuoit faire. En fin, deliberé d'ef-
prouuer l'auenture, il s'arma fur les neuf
heures, & s'en va au lieu affigné. Il n'y arre-
fta gueres, que le nourricier y arriua, fuiuant ce qu'il auoit promis. Apres l'auoir
faliié, il luy mit le capuchon en tefte, & luy
dit. Seigneur, appuyez vous en ma robe,
auec vne main par derriere, & me fuiuez,
puis le mena par diuers chemins, çà & là,
tournant maintenant en arriere, & bien fouuent faillant le chemin tout expres, de façon
que luy mefme n'euft fçeu faire vne autrefois le chemin qu'il tenoit. En fin, il le con-
duifit en la maifon de la vefue, & le mena en
vne chambre baffe, trefrichement appareil-
lee. Le lict eftoit proprement accouftré, &
entouré de tres-riches courtines. Deffus y
auoit deux oreillets de foye cramoifie, pi-
quez de fil d'or, fi mignardement & artificiellement qu'vn bien grand Roy s'en fuft
tenu pour content. La chambre parfumee
faifoit fentir de tous coftez odeurs treffoef-
ues. Il y auoit bon feu, & fur vne petite table
y auoit vn chãdelier d'argent, auec vn cierge de cire blanche allumé. Il y auoit auffi
fur la tablette, vne toillette, faite à la main,
de diuerfes couleurs, enrichie d'or & de foye

d'Alexandre, sur laquelle estoyent en bel
ordre pignes d'yuoire & d'hebene, pour se
pigner la barbe & les cheueux, auec tresbel-
les coiffes, & pignoirs pour se mettre sur les
espaules, lors qu'on se pigne, & autres pour
s'essuyer les mains. Mais que diray-ie de ce
qui estoit à l'entour des murailles ? En lieu
draps de soye , il y auoit des garnitures de
de drap d'or, arrengees l'vne sur l'autre, en
chacune desquelles estoyent les armes de
la Damoiselle , de son feu mary , & de
leurs parents. Mais la prudente vefue,
afin que son amy ne vinst par ces armes, à
sçauoir qui elle estoit, les auoit fait couurir auec diuers & riches ouurages, si indu-
strieusement accoustrez, que plus ne pouuoyent. On luy auoit aussi appresté delicates & excellentes confitures dans des fins
vases de Maiorque, auec des bons & precieux vins de Montbriantin. Comme il fut
dedans, le nourricier luy osta le capuchon
de la teste, & luy dit, Monsieur, vous pouuez
auoir froid, chauffez vous tant qu'il vous
plaira : puis luy presenta la collation. Mais
le ieune homme le remercia, & ne voulut
ni manger ni boire : mais en se chauffant, se
mit à contempler le riche meuble de la
chambre. Il estoit quasi hors de soy, plein
d'estrange merueille, considerãt par le menu si noble & royal appareil. Si iugea que
la dame du lieu deuoit estre vne des pre-

mieres gentilles femmes de Milan. Cóme il
fut chaud, le difcret vieillard auec le chauf-
fe-lit d'argent, chauffa fort bien le lit, & incontinent deshabilla & fit coucher le gentilhomme. A peine eftoit-il couché, que la
vefue entra auec vn mafque au vifage. Elle
auoit vne iouppe de damas brun, frangee
fort efpais, auec petis cordons de fin or &
foye cramoyfie. Deffous elle auoit vne
foutane de toile d'or, toute enrichie de
beaux ouurages. Sa nourrice eftoit auec elle, auffi mafquee, laquelle ayda à deshabil-
ler fa maiftreffe. Le fortuné ieune homme
contemploit ententiuement, & auec vn
œil ardant le corps de fa dame, ifnel, d'e
iufte mefure, & bien formé, auec vne tres-
blanche poittrine fort gentiment releuee, &
deux rondes & droites mammelles, qui
fembloyent bien eftre formees de main ar-
tifte. Il voyoit auffi la belle & delicate chair
coloree de naif vermillon. Comme elle fe
fut deshabillee, elle fe couche aupres de luy
fans toutesfois le toucher, toufiours ayant la
mafque fur la face. Le nourricier & la nourrice couurirent tellement & fi foigneufe-
ment le feu qu'il ne pouuoit rendre aucune
lumiere. Ils eftaingnirent auffi le cierge,
puis fortirent fermans l'huis de la chambre.
Alors la vefue s'oita la mafque du vifage,
& le met derriere le cheuet du lit, puis amiablement dit au ieune homme, Monfieur,

donnez moy voſtre main, ce qu'il fit fort
courtoiſement. Quand il ſentit la delicateſſe & douceur de la belle main de ſa dame, il
ſe ſentit mouuer le ſang par toutes ſes vei-
nes, attendant ce qu'elle luy vouloit dire. Elle luy dit, Monſeigneur, que i'ay plus cher
que la prunelle de mes yeux, ie croy bien
que n'eſtes pas ſans vous eſmerueiller du
moyen que i'ay tenu, pour vous faire icy
conduire, mais pource que ie ſçay que celuy
qui vous y a amené, vous en a declaré l'occaſion, vous deuez ceſſer de vous en eſba-
hir : partant ie vous dy, que iuſques à ce que
ie ſoy fermement aſſeuree de voſtre conſtance, taciturnité, & fidelité, vous ne ſçaurez iamais qui ie ſuis. Il vous faut donc
prendre garde à iamais ne dire mot de la
façon que vous auez eſté icy conduit: car le
moindre mot que vous en auriez dit, & qu'il
me fuſt rapporté, vous priueroit de iamais
y pouuoir reuenir. L'autre choſe que ie veux
de vous eſt que vous ne vous mettiez iamais
en deuoir de ſçauoir qui ie ſuis. Si vous ob-
ſeruez ces deux poincts, ie ſeray touſiours
voſtre, & n'aymeray iamais autre que vous.
Le ieune homme promit d'obſeruer le tout
entierement, voire d'auantage, ſi d'auantage
il luy plaiſoit luy commander. Alors elle ſe
laiſſe aller entre les bras de ſon amy. Toute la nuit ils ſe reſiouyrent amoureuſement
enſemble, auec plaiſir indicible de l'vn & de
l'autre,

l'autre. Si le ieune homme pleut à la dame,
la dame ne luy pleut pas moins : de façon
qu'on ne sçauroit dire, qui des deux auoit le
plus de contentement. Vne bonne heure a-
uant iour entra le nourricier masqué, & ayāt
fait allumer le feu à sa femme, aussi masquee, pour hábiller eux deux le ieune homme. Côme la damoiselle oit ouurir la chambre, elle mit son masque sur son visage, puis
dit à son amy, Debout, seigneur, il est temps
de se leuer. Le ieune homme habillé & armé ayant dit adieu à la dame, fut conduit
par lieux destournez au lieu où il auoit esté
pris, & là le nourricier, qui l'auoit conduit,
luy osta le capuchon : puis par chemins diuers s'en retourna à la maison. Ceste pratique dura enuiron sept ans au grand plaisir
des amans : & se reputoit le ieune homme le
plus heureux & ioyeux amant qui fut iamais. Mais la mauuaise fortune, qui ne peut
souffrir que les amans iouyssent longuemēt
de leur felicité, separa (auec la mort du ieune homme) l'amour si bien demenee. Vne
fiéure ardente & maligne assaillit ce Gentilhomme, de telle façon, que les medecins,
auec leur art, n'y sçeurent trouuer ny remede ny soulagement. Au bout de sept iours,
le pauure amant mourut, au grief & indicible desplaisir de sa dame, qui encor ne cesse,
iour & nuict, de le regretter, auec larmes
tres-ameres.

Tom. j.   X

Sommaire de l'Histoire 97.

Simon Turchi deuient ennemy de Ierosme Deoda-
ti, luquois, il se recōcilie auec luy puis le meur-
trit d'vne estrange maniere : estant descou-
uert, il est brulé vif à Anuers.

HISTOIRE XCVII.

Nuers est comme vn marché
general pour tous les Chrestiens
de l'Europe & d'ailleurs. Là y a
vne maniere de viure fort libre,
& bien plus familiere qu'en beaucoup d'autres lieux. Entre les autres familiaritez qui
sont en celle ville, y est ceste-cy, laquelle ie
vous reciteray maintenant. Les filles à marier, comme elles deuiennent grandettes,
ont d'ordinaire quelques ieunes hommes,
qui leur font l'amour, lesquels elles appellent seruiteurs: celle qui plus en a, c'est celle qui est la plus estimee. Ceux qui leur font
la cour, & se declarent leurs seruiteurs, vont
& viennent en leur maison, tout le long du
iour librement, & encores que le pere & la
mere y soyent, ils ne laissent pour cela, de
les aller voir, leur faire l'amour, & demeurer a deuiser auec elles soir & matin. Bien
souuent ils les inuitent à disner, souper, &

banqueter en diuers iardins, où les fillettes
s'en vont, auec leurs amoureux, librement
& fans garde aucune, & là demeurent tout
le long du iour a chanter, fonner, baler,
manger & boire, & ioüer en la compagnie
de celuy qui les a inuitees. Le foir, l'amant
prend fa maiftreffe, l'accompagne iufqu'en
fa maifon, & là la rend à fa mere, laquelle
remercie amiablement le ieune homme,
de l'honneur & faueur qu'il a fait à fa fille.
Le ieune homme luy fait la reuerence, bai-
fe la fille & la mere, puis s'en va à fes affaires. En celle ville le baifer eft permis à chacun, en tout temps & lieu. C'eft la vie que
demeinent les filles à marier. Comme elles font mariees, il ne leur eft plus permis
de faire l'amour auec aucun, au moins qu'il
fe voye: de ce qu'elles font en fecret, ie n'ay
point efté trop curieux de le récercher, é-
tans chofes où on n'appelle point de tef-
moins. Il y peut auoir maintenant enuiron
quatorze ou quinze ans que Damoifelle
Marie Verue, eftoit en grande eftime à
Anuers à caufe de fa nobleffe, vertu, richeffe, & familiere & tref gentille conuerfa-
tion. Elle eft encor auiourd'huy, mais
d'aage meur, quoy qu'elle n'ait iamais efté
mariee. Pour fa beauté, pour fon plaifant
& gracieux entretien, & autres fiennes bonnes parties, elle auoit plus d'amoureux &
de feruiteurs, qu'autre qui fuft à Anuers: car

François, Flamans, Alemans, Anglois, Italiens, Espagnols, & autres ieunes hommes d'autre nation & contree, qui pratiquoyent en Anuers, se rendoyent ses seruiteurs, & chaque iour luy faisoyent la cour, l'honoroyent & seruoyent : de façon que sa maison sembloit le logis du Gouuerneur de la ville, tant estoit frequentee, & à toute heure par ses amoureux. Philibert, Prince d'Orange (qui fut Lieutenant general de l'Empereur, en Italie, & mourut au siege de Florence) fut vn de ses amoureux, de façon que pour quelque temps, le bruit fut, qu'il la prendroit à femme. En ce temps estoit à Anuers vn nõmé Simon Turchi, Luquois, facteur des Bonuises, renommez marcháds de Luques. Il y a enuiron quatorze ans, qu'il prit familiarité auec la damoiselle Marie Verue, & continua si bien à luy faire la cour & à la seruir, qu'il ne se partoit iamais d'aupres elle, & en laissoit tous ses autres affaires. Aussi monstroit la damoiselle Verue, qu'elle l'auoit fort cher. En la sale, où elle se tenoit, quand lon la courtisoit, elle auoit fait mettre les portraits au naturel, de tous ses seruiteurs, qui faisoit, qu'aussi tost que quelqu'vn se mettoit a luy faire l'amour, il luy enuoyoit aussi tost son effigie, tiree par la main de quelque excellent peintre, laquelle elle faisoit mettre auec les autres, & ià en auoit plus de quarante. Quatre ans apres

que Simon Turchi fut arriué à Anuers, Ierofme Deodati, Luquois, y arriua auffi, a-
uec bonne fomme de deniers, qu'il fe print
a y negotier. En peu de iours il fe mit du
nombre des feruiteurs de la Damoifelle
Verue, qui fit qu'il prit grande cognoiffan-
ce auec Turchi, lequel, comme i'ay ià dit,
n'eftoit pas fort diligent à manier les affaires de Bonuifi. Turchi ayant befoin d'argent, en demanda à prefter à Deodati, lequel, à plufieurs fois, luy prefta enuirõ trois
mil efcus. Les Bonuifi entendans le mauuais mefnage que Turchi faifoit de leurs
affaires, luy ofterent des mains le compliment & le maniement de leur banque, & ne
fe voulurent plus feruir de luy. Turchi, qui
de foy n'auoit pas le moyen de negotier,
s'en retourna à Luques pour s'appuyer de
quelque marchãd qui trafiquaft en Anuers.
Il auint qu'au mefme tẽps Deodati s'en retourna auffi à Luques, afin de monftrer fes
contes à fes freres: comme il les leur monftroit, ils virent que Simon Turchi eftoit
debiteur, d'enuiron trois mil efcus. Si dirent à Ierofme, qu'il auifaft de s'en faire
payer, & qu'il ne perdift point de temps. Ierofme, oyant ces propos, va trouuer Simon,
& luy dit, qu'il ne pouuoit fouder fes contes
auec fes freres s'il ne luy payoit l'argent
qu'il luy auoit prefté en Anuers, ainfi qu'il
a paroiffoit par fes cedules. Turchi s'excufa

le mieux qu'il peut, & alloit delayant le
payement, & prolongeant du iour au lendemain. Les freres Deodati difoyent à Ierofme, qu'il ne s'amufaft point aux belles paroles de Turchi. Ierofme donc ayant produit
les cedules en iugement, Simon fut pris en
la place publique de Luques, par les fergens
de la Cour, & mis en prifon. Pour en fortir, il luy fut forcé de payer ce qu'il deuoit
à Deodati : mais fe reputant auoir efté
griéuement iniurié, fe commença a engen-
drer en fon cœur vne haine mortelle & inextinguible, contre Deodati, quoy que par
dehors il n'en fift point de femblant. Il ne
ceffoit tout le long du iour d'imaginer, &
rechercher quelque moyen & façon pour fe
venger, & griéuement endommager Deodati. En ces entrefaites tous deux s'en retournerent à Anuers, mais non pas de compagnie. Et pour le different qui eftoit furue-
nu entr'eux, ils ne fe hantoyét plus côme au
parauant : neantmoins ils continuoyét tous
deux a faire la cour à la damoifelle Verue.
Vn iour, en grande compagnie, comme on
parloit de Simon & de fes affaires, Ierofme,
côme en le méprifant, dit, qu'il ne fçauoit
pas que Turchi pouuoit faire en Anuers, s'il
ne deuenoit corratier : car de foy il n'auoit
aucun moyen de negotier, n'ayant ny argét
ny credit. Ce propos accrut grandement la
haine que Turchi portoit à Deodati : & fit

comme les charbons que les foufflets ont
allumez : fi lon iette d'eau deffus, ils s'en-
flambent dauantage, & prennent plus grand
force & vigueur. Ainfi la haine que Turchi portoit à Deodati, deuint plus grande
& plus griéue, eftant de nouueau réueillee,
quoy qu'il la tinft fecrette. Vn des fages
de Grece difoit, que fi on pouuoit voir
dans le cœur de l'homme, ce que fon courage va fantafiant, & machinant, quand il
eft courroucé, entif à fe venger, & plein
de maltalent, qu'il verroit proprement vn
vaiffeau ardant, ou vne oulle pleine, dont
l'eau bouillante tourne, & vire ce deffus deffous ardemment, quand elle fent la chaleur
du grand feu qui la fait bouillir. Ainfi alloit
le courage de Turchi ce deffus deffous pen-
fant maintenant vne chofe, maintenant vn
autre : & ne tendoyent tous fes difcours &
toutes fes penfees finon à la mort & ruine
de Deodati : toutesfois il diffimuloit comme vn autre Simon, fon trefméchant & enragé vouloir de malfaire, & difoit que le
rolme fe mécontoit, & qu'il eftoit fuffifant
pour negotier de fon chef. Et comme ils
perfeueroyent tous deux, auec plufieurs autres, à faire la cour à la damoifelle Verue,
ils commencerent petit à petit à fe reconcilier, & fembloit qu'ils fuffent deuenus bõs
amis. La damoifelle Verue, felon ce qu'on
en pouuoit iuger, faifoit plus de faueur à

X iiii

Turchi qu'aux autres, fust pource qu'il luy
plaisoit plus, ou bien qu'il estoit plus liberal
a luy faire presens. Et de fait, il y despendoit
assez, & plus que son degré ne portoit. Aucuns croyoyent que Simon iouyst de son
amour, comme les hommes sont plus enclins a croire le mal que le bien. Et, pour
vous dire ce que i'en entendy, lors que i'e-
stoy à Anuers, c'estoyent tous soupçons
d'enuieux, & de médisans. Maintenāt, ie ne
sçay quelle en fut l'occasion. Turchi sçeut si
bien babiller, & persuader ladite Damoiselle, qu'elle vendit vne partie de ses biens,
pour faire profiter les deniers en banque. Il
luy monstroit, auec viues raisons, le grand
profit qu'elle en tireroit. Elle se laissa persuader, & mit en vente iusques à la valeur de
quatre ou cinq mille escus, ou enuiron, de
son bien, & ayant le tout content, elle le mit
entre les mains de Turchi. Simon, ayant receu ceste bōne somme de deniers, se mit de
cōpagnie auec Vincent Castrucci, Luquois
& alors commença a faire quelque trafic.
Mais à celle fin qu'il eust meilleur loisir de
courtiser à son plaisir la damoiselle Veue,
il laissa la charge de la bāque à Ioseph Turchi son neueu. Ceste compagnie dura enuiron 3. ans, & se rompit par la mort de Castrucci. Et alors, selon que lon en pouuoit
iuger, Simon sembloit estre assez recōcilié
auec Deodati. Peu de téps apres ledit Simon

pria Deodati, de luy prester trois mil escus,
pour Espagne, ce que fit volontiers Deodati, lequel y alloit à la bonne foy, & comme lon dit, à la franche marguerite. Il en
fut payé au temps accordé, Là dessus Turchi fit compagnie auec les Gigli Luquois,
qui auoyent banque en Anuers. Ierosme attendoit de iour en iour la femme qu'il auoit
espousee, qui estoit fille de Iean Bernardin,
noble Luquois, ne laissant de visiter la damoiselle Verue, laquelle luy faisoit bon recueil, en le traitant comme amy, & non plus
comme seruiteur, depuis qu'elle entendit
qu'il s'estoit marié. Ladite damoiselle Verue vint en grand soupçon, & ne sçay comment, que les affaires de Turchi ne prissent
point trop bon chemin. Elle voyoit qu'il
se portoit assez negligemment au maniement de son trafic, & craignoit, pour les
deniers qu'elle luy auoit mis entre les mains
Et ayant eu quelque auertissement, par aucuns de la nation Luquoise, & encor par
d'autres, elle demeura plusieurs iours en suspens, si elle luy en deuoit toucher quelque
mot ou non. En fin elle se delibera d'en
parler à Deodati, s'en conseiller à luy, & le
prier affectueusement, qu'il luy voulust en
cecy dire son auis, & ce qu'il voudroit faire,
s'il estoit en sa place: parquoy, vn iour deui-
sans ensemble de plusieurs propos, en secret,
elle luy declara ce que dessus. Ierosme luy

respondit en cette façon, Madame, puis
que de voftre grace vous daignez demander mon auis en cetuy voftre fi important
affaire, ie penferoy commettre vne gran-
diffime faute, fi (vous ayant efté & eftant
loyal & fidele feruiteur) ie ne vous difoy librement & fincerement ce qui me femble
eftre pour voftre profit, & ce que ie voudroy fuyure, fi l'affaire me touchoit. Vous
me dites, que plufieurs de noftre nation, &
d'autres encores vous ont auerty : que vous
deuffiez affeurer les deniers, lefquels vous
auez mis entre les mains de Turchi. Certainement ie fuis de mefme auis, & s'il me femble, que le plutoft feroit le meilleur : parquoy
ie vous confeille vne de ces deux chofes:
affauoir, que vous vous faciez rendre vos
deniers, ou bien que vous faciez, que les Gigli, lefquels font bons & loyaux marchands
recognoiffent vous deuoir cette fomme, enfemble le profit qui en eft prouenu iufqu'à
cette heure. Ce fage confeil pleut grandement à la damoifelle Verue, & fe delibera
de le mettre à execution : partant ayant trouué l'oportunité, elle defcouurit à Simon fa
volonté, luy difant, qu'à ce faire elle auoit
efté confeillee par plufieurs, & principalement par Luquois. Selon ce qu'aucuns afferment, elle s'auança de nommer Deodati.
C'eft veritablement vne grand faute, de dire
à femmes chofe que lon doit tenir fecret

car pour certain, la pluspart d'elles se sçauét
fort mal taire, quand le taire ne leur aporte
point de profit. Aussi Caton Censorin sou-
loit dire, que ce dequoy il se repentoit le
plus, c'estoit s'il auoit declaré à femme chose qui deuoit estre tenue secrete. On sçait
que d'ordinaire quasi toutes les femmes
sont ambitieuses, & se persuadent toutes de
sçauoir beaucoup plus qu'elles ne sçauent,
& desirent qu'on aye estime d'elles, qu'elles sont de fort grand conduite. Et mesmes
bien souuent quelques vnes d'entre elles
se laissent sortir ce mot de la bouche, que si
elles auoyent le sceptre en main, elles sçauroyent beaucoup mieux gonuerner vn e-
stat, que non pas les hommes. Il y a bien
des hommes qui ne vallent pas l'eau que
ils gastent à se lauer les mains, qui ont si
peu d'esprit, & sont si peu capables de manier grands affaires, que les femmes pourroyent bien dire vray en leur endroit: mais
ie ne veux maintenant entrer à controller
ny les hommes ny les femmes, attendu que
ma mere estoit femme, & ie suis né homme. Il me suffit de vous dire, que Ierosme ne
fit point trop bié de dire à la damoiselle Verue mal de Turchi: car il ne la pouuoit conseiller d'oster son argent d'entre ses mains,
que ce ne fust en luy faisant entendre qu'il le
gouuernoit mal, & qu'il n'estoit pas asseuré:
& ainsi il le blamoit, comme homme qui ne

ſe ſçauoit pas gouuerner. Mais de l'autre
coſté la damoiſelle fit mal, voire pis, de declarer à Turchi le nō de celuy qui luy auoit
donné ce conſeil. Elle ſe deuoit contenter
luy auoir dit que quelques marchands, gens
de bien, luy auoit conſeillé d'aſſeurer le ſien
ſans particulariſer perſonne. Ie vous ay voulu faire ce diſcours, pource que, combien
que Turchi ſe ſentiſt grandement offenſé
par ſa priſon de Luques, & parce que Ieroſme auoit dit en Anuers, qu'il ne ſçauoit
pas que c'eſt qu'il pourroit faire, s'il ne deuenoit corratier, & que pour ces raiſons, il
euſt touſiours ferme deliberation de s'en
venger quoy qu'il fiſt ſemblant d'eſtre re-
concilié, neantmoins ce que Ieroſme l'ac-
commoda des trois mil eſcus pour Eſpagne, auoit tellement adoucy l'aigreur de
ſa haine ancienne, qu'elle eſtoit preſque
toute aſſopie, ſelon ce que Simon confeſſa,
lors qu'il eſtoit preſt d'eſtre brulé. Mais cette derniere iniure, laquelle il eſtimoit treſgrande & treſgriéue, réueilla & r'alluma d'v-
ne telle maniere les flammes aſſopies de ſa
vieille rancune, qu'il ſe delibera de s'oſter
Ieroſme de deuant les yeux, quoy qu'il en
deuſt auenir (tant il eſtoit endiablé.) Or ce
quiplus le confermoit, en ſon opinion, eſtoit
que quelques iours au parauant, allant de
nuict par la ville, il auoit receu vn vilain
coup ſur le viſage, & croyoit que ce fuſt Ie-

rofine qui l'euſt frapé, mais il ſe trompoit
grandemẽt: car depuis on deſcouurit &
ſçeut on qui eſtoit celuy qui l'auoit frappé.
Vous deuez ſçauoir, pour vous dire ce que
i'en entendy, par perſonnes dignes de foy,
que Simon eſtoit d'vn treſ-méchant naturel, & de treſ-mauuaiſes complexions: entre
autres, il auoit la plus mordante & venimeu-
ſe langue, que lon viſt iamais, il eſtoit excellent ouurier, à mettre diſcorde entre deux
amis: & ourdiſſoit ſi artificiellement ſes filez de deceptiõ, qu'il les faiſoit trouuer vrais
ſemblables. En ſomme, c'eſtoit vne boutique de tout vice & de toute malice. Chacun
ſe deult du malde ſon prochain, & ſe reſiouyt
de ſon bien. Luy, faiſoit tout au contraire.
Il loüoit grandement les cruautez que pluſieurs tyrans auoyent exercees, & cherchoit
d'aprendre le moyen cõme il s'en faloit aider. Il auoit touſiours ce mot en la bouche,
qu'il n'y auoit choſe au monde de plus
grand contentement, que de pouuoir prendre vne tres-cruelle vengeance d'vne iniure
receüe. Luy eſtant donc entré en teſte de ſe
venger, de tuer Ieroſme, & en faire vn ſi
memorable aſſaſſinat, qu'à iamais il s'en
parlaſt entre les hommes: il ſe ſouuint d'v-
ſer de venim, mais il ne ſçauoit comme il en
pourroit auoir, qu'il ne fuſt ſçeu, parquoy il
ne voulut ſuyure ce moyen, comme trop
doux au patient, & trop dangereux pour

luy. Il conclud donc d'executer son dessein
auec le fer:mais pource qu'il estoit goureux
& debile des bras & des mains, il cognoif-
soit ses forces n'estre assez gaillardes, pour
perpetrer l'homicide, tellement qu'il estoit
necessaire d'appeller vn compagnon à tel
affaire. Sur tout il se vouloit venger, & d'v-
ne façon qu'il n'en peust estre repris de iustice, & toutefois il vouloit que chacun co-
gnust, que c'estoit luy qui estoit l'autheur de
l'homicide. Comme i'ay dit, il laissoit la
charge de la banque à Ioseph son neueu,
mais de luy il ne se voulut point fier en ce
fait icy. Il se tourna donc deuers vn sien
seruiteur, nommé Iulio, natif de la Romagne, & luy declara, comme il vouloit
tuer Deodati. Le méchant & traistre Romagnol, lequel n'estoit pas de meilleur naturel que Turchi, s'offrit à estre l'executeur.
Les Gigli pour honorer Simon, ne cognoif-
sans sa fausse nature, luy auoyẽt en ce temps
là donné le compliment de leur banque, &
à ces fins luy auoyent enuoyé leur procure.
Simon, comme procureur des Gigli, fit faire par vn notaire public, vne obligation,
par laquelle lesdits Gigli confessoyent deuoir à la damoiselle Verue, la somme de
deniers qu'elle auoit baillez à Turchi, dequoy elle se contenta. Comme le desir que
Turchi auoit de faire mourir Ierosme, creut
de iour en iour, il auint vne fois, qu'estant

ledit Turchi en la maison d'vne cousine de
la damoiselle Verue, il vid vne chaire d'v-
ne estrange façon : le fonds de cette chaire,
si tost que quelque personne s'y estoit assis,
s'abaissoit en bas & incontinent sortoyent
des accoudoirs, sur lesquels on a de coustume de s'apuyer les bras, deux grosses & fortes branches de fer qui descendoyent entre
les cuisses de celuy qui estoit assis, de maniere, qu'il demeuroit si bien enclaué, qu'il ne
se pouuoit remuer, ny en sortir en aucune
façon, si on ne l'en desclauoit auec la
clef qui estoit faite expres. Turchi se fit
prester cette chaire, & la fit porter à vn iardin qu'il tenoit, où bien souuent il banque-
toit la damoiselle Verue & autres. Ayant
deliberé de se seruir de cette chaire, parlant
vn iour auec Deodati, il luy dit, qu'il a-
uoit à son iardin de plus beaux choux fleurs
qui fussent point en toute la ville d'Anuers.
Ierosme luy demanda, s'il en pourroit auoir
pour en mettre aussi à son iardin. Turchi
luy respondit, qu'il vinst quand il voudroit,
& qu'il choisiroit ceux qui luy agreeroyent
le plus, Deodati ne se soucia point autrement d'y aller, ayant peut estre autres affaires qui l'empescherent : ce que voyant
Simon, luy dit vn iour, d'assez bon matin,
Ierosme, il est arriué vn marchand de
Lyon, qui pour l'heure presente ne veut
pas estre cognu en cette ville : il s'est retiré à

mon iardin, il te prie, par moy, que tu le
vueilles venir voir, pource qu'il a à conferer auec toy choses de grande importance.
Ierosme creut ce que Turchi luy disoit, &
promit d'y aller. Et de fait, si-tost qu'il eut
disné, il y alla tout seul. Et ne trouuant le
marchand, il demanda où il estoit. Turchi
respondit, qu'il estoit allé à quelque sien affaire, mais qu'il seroit incôtinent de retour.
Ils se mirent tous deux à se pourmener par
la sale basse, où estoit la chaire artificiel-
le. Là dessus entra le traistre Romagnol,
qui leur dit, que le marchand venoit. Et
voyant que Deodati estoit prochain de la
maudite chaire, il le print, sans qu'il s'en
donnast garde, & le ietta dans icelle. Ierosme pésoit que le Romagnol se iouast : mais
il ne fut pas si-tost dedans, qu'il se sentist
estre enclaué de tous costez & prisonnier, si
qu'il ne sçauoit que dire, estant quasi hors
de soy. Le malheureux Romagnol sortit de
la sale, & serra l'huis apres soy, Deodati demeuroit tout estonné, quand le traistre
Turchy ayant pris vn poignard, qui estoit
là aupres, luy dit Ierosme, tu te dois sou-
uenir des griéues iniures que i'ay receu de
toy, & icy & à Luques. Nous ne sommes
pas maintenant à Luques, où tu me puisses
faire emprisonner, tu es en ma puissance : or auise de me faire vn escrit de ta main
de la teneur de cetuy que i'ay escrit, ou
bien

bien ie t'osteray la vie, auec ce poignard. Le
miserable Deodati leur escrit, par lequel il
confessoit deuoir quelques miliers d'escus à
Turchi, & promit d'en faire vn semblable,
& de fait, en escriuit & souscriuit vn de sa
propre main, qu'il data de quelque mois auparauant. Il y en a plusieurs qui afferment,
que l'escrit contenoit autre chose, à sçauoir,
que Ierosme confessoit auoir malheureuse-
ment procedé contre Turchi à Luques, &
que c'estoit luy qui luy auoit baillé ce coup
sur le visage : afin qu'il semblast que Turchi
eust iuste occasion de le meurtrir. Mais soit
que ce soit, il peut estre l'vn & l'autre. Turchi ayant retiré la cedule, & mise dans son
sein, met la main à son poignard, & en baille vn coup à Deodati sur la teste. Mais pource qu'il estoit foible, il le frappa vn peu sur
la teste, & sur vne ioue. Le miserable Ierosme demandoit piteusement mercy, & prioit
que pour Dieu on ne le tuast point. Turchi,
soit qu'il fust meu à pitié, ou qu'il ne se sentist assez fort, ce que ie croiroy plustost, ou
bien pour quelque autre occasion, iette le
poignard à terre, & sortit dehors. Trouuant
Iulio qui l'attendoit, luy dit, Ie luy ay donné vn coup, mais ie n'ay pas le courage de
le tuer. Que ferons nous? Que nous ferons?
respond le traistre Ramognol, puis que
nous sommes entrez en danse, il faut danser:
il le faut acheuer, autrement, si le fait dé-

meure ainſi, il nous fera mourir. Va donc, &
luy oſte la vie, adiouſte Turchi. Alors Iulio
(qui ſe deuoit auoir trouué en cent meurtres
en Romagne, où ils tuent iuſques aux petits enfans dans le berceau & dans les egli-
ſes, à cauſe de leurs maudites partialitez)en-
tre dans la ſale, prend le poignard, & s'en va
droit vers le deſaſtré Deodati, lequel comme il vid venir ſur ſoy, luy dit piteuſement,
Helas, Iulio, pour l'amour de Dieu, ne me
tuë pas. Ie ne t'offenſay iamais. Si tu me
veux tirer d'icy, ie te feray maintenant vn
eſcrit de ma main, de deux ou trois mil ducats, voire de beaucoup d'auantage, ſi de
d'auantage tu le veux, & te promets la foy,
que ie ne t'offenſeray iamais, n'en fait n'en
parole. Et comme il vouloit encor parler
d'auantage, le cruel Romagnol luy bailla
vn coup mortel ſur la teſte, & deux ou trois
eſtoquades dans la poiĉtrine, de façon que
le deſaſtré Ieroſme mourut ainſi miſerablement. Ayans perpetré vn ſi horrible meurtre, Simon entre dedans, & auec l'aide de
Iulio deſclaue la chaire, & en tire le corps
mort : cela fait, tous deux, ne le pouuans
porter, le traiſnerent par terre, iuſques en
la caue, & là en vn coin l'enterrerent, puis
s'en allerent faire leurs affaires, auſſi ioyeux & auec auſſi bons viſages, que s'ils
euſſent fait vne ſainĉte & loüable œuure.
Le ſoir Ieroſme fut, en vain, attendu des

ſiens, au ſouper & au coucher. Le iour d'a-
pres comme on ne le voyoit comparoir en
aucun lieu, cela fut cauſe qu'on en parla diuerſement par Anuers. Les deux Lieutenans,
Ciuil & Criminel, eſtoyent couſins de la
damoiſelle Verue. Turchi eſtoit fort familier de tous deux, & bien ſouuent man-
geoyent enſemble. Le ſecond iour apres le
meurtre commis, Turchi s'en alla ſouper
auec le Lieutenant Ciuil, pour eſpier ce que
lon diſoit de Deodati. On en entra en propos,
& s'eſbahiſſoit-on grandement, que
lon ne pouuoit aucunement ſçauoir qu'e-
ſtoit deuenu Ieroſme Turchi, pour faire
du bon valet, dit, Monſieur, il eſt bien beſoin
d'vſer en ceci de grande diligence, pour voir
ſi lon ne pourra rien auerer. Le Lieutenant
reſpondit, Nous auons auiourd'huy arreſté,
au Conſeil, de rechercher demain tous les
iardins & toutes les maiſons qui ſont en vn
tel cartier, où meſmes eſt mon iardin : & ne
laiſſerons à foüiller par tous les lieux où il
frequentoit. Simon dit bien, que ce ſeroit
fort bien fait, mais vne heure luy duroit mille ans, tant il auoit enuie de partir. Si toſt
qu'il eut ſoupé, il s'excuſa ſur quelques ſiens
affaires, & s'en alla chez luy, comme il y
fut, il dit à Iulio, Iulio, il faut auoir les yeux
d'Argus, & donner tel ordre ceſte nuict,
que demain nous ne ſoyons prins à l'impourueu, & luy dit ce qui auoit eſté ar-

reſté au Conſeil Tu ſçais que la chaire eſt
toute pleine de ſang. Il faut que tout maintenant tu ailles au iardin, & que tu laues fort
bien ladite chaire, afin qu'il n'y demeure vne
ſeule gouttelette de ſang: ſemblablement la
muraille, où elle eſtoit appuyee, ſera toute
enſaignee, car le ſang y reiaillit, il la faudra
auſſi nettoyer, & aduiſer bien diligemment
ſi quand nous trainaſmes le corps, nous n'en-
ſanglantaſmes point le plancher: car il ne
faut pas qu'on recognoiſſe vn ſeul veſtige
de ſang. Ce que i'ay entendu qu'on veut rechercher toutes les maiſons, me fait craindre qu'il n'y ayt quelque indice ou ſoupçon
de l'affaire, ou bien que l'eſprit du Iuge de-
uine ce qui s'eſt paſſé. Ayant fait tout ce que
ie t'ay dit, il faudra puis deterrer le corps, le
charger ſur tes eſpaules, & l'aller ietter dans
le puits de la croiſette La nuict eſt fort ob-
ſcure, & perſonne ne va à ceſt heure-là par
les ruës. Et par ce moyen nous viendrions à
aſſeurer entierement noſtre affaire. Iulio
reſpondit, qu'il feroit bien le tout diligemment, hormis qu'il n'entreprenoit pas de
porter le corps, parce qu'il peſoit trop, &
qu'il ſe ſouuenoit que lors qu'ils l'enterrerent, à peine pouuoyent ils tous deux enſemble le trainer par terre. Or ſus, dit Simon, Va, & fay le reſte, & puis ie t'enuoyeray le Piedmontois, & luy commanderay
qu'il face ce que tu luy diras. Mais pren gar-

e, qu'apres que tu auras ietté le corps mort
ans le puits, tu faces auſſi, que le Piemon-
ois y tombe. Le puits eſt merueilleuſement
rofond, s'il tombe vn coup dedans, il y sera
ncontinent suffoqué. mais si tu ne luy pou-
ois bailler la crouſſe, pour l'y faire tomber,
uſças qu'il ne porte point d'armes, & n'a
on plus de courage qu'vn connil, porte le
oignard à ta ceinture, puis l'en tuë, & le
aiſſe sur la place. Qui eſt-ce qui pourra
reſumer que nous l'ayons tué? (Voyez, ie
ous prie, si Turchi eſtoit meſchant en cra-
noiſi. Il ne luy suffiſoit pas d'auoir cruelle-
ent brigandé & meurtri le pauure Deo-
ati, mais il vouloit encor faire tuer le Pied-
ontois, ſien seruiteur, qui ne l'auoit au-
unement offensé.) Ayant donc conclu cela
uec Iulio, Iulio s'en alla tout droit net-
oyer tout ce qui luy auoit eſté enioint. Sion, quand il penſa qu'il en eſtoit temps,
ppella le Piedmontois, & luy commanda,
u'à l'heure il s'en allaſt au iardin, & fiſt
out ce que Iulio luy diroit. Le Piedmon-
ois y va, & heurte à l'huis. Quand Iulio
eut cognu, au parler, il luy ouure. Iulio
uoit vne chandelle à la main : il marche le
remier, & dit au Piedmontois qu'il le ſuy-
iſt. Il auoit ià nettoyé la ſale & la chaire,
laué tout le ſang, & deterré le corps à de-
i. Comme ils furent dans la caue, Iulio
et la chandelle ſur vn banc, & dit au

Y iij

Piedmontois, Piedmontois, ayde moy à fortir ce corps hors de ceste fosse. Hé Dieu refpondit l'autre, quel mort est-ce ici? Ne t'en
enquiers pas d'auantage, luy cria Iulio, mais
aide moy sans plus sonner mot, car ie veux
que nous le portions à vn tel puits, & que
nous le iettions dedans. Le Piedmontois,
qui estoit bon homme nas, & craintif, & qui
cognoissoit ce Romagnol estre de tres mefchant naturel, braue, & felon, fit tout ce qu'il
voulut. Et ainsi ils tirerent ce corps dehors
terre, lequel le Piedmontois, recognut incontinent au visage & aux habits, estre le
corps du pauure Deodati, de quoy il fut
fort esmerueillé, mais il n'en osa faire semblant. Ayant donc pris le corps l'vn par les
pieds, l'autre par la teste, ils le sortirent du
iardin : comme ils furent dehors, le Piedmontois laissa choir le corps en terre, & se
mit à iouër des talons, tant que les iambes
le peurent porter. Iulio estant ainsi pris à
l'impourueu, ne se peut si tost mettre à le
fuyure, car ce que l'autre auoit ià pris l'aduantage. Il luy courut apres bonne espace
mais pour l'obscurité de la nuict, il en perdit le trac, & ne le pouuant plus entendre
marcher, il s'en retourna au iardin, & fit
tout deuoir : pour pouuoir porter le mort
au puits: mais il luy fut impossible, parquoy
l'ayant traisné en la maison, qui n'estoit pas
à sept ou huict pas loin, il serre la porte

& s'en va tout estonné, & mal content trouuer Simon, auquel il compta tout ce qui s'e-
stoit passé. Turchi en fut reduit quasi au
desespoir, & ne sçauoit qu'y faire, voyant sa
ruyne manifeste. Alors commença Iulio à
parler de ceste façon : Ie ne sçay où ce poltron de Piedmontois s'en sera allé : mais puis
qu'il s'est aidé à deterrer le corps de Deodati, lequel sans doute il aura recognu, ie demeure en danger de ma vie. Il me semble
qu'il est de besoin que ie gaigne le haut : cas
si le Piedmontois m'accuse , puis que ie
m'en seray fuy , & que vous serez demeuré,
ce sera vn argument certain que moy seul
seray coulpable de la mort de Deodati , &
non vous. L'aduis du Romagnol sembla
bon à Turchi : parquoy il luy bailla tout l'argent qu'il auoit en sa bourse , & d'abondant
deux chaines d'or , qu'il se trouua en son escarcelle, lesquelles pouuoyent peser trente
ou trente trois escus piece, & luy promit, que
quelque part qu'il allast , il luy ayderoit
tousiours d'argent. Iulio sortit de la ville à
portes ouurantes , & s'en alla contre Aix en
Alemagne. Le Piedmontois s'en alla toute
nuict vagabondant çà , & là , songeant à ce
qu'il auoit à faire. Simon, plein de diuerses pensees, ne pouuoit dormir, & ne sçauoit qu'il deuoit faire. Il delibera plusieurs
fois de s'enfuir si tost que le iour seroit
venu : mais il craignoit par là , de se ren-

dre coulpable de l'homicide: & penſoit, puis
que Iulio s'en eſtoit enfui, qu'il luy eſtoit
meilleur de demeurer. Le Piedmontois,
comme il fut iour, s'en alla trouuer les gens
de Deodati, & leur recita ce qui luy eſtoit
aduenu, dont Simon fut aduerti, ne ſçay
comment, tout auſſi toſt: parquoy il s'en alla
trouuer le Lieutenant Criminel, & luy declara, comme il auoit entendu que Iulio ſon
ſeruiteur auoit tué Deodati, & s'en eſtoit
fuy. Le Lieutenant ayant ceſte information,
s'en alla trouuer vn ſié oncle, homme aagé,
& fort exercé en iudicature, celuy meſme qui
luy auoit remis l'office de Lieutenant, & luy
dit ce qui luy auoit eſté declaré touchant la
mort de Deodati. Le vieillard luy demanda,
s'il auoit retenu Turchi il luy dit que non,
dequoy il le reprint fort aigrement, & luy
enchargea qu'incontinent il le fiſt ſaiſir. Là
deſſus les gens de Ieroſme ayant ſçeu le
merueilleux, & deteſtable accident, s'en
allerent trouuer quelques vns de leur nation, amis de feu Ieroſme, pour aduiſer
ce qui eſtoit bon de faire en vn tel cas. L'a-
trocité du maudit brigandage, commença
à ſe publier par Anuers. Le Lieutenant Criminel, s'en alla incontinent vers Simon, &
luy fit commandement qu'il ne bougeaſt
de ſa maiſon. Il reſpondit qu'il luy obei-
roit. Le iuge nota, que lors qu'il fit ce
commandement, le viſage de Turchi ſe

troubla tout : si entra en non petit soupçon,
qu'il deuoit estre coupable, Simon auoit en
son escarcelle la cedule qu'il auoit fait es-
crire à Ierosme : il la prend, s'approche du
feu qui estoit à la cheminee, & la ietta dedans. Le Lieutenant voyant cela, luy demanda: assauoir, que c'est qu'il auoit bruslé.
Simon luy respondit, que c'estoit vn peu de
papier qui ne seruoit à rien. En ces entrefaites arriuerent les amis de Deodati, qui me-
noient auec eux le Piedmontois. Le Lieutenant l'examina secretement de poinct en
poinct, & entendit de luy tout ce qu'il auoit
veu & manié, puis dit aux amis de Deodati, qu'ils ne se souciassent, & qu'il en feroit
telle iustice, que le cas si enorme le requeroit. Il retint auec soy le Piedmontois, lequel
(apres que les autres s'en furent allez) il con-
fronta à Turchi. Simon ne peut nier qu'il
n'eust commandé au Piedmontois d'aller au
iardin, & d'obeïr à Iulio : mais il disoit,
qu'il l'auoit fait, parce que Iulio luy auoit
fait entendre, qu'il falloit remuer & accom-
moder quelques litieres, ce qu'il ne pouuoit
faire tout seul: ce neantmoins il le dit si froi-
dement qu'on entra en grand soupçon de
luy, parquoy il fut mis en prison : Le Piedmontois demeura en la maison du Iuge. On
manda querir le corps de Deodati, & le mit
en deuant Turchi, pour complaire à plusieurs, qui disoyent, que si Simon l'auoit

tué, il sortiroit du sang des playes. Mais ceste opinion est vn peu vraye, & principalement en ce corps icy d'autant qu'il n'y estoit
demeuré aucun sang. On demanda à Turchi, s'il cognoissoit ce corps. Il respondit,
qu'il luy sembloit que c'estoit celuy de Deodati. Les Iuges s'assembleret, & consulterent
si l'on pouuoit bailler la question à Turchi
ou non. Ils n'estoyent point d'accord sur ce
poinct: & sembloit à plusieurs qu'on ne pouuoit appliquer la torture. Ce pendant que
l'affaire prenoit long trait, Iulio, qui estoit
à Aix, delibera de mander à Anuers, pour
aduertir Turchi du lieu où il estoit, & qu'il
luy enuoyast ses habits qu'il auoit à Anuers,
en la maison d'vne sienne garse. Il escriuit
donc à Simon, comme il estoit à Aix, & que
si l'on l'interrogeoit de la mort de Ierosme
il respondist, qu'il en estoit innocent: mais,
puis que le corps s'estoit trouué en son iardin, il croyoit fermement que Iulio eust
esté le meurtrier: & ce qu'il s'en estoit enfuy
le luy faisoit encor plus croire. Ayant escrit
ceste lettre, il instruit vn païsan, comme il se
deuoit gouuerner pour trouuer Turchi, &
l'enuoye en Anuers. Le païsan s'y en va:
mais il oublia le nom de Turchi, & de malheur il ne sauoit pas lire. Comme il s'en
enqueroit, ie ne sçay comment il nomma
Iulio le Romagnol. Et pource que le bruit
estoit par tout que le Romagnol auoit assas

ſiné Deodati, il y eut vn bourgeois, familier du Iuge Criminel,qui conduiſit ce païꝛ
ſan à la maiſon dudit Iuge. Là le pauure
homme eſtant examiné, donna au Iuge la
lettre qu'il portoit à Turchi.Le Iuge la leut,
& s'eſtãt mis de nouueau à examinerSimon,
il le fit appliquer à la geine:mais le malheureux Turchi,ſelõ qu'il auoit eſté courageux
à faire mourir Ieroſme, fut d'autant plus timide à confeſſer ſon aſſaſſinat, ſans attendre la torture, pleurant comme vn petit enfant, qu'on auroit feſſé. Eſtant cõuain-
cu du fait, apres luy auoir fait ſon procez,
on prononça ſa ſentence diffinitiue, par laquelle il eſtoit condamné à eſtre bruſlé à
petit feu publiquement, ſur la place d'An-
uers.Le miſerable Turchi,ayant entendu la
cruelle mort qu'il deuoit ſouffrir, demeura
bonne piece comme hors dë ſoy,à demi deſ-
eſperé.Il ne ſe pouuoit diſpoſer à la mort,&
toutesfois il voyoit qu'il luy conuenoit bien-
toſt mourir. On luy enuoya vn religieux de
ſaint François, homme de bonne vie, & de
grande eloquence pour l'ouýr en confeſ-
ſion, & l'exhorter d'endurer patiemment
la mort qu'il auoit meritee, pour partie de
la ſatisfaction de ſes pechez, moyennant
la vertu de la paſſion de noſtre Redem-
pteur. Ce religieux,auec l'aide du Seigneur
Dieu, le preſcha de façon, & l'exhorta a-
uec telle vehemence, que le pauure Tur-

chi fit entiere confession de ses pechez auec
fort grāde contrition, & se disposa à souffrir
la mort patiemment, autant qu'il luy seroit
possible. Le bon religieux le pria que quand
il seroit dans le feu, & qu'il luy diroit, Simon, maintenant est le temps de la penitence, qu'il luy voulust respondre. Ouy, mon
pere. Turchi promist de le faire. Le iour du
supplice, en la mesme chaire où fut meurtri
Ierosme, le miserable criminel fut enclaué,
& conduit sus vn tombereau par toutes les
rues d'Anuers, ayant tousiours auec soy le
bon religieux, qui l'alloit confortant. Co n-
me il fut arriué sur la place, la chaire, & Simon enclaué dedans, fut posee au lieu du
supplice, & fut allumé à l'entour par les ministres de la iustice vn feu non par trop
grand auquel on adioustoit du bois autant
qu'il en faloit, l'entretenant petit, afin que le
miserable Turchi de peu à peu se rostist,
pour endurer plus grand tourment. Le bon
pere religieux, lequel se tenoit tousiours aupres du patient, voire autant que l'ardeur du
feu le luy permettoit, l'exhortant à haute
voix, luy disoit continuellement, Simon,
Simon, voici le temps fructueux de la penitence. Et lors le poure patient, tant qu'il se
sentit quelque peu estre en vigueur, respon-
doit maintesfois, Ouy, mon pere. Or fut vn
chacun resolu, selon qu'on en pouuoit iuger
& comprendre, par les actes exterieurs, que

le poure Turchi monstra vne fort grande
contrition & patience, & outre cela, prit la
mort en gré,quoy qu'elle fût griéue & pleine
de vitupere. Et comme ils cogneurent qu'il
estoit desia mort, la iustice ne voulant permettre que le feu le desfist entierement, ils
le prindrent, à demi rosti comme il estoit,
& le porterent enuiron cent pas dehors de
la ville. Là ils le mirent sur vne haute bigue,enclaué auec chaines de fer, & luy mirent au costé, le poignard,auec lequel Deodati auoit esté meurtri : puis planterét ceste
bigue bien profond en terre, au plus propre
lieu d'vn grand chemin, à celle fin qu'vn
chacun passant vid de quelle honteuse mort
estoit mort celuy qui auoit commis vn si
malheureux brigandage. Ie croy que le miserable Simon,s'estant repenti de ses pechez
comme on le cognut parce qu'il se disposa
si bien à la mort,ie croy,dy-ie,que puis qu'il
voyoit qu'il luy faloit mourir, il ne se soucioit de quelle mort ce fust, veu que ce n'e-
stoit la qualité du supplice, ains l'occasion
d'iceluy, qui rend la mort abominable &
ignominieuse. La vertu peut bien honorer
quelque genre de mort que ce soit, mais la
mort de quelle qualité qu'elle puisse estre,
ne peut aucunemét maculer la vertu.Quand
le païsan,que Iulio auoit enuoyé auec la lettre fut à plein examiné par le Iuge, les Ma-
gistrats d'Anuers enuoyerent vn Ambassa-

dé au magiſtrat d'Aix en Alemagne, pour auoir le deſloyal Romagnol, afin de le grieuement punir : mais ceux d'Aix ne le voulurent liurer : & toutesfois, ne fut laiſſé par eux ſa meſchanceté impunie, car apres que ledit Iulio eur confeſſé l'homicide, ils luy firent deſpecer les bras, les iambes, les cuiſ-ſes, & rompre la poitrine, puis l'emblan-querét ſur vne rouë, où il languit deux iours entiers, auant que de mourir. Pour fin de noſtre hiſtoire nous pouuons dire, que qui re-garde à la fin de ſes actions, bien peu ſou-uent il s'adonnera à mal faire, qui n'y penſe, il vit & meurt comme vne beſte : partant nous pouuons dire que ceſte noſtre vie, eſt vne mer ondoyante, pleine de toute mi-ſere. Ie vous veux encor dire, que Iean le Blond, qui a mis en François les Chroni-ques de Carion, fait briéue mention en ſes additions de ceſt affaire, & nomme Simon Turchi & Ieroſme Deodati, afin qu'on ne penſe pas que ie ſoye ſeul qui face mention de ceſt execrable aſſaſſinat : lequel, s'il fuſt ſuruenu à Luques, ie m'aſſeure que ces ma-gnifiques ſeigneurs en euſſent fait vne iuſti-ce exemplaire, comme ils firent d'vn autre, & puis encor de deux, l'vn deſquels ſe vou-loit faire ſeigneur de ſa patrie, l'autre tua cruellement, & ſans occaſion legitime, ſon propre gendre.

Sommaire de l'Histoire 98.

HISTOIRE XCVIII.

DEdans Rheims, ville assez
renommée par tout le Royaume de France, & à laquelle les
Rois sont ordinairement sacrez, y auoit vne ieune fille, &
(comme ie croy) y est encores pour le
present d'honneste & riche maison, nommee Perrette, laquelle pour sa beauté assez
recommandee estoit aymee d'vn chacun,
& nommément d'vn beau ieune garçon appellé Nicolas, lequel l'aymoit d'vn amour
entier & de long temps pratiqué : car dés
le temps qu'il alloit à l'escole auec elle, il
l'aymoit, & croissoit encores l'amitié qu'il
luy portoit de iour en iour. Pratiquant
ses amours, il pratiquoit aussi ses estudes
en medecine & aux loix, s'adonnant quelque
peu à la poësie, de laquelle il s'aidoit souuent à faire des vers à la loüange de sa maistresse, laquelle y prenoit fort grand plaisir.

Or cependant que ces deux viuoyent ainsi
amoureusemēt l'vn auec l'autre (sans toutesfois iouyr de ce que plusieurs desiroyent)
arriua là vn bragard courtisan , aussi enfant
de ladite ville , habillé à la mode qui cou-
roit pour lors, lequel pour ce qu'il estoit
nouueau reuenu de Paris, se faisant accroire
qu'il auoit beaucoup veu de pays, & qu'il
sçauoit bien lors que c'estoit de viure, se
mist incontinent à faire l'amour aux vnes
& aux autres, choisissant en fin pour vnique
maistresse ceste Perrétte dont nous auons
parlé ci dessus, laquelle surpassoit en beauté,
vertu & sagesse, ses cōpagnes : aussi auoit elle
vn pere & vne mere de mesme. Ce bragard
donc, qui s'appelloit Rémy , ayant par plusieurs fois sondé que luy pouuoit porter
Perrette , trouua en fin qu'elle ne tenoit pas
grand compte de luy, & que si peu qu'elle en
faisoit, l'entretenant ainsi, n'estoit que pour
n'estre point remarquee du vice d'orgueil
& fierté , & n'estre point comprise au rang
de celles qui contemnent & mesprisent les
hommes qui ne sont point à leur gré. Ce
que voyant, & que Nicolas estoit mieux venu que luy, (lequel le trouuoit presque tousiours auec elle) conceut alors en son cœur
vne tref grande haine à l'encontre de tous
ceux, conspirant vne trahison pour les mettre en diuorce l'vn auec l'autre executee en
la maniere qui s'ensuit.

Voyant

Voyant qu'il ne profitoit rien en l'amitié de Perrette, ſe delibera de faire l'amour
à la chambriere (qui n'eſtoit gueres plus
déchiree que ſa maiſtreſſe) afin que par le
moyen d'elle il peut auoir meilleure iſſue
de ſon entrepriſe, comme il euſt auſſi plus
à propos qu'il ne penſoit:car vn iour qu'elle reuenoit de chez Nicolas, il la rencontra, laquelle portoit vne lettres dans ſon
ſein qui apparoiſſoit dehors, contenant vne
recommandation par laquelle il ſe recom-
mandoit treſ humblement à Perrette, la
priant de le tenir touſiours en ſa bonne
grace. Il la tira, & l'ayant leuë tout au
long, la pria de luy laiſſer ſeulement vne
heure ou deux, luy faiſant accroire que
c'eſtoit vne fort belle chanſon, & que pour
cela il la vouloit copier. La chambriere
qui ne ſongeoit à la malice, la luy laiſſa, a-
uec promeſſe qu'il luy fiſt de la luy ren-
incontinent, ce qu'il fiſt. S'eſtant retiré
tout ſeul en vne chambre, miſt la main
à la plume, & écriuit vne lettre tout au contraire de l'autre, par laquelle il mandoit à
Perrette qu'elle ne laiſſaſt de chercher vn
autre amoureux, & que quant à luy il auoit
trouué vne autre maiſtreſſe vn peu plus
raſſiſe d'eſprit qu'elle, & plus fidelle qu'elle ne luy auoit eſté, & meſmes qu'il ne l'i-
roit plus voir que pour luy dire adieu, plus

amplement: Et apres plusieurs autres propos, auoit écrit au dessous.

Apres que le traistre Remy eut ce fait, &
mesme contrefait le seing de Nicolas, il
ferma la lettre, le mieux qu'il peut à la façon
de l'autre, afin que la chābriere ne s'en ap-
perceust, laquelle n'arresta gueres à la venir requerir. Le traistre luy dist qu'elle se
gardast bien d'en dire rien à Perrette, ce
qu'elle ne fist pas aussi, iusques à ce qu'elle
en fut importunee. Perrette apres qu'elle eut
leue la lettre, commença a rougir de maltalent, se tirant par les cheueux, & maudissant
l'heure, & le iour qu'elle l'auoit iamais cognu, & apres qu'elle eut fait plusieurs regrets, & complaintes, elle demanda furieusement à la chambriere si elle estoit bien
asseuree que Nicolas luy eust donné ceste
lettre, & qu'elle se gardast bien de luy mentir en rien qui fust. La chambriere luy iura
fort & ferme que ce n'auoit point esté autre
que luy: ne pensant nullement à la trahison
de Remy. Alors elle recōmēça ses pleurs
plus grans que deuant disant en ceste sorte.
Ah! traistre & déloyal trompeur, langue de
giroette, hōme de roseau, qui fléchit à tous
vents. Tu te vantes d'auoir trouué vne a-
mante plus fidelle que moy, c'est à grand

peine (combien que ne veux taxer l'honneur de nulles) mais ie te iure que i'ay autant bien gardé ma fidelité qu'aucune fille
qui puiſſe eſtre au monde. Et puis tu dis que
tu ne me viendras plus voir que pour me
dire, adieu : Mais ie t'aſſeure que tu n'auras
pas l'honneur de me le dire le premier : car
ie te le dis des ceſte heure , & le te diray encor auec vne voix ſi hautaine (te monſtrant
mon iuſte courroux) que tu n'auras loiſir
de me reſpondre. Puis eſtant demeuree ſeule s'ébahiſſoit comme il auoit eu le courage
de rompre vne amitié ſi longtemps gardee
& enracinee en leurs cœurs, & puis apres diſoit. Voila que c'eſt de la varieté & incon-
ſtance des hômes, ne s'y fie qui voudra. Nicolas l'allant voir côme il auoit de couſtume, trouua la châbriere à l'entree de l'huis,
laquelle luy diſt que Perrette eſtoit bien fa-
chee contre luy, à cauſe de la lettre qu'il luy
auoit enuoyee, ayât trouué à ſon aduis quelque choſe dedans qui n'eſtoit à ſon gré. Luy
qui ne ſçauoit rien de ce qui paſſoit, ne ſe
pouuoit perſuader que ce pouuoit eſtre ſinô
d'auoir écrit quelque mot qui luy deſpleut :
ce qui le rendit fort penſif. Perrette le voyât
venir, va au deuant côme toute deſeſperee,
laquelle luy demanda qui le faiſoit eſtre ſi
hardi d'entrer leans, apres l'auoir côtemnee
& mépriſee ſi malheureuſement à tort &
ſans cauſe par la lettre qu'il luy auoit en-

uoyee, & aprés luy auoir donné ſon congé.
Nicolas alors tout eſtonné, luy dit qu'il ne
penſoit auoir eſcrit mot, qui ne fuſt au contraire de ce qu'elle luy diſoit : & que ſi on
luy auoit preſenté quelque eſcrit contenant
telle choſe, que ç'auoit eſté par autre que par
luy. Mais elle, forcenée de colere ne vouloit
entendre à luy & ſi n'eut eſté de peur de
quelque inconueniét qui euſt peu aduenir,
ou d'eſtre repriſe de ſon pere, elle luy euſt (ce
croy-ie) ſauté en la face: toutesfois en fin elle s'amodera: ce que voyant Nicolas la pria
derechef de luy monſtrer la lettre, à laquelle requeſte elle s'accorda, & l'ayant leuë cognut incontinét la cauſe de leur diſſenſion.
Parquoy eſtant raſſeuré dit à Perrette que
ce n'auoit eſté autre que quelque traiſtre, &
enuieux qui auoit fait cela pour rompre l'a-
mitié qu'ils ſe portoyent l'vn à l'autre. Partant, dſt-il, faut ſçauoir de la chambriere ſi
quelqu'vn a point intelligence auec elle, qui
conduiſe ceſte malheureté à l'encontre de
nous. Perrette la fiſt venir deuant elle, laquelle apres l'auoir interrogee par pluſieurs
fois, confeſſa en fin qu'elle l'auoit ſeulement
monſtree à Remy ſon amoureux. Nicolas
ſoupçonna alors toute la verité de ce qui
en eſtoit. Parquoy ayant pris congé d'elle
doucement, ſans faire ſemblant de rien,
ſe partiſt pour aller trouuer ſon ennemy,
la nuict eſtant déià venue, & le Soleil en-

tré dedans fon Occident. Ayant paffé & re-
paffé par plufieurs fois deuant fon huis, &
ne le voyant point fortir, fe mift en peine
de l'aller cercher, & le vint trouuer à vn lieu
là où il faifoit la cour à plufieurs filles,
comme il donnoit le bon foir. Arriué là,
paffa outre fans s'arrefter, & le vint attendre
au lieu par où il deuoit paffer, lequel n'y e-
ftoit prefque encor arriué que Nicolas le
vint attaquer, & l'appella traiftre, luy dit
qu'il mift la main à l'efpee & qu'il vouloit
faire vne refponce à la lettre qu'il auoit enuoyee à Perrette. Luy qui entendit en deux
mots ce que Nicolas vouloit dire, ne fail-
lift a fe deffendre brauement, mais non pas
fi bien que Nicolas, lequel apres plufieurs
coups ruez le vint attaindre fur le bras dex-
tre, dequoy il tenoit l'efpee, fi grand coup
qu'il la luy fift mettre bas, & choir à terre,
luy faifant vne fort grande playe, & penfoit
mefmemét luy auoir coupé. Dequoy fe cô-
tenát, le laiffa là, & s'en alla: & fçachant que
Remy auoit du fuport, il trouua moyen de
fortir hors de la ville, dés que la porte fuft
ouuerte, pour s'en aller, & s'abfenter de fon
ennemy pour quelque temps. L'abfence
duquel fut caufé qu'on renouuella la chan-
fon d'A qui me doy ie retirer, & la chanta
on plufieurs fois deuant le logis de Perrette,
à l'imitation d'elle, toutefois c'eftoit fans
en faire femblant : laquelle l'ayant recou-

uerte par eſcrit, elle y châgea & aiouſta quelque couplet, que toutesfois ie ne reciteray
pour n'eſtre prolixe, puis l'enuoya à ſon ami
Nicolas, lequel fit auſſi toſt la reſponce qu'il
luy renuoya, laquelle i'ay bien voulu mettre
icy, pour cauſe qu'elle n'a point encore eſté
miſe en lumiere.

OV me doy-ie plus retirer
  Puis que i'ay m'amie laiſſee,
De lamenter & ſoupirer
Eſt tout recreuë & laſſee,
De moy cuide eſtre delaiſſee,
Penſant en moy déloyauté:
Mais ie reſpons à ſa penſee
Pour luy monſtrer ma loyauté.

  Ma chere amie auez-vous peur
Que ſi toſt ie vous abandonne,
Penſez-vous que ſoye vn trompeur
Comme voſtre cœur me ſoupçonne?
Non, non, ma petite mignonne
Ne penſez point cela de moy,
Car i'ay affection tresbonne
De vous oſter bien toſt d'émoy.

  La raiſon pourquoy ſuis abſent
Ie la vous veux bien faire entendre
C'eſt pour cauſe d'vn médiſant
Qui vint contre nous deux méprendre:
Et pour noſtre bon droit deffendre
De me ſuis mis en ce danger,
Où maintenant me conuient rendre

Ainſi comme vn pauure eſtranger,
  I'ay monſtré à mon ennemy,
En ſouſtenant noſtre querelle
Le deuoir d'vn loyal amy
Et comment ie vous ſuis fidelle,
Vous ſupliant, ma toute belle,
Excuſer mon departement,
Vous aſſeurant que d'vn bon zele
Ie vous aime parfaitement.

  Gentil roſſignolet du bois
Va-t'en auec ton chant ramage
Dire à m'amie à haute voix
Qu'elle prenne vn peu de courage,
Et que l'habit de mariage
Bien toſt ie luy feray porter,
Et n'oubly point à ton meſſage
L'habit de dueil luy faire oſter.

  Celuy qui fiſt cette chanſon
Ce fut vn amoureux fidelle
Qui pour auoir eu ſa raiſon
D'vn médiſant traiſtre & rebelle
Fut contraint de laiſſer ſa belle,
A grand regret & déplaiſir,
Pour laiſſer paſſer la cautelle
De ſon ennemy à loiſir.

Sommaire de l'Hiſtoire 99.

Vne damoiſelle nommee Anne de Buringel, fit
  empoiſonner ſon mary, par vn à qui elle promet-

toit mariage, & depuis elle empoisonna son pere,
sa sœur, & deux de ses petits neueux, & de ce
qui s'ensuyuit.

HISTOIRE XCIX.

A Lucere, ville distante de quatre iournees de Naples, il y auoit vn bon Gentilhomme d'ordōnance, nommé le Seigneur Alexandre de Buringel, lequel auoit deux filles, sçauoir, Anne, & Lucienne, lesquelles il maria hautement selon leur qualité. Le Seigneur Apian de Boyse Chancelier de Naples, homme fort docte, sage & vertueux espousa Anne la plus aisnee & Alphonce de Barseils espousa Lucienne. Les nopces faites, & la feste passee ne demoura pas long temps que le Seigneur Apian s'en alla à Naples, prenant congé de sa femme, s'achemina à Barseils pour voir ses beaux freres & sœurs, y ayant seiourné quelques iours s'en alla en grande diligence pour parfaire son voyage. Cependant Anne demeura seule longuement, dont elle commença à se douloir, & pensa en elle comment elle pourroit faire quelque seruiteur pour tenir la place de son mary, voyant qu'elle estoit fort solicitee de Maurice Taleys, beau, ieune, & hardy, d'assez basse cōdition, & de mauuaise vie, elle mesme bruloit

tous les iours de l'amour de Taleys, & Taleys d'elle tellement qu'elle lascha la bride
à toutes ses voluptez , quittant la foy, &
amour coniugale. Le Seigneur Apian son
mary la manda plusieurs fois, ce qu'elle
refusa. Le mary indigné, luy remanda derechef de ne faire faute de le venir trouuer,
vsant de menace : la Damoiselle s'estant ex-
cusee, luy remanda qu'elle estoit malade,
& craignoit que l'air de Naples ne la fit
mourir. Vn iour estant auec son fauory Taleys, luy monstra les lettres de son mary, où
enfin conspirerent la mort du Seigneur A-
pian. La conclusion estoit qu'Anne deuoit
aller visiter sa sœur Lucienne à trois iournees de Lucere, au chasteau de Barseils, où
par semblable se denoit trouuer Taleys, &
là parferoyent leur machination. Elle estant
auertie que son beau frere estoit allé en
quartier pour faire monstre, monta à cheual, & s'achemina pour aller voir sa sœur.
Estant pres du chasteau, enuoya son laquais
pour l'auertir de sa venue, dont la Damoiselle fut bien ioyeuse, & s'en alla au deuant de sa sœur, menant auec elle ses deux
petits fils : ayant premierement donné ordre à sa maison pour la festoyer. Or apres
la reception faite, la bien venue, & les acco-
lades, s'acheminerent iusques au chasteau,
où ayant mis pied à terre, trouuerent la nape
mise, lauerent les mains, & s'assirent à ta-

ble, ie vous laisse a penser la bonne chere
que luy fist la Damoiselle. Apres disner les
deux Damoiselles commencerent a deuiser
du gouuernemét de leurs maisons & marys,
où Lucienne loüa grandement les vertus de
son mari, s'asseurant bien que s'il estoit present, qu'elle seroit mieux traitee qu'elle n'e-
stoit, priât sa sœur de l'excuser. Anne en sou-
pirant la mercia, luy disant: Certainement,
ma sœur, Dieu vous a fait plus grand grace
qu'à moy, estât ainsi bien pourueuë de mary : & ne m'ébahis maintenant de l'amitié
que mó pere vous a tousiours encor portee,
& porte au pris de moy, vous ayant trouué
party si bien à vostre desir. Lucienne luy
respond. Il vous plaist de le dire, car sans
comparaison vous estes plus richement, &
hautement mariee que ie ne suis. Anne luy
dit: Laissons les richesses à part, ie voudrois
seulement estre aussi bien mariee que vous
estes, & auoir vn mary duquel i'eusse contentement, car à la verité ie suis aussi mal
pourueüe de mary que pauure Damoiselle
qui soit en ce pays, & ne pélez pas que ie die
ces propos pour vous porter enuie, ne qui
vous puisse preiudicier : mais i'en donne le
blame à nostre pere, de m'auoir si mal pourueuë. Lucienne respondit : plusieurs fois
mon frere vostre mary est venu ceans, de
sa grace, & a demeuré quelques iours non
tant comme nous desiriõs, où nous l'auons

trouué en tous ses faits si honorable & graue, que ne le sçaurions blasmer : & mesmes
par plusieursfois m'a raconté la bône amour
qu'il vous portoit, & nous monstra lettres
de vostre refus de l'aller trouuer dans Naples, vous excusant estre malade, & craignez l'air d'iceluy. Outre nous dit qu'il seroit content s'il pouuoit, s'absenter pour
quelques temps de Naples, pour se retirer
à sa maison : ce qu'il ne pouuoit faire pour
l'amour de sa charge. Anne fort courroucee respond : O Dieu quelle pitié ! ie pense
en moy que mes malheurs augmentent
iournellement de plus en plus, pource
que celle qui me deuroit conseiller & secourir, se monstre à demy ennemie, adioustant plustost foy aux paroles feintes de mon
mary qu'aux miennes. Parquoy si vous le
cognoissiez aussi bien que moy, vous ne diriez pas tels propos, & n'estes pas bien informee des actes & bons tours qu'il fait à
Naples, non content d'vne fauorite, en a
trois, voire quatre : & ne se faut esbahyr si
nous n'auons lignee, chose qui me contri-
ste grandement, & serois bien courroucee
de vous declarer vne chose que i'ay sur le
cœur, encores que vous soyez ma sœur.
La ieune Damoiselle adioustant foy à ses
paroles, luy dit : Ma bienaimee sœur, ie vous
prie ne trouuer estrange les propos que ie
vous ay dit de primeface, car à ce que ie vois

les hommes sont mal aisez à cognoistre.
Mais en ces affaires, il nous conuient prier
Dieu, & comme vertueuses essayer par tous
moyens d'attirer la grace de nos maris, &
certainemẽt Dieu changera leur courage. Ie ne dis pas cecy pour moy, car (comme ie vous ay dit) ie n'ay nulle occasion de
me plaindre.

Sur ces propos arriuerent quelques Damoyselles voisines de Lucienne, qui fut cause donner fin à leurs deuis : & apres s'estre
entre saluees, cõmencerét à deuiser en attendant l'heure du souper, où la Damoiselle du
chasteau pourueut. Incontinent arriua Taleys, & deux autres Gentils-hommes qui
furent les bien venus, & bien festoyez. Apres
souper s'en allerent pourmener au iardin où
Taleys print Anne sa fauorite sous les bras,
& commencerent à deuiser comment ils
parseroyent leur entreprise. Elle commença son propos disant : Mon bien aimé, vous
sçauez comment i'ay esté mariee mal gré
moy à ce vieillard qui ne tient conte de moy
& crains qu'il ne sçache nostre fait, & comme tout se passe : vous asseurant que s'il en
est auerty c'est fait de vous & de moy aussi,
& le plus expedient est de le faire mourir,
afin que sans murmure nous puissions acheuer nos amours en ioye : toutesfois à la
charge de me prendre à femme, & espouse,
& ie vous feray le plus riche & opulent du

pays. Le malheureux dist qu'il en estoit content. Or bien donc vous irez à Naples, &
ie vous bailleray mon laquais auec lettres
que i'enuoyeray à mon mary, & incótinent
que l'aurez cognu, regardez les moyens de
l'exterminer, & pour le plus expedient, ie
trouue qu'il seroit bon de le faire mourir
pir poison. Taleys trouua fort bon ce conseil. Cependant l'heure de dormir s'approcha, & les gentils-hommes furent menez
en vne chambre, & les damoiselles en vne
autre. Les deux sœurs coucherent ensemble
où Anne n'oublia à expedier les lettres
pour enuoyer à son mary. Le lendemain
au plus matin les Gentilshommes prindrent
congé des Damoiselles, & Anne n'oublia à
enuoyer son laquais, & donner la poison à
Talays ainsi qu'ils l'auoyent proposé. E-
stant arriué à Naples regarda où le laquais
alloit, & ayant veu le Seigneur Apian, luy
fit la reuerence, luy presentant tout humble
seruice, dont il le remercia. Plusieurs iours
luy faisoit caresses & salutations, l'accom-
pagnant par tout où il alloit. Vn iour il
fit vn banquet, où il pria le Seigneur A-
pian de s'y trouuer, ce qu'il luy accorda.
Voyant l'heure propre, ayant aposté homme expres, pour executer le fait, fit empoisonner le Seigneur Apian miserablement. Ce fait de peur que le fait ne fust reuelé, espiatant qu'il mist à mort celuy qui l'a-

uoit empoisonné, & montant à cheual s'en
retourna à Lucere esperant y trouuer sa fauorite pour luy conter le tout. Ce bon seigneur Apian se trouuant saisi de mal, delibera se retirer en sa maison où il ne peut, deceda à deux lieuës pres. Anne estant à Barseils auec sa sœur, fut auertie par le laquais
du retour de son mary, dont elle monstra
signe de ioye, & prenant congé, se retirant
à sa maison à Lucele où elle trouua son mary decedé, dont elle fist semblant de mener
grand dueil. En fin fit faire les funerailles,
où plusieurs Gentils-hommes s'y trouuerent, specialement le pere de la Damoiselle, qui tous ensemble la reconforterent,
Les obseques faites, chacun se retira à sa
maison. Anne demanda Taleys en mariage à son pere, lequel pource qu'il n'en fit
aucune responce, imagina comment elle se
pourroit venger de luy, & le faire mourir,
ou sans autre deliberation, proposa de l'empoisonner auec sa sœur & ses deux neueux.
Cependant le Seigneur Alphonce de Barseils tomba malade à sa maison, où le pere
de Lucienne l'alla visiter & le fit tresbien
penser:ce neantmoins il deceda,dont le pauure pere de Luciéne fut grandement marry:
& le fit enseuelir honorablement. Les funerailles faites le pere se retira en sa maison,
laissant Lucienne & ses deux petits enfans.
Vn peu apres, le pere prit volonté, de fai-

se vn voyage en France : parquoy il delibera de feſtoyer tous ſes amis, entre leſquels
il manda ſes deux filles, leſquelles s'y trouuerent. Anne n'oublia à continuer & braſſer ſa cruelle entrepriſe. Le banquet fut
beau, & honorable. Le pere meu de ioye
demanda du vin. Anne faiſant la bonne
chambriere, print la taſſe, & miſt la poiſon dedans auec le vin, & la preſenta à ſon
pere, lequel beuuant à toute l'aſſiſtance ſans
ſoy douter, beut le vin & la poiſon, dont
apres il mourut. Lucienne fut mandee aux
funerailles du pere, laquelle amena ſes deux
petits fils. Eſtant arriuee, Anne luy fiſt
grande reception, la priant venir loger
en ſa maiſon, ce qu'elle fiſt, où elle ſeiourna
quelque temps à la mauuaiſe heure : car ſa
ſœur voyant l'heure propre à ſon deſſein,
n'oublia à luy donner le pareil breuuage
qu'elle auoit fait à ſon pere, parquoy la bonne Damoiſelle ſe ſentant bien malade, ſe
retira en ſa maiſon, ayant laiſſé ſes deux
enfans en garde à ſa ſœur. Eſtant arriuee
ne ſeiourna gueres que la pauure Lucienne deceda, dequoy Anne auertie feignant
eſtre bien dolente, monta à cheual pour
aller à Barſeils, pour ſe trouuer à l'enter-
rement. Auant que partir donna ordre à ſa
maiſon, & laiſſa la garde d'icelle à vne ſienne tante : enſemble ſes neueux, leſquels elle
luy recommanda ſur toutes choſes. Mais la

malheureuſe leur auoit donné tel bruuage
qu'à la mere, leſquels pour ce qu'ils eſtoyẽt
ieunes & tendres ne pouuant longuement
ſupporter la poiſon treſpaſſerent bien toſt
apres le depart de la malheureuſe tante.
Eſtant à Barſeil fit enterrer ſa ſœur, puis
s'achemina à Lucere, où trouuant les enfans morts & enterrez, fit grand dueil, que
nul ne ſe pouuoit aperceuoir de ſa trahiſon
& cruauté. Ayant fait toutes ces choſes à
ſouhait ne demeura gueres qu'elle ſe maria
auec Maurice Talleis, où la feſte fut grande, & y aſſiſterent beaucoup de nobleſſe. La
feſte paſſee, Talleis voyant qu'il auoit ce
qu'il deſiroit commença a ſe déborder,
hanter, ieux, feſtins & banquets, dont Anne
commença grandement a le hayr.

Le Diable voulant acheuer la perdition
de ceſte miſerable Anne, ſema telle diſcorde entre le mary & elle qu'eſtant ialouſe de
luy, & luy d'elle, qu'il ne ſouhaitoyent que
la ruine l'vn de l'autre. Le ſeigneur Autho-
nio de Boiſe, neueu de feu ſeigneur Apian,
(premier mary d'Anne) ſe maria, où il fit
ſemondre pluſieurs Gentils-hommes, entre leſquels n'oublia a ſemondre Talleis
& ſa tante, & ainſi qu'vn chacun ſe reſ-
iouyſſoyent, beuuant les vns aux autres,
Talleis commença fierement a regarder ſa
femme, & l'appellant méchante, racontant
à aucuns ſes plus priuez amis qui eſtoyent
pres

pres de luy le deſhonneur qu'elle luy faiſoit·
Au contraire elle diſoit qu'elle l'auoit mis
en biens & qu'on ſçauoit bien qui elle eſtoit,
& luy auſſi. Talleis ſe voyant deſpriſer, la
heurta du pied par ſous la table, tellement
que ſe ſentant bleſſee, l'appella meurtrier &
empoiſonneur, & que il auoit fait mourir
ſon mary. Talleis mit la main à la dague
pour la frapper,& eſtant empeſché par quelqu'vn de la compagnie, la dague eſchappa
de ſes mains & s'alla planter au coſtez d'vn
ieune Gentil-homme de bonne apparence,
duquel coup il mouruſt vn peu apres. Le ſeigneur Anthonio de Boyſe, ayant entendu
ces propos, & voyant le meurtre fait en ſa
maiſon, ennoya querir la Iuſtice, laquelle
en grande diligence empoignerent Talleis
& Anne ſa femme, & furent tellement pourſuyuis en Iuſtice, que le pauure Talleis
confeſſa tout le fait, la maniere de la poiſon,
& comment il auoit fait mourir celuy qui
auoit empoiſonné le ſeigneur Apian, & que
tout ce qu'il auoit fait eſtoit du conſentement de ſa malheureuſe femme. La femme
eſtant interrogee derechef ſeparément,
ſouſtenoit eſtre ignorante du fait, toutesfois la Iuſtice par ſubtils moyens l'attira, &
confeſſa veritablement qu'elle auoit con-
ſenty à la mort de ſon feu mary, ſon pere,
ſa ſœur & ſes petits nepueux, le tout à la
perſuaſion du Diable, concupiſcence de

Tom. 5.   Aa

ses desirs, voluptez charnels, la mal-heureu-
se ambition ardeur d'auarice, & conuoitise,
implorant la misericorde de Dieu, & la
douceur de Iustice. Le tout aueré & le procez fait, furent condamnez à faire amende
honorable nuds en chemise, la corde au col,
chacun vne torche ardente au poing deuant
la grande Eglise, & là crier mercy à Dieu
& à Iustice. En apres furent menez & conduits par l'executeur de la haute Iustice, à la
place publique, où estans arriuez, eurent
chacun deux la langue & le poing coupé, ce
fait furent decapitez, & les testes mises en
vn lieu eminent & d'apparence, pour memoire à tousiours: les corps bruslez & con-
sommez en cendres. Or auant que de finer
leurs iours, la pauure Damoyselle monstrant signe de grande repentance, leuant
souuent les yeux au ciel, supplia l'assistance
de bien enseigner & instruire leurs enfans,
en bonnes mœurs & crainte de Dieu, & ad-
dressant sa voix aux enfans, les exhorta de
prendre exemple à elle: & qu'ils eussent
tousiours la crainte de Dieu deuant leurs
yeux, rendans obeissance à leurs parens &
amis: & que souuent ils eussent à rememo-
rer ce piteux spectacle. Faisans priere à Dieu
& la vierge Marie leur vouloir pardonner
leurs fautes commises, & à eux de ne tomber en telle pauuretez & accidents.

Sommaire de l'Histoire 100.

L'Amour en quelque façon qu'on le considere, ne pouuant estre meslé auec la crainte ne faut aussi s'esbahir : si lon voit aduenir des faits & hardis, & temeraires, selon que ceste passion est agitee en l'ame de celuy qui en est saisi. Car si la folie de la sensualité est celle qui esmeut, rauit, & transporte le desir en la connoissie de quelque chose : Ie vous prie combien l'homme oublie soy-mesme, & extrauague en ses actions, & quelles folies il fait pour paruenir au but de ses pretentes? En tant qu'il n'y a espece de vice, de corruption, degast, & peruertissement qui ne procede de ceste maladie d'amour, & n'y eut ono homme tant sage fut-il qui en estant assailly, n'aye fait paroistre les fruits qu'on doit attedre d'vne alteration si desreiglee de la meilleure partie qui soit en nous, qui est la raison desplacee de son siege par la force de ceste frenesie. Et ç'à esté la cause pour laquelle tous les plus excellens, et sages, et saints hommes du teps passé, voire de nostre aage, ont detesté les maistres ou auteur de l'amour, ou seruans d'instigateurs & esguillons à la ieunesse pour l'amour, & sur tous autres les Poëtes, les Paintres, & les Musiciens d'autant qu'ils ont estimé que ces trois arts mal-employez, & accommodez au seul plaisir du corps, sont les ministres de la ruine de l'homme : l'vn exprimant les passions en escriuant, l'autre trai

tans la beauté pour laquelle les hommes s'affollent
en la pourſuite des femmes, & l'autre rauiſſant les
ſens par les ſons chatouilleux de ſon harmonie, &
chantant mignardement & les vers du premier &
les traits de la beauté par le ſecond painte & au
vif effigiee. Et de fait les Poëtes meſmes qui traitent l'amour, ſont contraints de confeſſer l'imperfection & defaut de ceſte partie s'enſuelle ſiege de
l'amour, veu que (comme dit le Comique) en l'a-
mour ſont ces vices tous enſemble entaſſez, iniures,
ſoupçons, inimitiez, treſues, guerres, & la paix,
& reconciliation tout auſſi toſt : que ſi tu veux
rendre par raiſon certain, ce qui eſt inconſtant, &
incertain en ceci, tu y gaigneras autant, que ſi tu
te mets en ſoucy de deuenir inſenſé en pourſuiuant
la raiſon & ſageſſe. Par leſquels mots il veut
donner à cognoiſtre quelle aſſeurance on doibt
prendre en vne telle diuerſité & mobilité de penſees, & quelle aiſe eſperer de choſe ſi pleine de defiance, & quel repos du lieu, où les troubles &
tourmens, les peines & angoiſſes s'offrent en auſſi
grand nombre, qu'il y a de ſortes de ſouhaits, &
plaiſirs ſuppoſez en ceſte pourſuite. Quelle vertu,
ni prudence pouuez vous attendre de celuy qui
s'abeſtit, affolle, & brutaliſe pour l'eſpoir de la
iouyſſance d'vn plaiſir, qui n'a qu'vn moment de
duree, & qui traine à ſa queue vn trop ſoudain repentir, & la fin duquel bien ſouuent n'eſt qu'infamie & miſere, que regret, deſeſpoir, & confuſion extreme : N'eſt ce pas folie que voir celuy
demander mercy, qui aura ſouffert l'iniure, &

offence? N'est-ce pas brutalité que l'homme tant
fort hardy, & bien disant, des qu'il est en presence
de sa dame, perdre, cœur, & parole & soit tout
ainsi que celuy qui est en extase ou qui a senty quelque estonnement par quelque esclat de tonnerre,
& de foudre? Mais donnons tout ceci, (puis que
les naturalistes s'en veulent faire accroire) aux
inclinations de nature & au desir transporté d'affection qui se sent surpris par la chose souhaitee &
accordee aux amoureux que l'œil de leur dame soit
ou le vray estincellant du soleil ou la face violente
d'vn miroir ardant, qui les esblouyssant leur rauit, & le sens, & la parole: mais comment appelle-
rez vous celuy qui se vante de mourir de rage d'a-
mour, & d'estre touché au vif, de n'auoir desir
que de plaire à celle qu'il ayme, & cependant il
luy nuit & l'offence en ce qu'elle à le plus cher en
ce monde? Si vous le nommez amant, à qui est-ce
que cest amour se r'apporte? Si seruiteur, quel est
le seruice, ou le seigneur est interessé plus que s'il
accostoit son mortel aduersaire? Et neantmoins
pour continuer le cours des histoires de ce liure cin-
quiesme de nos narrations Tragiques, ay-ie en
main le fait d'vn Capitaine amoureux, lequel aymant ce monstre ennemy, & seruant paye sa maistresse d'vne façon fort estrange, & contenta celle
qui assouuist ses desirs. N'a regret, & angoisse du
tout contraire à la courtoisie requise entre ceux,
qui s'entreayment loyaument. Mais quoy? ceste rage d'amour, comme elle est monstrueuse, aueugle
& transportee, aussi cause elle des effaits sem-

Aa iij

blables à ceste sienne desraison, & bestialisant
l'homme, luy oste & sens, & iugement, & tout ce
qui est de la douceur & affabilité humaine. C'est
la Circe d'Homere, qui transforma en bestes les
compagnons d'Vlixe : c'est le chef hideux de Me-
duse conuertissant par son regard, les hommes en
pierres, n'y ayant pierre plus dure, qu'est l'amoureux endurcy & le heurte à la folie de ses pour-
suittes : ni bestes plus brutale, que l'homme conuoitant le plaisir sensuel : d'autant qu'il n'y a lascheté, que pour son contentement, il ne commette, ni
forfait qu'il n'execute, pour venir au dessus de ses
entreprises : ainsi que i'espere vous faire voir par
la lecture de l'histoire qui s'ensuit autant belle, que
plaisante, & en laquelle verrez, reluire la iustice
d'vn grand Seigneur de ce Royaume, qui est vn
des personnages introduits en ceste piteuse Tragedie.

**Acte cruel d'vn Capitaine, faisant pen-
dre vn soldat, pour iouyr de sa femme,
& la loüable punition qu'en fit le deffunt Seigneur de Brissac, Mareschal de
France.**

HISTOIRE C.

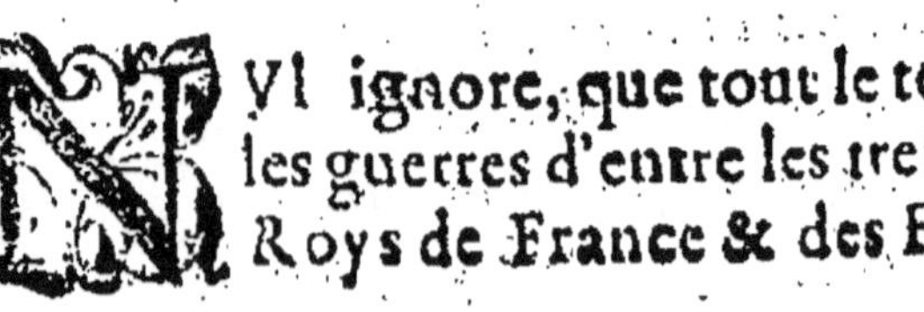

NVl ignore, que tout le temps que
les guerres d'entre les trespuissant
Roys de France & des Espaignes

ont duré en Piedmont, la difcipline militaire, à efté autant bien gardée que iamais elle
fut, lors que les Romains par le nõ effroyable de leurs legions eftonnoient chacun &
faifoient faire ioug a tout le monde. Veu
que les bandes Piedmontoifes de l'vn &
l'autre royaume, eftoient tellemét refpectees
qu'on ne tenoit pas moins de compte d'icelles, que des anciens Veterãs de Rome: comme ainfi foit que de cefte efcolle font fortis
prefque la plufpart des plus fages, vaillans &
hardis guerriers, & chefs d'armee de l'Europe. Et non fans caufe, veu l'excellence des
lieutenans de generaux qui y ont commandé au nom de leurs maieftez, & lefquels
ont efté tels, que ie ne fçay fi les Cefars,
Pompees, Scipions, Hannibals, Fabrices,
Camilles, Themiftocles, Epaminõdes, & en
fomme fi pas vn des Grecs, Romains &
Africains ont plus merité de gloire que les
noftres:& s'ils euffent vefcu de mefme temps
ie doute que ceux ci euffent emporté l'auantage, & la gloire:puis que de gens groffiers &
fans experience en peu de temps, ils ont dreffé la plus courageufe & entreprenante infanterie de la terre. Ie ne veux m'arrefter fur
les louanges des Princes & Seigneurs qui
ont commandé en Piedmont depuis que
le grand Roy François premier de ce nom
en fit heureufement la conquefte, car ce
n'eft de noftre fuiet & matiere : & ne pre-

tens difcourir les geftes de pas vn d'eux, ni
la fageffe à conferuer, & defendre ce qu'ils
auoyent en charge, pour le feruice du Roy,
& pour la conferuation de l'honneur, &
grandeur de la couronne de France. Bien
diray-ie en paffant, que feu de bonne memoire, Meffire Charles de Coffé, Seigneur
de Briffac, gouuerneur de Piedmond & depuis pour fes vertus, Marefchal de France à
efté vn de ceux qui le plus à illuftré & le
pays où il commandoit pour le Roy, & la
difcipline entre les foldats gagez & combatans fous fon enfeigne:& de tant plus volontiers m'arrefte ie fur ce grand Capitaine,
que fa memoire eft à chacun agreable, &
pour les faits illuftres & pour la generofité
des enfans qu'il à laiffez, dignes fucceffeurs
de fes vertus & vaillance : ioint que ce fut
de fon temps qu'aduint le fait duquel ie pretens difcourir en ceft endroit. Lors donc
que ce Seigneur eftoit lieutenant pour le
Roy Henry 2. de ce nom au pays de Piedmont comme les foldats fuffent regez fous
l'ordre mis en ce pays par les gouuerneurs,
& que la police y fut fort grande, plufieurs
auffi d'entre eux eftans bien appointez pour
leurs merites, y conduirent leurs efpoufes
ou bien fe marierent de là les Monts,
pour n'offencer Dieu en paillardant, &
pour honneftement entretenir leur petit
mefnage. Entre les compagnons ainfi

fignalez, & appointez, y en auoit vn (cor-
donnier de fon eftat, & meftier) homme fort
vaillant, & refpecté duquel n'ayant fçeu le
nom, ie l'appelleray René, pour eftre venu
en Piedmont auec le fufdit feigneur Marefchal. Ceftuy auoit efpoufé vne femme
belle en perfection, & d'vn trefbonne grace,
& fi honnefte, & gentille qu'il n'y auoit damoifelle qui la furpaffaft en bien-feance, &
courtoifie, ni dame mariee, qui la deuançaft
en pudicité, ny en l'amour chafte & loyal
que la femme doit à fa partie : & laquelle
(fon nom propre nous eftant incognu) nous
appellerons Catherine, afin qu'autre repeti-
tion de mots communs n'engendraft fafcherie à ceux qui liroyent cefte hiftoire. La
beauté de cefte ieune femme eftoit caufe
que le logis de fon mari eftoit plus frequenté que de pas vn des foldats de la garnifon
de Turin: chacun prenant plaifir à l'honnefteté de la femme, & à la hantife de René
prifé du general & fort fauory de fon Capitaine : ioint que quiconque à belle femme,
n'a point faute de compagnie, eftát la beauté vn apaft dangereux & attrait preiudiciable, & au fuiet, où elle eft pofee, & à celuy
qui en eft le gardien, tant la rareté eft de
chacun & prifee & fouhaitee. Cefte femme
aymoit tellement fon mary, & par fa vertueufe vie, luy auoit emprainte fi bonne o-
pinion d'elle en fon ame, qu'il ne fe deffioit

en sorte aucune de sa preud'hommie, & ne
luy limitoit ny ses allees ny ses venues, ny la
frequentation auec les soldats venans les visiter, quoy que cela outre-passast les bornes
de la coustume du pays auquel ils faisoyent
demeure : & elle luy portoit tant de respect,
& affection, que plustost elle eut choisi la
mort, que luy ioüer vn faux bond, ny faire
chose qui peut redonder à son deshonneur,
ny au preiudice de sa conscience. C'estoit la
cause pour laquelle pas vn n'osoit la caresser que chastement, & comme la loyale partie de son ami, & qu'il n'y auroit homme si
hardy qui l'osast amouracher tãt pour estre
le soldat fort homme de bien, & tel qui ne se
laissoit manier sans mousfle, que pour autant
que son espouse estoit du tout semblable à
vn roch inexpugnable & que ce seroit peine perdue que de l'assaillir & tenter par tel
moyen pour la faire broncher. Et bien que
(comme dit est) elle fut belle sur tout autre
& par consequent fresle, delicate, & mal propre pour le trauail, si est-ce que l'amour
coniugale l'auoit tellement endurcie au trauail, au froid, au chaud, & aux incommoditez d'vne armee, qu'elle ne se soucioit rien
de tout ennuy, & fascherie, pourueu qu'elle
vid son mary content & qu'elle peut faire
chose qui luy fut agreable : Le chemin luy
estant court, la peine legere, & la faim
supportable, le mal loger agreable, & le

trauail non ennuyeux, pourueu qu'elle eut
la face riante de son mary, & qu'en le seruant
elle fut traitee selon le merite de sa vertu,
& loyauté. Ceste rareté la rendant tant admiree, sa beauté & bonne grace d'autre
part, faisoyét que plusieurs l'œilladoyent, &
souhaitoyent & qui volontiers luy eusse fait
la cour, sans la bonne opinion que chacun auoit de sa grand chasteté, & pudique
vie. Neantmoins le Capitaine sous la charge duquel estoit le mary de ceste belle femme, ne fut si conscientieux, ni vsant de tel
respect enuers son soldat comme il deuoit:
ains pris des traits de ceste beauté, & se laissant vaincre à ses passions se mit à l'amouracher par signes, pensant qu'auec ces
apasts, il l'attireroit à sa folle fantasie. Mais
voyant qu'elle ne faisoit aucun semblant d'y
entendre, ou pour mieux parler qu'elle n'en
tenoit aucun compte, il se resolut de fran-
chir le saut, & luy faire luy mesme ouuerture du mal qu'il souffroit, & de l'amour que
de longtemps il portoit à ceste sienne maistresse. Et prit en soy ceste resolution tant
pour ne vouloir fier ce sien secret à vne de
ces porte messages desquelles les villes d'outre les monts ne sont que trop pleines, que
pour auoir libre accez à la maison du soldat
cognoissant la ieune femme si sage (comme
elle estoit) que bien qu'elle le refusast si n'a-
uoit elle garde d'en tenir propos aucun

à fon mary : & elle le faifant, il auoit des
moyens affez pour fe lauer de cefte coulpe.
Il eft vray que ce Capitaine eftant homme
d'efprit, & affez qualifié fit plufieurs difcours
fur cefte occurrence eftant à part-foy, & esloigné de l'obiet qui efmouuoit en luy ces
paffiōs amoureufes. Et quoy (difoit il)fera
il dit, & pour vn plaifir de fi peu d'effait que
i'aye fait fi bon marché de mon honneur, &
reputation, qu'on me blafme m'eftre mis en
peine de foüiller la couche de celuy duquel
ie deuroy eftre le foigneux protecteur, &
deffenfeur ? Quelle opinion aura l'on de
moy, fi cefte mienne pourfuite eft efuentee,
& fi les autres foldats font aduertis de ces
miens amourachemens fi mal baftis & à
l'endroit d'icelle que ie dois refpecter pour
l'amour de celuy de laquelle elle eft efpoufe? Hà! fol que ie fuis, n'y a il pas d'autres
femmes auffi belles ou plus que cefte cy, lefquelles s'eftimeront tres-heureufes, fi ie dai-
gne m'abbaiffer iufqu'à là que de les courti-
fer, fans que ie me hazarde ainfi , & que ie
perde vn bon foldat & peut-eftre moy-mef-
me, fi quelque caprice de ialoufie luy montoit à la tefte ? Non, non , il faut oublier ce
party, & penfer ailleurs, fans que les miens
foyent par moy offencez, & que ie me rende
detefté, & hay parmy les bandes. Cefte refolution prife, & prefque conclue en fon efprit, eftoit auffi toft oubliee qu'il voit Ca-

therine , tant ceſte chaſte beauté auoit d'attrait auec ſa modeſtie , & tant ſa douce grauité , & honneſte gaillardiſe r'allumoit le
feu amorty au cœur de ce paſſionné Capitaine : lequel ayant appris à faire l'amour à
l'Italienne, commença de baſtir ſes diſcours,
& ſe pourmener plus que iamais deuant le
logis de ſa ſainte ſans qu'il luy parlaſt ſi familierement , bien qu'auec plus de reſpect,
& crainte , que le temps paſſé uſaſt preſque
la regarder tant il eſtoit eſpris & ſaiſi de ceſte flamme : La ieune femme voyant ces fa-
cons de faire & ces eſtranges contenances
du Capitaine, qui ſouloit eſtre ſi gay, & fo-
latre en compagnie en fut eſtonnee & craignoit qu'il ne ſe fut offenſé de quelque cas
qu'on luy eut fait ou dit au logis de ſon mary, lors qu'il y venoit pour ſe reſiouyr comme les autres. Bien fut elle ſi ſage, qu'elle
n'en tint propos à ſon mary, ſe reſeruant à ce
faire, iuſqu'à tant qu'elle ſe fût pris garde de
plus pres à cecy, deliberee d'en ſçauoir la
cauſe du Capitaine meſme: ſe doutant à peu
pres de ſon humeur , & pource reſoluë d'en
rompre la pratique , auant qu'elle allaſt plus
auant & que le mal prit pié , & racine plus
profonde au cœur de ceſt amant deſia aſſez
feru pour ne guarir qu'en iouyſſant. Quand
il eſtoit hors la preſence de Catherine ne
failloit de s'accuſer & blaſmer ſa beſtiſe
& peu de hardieſſe : diſant que c'eſtoit le

signe d'vn vray sot, & cœur failly, que de
n'ofer affaillir vn fort fi foible qu'vne fēme,
puis qu'és affauts des villes, il ne reculoit
pour peril aucun, & qu'il y hazardoit fa vie
bien fouuent pour l'efperance d'vn butin de
peu de confequence : que cefte dame valoit
bien qu'il la pourfuiuit, & luy dónnaft plufieurs affauts, & qu'à grand peine emporte-
roit il la place par force, puis qu'il n'ofoit
feulement parlementer au chef commandant en icelle. Luy donc arrefté en ce complot de l'accofter, fut deuancé par la belle
Catherine, laquelle le voyant ainfi morne,
& penfif, l'arraifonna fur le fueil de l'huis de
fa maifon en cefte forte. Il femble, Mōfieur,
que vous ayez quelque mefcontentement
de mon mary, ou de moy, veu que daignez
ni nous parler, finon à regret, ni feulement
nous regarder qu'à la defrobee, comme
fi vous voyez quelque cas qui vous fut à
contrecœur. Si nous auons fait chofe qui
vous defplaife, il eft en voftre puiffance de
le dire, & nous tafcherons de la reparer au
moins mal qu'il nous fera poffible. Ie penfe
bien, que mon mary ne s'eft encore pris garde de ces vos contenances, car autrement il
fe fut mis en deuoir de vous appaifer, y
ayant faute de fa part, comme auffi fi elle
vient de moy (dit elle en faifant vne grande
reuererence) ie vous fupplie, Monfieur, mē
le pardonner, & ne plus nous monftrer vn

mauuais vi age: Le Capitaine voyant que
à ce qu'il n'auoit ofé commencer, Catherine luy donnoit vne facile entree, & l'argument le plus à propos qu'il euft fçeu fouhai-
ter, tout tremblant d'aife, & d'affection luy
refpondit en cefte maniere: Comment fçau-
roy-ie denier ny les yeux, ny la langue, à celle qui eft la maiftreffe de tous mes defirs, &
qui commande fur mes penfees, & fur mon
corps & fur mõ ame? Mon deffaut de parole
ne procede point de hayne ni de courroux,
& mes regards chichement employez ne
font les fignes d'aucune mauuaife volonté, ny les indices que rien qui foit en voftre logis, me vienne à contre cœur. Ah !
Catherine, c'eft ce tyran d'Amour qui em-
muettit ma lãgue, & efblouit mes yeux d'autant que lors que ie le voy voleter, armé de
tous fes efforts & autour de vos yeux, de vos
cheueux, de cefte clére, & angelique face, ie
n'ay fens qui ne foit employé à le contempler, ny membre qui ne tafche à iouyr de ce
fi excellent fuiet, & en la contemplation duquel me perdant ne faut s'esbahir fi ie perds
coutenãce, & fi mes yeux, & ma langue, oublient leur deuoir, & fe deftournent aucunement de leur office. Que fi vous voulez fim-
bolifer à mon affection & vfer d'vn amour
reciproque à celle bonne volonté que ie
vous porte, & m'aimer auec telle fincerité
& fermeté que ie vous ayme, affeurez vous,

que ce naturel hazard se perdra en moy, &
que ie recouureray celle gaillardise ancienne qui me faisoit souhaitable en toute compagnie. Car c'est vous le seul suiet de mon
estonnement, & l'amour qui me rend vostre
est le motif de ce mien oubly : si bien que si
vous refusez d'estre m'amie & vnique maistresse ce sera fait de moy, & perdrez par vostre rudesse, & cruauté, le meilleur amy que
vous ayez en ce monde. La chaste femme
oyant vn langage si esloigné de ce qu'elle
pensoit, fut estonnèe de prime face, & se fut
volontiers retirèe en son logis, si la crainte
qu'il ne fut entré auec elle & luy eut donné
hardiesse de passer outre, aydé de ceste occasion, ayãt la face d'vn couuert & sage consentement, ne l'en eust destournèe : mais en
fin reprenant cœur comme elle estoit constante & de gentil esprit luy respondit ces
paroles. Ie croy, Monsieur, que vous auiez
dressé, ceste harangue pour l'aller proferer,
deuant quelque damoiselle de ceste ville &
que pour passe-tẽps, vous recordez ici vostre rollet, afin de ne faillir lors qu'à bon escient il faudra iouër vostre personnage: veu
que iamais ie ne vous ouys tenir de tels propos & mal seans à vous, & que ne deuez
adresser à vne simple femmelette telle que
ie suis & mesme estant l'espouse de celuy,
qui voudroit mourir pour vostre seruice: &
peut-estre, vous faites cecy, pour essayer si

est bien graué en mon esprit, & si d'autres
impressiõs pourroyent trouuer place en mõ
ame,que de mõ cher époux,pour puis apres
me tenir pour vne folle,& vous mocquer,à
bon droit,de ma sottise,& incõstance.Mais
plutost verra lon mõ corps dechiré en pieces, que le cœur vni à celuy de mon espoux
en soit separé par autre affection, & que iamais homme puisse se vanter que la femme
de René a ioüé fausse compagnie à celuy
que Dieu luy a donné pour loyale partie.
Que si ie ne suis grand dame, ny sortie de
quelque illustre estoc de noblesse,si ay-ie le
cœur genereux, & l'hõneur en telle recommandation,qu'il n'y a dame si grande puisse
elle estre,qui me surpasse en desirs de vertu,
ny en ce ferme propos que i'ay de demeurer
pudique auec le tiltre &les effets d'vne femme de bien. Au reste, Mõsieur,ne vous fas-
chez de ces miens propos, comme aussi ie
m'asseure que ne faites,puis que ce qu'en a-
uez dit, ce ne sont que paroles de gayeté,
vous passez ainsi vostre tẽps auec ceux qui
vous sont tref humbles. Comment,respon-
dit il, l'entendez vous?ie vous iure le haut
Dieu, qu'il n'y a femme sous le ciel à qui
i'aye voüé mon seruice,qu'à vous seule que
i'ayme, & honore, plus que tout ce qui est
en ce monde. & qui n'ay rien en ma puissance dequoy vous ne puissiez disposer,seu-
lement vous prie, & de croire, que ce que

fais n'eft pour vous effayér, ains que ie parle felon les affections de mon cœur,& celle
vehemence d'amour que ie vous porte : &
de me tant fauorifer que ie puiffe vous dire
deux mots en fecret , & vous faire voir &
cognoiftre fi ie vous aime,& fi vous n'eftes
pas celle, la feule beauté de laquelle m'a ra-
ui de forte, qu'il faut ou que ie meure, ou
que i'aye l'heur de vous auoir pour amie,
Dame, maiftreffe, & le feul foulas de mes
angoiffes. Ne craignez que par moy vous
foyez fcandalifee , & que perfonne fçache
rien de nos affaires, car i'aimerois mieux
eftre cheut fur la pointe de mon efpee, &
eftre tranfpercé & outré de cent eftocades,
que de monftrer le moindre femblant du
monde de noftre accointance. Et ce difant
la voulut prendre par la main & la mener
dedans le logis, comme fi déià, il l'eut con-
quife, mais elle luy replique : Tout beau,
tout beau, Monfieur, nous ne fommes pas
encore là , & eftes bien plus loin de voftre
conte, que ne penfez : ce n'eft ainfi que les
femmes de bien font ébrálees,il faut vfer de
ces traits enuers celles, qui n'ont Dieu deuant les yeux, ny leur renom & honneur en
recommandation.N'ayez fouci de ma confiance, & ne craignez que ie fois diffamee,
car i'efpere en Dieu de vous en ofter & les
moyens,& les occafions,& de pluftoft mourir que fouffrir que vous ny autre foüille la

couche de mon mary , auquel feul elle eft
vouée & promife, vous fupliant au refte, de
vous retirer & me laiffer en paix , & n'eftre
caufe de quelque malheur que ces amourachemens pourroyent amener fi vous continuez guere en ces façons de faire , d'autant que les plus courtes folies font les meilleurs,& que moy n'eftant ny bille pareille à
vous, ny difpofee à vous complaire, il vous
vaut mieux prendre adreffe ailleurs & receuoir l'honnefte feruice de mon mary pour
recompenfe,& ma deuotion pour gage de
la vertueufe amitié & reuerence que ie vous
dois, pour le commandement qu'auez fur
mon époux,& pour lequel égard, dit elle en
pleurant,Monfieur,ie vous fuplie,ne me tenir plus ce langage, & de chaffer cefte folle
aprehenfion de voftre efprit, & confiderer
que c'eft à vous a m'exhorter a bien faire &
me punir fi ie m'oubliois,plutoft que de me
foliciter ainfi, & de femme d'honneur, me
vouloir rendre diffamee & la fable du peuple, & la honte fcandaleufe de mon mary.
Cefte refponce fi feuere de Catherine, eut
tel effort,que le Capitaine fe retint tout cõ-
fus,& eftõné,mais nõ deftourné de fon premier propos, ains plus affermi que iamais à
la pourfuiure,tãt la douceur,& fageffe de ce
langage luy auoit augmẽté l'affection d'v-
ne part, & del'autre le dépit l'éguillonnant
pour fe voir refufé par celle qu'il cuidoit luy

deuoir plutost offrir, que luy requerir ce qu'il souhaitoit d'elle. Il ne laissa pour cela de pourchasser, & soliciter, & par promesse & par present ores cessant de luy parler, puis l'assaillant plus viuement que iamais, esperant par ce moyen à la longue la vaincre & la faire condescendre à sa folle fantasie. Mais il gaignoit autant auec ceste feinte patience, que lors qu'il y procedoit d'extreme diligence, entant que la ieune femme se resoluoit de iour en iour de tant plus à la deffence de sa pudicité, que son ennemy se monstroit opiniastre & violant a luy faire force. Et bien que ceste si importune poursuite luy fut extremement fascheuse & qu'à la voir en face, elle portast la contenance de femme affligee, si est-ce que iamais elle n'en tint propos à son mary, ny à personne quoy que souuent, il luy demandast d'où luy venoit ceste tristesse, elle luy donnant d'autres raisons pour appaiser le desir de son espoux qui l'aimoit aussi loyaument, que chastement, elle luy estoit fidelle. Aussi auoit-elle plus de fiance en Dieu, qu'elle prioit tous les iours, & à toutes heures, de luy conseruer ceste sienne bonne intention de viure en femme pudiquē, que non pas ny en ses forces, ny en son babil, & parade de vertu: & ne vouloit mettre des caprices en la teste de son mary, qu'elle sçauoit estre homme soudain. Et tel, qui ad-

uerti du ait ne se ut feint d'attaquer le Capitaine, & luy demander raison, sortant
de la soulde, du tort qu'il taschoit luy faire
de sa femme. Que si elle se fut tant soit peu
doutee de la ruse, & trahison que le Capitaine luy ioüa depuis elle n'eust esté si
conscientieuse a le declarer: ains eut mieux
aimé voir son mary auec vne querelle auec
vn plus grand que luy, ou bien desapointé
& banny des compagnies, que seruir de bil-
lette de passage & de mocquerie à ceux qui
n'estoyent informez, comme apres ils furent de ceste triste & piteuse histoire. Pour
laquelle acheminer plus auant, & iusqu'au
poinct qui est vrayement tragique, ie diray que le Capitaine voyant que ces paroles estoyent semees en l'air, & que ses presens ne plaisoyent à ceste femme du tout
ferme en vertu, il se resolut de l'auoir d'v-
ne autre lutte, & icelle autant folle & pleine de tyrannie, comme follement il oublioit son rang, pour tromper la femme de
son prochain. Car voyant que la seule amitié qu'elle portoit à son mary, estoit cause
qu'elle ne faisoit estat de ses poursuites, il
pensa que le mary mort, aisément il auroit
ce qu'à present il ne pouuoit obtenir, ny
par dons, ny par messages, ny par reque-
stes. A ceste cause, il pourpensa les moyens
de le faire mourir, & cecy sans qu'il y fut
meslé, ainsi qu'il pensoit conduire l'affaire,

par voye de iuſtice, & entendez en quelle
maniere. Or ſçauoit il que ce ſoldat eſtant
des premiers des blades, eſtoit vaillãt, haut à
la main , & tel qu'il n'euſt ſouffert vne brauade de quelque homme que ce fut, s'il ne
luy deuoit reſpect, & obeiſſance : & pource
ſe reſolut il de le faire quereller par vn autre dedans le corps de garde, & le picquer
de ſi pres, que vaincu de colere, il mit la
main aux armes, comme il s'aſſeuroit, que
René le mettroit en execution : & ſur ceſte
rupture, & violement de la diſcipline &
loix d'vn camp bien ordonné luy faire ſon
procez, & en depeſcher le monde, & puis
apres ſe faire maiſtre , & poſſeſſeur de Catherine. Comme il l'auoit comploté il ſe
mit auſſi en effort de l'executer, & oubliant
toute equité, foy & Chreſtienté(s'il eſt poſſible qu'vn amoureux laſcif aye religion,
ny pieté aucune) il s'affermit en ceſte opinion de faire mourir l'innocent René qui
n'eut onc penſé que ſon Capitaine luy eut
braſſé vn ſi mal plaiſant bruuage. Ceſt autre Dauid (ſauf qu'il n'eſtoit ny Roy ny
Prophete) perſecutant vn ſecond Vrie, luy
dreſſa le piege, pour le ſurprendre en ceſte
ſorte. Vous ſçauez que le plus commun exercice des ſoldats en vne garniſon, & ſur
tout lors qu'ils ſont en vn corps de garde,
eſt de ioüer, & faire courir les deux, ou trois
compagnons de balle ſur vne table, ou ſur

le cul du tabourin, & là fouuent perdre autant en vne apres difnee, que porte leur fol-
de au mois ou quelquefois l'annee. Le Capitaine fçachant que René ioüoit fort volontiers, & au refte qu'il eftoit chatouilleux fi on le picquoit, ne trouua meilleur
expedient que le ieu pour toft l'ofter de ce
monde : & entendez comment il s'adreffe
à vn autre fien foldat, & ioüeur & querelleux, & auquel il fe fioit fort, & lequel fçauoit l'affection qu'il portoit à Catherine,
& luy raconte ce qu'il auoit en penfees, &
le prie de ioüer auec René, & faire tant
qu'il l'induit a mettre l'efpee à la main dedans le corps de garde, & que puis apres il
le laiffaft faire du refte, car il fe faifoit fort
d'en venir à bout, felon qu'il en auoit dreffé le deffein. Le foldat luy dit que non pas
feulement en cet endroit, ains en tout autre il eftoit preft a luy obeir, & qu'il s'eftimeroit heureux de mourir en fon feruice,
& qu'ayant hazardé & perdu la vie pour
luy, encor n'auroit-il affez fatisfait aux
faueurs receuës de fa grande liberalité, &
& courtoifie. Qu'il ne fe mit en peine de
rien, car il feroit tellement impatienter
fon homme, que s'il n'eftoit plus fage que
la mefme fageffe, il luy feroit rompre l'ordonnance. Ie ne vous demande (dit le fol
amoureux) rien plus que cela, pource allez
& le plutoft que pourrez mettez-le moy

B b iiii

aux ambles, & puis vous verrez ſi ie ne le
fais paſſer le pas plus viſte que iamais tra-
quenart ne doubla ſon alleure. Voila côme
la mort fut iuree de celuy, qui ne penſoit
eſtre hay de ſon chef, & à quelle folie conduit vn deſir laſcif: ce pauure Gentil-homme lequel (oſté ce forfait) eſtoit honneſte,
ciuil & gentil, mais ceſte laſcheté ſouilla le
reſte de ſes perfections & gentilleſſes. Le
ſoldat apoſté ne faut de ſe trouuer au corps
de garde, où l'autre eſtoit ce matin, & apres
quelques propos communs, ſe môd au ieu, à
quoy René ne ſe fit guere prier, tant pour y
eſtre enclin de ſon naturel, que pour ſe ſentir heureux au ieu, & que guere ſouuent on
ne s'attachoit à luy, ſans y laiſſer de la plume: ſans que pourtant il fut pipeur, ny tri-
cheur, ny vſant de fourbe aucune, fut au dé,
ou à la carte. Voyez quelles miſeres traine
le ieu apres luy & côbien dômageable eſt la
couſtume de ceux, qui n'ont autre paſſetéps
que ceſte vaine & auare oiſiueté, vraye pe-
piniere de tout vice, l'école de corruptiô, &
l'vniuerſelle débauche de la ieuneſſe : Car
eſtans ces deux ſoldats échaufez au ieu, &
René gaignant, l'autre luy côtredit : qui fut
cauſe, qu'il ſe mit en colere, & celuy qui ne
demâdoit pas mieux luy donne vn démenti
non ſi couuert que René ne le ſentit, de ſorte que pouſſé, & du dépit de ſe voir inte-
reſſé en ſon honneur, & braué au ieu, il

met la main aux armes, pour fe venger de
telle iniure. Et bien que l'autre fe mit en
deffence pouflé de neceffité & que ceux qui
eftoyent au corps de garde, fe miffent entre deux pour empefcher le meurtre, fi ne
fçeurent ils tant faire que René ne bleffaft
fon aduerfaire, & par mefme moyen n'e-
xecutaft (fans y penfer) le defir de fon fin,
& ennemy, Capitaine. Lequel pour ce fait
tenoit là vn efpion, pour l'auertir du fuccez
de ce icu, afin d'y eftre tout à temps & auant
que René peut efchaper, & fe fauuer de
fes mains. Il n'euft fi toft entendu le coup,
qu'il vint fur le lieu, & tout fur l'heure, il
vous fit trouffer le pauure René & le mettre entre les mains du Preuoft du camp,
afin que fuyuant la loy & ordonnance, &
pour l'entretien de la difcipline militaire, &
exemple des autres, il en fit & bonne, & briéue iuftice. Et quelque chofe que le pauure
foldat captif fçeut dire ou alleguer pour fa
iuftification, fi ne fut il poffible que le Capitaine le voulut ouyr : ains donna charge
au Preuoft de faire fon deuoir, & executer
le commandement du General, & la police
tant neceffaire à la guerre. Voicy l'amour
qui meine la vertu en triomphe, comme
vaincue & fon efclaue, & l'iniquité qui acca-
ble la preud'hommie, & la faleté qui met le
pied fur la gorge à la pudicité, & continence. Car fi ce Capitaine n'eut aimé la femme

il vint bon & braue soldat, & ce fut mis en
tout deuoir d'apaiſer le General, ſi le fait fut
venu à ſa cognoiſſance. Mais aueuglé du
deſir indiſcret de iouyr de Catherine, il n'a
auſſi plus grand aiſe que cetuy, qui luy
offre les moyens d'oſter d'au deuant de ces
yeux vn obſtacle ſi puiſſant que ce mary, à
ſa pretédue iouyſſance. L'empriſonnement
de René bien que faſchaſt à Catherine, ſi
eſt-ce qu'elle ſe repoſoit ſur l'amitié que le
Capitaine monſtroit à ſon mary, & pource
ne s'en émeut point autrement eſperant que
ſa chaude cole paſſee il oubliroit le tout, &
le mettroit en liberté, ayant accordé enſemble les parties. Mais elle allant viſiter ſon
mary, & voyant combien on le tenoit ſerré,
& qu'à grande difficulté on luy parloit, ioint
que auec haſte, on luy faiſoit ſon procez: elle
commença deſperer de ſon ſalut, & penſer
que quelcun l'auoit mis en defaueur enuers
ſon Capitaine: & pource ſe delibera elle d'aller vers iceluy, & le ſuplier pour la deliurance de ſa partie. Or le ſecond iour, comme elle eſtoit en chemin pour ce fait, voicy
vn amy du priſonnier qui la rencontrant,
luy porta de triſtes nouuelles, & l'aſſeura
que René eſtoit iugé à mort, & que ſans faillir on le pendroit lendemain par l'ordonnance du Capitaine. Cet auertiſſement outra
de ſorte le cœur de cette chaſte dame que ſi

perdu & la force de parler & le courage de
se remuer de la place : mais cet amour con-
iugal la renforçant, & l'honneur, & la vie
de son mary estans plus recommandez
que son ame, elle s'en alla vers le Capitaine partie de René, & le meurtrier preten-
du de la pudicité de cette femme. Estant
en sa presence auec vne grande constance
& vne face ressentant le cœur d'vne femme
vertueuse quoy que ses yeux arrousez de larmes & le visage terny donnassent signifiance
de sa douleur elle se ietta à ses pieds, & luy
vse de ces paroles. Helas, Monsieur, est-
ce l'amitié que vous portiez à mon mary,
que pour peu de chose vous l'ayez ainsi fait
condemner à la mort, sans l'ouyr en ses iu-
stifications, ny examiner les tesmoins presens lors que la querelle fut meuë entre luy
& sa partie? Ie ne sçaurois croire que l'amour
ne soit en vous feinte, car s'il y auoit en vous
de l'affectiõ si ferme que disiez, vous eussiez
garenty le mary de celle que vous feignez
de tant aimer, & par mesme moyen l'vn
& l'autre, vous fussent demeurez obligez &
redeuables. Helas, & que feray ie ayant perdu ma partie & l'homme du monde le plus
courtois, & debonnaire? s'il y a en vous quelque pitié & si mon angoisse vous touche
au cœur ie vous suplie me le rendre, estant

en voſtre puiſſance de le rendre, auant
que la ſentence ſoit prononcee. Le Capitaine voyant celle que tant il auoit deſiree & recherchee, feignit en auoir compaſſion, & luy dit d'vn viſage aſſez plaiſant, mais qui reſſentoit ne ſçay quoy de
fureur, & felonnie. Ie ne nie point que ie
n'aime René, mais la iuſtice m'eſt plus à
cœur que ſon amitié, veu qu'il à violé les
loix, & occis preſque vn ſoldat dedans le
corps de garde : au reſte ie vous aime tant
que pour l'amour de vous ie ſuis content
de le deliurer, pourueu qu'en recognoiſſan-
ce de cette faueur, vous m'octroyez ce que
tant de fois ie vous ay requis : car ſans cela
vous ne pouuez iouyr entierement de voſtre
requeſte. Et quoy mon Capitaine (dit elle
lors) ſi par ce moyen ie ſatisfais à voſtre laſcif vouloir, ce ſera force que vous m'aurez
faite : & ie vous eſtime ſi honneſte que ne
voudriez pour rien du monde iouyr d'vne
femme que de ſa bonne & franche volonté.
Vous ſçauez au reſte qu'eſtát mariee ie n'ay
puiſſance ſur mon corps, ains cela apartient
à mon mary. Et par ainſi ſuis reſolue de pluſtoſt voir, & ſa mort, & la mienne, que ie luy
fauſſe la foy, & que ie ſoüille ſi laſchement
celle chaſteté que ſi ſoigneuſement ie luy
ay gardee. En eſtes vous là (dit le Capitaine)
& ie vous iure Dieu que ſi ie ne ſuis conten-
té, ie le vous feray brancher ſi haut, que vous

le pourrez contempler de bien loin. Catherine s'en va toute esploree vers la prison, &
raconte à son mary & la poursuite ancienne
de son amoureux,& la resolution en laquelle il estoit à present. Le miserable soldat,
bien que les cornes luy depleussent, & qu'il
fut aussi soigneux de l'honnesteté de sa femme, qu'elle mesme : si est-ce que la peur de
la mort si ignominieuse qu'vn gibet le saisissant il se mit à pleurer, & embrassant son
espouse luy dit. Ah m'amie à quel malheur suis-ie conduit? ie voy bien que vostre
beauté est cause de nostre ruine, & que vostre chasteté occasionne la cruauté de ce lascif Capitaine : ie suis assailly de deux puissans efforts de l'honneur, & du desir de viure : c'est en vous à me resourdre, & à me
garentir, ou à estre le motif de ma ruine. Hé
mon amy, dit-elle, que voulez vous que ie
face? si ie pouuoy obtenir que ma vie passast
pour la vostre, volontiers ie m'offriroy à la
mort pour sauuer mon loyal espoux, & garder ce corps sans souilleure, & emporter en
l'autre monde celle pudicité, & loyauté
qu'en cetuy auec si grand' peine ie vous ay
gardee,& maintenue. M'amie,dit il,le corps
souillé sans le consentement du cœur, & de
l'esprit, ne peut en rien interesser l'honneur
& vous auez ouy prescher souuent qu'Abra-
ham, & Isaac allans par pays,& voyans la
beauté de leurs femmes conuoitee par les

Gentils, fembleréc côniller à leur rapt pour
la conferuation de leur vie., Le mefme fais-
ie maintenant, & vous prie de fatisfaire au
lafcif defir de ce bouc, afin que ie fois deliuré, & apres nous pouruoirons au refte: & ie
vous fçay fi femme de bien, que pour mourir, vous ne voudriez côtinuer vne fi méchâ-
te vie. Il luy dit, & allegua tant de raifons
& vfa de tant de prieres, larmes, & foufpirs,
qu'en fin elle vaincue de compaffion, luy
promit de faire, pour le fauuer, ce que pour
fa propre vie, elle ne voudroit executer, Ainfi toute efpleuree elle s'en alla de rechef
vers le logis du Capitaine, auec autant de
regret, que fi on l'eut menee au fupplice,
deteftant par le chemin fa beauté, & mau-
diffant l'heure que iamais fon mary l'auoit
conduite en fa compagnie, puis qu'il falloit
que luy mefme fut (par fon cômandement)
le cruel bourreau de fa pudicité : ce neantmoins voyoit elle bien, que fi elle euft auerty René du fait du Capitaine la chofe ne fut
paffee fi auant, ny luy en la peine qu'il fe
voyoit pour le filence de fa féme. Dés qu'elle arriua vers le Capitaine, elle le fuplie de
rechef d'auoir compaffion de fon mary, &
ne caufer en elle vne angoiffe perpetuelle
par fa mort tant ignominieufe. Luy perfi-
ftant en fon premier propos dit (à caufe
qu'il eftoit tard) qu'il n'y auoit autre moyen
pour le fauuer, finon qu'elle couchaft ce

oir auec luy, ou mon qu'elle se retira à la
bonne heure, & que le lendemain il feroit
aire de belles capreoles en l'air à son mary.
Et bien Monsieur (dit-elle) si ie fais vostre
volonté, m'asseurez vous de me rendre mon
mary sain & sauf & le deliurer de prison? A
la foy que ie dois à Dieu & au Roy, respond
il, demain matin ie le vous feray voir deuant, & vous le rendray, afin que le traitiez
à vostre fantasie. La pauure femme ne prit
pas garde à la façon douteuse du langage
de cet homme, qui auoit resolu de faire
mourir le mary de celle, laquelle pour le sauuer, accorda de faire selon le plaisir de son
mortel aduersaire : lequel luy monstra tant
de signes d'amitié, & fit tant de caresses,
& en soupant, & apres souper, car du lict
ie m'en deporte, que Catherine pensoit l'a-
uoir tellemét gaigné, qu'il ne faudroit d'accomplir sa promesse. Cependant ce traistre & malheureux gentilhomme donna
charge au Preuost du Camp, que le matin
dés le poinct du iour il fit pendre René
deuant son propre logis, afin que Catherine se leuant, il luy monstrast, & qu'elle iouist de sa veuë, puis que par ce moyen,
& non autrement, il auoit eu iouyssance
de sa beauté. Ce qui fut fait, car sur la Dia-
ne le patient fut tiré de prison, mais pour autre & diuers effets qui n'esperoit, cuidant
qu'on le mettoit hors pour luy donner la

clef des champs : mais quand il vid que lé
maiſtre executeur luy mit la hard au col, &
que le confeſſeur, apres la ſentence pronou-
cee, l'exhortoit à patience : s'il fuſt ébahy,
ie le vous laiſſe à penſer, & en cet esbahiſſe-
ment il ſe mit à rêuer plus peut-eſtre, au fait
qu'en Dieu, ny en ſa côſcience : depuis comme s'il fut ſorty d'vn profond ſommeil, commença vomir mille deteſtations de la paillardiſe, & dire tout haut que non le coup d'é-
pee, par luy donné en lieu defendu, cauſoit
ſa mort ains la beauté de ſa femme, priant
les aſſiſtãs de faire entendre à Monſeigneur
le Gouuerneur non pour le reſpirer de mort
à laquelle on le haſtoit, mais afin qu'vne
telle, & ſi ſignalee méchanceté fut punie.
Puis ſe print à blaſmer ſon eſpouſe, d'eſtre ſi
chiche de ſa reputation. qu'elle n'eſlargit vn
peu ſa conſcience pour luy ſauuer la vie. Et
ſoudain ſe reprenant il diſoit Tu as bien fait
m'amie de plutoſt ſouffrir la perte du corps
de tõ mary, qu'écourir l'ire de Dieu, & le peché commun de nous deux, lequel eſt plus
grief en moy qu'en toy, qui euſſes peché par
contrainte, là où ie redigeoy & honneur, &
le ſalut pour conſeruer ce corps, lequel ne
mourant à preſent, eut fallu qu'vne autrefois
eut frãchy ce paſſage. Côme il faiſoit ſes regrets, & les aſſiſtans pleurãs pour vne dépeſ-
che ſi ſoudaine, & àquellé leur faiſoit eſtimer veritable ce queRené diſoit. Le Preuoſt
com-

commande au bourreau de faire son deuoir : & lors le miserable soldat tournant sa
face vers le ciel, attesta celuy qui sçait toute chose, que le Capitaine(tel qu'il nomma)
le faisoit mourir pour abuser de sa femme:
suppliant sa diuine Maiesté luy pardonner
ceste iniustice quant à sa mort, qu'il se disoit prendre en gré, & l'auoir meritee pour
d'autres siennes folies desquelles on ne l'a-
uoit recherché en son procez mais quand à
l'adultere poursuiuy, & (peut-estre dit il)
executé, ie prie le tout puissant qu'il en aye
tout tel ayse que meritent ceux qui souïllent
sa couche sans macule d'autruy. Par ce
moyen fut pendu le braue soldat René non
sans le murmure de plusieurs de ses amis &
compagnons aduertis du fait, & de quelques Capitaines, qui sçachans l'autre amoureux de Catherine, se douterent soudain
du fait : & il feit sagement de haster ce supplice, car autrement il y eut eu de la sedition
pour le deliurer. La ieune femme, qui auoit
plus pleuré que pris plaisir celle nuict,
voyant l'aube paroistre, elle sollicite le Capitaine à luy tenir promesse (& ce fut lors
que de crainte de perdre ceste proye il feit
brancher le mary d'icelle) & il luy iura que
dedans trois heures il la rendroit contente.
Eux leuez, & elle ne voyant rien effectuer
de ce qu'il auoit promis, luy dit : ie croy
Monsieur qu'en dormant vous auez perdu
 Tom.5.   Cc

memoire,& que le plaisir vous à osté souuenance , & le ressasiement de vos sales desirs
à violé celle foy que si saintement (mais plustost salement) vous. m'auez iurée. Et par
Dieu (dit il alors) vous le verrez tout maintenant , & en aurez le cœur esclarcy, puis
que tant estes importune : & faisant ouurir
les fenestres respondans sur la ruë, luy monstra ce piteux spectacle de son mary pendu,
& ayant la face tournee, vers le logis du Capitaine : & luy dit. Ne vous ay-ie pas bien
tenu ma promesse ? voyez-là vostre mari
sans douleur aucune, & tel que vous le pouuez traiter à vostre aise, sans qu'il vous face
resistance quelconque. Vous auez leu la fable de Battus conuerti en pierre par Mercu-
re, : & ie vous dy, que iamais Battus ne fut
pour vn temps plus priué de sens, voix, &
mouuement que fut la ieune femme voyant
le corps de son mary pendu ignominieusement, & oyant les paroles pleines de mocquerie de ce paillard : & se ressentant du
deshonneur qu'il luy auoit fait rauissant les
despouilles de sa pudicité , & la priuant du
salaire d'vn si riche butin par elle prodigé.
Si elle eust eu quelque glaiue en main c'est
chose seure, & qu'elle & que le Capitaine
eussent tenu compagnie au patient, &
qu'elle eust vengé la mort de l'vn & la honte de l'autre. Mais ceci luy manquant, & elle reprenans patience , & parole dit toute

furieuse au Capitaine : Hà monstre sale, &
infect, hà pariure detestable, & boucq
puant, & loup sanguinaire. Est-ce mon mary sain, & sauf que tu m'as promis, est ce le
salaire d'vn thresor si precieux que celuy
que par ruse tu viens de me piller ? Hà noblesse Françoise, & sera-il dit que vous soyez
les violateurs de la chasteté des femmes
d'honneur, & les bourreaux des maris d'i-
celles ne voulans consentir à vos folies ? Va
meschant, desloyal & infidelle, que ià ne
puisse tu donner onc plus de plaisir & honneur à tes parents, que par ton moyen René
eust preparé pour moy sa loyalle espouse.
Et pensois (paillard infame) que la mort
de ce soldat eust puissance de corrompre
le cœur de Catherine, & qu'à ton aise tu en
cusse la iouyssance, non, non, ie t'en asseure:
car où il faut que tu m'occises, ou que ie
venge par mes mains l'iniure que tu m'as
faite, en me forçant (car c'est force que la
tromperie que tu m'as brassee) en te ruant
ou poursuyuant, par quelque moyen que ce
soit ta ruyne. Le Capitaine s'oste de là afin
que sa presence ne la feit irriter d'auantage,
esperant qu'à la longue il l'amadoüeroit &
en feroit sa concubine : commandant à ses
gens de la garder, & faire qu'elle se coif-
fast, & vestit, car elle estoit encor toute
deshabillee, & escheuelee, n'ayant qu'vn
manteau de nuict, & vn cotillon pour tou-

te sa couuerture, sans colet, & sans coiffure,
les yeux larmoyans, la face pasle, & la bouche ternie, tant elle estoit saisie de douleur
& d'angoisse. Vn peu de temps elle se teut, &
tout soudain recommençant ses complaintes, elle feit semblant de se ietter & precipiter en bas par les fenestres : mais les gens du
Capitaine l'ayans empeschee tandis qu'il s'a-
musoyent les vns à l'appaiser, & les autres
à clorre les fenestres, elle voyant la porte
ouuerte, court de grande fureur, & poussant
ceux qui tascherent la retenir, vint escheuelee, & toute en larmes en la ruë, criant &
vrlant comme vne folle, & discourant le
fait, & l'iniustice du Capitaine : disant ainsi.
A qui est-ce desormais que les soldats
iniuriez auront recours, & qui sera ce qui
leur fera droit, puis que les Capitaines leur
dressent des parties pour les faire mourir?
Hé! malheureuse que ie suis, n'estoit-ce pas
assez que pour sauuer mon mary, & luy se
consentant, ie rassasiasse le sale desir du
Capitaine sans qu'il me fallut sentir ceste
seconde recharge de la perte de mon loyal
espoux? Où estes vous Capitaines qui deuez faueur & support aux vefues, & orphelins, & aux necessiteux, & affligez? Où
estes vous, ô vaillans soldats, qui estes obligez à deffendre la vie & honneur de vos
compagnons, & de ce qui leur attouche
estans iniuriez, & offensez sans nulle iu-

'e occafion? Allez voir René voftre côm-
agnon & amy, pendu non pour fes forfaits,
ins pour iouyr à difcretion de la femme de
eluy qu'il à fait mourir : & voyez icy la
auure defpleuree vefue, qui à perdu fon
fpoux, & ce qui plus il aymoit & prifoit en
e monde, à fçauoir l'honneur, & pudicité
ar les moyens rufes, & cruelle trahifon de
on defloyal Capitaine. Deià eftoit le bruit
fpandu qu'il y auoit vn foldat pendu, mais
occafion peu le fçauoyent bien qu'on euft
çeu l'emprifonnement de René la mort
luquel on n'eut voulu imaginer le fçachans
efpedé de fon Capitaine, & qu'il eftoit
amilier en la maifon & fuitte d'iceluy.
Cecy fut caufe qu'aucuns foldats des amis
lu deffunct, voyans Catherine en ceft equipage, & oyans fes difcours s'affeurent de
ce que toufiours ils auoyent penfé de luy
qu'il feroit vn iour quelque folie, pour
iouyr de cefte femme, à laquelle ils dirent.
De quoy vous tourmentez vous ainfi? & quel
profit efperez vous tirer de vos pleurs &
crieries. Et bien voftre mary eft mort, il
n'y à plus de remede, il n'eft en nous, ni
en vous, ni qu'à vn feul Dieu à le rappeller.
Vous auez efté deceuë (dites vous) pour
fauuer la vie à René luy vous l'ayant commandé : pour cela ne faut que vous affligez
de telle forte, puis que l'interest de l'honneur depend moins de l'effet que la vo-

lonté, & que contrainte ayant obey à ce fol
gentilhomme, il eſt ſeul ſoüillé, & vous nette & exempte de toute coulpe, & ſoüilleure.
Reſte (en laiſſant ces pleurs, & huees plus
folles & ſcandaleuſes que couſtantes, & ſages) à voir les moyens de rechercher ce fait,
& de faire vne pourſuite contre voſtre aduerſaire, & auoir raiſon tant de voſtre violement, que de la mort iniuſte & ignomi-
nieuſe de noſtre bon compagnon, & amy,
& voſtre loyal eſpoux. Il faut aller deuers
Monſeigneur le gouuerneur, qui arriua hier
au ſoir bien tard en ceſte ville, & ſans l'authorité duquel on ne deuoit faire mourir ce
ſoldat, & luy declarer au long ce qui s'eſt
paſſé entre vous & ce Capitaine, & en fin le
ſalaire qu'il vous à rendu, & le tort fait à voſtre reputatiõ: Ie m'aſſure (veu ſa vertu, bonté, iuſtice, & droicture) qu'il vous oïra, & fera ſi bien que ſerez contente, & luy dechargé
de ce qu'il doit à chacun en l'adminiſtration de iuſtice. La ieune femme ioyeuſe de
ceſte ouuerture & plus de l'arriuee de Monſieur de Briſſac, qu'elle ſçauoit, eſtre bon iu-
ſticier & fort hôme de bien, pria les ſoldats
de luy faire compagnie, comme amis du
deffunct, & ayans quelque particuliere cognoiſſance de ceſt affaire. Ce qu'ils font, &
la conduiſent ainſi mal-atournee que dit
auons, deuant iceluy ſeigneur, aux pieds duquel elle ſe proſternant, vſa de ce langage. Ah

Monſeigneur, que les perſonnes ſont miſerables qui ont affaires auec des chefs iniu-
ſtes:ce n'eſt pour voſtre ſeigneurie que ie dis
ceci, ains pour tel, duquel ie me viens plaindre à vous, comme au miroir de iuſtice, &
qui ſans acception de perſonne, me ferez
droit de l'iniure la plus grande que iamais
on aye faite à femme de mon calibre. Et lors
toute fondante en larmes, & auec vne voix
qui repreſentoit l'eſmotion de ſon cœur, elle
luy recita tout le fait, & des pourſuites de ſon
amant, & de la priſon de ſon mary, & la ruſe
du Capitaine abuſant d'elle & luy faiſant
mourir ignominieuſement ſon eſpoux. Adiouſtant ces mots. Bien que la mort de René que i'aymé (tout mort qu'il eſt) plus que
moy-meſmes, me touche au cœur & que
pour icelle i'en deteſte celuy qui l'a cauſée,
ſi ſuis-ie plus marrie de ce qu'il m'a ſoüillée
(mon mary me le commandant pour ſauuer la vie) & qu'il eut victoire ſur ma pudicité, que s'il m'auoit fait tailler en pieces: m'ayant oſté ce que luy n'y autre n'a
puiſſance me reſtituer. Pour ce vous ſupplie
(Monſeigneur) auoir compaſſion de ceſte
pauure femme honnie, & affligee, & vous
ſouuenir des ſeruices que ſon mari vous à
faits, & de ſa preud'hommie, laquelle pour
peu de choſe) ne meritoit qu'on le feit
mourir ſi honteuſement. M'amie (dit le
ſeigneur Lieutenant du Roy) ne vous faſ-

Ce iiij

chez d'auantage , ie vous feray fi bonne
iuflice que vous en ferez comente : car ie
ne veux pas que les grands accablent les
petits, ni que la pudicité des femmes (& fur
tout de mes foldats) foit ainfi prophanée:
allez la hault en la chambre des dames, &
vous confolez fur ma parole, vous affeurant de rechefque ie vous fatisferay , & vfe-
ray du deuoir de ma charge : & ainfi elle
demeura au logis du Gouuerneur iufques
à l'endemain. Ce pendant, & le iour enfui-
uant il feit appeller en fon logis tous les Capitaines pour leur communiquer quelques
affaires concernans le feruice du Roy pour
le fait de la guerre : & ceci afin que l'amoureux y venant il le confrontaft à elle & faifant raifon à la vefue , il tiraft de luy la verité de cefte chofe. Or ioignant fa chambre où ce confeil fut affemblé , il feit entrer
la ieune femme expres pour ce que vous
entendrez cy apres qui eft l'effet de la
preud'hommie de ce grand & excellent Capitaine. Comme donc les chefs des bandes
furent au logis du General , il leur propofa ce qu'il auoit à dire , & ayant auec eux
difcouru fur les occurrences du fait, & pris
le complot , & conclufion neceffaire : il
feit venir Catherine en la prefence de tous,
laquelle voyant fon aduerfaire , feit beaucoup de pouuoir s'abftenir de l'affaillir de
paroles : mais le refpect , & commande-

ent du S. Gouuerneur, & sa modestie na-
relle la firent taire. Elle entree, le S. de
issac dit au Capitaine, duquel la ieune
mme s'estoit plainte : Cognoissez vous
ste belle ieune femme, & sçauez vous deuoy elle se plaint de vous? Et qui l'induit à
dresser à moy, pour luy faire iustice?
onsieur, dit l'autre en riant, ie la cognois
ayement comme celle que i'ay aimee,
nsi que la ieunesse (ainsi que vostre excel-
nce sçait) s'affectionne aux belles qui la
essemblent & ne pense luy auoir donné iu-
e occasion de plainte contre moy, qu'en
uisant pendre son mary, à mon grand re-
ret, ne le pouuant sans interesser mon honeur, garentir, puis que contre les loix mili-
aires, & vostre ordonnance il auoit blessé
n soldat dedans le corps de garde. Si en ce
i'ay failly c'est à vous d'en cognoistre, &
lle n'en doit faire poursuite, puis que ce
'est moy, qui l'ay fait mourir, ains ç'a esté
a propre temerité du deffunt, qui la conduit
a ruyne. La ieune femme voulut parler,
ais le gouuerneur luy imposa silence, &
a ssant la compagnie il tira à part Cathe-
ine, s'enquit du fait par le menu, & ouyes
s raisons & le long temps qu'il y auoit que
utre luy faisoit l'amour, & qu'encor le sol-
at blessé s'estoit retiré, de peur d'estre enuis sur cest affaire, il s'asseura du tort du
apitaine. A ceste cause il ouyt plusieurs

ſoldats de ceux qui ſçauoient les menees du
Capitaine, & auoyent eſté viſiter René en
priſon: la depoſition deſquels ſe rapportoit
preſque aux plaintes de la vefue, iuſques à
luy deſcouurir que c'eſtoit ce capitaine qui
auoit dreſſé la querelle pour enueloper René en ceſte miſere. I'en ay aſſez(dit lors le S.
de Biſſac) pour iuſtifier la raiſon de ceſte
femme à laquelle ie feray droit ſi iuſte, qu'il
en ſera parlé loin & pres pour vn exemple
ſeruāt à la poſterité. Trois iours apres ayant
fait honneſtement veſtir Catherine, & preparer vn banquet ſomptueux en ſon logis, il
manda de rechef tous les Capitaines de la
garniſon, leſquels venus, il pria de diſner
auec luy, la priere duquel ſeruant de commandement, tous demeurerent & font bonne chere, rient & gauſſent, voyans que Monſeigneur y prenoit plaiſir, & que luy meſme
les mettant en train, eſtoit le plus ioyeux de
la compagnie. Ils n'euſſent iamais penſé que
ce feſtin fut vn conuoy de funerailles, & que
ſous la beauté, & gaillardiſe d'vne ſi grande
allegreſſe fut cachee la figure eſpouuanta-
ble de la mort, comme elle eſtoit : le gouuerneur (auec iuſtice) dreſſant le throſne
de verité & iugement en ce banquet contre
celuy, qui pour raſſaſier ſa paillardiſe auoit
violé l'equité & droiture. Ayans finy le diſner, & chacun s'appreſtant pour s'en aller, le
Gouuerneur dit qu'ils attendiſſent, & qu'on

n'auoit encor tout fait, d'autant qu'il pretendoit dreſſer le bal, pour le plaiſir accompli
de la compagnie. Eux arreſtez, il s'adreſſe au
Capitaine dont eſt queſtion, luy diſant. Si ie
vous priois de faire quelque choſe pour l'a-
mour de moy, en ſeroy-ie point refuſé? Ie
croy, Monſieur, dit l'autre que vous auez
meilleure opinion de moy, que de pēſer que
ie vouluſſe vous deſobeïr en choſe de laquelle il vous plaiſe me donner commāde-
ment. Par ainſi, Monſieur, il ne reſte que le
dire, & vous verrez l'effet auſſi toſt en ieu,
que la parole ſera prononcee, quand il y faudroit hazarder cent mille vies, ſi autāt Dieu
m'en auoit donnees. Ie m'aſſeuroy de ceſte
reſponce, & de voſtre bonne volonté, dont
ie vous ſçay bon gré, & vous en rends graces, & là où les moyens s'offriront, ie taſche-
ray de le vous recognoiſtre. Il n'eut pas ſi
toſt dit cela (car ainſi auoit eſté la partie
par luy dreſſee) que voici deux gentils-
hommes de ſa ſuite, qui entrent conduiſans
Catherine : laquelle le Seigneur de Briſſac
la prenant par la main, dit au Capitaine.
Suiuant l'offre que venez de me faire, &
l'obligation de voſtre parolle qui engage
voſtre foy & volonté, & pour autres bōs reſpects, ie veux, & me ferez plaiſir ce faiſant,
que vous eſpouſez ceſte ieune femme, que
vous cognoiſſez pour chaſte, honneſte, modeſte, & vertueuſe : & que vous faciez vn don

mutuel l'vn à l'autre, de tous, & chacuns vos
biens pour tesmoigner la grande amitié qui
vous lie ensemble. Ie ne me meslay guere
iamais de mariage: mais pour autant que ie
vous ayme, & que ceste femme me semble
de grand merite, ioint que vous confessez,
l'auoir aimee, & que ie croy que ceste affection ne s'est encore esuanoüye, pour faire
paix, & accord entre vous, ie veux que vous
entredonniez la foy, & se fera le banquet
céans, & ie seray celuy qui payera les frais
des nopces.   Ne m'accordez vous pas cela
mon Capitaine? vous requiers ie chose qui
ne soit equitable? Non pas seulement cecy,
dit le ieune homme, ains toute autre chose
tant grande & difficile soit elle: mais ie ne
sçay si ceste belle dame voudra y consentir.
Lors le gouuerneur s'adressant à Catherine
luy dit. Dites la belle dame, n'accordez vous
pas à ce que i'ay ordōné pour la satisfaction
de la mort de vostre premier mary, puis que
le tort n'est du tout du costé de cestuy-ci, &
qu'il vous est si estrangement affectionné?
Helas! Monseigneur, si l'obeissance que ie
vous dois, & l'honneur qu'il vous plaist de
me faire, ne m'obligeoyent à vous obeïr, ie
vous supplierois de m'esloigner de celuy
que ie ne sçauray caresser qu'à regret: mais
puis qu'il vous plaist ie dompteray ma passion, & auec le temps tascheray d'oublier, ce
qui est encor trop freschement graué en ma

memoire. Vous faites bien, dit le Gouuerneur, car ie vous donne vn vaillant homme
pour eſpoux, & lequel i'eſpere hauſſer tellement, qu'il aura occaſion de dire, que ie ſçay
comme il faut ſalarier les hommes de merite, & faire droit aux veſues offencées. Helas! ces mots derniers furent autremẽt pris
par le nouueau marié qu'il ne deuoit : & la
ieune femme y aſſit ſon iugement preſque
ſelon le ſens de celuy qui les auoit pronon-
cez. Ainſi que les notaires ſont mandez, &
le Preſtre preſt, le contract paſſé du don
mutuel, qui deſlors auoit force & vigueur, &
les fiançailles faites auec toute la ioye & paſ-
ſetemps, les dances, & folatries qu'on ſçauroit imaginer entre vne ſi belle troupe de
Nobleſſe & de ſoldats, & en la maiſon d'vn
excellent Gouuerneur d'vne telle prouince
que celle de Piedmont : & chacun eſtonné
de choſes ſi ſoudaine, ne ſçauoyent que penſer, ſinon que pour contenter la femme, le
gouuerneur auoit pratiqué ce mariage: tous
eſtans informez de ſa plainte, & du tort que
le Capitaine luy auoit fait. Or la cathaſtro-
phe, & dernier acte de ceſte Tragedie n'é-
ſtoit encor ioüé, lors que le Seigneur de
Briſſac, apres que chacun ſe fut retiré ſauf
l'eſpouſé & ſon eſpouſe, s'adreſſant au Capitaine nouueau marié, il luy dit d'vn viſage riant, & comme s'il ſe fut ioüé auec
luy. Nous voila bien de nopces , & de paſ-

fetemps : ie fuis ioyeux de voftre aife, & cognoy à prefent quel contentement vous a-
uez, que cefte ieune femme, luy monftrant
l'efpoufé foit appaifee, & que vous ayez iou-
yffance de ce que fi long temps vous auiez
pourfuiui. Puis que vous eftes d'accord, il
n'y à plus de danger de confeffer la verité,
& dire les moyens par vous tenus pour paruenir à cefte iouïffance. Car ie fuis affeuré,
que ni la haine, ni la loy violee, vous ont
fait faire iuftice de René, ains la feule affection, & tranfport d'amour de cefte belle,
vous ont pouffé à le pourfuiure, lequel (fans
cela) bien qu'il eut merité la corde, vous
euffiez fauué de la main du bourreau. Ce
n'eft pas chofe fi eftrange que de s'oublier
en amour, puis que le pere met pour iceluy
nonchaloir l'affection qu'il porte à fon fils,
& que l'enfant mefprife la reuerence deuë à
fon pere. D'autant que la force de l'amour
vainc & furmonte tout autre paffion, & que
les fautes commifes par les amoureux ne
leur doiuent aucunement eftre imputees,
puis que l'inftinct naturel les conduit, &
qu'il femble qu'il y ayt quelque deftin, qui
les pouffe. Et de fait, mon Capitaine, vn
amoureux qui commèt quelque forfait en
pourfuiuant fa fauorite eft autant excufa-
ble, qu'vn homme chargé de vin, & que celuy qui affamé, s'empoigne au premier lieu,
où il peut raffafier cefte famine : car eftant

enyuré de paſſion il ne ſçaiſt plus, ni où il ſe
fourre, ni qu'eſt-ce qu'il execute : & mourant de faim, il luy eſt aduis que toute ſaiſie
de viures luy ſoit commune & loiſible.
Ainſi le tout eſtant paſſé, vous me ferez plaiſir de m'eſclarcir de ce que i'ay aucunement douté, quoy que preſque i'en creuſſe le
recit que m'en auoit fait voſtre femme, &
vous allegerez d'autant, le diſant à celuy,
qui vous ſera tel en ceſt endroit, que requiert choſe de telle cóſequence. L'eſtourdy
Capitaine n'y prenát garde ny à la côtenan-
ce du Gouuerneur, ny au double ſens de ſes
paroles & ne conſiderant pourquoy il auoit
ainſi auancé ce nopçage, n'y ayant que trois
ou quatre iours de la mort de René : s'en-
dormit au pipeau, & ſe laiſſa ruſer par ce ſage chef de Prouince, auquel il reſpondit en
ceſte ſorte : Monſieur, que me ſeruiroit le
diſſimuler, & meſmement deuant vous, qui
ſçauez tout ce qui ſe peut dire, & imaginer,
& de l'amour & de toutes les autres occurrences & actions de la vie des hommes? I'ay
tát aymé & ayme celle qu'il vous à pleu me
faire eſpouſer, que pour en iouyr i'euſſe engagé, & mon honneur & ma vie, ſauf en ce
qui concerne le ſeruice du Roy, & le voſtre,
car toucher là ie ne voudroy pour tous les
plaiſirs du monde, ni pour acquerir toutes
les richeſſes de ce ſiecle. Par ainſi la voyár ſi
chaſte, & tant reſoluë en la foy, & loyau-

té vers son mary, iceluy estant prisonnier
pour sa faute ie l'ay poursuiuy, & esté cause
qu'il a esté pendu, & estranglé. Et plus, respond le Seigneur General, n'en dit le dépo-
sant, car ie suis content de vostre confession,
& suis aise de le sçauoir par vostre propre
bouche, afin de m'en resoudre, & satisfaire
à ceux qui en parlerôt desormais pour vous
blasmer, & à vostre grand desauantage. Et
vrayement vous estes loyal desloyaument
en amour puis que pour vne femme, vous
auez pourchassé la mort ignominieuse d'vn
si vaillant homme que celuy qui a esté pendu: mais laissons les morts où ils sont en repos, & parlons de faire bonne chere, & allez vous en resiouïr auec vostre partie, & la
consoler sur ses pertes, & luy faire l'amende
des fautes qu'auez enuers elle commises. Par
ces derniers propos, le ieune homme cogneut, qu'il auoit trop parlé & que Monseigneur le Gouuerneur estoit offencé de son
forfait: mais iamais il n'eust creu que pour
cela il l'eut poursuiui, & moins qu'on luy
deut faire son procez, & l'enuoyer tenir cô-
paignie au deffunt mary de Catherine. Il se
consoloit sur ce que Monsieur parlant à luy,
il estoit seul, & par ainsi auroit preuue de
sa confession, si par cas il vouloit le mettre
en iustice: mais il se trompoit grandement:
entant que derriere vne tapisserie estoient
cachez deux ou trois Capitaines de nom, &

reparation

eputation, & vn greffier, ceux là pour tef-
moigner, & l'autre pour efcrire la depofi-
ton du nouueau marié. Lequel fe retirât en
fon logis, attendant qu'on y amenaft l'époufe, ainfi qu'on luy auoit fait entendre, &
ayant deux ou trois gentils-hommes de la
maifon du Gouuerneur pour l'honorer (ou
plutoft pour le garder) le Confeil fut tenu,
& là ouye la depofition de fon iniuftice, tant
par la relation du Gouuerneur, que des trois
émoins, & l'acte du greffier leu en pleine
affemblee fut arrefté, que de mefme genre
de fuplice que René eftoit mort, il falloit
que cetuy donnaft fin à fa vie. Mais auant
que faifir le galant, on enuoya vn Gentilhomme vers Catherine, pour l'amener au
Confeil & où eftant, Monfeigneur de Briffac luy dit ces paroles. Catherine vous vin-
tes auant hier me demander iuftice contre
celuy, qui a fait mourir voftre mary: & moy
n'ayant preuue autre que de vos paroles, ie le
vous ay fait efpoufer: à prefent, luy ayât con-
feffé le forfait de fa propre bouche, il faut
que vous refoluez de le perdre, car ie fuis
refolu de vous faire le droit que m'auez
requis, auffi parfait que ma deliberation en
fut dés le commencement, qui ne penfay
one qu'à reparer voftre honneur, & à punir
vne fi lafche méchanceté que celle que ce
Capitaine à cômife. Il eft voftre mary, vous
le fçauez, & tel falloit qu'il fut pour ofter la

honte qu'il vous a faite, abufant e vous,
comme d'vne paillarde: mais il eft crimi-
neux de mort, ayant employé le nom de iuftice pour l'exploict de fa volupté effrenee.
Par ainfi, ie vous auertis, que vous aurez
beau crier, auant que par vos prieres ie le deliuré eftant prifonnier puis que c'eft vous,
qui m'auez fait inftance de le faire mourir.
Cette recharge eftône aucunemét Catherine, nô de foin qu'elle eut de la mort ou de la
vie de fon aduerfaire, mais pour l'eftrange
mutation (côme il luy fembloit) & de la contenance, & de la volôté du General, qui n'a-
uoit guere, careffoit l'époufé comme fon fils
& à prefent, il ne luy promettoit pas môins
que la corde: & eftimoit qu'il fit cecy pour la
tenter, & voir, fi elle auroit quelque compaffion de cetuy, fi par cas il tomboit enquelque
mifere. En fin refolue de pluoft foufrir tout
mal, que diffimuler ce qu'elle en penfoit, elle luy refpondit d'vne grande affeurance.
Monfeigneur, lors que ie vins vers voftre
excellence pour auoir iuftice, i'eftois bien
affeuree de voftre courtoifie, & equité, mais
ie ne penfay onc, que vous deuffiez auffi
bien punir (comme vous auez fait) l'innocent, que celuy qui à commis la faute. Ainfi
en auez vous vfé, (ne vous déplaife fi ie parle fi hardiment) me faifant accorder, & prendre à mary celuy que vous deuffiez pluftoft mettre entre les mains d'vn bourreau

que luy donner vne si femme de bien que
ie suis, pour espouse. Ie n'ay point resisté, ny
contredit à vostre volonté, mais ie vous
iure le haut Dieu, Monseigneur, que ce voleur de ma pudicité, & cruel meurtrier de
mon feu mary, (qui valoit mieux que luy)
n'eut onc iouyssance de moy sans effusion
de sang : car ou il m'eut tuee, ou ie luy eusse
fait payer au pris de sa vie la honte & ignominie qu'il fait receuoir, & me honnissant
comme vne garse publique, & faisant mourir ignominieusemét ma loyale partie. Ainsi (Monseigneur) si i'ay fait instance contre
luy, tant s'en faut que ie m'en deporte, pour
ce mariage, que plustost ie vous supplie de
me faire raison : veu que ie ne tiens point
pour mary celuy que par maniere d'acquit vous m'auez donné, & lequel ne peut
iamais auoir part en mon cœur, sa cruauté
l'en rendant indigne, & lequel m'estant osté
ie ne perdray chose que ie voulusse posseder
longuemét. Que s'il est que ie viue auec luy
ie prens Dieu à témoin & vous Mõseigneur,
& toute cette compagnie, de faire de si
beaux coups, que chacun en sera ébahy, & a-
pres cela sacrifier mon sang, & ma vie à la
memoire de celuy, la mort duquel i'ay causee, euitant, & depuis prodigeant (côtre mon
vouloir) ma pudicité à ce bouc infame, que
m'auez fait fiancer n'aguere. A ce que ie voy
(dit le Seigneur de Brissac) vous n'aimez

Dd ii

guere voſtre mary:& il vous à fait vn donſ
liberal de tous ſes biens. Ie n'ay que faire,re-
plique Catherine,de luy ny de ſõ auoir:i'ai-
meroy mieux voir ſon corps dõné en proye
aux corbeaux,que poſſeder toutes les richeſſes d'Italie. Il prenoit vn grand plaiſir entre-
meſlé de compaſſion, voyant la iuſte, mais
modeſte colere de cette femme, laquelle il
fit retirer en ſa chambre accouſtumee, ne
voulant que pour vne nuict ſon époux iouïr
d'elle, & que ſaoul d'embraſſement il s'en
allaſt ſeruir ſon cartier en l'autre monde.
Comme dõc ce noꝰueau, mais malheureux
eſpoux, eſtoit attendant l'heure qu'on luy
menaſt ſa femme, il ſe vit ſaiſir par quatre
puiſſans ſoldats du Preuoſt, qui le firétpri-
ſonnier de par le General.Au cõmencement
il peſoit que ce ne fut que ieu,& que ſes compagnons euſſent apoſtez ces archers : mais
quãd il vit que c'eſtoit à bon ieu bon argent
il leur dit : & où eſt-ce que vous me menez?Et ſont-ce les nopces que le Lieutenant
du Roy m'a preparees?Et quelles ruſes ſont-
ce cy, de circonuenir ainſi vn pauure Gentilhomme ſous vn ſi ſaint pretexte? Mon Ca-
pitaine(dirét les Archers)il ne faut que vous
en preniez à nous, qui ne faiſons ſinon ce
que lon nous commande, & nous pardonnerez ſi vous conduiſons ailleurs,qu'au lict
de voſtre eſpouſee.Dés qu'il ſe vit en priſon
il ſe ſouuint des paroles de ſon General,&

veit qu'il eſtoit venu à la fin de ſes iours, &
par ainſi toute la nuiĉt il l'employa en l'examen de ſa conſcience, & à recognoiſtre ſes
fautes paſſees, priant Dieu qu'il luy pleuſt
de luy pardonner, & luy faire la grace de
ſouffrir patiemment la mort que iuſtement
il auoit meritee. Lendemain matin il fuſt
mené deuant le Lieutenant General du Roy
qui l'appellant de ſon nom, luy dit. Ie ne
ſçay en quelle échole vous auez apris tant
de vilennie, & cruauté, & ſuis marry que
mes troupes faille que ſoyent inſtruites à
bien faire par voſtre ruine. Voſtre folie, &
non pas noſtre iuſtice vous à conduit en ce
deſtroit de miſere,& ignominie, & Dieu e-
ſtât iuſte iuge, ne veut que cy apres vous abu
ſiez de voſtre authorité,& faciez tort à perſonne, pour couurir vos inſolences. Par ainſi, Preuoſt, faites voſtre deuoir, & le payez
de pareille monnoye, qu'il vous fit eſtrener
n'a pas long temps vn bon ſoldat, pour ſeulement iouyr de ſa femme. Le miſerable
priſonnier voulant s'excuſer, ſe vit enleuer
comme vn corps ſaint, & ayât ouy la ſentence de ſa mort, & comme ſon eſpouſe eſtoit
ſon heritiere par l'ordonnance du General
ſuyuant le contraĉt du mariage : il rendit
graces audit Seigneur de cette côſideration
& du reſpeĉt qu'il portoit à Catherine: mais
il s'offenſoit qu'on luy euſt tant fait de careſſe, pour ſi ſoudain le faire mourir ſi

Dd iii

que le Seigneur de Briſſac, ne pouuoit
moins faire que de me punir auec telle rigueur, puis que contre tout deuoir i'auoy
abuſé, & de ſa familiarité, & de ma puiſſance. Puis eſtant au lieu du ſuplice, il narra au long toute ſa vie, & ſes menees pour
venir à bout de ſes deſirs, & en fin la trahiſon
baſtie contre René, & la ruſe pour iouyr de
ſa femme. Ce que fait le malheureux ieune
homme ayant fait tout deuoir de bon, & fidelle Chreſtien, pour le peu de temps qu'il
eut à y penſer, il fut défait, non ſans les larmes & regrets de pluſieurs, ayāt pitié de cette ieuneſſe, & à laquelle ils diſoyent qu'on
deuoit pardonner puis que la paſſion eſt ſi
violente, que les plus ſages n'ont pouuoir de
la ſurmonter. Les autres plus auiſez loüoyét
grandement la ſageſſe, vertu, integrité, &
bonne iuſtice du Seigneur de Briſſac, lequel
ſe dépouillant de toute affection particuliere, auoit porté la cauſe du foible, pour
abatre l'orgueil du plus puiſſant: & monſtré
que la faute du grand ne faut que ſe couure
de l'imperfection qu'on dit eſtre en la nature: eſtant ce vne grande folie, que de blamer
ce qui n'eſt rien, ſinon autant que nous luy
donnons d'eſtre, & effort en nous. Si ce Gentilhomme eut domté ſes fols deſirs, & euité
la veuë de celle qui luy cauſoit cette conuoitiſe, & il eut euité l'offence de Dieu, &

conduit au ſuplice, qui eſt vn exemple digne de remarque, & qui peut ſeruir de miroir à ceux de la vocation, & robe de ce miſerable chef de guerre dautant que tant plus
la licence, & la force leur donnent de loiſir, & de moyens de faire bien, ou mal, tant
plutoſt auſſi ſe voyent ils payez du forfait,
ou ſalaire de la vertu s'ils s'exercent en icelle, bien qu'on die que les armes & la ieunef-
ſe ſont deux contraires à la vertu, & à la modeſtie, & que le ſoldat ne ſe penſe digne de
ce nõ, ſinon tant qu'il embraſſe le vice. Mais
ie dis au contraire, que les armes eſtans le
propre exercice des nobles, & vertueux, ceux
qui les manient, & y commandent faut que
ſoyent imitateurs, non de ce pauure folla-
tre mentionné en cette hiſtoire, trop bien
de la continence de Cirus & de Scipion, &
de la modeſtie d'Alexandre: car ce n'eſt pas
aſſez que de vaincre les ſoldats d'vn Camp
ennemy, ains faut ſurmonter ſoy-meſme, &
domter ſes propres concupiſcences. Et bien
que tant és autres liures, qu'en ce cinquiéme nous ayons mis en auant diuers exemples de femmes recommandees pour vne extreme, & excellente vertu, & continence, ſi
eſt cette femme du ſoldat de tant plus loüable, que viuant parmy vne licence effrenée,
& de faits, & de paroles, elle cõſerua ce neãt-
moins ſon cœur ſi chaſte, & ſes affections

1 pu iques qu e le nous a donné iulte occafion de la vous reprefenter au naif, & fuyuãt
la verité de fa vie : & laquelle laiffans vengee du tort qu'on luy auoit fait, & riche des
dépouilles de fon aduerfaire nous verrons
s'il y a quelque cas de nouueau qui puiffe feruir d'honnefte apaft, & recreation à nos ef-
prits.

Sommaire de l'Hiftoire 101.

IE sçay bien que la plus part des hommes mondains, & charnels, qui font profeffion de celle folie qu'ils appellent amour, font grande gloire
& penfent auoir beaucoup fait, fi fous la fainteté
d'vn ferment, ils abufent la fimplicité de quelque
fillette: ou l'imbecilité de quelque fen.me peu ac-
corte. Et ne leur manque deffence (bien que froide)
de leur infidelité, & pariure, fi bien que pour mieux
fe couurir (comme on dit) d'vn fac mouillé, ils s'arment des vers de certain Poete Ethnique, difant,

Iupiter du haut de fes Cieux
Se rit des fermens amoureux.

HISTOIRE CI.

COmme fi la diuinité prenoit plaifir en
la rupture de la chofe qui eft la plus

lainte & delicate, pour la conuersation humaine, & conseruation de l'estat, qu'on
puisse dire ny penser, n'y ayant rien si necessaire que l'integrité de la Foy, & la pureté
de la parole, & l'effet des promesses, pour
tenir vnie la societé d'entre les hommes. Et
veritablement, celuy est indigne de viure,
qui fait contre sa conscience, & denigre la
blancheur de son ame, & aime mieux vn
profit, ou plaisir present, & peu durable, que
la gloire d'vn renom immortel, & le salaire
perpetuel de sa foy inuiolable. C'est pourquoy les anciens dressans, ou peignans la figure, & effigie de la foy, luy couuroyent &
la teste, & les mains d'vn voile blanc, par là
exprimans la pureté qui doit estre au cœur
& actions de ceux qui engagent leur promesse, esquelles ne faut que le dol, les ruses,
subterfuges, & fraude ayent place. On luy
donne aussi vn miroir rond en la main gauche pour faire entendre qu'en la foy n'y doit
auoir rien de perplex, & douteux, ains conuient y apporter toute equité, droiture, &
verité vn cœur ouuert, la parole franche, &
les effets estans vnis inseparablement à la
parole. D'autant que si auec vn langage fardé vous dites d'vn & pensez d'autre, & que
iurant de bouche, le cœur deslors commet
pariure, ie ne sçay comment appeller cecy,
sinon vne trahison detestable, & abominable tromperie. De telle façon de promesses

via Atton Archeuefque de Magonce pour
attirer Albert Comte de Rauembourg & le
liurer à l'Empereur Loys de Bauiere : car il
luy iura de l'amener & ramener fain & fauf
en fa maifon, & comment s'aquita il de fa
promeffe? auec vne rufe indigne, d'vn prelat
fi haut colloqué, & d'vn Prince Electeur de
l'Empire. Car ayant conduit Albert hors de
fa ville eftant vn peu eloigné, il regarda que
le Soleil eftoit déià vn peu haut, & l'heure
tarde pour marcher fans repaiftre, le remõ-
ftra à Albert, lequel ne fe prenant garde de
la cautelle de l'Euefque, le pria de retourner, pour difner, en la ville. Ce qu'il fait, &
par ce moyen, quand il liura depuis Albert
à l'Empereur, & que le trahi fe plaignit de la
déloyauté d'Attõ, & le blamoit d'auoir violé fa foy, cõme pariure, il luy refpondit: que
fans mentir, il luy auoit loyaument gardé fa
promeffe, l'ayant tiré de fa maifon, & rame-
né fauf, en icelle : que fi à prefent il l'auoit
fuyui en cour, & fe voit mis és mains de
l'Empereur fon aduerfaire, il s'en difoit innocent, ayãt fatisfait à fa premiere promeffe. Ne voila pas bien garder la foy que de
la coulourer d'vne fi fubtile malice? *Mais*
quand fans nulle fubtilité l'hõme prophane
le nom de Dieu, par lequel il a iuré & que
malicieufement il deçoit fon prochain, encor eft le crime plus tyrannique & pernicieux, biẽ que l'autre me femble plus dom-

mageable:& tous deux sont a detester, pour
estre faits côtre l'ordre cômun, & pour sous
l'ombre de saincteté, voiler le mensonge, la
trahison & la tromperie. Et plus encor est
l'acte méchant, s'il est commis côtre, & enuers quelque simple & debonnaire personne, la sincerité de laquelle l'endure ruser par
ce masque de la foy sainte, d'vne promesse
pleine de fraude : si bien que peu souuent
voyez vous que de tels exemples n'en sor-
tent de bien grands maux & scandales, surquoy ie pourray vous alleguer plusieurs
exemples & histoires, si ie n'auois en main
le fait d'vn paillard, qui par son pariure, &
lascheté fut cause de la reuolte des Chrestiens contre les Mahometans en Espagne,
& de l'auancement des nostres au mesmes
pays & royaumes, ainsi que verrez par le
discours qui s'ensuit.

Sommaire de l'Histoire 102.

*Déloyauté de Munuza Gouuerneur de Biscaye en-
uers la sœur de Pelage seigneur Goth, & les
maux qui de là s'ensuyuirent.*

HISTOIRE CII.

EN autre endroit ie pense vous auoir
recité l'histoire de Iulian Comte de

Cente, celuy, qui pour auoir esté honny en
sa femme par Rodric Roy d'Espagne auoit
donné entrée, aux Mahometans d'Affrique
és terres Chrestiennes, & causé la ruine de
la region & monarchie Chrestienne de
presque toutes les Espagnes. Celuy ayant
liuré son pays aux infidelles, plusieurs poli-
tiques, & fort mauuais Chrestiens, se ioi-
gnans auec luy apres sa mort, firent bonne
la cause des Mores, & les aiderent & meschamment, & traitreusement en leur conqueste. Entre lesquels y en eut deux, & plus
puissans, & plus cruels, & mal affectionnez
aux Chrestiens, bien qu'ils fissent semblant
d'embrasser la foy de Iesus Christ & estre
enfans de son Eglise : l'vn desquels auoit
nom Magnos, lequel dompta en faueur
des Mores les pays, & contrees qui sont le
long des monts Pyrenees depuis Saulces,
iusques à Val d'Araue, y compris les estats
de Lampurdan, Pucerdan, & Roussillon,
faisant mille maux aux Chrestiens qui re-
sistoyent à l'Affricain, & les contraignit
de se fortifier dedans les Monts & d'y ba-
stir des rampars, & forteresses. L'autre tyran, & Chrestien presque renié s'appelloit
Munuza, lequel se rua sur les pays de Galice, & d'Astures & de Sentillane, ruinant, ga-
stant & rauageant les terres des Cantabres,
ou Biscains, & courant leurs Valons & plat
pays, de sorte qu'il fallut qu'ils se fortifias-

nt (auſſi bien que les autres) és montai-
nes, attendans qu'il pleut à Dieu leur ſuſci-
r vn deffenſeur , & quelque braue chef,
ur les deliurer de ceſte ſi miſerable ſerui-
de. Tout le ſang preſque des Princes eſtãt
cablé, & la nobleſſe tant Gothe, que des
éiens Eſpagnols eſtant ou ruinee, ou tel-
ment eſparſe çà & là par toutes les re-
ons & prouinces de la Chreſtienté pour
nſeruer leur vie, le peu de Hidalges, &
entilshõmes qui reſtoyẽt faiſans teſte aux
rans, n'auoyent autre garant, apres Dieu,
e les deſtroits Pyreneens, où ils ſe main-
noyent auec leurs pauures familles. Entre
s ſeigneurs Chreſtiens y en auoit vn fort
aillant, & vertueux, & iſſu de ſang illuſtre
ommé Pelage, fils de Fanille, Duc de Biſ-
aye au Cantabrie, lequel, apres que le Roy
ran Vitiſa, eut fait mourir ſon pere, pour
uyr de ſa femme, mere de ce Pelage, crai-
nant auſſi d'eſtre occis, s'enfuit en la Cité
e Cátabrie, pour là ſe deffendre de la pour-
ute du Roy tyran.
Or à preſent ceſte ville n'eſt plus, ains fut
uinee & pres d'icelle, &, cõme il eſt vray ſé-
lable, de ſes ruines fut baſtie la cité de Lo-
tegno capitale d'icelle Prouince. Ce Pela-
e eſtant de telle & ſi grãde maiſon, & allié
les Rois & bõs Catholiques, quoy qu'offen-
é par Vitiſa deffunt : ſi eſt-ce que lors que
udric fils de Vitiſa fut aſſailli par les Mo-

Chrestiens d'Espagne, & entendez commè
Pelage (comme dit est) n'osant s'arrester:&
tenir en son pays de Biscaye, se souuint que
Munuza, faux chrestien renommé cy dessus
s'estoit monstré son amy, & qu'il luy auoit
mandé plusieurs fois d'aller vers luy,& qu'il
tascheroit de l'apointer s'il vouloit suiure la
guerre ou sinon, de luy faire si bon , &
courtois traitement qu'il auroit dequoy se
contenter de luy. Se souuenant de ces offres, & voyant que la necessité le pressoit,
il découure son dessein à sa sœur, & la prie
de luy en dire son auis & si elle vouloit
auec luy faire ce voyage. La ieune pucelle, voyant la necessité qui pressoit son frere,
& le peril qui les auoisinoit, d'vn costé
ployoit à sa volonté, & de l'autre estimoit
qu'il ne falloit se fier en celuy, qui desia auoit
fait banqueroute à la loyauté & qui n'estoit
Chrestien que par contenance,& pour deceuoir plus finement ceux de sa nation & pour
ce parla elle ainsi à son frere : Ce n'est pas à
vous(Monsieur mon frere)que ie dois donner conseil, ains faut que ie le prêne de vous
de qui ie despens, & à la volonté duquel la
raison me commande d'obeir. Ie voy bien
ceque vous me proposez est plus que raisō-
nable & ne suis ignorante des perils qui s'a-
prestent pour nostre ruine si longuement
nous arrestons en cette contree: puis que
les Mores courent par tout, & que la pluspart

part de nos freres s'en sont fuys comme s'ils
n'auoient aucune fiance en celuy qui donne
& depart les victoires, où bon luy semble.
Mais d'autre part ie ne sçay que dire n'y
penser oyant la resolution que prenez de
vous retirer vers le Gouuerneur de Xixon,
veu que vous n'ignorez point quel il est, &
combien loyaument il se gouuerne vers ses
freres les Chrestiens, & auec quelle furie il a
traité son pays pour se monstrer le cruel ministre des tyrannies des Mores, & faire paroistre que s'il n'est circoncis, aumoins il
ayme le Mahometisme. Ie ne sçay ce que
vous en pensez & si vous oseriez fier vostre
vie és mains, ni en la foy, & promesse d'vn
si desloyal homme : tant y a qu'il faut que ie
vous confesse que le cœur me dit, que iamais vous ne sortirez de sa compagnie, qu'il
ne vous serue d'vn plat de son mestier & ne
vous traine quelque corde pour vous ruiner,
& accabler. Ma sœur (respond Pelage) l'imbecilité & defiance qui accompagnent vostre sexe, vous font tenir ce langage : mais
i'ay des raisons plus valables que vos soup-
çons, lesquelles me conuient d'aller vers
Munuza & me fier en luy, plus qu'en autre
qui soit à present ayant puissance parmy les
nostres qui furent amis de Rodric. En premier lieu, il a esté grand amy de feu Fauille
nostre seigneur, & pere, & ennemy des vices
de Vitiaz, & depuis du Roy deffunct, &

res, cetuy ne voulut onc ſuyure Iulian de
Cente, ny participer en ſes conſeils, & mo-
nopoles contre le ſalut, quoy qu'il peut y a-
uoir iuſte occaſion a ſe reuolter, contre vn
ſouuerain, cetuy auoit plus de raiſon que
l'autre, puis que Vitiſa auoit honny ſa mere,
iniuſtement fait mourir ſon pere : d'autant
qu'il faiſoit plus d'eſtat du ſalut public, que
de l'iniure particuliere qu'on luy auoit faite, ioint que celuy qui l'auoit offencé, n'e-
ſtoit plus en vie. Ie ne veux icy vous repeter
le ſuccez & pourſuite de la guerre des Mores contre Rodric comme il fut vaincu en
guerre, & chaſſé de ſon pays, Dieu le puniſ-
ſant de ſes pechez, & en luy, & les ſiens vengeât la malice, & impieté, par luy côtinuee,
de ſes anceſtres. Ie n'ay affaire dis-ie, de
vous remettre cela deuant les yeux, ains me
ſuffira de vous dire, que Rodric eſtant deffait, & perdu en la bataille memorable qu'il
eut côtre les Mores l'an de noſtre ſalut. 712.
non guere loin de la Cité de Seuille : Pelage, duquel auons parlé cy deſſus, qui auoit
ſuyui le party du vaincu, voyant auec quelle furie les Alarbes & Mahometans pour-
ſuiuoyent le nom, le ſang, & la puiſſance, &
memoire des Goths deſquels il eſtoit iſſu:
ne ſe penſant eſtre aſſez aſſeuré s'il ſe tenoit
en la cité de Cantabrie, il ſe reſolut de ſe retirer ailleurs, & taſcher de ſauuer ſa vie pour
le ſeruice de ſon Dieu, & de ſa patrie. Il fut

n long temps a diſcourir quelle part il deuoit faire ſa retraite : vne fois propoſant de
ſe retirer auec les autres, ſur les monts, & vne
autre de paſſer en France où pluſieurs des
ſiens, eſtoyent allez pour y paſſer leurs
iours : mais ſe voyant auoir ſur les bras vne
ſienne ſœur des plus belles damoiſelles qui
lors fuſſent en Eſpagne, il n'oſa la fier à perſonne, ny s'eloigner de ſon pays, de peur
qu'elle ne tombaſt és mains de tel qui abuſaſt tout ainſi d'elle, que le Roy Vitiſa a-
uoit fait de leur mere. Ah ! que dificile &
perilleuſe eſt la garde d'vne grande beauté:
& combien de maux traine apres ſoy celuy:
qui a vne belle femme en ſa compagnie.
Voyez & les hiſtoires ſaintes, & les propha-
nes & entendrez que iamais n'y eut rare
beauté gueres, qui ne cauſaſt de rares malheurtez & deſaſtres. Non que la beauté ſoit
mauuaiſe de ſoy, eſtant vn don de Dieu, &
l'ornement de l'hôme & de la femme, mais
les affecti̅os humaines ſont ſi corrompues,
que de ce qui eſt gentil, & ſe rapporte à la
perfection, à ſçauoit du beau. Les hommes
tirent la plus ſale imperfection qu'on puiſſe
trouuer pour alterer la beauté naturelle. Ie
dis cecy pour autant que la beauté de ceſte
Damoiſelle Biſcaine, fut preſque auſſi facheuſe & dômageable aux Mores, que celle
de Caha, ou fille, ou femme, du Comte de
Cenie auoit peu auparauant eſté aux Rois

Chrestiens d'Espagne, & entendez commēt
Pelage (comme dit est) n'osant s'arrester:&
tenir en son pays de Biscaye, se souuint que
Munuza, faux chrestien renommé cy dessus
s'estoit monstré son amy, & qu'il luy auoit
mandé plusieurs fois d'aller vers luy,& qu'il
taschieroit de l'apointer s'il vouloit suiure la
guerre ou sinon, de luy faire si bon , &
courtois traitement qu'il auroit dequoy se
contenter de luy. Se souuenant de ces offres, & voyant que la necessité le pressoit,
il découure son dessein à sa sœur, & la prie
de luy en dire son auis & si elle vouloit
auec luy faire cé voyage. La ieune pucelle, voyant la necessité qui pressoit son frere, & le peril qui les auoisinoit, d'vn costé
ployoit à sa volonté, & de l'autre estimoit
qu'il ne falloit se fier en celuy, qui desia auoit
fait banqueroute à la loyauté & qui n'estoit
Chrestien que par contenance,& pour deceuoir plus finement ceux de sa nation & pour
ce parla elle ainsi à son frere : Ce n'est pas à
vous(Monsieur mon frere)que ie dois donner conseil,ains faut que ie le prēne de vous
de qui ie despens, & à la volonté duquel la
raison me commande d'obeir. Ie voy bien
cequé vous me proposez est plus que raisō-
nable & ne suis ignorante des perils qui s'a-
prestent pour nostre ruine si longuement
nous arrestons en cette contree:puis que
les Mores courent par tout, & que la plus-

part

art de nos freres s'en font fuys comme s'ils
n'auoient aucune fiance en celuy qui donne
& depart les victoires, où bon luy femble.
Mais d'autre part ie ne fçay que dire n'y
penfer oyant la refolution que prenez de
vous retirer vers le Gouuerneur de Xixon,
veu que vous n'ignorez point quel il eft, &
combien loyaument il fe gouuerne vers fes
freres les Chreftiens, & auec quelle furie il a
traité fon pays pour fe monftrer le cruel miniftre des tyrannies des Mores, & faire paroiftre que s'il n'eft circoncis, aumoins il
ayme le Mahometifme. Ie ne fçay ce que
vous en penfez & fi vous oferiez fier voftre
vie és mains, ni en la foy, & promeffe d'vn
fi defloyal homme : tant y a qu'il faut que ie
vous confeffe que le cœur me dit, que iamais vous ne fortirez de fa compagnie, qu'il
ne vous ferue d'vn plat de fon meftier & ne
vous traine quelque corde pour vous ruiner,
& accabler. Ma fœur (refpond Pelage) l'imbecilité & defiance qui accompagnent voftre fexe, vous font tenir ce langage : mais
i'ay des raifons plus valables que vos foupçons, lefquelles me conduient d'aller vers
Munuza & me fier en luy, plus qu'en autre
qui foit à prefent ayant puiffance parmy les
noftres qui furent amis de Rodric. En premier lieu, il a efté grand amy de feu Fanille
noftre feigneur, & pere, & ennemy des vices
de Vitiaz, & depuis du Roy deffunct, &

pource à il pris les armes en faueur du Comte de Cente. D'auantage, il m'a tousiours
porté bonne affection, & n'a tenu à luy que
depuis la deffaite de Rodric, il ne m'aye attiré au seruice de Taric (ainsi s'appelloit le
General qui commandoit sur les Arabes
qui estoyent passez en Espagne) me faisant
promettre si bon appointement que i'eusse
eu iuste occasion de me contenter: & quand
tout cecy n'y seroit point, & qu'il ne me cogneut aucunement, il est Chrestien, & suit
le Mahometan ne pouuant moins faire puis
que desia il à pour luy porté les armes, &
s'il n'y a plus Roy si puissant, qui puisse faire teste aux Barbares. Que s'il voyoit le
chemin ouuert pour la deliurance des nostres, ie me promets tant de luy, qu'il ne se
feroit guere prier à leur iouer fausse compagnie. En somme m'amie & chere sœur,
où il n'y a moyen de mieux faire le plus expedient est de prendre l'occasion lors qu'elle se presente, pour garentir nostre vie:
& du reste, laissons faire à Dieu, lequel
nous guidera par sa saincte grace, & donnera quelque moyen pour sortir de ceste
misere. Or estant Espagnol comme ie
suis, i'ayme mieux viure en mon pays (m'e-
stant loisible d'auoir exercice de ma religion) en mesaise, & trauail, que aller en
autre lieu passer mon temps en mendiant
& mon pain & la faueur des estrangers. Et

uis que(pour la punition de nos pechez) il
laiſt à Dieu que nous ſoyons ſuiets des
Mores, il leur faut obeyr & prendre en pa-
ience, les verges de noſtre pere courroucé
our nos demerites. Concluſion (ma ſœur)
i le trouuez bon, ie ſuis reſolu d'aller vers
Munuza & me mettre à la ſolde des Mo-
es pluſtoſt que d'eſtre leur eſclaue ou que
e me voye ſaccager , & vous ſeruir de
proye à leur infame lubricité : A ces mots
la pauure fille ſe mit à pleurer , diſant há!
paillardiſe, que tu as cauſé de grands maux
de tout temps au monde : & que tu as ſemé
vn infait & pernicieux venin en ce miſerable pays des Eſpaignes. Monſieur , ie voy
que ſortans d'vn peril, il conuient qu'en-
trions en vn autre , mais puis qu'autrement il ne peut eſtre, ie ſuis celle qui vous
obeïra & vous ſuyura quelque part qu'il
vous plaira me conduire, n'ayant autre qui
puiſſe ni doyue me garder, garantir, & ſupporter en mes affaires. Ie prie Dieu que
voſtre entrepriſe aye tel effet que le deſirons
& que ce voyage puiſſe reüſſir à noſtre ſalut,
& à l'auancement de ſa gloire, & de ſon ſeruice. Ainſi Pelage auec ce qu'il peut de
moyens, & petite ſuite fut viſiter Munuza,
qui le recognoiſſant luy fit bon accueil, le
traita auec grande douceur, le logea honneſtement, & le fit appointer ſelon ſon merite, l'appellant és affaires de conſequence, ſe

fiant de luy, pour le sçauoir vertueux, &
cheualier hardy, sage & de grande experience au fait militaire. Les affaires de Pelage se
fussent bien portez s'il eut esté seul ou si sa
sœur n'eut pas esté, de si accomplie beauté:
& encore, si le frere ne fut sorty de Xixon
pour le seruice du General, la beauté n'eut
tant causé de flammes qu'elle fit par l'absence de Pelage : entant que luy present demeuroit caché, & quoy qu'il se monstrast,
si n'osoit aucun le poursuiure follement.
Ceci fut cause que Munuza, qui auoit desia
par plusieurs fois ietté les yeux sur ceste belle Damoiselle en deuenant amoureux, ne
cessoit de penser aux moyens d'en auoir la
iouyssance : Vne fois il se resoluoit de la
prendre en mariage, puis considerant le
peu de moyens qu'elle auoit & qu'il ne
pouuoit retirer aucun support de Pelage, il
complotoit de la rauir à quelque pris que ce
fut. Mais se souuenant de la ruine toute
fresche du Roy Rödric, il chassoit ce pensement de son esprit de crainte que ses propres soldats qui desia aimoyent Pelage ne
le fissent mourir. En fin il se resolut de luy
faire la cour & d'en iouyr par ruse : à quoy
il achemina l'affaire en la maniere qui s'ensuit : puis qu'autrement il n'y pouuoit aduenir, pour estre Pelage homme accort,
& si soigneux de l'honneur de sa sœur, qu'à
peine la souffroit il parler à personne.

Pour donc auoir moyen, & loifir de la pourfuiure, comme il eut des affaires de grande
importance auec les Princes des Arabes qui
fe tenoyent à Cordoüe, il pria Pelage de faire le voyage, veu que (difoit le faux Marrane) ie m'en fie de tant plus en vous, comme
ie fçay voftre valeur, & fageffe, ioint que
ie feray bien ioyeux que ces feigneurs vous
gouftent & cognoiffent afin que foyez
auancé, & que fans crainte vous puiffiez
vous tenir en vos terres fans leur authorité
& obeiffance, puis que le malheur de noftre
nation eft tel, qu'il faut que foyons fuiets
au Prince d'Afrique. Pelage qui ne demandoit pas mieux que de faire paroiftre fa
vertu, & gentilleffe & profiter, en vne fi tri-
fte & deplorable fortune à ceux de fa nation, entreprit de bon cœur l'affaire, & rendit grace à Munuza de l'honneur qu'il luy
faifoit, le preferant à plufieurs autres, qui
mieux que luy fe fuffent acquitez de cefte
charge l'affeurant que par tout feruice il
tafcheroit à fe reuenger de cefte fienne
courtoifie, le fuppliant, au refte, que durant
fon abfence il eut fa belle fœur pour recommandee. Il ne falloit vfer en ceft endroit
de recommandation aucune, veu l'affection finguliere de ce Capitaine vers cefte fainéte: auffi dit-il au Bifcain, Seigneur
Pelage, vous n'auez plus chere la prunelle
de vos yeux, que i'auray la conferuation

de ceste excellente damoiselle, pourtant
allez en la garde de Dieu lequel ie prie vous
donner le bien aller & reuenir en santé, &
auec telle depesche que ie souhaite, & que
i'espere vous obtiendrez par vostre sagesse.
Le prince Biscain n'estoit à peine party, que
Munuza visite la damoiselle & luy offre
tout ce qui estoit en sa puissance, & passa iusques à vser du mot du seruice que elle ne
peut receuoir, ains auec grande humilité
s'excusa disant que elle estoit lors si au bas,
que elle ne pouuoit esperer d'auoir des hommes si qualifiez pour la seruir. Ceci tant s'en
faut qui refroidit l'amoureux que plustost
il deuint plus ardent en la poursuite, ayant
ouy parler celle que iamais il n'auoit accostee & la iugeant de grand esprit & d'vne
tresbonne grace. A ceste cause, comme ce
peuple s'adonnoit fort à la poësie vulgaire,
il luy enuoya vn petit mot de lettre en sa
langue Gothe Romaine desquelles l'Espa-
gnolle est composee, qui portoit telle substance.

A MADAMOISELLE
de Biscaye.

Allez larmes, Allez, allez ardens souspirs,
Allez representer mes souhaits, & desirs
A celle qui n'a pair, & à Madamoiselle
Plus blanche que le lis, plus que la beauté belle.

allez luy raconter, ce que souffre mon cœur,
Quelle est sa passion, & quelle sa douleur,
Combien il sent d'ennuy, d'angoisse, & de martire,
Et combien nuict & iour ie larmoye & souspire
Ne pouuant contenter ni le cœur, ni les yeux,
Ny le mal trop poignant d'vn desir amoureux.
Ie volete bruslant autour de ma lumiere,
Comme le Papillon, voyant que ma guerriere
M'eslance ses rayons, & en bruslant mon cœur,
Ne veut par sa pitié estaindre ceste ardeur.
Desorte que ie peux doresnauant attendre
Que mon cœur deuiendra par ce feu cruel cendre
Et qu'vn refus feras (ô quelle cruauté)
Le salaire dernier de ma grand loyauté.
Ie ne voy si souuent, ce soleil qui rayonne
Ce ray estincelant qui mon esprit estonne
Des yeux de ma douceur, que ie ne sois attaint
Iusqu'au cœur, & ne sois heureusement contraint
A seruir ceste fleur, la Rose de Biscaye
La plus belle, courtoise & gracieuse, & gaye
Qne nature iamais en ce monde produit.
Mais de ce mien plaisir ie ne tire autre fruit
Que d'vn desir tout vain, d'vne esperance morte,
Qui me fait plus de mal, qu'elle ne me conforte
Au milieu de ce feu, & du cuisant brasier
Où ie sens & mon cœur & mes desirs brusler
Ie suis tout frissonné & endurcy en glace,
Et vif, & vigoureux, i'affoiblis & trespasse,
Doubteux & tout sçachant, alors que ie poursuis
Le suiet de mon-heur cause de mes ennuis.
Ah belle, qui n'as pair, ah fille gracieuse

Ee iiij

Seant il ne t'est point d'estre la rigoureuse
Meurtriere d'vn amy, qui t'ayme loyaument
D'occir ton Munuza, ie dis tien vrayement,
Car sans toy il ne peut iouyr de la lumiere .
Du soleil rayonnant: tu es l'estoile clere
Qui conduis ses desirs, qui regis ses souhaits,
Et qui peux, si tu veux les rendre tous parfaits.
Vnissant ton vouloir, à celuy de nostre ame,
Et tes feux flamboyans à celle ardante flame
Qui encendrit mon cœur: apaisant la rigueur,
Qui de tes cruautez me fait sentir l'aigreur,
Adoucis, ma deesse, adoucis ma guerriere
Ceste grand grauité, ceste cruauté fiere,
Regarde Munuza pleurant, & angoisseux
Qui ne demande rien qu'vn regard gracieux
Qu'vn parler desiré, & lequel corresponde
A ce que sur tout bien ie souhaite en ce monde.
Ie n'ay autre souhait, rien plus ie ne pretens,
Que de passer mes iours, & le cours de mes ans
Auec celle qui n'a en beauté sa pareille,
Auec celle qui est du monde la merueille,
A laquelle desia i'ay consacré mon cœur,
Ma vie, mes desirs, mes biens & mon honneur.

Vostre plus obeissant &
affectionné seruiteur,
M V N V Z A.

Ceste lettre fut portee à la belle Biscaine par vne esclaue, en qui Munuza se fioit
grandement : & quoy que la fille fit diffi-

culté de la receuoir, & la lire, l'autre la ſoli-
cita & preſcha tant qu'elle en ſit la lecture,
puis toute eſtonnee la ietta diſant. Et quoy
Monſieur le Gouuerneur eſt il ſi mal affectionné enuers mõ frere, qu'en ſon abſence,
il me pourſuiue d'amour, ſans nul reſpect ni
du droit d'hoſpitalité, ni de la maiſon &
ſang dont ie ſuis ſortie? Plutoſt ſouffriray-ie
la mort, que iamais homme iouïſſe de moy
que celuy qui ſera mon eſpoux legitime. Par
ainſi, m'amie retirez vous, & ne venez plus
me porter de telles drogueries, ny aucuns
preſens, ni faire de ſi mal ſortables Embaſſa-
des, autrement ie ſeray contrainte de le faire
entendre (bié que fort enuis) à mon frere afin
qu'il s'y gouuerne comme de raiſon. L'eſclaue fut vers ſon maiſtre, auquel elle fit mot à
mot le recit de tout ce que la fille auoit reſpondu, que Munuza, prit grandement à ſon
auantage tant pour ouyr qu'elle n'eſtoit pas
ſi colere qu'elle feignoit, puis qu'enuis elle
ſe plaindroit à ſon frere de ceſte pourſuite: ce qui eſtoit, à ſon aduis, ià ſigne manifeſte qu'elle ne ſeroit ſi farouche, qu'à la fin
continuant la baterie il n'emportaſt la place ou d'aſſaut ou par amiable compoſition.
Outre ce elle ayant dit qu'homme ne iouï-
roit d'elle qu'en mariage, il ſe fit fort de l'a-
uoir de ceſte luitte, & luy promettre, tant
qu'elle voudroit de la prendre pour eſpouſe:
mais en ayãt iouï il aduiſeroit à ce qu'il fau-

droit faire auãt que venir à l'execution. Ainſi il ne ceſſe de la ſolliciter de plus belle, & la faire viſiter luy enuoye des preſens, qu'elle refuſa comme ſage, chaſte, & bien aduiſee, qu'elle eſtoit ſçachant bien que celle qui reçoit les dons d'vn amoureux, elle oblige ſa pudicité, & ſe rend ſuſpecte de ce que (peut eſtre) elle n'eut eu onc peſee. Munuza voyãt la fermeté & conſtance de ceſte fille, en lieu de la loüer & ſe deſiſter de la pourſuiure qu'à bonne fin, il ſe reſolut de l'auoir ſous pretexte feint de mariage ne voyant autre moyen pour en auoir ioüiſſance. A ceſte cauſe, il fut vne apres diſnee au logis de ſa maiſtreſſe, qu'il trouua non au bal, ou au ieu, ains couſant auec quelques hône-ſtes damoiſelles ſes voiſines: leſquelles ayãt ſaluees, il prit la Biſcaire par la main, & la tirant à part, eſtans aſſis il luy vſa de ce langage. Madamoiſelle, ſi iamais ie vous portay affectiõ, & eus vouloir d'eſtre aymé de vous, & vous faire cognoiſtre le deſir que i'ay que vous voyez l'effet de ces miennes paroles c'eſt à preſent que tous mes ſouhaits tendent à ce but, ayant veu quelle vous eſtes & cõbien digne d'eſtre l'eſpouſe non ſeulement d'vn mien eſgal, ains d'vn grand, & excellét Monarque. I'ay cogneu que la fille du Duc de Biſcaye, Fanille, & la ſœur du vaillãt Pelage ne peut eſtre que chaſte & vertueuſe: & ay ſenty en effet, que voſtre compaſſion se raporte à la sainteté & non à la folie : & que vostre amour ne gist és choses, qui ne resentent que les mignardises de la chair. Ie confesse, gentille Damoiselle, ie confesse auoir failly, mais vous estes si sage, que considerant que l'amour non la haine, me faisoit oublier enuers vous aisément, aussi vous pardonnez la faute par moy commise, vous sollicitant auec moins de respect que ie ne dois aux dames de vostre calibre. Ie ne dis pas cecy auec intention de me deporter de vostre amour, car plustost mourir que vous oublier, ou receuoir en mon cœur l'impression d'autre amour que de la vostre : mais ie viens vers vous pour faire vne alliance plus ferme, & plus sainte & plus loisible, si tant est que vous le vouliez entendre. Ie suis venu vers vous, pour sçauoir si ie suis digne de vostre alliance. Et si vous me refuserez la faueur de me donner la foy, là où ie m'obligeray, & iureray de vous prédre pour mon espouse legitime. Veu que ie ne sçauroy m'adresser en meilleur lieu ny choisir fille plus belle, sage, noble, vertueuse ne si bien apprise, voire ni qui tant me plaise, & de qui tát ie desire l'amitié, & accointáce, aduisez si ie vous plaist, & si ie ne suis pas sortable, & si Fanille viuát, il m'eut point desdaigné pour gendre : car de Pelage me fais-ie fort, & n'ay que vous pour partie, laquelle appaisee, il ne me chaud de rien, estant aisé

de gaigner & contenter le reste. Ie vous prie
que vous lisez cecy, quelle est la fille (aumoins si au bas qu'estoit cecy) qui n'ouurit
l'oreille, oyant vn si grand seigneur, & tant
auancé que ce Capitaine, luy parler de mariage, & qui de bon cœur ne condescendit à
vne alliance, & pureté pour lors pour eux
tant commode, & necessaire. Tant y a qu'elle rougissant de hôte fut vn fort long temps
sans dire mot, tant elle se trouua surprise, &
ne sçachant que luy dire ny respondre: &
pource Munuza continuant, dit: Comment,
Madamoiselle, ces propos vous sont si durs,
& desplaisans, que ne daignez me respon lre
ny me faire ouyr de vostre bouche la sentence de mon malaise, ou contentement.
Pensez vous que ie sois autre que fort homme de bien? Non, non, ie ne dis chose, qu'a-
uec le temps ie n'effectue, & dés à present
vous en feray telle, & si sainte, & asseuree
promesse, que vous aurez occasion de vous
en contenter, & de me croire: Elle oyant cecy prit cœur & hardiesse, & comme si desia
la chose fut faite (tant les simples pucelles
sont aisees à deceuoir sous vne promesse
masquee de mariage) elle luy respondit:
Vous estes si sage monsieur que de ne trouuer estrange, ni mes responces, ni mes façons de faire, n'estant honneste, ni seant à
vne fille de mon estat de faire chose qui ne
soit digne & de sa condition, & de son sexe,

& de son aage. Et ne pensay onc qu'vn si excellent seigneur que vous voulut attenter rien sur ma pudicité, ains m'auez plus poursuiuie pour tenter ma constance, que de desir qu'eussiez de soüiller ni mon honneur ni vostre reputation. Mais puis que c'est à bon escient que vous procedez en cecy, & qu'il vous plaist me fauoriser de tant que de me prendre pour espouse: ie seroy bien ingrate, & mal apprise, si ie ne vous aimois, & respectois sur tout autre, & si ne condescendois à vostre volonté, autant que l'honnesteté me le pourra permettre, attendant le consentement de mon frere, sans lequel ie ne peux, ni dois rien entreprendre. Neantmoins suis ie asseuree qu'il sera tresaise, & heureux, & de ceste alliance, & de l'honneur que luy faites en le recompensant si hautement des bons & agreables seruices qu'il vous à faits, (& que Dieu aidant) il vous fera desormais. Ne vous souciez point de vostre frere, car il fera ce que ie voudray, & vous auoüera de ce que vous aurez fait auec moy, puis que c'est à bonne fin, & pour vne amitié durable & perpetuelle. Ce fut lors qu'elle touche à la main de Munuza, qu'il la baise & luy iure la foy de mariage, & l'amadoüe si bié, que sans la compagnie qui lors estoit là, ç'eust esté fait de la virginité de ceste fille tant l'aise du mariage promis, l'auoit esbranlee, & si facilement l'espoir de grandeur gaigne les

cœurs les plus constans qu'on puisse guere
imaginer, si vne grande perfection de vertu, & vn mespris des choses mondaines,
ne sont grauez en nos ames. Que seruiroit
de tant courir & aller, comme lon dit, au
tour du pot. Munuza s'arrestant en si beau
chemin & voyant vne si belle entree pour
faciliter son dessein, ayant prise vne possession tant auantageuse que le baiser (qui est
vn arre asseuré de iouyssance entre les Espagnols) battant le fer tandis qu'il estoit
chaud, poursuiuit aussi sa pointe en toute
diligence, de sorte qu'vn iour estant allé visiter sa fauorite & la trouuant seule, l'apri-
uoisa de telle maniere qu'elle luy souffroit
beaucoup de priuautez, que pour mourir
elle n'eut endurees sans la precedente promesse de mariage. Ce que luy voyant & desireux, de passer outre, la solicitoit & pressoit auec tant de souspirs, larmes, & complaintes, que la fille à demi vaiacuë, ne sçachant comme se deffendre, luy dit. Et quoy,
Monsieur, ne vous semble il pas, que i'aye
fait & môstré assez de preuue de mô amour
en vostre endroit, puis que contre mon deuoir & la coustume du païs, & de nostre nation, ie vous souffre & de parler, & de vous
soulacer si priuément en ma compagnie?
voulez vous cueillir le fruit auant saison, &
vser des droits d'vn mary, auant la consommation de nos espousailles? N'auez vous

pas plus de contentement d'auoir vne espouse entiere venant aux nopces, que si vous
l'ayant defloree la benediction estoit donnee sur vne couche desia souillee? que sçauroy ie respondre, ou de quelle excuse me defendre enuers mon frere aduerty de ceste
mienne folie? Contentez vous, Monsieur, ie
vous prie, contentez vous de la faute que
j'ay faite vous accordant l'alliance sans
son congé , & le tort que ie luy fais à present de souffrir qu'vn homme seul soit deui-
sant auec telle priuauté en ma compagnie:
car si vous m'aymez autant que vous dites,
& en faites le semblant, vous prendrez aussi plaisir , & en mon aise, & en mon contentement. Non (dit il) en fais-ie simple-
ment la mine, ains l'effet de mon amour
est tel , & si violent que ie n'ayme pas tant
ma propre vie, que ie fais la fille du deffunt
Duc Fanille : & n'ay autre desir en ce monde que de vous donner tāt l'aise à moy possible & vous contenter, & complaire: ce que
ie ne peux faire au moins comme ie desire,
sinon en iouïssant du fruit de celle liaison ià
entre vous & moy commencee , & la perfection de laquelle gist non en la solennité, &
ceremonieuse pompe d'vn nopçage, ains
en la liaison commune de nos deux volontez en vne & la conionction de nos
corps parfaisant l'accord accompli de ceste
nostre alliance. Aussi ma grāde amie(dit il la

baiſant fort amoureuſement) vous ne ſçauriez, veu ce que m'auez promis & iuré, &
moy à vous de meſme que vous ne ſoyez
ma femme & moy voſtre mary l'vn ayant
droit ſur l'autre d'vne reciproque puiſſance:
& par ainſi iuſtement ne me deuez refuſer,
ce qui m'eſt deu, & loiſible par les loix naturelles de mariage. Et ſuis ſeur que voſtre
frere ne ſera non plus offencé de ceſte execution, que de la promeſſe d'icelle, puis qu'il
n'y point de faute, & que le tout eſt des droits
de mariage. Ie laiſſe à part les foibles reſi-
ſtances faites par la Biſcaïne, & les mignardiſes auec leſquelles il abatit ceſte rigueur
plus fardee que ſeuere, d'autãt que les amoureux ne ſçauent que trop de ces appaſts pour
deceuoir les pauures filles qui les eſcoutent,
& pour engluer celles qui s'amuſent à leur
pipee. Tant y a que Munuza gaigna la breſ-
che qu'il auoit dreſſee en l'honneur de ceſte
fille, & emporta par compoſition la place
que iamais il n'auoit peu auoir par aſſaut: la
ruſe y ayant plus ſerui, que la force ouuerte,
manifeſte, rauiſſant, & ſoüillant, la reputation, & pucellage de celle, qu'il euſt mieux
fait, ou de la laiſſer ſans en iouyr ou en eſtãt
poſſeſſeur, la prendre effectuellement pour
ſon eſpouſe: veu que s'il l'eut fait Pelage fut
demeuré ſon amy, & ſeruiteur, & la vie ne
luy euſt eſté oſtee, comme depuis il la perdit
ignominieuſement, ainſi qu'entendrez cy
apres

apres. Luy donc estant au comble de ces aises,& vsant de la Biscaine comme de chose
sienne, elle l'aimât comme son mary, & luy
la caressant d'autre intention, & tout ainsi
que son amoureux: voicy Pelage de retour,
auquel Munuza fait le meilleur accueil
qu'il luy fut possible,& principalement oyât
auec quélle felicité il auoit expedié ses affaires à Cordoüe; dequoy il luy rendit graces,& promit qu'en bref temps, il tascheroit
a luy recognoistre ce sien seruice. La fillé ce
pendant qui voit que son feint mary ne tien
guere grand conte d'elle, soit qu'il fut saoul
de ses embrassemens, ou qu'il dédaignast le
party, ou qu'il n'osast plus la visiter (n'ayant
desir de l'épouser) pour ne faire déplaisir à
Pelage, estimant que la fille, ayant gousté
ses caresses, l'aimast follement, & qu'elle ne
se soucieroit point du mariage, elle, dis-ie,
voyant cecy, s'adresse vn iour à luy, & auec
vne grande humilité, & reuerence luy vsa
de ces paroles. Monsieur, de tant Dieu vous
a plus haussé en honneur,& dignité, de tant
plus aussi deuez-vous estre loyal, & iuste,
& faire moins de tort & iniure aux petits, &
sur tout à ceux qui vous aiment, seruent, &
honorent, & qui ont pour vous prodigé
leur honneur. Vous sçauez, Monsieur, ce
qui s'est passé entre vous & moy, quel gage vous auez de mon amitié, & la Foy que
si saintement vous m'auez iuree & la pro-

messe de mariage si souuent retiree, ie vous
semons d'icelle, & vous suplie qu'estāt gentilhomme, comme vous estes, l'effet face
paroistre ce lustre, & splendeur de vostre
noblesse de s'obligeant vostre parole en
m'espousant, puis que vous me l'auez engagee. Ie ne suis de si bas lieu que mon sang
ne soit issu de l'estoc des Rois Goths, & que
mes parens n'ayent esté des plus illustres
d'Espagne de la vertu mienne, ie n'en veux
autre tesmoin, que vous laquelle seule (auec
quelque beauté) & non les richesses, qui
sont nulles, vous ont, comme ie croy, incité a m'aimer & poursuyure , & a me promettre la foy, & loyauté qu'vn fidele mary
doit à sa loyale espouse. Par ainsi, Monsieur
ie vous suplie, vous acquiter de ce serment
& faire droit à ceste pauure damoiselle, qui
ne merite point d'estre la courtisanne, &
concubine de celuy qu'elle peut dire par
tout estre son époux, s'il est ainsi que le mutuel consentement & la conionction des
parties accomplissent, & parfont le mariage. Le déloyal Marrane se riant & moquant
de ce gentil discours, luy respondit: Quand
vous n'aurez gaigné autre cas en faisant
l'amour, que le bien dire auec lequel vous
bastissez si gentiment vos harangues, encore me seriez-vous beaucoup redeuable, &
dea madamoiselle, estes-vous si hastee de
m'auoir que des que vostre frere est venu, il
faille que ie m'accommode à vostre fanta-

sie? Ne vous suffit-il pas de iouyr des aises
de mõ amitié & d'auoir vn tel seignœur que
ie suis pour amy si encor ie ne me fais ce
tort que soudainement i'aille épouser la
sœur d'vn fugitif, duquel ie ne peux auoir ni
secours, ny suport s'il me suruenoit quelque
affaire? Temporisez vn peu, & vous ferez
bien, car auec le temps ie vous feray voir &
sentir que ie vous aime, plus que ne pensez, & que mon desir est de satisfaire à ma
promesse & à vostre volonté, mais non pas
si tost par ainsi me ferez plaisir de n'éuenter
rien de ceci, iusqu'à tant que moy-mesme
espere le publier à vostre grand honneur &
au profit, & auancement des vostres. Ceste
responce & aigre & douce ne pleust guere à
la Biscaine, & mesme oyant la deffence qu'il
luy faisoit de n'en point parler quoy que le
fait ne pouuoit guere aller en auãt que chacun n'en eut cognoissance. A cecy elle vouloit repliquer, mais il luy coupa broche, disant qu'elle ne luy en parlast plus, & qu'il
n'en feroit autre chose: que si elle se fachoit
de la longueur il la dispensoit de prendre
nouueau party: ce qu'ayant dit, il s'en alla la
laissant plus morte que viue, & saisie d'extreme angoisse & de tel dépit qu'on peut
imaginer que sent vne grande se voyant &
offencee en son honneur, & si déloyaument
mesprisee, laquelle ayant vn peu repris ses
esprits, estant en la chambre se mit a pleu-

rer, gemir, & se plaindre, blamant ores la
trahison de Munuza , & tout aussi tost sa
propre simplicité de s'estre fiee à celuyqui
auoit déià faussé sa foy, & à son Prince, & à
sa patrie. Las, disoit- elle, malheureuse que
ie suis, ay-ie tant, & si longuement conser-
ué ma pudicité inuiolee, pour la donner si
follement à vn chien enragé & à l'ennemy
de la nation des Gots,& au fleau des Chrestiens,& ruine des Espagnes? Hà folle,fol-
le que ie suis : & que ne pensois-ie que ce
galand m'ayant poursuyuie de deshonneur,
ne m'a proposé le mariage que pour m'attraper, & triompher de celle pudique constance,qui me dōnoit los entre les plus chastes pucelles de l'Europe? Vn méchát homme a-il en soy foy,ny religion, pieté ny respect d'equité,ou droiture? helas!nenny:ains
pense auoir fait vn grand coup,lors qu'il deçoit quelcun,& que par ruse il fait tomberle
simple au piege qu'il luy prepare.Hà Prince
Biscain, Hà Pelage, frere trescher, qu'à la
malheure pour moy,fis-tu onc levoyage de
Cordoue:car ou il faut que me vengeant tu
meures,ou qu'endurant ceste iniure, ie sois
celle qui punisse moy-mesme, me défaisant
de la faute commise contre mon honneur,
& contre la grandeur de l'illustre maison
de laquelle ie suis issue : & voulant continuer;la parole luy manquant,elle tōba éua-
nouye. Or aupres de la chambre de la Da-

moiselle, en vn cabinet, y auoit vne fille de
chambre, laquelle oyoit bien les paroles de
la fille, mais sans les entendre; laquelle la
voyant tomber si soudain, y accourut, pour
la releuer : mais voyant qu'elle ne remuoit,
ny pied, ny main , & quelque chose qu'elle
luy fit, n'en sentoit rien : craignant qu'elle
ne fust morte, alla querir Pelage, auquel elle dit ce qu'elle en auoit veu & l'asseura que
sa sœur estoit saisie de quelque extreme destresse. Luy qui aimoit sa sœur y alla en diligence, mais ne sceust y estre si tost, que déià elle estoit releuee, & se plaignoit comme
au parauant, mais non si haut estant resolue
de n'en dire mot à son frere, d'autant qu'elle craignoit qu'il ne querellast Munuza &
que le tyran ne le fit mourir traistreuse-
ment. Ce neantmoins Pelage écoutant vn
peu à la porte de la chãbre entreouyt quelques mots, qui luy donnerent presomption
que le Capitaine de Xixon auoit fait à sa
sœur quelque iniure signalee. A ceste cause
entrant il dit:& qu'est-cecy ma sœur, quelles façons de faire voy ie en vous non accoustumees. Qui a esté si hardi de vous offenser moy viuant,& estant suporté comme
ie suis du Gouuerneur de ceste contree? Hà
mon frere, dit la pauure damoiselle, voyant
à la contenance de son frere qu'il parloit au
plus loin de sa pensee : que vous auez bonne raison de vous fier en cet homme, puis

F f iij

que ʃa loyauté eʃt ʃi recommandable. Elle
ne diʃant rien plus, Pelage replique: ie veux,
ʃi vous m'aimez, & voulez que vous aime
que ʃans nul delay vous me diʃʃiez la cauʃe
de voʃtre ennuy, car peu de choʃe, ny vne
legere angoiʃʃe ne vous eut ʃceu acheminer
à vne ʃi eʃtrange ʃincope, & éuanouyʃʃe-
ment. Tais toy, mon frere dit la fille, car
mon mal eʃt ʃans remede, & tu n'as puiʃ-
ʃance de venger l'iniure qui a eʃté faite à
tout le ʃang de Biʃcaye. Hà Pelage, Pelage,
que ta ʃœur endure d'oppreʃʃe, n'oʃant te
dire ʃon mal, la honte luy deffendant, &
voyant que le venger n'eʃt point en ta puiʃ-
ʃance: car ʃi tu veux te mettre au moindre
deuoir que ce ʃoit de t'en reʃʃentir, c'eʃt fait
de moy & de ta vie. Ce n'eʃt aʃʃez dit, ma
ʃœur, il faut que ie ʃçache tout, & lors ie ver-
ray comme ie deuray me gouuerneur, & ʃelon la facilité, ou impoʃʃibilité de l'affaire
nous prédrons le côʃeil: pour ce dy ma chere ʃœur, ce qui aflige ton cœur, afin que ie
participe en ton angoiʃʃe comme iuʃqu'à
preʃent tu m'as accompagné & ʃuyui en mes
trauaux, peines & facheries. Lors elle pleurant & ʃoupirant ʃelon que la choʃe luy touchoit de pres au cœur, & ʃaiʃie de honte &
reuerence pour le reʃpeçt qu'elle deuoit, &
portoit à ʃon frere, luy conta par le menu
les pourʃuites de Munuza, les grands & rei-
terez ʃermens de mariage, qu'il luy auoit

fait, & la foy, & promesse reciproque qu'ils s'estoyent donné l'vn à l'autre, en fin la consommation du tout par la conionction qui en estoit ensuyuie & la solennité publique dequoy il auoit delayé iusqu'à ce que Pelage fut de retour de Cordoue. Vous oyez, Monsieur mon frere, combien vostre sœur s'est oubliee & auec quelle folle simplicité elle s'est laissee circonuenir, vous la voyez icy deuant vous, qui vous requiert non pardon de sa faute, mais iustice, & punition & sur elle & sur celuy, qui l'ayant deceuë par tant de sermens se mocque à present de la foy promise, & ne fait aucun estat, ny de la loy de Dieu qu'il a transgressee, ny de sa reputation, & moins de la grandeur ancienne de nostre race. Faites, Monsieur, faites mourir ceste miserable Damoiselle, qui a diffamé le lustre de la gloire de vos ancestres, & ne souffrez plus vne telle souuenance de forfait en vostre presence : car si vous n'en faites la punition, ce sera moy-mesme qui me puniray de ceste mienne legereté, & folie. Pelage, bien que se ressentit grandement du tort fait à sa sœur, & du peu d'estat que le Capitaine faisoit de son alliance : si est-ce que se voyant sans moyens de se venger, & moins d'attaquer Munuza, & le contraindre d'épouser celle qu'il auoit circõuenue, se contenta d'apaiser sa sœur, & l'oster de la resolutiõ qu'elle prenoit de se forfaire:

F f iiii

car il voyoit que le reſpect qu'elle luy portoit, la ſaiſiſſant, luy faiſoit tenir ce langage : & par ainſi la conſolant, il luy dit. Ma
ſœur ſi ie ne vous cognoiſſoy de longue
main, & n'auoy veu par experience quelle &
combien grande eſt voſtre modeſtie, i'auroy quelque opinion qu'en cecy y auroit
de voſtre faute, & que vous auriez donné
quelque occaſion à Munuza de ſe diſpenſer
ſi follement à nous dreſſer vne ſi mal ſean-
te partie. Mais ſçachant que la faute eſt en
vous legere, ou plutoſt nulle, & que les plus
ſages euſſent failly, deceuës d'vn ſi ſaint
pretexte que le mariage, ie vous prie autant
que vous m'aimez de vous conſoler en cecy que l'iniure faite, & à vous, & à moy ne
peut redonder à noſtre deshonneur, ains au
diffame, & ignominie du déloyal qui a
ſouillé celle qu'il ne meritoit de regarder.
Au reſte, ma ſœur, le galãd aſſeuré que vous
m'aurez fait vos regrets, ne faillira auſſi de
pourchaſſer ma ruine : par ainſi diſſimulant
voſtre cou roux, faites bõ viſage à chacun,
cõme ſi la choſe n'eſtoit rien, & cependant
preparez-vous, car ie ſuis reſolu de m'en aller d'icy, auant que ce traiſtre me face quelque méchant tour pour iouyr de vous à ſon
aiſe. Ainſi qu'il le cõplota, le mit en execution, ſi bien qu'elle ayãt empaqueté ſes har-
des, bagues, & ioyaux, & luy recouuré deniers & mõtures, partétvn matin dés le point

du iour & s'en vont vers les monts Pyrenees, qui lors seruoyent de logis, & retraite aux Chrestiens qui refusoyent de se sousmettre à la tyrannie des Mahometistes. Ce qui plus faschoit ce seigneur estoyét les regrets continuels de sa sœur, qui detestoit sa fortune se voyant non seulemét honnie par le Marrane, ains estre cause de la misere de son frere, lequel par sa vaillance eut peu estre le restaurateur de leur maison, & le soustien de ceux de leur religion, & alliance. Surquoy il la consoloit luy remonstrant que Dieu estoit si bon & misericordieux, & disposoit tellement les choses, & affaires des siens, que bien souuent de leurs angoisses, il tiroit de grands effets pour sa gloire, & seruice. Que il esperoit que cette siéne retraite seroit cause du salut de leurs ames, & de la liberté de plusieurs Chrestiens, qui lors viuoyent sous le ioug, & seruitude des Mores. Qu'il valoit mieux estre vagabond par ces deserts & solitudes que viure parmy les infidelles, & là estre en danger, ou de se souiller en leurs superstitions, ou de mourir, refusans d'embrasser leur peruersité. En somme, il luy parla si bien, qu'elle fut toute consolee & resolue, puis qu'elle voyoit que si gayement il portoit cette sienne infortune, & qu'auec telle confiance il attendoit l'allegeance du miserable peuple d'Espagne. Le paillard & déloyal Munuza, cependant auerty de la fuite

de Pelage, & comme il auoit emmené sa
sœur, cuida enrager de dépit se voyant rauir sa proye, & priué de la chose que le mieux
(mais charnellement) il aymoit en ce monde. A cette cause enuoya il quelques troupes
de caualerie aprés, mais trop tard : car desia
les enfans de Biscaye, s'estoyent sauuez en
vn petit fort nommé Bretedo voisin des A-
stures, & par ainsi fallut que les Chrestiens
côfederez des Mores se retirassent à Xixon,
sans auoir rien gaigné de leur poursuite.
Munuza, craignant que Pelage ne remuast
mesnage, ou plustost resolut de l'accabler,
tant pour r'entrer en possession de sa belle
ennemie, que pour euiter le soupçon des
Mores, qu'à son aueu, le Biscain ne dres-
sast quelque nouuelle partie, écriuit à Taric lieutenant general du Muça Ibin Na-
cer, qui lors cômandoit sur les Arabes conquereurs d'Afrique côme Pelage, celuy que
il auoit enuoyé vers luy s'estoit reuolté, & se
retirant és destroits des montagnes, faisoit
reuolter les Chrestiens de l'obeissance de
l'Empire, & obeissance des Arabes. Que s'il
ne luy empeschoit de bonne heure le cours
de ses desseins & souffroit qu'il prit pied en
quelque coin & Prouince enclose dedans les
monts il n'en viendroit pas aisément au dessus, dautant que Pelage estoit fort vaillant
homme & estât issu de sang des Princes Biscains ceux du pays le fauoriseroyent, & ne se

royent estat de leurs vies, ayant vn tel chef,
pour les mener à la guerre: Que pour le feruice du Halife, & prince fouuerain des A-
rabes,& conferuation de leur eftat en Efpagne,il falloit faire mourir cet homme remuät
car luy ofté on auroit bon marché du refte:
n'y ayāt depuis aucun qui ofaft leuer le chef
pour s'opofer, & leur faire refiftance: luy fit
entendre, comme il s'eftoit retiré à Bretedo
& que là il faifoit amas d'hommes (ce qui
eftoit faux) pour courir fus aux fubiets des
Africains,comme ayant deliberé,ou du tout
perdre ou de leur ofter le Royaume d'Efpagne, Taric, & pour le refpect qu'il portoit à
Munuza comme à l'vnde's plus loyaux amis
des Mores, & ayant veu Pelage & le pratiquant, cogneu pour vn fort-fage, & accort feigneur, adioufta aifément foy à l'ad-
uertiffement donné par le gouuerneur de
Xixon: par ainfi, pour obuier à la reuolte
qui fe preparoit(ou pluftoft qu'eux mefmes
preparerent pourfuyuant fi viuement Pelage, & le mettans en defefpoir) dépefcha vne
bande choifie de braues foldats tant Chreftiens que Mores, conduits par vn Capitaine Arabe, pour s'aller faifir, & du lieu de
Bretedo,& de Pelage qui s'y eftoit retiré. Ce
euft délors efté fait de favie,fi vn des foldats
Chreftiens venant auec les Mahometans ne
eut eu pitié de luy:lequel fe débandant comme pour découurir pays des troupes, fut fe-

cretement vers luy, l'auertissant du malheur
voisin, & le priant de se sauuer en diligence.
Le Biscain rendant grace au soldat ne faillit
tout sur l'heure de monter à cheual & s'enfuir tout seul, car la haste ne luy souffroit
compagnie : & prenant la route du val de
Cangas qui est és Astures, voyant la riuiere Pionie enflee, & débordee, aima mieux
hazarder sa vie passans par les flots émeus
d'icelle, que d'attendre la furie de ses aduersaires lesquels informez de sa fuite, & du
chemin qu'il prenoit, le poursuyuant, mais
n'osant faire ce qu'il auoit fait, & se fier à
l'impetuosité du fleuue, se retirerent, & par
ce moyen Dieu sauua ce gentil Prince pour
se seruir de luy en la defense des siens contre les Agarenes, & pour conseruer la foy
entiere de l'Euangile en recoin de pays des
Astures, Nauarre, & Biscaie puis que le reste
des Espagnes simbolisoit en affection auec
les disciples de Mahomet : car bien qu'il y
eut des Chrestiens, si estoit leur religion si
refroidie, & les ministres si peu declarez au
peuple, qu'il semble qu'ils n'auoyent rien
plus de Chrestien que le nom, au reste il
n'estoit plus fait metion en l'histoire depuis
cette fuite, de la sœur de Pelage : ce qui me
fait penser que les Mores la trouuans à Bretedo l'occirent, ou la ramenerent à Munuza son mary : car tel dit auoir esté Rodric
Euesque de Tholede, & que Pelage ne

voulant qu'il l'eut l'estimant indigne de son
alliance, l'emmena auec luy, mais comme
que ce soit, tant y a que pour occasion du
rapt, ou amourachement de cette fille, a-
uindrent les maux, reuoltes, & meurtres,
que vous entendrez cy apres. Pelage donc
se voyant en telle destresse, bien qu'il donnast mille maledictions à l'amour, & à ceux
qui se coiffent d'vn beguin si mal seant à vn
cœur genereux, si est-ce qu'il loüoit Dieu
de l'auoir garenty de mort : & se souuenant
qu'il auoit laissé sa sœur sentoit vne extreme
angoisse en son ame : mais en fin, pensant
à la faute par elle commise, & comme elle s'estoit laissee follement aller, s'estima
bien-heureux d'estre déchargé de chose si
dangereuse que la garde d'vne belle femme:
supliant Dieu neantmoins qu'il luy pleust de
la garentir du mal, & la fortifier contre les
assauts des infideles en la côfession de la foy
de son saint Euangile. Or le guida Dieu, qui
auoit permis tout ce que dessus pour vn
grand bien, vers le val de Cangas, où il rencontra la pluspart de la Noblesse Chrestienne des Astures de Biscaye & pays voisins:
laquelle effrayee de la force Sarrazine, &
craignant d'estre ruinee, alloit soumettre,
& iurer la foy & serment de fidelité aux
Arabes : & pource, les Nobles condui-
soyent auec eux les Sindics des villes, &
les premiers d'entre le peuple pour au-

thorifer leur fait, & auec eux faire obeiffance, & s'abftraindre à la volonté & loix des
Mores. D'arriuee Pelage fut effrayé efti-
mant que cette grand multitude de gens
fuffent ceux qui le pourfuyuoyent, mais
les ayant abordez, en cognoiffant quelques vns des chefs, il s'enquit de leur voyage, & de la caufe & occafion qui les mou-
uoit de ce deffaire, l'vn d'entreux, qui auffi
recognut Pelage, luy dit ie fuis autât en foucy, de fçauoir qui vous meine en ces quar-
tiérs ainfi feul, que vous eftes d'entendre ou
eft-ce que nous allons, & à quoy tend cette
fi belle & grande compagnie. Vous n'ignorez pas (ayant veu le tout, & affifté à la tragedie de noftre mifere) quelle eft ores la
puiffance des Mores en Efpagne, que rien ne
deme ure deuant eux qu'ils ne prennent, pil-
lent, & faccagent, & comme tous les coins
d'icelle font pleins d'incirconcis & retaillez
nul ayant peu refifter à leur violence: Pour
donc euiter ce rauage allons nous vers eux
pour nous humilier, & en fouffrant attendre
la mifericorde du tout puiffant. Car puis que
les forces de toutes les Efpagnes n'ont peu
refifter à ces hômes, & que les villes mieux
remparees ont enduré leur iurifdiction, que
fçaurions nous faire, qui n'auôs dequoy nous
preualoir de fecours aucun, & aufquels man-
quans les moyés & le nôbre fuffifant d'hommes, rien ne refte plus finon de donner les

mains aux tyrans, & imiter nos voisins, a-
uant que souffrir nostre seruitude, & perte,
& ruine. Si Pelage auoit esté auparauãt perplex, il le fut alors dauantage, voyant quel
chemin prenoyent les affaires de la Chrestienté, si ces Mõtaignars, où estoit presque
toute la Noblesse,& les plus vaillans d'Espagne, se rendoyent les subiets des Mores:
ioint que cecy auenãt il n'auroit plus retraite seure qu'en s'en allant en France, comme
desia auoyent fait plusieurs qui depuis ont
demeuré en Gascongne,& donné commencement à de grandes & illustres familles:En
fin se resoluant,ou de passer outre ou de retirer ceux-cy de leur deliberation,& propos,
leur vsa de ce langage. Helas Seigneurs A-
sturiens, mes freres & voisins, qu'est ce que
vous faites,& en quel abismes de miseres allez vous plonger & vos fortunes,& vostre liberté,& vos vies tant du corps que de l'ame?
Et qu'est cecy d'où procede vne telle lascheté, qu'vn peuple si vaillãt que vous estes,s'en
aille ainsi sans coup ferir, & vaincu d'vne
seule renommee & pour le seul desastre d'vn
prince malheureux,lancer en vn precipice si
perilleux,& s'humilier à la plus meschante,
déloyale,& cruelle natiõ de la terre?si ie n'a-
uois crainte d'offencer Dieu ie detesteroy
ma condition,d'estre né en vn temps si malheureux que i'aye esté contraint de voir de
mes yeux la ruine ignominieuse de ceux

de ma nation, & le mépris du nom de Iesus-
Chrift introduit parmy les villes, & prouinces du pays de ma naiffance. Et le tout par
ces maudits efclaues de Sathan lefquels deceus par l'impofteur Mahometh fe font é-
loignez du vray Dieu, & de la cognoiffan-
ce de fa foy, & vraye parole, & fainte doctrine. Et qui eft celuy (mes feigneurs)fre-
res, & amis, qui vous à ainfi enforcelez, que
vous eftans encor fains, & entiers, & n'ayans
encor fait preuue de voftre vaillance, foyez
fi auilis, qu'vn fimple recit de la victoire des
Africains vous perdiez cœur, & voulicz feruir à la nation la plus vile d'entre les hômes.
Où eft la vaillance de ces Cantabres, qui ont
fait iadis tefte aux Romains, & aux loix
defquels ils ne furent onc affuietis? Où eft
le cœur & force inuincible des Bifcains &
Aftures que les Goths ne peurét onc furmô-
ter, & parmy lefquels eft demeuree la vraye
& naïue nobleffe d'Efpaigne? A quoy penfez vous? Où eft-ce que vous pofez voftr
efperance? Eftimez vous que Dieu ait les
bras accourcis, & que fa puiffáce foit defail-
lie & que quand il luy plaira, & vous y ferez
preparez il ne puiffe vous deliurer des Arabes & Sarrafins, & vous dôner moyen de les
chaffer d'Efpagne? Il ne fera toufiours cour
roucé côtre nous: Il eft noftre pere, aime fe
enfans, & lefquels ayát chaftiez, il brulera le
verges qui les ont batus, reftitura en fô pre-
mie

mier eftat, & vous & nous , & nos pays, qui
fommes fon heritage. Serez vous fi mal affectionnez à la religion de la Croix , que la
crainte de perdre vn peu de bien vous face
chercher la paix, de ceux qui ne demande
que la ruine,& accablement de la foy Chreftienne? Les infidelles & idolatres ne fe fou-
cient de mourir en la deffence de la peruerfi-
té de leurs fuperftitions,& idolatries & vous
ferez lents & froids à fupporter vn peu de
trauail pour auoir libre exercice de celle religion qui eft la plus pure & plus faincte, &
laquelle vous tenez de la tradition de vos
anceftres. Ah Bifcains & Afturiens voulez
vous que on vous eftime ennemis de vos
enfans , & les cruels traiftres & proditeurs
de voftre patrie? Eltes vous plus defnaturez,
& moins pitoyables que les beftes plus fa-
touches? Vous voyez que fi vous rauiffez les
petits de quelle que ce foit elle vous pourfuit, pour les f'auoir, & ne craint glaiue ni
bafton efquels elle ne s'enferre ni mort la
menaçant, fi grand eft fon defir de recouurer fon engeance. S'il n'eftoit queftion
que de la perte & afferuiffement des corps
& liberté de vos enfans, la chofe en feroit
tolerable : mais il s'agift icy de la ruyne des
ames & vous voulant affuiectir au Mahometan , vous donnez entrée à l'Alcoram
en vos terres, & immolez au Diable vos
enfans , defquels ils choifiront ceux qui

bon leur semblera, pour les faire circoncir,
& leur desapprendre & Baptesme, & Euangile. Quel salut pouuez vous esperer en
souffrant que partie de vous quitte la loy de
Dieu, vous la donnez aux ennemis de nostre
Eglise ? Voulez vous oster les enfans legitimes du sein & giron de leur mere glorieuse,
& celle qui est l'espouse loyale & vnique du
Dieu souuerain? En somme (mes amis) vous
qui auez iadis tant, & si longuement combatu pour la liberté, qui estes renommez en
vaillance & en hardiesse: qui auez soustenu
iusqu'à present la pureté de la doctrine
Chrestienne, qui detestates tousiours &
auez eu en horreur sur tous autres, & le
nom, & l'alliance des Mahometistes, & qui
onc ne craignistes leur effort, conquestes, ni
puissance: sera il dit que sans auoir veu leurs
harnois & enseignes vous rendez les mains,
& quittez les armes, & vous rendez comme les plus vils & coüards hommes de la
terre. Ie m'asseure que non, ains ayant le
cœur aussi constant que iamais, les bras
forts, & valeureux, sçachans endurer chaud
& froid, faim, & soif, & non nourris en delices: ayans des passages difficiles voire im-
possibles à forcer, estans fortifiez de l'ayde
du Ciel, & des commoditez de la terre,
ayant les François pour amis & voisins: &
pour tels & si bons, & si puissans en guerre, que ils ne souffrirent onc que soyez ac-

cablez: ie vous supplie, de plustoft vous armer, & ainsi nuds, & desarmez, vous aller
presenter, aux mortels ennemis, & du nom
& de la liberté, & de la saincte religion des
Chrestiens. Ne souffrez que ces chiens &
vile canaille de Mahometans entrent en vos
terres que s'ils taschent d'y aborder, faites
leur sentir que les Cantabres du temps present ne doiuent rien en valeur & hardiesse à
leurs peres : & s'ils se sont monstrez fermes,
& constans à maintenir leur liberté, qu'il ne
faudront de deffendre iusqu'à la mort leurs
maisons, païs, femmes, & enfans, & surtout la religion qu'ils tiennent de leurs
maieurs. Ceste harangue eut tel effort, & efficace, que toute la noblesse rebroussant chemin, laissa son premier dessein, & incita les
villes voisines, à s'armer, & se preparer à la
guerre pour la foy & pour la conseruation
de leur prouince : disans que Dieu les visi-
toit de sa grace, leur enuoyant ses propos, &
comme miraculeusement ce seigneur pour
les destourner de faire vne faute si lourde que
celle qu'ils alloyent n'agueres commettre.
Confirmez, & resolus en ceste deliberation
tous d'vn accord esleurent pour leur chef
General & souuerain conducteur Pelage,
le sçachans homme sage, & experimenté
au fait militaire, & outre ce pour l'obligation qu'ils se confessoyent luy deuoir,
les ayant destournez d'vn acte si lasche que

Gg ij

ce qu'ils faifoient s'allans rendre à la mercy
des Arabes. Sous la conduite duquel, ne fe
fentans affez forts pour tenir la campaigne,
s'en allerent planter leur camp fur le mont
Crofcha, d'où auant ils faifoyent des cour-
fes fur les infidelles, & comba ans fouuent
en rapportoient de belles victoires. Voyez
vn petit feu comme il allume vn grand bra-
fier , & caufe vn bruftement de dangereufe
confequence : enrant que fi Munuza eut
laiffé Pelage en paix, apres luy auoir fubor-
né, fa fœur , peut eftre que ceftuy n'eut toft
remué mefnage, ou le voulant faire l'euft
affocié à cefte pourfuite fi faincte , pour reparer la faute commife lors qu'il fe reuolta
auec le Comte de Cente, contre le Roy legitime d'Efpagne. Mais fe laiffant tranfpor-
ter à vne folle fantafie, il meit l'Efpagne en
plus grande combuftion que iamais, & fe
trama la corde, qui caufa la fin de fa vie. Et
ainfi par deux femmes , en peu de temps les
Goths & les Arabes eurent la guerre, qui fut
fi longue que les reftes d'icelles ont duré
iufques à noftre fiecle, ainfi que nos peres
l'ont veu , & que le lifons és hiftoires mo-
dernes. L'Affemblee des Bifcains, & Afturiens font en vn moment fçeuë, & diuulguee
par toute l'Efpaigne, fi bien que les Goths
affectionnez à la religion , & aymans la liberté fe defroboyent autant & en fi grand
nombre , & auec telles armes qu'il pou-

uoyent d'entre les Arabes, & s'alloyent ioindre auec Pelage, que les Mahometans par
riſee appelloyent Prince Montengnar, &
Roy des collines & coſtaux, & luy repro-
choyent que auec les beſtes il logeoit és
lieux aſpres, & raboteux: & comme brigand
ſe tenoyent és grotteſques, & cauernes. Ce
nonobſtant, comme Taric ouyt que les
Chreſtiens faiſoient des courſes ſur le plat
pays, & auoiét baſti des forts ſur les deſtroits
du tout inexpugnables & auſquels auec armee on ne pouuoit aborder il veit auſſi que
ſes gens n'eſtoiétlà retirez que pour taſcher
de ſe faire Seigneurs auſſi bien du plat pays,
que des montaignes. A ceſte cauſe, pour ne
faillir au deuoir de ſa charge, il enuoya vn
Arabe vaillant Capitaine nommé Abrahe
Abeu Alcama auec vne forte & puiſſante armee pour dompter ces fuitifs & manda à
Munuza de ſe ioindre à ces troupes, & comme que ce fut, que il chaſſaſt ces voleurs de
leur fort, & les taillaſt tous en pieces. D'autre part, afin de gaigner par douceur, ce
qu'il n'oſoit s'aſſeurer d'auoir par foce, il
deſpeſcha vers le camp de Pelage (en la ſuy-
te neantmoins du Capitaine Alcama) l'E-
ueſque de Seuile nommé Olpas fils du Roy
Egita, & frere de Vitiſe qui auoit (comme
dit eſt) occis le pere de Pelage pour iouyr
mieux à ſon aiſe de ſon eſpouſe: enuoya,
(dis-ie) ceſt Eueſque pour perſuader aux

Gg iij

Biscains de quitter ce rebelle (ainſi appelloit
il Pelage) & ſe ſoumettre aux Miramolins
& Muſſulmans des Arabes, afin de conſeruer par la paix & leurs biens & leurs vies.
Ainſi voyez vous comme de tout temps
l'ambition à aueuglé les hommes de ſorte,
que pour ſe maintenir en grandeur, ils n'ont
fait eſtat d'oublier la loy de Dieu, & le ſalut
de leurs ames, & de vendre, & perſecuter
leurs freres & amis, & les ſolliciter en choſe
qui importoit de la conſcience: De pareilles
exemples voyez vous au liure des Macabees
des faux Pontifes ſouuerains d'entre les Iuifs
Iaſon, & Menelas quelles furent les abominations & idolatries que ils endurerét, combien ils furent ennemis du peuple fidelle le
tout pour complaire au Roy ennemy de
Dieu, & obtenir de luy la ſouueraine Pre-
ſtriſe de Iudee. Olpas donc marchoit auec
l'armee des Arabes, comme l'Embaſſadeur
non de Ieſus Chriſt, ains de l'impoſteur Mahometh, entre la bigarreure des chefs les vns
eſtans Chreſtiens (mais peu zelateurs de leur
religion) les autres obſtinez perſecuteurs,
obſtinez de l'Euangile & opiniaſtres def-
fenſeurs de l'Alfurcan. Pelage aduerty de
l'armee forte & furieuſe qui venoit contre
luy, ſe ſentant trop foible eut eſgard au nombre, & à la furie du More ne fut ſi fol quelque belle gaillarde & vaillante trouppe de
Chreſtiens qu'il eut, de ſe mettre en campai-

gne, ains departit ſes gens par les deſtroits &
paſſages des monts : & choiſiſſant mille ſoldats des plus braues , & reſolus, fut de ſe
camper ſur l'entree des Aſtures pour deffendre le paſſage à l'ennemy. Et pour ce faire
ſe meit en vne grande cauerne nommee
d'On, ou de Saincte Marie, laquelle falloit
que l'Arabe conquiſt , & qu'il paſſaſt ſur le
ventre à ceſte trouppe eſleue de Biſcains,
Aſturiens, & Goths Chreſtiés, s'il vouloit ſe
faire ſeigneur des montaignes. Pelage auoit
vne grande commodité de viures, y ayant
deſia pourueu auant que s'y ietter, & l'Arabe
ne pouuoit y camper longuement, tant pour
eſtre le pays faſcheux, & deſert & qu'il craignoit que les Chreſtiens enhardis par le fait
de ceux-ci, ne luy donnaſt ſur la queuë. A
ceſte cauſe Alcama aſſiege la cauerne, & taſche par tout moyen poſſible de attirer Pelage au combat : mais luy qui voyoit que s'il
ſortoit tant ſoit peu, c'eſtoit fait de ſes troupes, declairoit & patiemment ſe faiſoit fort
que l'aduerſaire ſe refroidiſſant viendroit
à ſe retirer : que s'il l'aſſailloit en lieu ſi deſa-
uantageux, il s'aſſeuroit d'emporter la victoire. Le Capitaine Arabe, conſideroit le
meſme que Pelage, & par ainſi ſe contentoit de tenir les Chreſtiens enclos, eſperant
qu'à la fin il les auroit ſans coup ferir, & que
forcez ils ſortiroyent de leur cachot, & ſe
rendroyent à ſa mercy. Mais voyant

Gg iiij

que le cœur leur hauſſoit, & que Pelage le
faiſoit ſeruir de trait & de pierres, il commanda lors à l'Eueſque Olpas d'aller faire
ſon meſſage & remonſtrer aux peuples liguez auec Pelage le danger auquel ils s'e-
ſtoient precipitez , & le profit qu'ils tire-
royent du conſeil de leur Capitaine. l'Eueſque plus courtiſan que ſainct & Eccleſiaſti-
que fut vers les aſſiegez , & requit à parlementer , ce qu'on luy accorda pour la reuerence de ſa dignité, & eſtimans qu'il fut an-
nonceur de quelque bonne nouuelle : mais
luy eſtant deuant les chefs du peuple, leur
parla comme s'enſuit. D'où vient ceſte ſi
grande temerité ſeigneurs Cantabres que
ſans aduiſer à la fin de ce que vous com-
mencez vous hazardez ſi volagement voſtre eſtat & cerchez les moyens de l'acheminer à vne ſoudaine ruine ? Qui vous à en-
ſorcellez iuſques à là que vous ſoyez ſi preſomptueux de croire, que vos forces ſoyent
ſuffiſantes de faire ce que toute la puiſſance des Goths n'a peu executer, qui eſt de faire teſte aux Arabes, & les chaſſer de leur
terre, ou leur en empeſcher la conqueſte?
Et quoy penſez vous faire ſeruice à Dieu
en vous precipitant ainſi deſeſperement
en l'abiſme de malheur , & vous iettant
ſans raiſon és dangers d'vne guerre que ne
ſçauriez continuer, ayant faute & d'hommes, & de moyens, & d'alliances pour vous

donner secours? Ah mes amis, la religiõ n'a
que faire d'estre deffendue par autre glaiue que celuy de la parole de Dieu:& la pieté ne gist à s'armer contre le magistrat quel
qu'il puisse estre, puis qu'il est appellé du
ciel, ou pour nous regir, ou pour nous punir
de nos fautes. Nabuchodonosor n'estoit
plus saint que le Halyphe & Meramolin
des Arabes d'Afrique : Cirus n'estoit pas
plus religieux que les Princes Mahometans:
& ce neantmoins Dieu pour punir son peuple, permit que ceux cy dontassent tout ainsi
les Iuifs, que maintenãt les Arabes nous ont
surmõtez & voulut que leur iurisdiction fut
vne iuste punition & que son peuple leur fit
obeyssance pour quelque temps. Et quelle
reuelation de Dieu à celuy qui vous a fait
armer: quelle prophetie l'asseure qu'il vous
gardera de la puissance des Mores? Est il entré au secret du haut Dieu, & sçait-il le temps
limité que ces gens doiuent commander
sur l'Espaigne? Ne souffrez ie vous prie, mes
amys, qu'vn pauure fugitif, bien qu'excellent & de marque vous face les compagnons de sa misere: plutost embrassez vostre
heur & receuez la paix que ie vous porte,
& prenez la grace de ceux, qui vous ay-
ment mieux subiets volõtaires, qu'esclaues
à seruir en la guerre. Car Taric m'a commandé de vous faire ceste ouuerture, & ie
m'asseure qu'il tiendra sa parole, & de ma

partie vous promets de faire qu'il vous re-
cognoiſtra ce deuoir, & vous aura entre les
plus chers des ſubiets des Princes ſes ſouuerains. Il vouloit encor parler dauantage,
quand le Prince de Biſcaie luy interrom-
pant ſon propos, luy vſa de ce langage. Olpas (car ne t'appartient que ie te nomme ny
reuerend, ny pere, ny Eueſque) ſi tu euſſe
mieux adapté les paſſages de l'eſcriture que
tu n'as, ie ne ſuis ſi preſomptueux que dete
contredire : mais abuſant les liures ſacrez
pour couurir ta folle ambition & la trahiſon que tu traines contré ceux de la religion
(aumoins ſi tu és Chreſtien ie te prie dete
retirer le pluſtoſt qu'il te ſera poſſible, car
autrement ie te feray ſentir combien tes paroles ſont de mauuais gouſt, & quels ſont
les ſoldats de Biſcaie. Va malheureux, va
pleurer les pechez & abominatiõs des Rois
Goths tes parens, les folies deſquels ſont
cauſe de la ruine des Eſpaignes, & ſors ſoudain de ma preſence ſi ne veux que ie te face
cõme traiſtre tailler en pieces : & que ſacrifie
aux ombres de mon pere Fanille le frere irreligieux, du tyran Vitiſe, qui luy fit iniuſte-
mét perdre la vie. Ceſte ſi farouche reſponſe, auec le murmure deſia tourdonnant du
ſoldat effraya l'Eueſque de ſorte, que ſans
rien plus repliquer, bien qu'il ſe fut preparé
pource faire il ſe retira grommelant entre
les dents & menaçant Pelage, vers Alcama,

& Munuza, qui l'attendoient en bonne deuotion, esperans que son autorité auroit es-
branlé le cœur des Cantabres. Mais ils perdirent ceste opinion voyans sa face enflam-
bee de furie, ses yeux estincellás & son front
sourcilleux & tout son corps qui ne ressen-
toit rien que colere & transport, ainsi qu'il
leur fit entendre estant arriué deuant eux,
lors qu'il leur parla en ceste sorte. Il n'est
plus questiõ, Messieurs, de recercher la paix
auec vn peuple charmé par les seditieuses
sollicitations de Pelage, & ne deuez esperer
de iamais en auoir autre raison que par les
armes : veu que ce gallant ne souffrira qu'en
mourant, que les Biscains se rendent vos suiets, & iceux sont si esclaues de sa volonté,
qu'auant que s'humilier à vous, il se feront
tous tailler en pieces. A ceste cause allez
hardis cheualiers, allez assaillir ces mutins:
domptez le paillard qui les a circõuenus, &
lequel par la ruine de ces cõcitoyés pretend
venger l'iniure qu'il se dit auoir receu tant
des morts que des viuans, & se faire la voye à
la couronne d'Espaigne, en laquelle il n'a
droit de pretension quelconque. Et vous seigneur Alcama, si auez desir de faire seruice
aux puissans Princes nos souuerains, faut
qu'accabliez ce seditieux, car sans la ruine
d'iceluy vous ne pouuez asseurer l'estat des
Arabes en ce païs. Ceste guerriere remon-
strance du prelat peu charitable, fut cau-

ſe que & Alcama, & le Goth Munuza mirent leurs gens en bataille & furent d'vne
grande furie dõner l'aſſaut au fort des Chreſtiens tenans le party du Prince de Biſcaie,
lequel voyant venir ſur luy ceſt orage ſi violent, en lieu de s'effrayer ſe mit à encoura-
ger les ſiens & leur remonſtrer quelle gloire, los & ſalaire ils deuoyent attédre ſi combatans vaillamment, ils repouſſoyét à ceſte
fois les infideles. Qu'ils ſe ſouuinſſent, que
c'eſtoit pour la foy, pour leur pays, biens,
vies, femmes, & enfans qu'à preſent ils en-
troient en lice, côtre des vſurpateurs, payens,
Mahometans & des faux Chreſtiens qui
ſurportoyent leur cauſe, & leſquels trahiſſans leurs freres, aymoient mieux la com-
buſtion, que le repos de la Chreſtiété. Courage, diſoit il, mes amis, courage, ils ne ſont
pour nous car ie ſens la main de Dieu qui
nous ſouſtient, & l'ange de ſa force qui nous
aſſiſte: repouſſons l'ennuy du Ciel, & de la
croix, ou pluſtoſt mourir que ſouffrir qu'il
emporte ce paſſage. A tant voicy les Arabes
qui ſe ruét ſur ceſte troupe choiſie des Chreſtiens, mais à leur dam, d'autát que comme
dit Rodrique de Tolede en ſon hiſtoire, les
dards & pierres qu'ils lançoient & dardoient
contre les gens de Pelage, le vent les repouſ-
ſoit auec telle violence contre eux meſmes,
que pluſieurs en furent occis: Et dequoy ſe
prenant garde le chef des Chreſtiens, Loüa

Dieu de son assistáce, & du secours miraculeux qu'il leur enuoyoit & tout d'vn coup
exhortant les siens à bien faire sortir de son
fort, & donna auec telle hardiesse, & furie
sur ceste canaille estonnee qu'il les chassa
des monts, passant vingt mil Arabes au fil de
l'espee sans perdre vn seul des siens, & contraignant Alcama de s'enfuir auec vn petit
nombre, des mieux môtez, qui ne cesserent
iusqu'à tant qu'ils vindrent à vne riuiere
nommee Ieas, en laquelle furent tous noyez
& engloutis. Quand aux faux & traistres
Chrestiens Olpas & Munuza, pensans se sauuer auec les Sarrasins, ils furent pris & conduits deuant Pelage lequel bien qu'il fut dit
declaré Prince par le peuple, si ne voûlut-il
donner sentence contre eux afin qu'il ne
semblast y proceder de trop d'animosité,
& venger plustost son iniure particuliere,
que le tort fait au public : ains en laissa le
iugement libre au conseil des Asturiens,
& Cantabres. Lesquels sans nul delay condamnerent Munuza à mort, & fut executé
en vn lieu nommé Alaglias, non sans plaindre son desastre que pour estre si vaillât Capitaine, il eut de tant oublié Dieu que de trahir ses freres aux infidelles. Quant à l'Euesque Olpas on ne sçait qu'il deuint, & que cest
que le peuple en fit, & les histoires n'en disent rien, tant y a que depuis on ne sçeust de
luy nouuelle quelconque. Voila les fruits, &

les heurs qu'apporte l'amour folle, & la fin
qui s'enfuit du plaifir de la chair, & de quelle monnoye font payez ceux qui violent
leur foy, & fauçent la fincerité & l'effet de
leur promeffe. Vous voyez Munuza, qui de
fon feul nom, fauorifé des Mahometans, faifoit trembler l'Efpagne, vaincu de la beauté
d'vne fille s'oublier en fon deuoir, & trahir
fon amy, & celuy qui fe fioit en fa preud'hô-
mie, & en fin feruir de paffe-temps par fa
mort ignominieufe à vn peuple enfurié, &
enfanglanté au maffacre fait fur les Arabes.
Le rauiffement ou pluftoft la fubornation
de la fœur de Pelage caufa non feulement
cefte guerre, ni la mort & deffaite des foldats d'Alcama & de luy mefme & la ruine
de Munuza, & la perte de l'Euefque Olpas, ains encor fut l'occafion que Taric
Lieutenant General d'Efpaigne pour les
Princes Arabes d'Afrique, fit trencher les
teftes aux Comte de Cente, & aux deux
enfans Royaux fils du deffunt Roy Vitife,
comme ayans intelligence auec Pelage,
bien que ce fuffent eux qui auoyent donné
entrees aux Arabes qui furent les traiftres a-
bominables de leur patrie & peruertiffeurs
de la religion & foy Chreftienne en Efpaigne. Cefte hiftoire feruans de miroir aux
grands & d'exemple aux petis, pour les deftourner de la volupté par trop licentieufe
de la chair & pour leur faire voir, combien

la per   ie & esloyauté sont à Dieu desplai-
santes : puis que pour le peché d'vn tant de
miliers d'hommes sont massacrez & la faute du delinquant redonde sur luy & traine
encor vne cruelle vengeance sur la pluspart
de sa race, & la ruine de ses complices. Ce
qu'ayant esté pratiqué en cestuy Munuza,
& en d'autres tant iadis, que de nostre temps,
nous ferons fin à ce discours pour venir à
la narration suyuante.

Sommaire de l'Histoire 103.

*E Neas Sylvius, qui depuis a esté souuerain E-
uesque des Chrestiens, & appellé Pie deuxié-
du nom prenant vn argument mal propre, & à son
aage & à sa vocation, qui deslors estoit de chose
graues & serieuses, m'a encouragé en l'aage que
ie suis de traiter des suiets peu seans & à la grauité du stile d'vn qui desia grisonne, & à la seuerité
que les ans luy doiuent apporter. Mais en vne chose
sommes differens Sylvius, & moy, que luy traitant
des succez d'amour, les deduits nuement, & sans
plaindre les malheurs qui sont trainans à la queüe
de ceux qui marchent sous les drapeaux d'vn Capitaine, qui non seulemét est aueugle, ains oste les
yeux de l'Esprit, & de la raison de ceux qui sont
enrollez parmy les troupes & escadres amoureuses. Là où, au contraire ie n'ay autre esgard, faisant
ces discours, qu'à vous apporter les douceurs des*

amans toutes confites, & appre ees aigreurs, &
fielleuses amertumes & les succez de leurs poursuites, tant ils les disent heureuses, n'auoit que infe-
licité, malheur, dommage, & perpetuelle infamie.
De sorte que les sages deussent voyans vn effet si
mal plaisant & le goust si fade qui est en ces entreprises, s'en retirer dés le commencemēt & auant
que la frenesie de volupté les saisissant ils soyent
touchez de la verge de Circé qui les transforme
en chose du tout brutes & sensuelles. Ie dis tellement abruties, que tout le Moly qui iamais fut recueilly ne sçauroit leur remettre le sens en son estat
premier ny la raison en son siege : non pas celles
precieuse liqueur qu' Arioste fait porter du cercle
de la Lune pour la guarison du Palladin Rolan en
furie car vne occurrence semblable : d'autant que
ou l'homme prend plaisir en son mal, & que son
propre aueuglement luy est agreable tout remede
se luy retourne en peison, & toute doctrine est par
luy adaptee & accommodee, aux desirs, & pour
l'effet des folies ià desseinee, & comme resolues, &
empraintes en son ame, & en la deliberation de sa
fantasie. Et tout ainsi que sur vne mesme fleur la
mouche à miel succe le goust, & substance dequoy
elle compose le miel, l'arraignee en tire le poison
enquoy elle abonde : aussi des escrits des hommes de
sçauoir l'homme (suiuant les affections qu'il y porte en lisant) en tire ou le remede de ses playes, ou
l'enuenimemēt d'icelles, & en fin sa propre ruyne.
Ainsi di-ie, qu'ayant d'escrit le succez de diuerses
poursuites charnelles, faites par des sols amans, bien
que

que tou iours ie me uis propoʃe, a vertu, & aye de-
teʃté la volupté, & monʃtré quel eʃt le ʃalaire des
impudiques, ʃi eʃt ce qu'il y a eu des araignees, qui
de ce leurs ont mal fait leur profit & ont pluʃtoʃt
enbraʃſé l'écorce que le fruit enclos dedãs le noyau,
& ʃayʃy l'ombre que la verité de la choʃe, & le
vray ʃens de celuy qui l'a écrite. L'amour en quelque ʃorte qu'on le traite, leur eʃt ʃuiet ʃeul, & ne
veulent gouʃter que les apaʃts de ʃes folies, ʃans paʃ-
ʃer plus outre, & contempler l'iʃſue de telles delices:
Et cecy à fin de n'eʃtre malheureux auant le temps
& ne ʃentir double angoiſſe, l'vne en l'aprehenſion
du mal à venir, & l'autre i'effet meʃme de leur mi-
ʃere. Leſquels laiſſant en ce leur trauaillé repos &
faſcheux aſſouuiſſement nous deduirons icy vne
hiʃtoire d'vn fol amant deʃcrite par le ʃuʃdit Ae-
ne as Syluius, auenue de ʃon temps, & luy ayant cognu les deux perſonnages introduits en cette Comedie, les noms deʃquels il voile d'autres que les
propres, pour le reʃpeɛt de ceux à qui le fait touchoit pour ne diffamer les familles d'où la dame
eʃtoit iſſue laquelle deshonorãt les ʃiens & damnant
ʃon ame enuoya ʃon mary à Cornet, & le fit de la
confrerie de Vulcan, & laquelle en fin mourut de
regret ennuy & deʃeʃpoir, ayant perdu celuy qu'elle aymoit contre tout deuoir & honneʃteté, ce que
pourrez plus au long entendre, oyant le diʃcours
qui ie pretens à preʃent vous faire.

Tom. 5.   H h

Quelle fut l'issue de deux amans descrite
par Eneas Syluius: & combien de maux
cause l'adultere.

HISTOIRE CIII.

LOrs que l'Empereur Sigismond
fils de Charles quatriéme du nõ,
& Empereur de Rome issus de
celle Royale ancienne, & tresillu-
stre famille de Luxembourg vint en Italie,
pour y monstrer l'authorité que celuy qui
tient l'Empire en sa main, a sur celle region
qui fut iadis la mere, dame, & Roine de presque toutes les Prouinces de la terre : entre
les Citez qu'il visita, il fit son entree la plus
magnifique en la Cité de Siene, celle que
les Gaulois Senonois bastirent lors qu'ils
se firent maistres de toute l'Italie & que Rome passa sous leur main victorieuse. Les Sie-
nois comme ils sont courtois, affables, gentils & magnifiques, aussi n'oublierent ils vn
seul trait de leur courtoisie, gentillesse, douceur, accortise, & magnificéce pour honorer
la venue d'vn si grád monarque en leur ville:& pour se ressentir honorez de ce que c'e-
stoit à Siene qu'il venoit receuoir la courõne de l'empire que les autres Empereurs sou-
loyent receuoir en la grand Cité de Rome.

Ie laisse à part les triomphes, & apareils qui
furent faits en cette entree ceremonieuse, &
ne vous feray vne longue description des
Theatres, Pyramides, Colosses, Fôtaines, &
ruisseaux artificiellement distillans diuerses
liqueurs, ny quels ieux furent representez, &
l'ordre auec lequel Sigismond entra en Siene car cecy est de trop de longue haleine, &
le suiet par nous entrepris, n'est pas si court
à reciter, que si nous y aioustions encor cette entree le lecteur pourroit y prendre plus
d'ennuy que de goust, & contentement, &
s'apaisant du premier, il laisseroit le second,
qui est le plus plaisant, & celuy pour la narration duquel la partie à esté dresse : ioint
que les magnificences des entrees des Monarques sont si souuent velies & par tant
d'hômes mises en écrit, que nous n'auons affaire icy, que de nous arrester à la poursuite
de nostre histoire. Ainsi que l'Empereur sortoit de l'Eglise de Sainte Marthe, fortuitement, ou tout à propos, ie ne sçauroy le dire,
se presenterent deuant sa maiesté quatre dames d'égale beauté, noblesse, grandeur & richesses, & presques toutes d'vn mesme âge, &
vestues de même parure, & au reste telles que
il n'y en auoit de si belles en la ville. Si bien
que s'il n'y en eut eu que trois, on les pouuoit
égaler à ces trois feintes Deesses, qu'on
dit que le Troyen Paris vit en dormant &
sur la presence de la beauté desquelles il osa

donner temerairement son auis, & sentence. Ces belles Sienoises, souhaitans voir la
magnificence des genti'shommes de la suite de Sigismond, ou pluſtost voulans faire
parade de cette rare beauté, qui les rendoit
admirees de chacun vindrent s'eſtaler (s'il
faut ainſi parler d'vne ſi exquiſe denree) deuant l'Empereur ſortant de la Meſſe : lequel les voyant (comme tout vieil qu'ile-
ſtoit) il ſe plaiſoit grandement en tels rencontres, & careſſoit volontiers les belles, dé-
cendit ſoudain de cheual, & les accoſtant, &
ſaluant, elles luy firent auſſi la reuerence ſelon que comme damoiſelles de bonne maiſon, elles eſtoyent modeſtes, & bien apriſes:
Cette courtoiſie, & debonnaire gayeté de
l'Empereur cauſant vne honneſte honte à
ces dames, leur teint en fut auſſi embelly, de
ſorte que la blancheur qui en leur face ſur-
paſſoit celles des roſes, du laict, de la neige
receut vne couleur purpurine, ſemblable à
celle de l'hyuoire bruny, d'vn fin pourpre:
ou ſe raportant à l'incarnat d'vne roſe, lors
qu'au leuer du ſoleil, elle commence ouurit
ſon bouton pour eſpanir & monſtrer du tout
ſa beauté. Ce qui eſtonna l'Empereur de telle ſorte qu'il fut contraint de dire à ceux de
ſa ſuite : Viſtes vous onc vne beauté ſi parfaite ny trois dames enſemble, où il y eut
tant de perfectiõ? Ie n'oſe affermer (en eſtant
en deute) ſi ſe ſõt faces humaines, & ſi les an-

ges sont décendus du ciel, pour bien-heu-
rer ma venue en cette ville. Elles encores
plus hôteuses & toutes alterees de grand aise s'oyans loüer si hautement par vn si excellent Monarque baissans les yeux, & faisans
vne grande reuerence, rougirent plus qu'auparauant, & accrurent celle beauté qui a-
uoit émeu l'Empereur à les voir loüer &
caresser, se retirans de la presence de sa maiesté, non sans laisser vn souhait d'elles aux
cœurs de plusieurs de la noblesse Alemande
Hongre, Boesme, & Italienne suyuans l'Empereur, n'y ayant pas vn qui n'eut desir de
preséter son seruice à l'vne de ces quatre damoiselles. Et quelque égalité qu'il y eut entre
elles, si est-ce que l'vne de ce beau nombre
apellee Lucresse auoit ne sçay quoy de plus
attrayant que les autres, pour vne grace, &
nayue gentillesse qui l'accompagnoyent, &
lesquelles faisoyét iuger à ceux qui la regar-
doyent qu'elle n'estoit pas si farouche que
de plustost endurer la ruine d'vn sien amant
que luy faire quelque grace & courtoisie.
Cette damoiselle n'auoit encor les 20. ans
accomplis, & l'auoit on neantmoins mariee
à vn riche citoyen de la race des Camiles,
nômé Menelas, hôme lourdaut, & malplai-
sant, & tel que les ieunes gentilshommes iu-
geoyent d'estre plus digne de porter les cornes, que de iouyr seul d'vn thresor si rare, &
precieux que sa Lucresse. laquelle il esclai-

roit de ſi pres, qu'il ne luy eſtoit loiſible de
ſortir ſans auoir des eſpions, & gardes à la
queüe : de maniere, qu'elle n'eut oſé parler à
perſonne, ny dõner vne œillade que ſoudain
ce faſcheux Menelas n'en fut auerty par les
ſurueillans donnez à ſa femme. La beauté de
laquelle Syluius s'amuſant à décrire, dit que
elle eſtoit de fort belle taille & de ſtature
plus haute que les autres trois ſes cõpagnes:
fait ſa creſpelure longue & épaiſſe, & blonde, ſe raportant à la couleur de l'or, & icelle
encloſe dans vn eſcoiſion enrichy d'or, & de
pierrerie : ſi bien que la lueur de ces choſes,
raportee à la ſplendeur des rayõs de ſes yeux
rauiſſoit le cœur des regardans, & les enla-
çoit de telle ſorte, qu'à peine ſe pouuoyent
depeſtrer de ſes filets, ny ſe garétir des traits
que Cupido lançoit par les yeux de Lucreſſe
le front de laquelle eſtoit large poly, & ſans
nulle ride, ny renfroignure: les ſourcils vou-
tez, le poil d'iceux rare & noir, & iceux ſe-
parez d'vn iuſte & bien ſeant interualle: le
nez beau & bien proportiõné, les ioües rouſ-
ſoyantes d'vn vermillon reſſemblant la roſe
ſur vn laict blãchiſſant: la bouche petite, les
léures de couleur de corail, & vn peu rele-
uees, & telles que l'amãt deſire pour raſſaſier
le glout deſir de ſes baiſers laſcifs : les dents
petites, & plus blãches que l'yuoire, leſquelles rédoyët le ſon de ſa lãgue ſi harmonieux,
qu'oyant parler cette fẽme, il n'y auoit aucun

qui ne fut rauy de sa voix tout ainsi que les
fables racontent de la lyre d'Orphee, attrayant à soy non les hommes seulement, les
bestes, ny les oiseaux, ains les choses mesmes
insensibles. Que seruiroit de nous arrester à
peindre icy le modelle & patron d'vne parfaite beauté, ainsi qu'a fait Syluius, puis qu'il
est ainsi que pour ce seul respect, & son mary en faisoit si soigneuse garde, & la ieunesse toute languissoit apres Lucresse & de choses sensibles & raisonnables, elle rendoit les
hômes sans nul sentiment de raison, & vraye
intelligence? A cette grâde beauté elle aiou-
stoit l'artifice & des ioyaux, & de la diuersité
delicieuse des habillemés, des attiffets & par-
fums, & de toute autre espece de curiosité de
laquelle la femme se peut auiser, ayant desir
d'estre veüe, & de plaire à autre qu'à celuy,
auquel elle est legitimement voüee. Entant
que l'ornement est comme le miroir de la
pudicité d'vne femme, si que s'il est dissolu
on s'asseure que Venus est de la partie, & s'il
est modeste, on coniecture soudain que c'est
l'acte d'vne pudique, & vertueuse. Dautant
qu'il y a bien difference de la richesse & de
la superflue curiosité és habits de la femme
modeste : le premier y pouuant auoir lieu,
lé second non, sans dôner quelque fauxbond
à la renommee. Ioint que celle qui se pare,
pour estre regardee, n'est autre cas que de la
marchandise que on estale pour en don-

Hh iiii

ner la veuë & faire venir l'apetit aux regardans de l'acheter. Et telle estoit cette Lucresse, toute diuerse, & dissemblable à l'espouse du Collatin Romain, aimant tout ainsi
les delices, que l'autre ornement matronal,
& seuere, & les compagnons ainsi que l'autre se plaisoit en la solitude. Et pource ne
faut s'estõner si toute la ieunesse l'œilladoit,
si tous la suyuoyent, si de chacun elle estoit
caressee & courtisee, elle se monstrant gaye
(bien que modestement) à chacun, & ayant
vne contenance asseuree, toutesfois sans se
déreigler, ny faire chose qui luy tournast à
reproche ny en ses gestes, ny en sa parole.
En quoy certes elle impudique, se monstroit
plus attrempee, que les nostres lesquelles
bien que chastes & fort femmes de bien si
est ce que (pour la licence du pays) elles
sont cause que bien souuent leur trop grande liberté de parole & de gestes sert d'vn
bourreau cruel de leur renommee, & leur
met sur teste vn chapeau si poignãt, qu'à iamais elles en sentent la pointure. Entre vn
grand nombre de Seigneurs Courtisans,qui
esclauerent leurs affections & vouërent leur
seruice à Lucresse,y en eut vn de telle estof-
fe & calibre qu'à la beauté, & l'age, & la gentillesse,la grãdeur,la puissance,& les richesses rendoyent aymable sur tout autre. A
cetuy donnerons nous nom Eurial (bien
que du tout esloigné des appellations de

ſa contree) lequel eſtoit du pays de Franconie,& des meilleures maiſons de la Prouince,fort fauori de l'Empereur,ieune,diſpoſt,
beau, courtois, modeſte, & (ce qui eſt le
plus (fort riche & fourny de tout ce qui eſt
neceſſaire a courtiſer les Dames,& a forcer
le fort le plus inexpugnable qu'on ſçauroit
imaginer.Et qu'on ne ſe ſcandaliſe point de
ces mots d'autant que les ſimples damoiſelles, car c'eſt d'elles que ie parle, ne ſont pas
plus conſtantes & moins aiſees a corrompre qu'vn Senat de Rome:&toutesfois nous
liſons que Iugurthe baſtard de Maſſiniſſa
Roy des Numides , dit de la cité de Rome
où il auoit tant de ſages teſtes,& d'hommes
de vertu) voicy vne cité a vendre, il ne reſte que l'acheteur qui fourniſſe le pris d'i-
celle : Tant le cœur humain eſt ennemy de
diſette & conuoiteux de l'inſtrument de ſa
ruine & tant la faim de l'or, (comme dit le
Poete)force les eſprits des mortels à mal faire,& les induit a executer,ce que ſans l'or,ils
ne feroyent pour choſe du monde : ie ne dis
pas que Lucreſſe ſe laiſſaſt aller pour de l'or
argét,ou riches preſens,trop bien que le ſeigneur Fraconien,ayant plus de moyens que
les autres, qui eſtoyent épuiſez de finances)
de deſpendre & tenir court, & paroiſtre en
toutes côpagnies, fut auſſi des plus renommez,& honorez, & eut la voye plus commode de faire ſçauoir à ſa dame l'affection

u portoit, e e rr qu'i auoit de luy
faire seruice. Aussi le voyoit-on tous les
iours mieux vestu que pas vn des domesti-
quesde l'Empereur le mieux môté &mieux
suyui,& celuy qui le plus hardiment & magnifiquement osoit traiter les premiers citoyens de la ville. Toutes ces choses adiou-
stees à sa beauté, & bonne grace,& à la seruitude qu'il se monstroit porter à l'épouse
de Menelas, fut cause qu'elle l'oyant loüer
de chacun,& entendant combien ses compagnies desiroyent d'auoir vn tel amy, &si
auancé en cour,& cognoissant à ses gestes,
qu'il l'aimoit, elle commença aussi a luy
porter quelque affection. Tant y a qu'Eurial humant l'amour & son venin par les
yeux de Lucresse, & elle se transformant en
luy par la seule correspondance du regard
ils se retirerent le iour du sacre de l'Empereur chacun en son logis,blecez si viuement
que Lucresse ne pésoit en rien qu'en Eurial,
&cetuy ne réuoit qu'en la seule Lucresse,s'il
estoit épris de la beauté, & pour les graces
d'elle,la belle Sienoise bruloit dedesir dese
voir l'amie & aimee du gentil Franconien.
La veuë causa ceste ressemblâce d'affectiôs
mais le voisinage y dôna vn grand accrois-
sement : veu qu'Eurial estoit logé tout ioignant la maison de Menelas mary de Lucresse, laquelle il voyoit presque tous les
iours,mais luy parler n'y auoit moyé à cau-

ſé de la couſtume du pays, & de la ialouſie de
ſon mary , & de s'entr'écrire encore moins
luy eſtant Alemant, & non encor ſtilé en la
langue Italienne:de ſorte qu'il n'y auoit que
les yeux qui fiſſent le meſſage de cét amour
reciproque d'entre ce beau couple d'amans:
& elle n'oſant pour ſon hôneur, & pour celle honte naturelle qui ſuit volontiers les dames de bon lieu, faire entendre ſa paſſion à
Eurial:& luy ne voulant (tant il eſtoit ſage,
& modeſte,& tant il reſpectoit Lucreſſe, &
eſtoit ſoigneux de ſa reputation) ſe fier en
homme du monde en ceſte ſienne entrepri-
ſe.Lucreſſe aſſaillie d'vn feu ſi violãt,& duquel au parauãt elle n'auoit onc ſenti la vehemence, cõmençoit mépriſer ſon mary,&
ne plus auoir ſes baiſers , & embraſſemens
pour agreables:tout ſon plaiſir étoit a réuer
en celuy, qu'elle auoit veu au ſacre le plus
proche de l'Empereur,& auquel Sigiſmond
monſtroit meilleur viſage : cetuy ſeul luy
plaiſoit, l'image de la face duquel ſe repreſentoit touſiours deuant ſes yeux:cetuy ſeul
eſtoit ſon deſir,& ne ſouhaitoit de nul autre
l'acointance quoy que pluſieurs la regardaſ-
ſét de pareille affectiõ qu'Eurial, & luy euſſent auſſi volõtiers que luy,fait quelque bon
ſeruice:mais elle eſtoit voüee à cetuy,cõme
il s'étoit dedié a luy complaire. Elle eſtant
ſeule,& réuant ſur ceſte occurréce blaſmoit
ſouuent ſa folie d'aimer autre que ſon ma-

ry,& d'auoir par ſouhait, violé les ſacrees &
ſaintes loix de mariage. Et qu'eſt-cecy, di-
ſoit-elle, Lucreſſe? Où eſt celle modeſtie &
pudicité, qui t'a fait loüable entre les plus
vertueuſes filles de la nobleſſe de Sienne?
Où eſt-ce que tu adreſſes penſee, quelle folie eſt-ce que tu entreprens? Oſe-tu aimer
autre que ton époux, ny deſirer les embraſſemens d'autre que de celuy à qui tes parens
t'ont iointe par mariage, & auquel tu as
promis la foy en face de noſtre ſainte mere
l'Egliſe? Eſteins, eſteins, mal aduiſee damoiſelle, ce feu laſcif & mal ſeant au cœur,
& eſprit d'vne dame pudique, Efface celle
image idee en ton eſprit de ce ieune Seigneur Allemand: & conſidere que l'hôneur
eſt foulé, où l'amour eſtranger fait reſiden-
ce. Puis, ſe reprenant, elle diſoit: Helas, ie ne
dis pas, ſi cela eſt en ma puiſſance : car ſi ie
pouuoy eſtaindre ceſte fláme cuiſante, qui
brule mon cœur, & conſume mes entrailles,
ie ne ſeroy ſi afligee que ie ſuis, ſentant en
moy vne nouuelle violence, qui me force &
conduit vueillé-ie ou non, à ſuyure ceſte reſolution. La raiſon a beau que m'admonne-
ſter, & le deuoir beau que s'offrir deuát moy
pour me faire oublier ceſte fantaſie, car a-
mour me tient en ſes lacs, & me ſerre de ſi
pres, que voyát ce qui eſt le meilleur, ie ſuis
ce neátmoins ce qui eſt le pire & plus dommageable. Puis côme demy tranſportee elle

ontinuoit son propos disant:Et quelle ra-
e est celle qui à present me fait ainsi force-
er? Hà folle Lucresse & d'où vient cela
ue tu sois ainsi éprise de l'amour d'vn é-
anger? Et que tu souhaites les baisers d'vn
omme de terre lointaine? Que seroit-ce
e toy si ayant iouy tu les viés a perdre sou-
ainement? Ou s'il ne tenoit conte de toy,
pres auoir eu de toy ce qu'il en desire, &
emble poursuyure. Las! tu mourrois de
ueil, & serois en danger de te forfaire, ou
ôme Medee,cercher les moyens de te ven-
er de ton aduersaire. Hé folle,si ton mary
e desplaist, si sa lourderie & rusticité te
desplaist, qu'as-tu affaire d'emprunter à la
Germanie ce dequoy ton pays te peut fournir abondâmét? Hà que ie parle bien côtre
mô propre desir: Et où est l'homme d'entre
nos citoyens, qui aye en soy tant de perfections que ce seul seigneur étranger,le vray
& propre suiet de ma gloire,& côtentemét?
Il est si beau,si gentil,honneste & vertueux,
que ie croy, il aimeroit mieux mourir que
me trôper & trahir,que me laisser,& moins
estre cause de mon infamie:Quoy qu'il en
soit ie l'aime & l'aimeray, s'il me poursuit,
ie luy obeiray: s'il arreste icy ie seray toute
sienne: & s'il s'en va ie le suiuray, aimant
mieux viure auec luy en pays estrange:que
auec mon mary en la ville de ma naissance:
Aussi bien ie n'ay aise ny plaisir quelcôque:

car ma mere m'eſt griéue, ſeuere & facheuſe
me ſeruant d'empeſchement à mes aiſes &
plaiſirs: & quant à mon mary, ie l'aime tant,
que i'auroy plus cher d'en eſtre deffaite que
d'en auoir la ſaiſie & iouyſſance : Et quoy
celuy n'eſt-il pas en ſon pays, eſtant en lieu
où il ſe plaiſt de viure, & quelle infamie me
pourra aduenir, ny ſoüiller mon renom? Eſt
ce pour auoir quité ſon mary, afin de ſuyure
vn amy, & de ſortir de captiuité pour viure
en liberté & ſans tant d'ennuis de gardes &
de ſentinelles? Seray-ie ſeule qui auray laiſſé mõ mary pouſſee de l'amour? Et ne pourray-ie pas immortaliſer la memoire de
mon nom ſortant des priſons d'Italie pour
aller faire voir aux Allemans quelle eſt la
beauté, & la grace & la gaillardiſe des Dames de la Toſcane? Auienne ce qu'il pourra
ſi n'en feray-ie autre choſe: & il faut ou que
meure en languiſſant, ou que ie ſois à mon
aiſe, iouyſſant de celuy, qui, à mon auis, n'a
ſon pareil en ce mõde. Ainſi diſcouroit cette folle en elle meſme, & ſecoüant le ioug à
la laſciueté, elle bannit de ſon eſprit la vertu, la chaſteté & la modeſtie, oublia l'honneur & mit à nonchaloir la reputation des
familles & d'où elle eſtoit iſſue, & où elle é-
toit entree par alliãce. Eurial n'eſtoit point
en moindre ſouci qu'elle, ains réuoit, & s'af-
fligeoit ne ſçachãt comme l'accoſter: d'autant qu'il ſe tenoit pour tout aſſeuré d'eſtre

bien aimé de Lucreſſe : veu que toutes les
fois que l'Empereur paſſoit par la rue, ayant
touſiours Eurial à ſon coſté, ceſte Damoiſelle ne failloit de venir à la feneſtre, pour
voir ſon amy, & des yeux luy faire careſſe.
L'indiſcretiõ & l'ardeur d'amour trop violente de ceſte ieune & belle femme fit que
l'Empereur qui d'autresfois auoit gouſté
que vaut ceſte paſſion, s'apperceut de ſes geſtes, & du lieu où telle offrande prenoit ſon
adreſſe : d'autant que dés auſſi toſt que Lucreſſe voyoit ſon Eurial, ſoudain elle rou-
giſſoit de hõte & de plaiſir, & d'vn œil riant
le conduiſoit autant que ſa veuë ſe pouuoit
eſtendre. Eurial auſſi quoy qu'il taſchaſt de
diſſimuler ſa paſſion n'eſtoit pas ſi toſt ſous
le Balcon & feneſtre de ſa fauorite, qu'il faiſoit voltiger ſon cheual en mille ſortes, te-
nãt touſiours ſes yeux, mais à la dérobee, fi-
chez à la feneſtre en laquelle eſtoit ſa maiſtreſſe. Ainſi Sigiſmond, peut eſtre, enuiant
la fortune de ſon cher Eurial, voyãt ceci, luy
dit en riant. Et quoy? eſt-ce ainſi que vous
ſçauez charmer les dames? en voila vne des
plus belles que ie vey onc qui vous hume
tout auec ſes yeux, & ſemble que vueille du
tout ſe tranſformer en vous, tant l'amour la
rend paſſionnee. Et eſtant deuant le logis de
Menelas, l'Empereur ſe ioüant auec Eurial,
prit ſon bonnet, & luy auala ſur les yeux,
diſant : Vrayement vous ne verrez point le

la iouyſſance de ceſte veuë, puis que vous
auez le cœur de choſe ſi rare & excellente.
Ah Sire, dit Eurial, & qu'eſt-ce que vous
faites? eſtimez-vous que i'aye accointance
auec ceſte Damoiſelle? ie vous aſſeure que
c'eſt la femme à qui ie ne parlay de ma
vie : & pource ſupplié-ie voſtre maieſté de
ne faire plus cecy, afin de ne cauſer à perſonne ſoupçon de choſe qui n'eſt point, &
laquelle eſtant, ie ne voudroy pour mourir
qu'elle fut ſçeuë ny manifeſtee. Vous en a-
uez tant dit, reſpond l'Empereur, que ie mé
tiens pour tout reſolu de ce que ie ne péſois
que par côiecture: allez, & ſoyez ſage en vos
pourſuites, vous pouuant vanter qu'il n'y a
Prince, ni ſeigneur tât ſoit-il grand, qu'il ne
s'eſtimaſt heureux de pouuoir atteindre à
celle felicité que ie vois vous eſtre preſétee.
Et cecy dit-il en ſoupirant, comme ſentant
quelque éguillô d'amour à cauſe de la beau
té excellente de Lucréſſe, laquelle eſtoit en
vne étrange peine, ſe voyant de iour à autre
bruler à petit feu, & ne ſçachant nullemét à
qui ſe découurir, pour faire entendre à ſon
amy Eurial ſa penſee, & pour ſçauoir de luy
s'il ſimboliſoit en deſir auec elle. En ſin, elle s'auiſa qu'entre les ſeruiteurs de ſon mari
y en auoit vn nômé Hans, Allemant de nation à vieillard, & auquel Menelas ſe fioit
grádemét, pour l'auoir cognu loyal & fidelle

en son reduict. A cestuy te resolut Lu-
esse de descouurir son fait, & le faire mes-
ger de ses amourettes: à ceste cause vn
ur que l'Empereur alloit par ville, elle
oyant approcher la troupe de son logis (de-
ant lequel ils passoyent ordinairement) elle
ppella Hans, & le tenant pres d'elle, luy
onstra Eurial, & luy dit. Et bien, que te
mble de ceste noblesse? y a-il difference de
gaillardise, beauté, & gentillesse de ceste
à celle de ce pays? Madamoiselle (dit
Hans) ie ne suis pas pour iuger de ces choses,
our estre fauorable à l'endroit de l'vne des
arties: car estant Allemant, comme ie suis,
l me semble aussi qu'il n'y a nation sous le
iel qui soit digne de s'esgaler à la nostre,
nais les Italiens n'ont garde de m'accorder
este verité. Ie suis (dit elle) Italienne, &
neantmoins ie signeray ton dire, voire de
mon sang propre, & m'en ose bien fier en
toy, & de chose plus grande, te croyant si
loyal que pour mourir tu ne voudrois faire
rien qui me fut preiudiciable. Quand il
vous plaira (dit Hans) cognoistre par effet
ma fidelité, i'espere que verrez que vous
n'en estimez tant qu'encor n'en y trouuez
d'auantage, & ne fut pour le bon traittement
que me faites, & l'amitié que portez à ceux
de ma langue, & cognoissance. Oyant ceci
elle s'enquiert, s'il cognoissoit aucun des Seigneurs de la suite de la maiesté imperiale:

& il dit que vrayement il auoit veu & cogneu tels , & tels qu'il luy nomma : mais
quand il dit qu'il auoit frequenté d'autres
fois en la maison d'Eurial de Franconie,elle
fut sur le poinct de l'embrasser d'aise : mais
se contenāt elle luy vsa de ce langage: Hans,
mon amy,tu m'as asseuree de ta fidelité,mais
encor si ie te fiois & declairoy vn mien secret, & te prioy de me secourir, me vou-
drois-tu trahir, ou faire quelque cas en ma
faueur,& en mon contentement?Madamoi-
selle(dit Hans) si c'est chose que sans le deshonneur de vostre maison ie puisse faire,
employez moy, & vous verrez si ie n'execute aussi gaillardement , comme franchement ie le sçay promettre. Tu n'as(dit elle)
affaire de te soucier des choses qui ne sont
de ton estat, & pour la conseruation, ou perte desquelles, il ne faut que tu employes rien
du tien : seulement regarde si tu pretens faire plaisir à vne telle damoiselle que ie suis,
& en affaire de fort grande consequence:
Hans qui est aut vieil, & ayant de longue
main humé l'air Italien commença aussi
tost se doubter du fait, & mesmes se repre-
sentant auec quelle curiosité Lucresse s'e-
stoit enquise des Seigneurs de la suite de
l'Empereur , & combien affectueusement
elle s'estoit arrestee sur les loüanges du
Seigneur Eurial de Franconie. A ceste cause il luy respondit : A ce que ie voy, Ma-

damoifelle, vous eftes prife, & Monfieur
mon maiftre eft fur le poinct de perdre la
chofe que le mieux il ayme en ce monde : &
ie fuis folicité de le trahir, moy (di ie) qui
ne feis onc faute, & que pour mourir ne
voudroy commencer en l'aage que ie fuis, &
en chofe de telle importance que l'honneur.
Où eft celle ancienne vertu & conftance de
Lucreffe la plus gentille damoifelle de
Sienne de celle qui a tant mefprifé de feruiteurs, & iceux plus qualifiez de cognoiffan-
ce pour s'addonner maintenant à vn incognu, & à vn oifeau paffager, qui (peut-eftre)
fe mocquera de fon inconftance ? Ah ma-
damoifelle, ce n'eft pas vn petit malheur,
que s'addonner au plaifir d'vn amant, &
de captiuer fa volonté fous la loy de celuy
qui n'a reiglement finon autant que fon
plaifir luy confeille ni refpect, que celuy
que la lafciueté luy met deuant les yeux, ne
fe fouciant d'autruy que autant qu'il voit luy
venir à fon aife. Et quãd Eurial feroit (comme fans mentir il eft) vn des plus honneftes,
vertueux & modeftes Seigneurs de la terre,
fi eft ce que vous ne pouuez & ne deuez
fauffer la foy à monfieur mon maiftre, & ie
ne peux (fans cõmettre felonnie) eftre mef-
fager d'vne fi fale action que de l'adultere :
pource vous fupplie m'employer ailleurs,
fi voulez que ie vous obeiffe ; neantmoins
ne craignez que iamais ie defcouure rien

e ce que m'auez communiqué , ni que
i'empeiche vos aifes, fi par autre moyen, que
par le mien vous y pouuez paruenir: mais
gardez vous, car ces folies ne peuuent eftre
faites fi fecrettement que à la fin on n'en ef-
uente la fumee. Au refte voftre mal n'eft pas
fi auant enraciné que s'il vous plaift, on n'y
puiffe trouuer remede: feulement retirez
vous du lieu de l'infection, & n'approchez
du feu , qui caufe vn fi cruel & violent em-
brafement en voftre ame. Ah (dit la Sienoi-
fe) A Hans, fi tu fentois le mal que ie fouf-
fre: tu ne l'eftimerois leger , & n'en ferois fi
aife le remede que tu dis : mais ie te pardonne de bon cœur , puis que comme vne befte
fans raifon, tu as iufqu'à prefent paffé ton
aage en cefte lourderie: toutesfois qu'il te
fouuienne de ta promeffe & de ce que pour
l'amour de moy tu as offert mettre en execution : fi par cas mon malheur vouloit
que ie tombaffe en la faute que tant tu as
en ma prefence blafmee , & deteftee, Et
fuis ioyeufe de t'auoir trouué fi à propos,
& te defcouurir mon mal , veu la con-
folation que tes propos m'ont donné , &
le foulas , que mon efprit à fenty en ton
confeil, lequel ie fuis refoluë de fuiure. Ie
n'attendoy (dit Hans qui veit que la refponce de Lucreffe eftoit du tout efloignee
de fa deliberation) ouyr autre cas qu'vne
parole pleine de vertu, fortant de la bou-

che d'vne ſi ſage gentil-femme , & ſuis
ioyeux que ayez pris gouſt en mes propos,
& que ma fidelité vous ſoit agreable : tant y
a que ou l'extremité ſeroit ſi grande, ie n'ay
deuoir, moyen , ni vie, que ie n'employaſſe
volontiers, pour vous faire quelque agreable ſeruice. Bien qu'elle fut marrie du refus,
ſi ne laiſſa pour cela d'eſperer que ceſtuy
l'aideroit en ſon affaire, & pource l'ayant remercié le pria de tenir le tout ſecret. Et ſi
Eurial luy parloit qu'il luy fit au vray recit
de ſes paroles : & ne faillit de l'aduertir de
tout ce qu'elle auoit en penſee : ce que Hans
luy promit, mais auec intention de ne rien
executer, ſe contentant de ne point eſuenter
ceſte ruine ſi dangereuſe à ſon maiſtre : La
reſponce & froide, & ſage de Hans ſeruit
d'vn parapect & d'offence fort grande à la
reputation de Lucreſſe d'autant que ſi l'Alemant, eut eſté auſſi leger à luy obeyr, qu'elle eſtoit folle , peut eſtre que Eurial l'eut
eſtimee indigne de ſon amour & ſeruice,
mais quand il vit que rien que les faueurs de
la feneſtre ne luy portoit aucun relaſche
de ſes ennuis , il s'addreſſe à vn ſien amy
que Syluius appellé Niſus faiſant alluſion
à ces deux parfaits amis ramenteuz par
les anciens à ſçauoir Niſe, & Eurial , deſquels & l'amitié, & la loyauté eſt propo-
ſee comme vn vray argument de fidelité,
auquel il deſcouurit ſa paſſion & en fin luy

Ii iij

declara, que s'il ne venoit à bout de son entreprise c'estoit fait de sa vie. Nisus qui iamais n'eut pensé que Eurial se fut laissé coiffer si legerement par l'attrait de beauté
quelle que ce fut, ne tint grand compte de
ceste premiere apprehension de son Eurial:
mais voyant qu'il estoit pris à bon escieut,&
que déià il deuenoit resueur & fantastique,
qu'il faisoit la cour aux Poëtes, & Musiciens, & dressoit des resueils, & serenates,&
que en somme, il changeoit le naturel Alemant en ces idolatres façons d'amourachemens desquelles on vse volontiers & trop
ordinairement en Italie: alors il veit que
s'il n'y pouruoyoit par raison, ce seigneur
estoit pour se lancer en quelque abysme de
folie lequel pourroit causer quelque scan-
dale à luy dommageable & de grand deshonneur à toute la nation des Germani-
ques. A ceste cause (comme il auoit l'esprit
bon, & les lettres en main) il tasche de le des-
stourner de sa folie, & luy effacer ces premiers traits du crayon d'amour tracez en
son cœur, & pensement, & luy faire troüuer
mauuais, ce enquoy il se plaisoit plus qu'en
tous les passe-temps qu'on eut sçeu excogiter pour l'esiouyr en autre maladie que
celle de l'amour. Il ne laissa raison seruant
à son fait laquelle il ne mit en auant, &
n'oublia fable ou histoire faisant au malheur, & ruine scandaleuse des sols amans

qu'il ne recitaft, pour ofter à Eurial le defir
de paffer outre : & effacer fon premier deffein, & le retirer de fa pretenduë pourfuite.
Mais Eurial fortifiant fon fait, non de raifon (il eft impoffible que fi fainte chofe ferue à vn fait du tout defraifonnable) ains
d'exemples, monftra bien qu'il s'eftoit armé de maille & de plaftron, pour s'oppofer
à la verité que Nifus luy auoit propofee &
vfa de ces paroles. Il femble (feigneur Nifus) que vous vouliez tollir à la nature ce
qu'elle a de plus beau, & qui le plus fait ap-
paroiftre la perfection diuerfifiee d'icelle:
puis que me voyant amoureux vous tafchez
de me diuertir de la pourfuite de celle, que
les grands Monarques honorent & que
chacun admire, pour voir en elle vn chef
d'œuure des plus exquis, & accomplis qui
iamais fortirent de la main de l'ouuriere nature. Du chemin, & inclinations de laquelle
fi ie penfoy me deuoyer en aymant, Dieu
fçait que i'aymeroy mieux mourir, que d'e-
ftre le premier exemplaire de quelque fait
& action qu'on peut blafmer de folle nouueauté, & la iuger eftre contre nature. Mais
vous voyez que la liaifon des volontez procede tellement de la naturalité qu'il n'y à
iufqu'aux corps infenfibles, rien en ce monde vifible, qui ne foit fuiet aux loix d'a-
mour, & qui pour paruenir à fa iufte perfection n'aime & cheriffe ce qui luy peut

Ii iiij

symbolifer,& eſt comme compris ſur la rei-
gle d'vne ſemblable affection. Que ſi la ge-
neralité à celle force, & que les animaux
ſans raiſon eſtant comme forcez de la nature ſuyuent leur pareil & combatent furieuſement, & endurent tout mal, trauail, &
mal traitement pour la iouyſſance, que fera
l'homme raiſonnable ayant pour obiet vne
rare beauté, vne gentilleſſe exquiſe vn don
du ciel ſi parfait que ceſte-ci, vne ame gentille & en ſomme vne femme, où nature a
deſployé tout ce qu'elle à de beau, de bon, de
courtois, & de gentil, eſt ce failli, que de
ſuiure les apetits naturels?& eſt-ce abuſer de
vertu, embraſſant l'amour, qui eſt le fonde-
ment, & baſe de la ſocieté humaine? Et que
penſez vous auoir gaigné alleguant ces fols
& inconſtans philoſophes blaſmans l'a-
mour, & eſtimant par là faire vne grande le-
üee de bouclier, & emporter la victoire? Ils
ont eſcrit(ie le confeſſe)ainſi que vous dites:
mais ils ont veſcu tout autrement que ne
porte leur opinion & ſentence:trouuez m'en
vn (& fut il des plus ſages & reformez ſi ce
n'eſt quelque ſtatuë ou homme ſi froid que
le feu meſme n'eut ſçeu eſchauffer) lequel
ayt meſpriſé le ſeruice des dames, & qui
ne les ayt pourſuiuies & n'eſt tellement
eſclaue d'icelles, qu'encore on en fait des
comptes, & leur aſſeruiſſement notoire à
tout le monde. Ie ne veux alleguer qu'A-

riſtote fut commandé d'vne femme , que
Platon aye fait la court, que Socrate fut ſi
peu continent,que pour le raſſaſier il falluſt
qu'il eſpouſaſt, en meſme temps deux femmes,que pluſieurs autres,& des plus fameux
allaſſent veoir les courtiſannes & par effet
monſtraſſent combien eſt naturel l'amour,
& quel deſuoyement eſt le mien ſi ie fais
ſeruice, à la plus belle & gentille damoiſelle de Toſcane. Ces ſages meſmes que vous
m'alleguez (mon grand amy) ne ſe ſont pas
contentez d'auoir fait voir par leur exemple quelles ſont les forces d'amour, ſi encor
ils ne nous auoyent laiſſé par eſcrit que l'a-
mour de ſoy,& par l'inſtinct caché és ſecrets
de la meſme nature, eſt celuy qui allume les
flammes bruſlantes & furieuſes és cœurs de
la ieuneſſe : & ne peuuent perdre ſon effort
quelque diminution, ou attiediſſement que
l'aage cauſe és hommes , elle fait que les
vieillards ſentent en eux vne gaillardiſe renaiſſante laquelle r'allumant le feu en eux
les fait aymer , & courir apres la beauté des
femmes. Dequoy ſeruiroit de monter au
ciel,& olympe des Poëtes , & y viſiter leurs
feintes diuinitez occupees à faire l'amour
par tous les coins de la terre? A quoy profiteroit de monſtrer que les Empereurs & les
Rois, les plus vaillans & puiſſans & ſages
hommes du monde , ont fleſchy le genoüil,
& baiſſé le col deuant l'amour: puis (que

comme dit eſt)tout eſt fait en amour, guidé,
conſerué & nourry en amour: auquel il faut
que ie preſenté les mains comme ſon captif,& luy face comme ſuiet la reuerence,&
me ſoumettre comme ſon vaſſal & ſoldat,
à ſon enſeigne. Et quoy? (dit Niſus) n'a-
uiez vous autre choſe à me reſpondre que
ces folies? Ie vous prie, replique Eurial, ne
me parlez plus de ces reſueries,car ie ſuis du
tout reſolu en cecy, qu'il faut ou que ie iouyſſe de mon deſir, ou que ie voye bien toſt
la fin de ma vie. Bien bien,dit Niſus, nous y
pouruoirrons, & ie vous ameneray tantoſt
vn meſſager lequel fidelemét fera l'ambaſſade que luy ordóncrez & vous en rendra au
vray la reſponce, Eurial s'enquit de la condition du meſſager, & oyant que ce ſeroit vne
vieille de celles qui ne ſeruét ſous ombre de
deuotion, que de gaſter les filles & femmes
les plus modeſtes & pudiques, & l'accointance deſquelles ne peut eſtre que nuiſible,
& ſcandaleuſe à celles qui les eſcoutent, fit
conſcience de l'employer, & luy fier vn ſecret de telle importance:& pria Niſus de luy
donner vne meilleure plus honneſte & plus
ſortable adreſſe, que celle d'vne infame &
recogneuë macquerelle. Niſus ſe ſouriant
de la ſimplicité du ſeigneur Franconien:luy
dit: En eſtes vous logé là? & faut il faire
conſcience de pourchaſſer remede à vn
mal ſi violent que vous feignez eſtre le vo-

ſtre, en quelque ſorte que ce ſoit, puis que
nature vous pouſſe à cercher la guariſon de
voſtre bleſſure parmy toute eſpece de dangers, & quel moyen plus propre ſçauriez
vous trouuer pour circōuenir vne femme,
car c'eſt ainſi que i'appelle voſtre pourſuite, que les ruſes d'vne de ſon ſexe, qui ſçait
& cognoit, entend, & iuge les faits, les dits,
les contenances, & les ſignes de celle qui
eſt requiſe mieux que tous les hōmes, ayant
la prattique de ce que l'homme ne com-
prend que par l'ombragement idee, de ce
que ou elles en dient, ou qu'aucuns en eſcriuent? Au reſte, dit il, en ce pays il n'y a
voye plus ſeure ny moins ſuſpecte pour entendre nouuelles de ces prattiques amoureuſe, que la Rethorique de ces vieilles marmo-
tes : chacun les oyant, reſpectant & careſ-
ſant, & elles ſçachant ſi bien contrefaire la
chatemite, que les plus ruſez les ont en opi-
niō de femmes de fort ſainte vie. Et n'ayez
pas peur que voſtre Lucreſſe (& fut elle auſſi
chaſte que celle qui s'occiſt, eſtant violee
par le fils de Tarquin l'orgueilleux) s'offēce
que vous luy enuoyez vne telle meſſagere:
d'autant que c'eſt la couſtume : & elle n'eſt
pas eſtāt ſi belle qu'elle eſt, à ouïr des reque-
ſtes d'amour par ces pourſuiuantes, puis que
(comme ie vous ay dit) il n'y a meilleur, ni
plus court ou propre moyen pour paruenir à fin que ce que tant vous deſirez. Si c'eſt

(respond Eurial) vn faire le faut, ie vous
prie, choisir celle qui fera le meffage qui
foit telle, & fi bien inftruite, & qualifiee que
fon infuffifance ne gafte rien de noftre en-
treprife. Ne vous fouciez ie la vous fourni-
ray, dit Nifus, fi parfaite que Lucreffe fera
bien habile, feinte, & fubtile fi elle ne luy tire le vers du nez, & ne la fait condefcendre à
fa volonté, fi par cas elle n'auoit volonté de
vous aimer. Or faifoit cecy Nifus efperant
que Lucreffe feroit (comme elle fit) fi maigre traitement à la vieille Dariolette qu'elle
ne voudroit plus y retourner & qu'ainfi faudroit qu'Eurial laiffaft cefte pratique, mais
il fe trompoit: veu que l'amour eft de telle &
fi bragarde nature que tant plus on luy donne de trauerfes, & dreffe de piege & fafcheux
paffage, & plus il s'enhardit, & prend courage tafchant toufiours de vaincre par patience ces trauaux & fafcheufes incommoditez.
Ainfi Eurial efcrit à Lucreffe (Nifus dref-
fant les lettres qui entendoit l'Italien, & le
fçauoit diter & efcrire, ce qu'Eurial ne faifoit point) & fut l'Epiftre mife és mains de
la furie infernale, & de la cruelle maiftreffe
de la pudicité des dames: à laquelle on paya
fon meffage auant, auec promeffe de mieux
faire, elle ayant executé l'affaire : car ce be-
ftail ne marche fans pris, & ne va onc en bataille fans baniere, puis que c'eft le gaing
qui leur fait faire vne fi prodigue largeffe de

leur conſcience. Or voicy quelle fut la ſub-
ſtance des lettres d'Eurial à ſa maiſtreſſe.

MAdamoiſelle ie vous ſalueroy des
miennes plus humbles, s'il me reſtoit
quelque ſalut, mais le mien dependant de
vous, ainſi que mon heur & ma vie en prennent force, ie vous prie pluſtoſt eſlargir ce
qui me defaut, afin que ſelon mon deuoir,
& deſir ie puiſſe vous faire ſeruice. Ie ne
puis celer mon amour, ny la violence qu'il
me fait, & la tyrannie qu'il exerce en mon
ame : & n'eſtime point que vous ſoyez ſans
auoir cognoiſſance de ma peine, veu les larmes qui coulent ſouuent de mes yeux, & les
ſouſpirs entrerompus de ſanglots que ie fais
vous voyans, & dequoy vous meſmes, pouuez donner aſſeuré teſmoignage. Ne trouuez (ie vous prie) eſtrange, ſi ie ſuis voſtre
eſclaue, & ſi ie me confeſſe eſtre le ſerf de
vos bonnes graces, eſtant vaincu par celle
beauté voſtre qui n'a pareille au monde, &
enlacé par la gentilleſſe, & bien ſeance qui
vous accompagne en toutes vos actions.
Auſſi me ſens-ie tellemét pris, & aliené, que
n'eſtant plus à moy, ie n'ay aucune puiſſance
ſur mon cœur, que celle que ie peux retenir
de l'eſpoir qui me ſouſtient que vous aurez
pitié de moy, & approcherez de vous celuy
qui eſt tout en vous, qui ne penſe qu'en vous
& ne ſonge qu'és perfections de la belle &

excellente Lucreſſe : laquelle ſeule il aime,
il cherit, deſire, careſſe & honore, comme ſa
Deeſſe & l'vnique dame, & maiſtreſſe de ſa
penſee. C'eſt en vous ſeule, madamoiſelle,
qui giſt ou ma mort, ou ma vie : vous ſans
autres, pouuez me ſauuer, ou ruiner, me perdre ou conſeruer, aduiſez lequel vous eſt le
plus ſeant en la cruauté ou la courtoiſie, & ſi
vous me ſerez plus ſeuere en vos reſponces,
qu'en regards & geſtes : car ſi la bouche me
denie ce que l'œil m'a promis c'eſt fait de
moy, & s'eſuanouïra ce cœur en moy, qui
n'ayant force que pour auoir Lucreſſe en ſoy
grauee, la perdant, il faudra auſſi quil finiſſe
& enſemble donne fin à ma vie. Ie vous ſupplie par la maieſté de l'amour, que i'aye ceſte faueur de voſtre courtoiſie que de vous
pouuoir parler, & faire entendre de bouche
plus amplement ce que fort enuis, ie vous
fais entendre par ceſte preſente, laquelle
vous baiſant les mains pour moy ſera le ſuiet ou de mon ſalut, ou de ma ruïne.

Voſtre loyal, & perpetuel
eſclaue Eurial Francon.

Ceſte lettre fùt miſe és mains de la vieille
Dariolette, laquelle hardiment s'en alla au
logis de Lucreſſe, que de bon heur elle trouua ſeule, & pource la ſaluant gracieuſe-
ment, & ſelon l'art des femmes de ſon me-

stier, harägua en toute douceur & la loüant
de beauté, grace, gentilleffe & courtoifie,
vint à luy propofer comme le feigneur plus
fauori de la maifon de l'Empereur luy bai-
foit humblement les mains, & la fuplioit de
lire la prefente, qu'elle luy bailla, & luy rendre refponce. Lucreffe quelque amitié, que
portaft à Eurial, fut fi courroucee de voir
cefte Macquerelle en fa maifon (car pour
telle la cognoiffoit on par toute la Cité de
Siene) que peu s'en falluft qu'elle n'oubliaft
l'affection defia enracinee en fon cœur &
ne prit Eurial en haine plus que mortelle;
mais ayant vn peu refué elle prit les lettres auec vne grande furie des mains de la
maudite meffagere qu'elle defchira & fou-
la aux pieds, difant auec grande trifteffe
& amertume : Ha! malheureufe femme que
tu es, & d'où te vient la hardieffe d'entrer en
mon logis, & de me porter parole fi defa-
uantageufe pour mon honneur, & honteu-
fe pour la famille de laquelle ie fuis iffue?
Es-tu fi impudente que d'ofer mettre le
pied au logis des gentils-hommes, & de
folliciter fi malheureufement leurs legitimes efpoufes? Va vilaine infecte, va furie
infernalle ofte-toy de ma prefence, fi ne
veux que ie te traite ainfi que ta mefchan-
ceté le merite. Si ie n'auoy plus d'efgard à
ma reputation qu'à ta lafcheté, tu ne forti-
rois ià de ceans que ie ne t'euffe payee de la

peine que tu as pris pour celuy, qui fait peu
de compte de moy puis qu'il sie son amour
à bestes si sales, & infames que celles de ta
sorte. Va vieille sorciere, va & ne reuiens
plus deuant moy, si ne veux que ie face faire
autant de pieces de ton meschant corps qu'il
y a de lettres en ceste Epistre que m'as ap-
portee, & c'est la responce que tu auras de
moy pour le contentemét de celuy qui t'enuoye. Va & feras que sage : car si monsieur
mon mary te rencontre icy tu pourras dire
que iamais il ne t'aduint vn malheur pareil
& que iamais ne fus à telle nopces. La vieille qui en auoit veu d'aussi farouches que Lucresse & n'ignoroit la coustume des dames
de bon lieu en pareilles occurrences, ne s'e-
stonna guere de ceste colere, ains en tira vn
presage asseuré qu'Eurial viendroit à bout
de son affaire. A ceste cause elle dit à Lucresse. Pardonnez moy si i'ay failli, car ie ne
pensay pas faire chose qui vous deust estre
desplaisante: si voulez que ne reuienne plus,
ie suis preste à vous obeïr tant en cela, qu'en
toute autre chose : toutesfois ie vous prie
d'aduiser auát que passer outre, qui est celuy
qui tant vous aime, & duquel vous tenez si
peu de comte. Ce qu'ayant dit, elle passa la
porte & s'é va de peur que quelcun suruenát
Lucresse pour son honneur ne la fit payer
d'autre mónoye que de celle qu'elle attédoit
du seigneur Aleman. Vers lequel s'achemi-
nant

nant, & le trouuant qui l'attendoit en bône
deuotiõ, elle luy dit que sa dame estoit toute faschee, & que pource elle n'auoit eu loisir de luy récrire. Il est vray, dit la menteu-
se, lors que ie luy ay parlé de vous, elle à vn
peu rasserené sa face, & s'est monstree plus
gaye qu'au parauant: qui est vn signe euidét
que si vous l'aimez, elle ne vous doit rien
au change: au reste poursuyuez vostre pointe, car elle le merite & soyez seur que vous
en auréz bonne issue : & que bien tôst vous
aurez de ses nouuelles. Ce qu'ayant dit, elle
prit congé du gentilhomme, qui luy mit encor en main quelque piece d'argent, croyát
qu'elle luy dit verité. Et elle retiree se garda
bien de plus se monstrer deuât luy de crainte d'estre payee de sa forbe, & inuétion pleine de falace. Cepédãt Lucresse ne veit pas si
tost la vieille singesse hors de son lôgis, que
elle ne recueillit les pieces de la lettre de son
amant (voyez quelles sont les feintes des dames) & ne les raportast & ragençast si bien
l'vne auec l'autre, qu'aisément elle la leut de
l'vn à l'autre bour & non sans larmoyer, &
soupirer voyant le mal que son amant souffroit pour elle & duquel elle auoit vne bonne portion, estant aussi viuemét attainte que
luy, bien que n'osast luy en dôner si tost cognoissance: Ains pour essayer de tant plus sa
côstance, elle se resolut de luy écrire & auec
rigueur & colere ce qu'ayant fait Hans en

Tom.j.   K k

fur gaigné par grandes prieres le porteur &
defquelles lettres, voicy les mots, & propre
teneur, & fubftance.

C'Eft grande fimplicité, feigneur Eurial,
d'efperer ou attendre ce que loifible-
ment vous ne deuez auoir ny pretendre, ny
moy honneftement vous accorder fans in-
famer mon renom, & degenerer de la vertu
de mes anceftres. Auffi ne fuis ie pas du rág
de celles qui s'abádonnent, & qui fe vendét
& defquelles on gaigne par paroles fedui-
fantes. Ce n'eft aux dames de mon calibre
qu'il faut dreffer des pieges fi mal fortables,
& les piperies d'vne maquerelle: nos maifons font trop honneftes pour fouffrir vne
telle ordure & nos cœurs fi chaftes & pudiques qu'ils ne peuuent receuoir impreffion
d'autre amour que de celuy qui eft pur vertueux, & legitime. A cefte caufe vous ferez
bien de vous deporter de vos pourfuites, &
cercher ailleurs party , car de moy ne vous
faut attendre autre faueur. Et fi vous eftes
grád feigneur, fi ofé-ie dire, que vous n'eftes
pas digne de moy puis que fi falement vous
m'aimez, & me pourfuiuez fi follement, &
par des perfonnes indignes & de vous & de
moy, qui fuis gentil femme & mariee à tel
qui a moyen de fe reffentir de l'iniure qui
luy eft faite. Dieu foit auec vous Eurial, ayát
leu cefte lettre fut bien eftóné & cognu que
la meffagere d'amour luy en auoit dóné d'r

ne, ce neantmoins reprenant cœur il fit tant
que Hans arreſta pour auoir reſpõce lequel
cognut par là que ſa maiſtreſſe n'auoit encor rien fait auec Eurial, & qu'on auoit ſemé entr'eux quelque diſcorde. Il commẽça
dauãtage prendre Eurial en amitié, & ſe reſoudre de le ſecourir de ſa puiſſãce:& pource attendit il iuſqu'à ce que Niſus eut ſerui
& de truchement & de ſecretaire à Eurial,
qui déià faiſoit quelque eſſay d'écrire en
Toſcan,comme de là en auant luy ſeul ſans
autre dreſſoit les miſſiues qu'il enuoyoit à ſa
maiſtreſſe Baillant les ſiennes à Hans & le
cognoiſſant pour Alemant luy recõmanda
ſon affaire, & le pria d'apaiſer la damoiſelle,luy ayant recité les occaſiõs de ſa colere,
ce que Hans promit & auec les lettres il reuint à Lucreſſe,& luy dõna la reſpõce pleine d'excuſe,& mõſtrãt qu'il ne ſçauoit autre
moyen pour luy declarer ſa paſſion la priãt
luy pardonner, & proteſtant ne plus commettre pareille offence, qu'il la tenoit pour
autant honneſte damoiſelle qu'il y eut ſous
le ciel & l'auoit en reputation de fort chaſte & pudique, & que c'eſtoit la raiſon pour
laquelle il l'aimoit auec telle violence & la
careſſoit auec tel reſpect ce qu'il ne feroit
pour mourir, s'il la penſoit autre que vertueuſe. Ne voila pas vne belle,& cõuenable,
couuerture pour faire paroiſtre l'amour laſcif,comme ſi c'eſtoit la meſme choſe que

la vertu & preud'hommie & cõment appel-
lerez vous (messieurs les Rhetoriciens) cette
figure, quand vn paillard detette son propre
mestier, & ne veut qu'vne femme de bien
pour le rassasiement de ses lubricitez? En
somme Eurial accompagna ses lettres de
beaux, & riches presens & tels que Lucresse
estima doublement, & pour leur pris & valeur, & à cause de celuy, qui en cela faisoit
preuue de sa liberalité, & magnificence, &
pource les accepta-elle de bon cœur, obligeant par ce moyen sa foy, & démentant ce
qu'elle auoit resolu par ses lettres: mais pour
ruser celuy qui la trompoit, elle luy récriuit
qu'elle se contentoit de ses excuses touchant
la faute par luy commise, luy enuoyant la
vieille pour messagere: neantmoins disoit-
elle, ne se soucier grandement si Eurial l'aimoit, cela n'estãt que trop cõmun de se voir
aimee, & courtisee, luy n'estant ny le seul ny
le premier qui s'estoit laissé prendre par sa
beauté, & qu'il n'en auroit autre salaire que
des risees, & la perte du tẽps employee vai-
nement en telles, & si folle poursuite. Parler
auec elle, ou la trouuer seule, luy estoit impossible, s'il ne deuenoit oiseau ou inuisible
eu égard à la hauteur des murailles de son
logis, & à la soigneuse garde que son mary
fait ordinairement faire à la porte de son
Palais. Eurial qui s'enflammoit dauantage
par ces secrettes & subtiles amorces d'amour

ne sçauoit que dire, ny penser : vne fois il
s'asseuroit d'estre bien voulu, & soudain il
estimoit que ceste femme enorgueillie de
sa beauté,& pour se voir de plusieurs seruie,
se mocquoit de luy, & luy tenant le bec en
l'eau,prenoit de luy son passetemps.& risee.
A ceste cause il luy récrit, la priant de luy
dire non l'impossibilité de la chose , mais
quelle estoit sa volonté, que seule il regardoit,& non la puissance, & qu'il estoit plus
marry de voir le refus quelle faisoit, que de
ouyr le peu de moyen qu'il y auoit de parler
ensemble. Et respondant à tous les poincts
des lettres de la dame,en fin il conclud,que
seulemét elle confesse de l'aimer, & le receuoir pour son humble seruiteur, & que lors
il s'estimera pour bien recompensé de ses
trauaux,& pour le plus heureux Gétilhom-
me de la terre. En somme plusieurs messages ayant couru reciproquement de l'vn à
l'autre,à la fin Lucresse ne pouuant plus dissimuler son mal ny celer sa passion écriuit à
son amant en ceste maniere.

Ie voudrois,seigneur Eurial,de bõ cœur
vous obeir, & satisfaire à ce dont si souuent
m'auez requise , & pour le merite du rang
que vous tenez, & l'honneur que vous me
faites de m'aimer auec telle reuerence, &
pour vous voir le plus beau,plus doux & affable Gentil-homme que ie veis de ma vie:
mais ce n'est mon profit que me lier si ine-

a ement,   a a volee : car ie ſçay qui &
quelle ie ſuis, & combien follemēt ie m'af-
fectiōne depuis que ie cōmēce aimer quelqu'vn. Ie voy bien que vous ne pouuez longuement demeurer en ce pays, & il n'eſt en
ma puiſſance d'eſtre ſans vous ſi vne fois ie
vous ay accordé mō amour, & la iouyſſance
de ce que tant deſirez : ie ne voudrois, vous
en allant demeurer icy priuee de voſtre cōpagnie : & vous ne voudriez, peut eſtre, me
tirer de ceſte priſon, & m'amener auec voũs
en Alemagne : Ioint que i'ay tāt leu d'exemples des hommes déloyaux, qui ayans abuſé
des femmes, ſe ſont depuis moquez d'elles&
les ont laſchement abādonnees : Iaſon quelle faueur receut-il de Medee, le deliurant de
mort? Et cōme fut ceſte dame recompenſee
qu'auec la trahiſon la plus deteſtable que
hōme ſçauroit imaginer? Theſee euſt eſté
englouti par le Minotaure de Candie, ſi la
belle Ariadne ne luy eut monſtré la voye
pour ſe ſauuer : mais il la paya ſi bien, qu'il la
laiſſa ſeule en vn iſle à la merci des beſtes,
ou des Pyrates, ou en danger de mourir de
faim & de ſoif en ceſte miſerable ſolitude.
Ie pourrois alleguer autres infinis exemples de la déloyauté des hommes enuers
celles qui ſe ſont laiſſees deceuoir par leur
pipeuſes promeſſes, & charmees paroles
mais il me ſuffit que i'ay tant leu de ces choſes, que i'aime mieux rompre ce coup auant

que d'y entrer, que d'eftre puis apres en peine femblable que les dames cy deffus alle-
guees ont enduré en bien aimant. Que fi
vous me portez telle affection que vos lettres chantét vous ne cercherez auffi en moy
ny me requerrez chofe qui puiffe me caufer
prejudice, & ruine ignominieufe. Pour l'allegement donc & de vous & de moy, ie fuis
d'auis(ce qui eft aifé faire aux hommes)que
vous oubliez petit à petit cet amour & étai-
gnez ce feu de Cupidő qui vous brule, comme il femble, les entrailles & ne me folici-
tez plus de faire vne alliance telle que celle
d'amour puis qu'elle feroit de fi peu de duree. Cependant, en recognoiffance des prefens que m'auez enuoyez, ie vous prie porter cefte croix d'or enrichie de perles, & accepter mes affectueufes recommandations
à vos bonnes graces.

Voftre bonne amie fi la fortune
le vouloit Lucreffe.

CEs fcrupules ne pleurent guere à l'a-
moureux qui penfoit déia tenir Lucreffe à fa deuotion, mais cefte refpőce comme
vne nouuelle charge de defefpoir, le mit en
ceruelle & chez Guillot le fongeur, ne fçachant quel confeil prédre pour voir qu'elle
auoit iufte raifon de parler ainfi & de craindre cefte abfence neātmoins pour la côten-
ter & luy ofter tous ces doutes, il luy écrit,

K k iiii

que sans faillir l'Empereur sortant d'Italie,
il seroit forcé de le suyure: mais quelle s'af-
seuraft que laissant son cœur à Sienne, &
entre les mains de Lucresse, il ne croupi-
roit guere long temps en Allemagne dés
qu'il auroit donné ordre aux affaires de sa
maison. Disoit que facilement il ouuriroit
la voye à vn voyage & iceluy pour longue
demeure en Italie, fut-ce en tiltre d'Am-
baffadeur, ou d'autre charge: & que lors
s'en retournant il l'emmeneroit auec luy en
Germanie. Il écriuit tant d'autres folies, &
donna tellement du bec & de l'aile que Lucreffe voyant le transport de cet homme,&
se fentant estre au vray la seule maistresse
de son cœur, & telle qu'elle pouuoit difpo-
fer de luy, comme de son esclaue elle luy découurit aussi la face nüe & fans dissimulation de l'amour parfait qu'elle luy portoit,
luy offrant & foy,& son honeur qu'elle luy
recōmandoit, afin qu'il en difpofaft à fa po-
fte,& auec les respects d'eux & à luy,& à elle, qui se fioit en luy de tant plus qu'elle le
voyoit estre plus fage, & attrepé en fes paf-
fions qu'elle ne pouuoit estre. De là en auāt
ils ne cerchoyent que le temps de se voir de
plus prés, & de parler familieremēt enfemble,mais cela ne fe pouuoit faire,fi folénel-
le garde Menelas tenoit auprés de fa femme
que famais on n'eut peu la trouuer feule ny
l'acofter fās que quelqu'vn ne la furueillaft,

telle estât la coutume par trop soupçonneu-
se, & fascheuse presque ordinairement par
toute l'Italie. Ie ne sçay ce que les plus sages d'entre eux en pensent, lors que comme
vn thresor, ou ainsi que les Pommes Hes-
perides : ils font garder leurs épouses, veu
qu'ils n'ignorent par le naturel de la femme
laquelle souhaite, & poursuit à quelque
pris & danger que ce soit, ce qu'on luy denie & refuse : & qu'ayant liberté, c'est lors
que le moins elle se dispence de sortir de son
deuoir, & passer les limites d'honnesteté.
Et n'y eut iamais si ialoux obseruateur de sa
femme, qui à la fin n'aye sorty de quelle
dexterité, ce sexe sçait se preualoir de tels
esprits ombrageux, & comme elles dom-
tent leurs caprices, & les deçoyuent lors
que le moins ils pensent estre trompez, ainsi que verrez tantost que en vsa Lucresse enuers son mary Menelas. Or depuis les premieres lettres qu'elle enuoya à son amy,
elle ne se seruoit plus de Hans, afin de luy
donner opinion qu'elle s'estoit retiree de
cette pratique, ains auoit gaigné vn sien frere bastard, lequel estoit son va luy dire, &
faisoit les messages si frequents que vous ay
alleguez. Celuy se tenoit chez la marastre
de Lucresse voisine du logis de Menelas, &
auquel, pour la parenté, estoit loisible de la
visiter seul & de se tenir auec elle, comme
aussi elle alloit assez souuent au logis de sa

belle mere: & par ainfi, ayant communiqué
fon deffein à ce fien frere, ils conuindreut
enfemble de faire venir Eurial en la maifon
de la belle mere tãdis qu'elle feroit à la Meffe, & que là il pourroit à fon plaifir parler à
Lucreffe : Mais la fauffe vieille qui eftoit
foupçonneufe, & qui (peut eftre) auoit ioüé
iadis de pareils tours foit qu'elle fe doutaft
de quelque forbe, ou pour autre occafion, al-
lãt à l'Eglife elle ferma fa maifon, & faifant
fortir le baftard, luy ofta le moyen de ioüer
la farce qu'il auoit inuentee. Cecy fut déplai-
fant au foliciteur de la caufe, qui en faifant le
raport aux deux amans, leur occafionna vne
grande fafcherie, ne fçachãs plus à quel
faiht fe voüer & fe doutans que la belle mere s'en eftãt aperçeu, n'en publiaft la nouuelle au mary, ce qui eut gafté leur tripotage
dautãt que Menelas eftimoit Lucreffe l'vne
des plus pudiques damoifelle de Sieue. Laquelle voyant que ce chemin eftoit trop ef-
pineux pour paruenir à ce qu'elle defiroit,
elle fit entendre à Eurial, qu'il eftoit impoffible de mener leur affaire à fin, s'il ne gaignoit vn coufin de Menelas nommé Pandale (ainfi l'apelle l'auteur de l'hiftoire, pour
celer les perfonnes, & ne diffamer ceux qui
viuoyent de fon temps) lequel elle dit eftre
bon hõme & loyal qui s'eftimeroit heureux
luy faifant quelque agreable feruice : Mais
Eurial plus fage, & auifé que fa maiftreffe

quoy qu'il desirast autät ou plus qu'elle, l'accointance, si n'osa il se fier en celuy, que il
voyoit sans cesse en la compagnie du mary
de sa Lucresse : & craignoit que ce ne fut
quelque surprise, & que Lucresse ayant esté
descouuerte voulut se purger en le trahissant
à ses parens. Mais le temps luy fit voir que
l'ambition est celle qui fait oublier tout deuoir, & amitié, & mépriser la reuerence du
sang, & le mesme poinct d'honneur, pourueu
qu'à quelque pris que ce soit les hômes puissent paruenir à quelque grandeur & preemi-
nence. Tandis qu'il consulte, & delibere sur
cecy, & qu'il regarde les allees & venues de
Pandale, voicy que l'Empereur dône charge
à Eurial de faire vn voyage à Rome vers le
Pape pour le fait de son couronnement : ce
qu'il ne pouuoit refuser sans déplaire à l'Empereur, & sans découurir ce que iusqu'à lors
il auoit celé des amôurs d'entre luy & Lucresse dequoy Sigismond se tenoit pour asseuré presque : mais il perdoit aussi tost cette opinion, voyant que ce Seigneur n'al-
loir, ny venoit au logis de la belle. Et que
personne de telle famille ne frequentoit auec
Eurial. Si cetuy fut en peine & soucy,
Lucresse sentit vn tel dépit & si grande angoisse de cecy, que si l'amant ne l'eut con-
fortee auec promesses d'vn retour soudain,
elle eut délors fait quelque trait de son träf-
port, & forcenerie. Tant y a que encore

ne peut elle de tant commander à ſes paſſions, que les plus accorts ne ſe priaſſent
garde, que elle auoit fait quelque perte inſigne, veu que dés le depart d'Eurial, on ne
la vit plus ny en rue, ny ſur la porte, ny à la
feneſtre, ains viuoit ſolitaire, touſiours encloſe, triſte, penſiue, maladiue, & ne voulant ſe reſiouyr en ſorte quelconque. Tous
ſes domeſtiques qui ſçauoyent ſa gaillardiſe & gayeté naturelle furent eſtonnez
voyant ce changement ſi hors de propos,
& leur ſembloit que tout fut mort, ne voyás
plus leur dame rire, ny paroiſtre comme
auparaunat, ains ſe tenir en ſa chambre, &
preſque touſiours au lict malade, ſans qu'il
fut poſſible que remede aucun qu'on luy dô-
naſt, eut force de luy oſter ou diminuer tant
ſoit peu de ſa maladie. Hans le ſeruiteur Allemant de Menelas fut le ſeul qui ſe douta
du fait, & s'aſſeura qu'elle continuoit en
l'amour d'Eurial, puis que l'abſence d'iceluy
l'auoit reduite en vne ſi grande extremité.
De quoy ayant pitié il l'eut volontiers ſecou-
rue & conſolée, mais n'entrant en ſa chambre ſi elle ne le mandoit, & attendit auſſi
bien qu'elle le retour d'Eurial, qui fut au
bout de deux moys, la venue duquel eut
tant de force que ſoudain celle qui ſembloit
ſe mourir & auoit quitté & habits ſomptueux, & affiquets & ioyaux, & qui ne
ſe laiſſoit voir à perſonne : ſortit freſche,

gaye, ſaine, paree & attiſee comme vne
nouuelle mariee en rue, & ſe monſtra comme auparauant en feneſtre. C'eſt lors que
Hans s'arreſte en ſon opinion & qu'il voit
que c'eſt à bon eſcient que le feu eſt allumé,
dequoy il fut fort marry, mais puis qu'autrement il ne pouuoit auenir, ſe reſoult ou de
empeſcher le coup & l'infamie de ſon maiſtre ques'il ne pouuoit, de faire aumoins par
ſa ſageſſe qu'Eurial & Lucreſſe n'en fuſſent
point ſcandaliſez. Durant ces choſes & tandis qu'Eurial fut abſent, ſon grand amy. Niſus ſeruant de fidelle eſpion pour le ſoulas
de ſon compagnon vit vne boutique derriere le Palais de Menelas, qui regardoit droit
dedans la chambre de Lucreſſe : ce qui luy
fut treſagreable, tant pour eſtre la rue fort
eſtroite & hors de paſſage, que pour auoir
gaigné par argent le maiſtre du logis, qui
eſtoit vn tauernier, entre lequel & celuy
de Lucreſſe y auoit vn égout qui n'eſtoit
pas eſloigné de la feneſtre de la chambre
de la damoiſelle, de plus haut eſpace que
de deux, ou trois aulnes. Dés qu'Eurial eſt
de retour, Niſus le conduit en cette ruelle,
& luy monſtre la feneſtre du lieu du repos
de ſa fauorite. Cette voye fut ſi agreable à
Eurial qu'il embraſſa plus de cent fois Niſus, l'apellant la moitié de ſon ame, & le
plus auiſé homme que iamais il eut cognu, s'eſtant pris garde d'vne place ſi propre

pour mettre fin à ses desirs, & à la continue
de ses angoisses. Mais(disoit-il) Madamoiselle vient-elle iamais de ce costé cy? & si elle met onc la teste à cette fenestre. Et entendant que presque tous les iours on la
voyoit y passer, & Nisus asseurant qu'il l'a-
uoit veuë: le matin mesme n'estant encore
du tout habillée. Eurial s'arreste là quelque
temps pour tenter la fortune, & experimenter si le bon heur le conduiroit iusqu'à là
qu'il peut au moins vne fois parler à sa fauorite; veu que iusqu'à lors il n'auoit eu autre faueur que d'amitié de lettres, & responces, & quelques signes de gestes amoureux
& lasciues œillades. Ainsi qu'ils deuisoyent
ensemble, voicy Lucresse qui passe & s'arrestant à la fenestre fortuitement, Eurial fut
celuy qui l'auisa le premier, & soudain saisi
d'extreme ioye, benit en son cœur l'heure
que iamais il auoit cogneu son grand amy
Nisus, & se tournant vers la fenestre, dit à
sa dame. Ah ma douce maistresse, & lumiere de mes yeux quel bon-heur vous
offre ma veuë? Où tournez vous vostre regard? Ne voyez vous par icy vostre seruiteur Eurial, lequel pour l'amour de vous endure tant de trauaux & angoisses? Ah mon a-
my, & bõ Seigneur, & qui vous eut onc pensé en vn lieu si écarté? Réue-ie, ou s'il est
vray, que ce soit Eurial le seul desir de mon
ame? Le ciel m'a-il bien de tãt sauorisee que

ie puiſſe parler vn peu priuémét auec le plai
ſir,& vnique ſouſtien de ma vie? Et que n'ay
ie auſſi bien le moyen de l embraſſer,& bai-
ſer? S'il vous plaiſt (dit lors Eurial) la choſe
ſera bien toſt executee ſelon voſtre deſir,car
ie feray venir vne échelle,& iray vers vous
raſſaſier cet apetit de ſi long temps affamé,
que i'ay de iouyr de l'aiſe que ma grád loyau
té merite. C'eſt trop delayé ma grand amie,
c'eſt trop attendu & languy, il eſt temps deſormais que les tenebres de douleur ſoyent
dechaſſees, & que ie voye celle lumiere de
lieſſe que i'attens en ſi grande deuotion,ſans
que iuſques icy i'é aye rié gouſté qu'vn bien
épais nu ge. Vous voyez la ſolitude du lieu,
le temps & le loiſir que vous auez de ſatisfaire à mó deſir,& de contéter le voſtre méme,
& de nous oſter tous deux du tourmét de cette attente, & ſi longue, & ſi vaine eſperance.
Helas,monſieur mon amy,ſi ie pouuoy ſans
ſcandale, faire ce que vous dites , il n'y auroit aucun delay : mais nous auons icy vn
voiſin fort mauuais garçon,& médiſant tout
outre, lequel ſi ſeulement vous voit arreſté
icy, en fera ſes contes à mon grand préiudi-
ce & dómage, regardez qu'il ſeroit s'il nous
aperceuoit parlás enſemble,ouſi le malheur
le guidoit à vous trouuer montant en ma
chambre. Las ie ſeroy & ſcandaliſee & perdue pour toute ma vie,& vous méme en dá-
ger de voſtre vie:par ainſi ne vous hazardez

si temerairement,& temporisez vn peu, car
l'occasion s'offrira plus à propos & sans que
vous ny moy tôbions en peril quelconque.
Au reste ie vous suplie, ne venir plus de ce
costé, & ne vous fier tant en ce tauernier, lequel pour peu de chose nous trahiroit, &
nous faisant surprendre ensemble, causeroit
la ruine des deux plus loyaux amans qui furent onc sur la terre. Hà douce & aimee Damoiselle, que vos excuses sont bien basties,
& vos raisons accommodees à vostre desir:
Il faut que ie confesse que vous parlez sagement: mais mon mal ne peut souffrir ces
conseils si raisonnables, & cette veuë, &
cet arraisonnement est vn preparatif de ma
ruine, & vn plus violent feu allumé en mon
ame, qui en bref consumera ce peu qui me
reste de vigueur, si en bref ne me donnez
allegeance. Ie vous prie (dit-elle) souffrez
vn petit de temps, & i'espere vous donner
tant de contentement que vous n'aurez plus
occasion de vous plaindre de celle qui vous
aime plus que tout le môde, & que soy-mé-
me. Ainsi se retirerent les deux amans chargez de passion, & faisans infinis discours &
desseins en leurs esprits, le tout tendant à la
ruine de leurs ames, & au deshonneur de
leurs familles, & cependant Hans, qui
(comme dit auons) s'estoit apperçeu du
renouuellement, ou plutost de la continuation d'amour de Lucresse vers Eurial, & qui

des.

defcouuroit les rufes auec lefquelles elle faifoit entendre à fon amy, ce qu'elle vouloit,
cognoiſſant qu'il n'y auoit plus de moyen
de fauuer cefte dame: il prit complot de l'aider & faire aumoins que la chofe paſſaſt
fans fcandale, & fans que Menelas s'apperçeut que fa femme luy faifoit hautement
porter vn braue Cimier de cornes. A cefte
caufe s'adreſſant à Lucreſſe il luy dit: Quelle faute auez vous trouué en moy, qui vous
empefche de me communiquer vos fecrets
affaires, afin que ie vous y ferue auec ma
loyauté & longue & accouftumee és charges que m'auez donnee? Et quoy (mada-
moifelle) eftimez vous que i'ignore rien de
ce qui s'eft paſſé iufqu'à prefent, & que ie
ne fçache bien que voftre frere à fait fon
pouuoir de conduire vos amours à la fin
que vous pretendiez, mais que la chofe luy
à fuccedé autrement qu'il ne penfoit? Puis
que c'eft vn faire le faut, & que les fers en
font fi auant au feu, employez moy, & ie
mettray tout deuoir d'acheuiner ceci fi fagement que perfonne n'en fçaura rien : car
les amours de tels que vous & Eurial ne faut
que foyent fçeuës ni communiquees, que à
ceux qui font les ioüeurs en la Comedie.
Lucreſſe s'excufe enuers Hans & luy dit,
que iamais elle ne fe deffia de luy, mais que
l'ayant veu froid & lent en cet affaire elle ne
l'auoit ofé importuner: mais que de fon bon

gré il s'offroit à la seruir, elle le prioit de faire tant qu'Eurial & elle peuffent eftaindre le feu qui de fi long temps, & inceffamment brufloit leurs entrailles. Oyez l'inuention folle de cefte femme ennemie de fon honneur, & le moyen qu'elle trouua de faire venir Eurial en fa maifon, pour caufer la ruine de l'vn & de l'autre fi Dieu n'eut eu compaffion, de leurs ames qui leur donna efpace de refcipifcence, les deliurant du grand peril. Mais la condition du peché eft telle, que depuis que l'homme y prend plaifir, & s'y eft accouftumé il n'y a danger qui le puiffe deftourner, ni frayeur de mort qui l'en retire iufqu'à tant ou que le fuiet du vice eft perdu, ou que la mort chaffe le mal, & l'ame tout enfemble en l'autre mõde pour y receuoir le falaire de fes bons, ou mauuais feruices, ainfi qu'en aduint à cefte folle felon, & fuyuant que le plus briefuement que pourray ie vous difcourray, pourfuiuãt cefte hiftoire, qui eft vn peu longue à caufe de la diuerfité des occurréces d'icelle. A propos Lucreffe defcouurit à Hans comme dedans quatre iours leur fermiers deuoient porter du grain en leur maifon, & qu'elle auoit conuenu auec Eurial, qu'il s'accouftraft en facquin ou crocheteur, & vint aider à le porter au grenier que montant en haut, & eftans pres de fa chambre il y conduit fon amy, où elle le deuoit attendre, & le recompenfer des

trauaux endurez iufqu'a lors pour l'amour
d'elle. Hans fut eftonné de l'inuention &
plus encore de l'execution d'icelle craignant
qu'il en aduint quelque mal heur, & toutesfois fe preparant pour mettre à effet le commandement de fa maiftreffe. Sçauriez vous
voir vn plus grand eccruellement que celuy des amoureux, qui pour vn plaifir lafcif
& vn aife qui n'a duree oublient & Dieu &
leur deuoir, & s'abaiffent iufqu'à faire des
chofes qu'vn homme en fon bon fens, auroit
honte de feulement auoir penfees? Regardez les fables, qui mettent Hercule le plus
fort & puiffant d'entre les hommes, coiffé &
charmé d'vne courtifanne, entre les cham-
brieres d'icelle, filant & deuidant comme
vne femme, & ne fe fouuenant plus ni de
fes hauts faits, ni de fes victoires. En quels
hazards mit Dalila le fort Sanfon, & auec
quelles rufes fut elle en fin caufe de fa
ruine? Quelle captiuité plus grande que
celle du Roy Perfan lequel les Princes ado-
rans, eftoit fouffleté par vne concubine:
& à laquelle il fouffroit qu'elle luy oftaft
la couronne de deffus la tefte? Voyez
Marc Antoine, vn foudre de guerre tellement abefty apres vne folle royne, qu'il
en laiffa le maniément de l'eftat de l'Empire Romain, & fe vit en fin priuer de fa
grandeur, & en fin fut contraint de fe tuer
de fa main propre. Tels font les fruicts de

Ll iij

ce que les hommes appellent amour, & que
plustoft il deussent nommer rage, manie &
forcenerie puis que les histoires sont plaines
de la furie de tels exemples, & les enfers gar-
nis des ames de ceux qui se sont laissez conduire iusqu'à la mort par les chatouïllemens
de la chair, & qui iamais n'ont recogneus
leurs fautes. Ie vous prie ne faisoit il pas
beau voir vn grand seigneur, vn mignon, &
fauorit de l'Empereur des Romains, vn
des premiers d'Alemaigne, riche puissant,
beau d'aage meur, & assez bien instruit aux
lettres, & en reputation d'homme sage de
despoüiller l'ornement de sa grandeur, de
soüiller sa face pour n'estre cogneu, de deuenir serf & mercenaire, pour plaire à vne
lasciue & pour ioüyr d'vn aise qui luy pouuoit faire voye à vne mort infame & ignominieuse? C'est pourquoy les Poëtes, qui
ont esté les vrais Philosophes ont iadis feint
tant d'hommes transformez en bestes, oy-
seaux serpens, rochers, arbres, plantes, ruisseaux, & fontaines, par là monstrans que
les flammes d'amour alterent tellement les
cœurs des hommes, ou qu'ils en sont abe-
stis, ou tellement hebetez, & escoulez de leur
premiere bonté qu'il n'y reste plus de l'homme que la figure superficielle. En somme,
Eurial, suiuant l'aduis de Lucrece vint ac-
coustré en crocheteur, vn sac sur le col &
des guestres aux iambes, & vn meschant

saye veſtu & tellement atourné, que l'Empereur eut eu à faire à le recognoiſtre s'il l'eut
veu en ceſt equipage : & ſe fourrant auec les
autres facquins, mais à dextré de Hans fut
chargé de grain , qu'il porta ſur ſon dos
doüiller, & non accouſtumé à telles coruees,
iuſqu'au grenier au plus haut eſtage de la
maiſon de Menelas. Au deſcendre il ne ſe
haſta pas tant que les autres, ains s'arreſta
auec Hans, qui luy monſtra la chambre de
ſa mieux aymee , la porte de laquelle pouſ-
ſant il entre dedans & la ſerre ſur luy penſant ſur l'heure exploicter ce à quoy il eſtoit
venu, & ſe ſaouler de la viande tant par luy,
& par Lucreſſe deſiree. Mais ainſi qu'elle
s'amuſe à le careſſer, qu'ils s'entretiennent
de propos laſcifs, & paſſionnez, qu'ils ſe bai-
ſent & embraſſent & qu'elle luy fait deſ-
poüiller le hocqueton ruſtique, & luy laue
la face : voici Hans qui heurte à l'huis de la
chambre, & apporte nouuelles fort triſtes à
ſçauoir la venuë du mary, les exhortant de
mettre ordre à leurs affaires & de cacher le
threſor precieux, qui n'aguere eſtoit entré en
la chambre. Ie vous laiſſe à penſer quelle
contenance monſtroit Eurial, ſe voyant ainſi pris au piege : mais Lucreſſe (comme les
conſeils des femmes ſont ſoudains) le fit entrer en vn Cabinet fort obſcur, & auquel on
n'entroit guere iamais, où eſtoient les papiers & documens de leur maiſon, & ſouuent

LI iij

Menelas y mettoit quelques pieces aparte-
nans au public (car il eſtoit des principaux
ſeigneurs du conſeil) & là eſtimoit elle que
Eurial ſeroit plus aſſeuré qu'ailleurs & où
l'ayant enclos, elle alla s'employer en ſa be-
ſongne de tapiſſerie. A peine auoit elle ouuert l'huis de la chambre, & commencé de
beſongner, que voicy entrer Menelas auec
vn autre qui venoient querir quelques papiers concernans l'eſtat de la ville, & pource
commencent à ouurir tous les coffres &
eſcrins eſtans en la chambre, mais ils ne
peurent onc trouuer la piece qu'ils demandoyent, & pource Menelas commanda à
Lucreſſe de faire porter la chandelle pour
les cercher au Cabinet de leurs pancartes,
Eurial oyant ce mot, ſe tint pour perdu & ſe
princt à deteſter, & l'amour & les femmes &
blaſmer ſa propre ſottiſe, & legereté & accuſer Lucreſſe de trahiſon, penſant que tout
à eſcient elle luy auoit dreſſé ceſte partie.
Las (diſoit-il) quelle folie, & aueuglement
m'a conduit en ce precipice, ou me fiant en
vne femme, il me conuient mourir ſurpris
en vn fait deteſtable ? & ſera il dit qu'vn
gentil homme de telle maiſon que moy, &
qui iuſqu'à preſent a veſcu en reputation
d'homme ſage, accort, & attrempé, ſe ſoit
laiſſé coiffer à vne femme ſi ruſee, que ceſte
Sienoiſe laquelle m'a attiré és rechs deſquels
ie ne ſortiray qu'auec mon deshonneur &

ruïne ? Ah infenfé que ie fuis ! i'euffe fait
grande difficulté de hazarder mon corps à
quelque peril pour l'honneur de Dieu, & cependant pour vn plaifir qui paffe en vn moment, me voila reduit en vne extremité la
plus miferable qu'homme de ma forte fçau-
roit imaginer. O Dieu tout puiffant, aye
pitié de cefte inconftante ieuneffe, & pardonne à ce fol efgaré & te plaife me deliurer
de ceft abifme de mifere auquel ie me fuis
engoufré par mon ignorance. Tandis que
ceftuy prioit Dieu de fi bon cœur, & qu'il
faifoit de belle proteftations de ne iamais
plus fe fier en femme, s'il efchappoit de ce
peril : Lucreffe ne fçauoit à quel fainct fe
voüer, ni quel confeil prendre, eftant plus
en foucy de fon amant que de fon propre falut, car elle voyoit bien que fi Menelas s'ap-
perceuoit de ceci, c'eftoit fait de la vie de l'vn
& de l'autre, & qu'vn grand tumulte feroit
caufé en Siene, pour ce fcandale fait en vne
maifon tant fignalee. En fin comme l'efprit
des femmes eft prompt & fubtil, & plus inuentif en ceft endroit que celuy des hommes, elle s'aduifa d'vne rufe qui couurit le
fait & fauua l'hôneur & la vie tant à elle qu'à
fon Eurial & entendez comment. Elle auoit
mis fortuitement fur la feneftre qui refpon-
doit fur la rüe, vn petit cophin d'ofier, où
elle mettoit fes petites befongnes, & ouurages & où auffi Menelas auoit mis quel-

LI iiij

ques papiers, dequoy elle se resouuenant dit
sur l'heure: Mon ami, il me semble que vous
mistes auant hier quelques escrits en ce cophin qui est sur la fenestre; peut estre sont-ce
les pieces desquelles vous estes en peine, ie
vay voir si elles y sont: Et soudain elle se haste, & faisant semblant d'ouurir le petit coffret, elle le pousse si bié, & auec telle dexterité
que personne ne s'en apperçeut, & voyant
qu'il tőboit en bas, elle dit à son mary, helas
Monsieur, le coffret est tombé à bas, ie vous
prie l'aller requerir afin que ie ne perde mes
bagues, ni vous vos papiers & escritures: allez y tout deux, & cependant ie prendray
garde ici qu'aucun ne l'emporte. Sçauriez
vous excogiter vne inuétion plus gentille,&
soudaine que ceste ci? y a-il rien plus rusé, &
cauteleux que la femme depuis qu'elle s'a-
donne a mal faire? y a-il homme tant clair
voyant puisse il estre, qui ne soit trompé de
son espouse dés qu'elle commence luy faus-
ser la foy, & iouër fausse compagnie? Tant y
a que Menelas, & son compagnon en toute
diligence descendant les degrez, qui estoient
hauts & par ainsi Lucresse eut beau loisir
de faire changer de cachette à son amy auant
que les recherchans remontassent, lesquels
rapportans le coffret & le reuisitans n'y trouuent point ce qu'ils vouloient & pource entrent au cabinet, d'où n'aguere Eurial
estoit sorty où ayans recouuertes les pie-

ces desirees ils s'en reuont à leurs affaires,
laissans Lucresse aussi aise qu'elle auoit esté
effrayee de leur venue. Ceste frayeur passee,
& Eurial estant sorty de sa prison, il monstra côbien les amans sont fermes & loyaux
és vœus & promesses qu'ils font à Dieu : car
il ne fut pas si tost en la chambre de sa fauorite, qu'oubliant le peril passé, & le crime
qu'il alloit commettre, & les protestations
par luy faites de ne soüiller la couche d'autruy, il lascha la bride à ses fols appetits, &
obeissant à la sensualité plus qu'à la raison,
qui estoit du tout assouppie en luy, il se mit
à baiser, embrasser & caresser celle que n'a-
guere il auoit maudite & detestee, & l'appellant son cœur, son ame, ses delices, son aise
& en somme sa dame, & sa Deesse. Ie laisse
pour le respect de l'honnesteté, le reste qui
se passa entre ces deux miserables amans,
pour estre le peché odieux, & contre toute
police, & pource que tousiours il amene vn
repentir à sa queuë, lequel est beaucoup plus
long que ny la poursuite, ni l'aise de la iouyssance, ainsi qu'auez peu recueillir de plusieurs de nos histoires precedentes que ie
vous ay proposees, non pour imiter le forfait, ains pour vous mirer en la calamité,
qui a seruy de salaire à ceux qui ont fait si
prodigue largesse de leur honneur, & du salut de leurs ames. Ie laisse encor les refus
qu'Æneas Siluius dit, que Lucresse faisoit à

Eurial, ne voulant ou pluſtoſt feignant ne
voüloir qu'il abuſaſt d'elle, car ce n'eſtoient
qu'amorces, & appaſts tous confits en lubricité, & des eſtincelles viues pour de tant plus
allumer en ce fol les brandons demi eſtains
de frayeur de ſa laſciue conuoitiſe, enyuré
d'amour & de plaiſir, il ſe retira au meſme
equipage qu'il eſtoit entré ſans que perſône
ſe prit garde du fait, chacun eſtimant que ce
fut vn crocheteur de ceux qui auoyent porté
le grain de Menelas : là où au contraire Lucreſſe auoit porté la charge du corps de ce
nouueau Facquin, & Menelas le fardeau d'v-
ne honte perpetuelle à ſa reputation. Or n'y
a il plaiſir tant chatoüilleux, & agreable
puiſſe il eſtre qui conſidere en ce qu'il eſt, ne
donne quelque elancement en la conſcience de celuy qui l'a commis : ce qui fut cauſe
qu'Eurial ſe voyant en rue, equipé ſi ſale-
ment, commença ſe hontoyer tout ainſi que
fit Adam lors qu'il recogneut ſa nudité : &
derechef ſe prit à faire vn long diſcours en
ſon eſprit ſur la faute qu'il auoit faite, & ſur
l'infamie qui luy eut couru ſus, ſi par cas on
l'eut ſurpris en ce malefice. Mais tout ſoudain changeant de chance il s'eſtimoit heureux ſur toute felicité d'auoir iouy de la plus
belle, gentille, courtoiſe & gracieuſe damoiſelle qu'il eut veu de ſa vie & de tant plus
faiſoit il eſtat de ceſte ſienne gloire, qu'il
ſçauoit qu'elle en auoit refuſé pluſieurs ay-

tres, & que mefme l'Empereur luy faifoit la
cour, fans qu'elle en tint compte, & que luy
en iouyffant feul, il fe pouuoit vanter d'e-
ftre aymé le plus loyaumeut d'homme du
monde : & par ainfi s'affectionna tellement
à cefte femme, qu'il ne penfoit plus qu'en elle, & ne tendoit que luy obeir en toute chofe. Ayant continué ces deux amans cefte vie
quelque temps, & Eurial, s'eftant veu deux
ou trois fois en danger d'eftre furpris, voicy
que Menelas deuint plus ialoux que iamais
de fa femme, non qu'il eut rien cognu de
ces amourachemens : mais craignant, pour
le grand nombre des feigneurs qui caref-
foyent fa femme, qu'à la fin cefte conftance
ne fut efbranlee, & fit clorre l'huys, & la feneftre qui eftoyent du cofté de la ruelle,
qu'auons dit cy deffus, prattiqua tant que le
tauernier, de la maifon, de laquelle auant
Eurial parloit à Lucreffe, fut chaffé du
quartier par ordonnance de la feigneurie &
ainfi tout moyen fut ofté aux amans de fe
parler, & fallut que les yeux feuls fup-
pleaffent au defaut de la parole, & que leurs
ennuis reprinffent vn renouuellement d'angoiffes. Cecy donna vn grand trance, &
à l'vn, & à l'autre, de forte qu'Eurial, qui fe
fut lancé au feu (auffi hardiment qu'Enee
fauuant fon pere) pour iouyr de fa Dame
condefcendit à ce que d'autrefois il auoit
refufé, qui eftoit de faire participant de fon

amour Pandale, coufin de Menelas, felon
que defia Lucreffe l'en auoit prié, & qu'elle
auoit dreffé Pandale au badinage. A ceftuy
s'adreffe l'amât paffionné, luy vfe d'vne longue trainee de paroles, pour l'attirer à ce à
quoy l'autre eftoit defia affez acheminé: luy
declare quelles font les forces d'amour, &
combien les grands & excellens perfonna-
ges fe font laiffez aller apres cefte douce folie: le prie ne trouuer eftrange, fi eftant attaint de ce mal, il le choifit pour fon efcu-
lape, puis que luy feul auoit le moyen de l'o-
fter de la peine qu'il enduroit. Et lors il luy
defcouure & le lieu & la perfonne vers laquelle fa deuotion s'adreffoit, & l'affeure (ce
que defia il ne fçauoit que trop) que l'amitié
eftoit entr'eux reciproque: & en fin luy promet, que là où il luy fera cefte faueur que de
luy tenir la main à le faire iouyr de fa dame, il le feroit ennoblir par l'Empereur (eu
efgard au credit qu'il auoit pres de cefte
maiefté) & le faire cheualier honorer du tiltre de Comte & de confeiller de la maifon,
& palais de cefte maiefté Imperiale: au fur-
plus le fupplia d'auoir l'honneur & la vie de
Lucreffe pour recommandé qu'il fioit en fes
mains, luy defcouurant vn fecret de telle &
fi grande importance. Pandale defia alliché des flateries de Lucreffe, & attiré de l'ef-
poir d'eftre Monfieur le Comte, fe laiffe aller, & promet à l'amoureux de le fauorifer

d'eſtre le miniſtre ſale de l'adultere commis au grand preiudice de ſon couſin & au
deshonneur, & ſcandale de tout ſon ſang, race & famille : & tout cecy pour eſtre enno-
bly, eſtre Comte, & tenir rang entre les premiers de ſon pays, & d'eſtre honoré, & reſpecté en ſa ville, & enfin il eut ce que tant il
ſouhaitoit, à ſçauoir le collier de l'ordre de
cheualerie, que les gens de bien acquierent
en bien meritant du public, & faiſans des ſeruices ſignalez à leur patrie, & à leur Prince.
Les enfans & ſucceſſeurs de ceſtuy (quoy que
par moyen ſale & infame il eut acquis ſa
nobleſſe) n'ont fait conſcience de ſe nommer illuſtres, magnifiques & grands, & ont
fait parade des marques d'vne nobleſſe, gai-
gnee au pris de la pudicité de leur parenté.
Et pource i'oſe dire auec le ſuſallegué auteur, Ænée Siluie, que ſi on vouloit rechercher & eſplucher de pres la ſource de la race de pluſieurs, qui trenche du ſeigneur, &
de l'illuſtre, & leſquels veulent eſtre prefe-
rez à tout le monde, on verroit que ces no-
bleſſes, ou ſont du tout ſans effet, ou bien, e-
ſtans, elles ont vne ſale infamie & deshonneſte origine. Combien en y a il, qui ſe ſont
enrichis par le ſang du pauure, & en exerçant vſure : les enfans deſquels ont porté tiltre de gentil'homme, & en ont laiſſé les enſeignes & fauſſes armoiries à la poſterité. Ie
croy qui auroit recours aux ſiecles paſſez,

on verroit, que celuy tel, qui commande sur
plusieurs, & qui de son ombre fait peur à
chacun, est sorty de quelque insigne brigand, qui de ses vols & brigãdages aura po-
sé le plant d'vne tresriche maison. Vous verrez les enfans d'vn trahistre auancé, estre
grands & honorez, & qu'vn braue meslan-
geur de drogues, & composeur de boucõ est
fauory, enrichi, & marche parmi les nobles.
N'a l'on pas veu iadis à Rome vn esclaue
commander à l'Empereur & à l'Empire, &
vn macquereau estre plus respecté que quelque Senateur, ou vn vaillant & genereux
Capitaine? En somme les flateries adulteres, paillardise, mensonges & folies, en la
corruption du siecle ont basty plus de maisons nobles, que n'ont pas ny la vertu, ny la
vaillance, & autres parties propres, & bien
seantes au bon & vray gentil homme. Car
on a veu tel qui en produisant trop liberale-
ment, & infamement son espouse, a esté des
premiers de son aage, à l'autre la beauté de
sa fille à serui pour sauuer ses biens & vie,
& à estre remis en ses charges anciennes.
D'autres estans asseurez meurtriers, & assai-
sins à gages, ont garenty leur col de la hard
& fait voye à leurs enfans pour venir, &
estre placez parmy la noblesse, où nul deuroit auoir lieu que ceux que la seule vertu
auec ses ornemens requis, a rendus loüables, nobles, & recommandables. En som-

me, de tout temps l'homme a fait plus d'e-
ftat du gaing, des richeſſes, honneurs & dignitez à quelque pris, & hazard que ce fut,
que du trauail honneſte auec lequel il faut
gaigner les enſeignes de vertu, compriſes
ſous ce nom precieux & illuſtre de nobleſſe,
tous taſchent d'entaſſer richeſſes, & en tas,
y mettre & engerber toute ſorte d'herbes,
mais peu ſe ſoucient d'aduiſer d'où cela
viét, & ſi les moyés ſont loiſibles, leur eſtant
aſſez qu'ils en ont, & qu'il en faut auoir pour
paroiſtre parmy les hommes. Et lors que le
cabinet eſt plein, & les bouges remplis, de
ce pris d'iniquité, & auec ce hameçon de vilennie, on achepte, & prend la nobleſſe qui
ne peut porter ce nom, ſi par la vertu des
ſuyuans, la ſaleté des premiers n'eſt lauee,
& abolie. En ſomme le Siennois Pandale
fut fait Cheualier & Comte pour auoir
ſerui de macquereau à Eurial : & fit ſi bien
que l'amoureux fut familier de Menelas, &
que ceſtuy vſant, lors qu'il alloit aux cháps,
des cheuaux d'Eurial, en recompence le
ſeigneur Alemant, montoit ſur Lucreſſe &
à loiſir, adextré & couuert du manteau &
ſoin de Pandale, il alloit librement viſiter ſa
maiſtreſſe. Ie laiſſe tant de trauerſes que ces
fols amans ſentirent, & les aſſauts que ſans y
penſer (ne ſçachant rien de la trahiſon de
Pandale) leur donna le frere de Menelas,
& les perils auſquels ſe trouua Eurial, en

allant recueillir le fruit de ses lasciuetez, &
faire tort à celuy ; qui ne le pensoit ny son
ennemy ny le rauisseur de l'honneur de sa
famille. Ie laisse dis-ie tout cela, pour venir
à la fin de ceste Tragique comedie, & des
amours peu heureuses de ce beau couple
d'amans qui ne pouuoit estre que folle &
desreiglee, puis que le commencemét auoit
esté plein de confusion, desordre, saleté, &
iniustice. Car si l'effet suit sa cause : & l'ac-
cessoire son principal, qui niera que d'vne
passion aueuglee, la fin n'en soit peruerse infame & scandaleuse ? Vous auez veu és liures precedens plusieurs, iceux cruels, & furieux exemples, de la conclusion, & salaire
des plaisirs sales d'amours : que si celuy de
ceste histoire n'est si tragic, & desbordé, si
est-ce qu'il y a du transport si excessif, que ie
ne puis dire autre cas sinon ; que où ces desirs se plantent, & impriment, il l'est impossible que l'homme vse de raison, & que son
ame soit guidee, que où d'vne brutale concupiscence en iouyssant, ou d'vn effrayant
desespoir, lors que les affaires luy succedent
contre son dessein, & qu'il est priué de la
chose aimee. De telle sorte estans conduites les affections d'Eurial, & de Lucresse, ne
faut s'estonner si le cœur leur faillit, voyans
que la necessité les pressoit, & que la puissance d'autruy leur ostoit les moyens de plus
s'entreuoir, & moins d'auoir accointance
l'vn

l'vn de l'autre, ce qui se passa cóme s'ensuit:
La cause qui detenoit l'Empereur Sigismód
à Siene, estoit la ceremonie de son couronnement qu'il ne pouuoit obtenir du Pape
Eugene: mais lors s'estans accordez luy , &
sa saincteté, il se prepara pour faire le voyage de Rome, lequel il n'eut eu garde de faire sans Eurial, qu'il aimoit sur tout autre : &
Eurial n'eut voulu pour chose du monde
faillir à vne chose si solennelle, & où il esperoit estre fait Cheualier de la main de ceste
Imperiale maiesté. Or iaçoit, qu'il tint secret ce depart, & n'en dit mot à sa maistresse, si est-ce que comme l'amour est plein de
soupçons, & défiances, & que mal- aisement
on deçoit les yeux de celuy qui aime de tout
son cœur. Lucresse sentit quelque vent de ce
voyage, & qu'Eurial estoit de la partie: C'est
lors que le feu couuert monstre son ardeur,
& que les humeurs feminines commencent
faire paroistre leur violence: car elle écrit
à Eurial, le blasme de luy auoir celé son depart, soupçonne son amant de déloyauté,
l'accuse de pariure & en fin adoucissant son
stile, le prie d'auoir compassion d'elle , &
qu'il l'emmenast auec luy, ce qui seroit facile, veu qu'elle luy en donneroit le moyen.
Que s'il refusoit de ce faire, qu'il s'asseurast
que iamais elle ne suruiuroit deux iours a-
pres son depart : & ainsi pensant gratifier à
Menelas, il seroit cause de la ruine de la plus

loyale & fidele femme de la terre. Eurial
estonné de ceste lettre & cognoissant l'humeur de sa Lucresse, & que si folement elle
se proposoit la mort, aussi enragement elle
en poursuyuroit l'effet, se resolut de la consoler, & luy promettre de l'enleuer à son retour de Rome , luy disoit qu'il seroit en
bref, la priant, que cependant elle se réiouyst
& tint pour seure , qu'il la contenteroit aimant mieux encourir tout hazard, & peril
qu'estre priué de celle qu'il aimoit plus que
sa propre vie. Il est vray que son epistre sur
la fin estoit pleine de bon conseil, remonstrant à Lucresse , l'infamie qui suiuroit
leurs amours , & quelle tache de deshonneur souilleroit le renom, & de luy, & d'elle : la supliant de ne precipiter les matieres,
d'auoir plus d'égard à sa bonne renommee,
qu'au plaisir, qui oste le iugemét à ceux qui
l'embrassent sans nulle côsideration. Conclud, qu'il feroit tant auec l'Empereur, qu'il
luy dôneroit quelque charge & cômissiô en
Toscane, & que se domiciliant à Siene, ils
auroyent moyen sans scãdale de continuer
leur amour & se dôner du bon téps. Ces promesses donnerent quelque repos à Lucresse
bien que tousiours elle fut en sursaut, & crai-
gnit, qu'Eurial abscété vne fois elle n'en auroit, comme il auint, la iouyssance. Ainsi
l'Empereur s'en allant de Siene, le gétil Eurial laissa son cœur engagé entre les mains

de la belle Lucreſſe, & elle viuant en tourment, Eurial emporte le cœur, repos & plaiſirs d'icelle: laquelle ſe veſtât de dueil, dôna
ſigne euidét qu'elle auoit perdu ce qui la tenoit en ioye & lieſſe. Et tant plus accreuſt
ceſte angoiſſe qu'Eurial eſtant à Rome deuint de triſteſſe, & facherie malade iuſqu'au
mourir: ce que ſçeu par Lucreſſe, peu s'en
falut que ne fit la folle, ou que ſe dérobant à
ſon mary, elle ne fit voyage de Rome pour
viſiter celuy qu'elle auoit viuement engra-
ué en ſon eſprit, ou que cruellement elle ne
forfiſt en ſa perſonne. Mais aduertie de ſa
côualeſcence, & que la Cour retournoit en
Toſcane, elle ſe côſoloit ſur l'eſperâce qu'elle auoit que ſon paillard l'enleueroit pour
la mener en Alemaigne. Voyez en quel a-
ueuglemét tôbent ceux qui reiettans la raiſon ſe ſoumettent au déreiglement de leur
concupiſcence: & quelles ſont les folies de
ceux qui n'ont Dieu que le plaiſir, ny conſcience qui les détourne de la pourſuite de
leur ruine. Entant que l'Empereur eſtant à
Peruſe, Eurial, reſolu de rauir ſa folle amie,
ainſi qu'il luy auoit fait ſçauoir par ſes lettres, s'en vint à Siene pour executer ſon deſſein: mais il ſe veit bien loin de ſon conte &
fruſtré de ſon attente. D'autant que quelque diligence qu'il ſçeuſt faire, & quelque
ruſe qu'il tramaſt, & meſſagers qu'il mit en
voye, ſi luy fut-il impoſſible de iamais par-

ler à Lucreſſe, tant les paſſages luy eſtoyent
clos & ſi ſolennelle garde Menelas tenoit
pres de ſa femme : laquelle voyoit Eurial
tous les iours faire la ronde autour de ſon
logis auquel elle ne pouuoit faire autre careſſe que d'œillades, de ſoupirs & de larmes:& luy n'ayant autre moyen de faire ſon
coup, gemiſſant & ſe contriſtant, ſe retira
demy deſeſperé vers l'Empereur. Ceſte retraite fut vn cruel rengregement de leur
angoiſſe, & de tant plus les corps eſtoyent
eloignez l'vn de l'autre, tant plus eſtoit furieuſe & violente la paſſion qui afligeoit
leurs ames, leſquelles ne pouuoyent ſe ſepa-
rer par deſirs l'vne de l'autre, ains viuoit Lucreſſe en la memoire de ſon Eurial, & cetuy
reſpiroit & eſtoit ſouſtenu par la ſeule ſouuenance de ſa chere Lucreſſe: ne riant plus
que lors que ſeul, il faiſoit des diſcours ra-
menteuans le plaiſir de ſon laſcif Paradis,
& des aiſes pleins de trauerſes, qu'il auoit
ſenti auec elle. Mais voyons la fin de ceſte
folle affection, car pour cet effet auõs nous
dreſſé ceſte hiſtoire : des qu'Eurial s'en fut
allé,& que Lucreſſe veit que s'en eſtoit fait,
& l'impoſſibilité de iamais le reuoir, elle ſe
reſolut de mourir, & de faire ſacrifice de
ſon corps languiſſant à celuy qu'elle ſçauoit
l'aimer loyaument, & qu'elle excuſoit de
ſon allee, le ſçachant ſaiſi iuſqu'au mourir, pour n'auoir peu effectuer ſa promeſ-

ſé. Et de fait elle ſe fut occiſe ſans quelques
ſeruantes ſe tenans pres d'elle , & leſquelles ſçachans la cauſe de ſon mal , l'empeſchoyent de ſe forfaire, & la conſoloyent autant qu'il leur eſtoit poſſible. En fin Lucreſſe ne pouuant plus ſuporter l'aigreur de cette angoiſſe la vehemence de ſa douleur, &
ayant perdu le ſommeil , paſſant toutes les
nuicts en larmes, gemiſſemés, & complaintes, refuſant le manger & le boire, elle tombe en vne groſſe fiéure, durant laquelle n'y
auoit cœur tant dur, & cruel fut-il , qui ne
fut émeu, oyant ſes regrets, & les doleances
pleines de paſſion amoureuſe qu'elle faiſoit
ſans que iamais elle voulut receuoir aucune conſolation ny de ſa mere, ny d'autres
dames la viſitans, & leſquelles n'ignorans
quelles ſont les forces d'amour, pleurás auec
elle taſchoyent neantmoins de luy oſter ce
fier deſir de mourir, & la retenir, ſous l'apaſt
de quelque vain eſpoir en vie. En fin la belle & peu ſage Lucreſſe , faſchee de tant viure, & maudiſſant ſon deſſein, & l'amour, &
regrettant plus ſon amát que ſon ame qu'elle acheminoit à la mort eternelle, elle treſ-
paſſa entre les bras de ſa dolente mere, l'an
de grace 1438. Eurial aduerti de ſa mort fut
ſur le poinct de parfaire la Tragedie, & l'ac-
cõpagner auſſi bien aux Enfers qu'il auoit
en la couche illicite, imitát les fols & deſeſ-
perez, qui pour ſemblables occaſiõs eſtoyét

outrez & occis : mais ses plus fideles amis
l'ayans tancé, & luy remonstré que ce fait
luy redonderoit & à folie & à deshonneur
perpetuel, & que ce faisant il perdroit son ame : se desista, portant le dueil neantmoins
pour la deffunte, & sentãt vn regret extreme
en son cœur, iusqu'à ce que l'Empereur luy
eut fait épouser vne fille de grande maison,
auec laquelle viuant il cognut quel tort il
auoit fait à Menelas luy souillant sa chaste
partie : & quelle est la rage des amans, qui
pour rassasier leur fol desir oublient Dieu,
toute loy & police, & ne se soucient de leur
propre reputatiõ, ny renom de leur famille.
Telle donc fut la fin des amours de ce Seigneur Alemãt, & de la belle dame Sienoise,
le succez desquelles ie voudroy que fut autant graué au cœur de nostre ieunesse, cõme
elle y imprimét les folles poursuites, & préd
plaisir és ieux & abominables acointances:
laquelle ne se corrigeant nous aduertissons
que celuy, qui endure la ruine du méchant
aheurté en ses peruersitez, est tout puissant
pour le payer de pareille monnoye qu'il en
a pris d'autres, & les rendre eux mesmes les
cruels punisseurs de leurs abominations: lequel ie prie, vouloir en nous son saint & salutaire Esprit, afin qu'eloignez de tout desir
de la chair, nous embrassõs celle pureté qui
rend les fideles agreables à sa diuine maiesté. Ainsi soit-il.

SOMMAIRE DE L'HI-
stoire de la premiere partie
de la Perle.

Ctre vainqueur de tant de nations, en fin reconduit par son mauuais sort au combat contre la royne Tomire est pris, elle luy fait trencher la
teste, puis la fit mettre dans vn sac plain de sang
pour vengeance de tant d'hommes par luy deffets,
cette mort n'empeschant toutesfois la ruine de cette royne ny de son pays, ce qui n'est rien a equipa-
rer a ce grand Xerxe duquel nostre suiet parle. Car
apres la mort de Daire son grand pere, il fit marcher sous sa conduite & celle de ses Capitaines, non
vne armee mais vn amas d'hommes indicibles qu'il
auoit durant vn grand espace de temps fait assembler auec tout leur attirail de guerre tant par mer
que par terre, & ce qui se trouua plus admirable
est que suiuy de tant de diuersitez de nations ne se
paroistre vn homme mieux formé ny plus digne de
dominer vn si grand peuple que luy. Parquoy il
pouuoit estre nommé la perle des princes de son aage, comme les princesses, mere & fille desquelles
nous parlerons cy apres. Xerxes ayant passé l'He-
lespont, fait des rencontres est forcé de faire vne
retraite fort desauantageuse. Il laisse Mardon son
lieutenant general en l'Europe où sa fureur deme-
suree luy auança son trespas, vous auez veu

Beauté
indici-
ble de
Xerxes

Suiet
du nom
de ceste
histoi-
re.

Mort
de Mar-
don.

M m iiij

ce prince figuré sans pareil ny second, auec tous les dons que nature & la fortune pourroit donner a vn grand, & maintenant depuis sa desroute par luy receüe de ses ennemis, la fortune luy faire le semblable. Xerxes donc ressemblant à ceux lesquels apres auoir receu vn petit mal en recherchent vn pire, comme il a fait paroistre à l'endroit de Masiste son frere, lequel auoit pour femme vne beauté suy-uie d'vne chasteté sans seconde dũ quel nostre Xer-xes deuint amoureux ou ayant fait par vn long temps plusieurs recherches en vain est forcé pour le bien de son estat de s'éloigner de Sardis, desireux de sçauoir quelle fin prendroit le siege mis deuant Seste par les Atheniens où estoit enfermé Ar-tayte son lieutenant, ce pendant Amistris femme de Xerxes conceuant vne indignation en soy atten-dant vne oportune vengeance. Les assiegez de Se-ste apres auoir paty tout leur possible quiterent la ville laissant vn butin inestimable, nonobstant Ar-tayte & sa troupe est rencõtree des Grecs & deffai-te. Ambase auec ses gens retirez en Trace, furent minez par le menu toutes lesquelles ruines ne font changer d'opinion a Xerxes seulemẽt songe a ren-uoyer son frere Masiste en son gouuernement pour auoir commodité de donner fin à ses poursuites des-ordonnez, ausquelles ayant la femme de Masiste courageusement resisté esprouua la ialouse rage de la femme de Xerxes qui fera fin de ce tragique dis-cours.

LA PERLE DES HI-
stoires tragiques.

Partie Premiere.

HISTOIRE CIIII.

YRE, le premier Monarque des Perses: fut celuy qui secoüa heu-reusement le ioug de l'arrogan-ce medoyse. Car ayant pris les armes, il reuolta ses patriotes cōtre Astyage: son ayeul maternel. Mesmes il le debella, & le prit en bataille: au moyen de Harpague, son Lieutenant rebellé. Tou-tesfois le Perse victorieux, & non cōtent d'a-uoir rompu aux Medes les ailes d'vne telle domination subiugua depuis le Roy Crese, & plusieurs republiques. Demarquant ainsi plus outre les bornes de son Empire : il luy donna vne robuste virilité, presque sur son enfance. Ce nonobstant il entreprit mal à propos la guerre contre les Messagettes. Et ne peut onques le diuertir de l'aduis cōtrai-re du sage Prince Lydien. Tellement qu'a-prés beaucoup de hazards, & de rencontres furieuses : son destin commença d'incliner

Seconde Monar-chie.

Astiage deffait.

à l'equitable vengeance des Barbares assaillis. Si qu'approchant sa fin, il fut effrené-
ment reconduit au combat : & du combat
à vne mort violente. Encore cette mort ne
luy estoit point si honteuse : qu'elle fit rougir
ses illustres vertus, par l'ignominie qu'il receut de la Royne Tomire. Car on plongea
sa teste dans vn sac de cuir, remply de sang
humain. Elle fut bien tres malheureuse

à son armee deffaite : voire à l'entresuite des
futures conquestes Persiénes. Mais il falloit
que leur fortune riante & outrecuidee, saisit
plus d'vne fois l'Europe & d'horreurs, & de
lamentations. Ce neantmoins parmy tant
d'effroyables ruines, & malheurtez, que
la Grece deuoit encourir : il n'y en a point
que lon parangonne à celle qu'espandit
l'innumerable exercite de Xerxe. Pource
qu'après le trespas du grand Daire son pere

il mena auec soy, ou sous la conduite de six
Generaux, non vne seule armee : mais vn
monde d'hommes, faisant plusieurs armees. L'espace de quatre longues annees, fut
diligemment employé a dresser les prepa-
ratifs de l'vne & l'autre gendarmerie : tant
sur mer, que sur terre. Et ce qui me semble
non moins considerable, c'est que entre
tant de milliers de combatans, entre tant
de Satrapes, & Potentats dissemblables, qui
pieça medisoyent parmy les Grecs : le Roy
Xerxe fut estimé le plus bel homme de tous

& de la plus riche taille, & proportion. On
le tenoit aussi pour le plus digne seigneur de
la souueraineté conquise sur tant de nations.
Et pouuoit-il estre nommé la Perle des *Suiet de*
Princes de son siecle, en puissance d'hom- *cette Hi-*
mes, & de Seigneuries : non moins que les *stoire.*
deux Princesses mere, & fille, dont nous
discourrons cy apres, furent la Perle des
graces, & beautez, de leur sexe. Titres, qui
rendront le tiltre de ce liure, non tant fa-
stueux, que veritable. Toutefois nostre Monarque ayant passé l'Hellespont, receut de
si notables pertes : que maintes ligues des
Grecs confederez, debiliterent mérueil- *Perte de*
leusement ses forces ruineuses & ruinees. De *Xerxe.*
maniere que tout inuincible qu'il se pensoit
cy deuant, & depuis ébahy de son propre
malheur : il s'accompagna de peu de gens, *Il quite*
& fit vne vergongneuse retraite en Asie. Il *l'Europe*
est vray que pour colorer son intimidation,
& sa fuite : il laissa Mardon, son Lieutenant general, en l'Europe, auec trois cens
mille hommes d'élite, comme il auoit requis. L'Attique fut la region qui se ressentit
le plus de ses rauages, & saccagemens. Et s'e-
stendit si auant l'impetuosité de sa fureur
desesperee que só trépas precipité, ensemble
les victoires qu'il perdit : finirent semblable-
ment, auec la famine, cette opiniastre guerre
des Asiens contre la Grece tres-affligee.
  Iusqu'icy i'ay sciemment amplifié cet

Belle col-
lection
des par-
ticulari-
tez suf-
dites.

exorde. Afin que en l'incomprehenſible
grandeur, & autorité, du Roy Perſan: vous
remarquiez deſormais vn euidēt eclipſe de
ſa proſperité. En la foudre, & nuee de ſes armees, vne deſaſtreuſe confuſion. En ſes forces admirables, vne plus admirable imbecilité. En ſes precedentes braueries, pleines de
frayeur, & de tempeſte : vn cœur vrayment
abiet, & puſillanime. Bref en la ſuperbe Ia-
ctance de tant de Royaumes imaginairemēt
conqueſtez, vn opprobre ſuruiuant, vne
infamié perpetuee, vne meſauanture irre-
parable à luy, & à ſes ſucceſſeurs! Vous l'a-
uez n'aguere veu gaillard en ſes deſſeins.

Naturel
de Xer-
xe.

Preſomptueux & magnanime, parmy ſes
troupes innombrables. Et depuis tournant
le dos à ſes ennemis: ainſi que fit la Fortune
à ſa felicité démentie. Maintenant vous le
verrez tomber comme d'vne fiéure en
chaud mal. Son inſatiable ambition, ſon
ardeur ſi belliqueuſe, ſe conuertiront en
vraye molleſſe, & oiſiueté, deux acceſſoires à
l'amour. Et pourtant il deuiendra ſi courtois
& ſi affable, nommément entre les Dames:
que meſmes les graces perſuaſiues ſemble-
ront parler auſſi doucement par ſa bouche.
Mais comme à chanté Bion Siracuſan,

Aux femmes ſied proprement la beauté:
Aux hommes force, & magnanimité.

Toutefois vn chacun n'euſt, & n'aura iamais, ce miraculeux Aneau de la noble &

aillante Bradamant: qui par la vertu d'iceluy, se depestra si sagement des filets amoureux. En cette maniere demeurerent vains,
& de nul effet, les enchantemens du Magi-
cien Atlant: lequel cette Dame surmonta. La
vertu conioïnte à la raison, se rendent ainsi
non maistrisees, ains maistresses, des artifices que nous brassent le vice, & la volupté
frauduleuse. Si est-ce que nostre Prince clair
voyant à iuger que c'estoit d'vne exquise
beauté, mais trop aueugle & tardif à se retirer de ce labyrinthe: s'amusa par consequent
à suyure la trace de ses volages affections.
Encore si l'apetit de ce fol desir, ne l'eust
qu'vne fois eslancé du feste de ses braues &
genereuses resolutions: sa faute le rendroit
aucunement excusable. Mais il imita les
miserables mariniers. Il ne leur suffit pas
d'auoir eschapé l'horreur de mille morts, à
l'entree de quelque dangereux goulfe marin. Derechef ils font voile à la premiere
commodité. Et démarez du sein de quelque
tranquille port, se commettent aussi hazardeusement que iamais, à la mercy des cruelles vagues tempetueuses. Xerxe se compor-
ta presque en cette façon & durant, & depuis
la poursuite de ses premieres amours. Car
Masiste son frere, & fils de Daire, comme
luy, ayant épousé l'vne des plus belles Dames que l'œil du Ciel peut contempler: il
osa neantmoins la rechercher auec vne im-

patience demesurée. Il se mouroit cent fois
le iour d'vne mort qui le resuscitoit incontinent du profond des enfers, au seul regard
de sa nouuelle Deesse Ah! si la cruauté d'a-
mour, qui tyrannise ses esclaues, comme vn
fier Tyran ses suiets : l'eust aumoins adres-
sé en lieu plus accessible ! Ie croy certai-
nemét que ce puissant Monarque, mais im-
puissant amoureux, n'eust épargné douceur,
ny violence, dons, ny largesses: pour renuer-
ser l'inexpugnable fort où habitoit la chasteté d'vne Princesse tant accomplie. Mais
elle estoit sa belle-sœur : & encores tressage
& tres vertueuse. Il n'osoit donques en le
voulant, ou ne vouloit en le pouuât, attaquer

insolemment vne place de telle consequence. Pource vsât de respects dignes de sa Maiesté adoree des Perses, & de la valleur
de celle qui déià maistrisoit son maistre ; il
se contétoit de l'accoster seulement par occasion. Cependant il humoit à lõgs traits les
gracieuses œillades qu'elle ficha profondement en son cœur plus mort, que lágoureux
& moins nauré, que malade. Cette Dame
qui auoit l'esprit gétil au possible : s'en aper-
ceut facilement la seconde fois que le Roy
l'entretint de paroles fort amiables. Encores la Perside estoit toute estonnee maintenant des émerueillables merueilles de la
Grece victorieuse. Maintenant des gestes
d'vn Prince si hardy en ses deliberatiõs:& si

nſtant en ſes aduerſitez. La Cour auſſi ne
ſonnoit iournellement ſinon des plaintes,
des iniures, contre cette inſtable fortune:
ui auoit ſi malheureuſement traité les Per-
s. Toutesfois la ſageſſe de l'eſpouſe de
Iaſiſte, penetrant auſſi auant que ſes beau-
z, le cœur de Xerxe amouraché: le diuer-
ſſoit ordinairement de ces triſtes fantaſies.
Car entremélant vne douce grauité à cette
modeſte allegreſſe qui luy eſtoit couſtu-
niere: elle captiuoit dautant plus la volon-
é Royale, qui dependoit entierement de la
ſienne. Vn ſoir entre les autres, l'Empereur
ſe voulant deſennuyer, ſe tranſporta en la
maiſon de Maſiſte: & diſcourut aſſez priuément auec ſa maiſtreſſe. A le voir, il
dédaignoit en ſon ame la familiarité d'vn
chacun: pour iouyr plus à plein des mi-
gnards attraits de celle qu'il cheriſſoit vniquement. Pource ſe ſentant ſur l'heure preſſé
d'vne plus vigoureuſe paſſion, il ſe découurit
à elle en ſemblables paroles.

    Voſtre ſur-humain eſprit, Madame, e-
ſtant ſi noblement façonné aux vertus: em-
bellit encore vos plus rares beautez. Preſens vrayment ſinguliers, & plus que ſuffi-
ſans, pour m'eſtonner de prime entree: ſi
quelque fauorable accez, ou pluſtoſt voſtre
debonnaireté accouſtumee, ne daignoit ſu-
pleer à mon imperfection. De là comme
d'vne double ſource, procede vn amour

iumeau : lequel saisit, & possede incontinent, les personnes qui iettent la veüe sur
tant de raritez, pour vous aimer, & admirer
ensemble. Mais qui ne seroit viuement épris
de ces dons si precieux? Le Ciel ainsi qu'vn
soigneux & fidelle Thresorier, les auoit
mis en longue reserue : pour en orner quelque iour vostre bon entendement. Moy-
méme ie les imagine, & les iuge non moins
estimables sur tous autres : que nostre corps
est plus a priser que le vestement dont il se
couure. L'homme qui ferme les oreilles à
la verité, dône volôtiers vne mauuaise opinion de sa preud'homie. Et qui ne recognoit
vostre qualité, est notoirement indigne de
la clarté du iour. Quant à moy, soit que Iupiter, & Venus inferieure, (ce sont les
Planetes que nos Astrologues nomment les
deux Fortunes) ayent esté conioints au
poinct de ma naissance, soit que Mars
fut lié à cette Deesse qu'on luy baille fabu-
leusement pour amie : i'auoüe qu'ils ont vne
peculiere efficace sur mon inclination. Ie
ressens vne certaine influence de leur pouuoir. Et ce pouuoir, Madame, m'incite à
me rendre amoureux de vos perfections : &
vous presenter mon seruice. Laissez moy
donques meriter. Et i'auray part en vos bonnes graces.

Comment, Monsieur, respondit la Princesse. Et qui est celuy là parmy les viuans,

du

Sëtence.

Respon-
se de la
Princes-
se.

luquel voſtre Maieſté ne merite infiniment?

Ces honneſtes paroles ainſi proferees d'vne attrayante gaillardiſe : enhardirent le Roy a pourſuiure ſa pointe en ceſte maniere.

C'eſt vous ſeule Madame, en qui ie voudrois me mirer ! C'eſt vous ſeule ma mieux aymee , qui nourriſſez mon eſpoir des apaſts, & mignardiſes, de vos pudiques regards : pour imprimer dedans mon ame les traits plus agreables de voſtre face. Ie n'ay pourtant oſé deſcharger mes conceptions ſur le papier : afin de les depeindre en vous eſcriuant.

II. *Harangue de Xerxe.*

I'ay pluſtoſt voulu en eſtre moy meſme le meſſager, voire l'interprete, Ie ne puis autrement vous ſpecifier ma ſincere intention. I'ay bien la puiſſance de vous hauſſer en honneur , & grandeſſe, par deſſus les plus magnifiques Royne du monde. Aſſiſtez moy donc , Madame. Conuiez moy à ce bel effet : par la ſemonce de vos faueurs, & courtoiſies.

La Princeſſe reſta merueilleuſément penſiue, oyant ce langage inuſité. A chaſque mot que le Roy prononçoit, à chacun de ſes geſtes deſcontenancez : elle meſme changeoit de couleur , & de contenance. Ces harangues luy ſembloyent fort eſtranges. Comme ſi ſous la douceur d'vn miel ſauou-

Perplexité d'vne chaſte Dame.

reux , elles euſſent couué ie ne ſçay quel venim interieur : qui pouuoit eſtaindre ſa vie,
& ſon honneur enſemblement. A ceſte cauſe
elle n'euſt failly de reſpondre auec ſeuerité,
veu ces trop licentieuſes ſollicitations : ſi
Xerxe craignant de luy deſplaire, n'euſt ſubitement changé de propos , & de ſubiet.
Auſſi eſtoit-il déià tard. Et ores que Maſiſte
fit ſemblant d'approuuer ceſte libre accointance : ſi ſentoit-il peu à peu naiſtre dedans
ſon cœur mille & mille aiguillons de ialouſie. Toutesfois il ſe con raignoit au poſſible,
Afin de ne donner au Roy la moi: dre ſignifiance d'vn tel ſoupçon. Tandis ce Prince
trop eſclairé , ne voulant ſcandaliſer ſon
Frere, ni offencer la reputation de ſa Dame:
prit honneſtement congé d'elle , & ſe retira
dans ſon Palais. La ſuite des Satrapes, &
Courtiſans plus auancez en credit, l'auoit
à peine laiſſé preſt à ſe coucher: qu'il ne faiſoit que ſouſpirer, & ſe plaindre. Toutes ſes
penſees, toutes ſes imaginations, s'enuol-
loyent incontinent au ſeiour de ſa Douce
cruelle. Perſonne n'oſoit le reconforter. Perſonne n'eſtoit ſi outrecuidé de ſonder l'o-
rigine de ſon martyre. Et quand bien quelqu'vn s'en fût douté : ſi ne pouuoit-il manifeſter ſeurement ce qu'il en coniecturoit.
Ainſi ſe paſſa non ſeulement ceſte nuict,
mais quelque laps de temps : qui ne ſçeut
aporter aucun ſoulagement à la maud

tristesse de Xerxe. Il deuenoit plus solitaire
que iamais. S'il sortoit, & se monstroit en
public : il s'efforçoit a dementir ces secrets
eslancements, par la monstre d'vn plus se-
rain & ioyeux visage. Ceci aduenoit signã-
ment alors qu'il voyoit, ou entretenoit, l'v-
nique Maistresse de ses volontez : ou quand
il se laissoit rauir en sa contemplation.

Quelle diuine clarté (disoit-il parfois)
s'oppose si souuent à la tendreur, & debilité,
de ma veuë ? Seroient ce point les doux re-
gar's de Madame, ou plustost les adorables
yeux de mon humaine Deesse : qui esblouys-
sent ainsi les miens, par la vigueur de leurs
viues estincelles ? Astres iumelets, lumieres
fatalles de ma vie : combien suis-ie, peculierement obligé aux salutaires rayons que
vous faites reluire sur moy ? Combien vous
suis-ie redeuable, mes deux petis Soleils eter-
nels, qui regaillardissez mon Ame : pendant
qu'elle poursuit la course de son amoureux
voyage ? Que desormais le Ciel se contente
de ses deux grands Luminaires, qui honorent le iour, & la nuit ! Ces chastes flam-
beaux, qui embraseroyent les cœurs plus
mornes & assoupis : sont notamment desti-
nez pour illuminer la terre. Ils font beaucoup mieux resplendir la vertu de leur esclat
dispersé sur les creatures d'icy bas. Vous
m'auez épris en ceste sorte, & me bruslez
d'vn feu inuisible : ô bessonnes lampes d'A-

Nn 1j,

mour! Vos allechements, vos gayetez at-
trayantes: ſont le ſouffre, & la gomme bruſ-
lante, qui me conſumét non impatiemment
en ceſte flamme! Ie remeurs, ie reuy cent fois
en vn moment: alors que ie vous œill de.
Encore me repute ie bien-heureux! Non
pour me voir, reueré de tant & tant de peuples humblemét conquis à ceſte Couronne.
Non pour eſtre enuironné de tant de Seigneurs obeïſſans au ſeul Monarque de la
Perſide. Mais ce bon-heur, mais ceſte gloire
indicible, me prouient de ce que i'expire len-
tement pour vn obiet ſi rare. Viuez donques
(Madame) en toute lieſſe, & felicité. Ac-
compaignez-vous de ces loüaliges, & hon-
neſtetez, que l'on vous attribuë. Mais glori-
fiez-vous principallement de ce qu'vn eſ-
merueillable Phœnix en beauté, a fait naiſtre (choſe plus admirable!) vn autre Phœnix en amour.

Par ces flateuſes exclamations iettees en
l'air, Xerxe ſe laiſſoit conduire à ſon aueuglement d'eſprit. Telle eſt l'ineuitable force
d'amour! Telle la folie des cœurs effrenez &
voluptueux! Ce qui plus rengregea ſon tourment, c'eſt que pour le bien de ſon Eſtat, il
fut conſeillé de s'eſloigner vn peu de la Ville
capitale de Lydie. Afin d'entendre plus com-
modément quel ſuccez prendroit le ſiege
mis deuant Seſte, par les Atheniens. Ils
auoient eſté griefuement intereſſez par les

incursions, & pilleries des Perses. Au moyen
dequoy ils tenoient là obstinément resserré
Artaycte, Lieutenant du Roy: homme tres-
cruel, & rigoureux à la guerre. Toutesfois
son Prince n'estoit pas si aprentif à celle
d'Amour: qu'il oubliast son deuoir enuers la
Royne de son courage. D'autre part Amistris sa femme, se mescontentoit fort de ce
sien contentement. Mais la crainte d'esprou-
uer l'indignation de sa Maiesté: luy faisoit
tacitement nourrir vne sourde tempeste
d'enuies, & d'outrages premeditez. C'estoit
en attendant qu'elle se peut venger ouuertement de celle là que le Monarque preferoit
à toutes les femmes de l'Vniuers. Aussi luy
estant desniee vne legitime opportunité de
luy dire Adieu, sur son partement: il voulut bien s'en acquiter par Lettres d'vne telle
substance.

J'*Ay plusieurs arguments de me complaindre.*
Mais toute complainte est petite, au prix de
mon infortune. Qui renforçera donques mon coura-
ge, & ma doleance? Qui pourra consoler mon ame
si tristement desolee? Ah! faut-il que ie sois main-
tenant priué de ceste gentile Beauté, sans qui la
plus heureuse vie m'est vne mort intolerable? vo-
stre seule presence, Madame, a telle efficace en
mon endroit. Le monde est tout enuelopé de hydeur,
& de tenebres, alors qu'il a perdu la torche du
Soleil: & que l'obscurité suruenant couure l'air
de son espaisseur. Ie ne voy pareillement autour

Passage
& Fort
sur
l'Helles-
pont.

La Roy-
ne ialou-
se.

Malice
de fem-
me.

1. *Let-*
tres
amou-
reuses
de Xer-
xe.

N n iij

de moy sinon les ombres d'vne nuit eternelle : dés
que vos chastes yeux (deux beaux Soleils que i'a-
dore) me cachent leur clarté accoustumée. Las!
que i'absente à regret tant de perfections, qui vous
feroyent mesmes obeyr, & respecter, des plus im-
pitoyables Scythes! La Necessité me contraint
neantmoins de vous laisser! ie diray mieux: Il faut
que ie laisse moy-mesme, & supporte vne douleur
incroyable! Si est-ce, Madame, qu'abandonnant ce
lieu: ie commanderay à mon Cœur d'y seiourner
continuellement aupres de vous. Retenez-le donc,
& le cherissez : comme vostre qu'il est, & sera
perpetuellement.

Le plus fauory des Eunuques du Roy, porta subtilement ceste Lettre à sa Dame. Mais
il n'eust si tost exploité cest amoureux Ambassade, ni sa Belle sœur donné l'audience
qu'elle ne pouuoit bonnement refuser : que
Masiste son loyal Espoux, n'en fut aduerty. Ceste genereuse Princesse, qui pour
honnestement complaire au Roy, ne vouloit desplaire à sa chere partie : luy reuela
soudain l'affection que Xerxe luy monstroit. Adioustant que pour ne l'irriter à
leur commune perdition, elle n'auoit peu
(auant qu'il partit de Sardis) reietter ce message. Masiste oyant parler sa Femme si prudemment se rasseura fort de sa foy, & de sa
vertu. Il ne fit point autre conte de l'escritu-
re du Roy. Au contraire fut d'aduis qu'elle
dissimulat ci apres. Estimant (peut estre)

que la ſeparation des perſonnes, & l'interualle du temps, & du pays, ou l'vrgence des
affaires : eſmouuroyent l'Empereur a ne ſe
ſoucier plus de ſon inceſtueuſe pourſuite.
Mais las! ce Prince declaroit par telles obie-
ctions, qu'il ignoroit combien l'Amour eſt
aueugle, & ſans conſideration. Helas! il l'experimenta trop iniquement luy meſme au
retour du Roy, lequel il auoit ſuiuy. Pource
que ni la ſeparation des perſonnes, ni la di-
ſtance du temps, ou des pays, non l'extremité des affaires Perſiennes : n'engarderent
que Xerxe ne perſeuerat en ſon pourchas
amoureux. Il n'y euſt deſtourbier, ni empeſchement, qui le peut diuertir : iaçoit que parfois il maugreat l'indontable volubilité des
occurrences de ce monde. Non pas meſme
la reſente playe qui outra ſon ame à la repriſe de Seſte, par l'Armee d'Athenes. Car les
Perſes aſſiegez & affamez, furent reduits
au ſupreme periode de toute calamité. Ils
faiſoient boüillir leurs ceintures de cuir, &
les ſangles des licts. Non pour apaiſer la
croiſſante rage de la famine qui les perſecu-
toit. Mais pour ſubſtanter vn peu la defail-
lance des ſoldats attenuées du trauail, &
ieuſne aſſidu, qu'ils enduroient. Eux neantmoins ſe voyans ſur le poinct d'vne prochaine ruine : ne voulurent pour cela ſe fier
à la commiſeration de leurs irreconciliab-
les Aduerſaires. Pluſtoſt ils reſolurent de

Nn iiij

Sage re-
ſolution.

Paſſion
indiſ-
crette.

Seſte re-
priſe par
les A-
theniens.

Obſtina-
tion d'aſ-
ſiegez.

Chefs af-
fiegez, se
déi obãs.

quitter la Forteresse. Si que la garnison dé-
nichée, fit vn trou à la nuit. Artayéte, &
Ebase, Chefs principaux : furent coymét
deuallez par la muraille, du costé qui estoit
moins garny d'Ennemis. Par ainsi quand
l'Aube du iour, leur eust descouuert la fuite
des Barbares : les Atheniens entrerent sans
difficulté, en la Ville. Et lors s'enrichirent

Butin
inesti-
-mable.

de la cheuance, & des thresors de Protesi-
las : lesquels y auoyent esté transportez par
les Perses. Mais Artayéte, & sa troupe, furent depuis tuez par l'inhumanité des Grecs.
Et perirent aussi miserablement Ebase, &
ses gens, refugiez en Thrace. Or nonobstant les espouuantables esclats que ce vengeur tonnerre fit douloureusement retentir
iusques aux oreilles de Xerxe : si n'en fut-il
tant estonné, que des inflexibles rigueurs de
sa trop chaste Maistresse. Encores ne se

Opinion
des
Amou-
reux.

trouuoit elle si tost en la compagnie des autres Princesses de la Court : qu'elles sembloient au Roy ou des menus esclairs dispa-
roissans, ou des estincelles mourantes. Ie di,
au prix de la gracieuse lumiere , & serenité,
qui rembellissoient le visage de sa Dame.
Maintenant ceste seule apprehésion luy fai-

Masiste
Gouuer-
neur des
Bactres,
et Saces.

soit renuoyer son Frere bien loin, en son
Gouuernement de la Bactrie. Puis apres luy
déroboit la parole arrestee au bout de sa langue. Maintenant elle luy redonnoit vn en-
couragement, pour estre moins timide a dé-

celler ſes deſtreſſes plus reçellees. La Royalle autorité ſert touſiours aux Princes d'v-
ne aſſeurãce infaillible. Auſſi ne faillit-elle
d'éuertuër le Perian mieux qu'au parauant.
Et pource reprenant l'occaſion aux cheueux
il aborda ainſi ſa Belle-ſœur.

C'eſt vne pure baye, & menſonge, que
l'on doit corriger en ces vieux côtrouueurs
de fables : qu'il y ait vn Dieu forgeron qui
fourniſſe de traits bien acerez, à ie ne ſçay
quel Archerot æ̈lé. Ils luy mettent vn ban-
deau ſur la face, vn arc en la main, & vn car-
quois touſiours garny à ſon coſté. Quoy? ſi
ce boyteux Vulcan trauailloit pour luy
ſeulement : d'où viendroit-il eſpuiſer tant
de fleches qu'il mé tire au cœur, dés que i'o-
ſe vous contempler ſi belle & ſi vertueuſe?
Comment pourroit-il, Madame, faire breches ſur breches, & douleurs ſur douleurs:
ſi vos yeux meſmes ſi diuins & ſi eſtincel-
lants, ne luy aſſiſtoyent à ceſte recharge? Si
comme aſſeurez & tres-experts tireurs, ils
ne deſcochoyent bruſquement vn million
de ſagettes : qui ont pour bute le centre de
mon eſtomach? Qui ne faillent iamais d'aſſeoir au dedans leur coup, & leur bleſſeure
irremediable. L'ordinaire preuue que i'en
fay quand ie me trouue pres de vous : m'ef-
force d'en parler ſi aſſeurément! Par là ie
vous teſmoigne le redoublement du martyre qui m'opprime : alors que vos rudeſſes

trop altieres, ou bien l'aſſiduelle vehemence de mes affollemens, angoiſſent mon courage, & troublent mon entendement. Ceux
qui ſont bleſſez des Scorpions, ont accouſtumé d'emprunter le remede des Scorpiõs
meſmes. A leur exemple ie recuiés touſiours
à vous, Madame. A vous, d'où prouient ma
griefue maladie. A vous, de qui i'attends
auſſi mon entiere gariſon. Ayez donques
eſgard à l'inuiolable ſeruice que ie vous ay
voüé. Moy qui ay pour ſeruiteurs, les plus
grands Princes du plus grand Empire lequel
fut onques eſtably ſur la terre. Excuſez ceſte
naturelle defectuoſité qui m'eſt commune
auec le reſte des humains. Ie me ſens fort
ſuffiſant de commander à toute l'Aſie. I'ay
fait trembler ſous mes pas, les plus guerrieres Prouinces de l'Europe. Toutesfois ie ne
puis ores tant ſur moy meſme, que ie ne vous
manifeſte priuément l'interieur de mes affections. Madame, ie ſuis idolatre, mais eſclaue, de voſtre ſeule beauté.

    Xerxe n'euſt mis fin à ce propos, que la
Princeſſe luy repreſente diſcrettemẽt combien l'excellence d'vn tel Monarque eſtoit
glorieuſe. Que s'il balançoit ſa petiteſſe, &
ſon ineſgalité: il iugeroit n'y auoir aucune
partie en elle, pour meriter que ſon ſeigneur
s'inſinüat en ſon amitié. Qu'elle le prioit re-
uerément de ſe reſouuenir que ſa Belle-ſœur
auoit pour mary vn Prince. Que meſme il

stoit sang de son sang, voire si proche de
Maiesté : que nature ne les sçauroit con-
ioindre d'vne plus forte liaison. Et qu'en
faueur d'vne si mutuelle fraternité, il re-
straignit vn peu la course de ceste amoureuse outrance. Car elle franchissoit tous limites & de raison & de ciuilité.

Voudriez vous, Monsieur, (disoit elle) *Respon-*
butiner le tresor de ma chasteté iamais a- *ce d'vne*
dulteree ? S'il vous plaist illicitement faire *sage da-*
ce butin, cóme si i'estois exposee à la mercy *me.*
des ennemis, non commise en vostre seure
garde: pourquoy m'affectiõnez vous maintenant? Et si vous m'affectionnez, comme *Raisons*
il est croyable : pourquoy las ! pourchassez- *subtiles.*
vous mon deshóneur apparent? Est-ce che-
rit vne personne, que de luy faire éternelle-
ment hayr sa propre vie? Est-ce respecter
vne Dame de renom, vne Princesse irrepro-
chable, vne sienne Alliee: que de l'inuiter *Contre*
cautement aux peruerses intelligences d'v- *l'inceste.*
ne conionction illegitime, aux pratiques
d'vn amour execrable & dénaturé? Cessez,
Monsieur, cessez ie vous supplie, de m'attirer auec tant de blandices, & d'applaudisse-
ments ! Si vostre liberalité me veut pousser
à quelque nouuelle grandeur, si vous desirez tant accroistre mon estat, ou deuancer
mes esperances par vn auancement inesperé: il vous est plus que facile. Vous effectue-
rez ceste volonté, non en esleuant mon tres-

cher Mafifte par l'infame proftitution de fa
Femme. Non en me comblant de richeffes,
ou d'vne infinité de ioyaux, & dorures: pour
fouler, mais auillir du tout, le prix de ma
pudicité. Prix, qui ne peut eftre prifé: &
moins encore fe vendre, ou s'achepter. Vous
ferez vn acte fi Heroïque, auec beaucoup
moins de fraix, & de peine. Gardez-vous
fans plus de bleffer voftre foy, & de conta-
miner noftre reHommee. Ne faites point ces
vilaines breches ny à voftre confcience, ny
à mon innocence. Voylà mon Efpoux plus
braue, & plus autorifé: que fi vous luy con-
feriez en partage, l'Arabie heureufe! Voyla
voftre Belle-fœur plus opuléte & plus fom-
ptueufe: que fi vous en faifiez vne Soltane de
Babylon! Alors vous, & moy, pourrõs hardiment publier qu'il y a des femmes qui ont
toufiours vn cœur viril, & non effeminé.
Vne fermeté refoluë, & non flottante comme les ondes: ni variable comme les vents,
ou les giroüettes. Somme vous ferez mentir d'orefnauant ceft outrageux Prouerbe,
qui vieillit à noftre honte parmy les hommes. Faux Prouerbe, fouftenant que cefte
femme feule eft chafte & incoulpable, laquelle ne fut iamais requife.

　　Tant de pathetiques, & neantmoins to-
lerables, remonftrances: attendrifloyent
vn peu la durté de Xerxe, n'aguere fourd &
inexorable à telles fupplications. Mefmes

celle fin que la Royne, qui ce iour eſtoit
tenuë en la Salle de preſence, n'en conçeut
quelque ſubit martel : il laiſſa (mais pour
bien petit eſpace) ſa Princeſſe ſi conſtante.
Et cependant entretenoit celle qui en auoit
vne opinion contraire. O combien peu de
femmes pareilles à celle de Maſiſte, voyons
nous en ce ſiecle ſi abaſtardy & depraué ! Il
s'en faut beaucoup qu'elles ne deſirent voir,
pour eſtre veuës: agreer, afin d'eſtre courti-
ſees ! Pluſtoſt elles s'entre-porteront vne
enuie calomnieuſe, ſi quelqu'vne acquiert
plus de ſeruiteurs que ſa compagne. Elles
s'eſtudient ſans ceſſe à ſe parer mollement, à
ſe mignarder, & à faire les delicates. Il n'y a
muention qu'elles n'employent, pour enrichir leur beauté: pour embellir leur laideur.
Comme accuſant le temps, & la Nature, des
iniures que l'aage ameine : & que leur artifice ſe trauaille de reparer. Leurs attraits
blädiſſants, la monſtre de leur blanche gorge, & de leurs tetins deſcouuerts, meſmes
leurs paroles tät affaitees: que ſont ce qu'autant d'apaſts, & de hameçons, afin de ſur-
prendre noſtre ſimplicité ? Elles n'eſpar-
gnent rien, pour empriſonner nos libertez:
pour empoiſonner nos ames par mille fards,
par mille allechements, & ſubtilitez. Encore ſommes nous ſi eſtropiats de cerueau & ſi
perclus de ſens: que nous idolatrös eſperdu-
mẽt ces images reuernies & colerees ! Le

Perſan eſtoit iadis frapé ce à coin. Mais l'honorable eſpouſe de Maſiſte, ne reſſembloit en
façon quelcôque à ces molles & fardees: que
l'oyſiueté, & le monde, rendent totalement
immondes. Les femmes d'alors eſtoient déià plus courageuſes que les Princes. Et la
plus part des Princes d'auiourd'huy, l'eſt encore moins que nos femmes. Mais quoy?

En l'Eu-   *Tu ne ſçaurois regir le mol orgueil*
nu.   *De ce qui n'a ni raiſon, ni conſeil:*

Diſoit le ſententieux Terence. Ce vice
ſucceſſif à tous hommes, n'excuſoit pourtant les continuelles importunitez de Xerxe. Au rebours laiſſant deuiſer la Royne
auec ſa belle-fille, & réuoyant ſa Belle-ſœur
vn peu à l'eſcart: il va luy entamer ce diſcours paſſionné.

4. Ha-
rangue
de Xer-
xe.

Madame, ie ne m'eſtonne plus dequoy
vous recompencez de ſi peu d'affection, la
grandeur de mon amitié! Car elle eſt ſi parfaite, & ſi accomplie enuers vous: qu'elle ne
vous laiſſe partie d'amour , par laquelle
vous me puiſſiez reciproquement aymer. Ie
confeſſe neantmoins que les rayons de voſtre face, ſont le ſeul motif, & la premiere

Diſcours
Platoni-
que d'a-
mour.

cauſe, de ceſte mienne loüange. Noſtre ame
qui eſt comme vne image bien peinte de la
beauté ſouueraine, & qui de ſa nature aſpire
à ſon origine : demeure miraculeuſement

nceinte du vif defir de ceſte ſinguliere per-
ection.. Ce qui aduint ſpecialement par
l'obiet de la perſonne comblee d'vne beauté qui eſt conforme à ſoy : & que l'on recognoit en elle, & par elle. Madame, vous
eſtes celle-là que i'ayme vniquement. Vous
me repreſentez la naifue reſſemblance de
ceſte treſ-exquiſe beauté qui eſt la meſme
Ame, & qui reluit en vous : pour eſprendre
ainſi mon eſprit.. C'eſt pourquoy ie vous
exalte, & deïfie en moy , ni plus ni moins
que ſi vous eſtiez ceſte diuine beauté. Vous
di-ie, qui accroiſſez en excellence : non
autrement que mon amour enuers vous,
accroiſt en force, & en defir. Serois-ie pas
donques plus que diſcourtois & inciuil, ſi
ie ne m'auoüois franchement voſtre obligé, par les heureuſes marques d'vne telle redeuance ?

Ie croy Monſieur, (repliqua la Princeſſe)
que l'aſpreté de vos trauaux amoureux, ſe
conuertit inopinément en vne merueilleuſe
eloquence. Sans mentir elle adiouſte beaucoup de luſtre aux eminentes vertus qui excellent en voſtre maieſté!

Ce Prince qui enduroit vn tourment infiny, repart là deſſus : & luy reſpond auec
vne admiration.

Cōment! Nō Madame, ce n'eſt pour ſub-
tiliſer, ou faire l'ingenieux Philoſophe d'a-
mour : que ie ſuis attiré par vne ſi vehemen-

Repli-
que de la
Prin-
ceſſe.

5. Harã-
gue de
Xerxe.

te, ou pluſtoſt ſur-humaine, contemplation
de vos graces, & raritez. Ceux qui ſont ca-
ptiuez és liens d'vne priſon autant ſouhai-
table que la meſme liberté, ceux qui ay-
ment perſeuerément comme moy: aſsignent
auec iuſte raiſon le nõ de Deeſſes, ou d'Im-
mortelles, & ſéblables qualitez, aux Dames
qu'ils ſeruent deuotionnément. Mais ie n'en
ſçache point qu'on vous doiue comparer.
Vous eſtes la premiere, ainçois l'vnique pa-
rangon, de la trouppe. Fauoriſez-moy ſeulement de voſtre bon recueil. Ie ne me laſ-
ſeray iamais (car tout autre eſt indigne
d'vn tel accez) de vous perpetuër le ſeruice
qui me rend ſi hardy en mon entrepriſe. Ie
vous en feray iuge. Vous en ſerez encore
l'arbitre, par les effaits de mon obeyſſance.
Par là i'eſpere qu'apres la conſtante preuue
de mes pourchas, il reüſſira quelque doux
fruit, & ſalaire, de ce trauail, & aſsidui-
té. Ainſi la roſe tref agreable entre les
fleurs, naiſt des eſpines aſpres & dange-
reuſes.

Icy ce Seigneur, eſtrangement ſeigneu-
rié par la maiſtriſe d'Amour: fit eſmeruëil-
ler ſa Dame plus qu'au precedent. Elle ſçauoit bien que ceſte roſe qu'il deſiroit tant
cuëillir en ſon Iardin, ſeroit touſiours enui-
ronnée de poignantes eſpines. Mais d'autre
coſté elle n'apprehendoit pas moins l'inſti-
gation, & la hardieſſe, de ſon Prince. Car il
/ſe

e permettoit volõtiers ce qu'il s'eſtoit vne-
ois promis. Voila comment la raiſon d'v-
ne part, & la peur de l'autre: aſſailloyent tour
à tour lê cœur imployable de ſa belle ſœur.
Et comme encores elle vaciloit en ceſte in-
certitude, Xerxé luy reparla ainſi ſur ſes
dernieres excuſes.

Ce meſme ſoir, Madame, que ie me dé-
couury naïuement à vous, apres les attaintes de voſtre amour, & gentilleſſe: fut l'irre-
futable teſmoin qui me veit empeſtrer ſi a-
uất és filets d'vne telle chaſſe. Helas! ie penſois qu'il me ſeroit aiſé de m'affranchir de
voſtre ſeruitude, ayant le pouuoir cõioint à
la volonté. Mais le deſtin s'eſt opoſé à mon
eſperance. Puis ce petit archer Cupidon a
trop cauteleuſement recèlé ſes traits, & ſes
flaméches dedans vos yeux: Tyrans amiables de mon cœur offéncé. Ce ſont ces deux
beaux aſtres flamboyãs, ou, pour mieux dire, ces coniurez haineurs de ma fidele pourſuite: leſquels ont rendu voſtre ſubiet, & tributaire, l'incõparable Roy des Perſes. Depuis ie ne ceſſe de lamenter ma fortune, &
d'iniurier Nature. Pource qu'apres l'oſten-
tation de mille triomphes, & mondanitez:
elles ne m'ont fait tãt accompli, que ie peuſſe également meriter la faueur de vos courtoiſies. Les beſtes à la verité ſont plus heureuſes que le genre humain. Elles font l'a-
mour ſans contrainte: & s'entre-careſſent à

leur plaiſir. La Geniſſe ſuit les Toreaux
qu'elle deſire, La Poutre ſon Poulain, La bi-
che ſon cerf. Il en eſt ainſi des oiſeaux, qui
ont l'air pour campagne: & des poiſſons, qui
habitent l'autre venteux Element. Ceux de
meſme eſpece ſe meſlent ſans nulle difference. Les meres auec leur race, Les ieunes
auec les grands. Seuls par vne imaginaire
raiſon, par vne ſcrupuleuſe conſanguinité,
nous ſophiſtiquons noſtre bon-heur, alte-
rons noſtre propagation. Voila Madame,
quelles ſont vos defences, que i'appelle
nos offences. Mais qui eſt celuy là que vous
craignez? De qui ne deuez-vous eſtre aſſeuree: puis que ie vous aime? Puis que ie
me donne à vous ſeule? Voſtre Maſiſte y a
voirement quelque intereſt. Mais vous ſçauez la puiſſance que i'ay ſur mes freres.
Vous n'ignorez cōbien ie puis rabaiſſer ſon
outrecuidance: s'il vous querelle, ou vous
importune, à mon occaſion. Licentiez-
vous donques pour mon reſpect. Il en fait
bien autant pour les Dumes qu'il frequen-
te à ſon chois, à mon ſœu, à voſtre mépris.
Quand il defraude ainſi voſtre amitié,
quand vous eſtes ſi endurcie à mon tourment: c'eſt luy tenir plus que vous n'auez
promis. C'eſt luy rendre ce qu'il ne vous a
preſté. Depuis que ie vous adore en mon
cœur: cōbien de fois me ſuis ie ſagemēt ab-
ſtenu de vous courtiſer: De vous éclarcir la

Licence
recipro-
que.

Propos
& rai-
ſons,
d'vn Mu-
guet ru-
ſé.

moindre ſcintile des flammes que vous a-
uez allumé dedans ma poitrine : à fin qu'il
n'euſt matiere de vous ennuyer? Côbien de
fois ſuis ie retombé ſur les termes de vous
raconter l'exceſſif martyre que ie ſouffre
pour vous:quand le ſilence me l'a defendu?
Quand le plus inconſideré de nos eſpions
domeſtiques, ou meſmes voſtre faſcheux
Maſiſte, par ſes maudits aguets : m'a contraint de rompre ma deliberation? Ceux
qui le ſuyuent, ceux qui dés longue main
ont affecté ſon ſeruice, luy ſeruent habilement de guéteurs mais de nouueaux & trop
acoſtables Argus. Lou m'a raporté qu'ils
ſont touſiours aux écoutes,touſiours à voſtre queüe. Pour obſeruer non ſeulement
vos actions : mais vos diſcours, vos geſtes,
vos ſoupirs éuentez. Le pis que i'y voye,
c'eſt que tel de la troupe vous iurera plus
de fidelité, & fera le bon Valet : qui ne ſe
feindra point de vous trahir par derriere. Il
ſera malicieuſement aſtraint d'vne indiſſoluble correſpondance auec voſtre iuge, qui
eſt noſtre partie. De maniere qu'ils vous
combatront à chaque moment:l'vn par ſes
hypocriſies, l'autre par ſes ialouſies. Celuy-
cy plein de rage,& d'ardeur,geſnera vos de-
ſirs:extortionnera voſtre courage. Celuy là
par des cautelles ſimulees, vous aprendra
les diſcordãs accords de ſa perfidie.Mõ frere eſt grand ſeigneur.Hé,qui le ſçait mieux

que moy? Moy, qui maintiens, moy qui
puis largement augmenter ses dignitez? Or
auez-vous épousé ses biens, & son amitié.
Mais vous ne sçauez pas combien il se dele-
éte au changement. Pourquoy donques é-
pouserez-vous tousiours vostre mary? Peut
estre n'a-il rien épousé de vous. Peut estre
est-il sur le poinct d'en vouloir épouser
d'autres. Pour le moins il se donne la mesme licence qu'il auoit, auant que vous luy
fussiez donnee en mariage. Il visite les Dames aütant que iamais. Les recherche en vostre absence : les entretient vous presente.
Somme il ne laisse d'estre libre, tandis que
vous languissez si obstinément dessous sa
subiection.

Pendant que Xerxe argumentoit si bien,
& concluoit tousiours à son auantage : sa
trop belle maistresse ne cessoit de soupirer
tendrement. Helas, dit elle, se déconfortát,
que feray-ie, Monsieur, au milieu de tant
d'angoisses , & perplexitez? I'ay certes vn
loyal époux. Et qui plus est , pour gage de
nostre vnion, le Ciel nous a ottroyé de tres-
beaux enfans, Enfans bien nourris, & bien
morigerez:pour vous faire quelque iour vn
notable seruice. Ne vueillez dõcques sepa-
rer ce que l'arrest immuable de la destinee,
a cõioint si vnanimemét. N'accablez d'vne
tant horrible desolation, ceste heureuse famille eslœe par vostre Maiesté. Non,non,

Ié ne fçaurois croire que vous continuez a
me hayr fous ombre d'vne amitié pour-
chaffee. Quoy? Monfieur, Eftes vous fans *Remon-*
fentiment,& fans pitié? Voftre iniuftice fe- *ftrances*
roit-elle paruenue au côble de telle rigueur *patheti-*
& feuerité : que vous me vueillez ainfi paf- *ques.*
fionnément côdamner,& faire mourir tou-
te viue? Acceptez aumoins quelcune de mes
raifons. Le Temps qui rameine toutes chofes à leur poinct determiné,me prefente cefte oportunité : pour vous faire comprendre-
dre l'equité de ma caufe. Pardônez-moy fi
ie me plains de vous, à vous mefme. Vous
auez fait ma playe. Soyez en doncques le
fecourable medecin.

Cefte Dame éploree deduifoit ainfi les
articles peremptoires de fa doleance. Tantoft elle voyoit nager deuât fes yeux,l'image d'vne mort implacable. Tantoft elle e- *Diuerfes*
ftoit fauorablement rachetee de ce peril, & *aprehen-*
defaftre,par la propice affiftance du Perfan: *fions.*
qui l'écoutoit attentiuement.

Le magnanime Lyon, aiouftoit-elle,qui *Pour-*
marche le premier côme vn Roy, entre les *fuite des*
animaux:n'exerce iamais fa maffe vigueur, *raifons*
& generofité, qu'en s'elançant contre ceux *& def-*
qui l'irritent, ou l'affaillent. Il n'attaque *fences*
point les petites beftes: comme les debiles *de la*
aigneaux,ou les liéures peureux. Ils ne luy *Princef-*
femblent dignes d'experimenter l'aiguillon *fe.*
de fon courroux, ny la viuacité de fa force,

Naturel
du Lyon.
Plutost il est si respectueux, & si aduisé de
nature:qu'il épargnera volontiers ceux qui
s'humilient, & n'entrent point en defence
contre luy. A leur imitation, Monsieur, ie
porte soucy au front,la larme à l'œil,obeis-
sance au cœur.Ie vous remonstre l'inclination de vostre bonté. Ie vous demonstre
l'obstination de ma volonté. Vostre auguste visage ne souspire rien moins qu'vne espece de fureur, & brutalité. Quand vous
menaciez l'Europe du foudroyant orage
de vos armees:vous pristes à mercy les ambassadeurs de Sparte. Ils furent depéchez au
nom de leur republique : qui durant le regne de vostre Seigneur, & Pere, auoit te-

Offence
des La-
cedimo-
niens.
Clemen-
ce de
xerces.
merairement enfraint le droit des gens. Car
elle fit porter vne mort indeuë aux Herauts
qu'il auoit enuoyez deuers les Spartiates.
Vous neantmoins faisant grace dans Suses
à leurs deputez, qui s'offroyent à ceste reparation,mais qui reculoyent à vostre ado-
ration : leur pardonnastes liberallement &
l'vne & l'autre offence. Il ne vous pleust
executer sur eux vn pareil outrage!pour ab-
soudre leur Seigneurie coupable de vos in-
dignations. Et moy qui ay cet heur d'estre
vostre belle-sœur,moy que vous aimez,di-
tes-vous,mille fois plus que vousmesme:se-
ray-ie plus miserable que ses lasches Grecs,
violeurs de toute iustice? Cõsidérez,Mon-
sieur, si ie merite ce mauuais traitement

Encores ie ne demande point que vous me
fauorisiez comme fémme de voftre frere:
comme l'infeparable moitié de mon malheureux Mafifte!Seulemét pofez le cas que
ie me iette à vos pieds. Que i'embraffe vos
genoux,cómme vne pauure Gentil femme
eftrágere.Mefmes que ie fois natiue de La-
cedemon:& par confequent non innocente
du peché de mes deuanciers. Il ne peut eftre
qu'vne femblable indulgence ne me deli-
úre de vos aflictions, qui me trauerfent en
particulier. Vous otroyaftes remiffion à
Sperte,& à Bule,irremiffibles:pour la coulpe de leurs iniurieux anceftres.Rédez-moy
donques autant capable de voftre benigni-
té.Moy qui ne vous offençay iamais.Soyez
moy non plus inhumain qu'à ces pariures
Lacedemoniés,que vous renuoyaftes fi de-
bonnairement.Ie vous en adiure,Mõfieur,
par cefte hereditaire & religieufe fidelité,
que mõ épous garde inuiolablemét à la tu-
tion de voftre Courône.Ie le vous requiers
encore plus ardemment,par le facré & precieux heritage de mon hôneur, qui eft voftre. Pource que mon tref-aimé Mafifte,
moy, nos enfans, nos moyens, & bref ce
que nous poffedons au monde : fommes de
voftre grace, ce que nous fommes. Tout
eft à vous.Vous en eftes legitime feigneur.
Rié ne nous reftera, s'il vous plaift,finõ ce
que vous nous lairrez. Et quoy que voftre

Ambaf-
fadeurs
Spartia-
tes.

Conclu-
fion fort
perfua-
fiue.

Maiesté s'indigne de la rondeur de mes paroles, quand bien elle proietteroit noſtre e-
uidente ruine: ſi nous lairrez-vous aumoins
cela que tous les autres hommes enſemble,
non vos forces nompareilles, ne peuuent
nous oſter. A ſçauoir vne deuotion immortelle à voſtre ſeruice. Vne obeïſſance plus
que fraternelle, à l'accompliſſement de vos
commandemens. C'eſt ce qui me fait refu-
gier ſi librement deſſous les ailes de voſtre
royale protection.

La Princeſſe courageuſement époinçon-
nee à ſa propre defence, ramoliſſoit déia le
cœur de Xerxe plus traitable. Adonc l'Imperatrix ſe leuant de ſa chaire, pour aller
dans ſa chambre: le Roy apaiſa ainſi flateu-
ſement ſa Belle ſœur.

L'eſperance, qui reconforte les plus dé-
confortez me promet encores quelque ſoulagement. Puis que ie ſuis enchainé, & retenu par l'Æmant de vos parfaites beautez:
cela ne me preſage rien moins que voſtre
plus doux traitement. Alors, Madame, ie ſeray pour iamais retiré de l'abiſme où me
precipitoit vne alienatiõ forcenee d'eſprit.
Ma fuyarde liberté s'egara de telle façon.
Aydez-moy doncques à la recouurer. Vous
moyennerez heureuſement voſtre repos, &
ma déliurance.

Le Prince n'euſt pas finy, que la Reine e-
ſloignee prenant congé: tira apres ſoy toute

a compagnie des autres Dames. Parquoy
l'espouse de Masiste, faisant vne grande reuerence : laissa aussi ce Monarque irresolu,
& confus en ses demandes. Quelque moys
se passa sans que la varieté du temps, ny les
affaires, attiedissent les bouillans excez de
son ame. Ores il maudissoit l'austere chasteté de sa maistresse, ores il protestoit de
s'exempter brauement d'vn ioug si rude, &
si onereux. Il combatoit souuétefois dedans
soy: exerçant, ains lassant, son courage, par
l'inquietude de ces alarmes renouuellees.
L'offensiue neátmoins luy estoit ordinairement pernicieuse. La defence peu certaine &
vtile. Il ressébloit à ces soldats gelez de cœur
mais hardis & brauaches de paroles. Leur a-
nimosité est seulement reprimee, quand ils
se trouuent enclos dedans vn camp d'outrance : & que l'iniurié se presente gaillardement à l'iniurieux, l'vn & l'autre equipez
de pareilles armes. Aussi tous les coups que
celuy-cy rue, toutes les estocades, & les fen-
dans, ou reuers, dont il se pare : redondent
maintenant à sa honte. Maintenant au hazard de sa vie, qui ne péd qu'à vn filet. L'iniustice de la noyse, engage le querelleux au
dueil. L'issue l'en retire raremént à son honneur : & souuent à sa condamnation. C'est
ainsi que l'amour illicite de Xerxe, l'auoit
obligé au combat de sa Dame pudique. Les
moins niables raisons qu'il premeditoit,

*Irresolu-
tion en
amour.*

*Passions
d'vn a-
moureux
éconduit.*

les ruſes plus couuertes deſquelles il ſe preualoit, à fin d'obtenir le deſſus : n'eſtoyent qu'autant de pointes mortelles qui tranſperçoyent outrément ſa poitrine. A chacun aſſaut, à chaque démarche, l'immobile chaſteté de ſa belle-ſœur, rebouchoit le glaiue qu'il auoit affilé. Et l'auoit-il affilé, non tant pour demeurer victorieux de ſa belle guerriere : que pour eſtre l'homicide de ſoy meſme. Rien ne luy profitoyent les riches preſens. Rien l'aſſeurance des auantageuſes promeſſes reiterees. Tellement que pour guarir de cette chaude frenaiſie, il ne peut ſe propoſer autre remede que le ſeul effort, & la violéce. Deux ouſtils, mieux ſeans en la main d'vn ſanglant Buſire : que des Princes droituriers. Deux ſubiets, animans les ſubiets à nouuelle rebellion, & inimitié, contre leurs Seigneurs. Ce conſiderable reſpect empéchoit auſſi le Perſe de s'oublier ſi debordément. Peut-eſtre ſe ramenteuoit-il combien le funeſte regne de Cambyſe premier, eſtoit odieux aux oreilles de ſon ſiecle. Car enfraignant les autentiques loix de ſa nation, il auoit comme vn ſecond Iupiter, eſpouſé premierement ſa ſœur aiſnee. Puis l'ayant fait occire, il prit à femme ſon autre ſœur plus ieune : qui n'ameliora point ſa condition. Xerxe ne voulant point ainſi Cambyſer : aima mieux courtoiſemé pratiquer ſa Dame à l'accouſtumé. Et tout

pensif & melancholique, se retrouuant seul
vn iour dedans son Cabinet : il luy écriuit
pour la derniere fois, en ces termes.

Q Vand vous plaist-il (Madame) octroyer
  quelque tréue aux diuers assaux, & algarades, l'amour me liure sans relasche: si tost que ie
vous absente? ie languis incessamment. Ie maigris
d'heure en heure : & seche comme vne tendre fleur
au mois de Iuin. Et iaçoit que ie vous prefere aux
plus accortes Dames: vous me dédaignez, neantmoins. Vous me rebutez, comme demeritant vostre
cognoissance. O trop sinistre auanture! i'imite pour
neant la vefue Tourtre qui se plaint, & s'adolore:
ayant perdu son tres-fidelle consort. L'appetit
me laisse en plein repas. ie n'ay de iour aucune
allegeance. Le sommeil me fuit alors que tout
le monde repose. Et pour abreger, à mesme que
ie m'imprime en la fantasie dix mille vaines conceptions: ma couche me semble quelque dur champ
de bataille. D'ailleurs ie n'aperçoy si tost poindre
l'Aurore vermeille, qu'à l'instant ie ne souhaite
les tenebres. De maniere que le iour, & la nuict,
la solitude, & la compagnie, le plaisir, & le malaise: ne m'entretiennent qu'en vn perpetuel mescontentement. C'est le trauail qui m'affoiblit. C'est
le transport qui m'agite : quand ie n'ay cet heur
de vous reuoir, ou vous parler familierement. Madame, si vous ne portez vn cœur de marbre, ou
de roche, en lieu de chair molle : si vos rigueurs
ne sont autant, ou plus grandes, que vostre beauté:
seruez-vous d'vn tres loyal & fidele amant. Ac-

II. Let-
tre a-
mou-
reuse de
Xerxe.

ceptez-moy pour voſtre. Ie vous ay roüé mon affe-
ction, & mon Empire. Ne mépriſez donc celuy qui
ne vit qu'en vous ſeule : & ſe meurt auſſi toſt que
il vous eſloigne. Mais qui reſuſcitera (fut-il ex-
piré) quand voſtre douceur & amitié, le rapelleront
au monde. En cette confiance ie baiſeray auec hu-
milité la blancheur, & delicateſſe, de vos mains.

Cette importune lettre eſtant opportune-
ment rendue à la belle ſœur, par l'vn des
Ambaſſadeurs de Venus, ou plutoſt du
Mars Perſique : elle l'ouurit, & la releut à
regret. Car c'eſtoit touſiours la meſme
chanſon, qu'elle ſçauoit bien occaſionner
vn tel meſſage de la part de ſon Prince. Toutefois elle fut ſi iudicieuſe, & ſi retenue à leur
dernier pourparler : que l'ardeur impudique de Xerxe, luy ſembloit déià moins effrenee. Deſlors elle ſe fit accroire qu'en di-
layant, & le repaiſſant d'hôneſtes excuſes : il
pourroit eſtre démeu à la preſſer ſideſordô-
ment. Pour à quoy paruenir, & cependant le
contéter par imagination : elle ne ſe conſeil-
la plus à Maſiſte. Mais ſans differer, s'eſtu-
dià finement à faire ceſte reſponce à ſon
Monarque.

ettre
la
inceſ
POuuez-vous bien, Monſieur, requerir enco-
re de moy ce gage trſſprecieux qui me fait
viure, ainçois glorifier, entre les plus nobles Prin-
ceſſes de la terre ? Impoſez, s'il vous plaiſt, quelque
frais à voſtre paſſion débauchee. Soyez Maiſtre

de vos affections, vous qui l'estes de tant d'hommes
humiliez sous voftre Couronne. En me demandant vous m'auez clos la bouche. Et requerant mon
conseil, vous l'auez pris chez vous : si vous daignez compasser vos actions à l'esquierre de raison. Ie vous suplie, Monsieur, refreschissez voftre memoire de mes precedentes remonstrances.
Vous auez vne tref-belle & tref-honnefte Dame,
pour espouse. Moy, i'ay pour mary vn Prince gentil
& cheualeureux. Ainsi le destin nous separe, par
cet office reciproque que nous deuons à nos parties.
Autre conionction, autre alliance, ne peut nous
eftraindre fans vitupere : fors celle du beau frere à
la belle sœur. Nature, & les loix, tant diuines, que
humaines : me permettent celle-là fans contra-
diction. Et c'eft ainsi que noftre consanguinité
s'annexe à voftre hauteffe. Car fortune vous a magnifiquement esleué, comme son fils. Et le deuoir de Masifte, & de moy, nous oblige moins
à noftre auancement : qu'à la conseruation de voftre Maiefté. Penfez-y bien, Monsieur. Pesez
meurement ses considerations. N'offencez point
ceux qui vous sont entierement dédiez & de
leur volonté, & par vne seruitude non deshonnefte.
Mon espoux, voftre frere eft le bras droit de voftre authorité. Il vous fert loyallement. Il n'affectionne rien auec tant de vœux, que de sacrifier
sa personne à l'occasion de son tres honoré Seigneur, & frere. Doncques n'endurez qu'vn si
beau sceptre nous soit vne verge de voftre courroux, & ministre de noftre extermination. Quád

Amitié
vtile &
permi-
fe entre
des Pa-
rens.

vn temeraire Artaynt fut retourné d'Europe, &
que mon Masiste le taxa de coüardise: Xenagore
de Halicarnasse, se vid par vous estably Gouuerneur, de la Cilicie. Pourquoy celà? Pour auoir
garenty vostre bon frere de l'insolence du couard,
qui ne voulut homicider. Par là ie conicEturay
que vous l'aimiez infiniement. Et quand vous
ne reietterez auiourd'huy ma voix supliante, vous
ne souffrirez aussi que la parentele nous serue d'vn
lien plus que mortel. D'vn lien, qui nous entrai-
ne honteusement, comme bannis de la frequentation des honnestes familles. L'amitié que vous me
portez, se transmuera non plus en quelque triste
liqueur d'Aluyne, & d'amertume. Ie viuray contente, si ie n'encours vostre dis-grace, ie moürray
heureuse si c'est pour vous complaire.

Aussi tost que la Princesse eut bien cacheté
cette lettre, & mis la subscription requise: elle la baille à l'Eunuque, qui la porta secretement au Roy. Mais il n'eust pas ietté l'œil
sur le commencement: qu'il entra comme
forçenant, en vn extreme desespoir. Vous
eussiez dit qu'on l'auoit condamné à prendre le vitié breuuage d'vne mort aceleree.
Les plaisirs luy estoyent desplaisans. La consolation le desoloit. Et Amestris sa femme,
qui prudente caloit doucement la voile: ne
osoit mesmes y döner quelque attainte gracieuse: Les Satrapes, & les officiers principaux, restiuoyent souuentefois à cöparoi-
stre deuant luy: redoutans l'incöpatible fou-

gue de ſa colere. Et neantmoins vne ſi grande alteration ne peut iamais corrompre, ny
déraciner, la vraye ſolidité de ſon entendement. Car il ſe rauiſa (bien que tard) en
ſaiſon tres-oportune. Et ſe transforma cette ſienne fureur non encors formee, en vne
volontaire reſipiſcence. Ainſi ce Prince dé-
pité fit aſſez longuement eſcarmoucher
les renaiſſantes forces de la raiſon, contre
les ſenſuels aiguillons de ſa conuoitiſe. Mais
quand la preuoyance de l'Eſprit moderé,
vint à pacifier ſagement la reuolte de ſa
chair rebelle, qui telle qu'vn mutin Citoyen, s'eſtoit bandee contre ſon Seigneur:
il commença à ſe cognoiſtre, & ſe commander. Le deſdain de ſa Dame, luy faiſoit déià
deſdaigner & ſon entretien, & ſa couſtumie-
re hâtiſe. De ſorte que le braſier de cette folle concupiſcence, qui auoit ſi bruſquement
eſchauffé ſon ame, ſe conſommoit peu à peu
en cendre plus morte, que viue. Helas! c'e-
ſtoit pour expoſer (comme vous orrez cy a-
pres) l'innocente femme de Maſiſte, à des accidens fort terribles. Et de là s'enſuyura le
dernier acte de ces amours vrayment tragi-
ques, & lamentables.

SOMMAIRE DE L'HI-
ſtoire de la ſeconde partie
de la Perle.

Arie fils de Xerxes épouſe Artaynte fille de
Maſiſte & de la belle ſœur de Xerxes lequel
ayãt recognu ſes pourſuites vaines à l'endroit de la
femme de Maſiſte mere d'Artaynthe s'amourache
de ladite Artaynte femme de ſõ fils lequel auec l'aide d'vn ſien Eunuque, nonobſtant les ſages remonſtrances de ſa mere, ſe laiſſe gaigner de ſon beau
pere lequel en eut la iouyſſance, le ieune Darie. De
retour a Suſes de ſon voyage de Lydie recognoiſt le
tort que luy fait ſon pere, ce qu'il diſſimule, Xerxes
enyuré des apaſts amoureux d'Artaynte luy promet en don ce qu'elle deſirera de luy, elle luy demande vne manteline que le Roy portoit, que la Roine
luy auoit donnee il ne s'en peut reſilier, elle la porte publiquement qui cauſa telle ialouſie à Ameſtris
femme du Roy que le deſir d'vne vengeance plus
qu'inhumaine ſe çouue dans ſon cœur, ſa ialouſe rage luy faiſant croire que c'eſtoit par ſon inuention
que le Roy entretint ſa fille Artaynte ce qui n'eſtoit
de ſon conſentement. Xerxes enſuyuant la couſtume des Rois Perſans fait vn feſtin le iour de ſa
naiſſance durant lequel il fait dons & largeſſes, la
Loy le contraignant d'accorder au demandeur ſa de-

de, la malice de la Royne s'execute, elle voit son
opportunité, elle demande au Roy vn don, qui est
la femme de Masiste sa belle sœur, lequel il luy
promet, il est en suspens, toutesfois il est forcé par
la loy du pays de tenir sa promesse, il mande Masiste son frere auquel il demande sa femme, disant
luy vouloir donner sa fille en place, ce qu'il refuse
& s'eschappe de ses mains la Royne enuoye promptement ses archers au logis de Masiste qui execu-
tent grande cruauté à l'endroit de sa femme, lequel
de retour la voyant en tel estat se complaint, faut
partir ce qu'il a de moyens hors de la puissance de
son frere, amasse vne armee pour se vanger de telle
iniure, Xerxes enuoye aussi tost mandement à son
Lieutenant pour mettre son armee en campagne, la
bataille se donne ou la fortune non contente de tant
de trauerses à l'endroit du malheureux Masiste,
en fin luy fait sentir les derniers coups de sa ruine,
la victoire ayant balancé vn long temps de son costé en fin est desfait, luy & ses enfans morts au combat, ceste traistresse fortune faisant paroistre ses
derniers effets.

PARTIE II

HISTOIRE CV.

MON Histoire sera desormais enrichie, ou plustost emperlee, d'vne autre Perle de son temps, en beauté, & gentillesse. C'est la noble Artainte, fille de Masiste: & femme du ieune Dariee, fils de Xerxe. A ceste Perle ne furent nullement comparables ces deux Vnions tant celebrees par l'Antiquité Romaine: en contemplation de la Royne Cleopatre. L'vne estant destrempee & beuë par delices: effaça la somptuosité du souper de Marc Antoine son Amoureux. L'autre mi-partie par Auguste victorieux de ce Triumuir, & de son Ægyptienne : fut attachee aux oreilles de Venus la mere, dans le Temple que Cesar luy auoit consacré. Or celle ci fut telle, que non seulement ces Princes Romains en eussent esté enamourez : mais Cleopatre mesme luy eust autant deferé, que la Persienne à ceste Deesse. Aussi sa bonne grace, & son honnesteté, la recommandoient nommément sur toutes les autres Princesses. Et la grande ieunesse où elle estoit encores, plaisoit extremément au Roy : qui destors s'abſtint de pourſuiure ſa Belle-ſœur. La continuation de ſes refus, l'auoit tellement refroidy: qu'il ne s'amuſoit plus à l'entretenir comme de couſtume. Mais ramenant en compte l'inutilité de ſes trauaux, auec les rigueurs de ſa precedente Maiſtreſſe: il chaſſa de ſon cœur ceſte amour bien qu'enraciuee. Puis logea en ſa place, vn renaiſſant deſdain de la Dame non plus affectee. Cependant il communiquoit ſes nouuelles conceptions au plus familier de ſes Eunuques. Et luy parlant des vertueuſes mœurs de ſa Belle-fille: ne ceſſoit de haut louër & la nourriture de ſes ieunes annees, & l'excellente beauté de ſon viſage. Ce Mignon artificieux, qui ne cerchoit que de s'inſinuër en la bien-vueillance de ſon Maiſtre: cognut incontinent de quel pied il clochoit. A ceſte cauſe le voyant diſpoſé à nouuelle queſte: il luy entama priuément ce langage.

Xerxe
deſdai-
gne ſa
premiere
Mai-
ſtreſſe.

Vous deuez (Sire) perdre le reſouuenir de vos triſteſſes amoureuſes. Il ne faut plus que la Femme de Maſiſte, triomphe auec vne telle irreuerence, du Roy ſon Beau-frere:où vous inuite au meſpris de vous meſme. La fleur de ſes beautez, ne ſe monſtre point ſi agreable:que déià elles ne redoutent leur Eſté. Puis elle a eu pluſieurs Enfans. Il ne ſe peut faire qu'vn champ ſi ſouuent cultiué, & rapportant en abondance: ne demente l'imbecilité de ſon naturel, & de ſa laſſi-

Propos
de l'Eu-
nuque au
Roy.

Pp ij

tude. Il vous faut dreſſer ailleurs la volee de
vos deſirs. Ie croy bien que ne ſçauriez to-
tallement oublier voſtre premiere acointance. Mais ſi vous n'auez peu ataindre à la
ſommité d'vn Arbre trop fertil, ou qui ne
vous prometoit alors que la ſeule freſcheur
de ſon ombrage : pour le moins vous eſt-il
loyſible de vous attacher à quelque bran-
Conſeil vicieux. che, & gouſter de ſon fruit. Faites-le donc,
Sire. Octroyez ce plaiſir à voſtre ame. Peut
eſtre aurez-vous plus d'aiſe, que de peine, à
le cueillir. Iuſques ici vous n'auez rien pro-
fité a recercher voſtre Belle ſœur. Tranſ-
ferez-moy en contre-change, l'amitié que
Loüange d'Ar- tainte. vous luy auez portee, à l'endroit de Madame la Princeſſe ſa Fille. Y a il au monde
rien de plus beau, rien de plus aymable, que
la gentile Artainte?

Le Roy à ces paroles, ſentir aiguillonner
ſon cœur de mille pointes amoureuſes! Et
ſoudain embraſſant l'Eunuque, ſe mit à
ſouſpirer profondement. Toutesfois vne
prompte eſperance, conçeuë de la ioye qui
reſtauroit ſon ame par ceſte douce conſolation: deſtoupa preſque auſſi toſt le canal de
Xerxe à l'Eunu- que. ſa voix. Et lors il repartir plus gayement.

Eunuque mon fauory, tu as touſiours eſté
le Secretaire de mes ſecrets, & l'Amy de mes
amours ! Les affaires compoſees de l'Aſie,
marchoient ci deuant plus que le pas en de-
ſordre, & dereglement. Mais à ce coup ils

ne me preſſent ſi fort, qu'il ne me ſoit bien
permis de m'eſiouyr vn peu: & tromper ainſi ma ſolitude. Ie t'ayme, ie te gouſte, auec
vne ſatisfaction incroyable. Vray eſt que ie
ne voudrois ſcandaliſer ni ma reputation,
ni ma Belle fille. Elle eſt certainement fort
honneſte, & bien-diſante. Sans mentir ce
morçeau me ſemble des plus delicats, &
mieux aſſaiſonnez. Mais comme l'entrepriſe eſt deſraiſonnable : ie ne doute auſſi que
venans à l'execution, nous ne la trouuions
moins impoſſible.

Que dites-vous, Sire ? adiouſta l'Eunuque. Eſtes-vous ſi deſcouragé en vos atten-
tes? Vous deffiez-vous ainſi de ma dexterité?
Non non. Viuez hardiment en plus grande
reſolution, & certitude.

Ainſi fut reconſolé ce deſdaigneux Monarque. Et auec proteſtation, aſſeura deſlors
qu'il recompenſeroit treſ liberallement le
ſeruice de ſon Eunuque : ſi les effaits ſe ra-
portoyent à ſes promeſſes, & à ſa diligence.

Eſpluchez ici, ie vous ſupplie, comment
les Princes, & Seigneurs de l'Vniuers, ces
Princes qui ſont comme images, & Lieutenans de Dieu: s'abandonnent aiſément à la
molleſſe de leurs plaiſirs, & lubricitez. Au
lieu de vaquer aux plus ſerieuſes occupa-
tions : ils s'abaſtardiſſent comme ineptes &
degenereux, apres les choſes de neant. Ils

feront ainsi les iniustes: au lieu d'admini-
strer vne esgalle iustice à leurs suiets, & conseruer cherement l'Estat dont ils ont la Garde noble, comme tuteurs, & non heritiers. Et
beaucoup moins en Maistres: qu'en vrais
Peres, & defenseurs. Ils quitteront indignement ceste Royalle charge: à l'appetit de
leurs ambicieux Satrapes, & Conseillers. Ils
s'attacheront perseueremmēt à des vanitez,
& des folies: dont les coiffera vn vicieux ministre de leur concupiscence. Vn infame so-
liciteur de leurs incestes, de leurs paillardises abominables. C'est ainsi que le Persan
oysif dedans Suses, & denigré par toute la
terre: negligeoit ridiculement son deuoir, &
son Empire. C'est ainsi qu'il ioüoyt comme à trois dez, le prix de son ancienne loüange. Il s'engorgeoit desordonnément en ces
repas trop somptueux. Puis, comme vn
yurongne chancelant à chaque pas: trauailloit ses esprits noyez dans le breuuage enue-
nimé d'vn amour hayssable. Car il exerçoit
impunement toute espece de voluptez illicites. Voire iusques à ne pardonner au lict inuiolable de ses Enfans. Il n'eust pourtant
esperé d'obtenir la iouyssance de sa Belle
fille, quē déià il nommoit sa Diuine. Pour
ce qu'il l'auoit souuentefois accostee, mais
en vain. Pour donques assieger auec plus de
confiance, le Fort de son opiniastre chasteté, pour recognoistre les endroits plus foi-

bles & defcouuerts: il falloit neceffairement
employer les contagieufes pratiques de
l'Eunuque. Ce diligent Poiffon d'Auril (hu- *Miniftre*
manifé toutesfois & non muet) exploita *de vo-*
fi bien par fes allees, & venuës, que finalle- *ftre.*
ment il induifit la Princeffe inexperte à telles attaques, d'entendre à la volonté du Roy,
fon Beau-pere. Ces aduis luy femblerent de
prime face fi fcrupuleux, & fi reprouuables:
qu'elle n'aiouftoit aucune foy aux paroles
du porteur. Pluftoft elle s'en mocquoit fans
diffimulation : quelques eftroites defenfes
qu'il luy fit, de la part de fon Maiftre. Car il
ne vouloit que cefte menee paruint à la co-
gnoiffance de perfonne. Toutesfois elle fe
laiffa fecrettement affriander par l'amorce *Amorce*
des nouueaux prefens de Xerce. Et d'abôdât *à l'A-*
reçeut Lettres expreffes d'vne ample crean- *mour.*
ce Parquoy fon courage non moins irrefo-
lu, que fon âge: commença d'eftre plus faifi
d'eftonnement, que de refiouyffance. Cependant fon Mary eftoit expreffément re-
tardé à Sardis, en Lydie. Et auoit permis que *Artajit-*
fon Efpoufe mandee, vint fans luy, en la Vil- *te follici-*
le de Sufes: où la Court feiournoit. Or la te- *tee.*
neur de l'Epiftre de fon Beau pere, fut
telle.

1. Lettre
JE ne fçaurois penfer (ma Diuine) que l'ire du *de Xer-*
Ciel, & l'iniufte rigueur de Fortune, n'ayent in- *xe à fa*
faillibïement coniuré ma ruine. Deformais ie n'en *Belle*
veux plus douter. La fin d'vn naufrage euité, me *fille.*

Pp iiij

renuelope d'vne auſſi rude tormente. Et ayant pre-
ſerué ma teſte des effroyables horreurs où mon ef-
frené deſir m'alloit precipiter : me voici retombé
en vn abyſme plus dangereux. Encores apprehen-
dez-vous ſi peu , l'infiny de mes afflictions : que
n'auez daigné m'honorer de la moindre de vos
faueurs. Vous me faites non plus certain de voſtre
eſtat , & diſpoſition. Comment donques pourroy-ie refraindre la bride à ce dueil inopiné que ie
conçoy ? vous ſçauez le peu de moyen que i'ay de
vous reuiſiter frequemment par mes Lettres amoureuſes. Les ſoupçons de mon Fils abſenté, me ſont
deſagreables : & ie ne puis vous agreer. Les ialouſies de ma Femme, me trauerſent. Et vous me
tuez inhumainement , parricide que vous eſtes.
Ie magnifie vos beautez , qui n'endurent point de
comparaiſon. Ie vous recerche prudemment, & ſans
ſcandale. Vous au contraire , faites la ſourde à
mes prieres. Et me laſſant de vous ſupplier : n'eſtes
iamais laſſe de martyriſer de plus en plus mon
ame mornement eſconſolee. I'ignore où tendra le
cours de mes triſteſſes : & quel ſuccez elles pren-
dront. I'entends ſi par vne plus longue oubliance,
vous me laiſſez agiter de tant d'eſlancemens, &
faſcheuſes penſees. Ie reſſens ainſi par troubler mon
eſprit. Car il eſt inceſſamment angoiſſé pour l'a-
mour de vous. Mais i'oſe bien eſperer vn meilleur
traitement de voſtre douceur, & courtoiſie. Apres
vne horrible et vehemente tempeſte, la mer deuient
bonaſſe : & reprend volontiers vn viſage calme &
tranquille. Ie me perſuade auſſi que la nombreu-

Anti
theſes
paſſion-
nees.

se suite de mes ennuis, & douleurs indicibles: es-
uanouyra soudain, comme vne nuee parmy l'air.
Mais quand sera-ce ie vous supplie? Ce sera lors
que la serenité qui reluit en vostre face, conduira
fauorablement mon heureuse nauigation.

La femme du ieune Dariee, cognut facilement par cecy, que l'Empereur donnoit
vne couuerte assignation à sa pudicité. Si
qu'elle renuoya gracieusement l'Eunuque,
auec paroles assenees d'vne esperance ines-
peree. Tandis elle se tenoit fort orgueilleu-
se des liberalles offres, & promesses, dont ce
Dameret (mais insidieux) Ambassadeur l'a-
doroit iournellement. Et plus encore les lettres si passionnees que Xerxe luy escriuoit à
la dérobee. D'ailleurs elle estoit tousiours
en alarme. Tousiours craignant que le Prince son mary sentit le vent de ceste sienne humeur, qui desia tiroit sur le changeant. Elle
redoutoit aussi que sa Mere, ou sa Belle-me-
re, par quelque leger rapport fussent imbuës
d'vne telle poursuite. Donques pour couurir ces intelligences moins Royalles, que
desloyalles, par la descouuerte de sa legereté : elle s'aidoit communement des falla-
cieux conseils de son messager d'amourettes. Toutesfois ils ne peurent se comporter
si accortement, que celle-la qui apres elle
mesme y auoit plus à perdre que nul autre:
n'en soupçonnast ie ne sçay quoy de mau-

Princes-
se ambi-
tieuse à
son mal-
heur.
Appre-
hensions
d'vne a-
me volu-
ptueuse.

Artain-
te soup-
sonnee.

uaiſe digeſtion. Pource afin que ſa fille ne
bronchat inconſiderément au piege qu'on
luy dreſſoit ainſi deuant ſes yeux : elle pro-
ietta vn iour, comme plus ſage & plus aagee, de la contenir en ſon deuoir. Adonc
l'ayant retiree à part, elle l'inſtruiſit doucement en ces termes.

Ie m'aſſeure, ma fille, qu'ayant vn ſi gracieux Eſpoux, qui vous cherit comme la
prunelle de ſon œil : vous luy rendez fidellement vne preuue reciproque de voſte obeiſſance. Mais à celle fin que ie vous parle
franchement : il me ſemble que le Roy mon
Beau-frere, ſe familiariſe puis quelque
temps auec vous, d'vne frequentation trop
amoureuſe. La continuité de ſa ſeruitude, &
de ma conſtance, vous ſeruira d'vn exemple
reçent, pour aller touſiours la teſte leuee :
ſi voſtre bon eſprit n'eſt maintenant plus
aiguillonné d'enuie, que d'æmulation.

Croyez, ma fille, que tout ce qui reluit, n'eſt
pas or. Les hommes d'auiourd'huy ſe cou-
urent d'vn treſbeau maſque, & ſemblant. Ils
s'eſtudient a cheualler, & retenir, la ſimplicité des Dames. De ces pauures Dames, qui
ne peuuent (ſans l'intereſt de leurs conſcien-
ces) s'arreſter nullement à vne apparence ſi
trompeuſe. Au contraire elles deuroyent
boucher l'oreille à ces harangueurs auſſi
doucement emmiellez d'vn langage flateux
& enchanteur : qu'il ſemble peu fructu-

eux pour edifier, ou affermir, la chasteté d'v-
ne si credule Princesse que vous estes. A voir
leur cauteleuse maniere de courtiser : vous
diriez que la mesme debonnaireté, l'hum-
blesse, & toutes sortes de courtoisies, les ac-
compaignent és lieux de leur accez, & priuauté. Quand ils s'adonnent à pratiquer
vne nouuele Maistresse: leurs bouches sont
coustumierement pleines de ces plausibles
mots de seruice, de fidelité, d'obeyssance.
Telles sont les communes arres de leur gracieuseté. Ces fins Oyseleurs n'ont iamais
faute de si douces voix: quand ils nous veulent surprédre à la pipee. Ils se plaignent, ils
se passionnent, ils s'affligent outrément: pour
nous faire accroire la tres-extreme affectió,
qu'ils faignent nous porter. Tantost ils auront la poitrine rongee de mille Vautours
affamez. C'est à dire d'vne infinité de soins,
& d'ennuis goulus, qui les rongét au dedans.
Mais qui laissent clouëz, & attachez à quelque felon desespoir, ces miserables Prome-
thees. Tantost ils mourrót de soif aupres de
la fontainé. Et plus alterez que n'est vn che-
tif Tantale aux enfers, (ie m'en rapporte à
la Greque fabulosité) soustiendront impu-
dammét que leur martire est beaucoup
moins tolerable. Leurs yeux coulent en lar-
mes, ainsi que deux viues sources d'eau. Et
cótrefaisans en ce poinct les Crocodiles ru-
sez, ils tascheront d'amollir plus tendrement

noſtre peu rude rudeſſe. Ores leur cœur ge-
lera, auſſi froid que glace. Ores ſera tout eſchauffé, voire plus ardāt que braiſe. Ce n'eſt
qu'ardeur, ce n'eſt que flamme, que le vent
de leurs ſouſpirs, & regrets animez. Leurs
propos meſme bruſleront, quand ils nous
abordent. Tant ils ſont merueilleuſement

rauis de nos beautez eſmerueillables. Mais
à quoy pretendent ces ſpecieux artifices? A
quoy tant d'inſignes feintiſes, ou pluſtoſt ſimulees trahiſons? A nous deceuoir ſubtile-
ment. A deſcrier puis apres noſtre ſimpleſ-
ſe, & credulité! Ietay leur quintes bizarres
& fantaſtiques. I'obmets leurs couſtumes
ſuſpectes & au chois, & au change. Bref la
trop effrontee liberté de leurs belles harangues. Mais l'outrage, mais l'iniure qu'ils
nous braſſent: s'ils ſe voyent tant ſoit peu
desfauoriſez. Aduiſez donc, aduiſez bien
(ma fille) quelles malheurtez vous trament
ces petis ambaſſades de l'Eunuque.

La ieune Princeſſe ioüant à l'esbahy, reſpondit icy à ſa Mere.

Madame, ie me propoſe touſiours ceſte
loüable nourriture que i'ay pris aupres de
vous. Et pourtant ie vous prie treſ-humble-
ment ne conçeuoir de moy quelque ſiniſtre
opinion: ores que le Roy me recerchat auec
vne faueur ſpecialle, & non vſitee entre les
Perſes.

Ma fille (repliqua la Mere) ne vous laiſ-

fez attraper ainſi dans les rets de ſa deceuan-
ce. Et le tout meurement conſideré, conſi-
derez (ma fille) que ce n'eſt point vn Seigneur eſtranger qui vous requiert en mariage. Souuenez-vous que ce n'eſt vn Prince conuoiteux de noſtre alliance. Mais le
Roy mon Beau-frere, qui m'a ſi deshonne-
ſtement pourchaſſee la premiere. Ce Roy,
voſtre Beau-pere, lequel ayant failly m'a pri-
ſe: s'enuolle maintenant à vous. Non comme amy, non comme adultere ſeulement,
mais en vray rauiſſeur, & inceſtueux. Il ſe
veut lubriquement meſler auec ſon ſang,
comme les beſtes. Auec la tendre femme de
ſon fils propre. De celuy qui l'aime extremement : pour encourir ſon extreme hayne. De celuy qui le reſpecte auec tant de ſu-
iection : pour en eſtre perpetuellement diffamé. Que feroyent pis les plus vilains meſſagetes ? les plus ſauuages Agathyrſes ? Encore ceux-cy ayans leurs femmes indiffe-
rentes, ſe debordent ainſi : ſous pretexte de
plus grande parentelle, & affinité. Et ceux-
là ſe ſeruent auſſi communement de celles
qui ſeront particulierement mariees. Mais
l'accouſtumance des pays, & leurs anciennes
loix : ne prohibent aux vns, ni aux autres,
ceſte conuerſation. Au lieu que les Perſes &
plus ciuilſez, & moins irreligieux: abomi-
nent auiourd'huy l'iniquité de ces impies
qui embraſſent la nouueauté de toutes dif-

Replique de la Mere.

Raiſons peremptoires.

Amour dénaturé

Peuples ſauuages et cruels.

Couſtume des Agathyrſes.

Couſtume des Meſſagetes.

Fautes excuſables.

folutions. Conferuez donques fagement à
mon imitation, ce que vous deuez auoir de
plus cher, & de plus recommandable, parmy les humains. Ne laiffez aucune occafion
au Roy noftre Muguet, de vous forcer comme vne fotte & mal-aduifee. Indignes font
& peu fupportables fes façons de faire. Mal-
heureufes & deteftees feroyent voftre tole-
rance, & ma patience.

Quand l'incomparable Artainte euft
ouy parler fi honnorablement fa Mere: elle
luy redonna plus d'affeurance que iamais,
fur les irreprochables actions de fa vie.

Tref-cruel amour, Archer impiteux, &
toufiours repeu de nos l'armes! Pourquoy
n'es-tu fatisfait de rudoyer fi rigoureufe-
mét nos ames tes prifonnieres? De poffeder
nos cœurs entiers: mais pluftoft foulez,
qu'affolez? La pointe barbelee de tes fleches
nous bleffe de loin, iufques au trefpas. L'a-
ueugle feu de ton brandon approché, nous
deuore fans intermiffion. L'impetueufe fe-
couffe de tes affauts, nous iette à l'eñuers. Tu
n'es toutesfois ni fafché de nos fafcheries;
ni trauaillé de nos trauaux côtinuels. Pour
appaifer l'infolent orage de ta fureur, pour
affouuir la rage de ta luxure; il faut que
nous oublions nous-mefmes, afin de te
complaire. Que nous feruions à tes plaifirs
defplaifans à ta moleffe endurcie, à l'im-
mondicité d'vn tas de laffiuetez. Et pour

toute recompence, tu nous payes d'vne
courte lieſſe, d'vn long repentir, d'vn prolixe vitupere : qui ſuccedent mal-heureuſe-
ment à noſtre deçez.

Par des apaſts ſi peſtilents, par des recer-
ches ſi melancontreuſes : fut vicieuſement
corrompuë l'incaute ieuneſſe d'Artaynte.
Le violement des ſermens qu'elle fit à ſa
Mere, apporta depuis le violement fait à ſa
chaſteté : comme ie vous reciteray. Cecy
n'aduint pas ſi toſt que Xerxe ſe promettoit
au commencement. Et pource tançant vn
iour ſon Eunuque, qui iuſqu'à lors n'auoit
peu tirer ſeulement vn bon mot de ceſte
gaillarde Maiſtreſſe : il ſembloit ſe meſfier
de la ſuffiſance de ce raporteur de chanſons.

Iuſques icy (luy reprochoit le Monarque) vous n'auez rien effectué de noſtre deſſein. Quand ie voy ma mignonne Artaynte, celle que ie n'ay peu encores accoſter à
ma fantaſie : vous diriez qu'elle ne m'a iamais cognu. Et ſoudain, comme effarou-
chee de ma preſence, ceſte folaſtre ſe fourre
touſiours parmy l'aſſemblee de nos autres
Princeſſes. Reſoluez-vous donques à me
donner vne meilleure ſignifiance de vos
diligences, & de ſes volontez.

Le Prince n'auoit acheué, que ſon Fano-
ry ſe faiſant fort d'vne conqueſte ſi aiſee : luy
reſpond incontinent.

Aſſeurez-vous, Sire, que voſtre Maieſté

se loüera de mon denoir. Cependant resiou-
yssez-vous : & ne mettez plus en doute l'a-
mitié de celle qui vous sera bien tost acqui-
se & dediee.

Ainsi ce Tresorier de menus plaisirs,
n'obmettoit aucun genre de bien dire. Afin
que son Prince esperat mieux que iamais : &
attendit moins impatiemment le succez
d'vne telle deliberation. A ceste cause il ne

laissoit couler vne seule iournee sans visiter
soigneusement la Royne de son Roy. Or
parmy ses aigres-douces remonstrances, il
fit vne fois le mescontant. C'estoit pource
qu'Artainte ne demandoit qu'à temporiser.
Et tenoit ainsi le bec en l'eau à son maistre,
maintenant son seruiteur. Mais elle l'adou-
cit à la parsin. Mesmes il en extorqua comme à cachettes, ceste lettre responsiue à celle que le Prince luy auoit precedamment
enuoyce.

*Pardonnez moy, Monsieur, si i'ose vous sup-
plier auec profonde humilité, de finir par vn
commencement la continuation de vos caresses, &
poursuites. Elles ont lieu d'importunes sollicitations
en mon endroit. Helas! n'endurez que l'on babille,
ou imagine, de vous & de moy, ce qui n'est, ce qui
ne sera iamais : tant que le destin me lairra viure.
I'ay cest honneur d'estre vostre Belle-fille. Mon
mary Darier, le plus obsequieux de vos fils, me re-
cercha premierement en mariage : non sans quelque estime, & respect. Depuis il pleust à vostre*

h. ausse

Denoir
perni-
cieux.

Lettre
d'Arta.
au Roy.

Iuste
consi-
dera-
tion.

Maiesté nous allier, mais lier coniugalement,
d'vne amitié indiſſoluble. Permettez-nous donques ainſi qu'vn bon Pere, d'eſtre vos legitimes
enfans. Souffrez que nous ſouffrions pluſtoſt vn
treſpas deplorable, qu'vne vie ſi vergongneuſe. Ie
ne fus iamais ſubiette aux imperfections de ceux,
qui pourſuyuant mon innocente ieuneſſe: me fache-
ront touſiours plus qu'ils ne me ſçauroyent complaire. La reuerence que ie doy à voſtre ſang, m'o-
blige à cette reſolution. Ma conſcience m'admonne-
ſte d'y proceder auec telle ſincerité. Vous-meſme
(Monſieur) loüerez, ſinon la plus obeiſſante de vos
filles: aumoins le contentement de monſieur voſtre
fils. Vn ſi bon eſpoux ne deuoit auoir vne eſponſe
moins loyalle.

Les periodes de ce diſcours, eſtant bien
examinees par ſon Lecteur Royal : le porteur là preſent, ne ceſſoit de reiterer ſes promeſſes. A la verité elles eſtoyent fondees ſur
beaucoup de coniectures qu'il auoit obſer-
ué en l'inconſtante conſtance d'Artaynte.
Auſſi fit-il tant depuis, qu'elle ſe tranſportoit
plus ſouuent au Palais, qu'elle n'auoit accouſtumé. Si bien que ſe monſtrant plus braue
& mieux paree, afin que le Roy perſiſtaſt en
ſon amitié: elle deſubloit peu hôteuſement
ce voile qui la rendoit nagueres tant priſee   *Indiſ-*
d'vn chacun. En lieu de porter liuree de tri-   *cretion*
ſteſſe, & de malheur eminēt: il n'y auoit Da-   *& liber*
me à la Cour, qui marchaſt ſi ſuperbement   *té d'Ar-*
accouſtree. Voila comment encores de ta.

Tom.5.   Q q

ce temps les femmes qui se laissent ama-
doüer par nos flateries, aident flateuse-
ment à leur surprise. Il n'y a rouge d'Espagne, il n'y a eaux, ny pommes de senteurs:
qui ne soyent mises en vsage par ces Belles
enlaidies. Il n'est pas iusque aux fausses
perruques empruntees, qu'elles ne frisotent,
ou ne grillent. Afin de les agencer mignon-
nement apropriees à leur teste : en lieu de
leurs cheueux déià grisons & argentez, ou
plus noirs qu'Ebene. Or iaçoit qu'Artaynte
méprisast à bon droit l'inuention de tels
fards, & curiositez: si est-ce que la coiffure
de son chef, estoit chargee des plus gros ru-
bis, & des plus beaux diamans, que lon eust
sçeu desirer. Vn carcan tresprecieux, dont
Prin-
cesse trop elle ratournoit son col, & la brillante pierre-
pompeu- rie bien parsemee sur ses robes: sembloyent
se. mesmes illuminer le Soleil, par la nayue
reuerberation de leur naturel éclat, & res-
plendeur. Somme lon eust iugé que les
plus opulens Cabinets de l'Orient, auoyent
esté dépouillez de leurs richesses plus ex-
quises : pour en orner somptueusement la
Pretex- beauté des beautez. Au moyen dequoy Xer-
te. xe plus éiouy que deuant, s'estimoit bien-
heureux d'obiecter à son ame vn miroir si
parfait, & si agreable. Aussi pour donner vne
honneste couleur à ses nouuelles hantises,
il n'auoit encores mandé son fils Dariee.
Il s'amusoit, ou plutost on l'amusoit, à

paſſer le temps en la ville capitale des Ly-
diens. Parquoy l'abſence du Prince, facilita
dautant plus & la hardieſſe d'Artaynte: & les
clandeſtins amourachements de ſon beau-
pere. Si qu'eſtant vne ſoiree attaché à l'inſatiable contemplation de ſa Dame: il ſe mit
à luy tenir ce langage.

Le commun pere d'Amour, eſt la beauté
aimee. La cognoiſſance de la beauté de-
faillante, ſe nomme ſa mere. Meſmes l'vn
& l'autre engendrent ainſi, comme vrays
parens, l'amour, & le deſir. Que ſi la verité
n'eſtoitelle, comment ſe feroit il(ma diuine) que voſtre ſinguliere beauté, que ie
cognoy defaillir à mon imperfection: fut ſi
viuement aimee & ſouhaittee de moy, qui
vous ſuis plus que deuotionné? Certes mon
ame eſt comme enceinte, & remplie de l'ob-
iect formé de vos perfections. Meſmes elle
n'affecte rien tát au môde, que de vous monſtrer euidemment la grandeur, & vehemence de mon affection. Mais ie reſſemble(peu
s'en faut) à cet ingenieux peintre inuentif,
qui voulut repreſenter l'eſtrange ſacrifice de
Iphigenie. Ayant tiré diuers portraits en vn
tableau: ſa peinture fut nayuement arrouſee
des larmes d'vn triſte Calchas, & d'vn faché Vlyſſe, d'vn tumultueux Aiax, & d'vn
plaintif Menelas. Car ces Seigneurs pleure-
rent alors tous deſolez, à l'entour de l'autel
preparé. Toutefois quiconque exp.mera

Q q ii

ainſi leurs paſſions : doit couurir particulierement d'vn voile noir la teſte d'Aga-
memnon, pere de la vierge immolee. A-
donc ce treſſubtil ouurier fera diſcretement
réuer les regardans : pour iuger là deſſus
combien plus grande eſtoit encores la deſtreſſe, & commiſeration paternelle. Móy
auſſi taiſant les algarades, mais les inuiſi-
bles attaintes, que voſtre amitié me liure:ie
vous fay iuge de l'exceſſiueté de mes angoiſſes. Ce que vous diſcernerez auec plus de
certitude, me voyant ſi eſperdu. Pource que
leur ſeule aprehenſion vous ſembléra ſurpaſſer toutes reſſemblances de triſteſſe : &
méme le témoignage aueré de mes paroles.

Cecy eſtoit touſiours le poinct repris ſur
lequel Xerxe retomboit:pour obtenir de ſa
diuine cet heur que ſa trop ſimple naiueté

apareilloit déia à l'artiſan de mille embu-
ches, & fineſſes. A celuy qui marchádoit eſ-
frótémét ſon infamie. Toutes ſes repliques,
tous ſes attraits, & ſes œillades, tout ſó entretien, faiſoyent aſſeurémét preſager à ce Pi-
lote amoureux, que ſon vaiſſeau courroit v-
ne fortune treſamiable. Ainſi ſe ſeparant aſſez tard d'auec ſa dame:il reuint fort ioyeux
en ſon Palais. Elle d'ailleurs n'eſtoit pas
moins edifiee des prodigues offres que luy
fit ce Monarque prometeur. Helas!incon-
ſideree Princeſſe, Princeſſe par trop ai-
mable, & trop belle : Que ſont main-

tenant deuenus les mutuels reſpects de l'a-
mitié que vous deuez à Dariee, voſtre eſpoux vnique? A Dariee, qui vous a laiſſé ſon
cœur en gage: pour en eſtre ſeule geoliere,
ſeule gardienne? Que ſont deuenus tant d'v-
tiles enſeignemens? Ces enſeignemens ſi ſa-
lutaires, dont voſtre honorable mere s'efforçoit de perfectionner l'imparfait de voſtre
eſprit ſi remuant, & ſi volage? Où s'eſt derechef engagee la foy que vous luy iuraſtes
ſi reueramment? La foy qui vous oblige à
l'vnion de voſtre ſeul mary? à la garentie de
voſtre reputatiõ? à l'obeiſſance recommandee de vos Parens?

    I'vſe paſſionnément de cette Proſopo-
pee, tandis qu'Artaynte (deteſtable cas,)
embraſſe par deſir les inceſtueux embraſſemens de ſon beau-pere. Déià luy manque
la memoire de bien faire. Le ſens luy defaut
à ce beſoin. Et ne ſe reſſouuient plus qui elle
eſt, & à qui elle apartient. Ny où elle adreſſe maintenant le but de ſes penſemens indi-
ſcrets & de ſes cogitations eſgarees. Il n'y a
plus dedans Suſes, qu'vn deceptif Eunuque,
homme mocquable, ainçois demy-homme
inutile au monde: qui gouuerne cette ieune
Dame preſque abandonnee. Ce ne ſont que
des montagnes d'or, ce ne ſont que des
Royautez nouuellemét erigees, les eſperan-
ces qu'il luy donne: les aparences qu'elle ſe
forge à tous momens. L'ardeur, & la con-

L'Enu-
que la
gouuer-
né.

Deſirs
ambi-
tieux.

Q q iii

e on imagination, la font môter si
haut : qu'elle occupe déia le venerable
siege de l'Imperatrix. Hé, que ne peut, &
n'ose, la folle ambition des humains? Ceux
là qui voudroyent bien démouuoir Artaynte d'vne intention si vituperable, d'vne a-
mour si monstrueuse : apprehendent iustement l'iniuste colere de Xerxe. Parquoy ils
se garderont bien de brauer la braue Princesse de leur Prince. Peu leur chaut à present
de contr'imiter les sourcilleux Censeurs.
Nõ pas d'ouurir leur bouche, pour la dissua-
der. Masiste mesmes, ny sa femme, que leur
fille ne craint d'offenser si laschement en
 sa personne : sont conseillez par leurs amys
plus clair-voyans, de soupirer plutost vne
tranquilité desirée. Fol le marinier qui s'ob-
stine hazardeusement contre les efforts de
la tempeste. Que profiteroyent-ils aussi
par leurs dociles exhortemens? Par leurs seueres menaces, & contradictions? Le Prince peut tout ce qu'il se permet: & veut tout ce
qu'il peut. Celuy, dy-ie, qui fait sa Deité de
cette Creature. Sa Maistresse de sa subiete.
Sa femme de sa Belle-fille. Il leur interdit
auiourd'huy cette cognoissance. Il leur de-
fend vn tel examen. Et tres-rigoureux les
condamne impiteusement à la mort, dans
son cœur tyrannique : s'ils s'entre-meslent
de cette faciende. S'il contre-rollent ses passetemps inusitez. S'ils font le moindre sem-

blant ou de s'en-douloir, ou d'en estre mar-
ris. Hé, que sçait-on encore si cette belle diuine, celle qui va mettre son nom à l'aban-
don, sera la premiere qui elancera brusque-
ment à telle vengeance, son possesseur pos-
sedé? Si elle mesme luy conseillera d'endor-
mir ainsi sa honte defendue, par vn silence
commandé? Certes il n'y a liqueur tant soit-
elle doucereuse, ny viande tant soit-elle delicatement aprestee: qui ne semble tousiours
amere au goust d'vn fiéureux, tousiours
pleine d'acrimonie à sa langue. Ie veux croire par ailllemét que les plus courtoises repri-
mandes qu'on eut sçeu faire à cette desastree:
mais insensible Princesse: n'eussét serui qu'a
verser de l'huile au feu trop allumé. Tellement que l'Empereur desormais visité par
elle, elle par luy, sás nulle crainte, ny vergongne: acquit tost apres vn frequént accez
en si libre compagnie. Mémes à celle fin
qu'il n'y eust si osé qui taxast leurs deportemens, fut en public, fut en priué: le Prince déià yure de son amour, la portoit affectueusement, quelque part que lõ parlast de la belle
Arraynte. Pourquoy aussi ne l'eust-il honnestement portee : veu qu'il estoit porté d'elle
auec dix mille folastres mignotises? Auec v-
ne infinité d'amoureuses accollades? Auec
la molle delicatesse de tant de baisers, & de
soupirs, lassiuement baisez & soupirez? C'est
ce rocher, c'est ce banc accessible, où la nef

Q q iiii

paffagere de Xerxe, s'ahurta quelquesfois fans peril. Quelquesfois auffi mouilla fon ancre fichee fans rencontre dangereufe. C'eft ainfi qu'elle voguoit fi volontiers en haute mer. Et deuint elle fi calme, & les vêts fi fauorables : que l'vn & l'autre furgit heureufement au port defiré.

Cependant voicy de retour à Sufes, le Prince Dariee: non fans eftre mignardemêt careffé par fa bonne compagne. Il contenta fort le Roy, fur le recit des affaires par luy expediees en Lidie. Mais il ne deuoit pas eftre content du mauuais gouuernement de fon pere. De fon pere, non plus pere: mais ennemy couuert. Mais vn voleur manifefte. Car il l'auoit déià fpolié de plus rare de fes trefors. Il briganda traiftreufement la maifon de fon fils, affortie du plus riche meuble qu'on pouuoit onques recouurer. A fçauoir la pudique beauté de fa femme. Or iaçoit qu'il ignoraft (ou vouloit ignorer) cette fcience, auffi bien que la Roine Ameftris il auint qu'ils furent plus fçauans en cecy, que lon n'euft eftimé, L'euenement fut tel.

Xerxe ayant ietté fur fes efpaules vne tresbelle Manteline, que l'Imperatrix auoit fort ingenieufement tiffue & diapree: il s'en alla ainfi reueftu deuers Artaynte. Toft apres felon fa couftume, il mit fa Faux en la moiffon d'autruy. Et receut fi grand plaifir à ce

Pere dé-naturé.

Occafion aux ia-loufies Tragi-ques.

doux trauail, auquel sa Dame peinoit en-
semblémēt:que pour vn seruice tant agreable,il iura de luy otroyer tout ce qu'elle de-
manderoit. Ainsi la sauterelle Herodiade Promesses in-
deües.
pleust tant à son oncle Herode, que vaincu sous mesmes conditions:ce Tyran diffamé luy accorda la teste du Saint empri- S.Iean
sonné, & precurseur du Messie. Ceste Mi- Bapt.
gnonne Persienne voyant aussi embabouy- Marc.6.
né d'elle son seigneur, ne l'attira pas moins Luc.9.
habilement à vne reiteration de ses pro-
messes.Icy Xerxe plus affectionné,l'asseure
de sa parole.

Monsieur(dit alors ceste rusee) donnez- Deman-
moy doncques la Manteline que la Reine de d'Ar-
vous a donné. Le Prince se trouua icy fort taynte.
confus & perplex:comme celuy qui n'eust
onques deuiné la teneur d'vne si facheuse
requeste. Il eust bien voulu éconduire sa
Dame,pour ce regard.Attendu que c'estoit
le vray moyen de faire croire à son Amestris, ce dequoy elle se doutoit si longue-
ment.Il eust volontiers élargy à son amoureuse, des tresors en abondance.Ou pour la
rendre plus honoree, luy eust fait commander seule à quelque puissante armee.
Qui est vn don tref-excellent entre les Perses. Mais elle s'arrestant tousiours à sa premiere demande, insista si persuasiuement, Octroy
que le Roy (bien que marry) fut contraint & don
luy bailler sa Manteline.Ceste Māteline,dy de xerxe

ie, que depuis elle osa bien porter à la veuë
d'vn chacun.

Hà, malheureuse Artainte. Hà, Princesse
trop .& trop aueuglément débordee. Te suffisoit il pas que tu ne fusses plus ceste tant
loüable Artaynte, qui par la pure lumiere de
sa beauté, offusquoit les Dames plus accomplies de son siecle? Estoit-ce pas assez que ta
fresle volonté eust volagement côsenti aux
illusiôs de ton instable raisô deçeuë? Qu'vn
infidele trafiqueur d'amourettes, t'eust fait
trebucher dans son piege? Que mesmes le
beau-pere eust infamément iouy de sa belle-fille? Helas, crains tu point le hazard
d'vn prodigieux enfantement? D'vn enfan-

temét si prodigieux: qu'il te feroit nommer
femme, mere, fille, & sœur, tout ensemble?
Certes vne faute si volontaire, te deuoit
contenter. Et n'estoit-elle si obscure, ny cachee: que ce tort manifestement fait à Dariee ton mary, ne fut plus que visible aux
moins aueuglez. Iusqu'à ce iourd'huy les
delices cheris, & la pompe en laquelle tu
estois si molement nourrie, excusoyent ta
ieunesse éuentee. Ie dy si vne ieunesse déià
corrompue , est passablement excusable.
Mais las, à present tu découures toy mesme ton infameté. A present tu portes dessus
toy les publiques marques de tes vilennies,
les tesmoins de ton opprobre: meritoire recompense de ta couche violee. Qui eu-

durera la griéueté d'vn tel malefice? Qui
voudra s'ingerer de t'aplaudir? De te hanter, & complaire? Nul certes ne sera si mal
conditionné. Personne ne s'enhardira a l'a-
uenir, de suporter tes mœurs par trop de-
prauees. Personne, horsmis quelque secõde
Artaynte. Aucun ne daignera couurir encores la nudité de ceste voluptueuse Artaynte:
si ce n'est vn nouueau Xerxe incestueux. Vn
lassif Xerxe, qui peut estre l'engrossera. En
danger de se voir mary de sa bru, & grand
pere de son fruit.

Aprenez icy, vous incautes Dames, vous
ieunes damoiselles: a bien façonner, & conduire, vostre aage vertueusemét morigeré.
Téperez vos aises, & voftre felicité, mieux
que ne fit iadis ceste folle Princesse. Gardez
prudémment impolu ce sacré temple d'Honneur, que la Chasteté mesme a basti de ses
mains en voftre cœur. C'est vn certain Asy-
le, c'est vn refuge conuenable à vos desirs
moderez. Seul il perpetue l'ornemét de vos
hautaines loüáges. Seul il vous fait reuerer
de pres, admirer de loin. Quád lon deuesti-
roit le corps de son acoustremét, il demeu-
rera nud. Oftez aussi à vos ames ce singulier
embellissemét: elles seront sans valeur, sans
gloire, sás generosité quelcõque. Le reste de
vos beautez, flestrit incontinent: & ne peut
vous suruiure. Il perit, il éuole: comme s'il
n'estoit plus. Et se perdra, comme s'il n'eust

iamais esté. Toutesfois l'heure arriue que
la maison de Masiste, doit éprouuer vn
méchef non-merité, vne destructiõ inouye.
Car la ialouse femme de Xerxe, voyoit deformais oculairement, & deuant tous, ce
qu'elle n'auoit encores regardé sinon des
yeux de sa pensee. Maintenant donques elle
ne peut souffrir (si ce n'est auec vn indicible
regret) que la manteline du Roy, couure les
épaules de sa belle-fille. Aussi ceste Dame
mal-aprise se tenoit si glorieuse de ce present : qu'elle s'en bragardoit, comme pour
faire dépit à la reine. Que si Fortune eust
délors emprunté les armes de Iustice: toute

la desolation, tout le malheur qu'elle brassa
depuis, deuoyent-ils pas tomber sur le chef
de ceste incestueuse? Ce nonobstant Amestris creut fermement que sa mere estoit l'o-
rigine, & la cause, d'vne si pompeuse osten-
tation. Le dédain agrauoit son dueil, l'iniure sa vengeãce. Parquoy elle proieta en son
esprit de faire mourir à quelque prix que ce

fut, la femme de Masiste. Mais espiant l'occasion, elle attendit le prochain festin que
Xerxe faisoit chacun an : pour solenniser le

iour de sa natiuité. Il se nomme Ticta, en
langue Persique: & signifie parfait. A ce iour
le Roy n'est paré sinon de la teste. Et fait-
il dons, & largesses aux Perses, non tant de
son mouuement : que parce qu'il est forcé
par la Loy, notamment durant le conuiue,

d'accorder au demandeur ce qu'il requerra.
Ie vous laiſſe péſer ſi la malice de la Reine,
auoit mal choiſi le temps, pour obtenir de
Xerxe le don qu'elle voudroit elire. Quand
les femmes ſont vne fois empoiſonnees
de ce venin de ialouſie, il n'y a ruſe qu'elles
n'excogitent. Il n'y a mauuaiſtié qu'elles
ne couuent : pour décharger à ſouhait les
traits de leur ardante colere. Par ce ſoupi-
rail s'éuaporent deſeſperément les flammes
encloſes dans vn cœur irrité. Pour le moins
c'eſt ainſi que la taciturne fureur, & l'occul-
te braſier d'Amiſtris, exhala celuy cy ſa fumee : celle là ſa venteuſe impetuoſité. Car
elle ne faillit point ce iour natal à Xerxe,
mais funeſte à ſa chetiue belleſœur : de l'importuner à luy dõner ceſte plus que miſerable Princeſſe. Le Roy fut émerueillé au
poſſible, non du motif de la demande. Car
il s'en douta incontinẽt. Mais de la demande meſme. Pource qu'elle luy ſembloit autant inique, qu'inopinee. Helas, qu'eſt-ce
qu'il fera maintenant? S'il otroye à la Reine
la femme de ſon frere, celle que n'agueres il
courtiſoit ſi affectionnément : il commet vn
acte beſtial, & barbareſque. Car ceſte nouuelle Furie, qui en veut meſmes à l'innocence : ne faudra iamais de faire cruellemẽt
maſſacrer ſa belle ſœur deliuree. Auſſi quãd
Xerxe la refuſera : il contreuient, & dé-
roge ouuertement, à l'obſeruance des con-

Demande de de la Reine à Xerxe.

ſtitutions Perſiennes. Qui emportera donques la victoire? Sera ce la raiſon, ou l'vſa-
ge? L'equité, ou l'iniuſtice? La clemence, &
manſuetude, ou l'inhumanité? O contrainte
plus que ſeruile: O malheureuſe neceſſité,
qui obliges a meſſaire vn bienfaicteur: O
ſacrilege ordonnãce, qui peux ainſi violen-
ter la Nature: & romps ſi méchamment le
ſaint lien de fraternité: Ces maudits priuileges, qui aſſubiettiſſoyét le Prince a bleſſer
ſa conſciéce: le rendirent tout ennuyé & melancolique, ſur les odieuſes importunitez
de ſa femme. Mais vne ſi priuee Megere ne
voulant onques démordre, s'obſtina ainſi
animeuſement en ſes prieres. Si que l'Empereur eſpoint d'vn regret infini, cõdeſcen-
dit neantmoins: & luy accorda l'épouſe de

ſon frere. Toutesfois pour couurir ſa ma-
lignité d'vn ſac auſſi ſale qu'eſtoyent ſales
& abominables les plaiſirs qu'il prenoit a-
uec Artaynte: ſoudain il manda le pere d'elle, maintenant beaupere de luy. Arriué qu'il
fut, le Roy-ſubiet luy tint ce langage.

Monſieur, ie ſçay que vous eſtes fils du
feu Roy, & par conſequent mon frere. Auſſi
ie vous aime, comme tel. Et vous reſpecte,
comme Prince treſ-vaillant & courageux.
Si faut il, pour des grandes conſiderations,
que vous faciez diuorce auec voſtre femme. Ie vous en prie bien fort. En recompen-
ſe ie vous remarieray auec ma fille.

Mafifte s'eftonnant à merueilles, refpond
humblement au Roy.

Monfieur, quel dur arreft venez-vous de
prononcer contre ma femme? Vous auons-
nous fait quelque notable defferuice : pour
meriter vne punition fi rigoureufe? Helas,
Monfieur, vous fçauez bien que i'ay des enfans d'elle. Mefmes voftre fils Dariee a efpoufé par voftre confentement, l'vne de nos
filles. Pourquoy donques me commandez-
vous de quiter ma chere femme, qui eft
tant honnefte? Vrayment, ie m'eftimerois
fort honoré de me marier auec voftre fille. Mais eftant telle, & fi bien aprife : elle
ne peut faillir de rencontrer pour le moins
vn party autant auantageux. Et moy eftant
déià marié, & plufieurs fois pere: vous n'em-
pirerez, s'il vous plaift, cefte vnion coniugale.

Xerxe fe voyant couuertement dédit par
ces petits ambages: repliqua tout couroucé.

Voicy comment il vous en prendra: à fin
que ne refufiez point l'offre de voftre Roy.
Ma fille ne vous fera point compagnie, & fi
n'aurez plus voftre femme.

Mafifte à ce dernier iugement, fort vifte
de la falle: & dit: Monfieur, vous ne m'auez
pas encor tué.

Hà, Prince glorieux, & digne mary d'vne
telle Princeffe. Le roy voiremét ne t'a point
encor tué: Mais Ameftris voftre double en-

nemie, mais ce domestique fleau de vos chastes amitiez:te fera trop tost aperceuoir les premices de ta mort iuree. Voicy déià qu'elle a promtement depéché les archers du Roy: pour iniurier ton épouse inuitee. Pour luy faire, helas, vn extraordinaire traitement. Que tardes-tu, Masiste? Cours à son secours. Elle n'implore que tõ assistance. Car la force des autres hommes, est ores endormie à son aide. Haste toy donques, & volle de vistesse:pour anticiper vos communs outrageurs. Pour arracher ceste pauure brebis innocente, de la gueule de tant & tant de loups sanguinaires. Hà, barbare, hà, cruelle Amistris : ainçois carnassiere Tigresse. Helas, si ta grandeur est interessee par l'intolerable present d'vne mãteline:au moins que ne recognois-tu au vray la source d'vne telle iniure? Et si tu la recognois, pourquoy ne s'attache ton effrenee vindicte à la superbe Dame qui se pompe, qui se glorifie de tes dépouilles? Tout bien épluché, ô Reine trop implacable,tu n'as rien a demesler auec la sincere compagne de Masiste. vne seule Artainte,ceste lubrique adultere,ceste effrontee,est coupable de tes animositez. C'est ceste incestueuse, c'est elle seule que tu deuois impetrer du Roy. Elle, qui comme vne seconde Iô, fait de toy vne autre Iunon enialousee. Certes tu n'as point failly, pour demander. Mais tu as lourdement

ment failly en ta demande. Elle estoit iuste, elle estoit receuable: quand tu aurois bien demandé. Pourquoy as tu donques erré à l'æquiuoque? Pourquoy as tu pris la Mere, pour la Fille? L'honnesteté pour l'ignominie? Au lieu de te vanger à bon escient tu vanges seulement ton paillard Monarque. Pource qu'Artaynte, laquelle tu espargnes (ignorantes que tu és!) pour repaistre ta cruauté au sang de sa pauure Mere: a vilainement obtemperé à ses enormes desirs. Au lieu que ceste lamentable Mere, la Femme d'vn tres-malheureux Masiste: c'est elle qui a si valeureusement repoussé les efforts de ton pariure Mary, son persecuteur. C'est elle qui a si souuent repugné d'eniamber sur tes brisees. Qui n'a point ambitieusement affeté le sommet de ton throne. Et qui pour empieter sur ta hautesse, ne persuada iamais à son Artaynte de raualler d'autant plus sa bonne renommee. Au rebours c'est ceste Desdaigneuse qui pour te disgracier quelque iour, a trop ingrattement rendu infructueuses les admonitions de ses Parens. Heureux à la verité, & plus qu'heureux: si elle n'eust onques iouy de nostre douce lumiere. Tresheureuse sa Mere enceinte, quád elle eust auorté d'vn port si pernicieux. Quand vne Hecube tant desastree n'eust point enfanté cest inextinguible flambeau, qui comme vn autre Paris rauisseur, doit consumer sinon sa Patrie entiere, pour le moins ses Pere & Mere, ainçois toute leur famille : encores viuroit elle trop à son aise. Toy-mesmes tu possederois seule celuy-là que possede maintenant Artaynte, ta Riualle. Celle qui t'aueugle en tes frenesies si finement couuees. Celle sans plus qui est cause des outrages que l'on fait déia à sa déplorable Mere. Car Masiste indigné, laissant le Roy au Palais : ne s'aduisa pas que les executeurs de la passion d'Amestris, alloient violément accomplir ses commandemens encontre sa Belle-sœur là presente. Parquoy suruenant depuis en sa maison, qui resonnoit de lamentations : il monte subitement, & va droit à sa Chambre. Là il trouue sur l'huys, sa douloureuse femme si estrangemét défiguree : qu'elle n'estoit plus cognoissab'e.

La Royne l'auoit helas! renuoyee au logis en ce piteux estat. Et les Archers qui firent office de bourreaux, dans la boutique mesmes de la bourrelle Amestris : luy auoient mutilé en ce poinct le visage tout meurtry. Il estoit rougissant, & ensanglanté de playes. Car les coups deshonnestes auoient coupé le nez, & les léures, à ceste grande Princesse. Ainsi en vsa Teree de Thrace enuers sa Belle-sœur Philomele, Vierge par luy forcee. Afin qu'en se dueillant, elle ne reuelat son depuceleur. Ces lasches soldats mercenaires couperent encores la langue à ceste Persienne : &

finallement les mammelles. De maniere que
tout cela seruit de curee aux Chiens là sur-
uenus. Seuls furent ses beaux yeux n'aguere si
attrayans, ore deux coulantes riuieres : aufquels pardonna la barbarie, ou pluftoft l'oubliance, de ces meurtriers à gages.

Horrible
curee.

Ah! desolee femme de Mafifte. Les pleurs
te defaudront pluftoft, que les caufes de
pleurer. Ah! noble Princeffe trop vertueufe.
Si ton immuable courage euft fléchy à la
volonté de Xerxe, ton Amoureux : tu ferois
maintenant bien-heureufe. Tu viurois plus
contante & plus reueree, que l'Imperatrix
mefme. Mais pour n'auoir impudiquement
adheré à ses damnables voluptez, pour auoir
genereufement perfeueré en ce sage propos:
tu fouffres auiourd huy mille & mille indignitez. Tu es haye pour ta valeur. Tu es tra-
hie, pour ton integrité. Le Roy, que tu as
abandonné, pour ses lafchetez : t'abandonne maintenant à caufe de ton honnefteté.
D'autre part Amiftris la crimineufe, celle
que tu n'as voulu iamais offenfer, pour ame-
liorer ta condition: te liure enragément aux
horribles exploits de fa vengeance. Elle te
laiffe bourreller. Elle te fait cruellifer ou-
trageufement, par les fanglantes mains de
ses fatellites, tes affaffins impiteux. Des per-
uers confpirateurs &, contre tout droit, &
contre toute humanité.

Amere
& senté-
tieufe
Profopo-
pee, ou
Apoftro-
phe.

Vertu
malheu-
reufe.

Coulpe
de la
Royne.

Colle:
Et on de
ce que
deffus.

Voila, mes Dames, comment le Vi-

Rr ij

ces triomphent de l'Honneur. Voyla comment le respect cede maintefois aux affrons, la candeur à la turpitude, la magnanimité à la poltronerie. Si est-ce que les violens excez d'vn tel inconuenient, n'empécherent

que Masiste à peine reuenu de pamoison, & les Enfans déià portans les armes : proiettassent en leur cerueau, de se ressentir d'vne atrocité si execrable. Eux, & leurs plus ieunes Sœurs, ne pouuoyent qu'auec vn an-

goisseux creue cœur, regarder leur Mere : qui gisoit mi-morte à leurs pieds. Aussi estoit elle saoule d'elle-mesme. Tellement que son viure ennuyeux & ennuyé, n'estoit plus qu'vn mourir languissant. Encores celuy-la luy sembloit vn supplice : celuy-ci vn port de salut. Tous ses Enfans esperdus ne cessoient de crier, & lamentoient pitoya-

blement : comme s'ils eussent esté expo-sez à la mercy de quelque furibonde troupe de Grecs, où de Messagetes vindicatifs.

D'autre costé le Pere qui ne faisoit que san-glotter, & creuoit d'vn forçené dépit, ayant deuant soy vn spectacle tant effroyable : ne pouuoit tirer de ses flancs vne seule do-leance.

Ne te rends point si tost, Prince fortuné. Il faut bien que tu faces vne plus remarqua-ble preuue de toy. Mais peux-tu la faire, sans en venir à l'essay? Qui sçauroit la force de ta proüesse : quand tu n'aurois de si grands

Ennemis ? Peut on eſtre conſtant, ſans eſ-
prouuer l'aduerſité ? vaillant, ſans combatre ? Certes la ſouffrance de ton Eſpouſe di-
laceree, t'aprend à ſouffrir, & patienter en
ceſte ſorte. Il eſt vray que la douleur profonde ſe ſentant geſner au dedans, ores qu'elle
ſoit muette: ſi accroiſt elle, & s'eſleue, comme mutine & opiniaſtre. De meſme le mal
vehement que l'on tache d'oſter, où d'a-
moindrir, ſoit par contrainte, ſoit par vne
conſolation precipitee : s'enaigrit volontiers, & rengrege dauantage.

   En ceſte maniere ſe renforçoit l'exceſſiue
triſteſſe de Maſiſte: ou plus il auoit les oreilles batuës au ſon des conſolatoires encou-
ragemens de ſes Amis, & Alliez. Mais le
temps luy octroyant quelque relaſche, il
taxoit ore les amours abhorees d'Artaynte
ſa Fille : ore l'indulgence de Xerxe, & le
courroux de la Royne, ſes luges & parties.
Puis il s'eſcrioit amerement, comme s'il en
euſt voulu à ſoy-meſme.

   Helas! que n'a t'on pluſtoſt occis ma Femme tout à fait: ſans la deſigurer ſi moquable-
ment. Helas! pour conuertir ma Fille deſ-
bauchee, ains pour m'excuſer au Roy, ſur la
diſſolution de mon mariage: combié de cui-
ſans ſouſpirs ay-ie tiré de mon eſtomac? En
combien de tranchantes complaintes s'eſt
piteuſement dégorgee ma bouche ? Et auſſi
quel endroit de mon triſte ſein panthelant,

Douleur
geſnee.

Senten-
ce.

Cõplain-
te pitoya-
ble de
Maſiſte.

Rr iij

ne fera deformais baigné des groffes larmes
qui roulent inceffamment de mes yeux?

Tandis que Mafifte exhaloit ainfi le feu
de fon ire boüillonnante, le conduit de la
voix fe faifant plus aifé à la continuë de fes
efprifes, & brauades menaçantes: il adiou-
ftoit Ironiquement.

O le fidelle Mary! O l'officieux & bon
Frere! O l'equitable Monarque! Toute l'A-
fie eft veritablement honoree de la fouue-
raineté d'vn Empereur fi fage, fi raifonnable,
& fi feuere iufticier. Pour certain il meritoit

que l'Europe tributaire fit ioug, à la premiere veuë de fes banieres. La Grece vniuerfelle
s'eftoit vrayment renduë coupable de fon
iufte courroux, digne de fon indignation:
pour auoir defnié à fes Ambaffadeurs, la
terre & l'eau qu'il demandoit. Rebelles &
puniffables furét les Villes, & ces Chefs bel-
liqueux, qui fe mirent à luy faire refiftance.
Qui oferent entreprendre de le combatre.
Qui fouftindrent animeufement l'impetuo-
fité de fa Gendarmerie. Las! que di-ie, moy

Prince chetif? Moy, le plus mal traité Perfe
du Roy des Perfes? Ie le di certes, pour m'en
defdire! Et n'appelleray feulemét victorieux
fes Aduerfaires reuanchez. Mais bien illuftres, mais pluftôft tref magnanimes & admirables, ces genereux Capitaines: qui firent

tefte à la môftrueufe ambition de ce Tiran.
Glorieufe les Seigneuries qui euiterent la

furie d'vn Seigneur si perfide, & inhumain
Viuez bien-heureuses Ames! Viuez eternellement, ô Esprits immortels & celestes:
qui auez si courageusement rembarré la
violence de nostre Nembrot. L'audace de ce
publique Voleur, & torsionnaire. Se voyant
paisible Gouuerneur de la Terre, soudain il
eust excogité des frontieres, & des bornages:
pour encores plaider auec les Dieux, sur
la préeminence de la Monarchie. Ce nouueau Geant eust derechef eschellé le Ciel, &
armé tout le monde: pour recercher vne sur
humaine domination. Toutesfois les hommes tousiours plus foibles que le Roy des
Roys, mais plus fors que ce Tyran des Tyrans: ont heureusement opposé vne barriere
à ses conquestes follement imaginees. Il n'a
peu outrepasser les finages prescrits à son
outrecuidance, par vne poignee de Barbares.
L'inuincible a donques esté vaincu. Luy, qui
par le nombre innombrable de ses peuples
aguerris, couuroit, ainçois effroyoit, la face
de la Terre. Qui espuisoit, ains tarissoit, les
fleuues à peine guéables: par la multitude
de ceux qui en beuuoyent. Le voyla maintenant non seulement chassé de la Grece,
auec sa courte honte. Non seulement defait,
en la route de ses grosses Armees: & combatu, en la perte de ses gens desconfits. Mais
retiré comme vn casanier, dans son Palais.
Mais vilement effeminé, comme vn luxu-

Rr iiij

Prosopo-
pee aux
Grecs oc-
cis à la
guerre
contre
Xerxe.
Ce fut le
premier
Tyran, et
Assirie.
Presom-
ption
ambi-
tieuse.
Geans
eschele-
rent le
Ciel.
Puissan-
ce diuine.
Repro-
ches con-
tre Xer-
xe.

rieux Sardanapale. Encores non contant de l'impure vie qu'il mene : il s'adonne lasche-ment à faire l'amour. Et à qui? Non à quel-qu'vn de ses beaux Ganimedes, côme il sou-loit. Non à ses vilains Eunuques prostituez. Non aux infames Concubines de son Ser-rail:où bien à son Espouse seule. Mais las! à sa trop Belle fille.Mais helas! à ma trop bel-le Fille deceuë. A la fille trop scandaleuse de son frere desesperé. La pudique Espouse du-quel n'a peu ci deuant estre seduite, ni gai-gnee, par la profusion de ses liberalitez : par la confusion de ses cupiditez. Elle a mainte-nant reçeu en sa face,comme pour vengean-ce de ses loüables refus, comme pour salaire de sa vertu; les vergongneuses playes qui la font mescognoistre. Les playes bien qu'im-mortelles, par sa mort auancee. Ha lubri-que Artainte! Ha Roy trop malicieux! Ha criminelle Amestris!Et pour qui est-ce que le tonnerre s'armera de rouges pointes meurtrieres: s'il n'acable rudement vos te-stes & perfides,& punissables?

A tant ce Prince inconsolable apportoit sinon vne fin, aumoins quelque tréue, à ses plaintiues exclamations. Mais la feste nata-le de Xerxe, ne laissa pour cet accident, à se passer en ieux, & allegresses accoustumees. Masiste au contraire se monstroit tousiours animé d'vn cœur vrayment sensible, & che-naleureux;comme issu de ce premier Daire,

iadis terrible foudre des Grecs, & seul espou-
uantail de la Scythie. Par ainsi il complota,
& tint vn conseil secret auec ses fils, & au- *Complot*
cuns de ses parens, & familiers. Là par meu- *de Masi-*
re deliberatiõ, fut arresté qu'ils deslogeroiẽt *ste.*
promtement de la court. Qu'ils se fortifie- *Resolu-*
royent non moins d'intelligences estrange- *tion cou-*
res, qui sont autant de mines, pour saper les *rageuse.*
fondements d'vn Estat: que de grosses le- *Ruine*
uees de deniers en Bactrie qui sont le nerf *d'vn E-*
principal des plus guerrieres Republiques. *stat & sa*
Cela ainsi conclu entr'eux, ils s'equiperent *force.*
au plutost. Et se desrobants de Suses, firent
partir quand & quand ce qu'ils auoyent de *Euasion*
moyés portatifs, auec peu de bagage. En ce *de Ma-*
ste resolutiõ marcha le Frere de Xerxe, vers *siste.*
la Prouince de son departement. Vn mo-
ment luy sembloit vn mois, en longueur: vn
iour, vne annee. Tant luy tardoit la reparation de l'iniure qu'Amestris auoit pourchas- *Iniure*
sé à sa Femme! Reparation, qu'il ne pouuoit *pour sui-*
attendre, non pas requerir seulement, qu'au *uie.*
preiudice de sa vie.

Las! combien sont esloignez plusieurs *Iuste re-*
d'entre nous, des cãdides mœurs, & de la ga- *proche à*
lantie, de Masiste. Ceux-là s'estudient au- *nostre*
iourd'huy a faire les inuentifs Muguets, & *siecle.*
les ingenieux d'amour: pour mieux gratifier
leurs maistres dissolus Au lieu que Masiste,
Prince certes autant imitable, que peu imité: desseigne sans cesse en son entendement,

de chaſtier Artaynte débordée, par la raiſon qu'il pretend auoir de Xerxe. Par l'eſpoir
qu'il a de reuancher ſon Eſpouſe, ſi brutalle-
mét outragee. Mais ces mauuais imitateurs

ſe licentieront pluſtoſt d'eſpouſer indifferé-
mét les plaiſirs des Princes debauchez. Pluſtoſt le Pere incurieux, ou la Mere auare &
mondaine, leur proſtituera ſa fille aimee : &
peut eſtre amoureuſe. Le frere eshôté, liure-
ra ſa ſœur venduë. A tant que ces ſeruices
trop & trop ſignallez, acquierent à l'vn, quelque beau Gouuernement. A l'autre, vne nouuelle Seigneurie, ou dignité.

Le Perſe expeditif en ſon voyage, ne logea
onques ſon Roy fraternellement apriuoiſé:

en vertu de telles etiquettes. Mais ſe haſtant
à grandes traites, & caualcades: il reſueilloit
par lettres iteratiues & ſon equitable meſcontentement, & la ſommeillante tardiueté

de ſes Partiſans. De maniere qu'il ſe vit bien
toſt enuironné d'vn gaillard exercice. Encores augmentoit-il d'heure en heure par le
nombre des Refugiez, & auenturiers, vnis à
ſa confederation. Il tenoit le chemin de Ba-

ctrie, region peuplee, & peculierement de-
uotieuſe à ſa volonté : parce qu'il en eſtoit
Gouuerneur. Cependãt tôute la ville, & meſmes la Cour de Xerxe, ne tarda gueres de

murmurer, & ſe remplir de ſecrettes ligues:
apres le depart inopiné de Maſiſte. Les Royaux defendoyent leur Seigneur, auec telles

quelles excuſes : & reiettoyent ſa coulpe ſur
la ſeuerité de la Loy. Mais ils ne portoyent
nullement le proiect atroce d'Ameſtris.
Quant aux Maſiſtiens, ils condamnoient librement & l'vn & l'autre. Accuſant ſur tout,
l'impudente requeſte d'Artaynte. Somme la
diuerſité des iugements, & partialitez, croiſ-
ſoit tumultuairement. Voire iuſques à ne
promettre rié moins qu'vne alteration auſſi
dommageable à l'Eſtat, que la reuolte des
Bactriens, & des Saçes eſtoit certaine : ſi le
frere du Roy, euſt auoiſiné leur contrec. Ce
que preuoyant ſa Maieſté, enſemble quelques Officiers de la Couronne: l'on manda,
& depeſcha viſtement, l'eſlite de ſa Gendarmerie. Ce fut pour coſtoyer de pres Maſiſte,
& le combattre en diligence: auant qu'il euſt
plus grand renfort d'aſſotiatiō, & de ſecours.
Vn remede ſi prompt contre ceſte inteſtine
maladie, retint en leur obeïſſance non tant
les Courtiſans, & Suſiens : qu'elle eſtonna
fort les Seigneurs & Capitaines, liguez auec
ce Prince. Auſſi comme pluſieurs de la Nobleſſe, & du peuple, s'acheminoyent apres
luy, ſans aucun ordre, ni conduitte : ils furent taillez en pieçes à deux iournees de
Suſes, par les Vaſtadours, & Auantcoureurs,
de l'Armee de Xerxe. D'ailleurs Maſiſte e-
ſtoit freſchement aduerty par ſes eſpions,
que les forces Royalles approchoyent. Parquoy il fut conſeillé, auant que prendre la

Deſſein de com-batre par Ma-ſiſte.

Camp de bataille.

fuite, & ſe retirer vergoigneuſement: de faire vne exacte reueüe de ſes troupes. Et ſur ce diſpoſer ſes Confederez au combat, ſi l'ennemy ſe preſentoit. A ces fins il choiſit vn pays aſſez auantageux, pour l'aſſiete de ſon Camp. Alors il vid ſes Capitaines, & les membres des Compagnies, fort determinez. Si que ceſte renaiſſante vigueur, & hardieſſe, l'encouragea d'autant plus reſolument à les haranguer ainſi au milieu de l'aſſemblee.

HARANGVE MILITAIRE
de Masiste, à son Armee.

QV'est-il besoin, Seigneur, que d'vn austere face,
  Et d'vn parler hardy, i'anime vostre audace,
Pour mieux venir aux mains? ores qu'vn vif soucy
De vaincre, ou de mourir, vous a conduits icy?
Ores que d'vne ardeur aux combats enflamee,
Vous m'auez tous esleu pour Chef de vostre armee,
Et premier Conducteur? goustez donc seulement
Mes raisons, mes malheurs, que l'effait ne dément.
Mes compagnons, c'est moins pour vos pays defendre,
Que de peur qu'on nous vienne en seruitude rendre.
Qu'armez nous esperons d'estre ainsi triomphans!
Ce sont encor nos biens, nos femmes, nos enfans,
Qui nous eschaufferont au Martial ouurage.
Mais quoy? l'ambition, & le brutal outrage
Du Tyran plus brutal qui viue ce iourd'huy,
M'incite à la vengeance, & cause mon ennuy.
Or bien que ses scadrons s'auancent en furie,
Iusques à desfier nostre gendarmerie:
I'ose croire pourtant que l'iniuste Persan
N'attendra point le chocs, contre son partisan.
Ie voy sa contenance! à ses façons, il semble
Que ià tout effrayé pour fuyr il s'assemble.

Et vrayement Xerxe a plus d'efficace, & pouuoir,
De renforcer nos cœurs, & de nous esmouuoir,
Que l'animeuse voix d'vne graue faconde:
Tant s'en faut que sa force aux armes vous seconde.
Au reste, mes amis, nous sommes la plus part,
Et l'eslite, & la fleur, du Persique rempart.
Les Bactres nous suiuront: les Sages en grand nombre,
Nous defendent aussi d'apprehender l'encombre
D'vn contraire mechef: mais ie tiens au besoin
La fortune aux cheueux, & la victoire au poing.

    Ce n'est peu que le prix d'vne si dure guerre,
Nous sommes partiaux en partialle terre,
Mais vous m'estes amis, & ie suis vostre amy:
Mercenaires les gens du Roy mon ennemy,
Qui brassa nostre fin: chose facile à faire,
Si lasches nous laissons nous rompre & nous deffaire:
Si coüards nous auons le courage si bas,
S'ils eniambent sur nous au plus fort des combats.
Las! si leurs cheualiers espars en maintes bandes,
Retentent nostre honte, & nos miseres grandes:
Nous serons leur triomphe, ou la proye du fer,
Qui donne aux preux le Ciel, aux timides l'Enfer.
Que donc la seule mort, ou la seule victoire,
Perennise nos faits d'vne illustre memoire:
Et craignons plus icy l'aspre necessité,
Que Xerxe, ou qu'Amestris, outils d'iniquité.
Que chacun se prepare, & seurement se targue,
Soit qu'il souffre l'assaut, soit qu'il marche à la cargue.
Soyez seurs, mes amis, que deuant que Thœbé
Monstre les cornichons de son front enflambé,
Malgré nos haineux mesme autant mutins, que traistres,

Nous serons auiourd'huy les Seigneurs & les Mai-
De ce pays d'autour, & si de tous endroits   (stres,
Serons plus redoutez des Peuples, & des Rois.

Ces paroles iustificatiues de l'entreprise
de Masiste, enhardirent merueilleusemét le
cœur de ses Associez. Ce fut alors qu'ils luy
iurerent tous de combatre en gens de bien.
Desia le Lieutenant de Xerxe, apres longues caualcades, s'estoit venu camper auec
sa Cauallerie à la veuë des troupes de Masiste. Et les amusant par legeres escarmou-
ches, attendit ainsi le gros de son Armee.
Elle ne faillit de se trouuer en corps au Ren-
dez-vous, le iour propre de la bataille. Or ce
General téporiseur oyát que le frere du Roy
ne cessoit d'exhorter, ses gens pour s'opposer
vigoureusement au parti contraire: il se mit
aussi à remonstrer leur deuoir aux Xer-
xiens. Et sur l'heure s'adressant
aux chefs principaux il
commença en ce-
ste sorte.

Protestatiõ de l'Armee Masistienne. Caualerie de l'ĕnemy. Armee cõtraire. Courage & diligence du Lieute-nant de Xerxe.

HARANGVE MILITAIRE
du Lieutenant de Xerxe.

LE bon droit, compagnons, & la querelle iuste,
Semond aux durs assauts vne force robuste,
Mesmes (puis que la gloire, & la fin des combats,
Se cache és mains de Dieu, qui tout voit icy bas:)
Il nous assistera, s'il plaist à sa clemence.
Que si nos reuoltez s'enflent de vehemence,
O sans mettre en auant qu'ores ils combatront,
Seulement pour venger & l'escorne, & l'affront,
Que Masiste receut, & sa femme outragee,
Par les Archers du Roy, par la Roine vengee
Des amours d'Artaynte : asseurez vous aussi
Qu'ils pourroyent se tromper, nous assaillant ainsi!
Plusieurs cuidans rabatre & l'eschet, & l'iniure,
Qui punit iustement leur audace pariure:
Au lieu d'effectuer vn destin de haut prix,
Accroissent bien souuent leur honte, & leur mespris:
Et pour le beau loyer d'vne folle milice,
Finent chetiuement leurs iours, & leur malice:
Comme i'espere aussi qu'ils feront à l'instant!
Chacun de nous armé d'vn cœur noble & constant,
N'est pas si apprentif qu'ardant il ne trauaille,
Pour se rendre vainqueur au choc de la bataille:
Et qui durant l'essay d'vn estour si meurtrier,

Ne

Ne soit reputé d'eux vn insigne guerrier,
Ce qui moins les effraye, & leur donne plus d'ombre,
Sont des gens ramassez en sspau & grand nombre,
Dont leur camp est fourny gens, di-ie, ramassez,
Sans ordre, sans conseil, & bannis, ou chassez:
Mais qui s'espouuantans de premiere rencontre,
Nous voyant deloger, & marcher à l'encontre,
Se troubleront eux mesme auant qu'ayons baissé
Nos lances, pour froisser leur orgueil menacé.
Que si pour cest estat, fortune veut permettre
Que nous puissions en route, & desordre les mettre:
Vne telle raison nous en aurons alors,
Que les chiens carnassiers se paistront de leurs corps.
    Et vous braues soldats, gaillarde fanterie,
Qui ferez des mutins si grande boucherie:
Souuenez-vous ici qu'estes tous soldoyez
De Xerxe, qui vous a de Suses enuoyez.
Xerxe vostre Seigneur, ce Xerxe dont la Grece,
Mais cent peuples d'Europe, ont senti la proüesse:
Xerxe, effroy des mortels: & qui sur l'Hellespont
Refit, malgré Thetis, la merueille d'vn pont.
Il rauagea l'Attique, & foudroyant Athenes,
Depuis commis Mardon, fleur de ses Capitaines:
Que si l'humaine chance adonques l'eust permis,
Ce Rond enceint de mer, n'eust craint ses ennemis:
Neptune luy fit ioug, la terre en eust énuie,
Et tout Perse luy doit honneurs, & biens, & vie.
Masiste est fils de Daire, & du Roy le germain:
Quoy? doit-il donc armer sa fratricide main?
    Non non, marchós soldats, faisons aux siens cognoistre
Q'ores plus gens de bien ils ne sçauroyent paroistre.

Qu'estoiët leurs compagnons, dõt nos glaiues tranchans
Massacreurs de leurs corps, enioncherent les champs,
Pillé fut leur butin, leurs charoignes laissees
Parsemerent encor nos terres engraissees,
Veufues de sepulture, alors tous desarmez,
Ils seruoyent de repas aux vieux loups affamez :
Ores sous nostre effort, la MAIESTÉ vengee
Les rompra vaillamment en bataille rangee.

Peu apres que ce guerrier Lieutenant eut
viuement animé ses gẽs : il fut question de se
disposer à la iournee. Car desia Masiste bien
monté sur vn fort & dispos Coursier, & tout
reluisant en armes biẽ dorees : voloit ioyeu-
sement de rang en rang, parmy son armee. Il
n'obmettoit rien de sa iustice, par mille di-
sertes persuasiõs. C'estoit vn Prince des plus
valeureux, & mieux disans de la Perside. En
cest estat l'vn, & l'autre Chef, ayant ordonné ses bandes à ceste ciuille rencontre, &
tuerie : il fut obstinément combatu par ces
Patriottes, & concitoyens, acharnez les vns
sur les autres. La meslee fut grãde, le conflict
sanguinaire. Si que la victoire long-temps
douteuse, balançoit tantost du costé de Xerxe : tantost en faueur des Masistiens. A la fin
l'innombrable multitude des Royaux, s'en-
tre-donnant plus de courage, entra de cul, &
de teste, si furieusement sur l'auant-garde de
Masiste, qu'elle rompue, ses fils ruez par terre, furent deffaits & homicidez. Aussi la Bataille commençant à branfler, & par conse-

quent l'Arriere garde, il s'esleua vne telle es-
pouuante parmy ses troupes : qu'à la charge
de la Bataille Xerxienne, tout fut mis à vau
de route, non sans vn estrange carnage. Le
magnanime Chef des partiaux, y fut blessé
à mort. Et depuis se trouuant inuesty sur le
passage d'vne auenuë: il fut cruellement tué,
auec le reste de ses enfãs. Ainsi le victorieux
Lieutenant du Roy, ayant fait peu de perte,
& enrichi des meilleurs de ses soldats, reuint
à Suses, loüé & plus que fauorablement recueilly de son Prince.

Consi derez vous auantureurs Seigneurs,
& vous honnestes Dames: la pitoyable Ca-
tastrophe de ceste Tragedie ! Iugez vn peu
combien variables sont les tours de ceste in-
constante Deesse. Ses blandissants souspirs
sont autant de trahissons brassees. Sa legereté, & ses mutations, autant de prõtes deffa-
ueurs, & de crocs-en-iãbe. Tres-sage l'homme qui preuient ces disgraces. Tresheureux
qui les euite. Ceste verité me fera dire auec
le Poëte Archiloc.

Ie n'ay soucy de l'or d'vn riche Gige,
Des courtiseurs le desir ne m'aflige:
Et ne suis enuieux
Des faits des puissants Dieux.

   L'ambition ne me promet encore
L'Empire, où l'heur, d'vn Prince qu'on honore:
De mes yeux desdaigné,
Il est fort esloigné.

F I N.

TABLE DES
SOMMAIRES.

E la mort du Comte de Barcelone,
& comme son fils dom Geoffroy la
vengea. Des amours d'iceluy auec
la fille du Comte de Flandres , &
autres succez diuers de l'histoire.

Vn se feint estre Baudouin, Comte de Flandres, &
Empereur de Constantinople, lequel Comte de
Flandres estoit mort dixhuit ans auparauant en
Leuāt. Ce faux Baudouin suscita de grās brouil-

Ie fçay bien que la plus part des hommes mondains,

Fin de la Table.